世界名著背后的故事
{全二册}

Stories behind
the World's Classics

余凤高

著

2

成人经典

目 录

Adolphe 《阿道尔夫》
1　起始于刺心的痛苦和永别的悲哀

The Aspern Papers 《阿斯彭文稿》
9　寻求大诗人的手稿

Anna Karenina 《安娜·卡列宁娜》
16　思考理想的家庭生活

Eugene Onegin 《叶甫盖尼·奥涅金》
26　俄国文学中第一个"多余人"

The Idiot 《白痴》
35　名画"基督尸体"的刺激

Madame Bovary 《包法利夫人》
44　温柔地抚摸女性的创伤

Beatrricks　　　　　《贝阿特丽克丝》
　　　　54　　乔治·桑提供的素材

La Dame　　　　　《茶花女》
aux camélias　64　表现失足者的高尚灵魂

A Month　　　　　《村居一月》
in the Country　72　申诉自己至死不渝的爱情

Murder on the　　《东方快车谋杀案》
Orient Express　80　来自东方快车的灵感

The Gambler　　　《赌徒》
　　　　88　　爱恨发泄的真实记录

Phèdre and　　　　《费德尔和希波吕托斯》
Hippolytus　　96　重创神话题材的典范

The Misanthrope	《愤世嫉俗》
104	表露自己家中的隐私

Frankenstein	《弗兰肯斯坦》
113	尸体实验的启示

Sherlock Holmes	《福尔摩斯探案》
124	将医学教授塑造成大侦探

The Father	《父亲》
132	创作中想象和生活合二为一

Faust	《浮士德》
140	历史、传说和故事的再创

The Gulls	《海鸥》
150	莉卡的悲剧和阿维洛娃的诗意

The Queen of Spades	158	《黑桃皇后》 一段轶闻的演绎
le Rouge et le Noir	165	《红与黑》 自己未能做到的，让于连来做到
Carmen	173	《卡门》 在西班牙风的吹拂下
Quale amore	180	《克朗采奏鸣曲》 袒露作家晚年的心迹
Lamia	188	《拉弥亚》 爱与死给诗人的礼物
Candide	196	《老实人》 抨击"一切皆善"的哲学

The End of the Affair	204	《恋情的终结》 回忆与"第三个女人"的恋情
Lolita	213	《洛丽塔》 "重组"三例类似事件
Martin Eden	221	《马丁·伊登》 攻击个人主义
Mephistopheles	229	《梅菲斯特》 书的命运
Les Mandarins	238	《名士风流》 "必需的"和"偶尔的"恋情纠缠
Der Zauberberg	246	《魔山》 "山上"三星期的印象

NANA　　　　　　　　　　《娜娜》
　　　　　　　254　　"反祖遗传"实验的描写

L'Invitée　　　　　　　《女客》
　　　　　　　263　　在创作中杀死情敌、荡涤心灵

Eugénie Grandet　　　　《欧也妮·葛朗台》
　　　　　　　272　　怀着"纯洁、无限、骄傲的爱"

Gone with　　　　　　　《飘》
the Wind　　　280　　以自己的背景描写战时和战后

L'éducation　　　　　　《情感教育》
sentimentale　288　　怀念"永久的亲人"

Die　　　　　　　　　　《亲和力》
Whalverwandtschaften　296　通过"自白"让感情"升华"

An Enemy of the People	303	《人民公敌》 肯定孤立主义
Doctor Zhivago	311	《日瓦戈医生》 "赞美你、你的才智和你的善良"
The Island of Sakhalin	321	《萨哈林岛游记》 "不可容忍的痛苦之地"
Les Trois Mousquetaires	328	《三个火枪手》 改编成功的通俗小说
Salomé	336	《莎乐美》 资源和创造
Divina Commedia	345	《神曲》 深沉地表述崇高的精神之爱

La Tentation de Saint-Antoine	353	《圣安东尼的诱惑》 同名画作的"刺激"
Die Leiden des jungen Werthers	361	《少年维特的烦恼》 借助创作来拯救自己
Birthday Letters	368	《生日信札》 二十世纪文人中最具有悲剧色彩的爱情故事
Der Tod in Venedig	375	《死于威尼斯》 "没有任何编造的东西"
A Doll's House	383	《玩偶之家》 从劳拉的婚姻到妇女的解放
The Merchant of Venice	391	《威尼斯商人》 对犹太人的同情和偏见

Villette
《维莱特》
399 "写一本书，奉献给我的老师你"

La Nouvelle Héloïse
《新爱洛伊丝》
408 "给爱的欲望以出路"

Pursue Pleasure
《寻欢作乐》
417 重温一段最美好的爱情

Boule de Suif
《羊脂球》
425 塑造一个在敌人面前表现勇敢的妓女

The Portrait of a Lady
《一位女士的画像》
433 表现与表妹间相互深切的爱

La Confession d'un enfant du siècle
《一个世纪儿的忏悔》
441 一部写给旧日情妇看的书

Indiana	449	《印第安娜》 年轻的心灵首次爆出的辛酸
The Moonstone	457	《月亮宝石》 抨击英帝国的掠夺行径
The Moon and Sixpence	464	《月亮和六便士》 展示天才与现代社会的矛盾
A Farewell to Arms	475	《永别了，武器》 宣泄心中的郁积
La Porte étroite	485	《窄门》 浸入作家自己心灵的历程
Nun	493	《修女》 一场搞笑孕育出的杰作
Afterword	498	《世界名著背后的故事》 后记

Adolphe

1 《阿道尔夫》

起始于刺心的痛苦和永别的悲哀

奥诺雷·德·巴尔扎克（1799—1850）在他的小说《贝阿特丽克丝》中，曾写到克洛德·维尼翁对他的情妇、上了年纪的图西小姐说了这样一段话：

> 您当初到巴黎来的时候，爱卡利斯特爱得发疯。但是，在您这样的年纪，这类爱情的后果使您恐惧不安，它会使您堕入深渊，堕入地狱，也可能导致您自杀！……您记起了《阿道尔夫》中所描绘的斯塔尔夫人和邦雅曼·贡斯当恋爱的悲惨结局，何况他们之间在年龄上的差距远不及您同卡利斯特之间大。……（张裕禾译文）

《阿道尔夫》"所描绘的"主人公，男的叫阿道尔夫，女的叫爱蕾诺尔，巴尔扎克说的却不是这两个名字，而是"斯塔尔夫人和邦雅曼·贡斯当"。这是大作家无意中的笔误吗？自然不是。他指的是现实里的那个"恋爱的悲惨结局"，因为在当年，几乎无

邦雅曼·贡斯当

斯塔尔夫人

人不知,小说里所写的阿道尔夫和爱蕾诺尔的故事,就是作家自己与斯塔尔夫人之间的事。

昂利·邦雅曼·贡斯当·德·吕贝克(1767—1830)生于瑞士洛桑一个法国血统的瑞士军官家庭,一七八三年进德国埃朗根大学,接着在牛津大学读过一段时期,后转入爱丁堡大学。这些年的学习生活,为他熟悉德国文学和一般的德国问题打下了基础,并使他对古希腊共和国的政治产生了浓厚的兴趣。

一七八五年,贡斯当首次来巴黎做短期逗留,次年又再次来到这个美丽的城市。在此期间,他认识了瑞士的女小说家舍丽叶夫人。

伊莎贝尔·阿格尼斯·伊丽莎白·德·夏利埃(1740—1805)是一位男爵的女儿,出生于荷兰,但完全法国化了。她嫁给了她兄弟的家庭教师,一位才华横溢的小说家。在狄德罗和卢梭的影响下,她对贵族特权、道德常规、宗教正统观念发表了批判性的见解;她的小说也有很多哲学思考、细致的心理观察,文笔富有魅力。这些对贡斯当都具有极大的吸引力。贡斯当的风度和才华也使夏利埃夫人迷恋。虽然夫人比贡斯当大二十七岁,两人在一七八七年到一七九六年间还是成了情人。在这位女性的家里,贡斯当开始创作他后来整整写了一辈子的五卷本巨著《论宗教的起源、形式和发展》。

一七八八年,贡斯当来到德意志西北的一个小公国不伦瑞克,在大公的府邸做了几年侍从,并在次年与这位伯爵的一位小姐、漂亮的女男爵威廉明妮·封·克拉姆结婚。

一七九四年法国大革命时，贡斯当站到了革命的一边，抛弃了职位，也抛弃了妻子，与她离了婚。他的这一选择，在很大程度上是受了斯塔尔夫人的影响。

斯塔尔夫人的确是贡斯当一生中最重要的一位女性。

原名叫安妮－露易丝－热尔曼娜·内克（1766—1817）的斯塔尔夫人，父亲雅克·内克原是日内瓦的一位银行家，后成为国王路易十六的财政大臣；母亲苏珊娜·絮肖是一位在法国的瑞士牧师的女儿，她为协助丈夫的事业在巴黎建立的文学和政治沙龙，是当时名流的聚会场所，在法国甚至欧洲都是非常著名的。当热尔曼娜·内克小时候还坐在母亲的膝盖上时，或者成人后独自进入母亲的沙龙里时，如果不说她是以美丽引起了人们注意的话，也完完全全能以她聪慧的天分和有趣的谈吐为人们所称道。十六岁那年，她的婚姻便开始被考虑了，后来成为英国首相的威廉·皮特被认为可能做她的丈夫，但她有她的个性，她不喜欢在英国生活。最后，她于一七八六年与瑞典驻法国的大使德·斯塔尔－荷尔斯泰因男爵埃里克·马格努斯结婚。大使向热尔曼娜的父母保证，他绝不违背妻子的意愿把她带回瑞典去。但这场为顺从母亲的意志、带有一定目的而让女儿嫁给一个年龄比她大一倍的丈夫的婚姻，最后以分居而告终是并不难以理解的。

法国革命爆发后，一七八九年七月十一日内克被解除了财政大臣的职务，十天后又召他重新出任这一官职。斯塔尔夫人政治上是属于温和的共和派吉伦特派，她期望建立英国式的君主立宪制。只是由于有她丈夫的外交身份，才使她在巴黎暂时不会有危险。不过等到一七九三年国王路易十六被处决的"恐怖时期"，她就不敢再在这里待下去了，而避居到了瑞士日内瓦湖畔的科贝，她父亲三年前离职后，在那里购置了一处宅邸。斯塔尔夫人到了这里之后，这里就成了西欧优秀知识分子聚会议论政治的场所。她本人从一七八九年起，还一直与路易十六的前国防大臣德·纳博讷伯爵关系密切，做了他的情妇，一七九二年由纳博讷做伴，避难到了英格兰南部萨里郡米克尔汉附近法国流亡者租用的一幢公寓"朱庇特尼庄园"。

贡斯当是一七九四年年底在瑞士洛桑结识斯塔尔夫人的，那年贡斯当二十七岁，斯塔尔夫人二十八岁。这两人都深受十八世纪启蒙主义作家的影响，都怀有强烈的自由主义思想；两人的政治见解也比较一致，都主张君主政体。因此，一见面，两人在思想上一下子就很投合。夫人渊博的学识和机敏的口才，与贡斯当漂亮的外表和出众的才华，也使两人的关系更加容易贴近。于是，不久，相互之间的好感就变成为爱情，而且越来越热烈。

一七九四年"恐怖时期"结束，第二年，斯塔尔夫人就在贡斯当的陪伴下，从科贝回到巴黎，开始了她毕生中最辉煌的时期。

早在青年时代，热尔曼娜·内克就从十八世纪英国桂冠诗人尼古拉斯·罗（1674—1719）的作品中汲取了灵感，创作出一个浪漫主义的剧本《索菲，或隐秘的情感》和一部悲剧《简·格莱》；一七八八年的《论卢梭的性格与作品》使她成名。现在，在巴黎，她又出版了好几本政治和文学方面的随笔，特别是《论激情（对个人和民族幸福）的影响》（1796）一书，后来被公认为是欧洲浪漫主义的重要文献之一。斯塔尔夫人在巴黎的沙龙也非常活跃有生气，聚集了一大批外国外交家、对政府不满的新闻界人士和参加秘密活动的妇女。贡斯当经常出入她的沙龙，与这些人士接触、交流思想，成为女主人最宠爱的人物。

一七九五年，贡斯当接受斯塔尔夫人的邀请，在她科贝的别墅中度过。这一年里，这对情人几乎寸步不离。显然，贡斯当的爱情，导致了斯塔尔夫人一年后与丈夫正式分居。夫人在一七九六年生下的女儿，贡斯当也相信并声言是他的孩子。斯塔尔夫人深深地爱着贡斯当，她毫不怀疑他也像她一样地爱她，他们的感情将永远维持并深入下去，在一定的时候，他会与她正式结婚，到那时，这女儿的身份也就合法了。斯塔尔夫人与丈夫分居和与贡斯当通奸的关系，在她后来所写的小说《黛尔菲》（1802）中得到了再现。

一七九九年，拿破仑在巴黎发动"雾月十八日政变"，成立执政府，自任第一执政，后改为终身制，从共和走向君主制。这一年，他任命他过去的热情崇拜者贡斯当为"法案评议委员会"委员。起初，贡斯当和斯塔尔夫人没有看清拿破仑虚假的民主和自由的

夏利埃夫人

面纱,一直迎合他,后来他们转了向,开始抵制这位皇帝的独裁专制,贡斯当还利用评议委员的身份与他的专制进行激烈的斗争,使第一执政恼怒异常。一八〇二年,拿破仑在那次著名的讲话中严厉谴责贡斯当及其委员会中的几位好友是玄学家,罪该万死。于是,贡斯当被赶下了台。这时,斯塔尔夫人的父亲也因反对拿破仑的专制政策而被赶出了法国。斯塔尔夫人与贡斯当一起流亡到了瑞士,拿破仑把他们的活动限制在离巴黎四十英里以外,并让警察监视他们,禁止他们返回法国。他们待在内克在科贝的别墅里,和其他的朋友一起,形成一个自由主义的反抗大本营。

从一八〇三年十二月到第二年四月,斯塔尔夫人先是由贡斯当陪同旅游德国,与大诗人歌德、席勒结下了友谊。当时被看成是德国文化圣地的魏玛使斯塔尔夫人非常留恋。随后她又去了柏林,结识了与他弟弟一起创办德国浪漫主义运动机关报《雅典娜神殿》的耶拿大学副教授奥古斯特·威廉·封·施莱格尔,并请他做她孩子的家庭教师。在此期间,她得知丈夫病倒,立即前去看望他,并护理他直到去世。一八〇四年后,施莱格尔便成为她日常的伴侣和顾问,她在德国的导游是当时在耶拿研究德国文化的一个年轻的英国文人亨利·克莱布·鲁宾逊,因为贡斯当对她的感情已经不像她所想象和期望的那样了。

贡斯当的生活经常与政治发生关系,但他始终没有因为政治活动而忘记过爱情,他很大的一部分时间都在与女人谈情说爱,而且一个接着一个,他欣赏的座右铭"多变的太阳其实不变"不是没有原因的。他与威廉明妮·封·克拉姆的爱情仅仅只过了个蜜月;

大卫的画:《雷卡米耶夫人》

与威廉明妮离婚后,他便爱上另一个女人,当时正在与丈夫闹离婚的夏洛特·德·哈登堡(1769—1845),而且在爱上斯塔尔夫人并与之通奸之后,仍旧没有忘情于她,经常给她写去情意绵绵的信。仅是出于他性格上的软弱和对斯塔尔夫人的同情,才没有把自己对夏洛特·德·哈登堡的感情告诉斯塔尔夫人。甚至到了一八〇八年夏天,他与夏洛特秘密举行过婚礼之后,还仍然企图继续向斯塔尔夫人隐瞒实情。事情后来当然被斯塔尔夫人察觉。对于贡斯当的背叛,斯塔尔夫人内心感到非常痛苦,到了无法压制的地步,以致一次在日内瓦与贡斯当夫妇邂逅时,斯塔尔夫人与他大吵了一场。情敌的嫉妒极大地伤害了夏洛特,她在悲观绝望中曾经企图自杀,但没有成功。后来,贡斯当又迷恋上了一位机智而富有魅力的著名巴黎沙龙女主人雷卡米耶夫人让娜-弗朗索瓦兹-朱丽-阿代拉伊德,颇受她反拿破仑思想的影响。不过,斯塔尔夫人对于他仍旧有很大的魅力,曾经感动他离开他的妻子,与她一起在科贝住了一段时间。

斯塔尔夫人在德国的旅游,因一八〇四年听到父亲去世而中断,她对父亲始终怀着深深的崇拜之心,他的死极大地触动了她的情绪。一八〇五年,她动身去意大利旅行。这次旅行由施莱格尔和日内瓦的经济学家与历史学家西蒙德·西斯蒙迪陪同,说明她与贡斯当的关系已经不能继续维持下去了。从一七九四年起,斯塔尔夫人和贡斯当这两位情人时断时续、起伏不定的感情,共维持了十四年。

一八〇七年,贡斯当决定把自己的亲身经历写成一本小说,据他自己说,仅仅只花了十天时间就写成了,题名为《阿道尔夫》。

贡斯当不是小说家，也无意要做一位小说家，他的文字工作主要是在撰写政论和宗教哲学方面的著作。他创作《阿道尔夫》"唯一的意图"，如他在此书第三版的"前言"中说的，"是想让聚会于乡间的两三位友人相信，在一本只有两个人物，而且情景单一的小说里，也可能别具一番情趣"。

的确，《阿道尔夫》具有一种别样的情趣。

读者们往往不相信小说的真实性，以为它总是作家的虚构。贡斯当在给出版商的信中说，这部书中所出现的人物，他大多认识，"因为故事本身太真实了"，那个古怪而不幸的阿道尔夫，"他既是作者本人，又是书中的主角"。《法国现代小说史》的作者米歇尔·莱蒙证实，贡斯当在小说《阿道尔夫》里的"爱蕾诺尔这唯一的人物身上，集中了从德·斯塔尔夫人以及夏洛特·德·哈登堡那里汲取得来的特色"。格奥尔格·勃兰兑斯也提到，在这部小说里，读者不时会看到"斯塔尔夫人让贡斯当经受过的那种可怕的争吵"。并非只是因为《阿道尔夫》是贡斯当生命中的一个片段，让读者在这里窥见了作家的隐私就感到有趣，而是因为作家通过创作，使读者在阅读此书时，能够感受到作者的创作是如何处于个人日记的真实性和艺术创造的美感之间，它超越时代、超越地域，使读者在心理和情感上引起共鸣，获得审美的愉悦，因此才具有一种独特的情趣。作者确实有权利自夸说："……起码令我相信这本书在真实性方面还是有某些长处的，我所遇见的几乎所有读者，都异口同声地对我谈到，自己仿佛曾身临书中主人公的境地。"

如果从猎奇的动机出发，可能会对《阿道尔夫》感到失望，因为小说的故事非常简单：出身高贵的青年阿道尔夫爱上了一位年龄大他十岁的伯爵的情妇爱蕾诺尔；爱蕾诺尔也以热烈的爱相回应，抛弃了家庭和孩子，甚至连自己的声誉也不顾。但是很快，阿道尔夫对这一切就厌倦了，把她的爱看成是一种负担。爱蕾诺尔感受到情人的这种厌恶情绪，痛苦得无法承受，在失去爱情之后，抑郁而死。故事一点儿也不新奇，甚至对"依然姿色出众"的女主人公，都没有一句带有点儿诱惑性的具体描绘。但小说自有它独特的吸引人之处。

很多男人的痛苦都在于自己深深地爱着女方，女方却不爱自己。人们读惯了男主人公失恋的小说。现在，阿道尔夫的痛苦却是在于自己不爱女方了，而女方还是深深地爱着自己。这是调换过角色的《少年维特的烦恼》。小说有关阿道尔夫对爱蕾诺尔的爱情的产生、发展、熄灭和消亡这么一个全过程的描写，只要几句话就可以说完，但在这个过程中男主人公以自白道出的复杂的心理内涵，却无比的丰富。当爱蕾诺尔的爱不再使阿道尔夫感到是他"生活的终极目的"之后，小说分析他如何把这爱看成是"一种羁绊"；分析他如何一边已经对爱蕾诺尔感到厌弃，一边仅是出于怜悯又不得不假装仍然深深地爱着她。实际上，他的"这股激情和这些情话却宛如枯萎发黄的树叶一般，无精打采地附着在一株断了老根的朽木的枝杈上"，都能深深地感动每一个人。正是这种对心理的分析，使读者感受到小说的无穷的情趣。可是到了结尾处，读者就再也不可能有心情去体会什么"情趣"了，因为它给你的心重重一击：爱蕾诺尔死了，不再成为阿道尔夫的"羁绊"。这不是正合他渴望自由的心意吗？阿道尔夫却感到这"自由又是多么沉重啊"！

（不久以前）总有一双友善的眼睛留意我的一言一行、一举一动，因为她的幸福与此休戚相关，可是我却感到厌烦，常常开口抱怨，如今再没有人注意我的言谈举止了，我的所作所为也不会引起任何人的兴趣，没有人来算计我的日子，争夺我的时间，当我走出家门的时候，也没有人向我呼唤。我确确实实变得自由自在、无牵无挂，不再有人爱我，不论对谁我都是个局外人了。

这时我才深深地感到刺心的痛苦和永别的悲哀。（王聿蔚译文）

米歇尔·莱蒙说得对，正因为《阿道尔夫》是贡斯当的一部"多年费尽心血写成的"作品，它以心理分析的巨大力量，使内容"达到了逼真和真实"，因而它"直到现在仍然被我们奉为最纯粹的小说"。

The Aspern Papers

《阿斯彭文稿》

寻求大诗人的手稿

康斯坦斯·费尼莫尔·伍尔森（1840—1894）是美国著名作家詹姆斯·库柏（1789—1851）的外孙女，本人也在杂志上发表过许多随笔，和一首题为《两个女人》的叙事诗，一卷叫《乌有堡》的故事集。父亲早逝，她便和母亲住在一起，一八七九年，母亲也去世了。于是，她就在一八七九至一八八〇年间一个风雨交加的冬日，离家去往欧洲，开始她的英国、法国、意大利、瑞士、德国等地的游历。

一八八〇年，康斯坦斯·伍尔森来到意大利的佛罗伦萨，得知作家亨利·詹姆斯也在这里，异常高兴。

美国作家亨利·詹姆斯（1843—1916）从一八六九年初次见识欧洲之后，多年来都在英国、法国、意大利等地旅游和写作，他一八七八年在罗马创作的一部描写一个卖弄风情的美国女人的《黛西·密勒》，在伦敦的《康希尔杂志》上发表后，立即赢得了国际声誉，维多利亚时代的文坛名人顿时对他刮目相看。康斯坦斯·伍尔森读过亨利·詹

亨利·詹姆斯

姆斯的作品，对他不但很是钦佩，还喜欢研究他，甚至在《大西洋月刊》的"投稿人俱乐部"一栏上发表过一篇热情评论他作品的文章。她一直向往能与他认识，现在不正是一个好机会吗？于是在来此之前，她特地带来亨利·詹姆斯表妹密妮·坦普尔在纽约的姐妹亨里埃特·佩尔－克拉克的介绍信去见他。

亨利·詹姆斯是在一八八〇年三月二十二日从伦敦乘船前往意大利的，途中在巴黎逗留了两三天，于二十八日到达佛罗伦萨，在阿尔诺饭店住下，准备材料，创作他的小说《一位女士的画像》。饭店的位置很好，从客房的窗子望出去，可以看到阿尔诺河在春天的阳光下闪着黄色的粼光。就在这里，亨利·詹姆斯见到了娇小的伍尔森小姐，虽然她已经中年，但身材苗条，一张鹅蛋脸，挺直的鼻子、阔嘴唇，头发也做过精心的梳理，但发现她在听他说话时显得有点耳背。

两人见面中互相的印象都不错，只是这次他们相处的时间不多。随后，伍尔森小姐去了英国三年，写她的小说《东方诸天使》，亨利·詹姆斯则待在大伦敦郡的肯辛顿，而且又患了黄疸病。等他病愈后再次于一八八六年在佛罗伦萨见到伍尔森小姐时，他在给一位友人的信中已经称她是"我最好的朋友"了，后又在郊外"贝罗斯伽多塔楼"费尼莫尔租下的一所"布利柴里别墅"寓居。这时，亨利·詹姆斯在给他的名人朋友海约翰的信中承认，这位"高贵而可亲的朋友伍尔森小姐""她住的只有五分钟距离，我每隔两三天都去看她——真的常和她一起吃饭"。可见关系非常亲密，尽管不知道到如何程度，却成为研究家和传记作家们探究的一个问题。最著名的写亨利·詹姆斯传记的作者利昂·伊德尔是这样说的：

> 生活在蔚蓝的天幕和柔和的阳光烘托下的贝罗斯伽多塔楼，在挚爱的友人中间，他（亨利·詹姆斯）可以坐在宽阔的露台上阅读，或者在他宜人的玫瑰园中写作。"宽大的拱顶房间"让他有空旷清凉之感。有时，薄暮中，他在室外用餐，大概有费尼莫尔陪伴。他已经忘掉他的病：他有他所企望的隐私或交往。他已经找到一处意大利的天堂。

在"意大利的天堂"的那几年，的确是亨利·詹姆斯一生中创造力最旺盛的"意大利时期"，他在这段时间里创作出了《波士顿人》（1886）、《卡萨玛西玛公主》（1886）、《阿斯彭文稿》（1888）、《伦敦生活》（1888）和《悲惨的缪斯》（1890）等好作品，无疑与跟费尼莫尔一起在佛罗伦萨和威尼斯游览观光了许多地方、保持一种好情绪有关。其中《阿斯彭文稿》这部被认为是亨利·詹姆斯最好的中篇小说，即是作家在游览佛罗伦萨时获得的素材，在"布利柴里别墅"写出来的。伊德尔写道：

> 故事的构思写在他与费尼莫尔待在一起时的笔记本上。一天，在佛罗伦萨，他找了（英国女作家）芙农·李（真名是 Violet Paget）和她异父／母兄弟，去见了甘巴伯爵夫人，夫人是一位托斯卡纳诗人的女儿，曾嫁给拜伦最后一个依恋的女子特蕾莎·居齐奥里的侄子。她告诉詹姆斯说，甘巴家有很多拜伦的书信，都是"令人震惊和不能发表的"，于是詹姆斯对他的密友格蕾丝·诺顿叫道："她会放胆烧掉一些的！"当（英国诗人）李－汉密尔顿告诉伯爵夫人说，公开拜伦的文件是她对英国文学的责任时，她非常生气。"这（公开）是对英国公众的补偿。"詹姆斯在他的笔记本上写道。

甘巴伯爵夫人离开之后，李-汉密尔顿跟詹姆斯说了一桩有关拜伦的轶闻。有一位居住在佛罗伦萨的高龄女子玛丽·简·克莱蒙，或者如她自称的克莱尔·克莱蒙，是玛丽·雪莱同父异母的妹妹，一度是拜伦的情妇，生有他的女儿阿丽格拉。在她去世之前的某个时候，她的一个房客，一个叫西尔斯比的波士顿船长，非常热爱雪莱。西尔斯比早就知道克莱尔·克莱蒙藏有雪莱和拜伦的某些文稿。他尽一切努力要得到这些东西，终于设法进入每座藏有文稿的房子里入住。故事说，他从不冒险离家一步，怕克莱蒙小姐在他离开的时候死了。轶闻的另一个版本说他曾不得不去美国，而她恰恰是在这个时候——一八七九年去世的。和她住在一起的是克莱蒙的一个大约五十岁的侄女，她对这位粗壮结实的船长早就产生钦佩之心。当西尔斯比急促回来看他能否获得这些文稿时，这个侄女就对他说："我会把所有的书信都给你，只要你愿意和我结婚。"李-汉密尔顿说，西尔斯比还是走了。

詹姆斯把这段轶闻的梗概写在他一八八七年一月十二日的笔记上。让他迷惑的是克莱尔·克莱蒙竟活到他的时代；他以前还像传奇小说中那样常常从她的门前经过呢。"这无疑是一个小小的主题。"詹姆斯在他的笔记本里写道：

"两个衰弱不堪、古怪可怜、失却名望的英国老妇人，带着她们所拥有的最珍贵的著名书信，在一座外国城镇的她们那发出霉味的一角，一直生活在陌生的一代人中。"

那个男人愿意付给这老妇人、书信的享有者一笔金额，作为换取这批文稿的代价，真有意思……

轶闻中的几个主要历史人物，情况大致是这样的：

特蕾莎·居齐奥里伯爵夫人（1801—1873）是意大利东北部的拉韦纳人，具有非同寻常的古典美，据说很像意大利雕塑大师安东尼奥·卡诺瓦所做的《海伦》。英国大诗人乔治·拜伦是一八一八年一月二十五日在威尼斯奥尔布里兹伯爵夫人的府邸第一次见

克莱尔·克莱蒙

到她的。这年她十九岁,结婚才一年,丈夫亚里山德罗·居齐奥里是意大利的一个富有的贵族,五十八岁,已结过两次婚。当拜伦在一八一九年四月二日或三日在本佐尼伯爵夫人家第二次见到她时,这个温柔文静、爱好诗歌的女子便与他谈论但丁和彼得拉克的诗。随后他们每天见面,拜伦开始为她写情诗《献给波的诗》,此诗于六月一日完成。三个月后,特蕾莎怀孕了,后来他们还常见面,在她回拉韦纳之后,拜伦也常去看她。

克莱尔·克莱蒙(1798—1873)是哲学家威廉·葛德温于一八〇一年娶的第二个妻子玛丽·简·维埃尔·克莱蒙与一个姓名不详的男人的私生女。葛德温的第一个妻子是以著述《为女权辩护》而闻名的女作家玛丽·沃斯通克拉夫特,她在一七九七年生下玛丽之后,便死于产褥热。克莱尔只比玛丽小八个月,所以算是她的妹妹,后来玛丽与诗人珀西·比希·雪莱结婚后,外出时常带着她。

克莱尔·克莱蒙一八一六年主动给拜伦写信,向他表示自己"怀着一颗跳动的心向你供认她已有多年的爱";随后成为拜伦的情妇,并给拜伦生了一个女儿。但拜伦对她并无真正的情感,声称自己"从来没有爱过她",只是因为这个十八岁的少女整天二十四小时跟在他身边,才有了这么个孩子。

克莱尔·克莱蒙一直活到詹姆斯生活的时代。她后来主要靠雪莱在遗嘱中留给她的一万二千英镑为生,并和雪莱夫人玛丽通信至玛丽去世的一八五一年。一八七〇年起,她移居意大利佛罗伦萨,在一个外国侨民的聚居点,与她的侄女波琳娜一起活到一八七三年三月十九日时去世。不过,拜伦的传记作者莱斯利·马钱德说,虽然"由于

康斯坦斯·伍尔森

她与拜伦和雪莱的关系,她在晚年也成为传说中的人物,说她占有很有价值的(拜伦的)书信和文稿",其实"她不可能有拜伦的任何书信,因为拜伦成心回避给她写信"。

而特蕾莎·居齐奥里伯爵夫人则确实有许多拜伦的书信。拜伦只对居齐奥里伯爵夫人——他最后的情妇才真正动情。拜伦给她写过不少充满激情的信。在一八一九年四月二十二日的信中,大诗人写道:"有几次你跟我说,我得到的是你第一次真正的爱——我向你保证,你会是我最后的爱……在认识你之前,我在许多女人的身上,从没有一个感到有吸引力。现在我爱你,对我来说,世界上没有别的女人了。"在八月二十五日以"我最亲爱的特蕾莎"开头的信中,拜伦又表示,"我爱你,你也爱我。……但是我更爱你,我不能终止对你的爱。在阿尔卑斯山和大海把我们分开的时候,也记起我吧,但是它们永远不会,除非你希望这样。"

居齐奥里伯爵夫人也深深地爱着拜伦,她甚至愿意放弃继承丈夫的遗产,与丈夫分居,住进拜伦的住所。在拜伦死后,伯爵夫人还以深切的情感写了一部回忆录《拜伦在意大利的生活》。

看来,"那个男人"看错了人。这个叫爱德华·西尔斯比的波士顿船长是一位收藏家,尤其对拜伦、雪莱的文物情有独钟。他听信旁人传说克莱尔·克莱蒙藏有这两位大诗人的文稿,设法找到了她,并为她的侄女波琳娜所爱……

亨利·詹姆斯捕捉到这个"小小的主题"后,把故事背景从佛罗伦萨移到威尼斯,写成一个中篇小说,情节十分富有戏剧性。它描写一位酷爱收藏的美国文学评论家,不远千里，奔往意大利的威尼斯，为的是去寻求大诗人阿斯彭生前写给他情妇的一批珍贵书信，并得知这批书信如今正在这位老妇人的年轻的侄女手中。评论家几经周折，终于获得与这位书信持有人对话的机会，不料她却将这些珍贵的文稿焚于一炬。作家在小说中描写了两个出人意料的高潮：老妇人朱莉安娜发现故事讲述人想打开她的书桌时的那双眼睛，"像用煤气灯对一名被逮住的窃贼突然射出一大道亮光"（主万译文），还有她的中年的侄女蒂娜向故事讲述人表示，如果他能成为她们家的一员，"凡是我的东西也就是你的"时，对方吓得逃出了宅院，此类转折性的描述显示了作家在表现主题上极其高超的艺术技巧。

《阿斯彭文稿》最初发表在一八八八年的《大西洋月刊》上，同年稍后与另两篇小说一起出版了单行本。小说曾产生过不小的影响。一九四七年，《阿斯彭文稿》被改编成电影，易名《丢失的瞬间》，由演员苏珊·海沃德扮演蒂娜小姐，罗伯特·卡明斯扮演故事讲述人。一九五四年，美国作家、一九七六年诺贝尔文学奖获得者索尔·贝洛在读过《阿斯彭文稿》后，欣赏之余，模仿它写了一个短篇小说《贡萨加手稿》。一九六二年，著名导演迈克尔·雷德格雷夫爵士将《阿斯彭文稿》搬上戏剧舞台，在百老汇演出，由温迪·希勒和莫里斯·埃文斯饰演主角，获得巨大的成功。在这次首演之后，该剧又多次演出，受到观众的欢迎。一九九八年，美国作曲家多米尼克·阿根托还将《阿斯彭文稿》改编成歌剧，在达拉斯歌剧院做世界性的首演，受到广泛的关注。

《阿斯彭文稿》有它永久的魅力，无疑得感谢亨利·詹姆斯在佛罗伦萨获得的灵感。

Anna Karenina

《安娜·卡列宁娜》

思考理想的家庭生活

一八七〇年二月二十四日，列夫·托尔斯泰（1828—1910）的妻子索菲亚·托尔斯泰娅在她日记中写道：

> 昨天晚上，他（列夫）告诉我，他设想了一个女人的典型：她出身上层社会，已婚，但失了足。他说，他的任务是要把这个女子写得只显得可怜而不显得有罪；并说只要一想到这个女子，所有其他的人物，包括那些男人，都围绕着这个女子聚集起来，找到自己的位置了。"现在，我觉得什么都清楚起来了。"他说。

不难猜到，托尔斯泰说的即将出现在他书中的这个"只显得可怜而不显得有罪"的女子，便是他未来的小说《安娜·卡列宁娜》中的同名主人公。

像他的《战争与和平》中的娜塔莎一样，安娜也是托尔斯泰作品，甚至俄罗斯文学作品中最有魅力的女性形象。安娜一出场，她的迷人风采就立即深深地吸引了读者，给他们留下永远难忘的印象：

> （她）穿着一件黑丝绒的敞胸连衫裙，露出她那像老象牙雕成的丰满的肩膀和胸脯，以及圆圆的胳膊和短小的手。她整件衣裳都镶满威尼斯花边。她的头上，在她天然的乌黑头发中间插着一束小小的紫罗兰，而在钉有白色花边的黑腰带上也插着同样的花束。她的发式并没有什么引人注目的地方。引人注目的是那些老从后颈和鬓角露出来的一圈圈倔强的鬈发，这使她更加妩媚动人。在她那仿佛象牙雕成的健美脖子上挂着一串珍珠。（草婴译文）

不过，作家强调，并不只在于这些穿着，这些外形，安娜的"魅力在于她这个人总是比服装更引人注目。服装在她身上从来不引人注意……这只是一个镜框。引人注目的只是她这个人：单纯、自然、雅致、快乐而充满生气"。最重要、最招人喜爱和同情的是她那勇敢叛逆和不屈追求的个性。

托尔斯泰是凭空"设想"和虚构出这样一个人物吗？有关的回忆和传记作家的研究表明，托尔斯泰在思考小说主题思想的时候，现实生活中的几个女性，她们的形象和命运为他提供了创作的灵感；表明安娜·卡列宁娜这一典型是有多个生活原型的。

谢尔盖·利沃维奇·托尔斯泰（1863—1947）是作家列夫·托尔斯泰的儿子，他曾写过一篇长文《反映在〈安娜·卡列宁娜〉中的现实生活》，专门记述有关他父亲创作《安娜·卡列宁娜》的情况。在这篇长文中，谢尔盖·托尔斯泰写道：

> ……列夫·尼古拉耶维奇当时在思考理想的家庭生活，认为改换丈夫或妻子无疑都是不道德的行为。他希望将这一想法表现到他的小说里去。这时他读了许多描写家庭生活的英国小说，有时开它们的玩笑说："这些小说，最初都是男的搂着女的

画家笔下的安娜

影片中的安娜

waist（腰），然后是求婚，得到财产和领地。这些小说家都是以他和她结婚结束他们的小说。但是小说不应只写他们婚前发生了什么，还应写婚后发生了什么。"

"婚后发生了什么。"问题是结婚、组成一个家庭之后，就如《安娜·卡列宁娜》第一句写的："幸福的家庭家家相似，不幸的家庭个个不同。"相似的故事绝不是理想的小说题材，喜剧性的故事容易流于平庸；震撼读者心灵的多半是不幸的悲剧。

于是，托尔斯泰最初的构思便是一个不忠实的妻子以及由此而发生的悲剧，这样一个带有"私生活"色彩的故事。作品中的女主人公，据苏联文学史家、托尔斯泰的传记作者谢尔盖·贝奇科夫说："她的外表和行动中充满着感官的成分，在她的整个气质上也含有某种品行不端的因素。这是个趣味恶劣的女人，智力非常低下，毫无心肝，卖弄风情，在宗教问题上假仁假义是一贯的特性。"（吴钧燮译文）

这完全是一个不可能让人怜惜，更无法喜爱的女子。是一次突发事件，使托尔斯泰深受震动，改变了原有的构思，打定主意，要写一个"只显得可怜而不显得有罪"的女子。

那是一八七二年。作家的小女儿亚历山德拉·托尔斯泰娅回忆说："一八七二年一月，托尔斯泰家的近邻亚历山大·尼古拉耶维奇·比比科夫的情妇安娜·斯捷潘诺芙娜·皮罗果娃自杀身亡。（母亲）索·安·托尔斯泰娅在一月十八日给妹妹塔妮娅的信中写道：'……我们的近邻雅申基村还发生了一件悲剧。你记得比比科夫家的安娜·斯捷潘诺芙

世界名著
背后的
故事

18
19

娜吗？告诉你，安娜·斯捷潘诺芙娜忌妒比比科夫同家庭教师的关系……于是扑到车厢下面，被火车碾死了。'"

亚历山德拉·托尔斯泰娅说的亚历山大·尼古拉耶维奇·比比科夫（1827—1886）是托尔斯泰的邻居和朋友，住的离位于图拉省西南十二公里托尔斯泰的宅邸雅斯纳雅·波良纳很近。他是一位中产地主，平时十分好客，很招人喜欢。比比科夫多年丧妻鳏居；后来与一个叫安娜·斯捷潘诺芙娜·皮罗果娃的黑发女子同居。这女子是一位破产的退伍上校的女儿，个子高大，一张俄罗斯人的宽圆脸，并不漂亮，不过那双灰色眼睛，有些讨人欢喜，使人觉得还算亲切可爱。

一天，安娜和比比科夫发生了剧烈的争吵，起因是她认为比比科夫与女家庭教师有染。吵过之后，安娜便匆匆收拾东西，走出家门，离开了比比科夫，永远离开了图拉。此后的三天里，都没有人见到过她。最后，她来到离雅斯纳雅·波良纳不远的雅申基车站（今日叫谢基诺车站）。在这里，她付给站上的马车夫一个卢布，请他送一封信给比比科夫，要他做出答复。但是，比比科夫不接受她的信。等马车夫回到车站时，他得知安娜已经投身轮下，被火车碾死了。这是一八七二年一月四日的事。几天之后，此事在一月八日《图拉省公报》刊登的一则消息上得到了证实：

> 一月四日晚七时，一位穿着体面的年轻女子来到莫斯科—库尔斯克铁路的克拉皮温县雅申基车站，走近铁轨，在七十七次火车驶过之时，划一十字，投身火车轮下，被碾成两段。事故正在调查中。

事后，托尔斯泰曾特地去了一趟雅申基车站，并在雅申基的营房里，看到安娜·皮罗果娃的尸体，赤裸裸地被摆放在大理石桌上解剖。这给他留下极深的印象。于是，俄国出身的法国著名传记作者亨利·特罗亚在《托尔斯泰传》中谈到此事如何影响他《安娜·卡列宁娜》的创作：

……托尔斯泰立刻获得启示。他记起上年（1872）发生的一件使他深感悲伤的事。他的一个邻人和朋友比比科夫，这个卑劣的猎人，与一个叫安娜·斯捷潘诺芙娜·皮罗果娃的女人生活在一起，这个脸孔宽圆、身材高大、发育丰满、行为放荡的女人成了他的情妇。但因他和德国家庭女教师的关系，他后来忽视了她，甚至打定主意要跟这个金发碧眼的小姐结婚。意识到他的背叛之后，安娜·斯捷潘诺芙娜的嫉妒心爆发到了极点；她带了一捆衣服跑了，在郊外游荡了三天，伤心得发狂。然后她投身于雅申基站一列火车的轮下。死前她给比比科夫写过一纸便条："是你谋杀了我。如果凶杀能使你高兴，你就高兴去吧。你要是喜欢的话，你可以在雅申基站的铁轨上看到我的尸体。"那是一八七二年一月四日的事。第二天，托尔斯泰赶到那个车站，在有一名警官在场进行尸体解剖的时候，做一名旁观者。他站在这个简陋营房的一个角落，这女人的尸体躺在台面上，血肉模糊，残缺不全，骨头都轧碎了，每个细节他都看到了。多么无耻，他想，而又是多么忠贞。那白净的裸露的肉体，那对僵死的乳房，那曾感受过也给过人愉悦、现已无力扭动的大腿，让他把死的教训带回了家。他试图想象，这个可怜女人的存在，她为了爱而所得到的不过是遭遇一次丑陋的司空见惯的死。

托尔斯泰采用了安娜·皮罗果娃因被情人抛弃而投身轮下的悲剧的死，而抛弃了她的外形特点。在《安娜·卡列宁娜》第七部的最后几章，像安娜·皮罗果娃一样，安娜·卡列宁娜虽被渥伦斯基抛弃，仍曾怀着希望，一次次等待和相信"他（渥伦斯基）会回来的"。甚至要亲自去找他，"要把话同他说个明白"。直到一切都绝望了，才下定决心："我要惩罚他，摆脱一切人，也摆脱我自己！"精神恍惚中，投身于火车的轮下。

托尔斯泰描写安娜·卡列宁娜迷人的外貌，根据的是另一个原型人物。

谢尔盖·贝奇科夫指出，托尔斯泰的《安娜·卡列宁娜》，不但"开头是照普希金的艺术手法来写的"，也就是小说第二部描写歌剧结束、安娜等从歌剧院出来后在培特西公爵夫人家的那几章，"是受了普希金的《宾客齐集在别墅中》这个片段的影响而写成的"；"同时作家选择了诗人的女儿马丽雅·亚历山大罗芙娜·加尔同格（普希金娜）作为作家女主人公的模型，把她外形上许多生动的特征刻画在安娜的身上，这也不能说是一件偶然的事"。

这的确"不能说是一件偶然的事"。

大诗人普希金的女儿马丽雅·亚历山大罗芙娜·加尔同格（1832—1919）生于一八三二年，受过良好的教育，九岁时即能自如地讲德语和法语，还能阅读四种语言文字；然后入叶卡捷琳娜大学，于一八五二年毕业后，进了俄罗斯帝国宫廷。一八六〇年四月，马丽雅嫁给拿破仑战争中的步兵上将尼古拉·伊万诺维奇·加尔同格的儿子，主管图拉和莫斯科兵工厂的列奥尼德·尼古拉耶维奇·加尔同格。贝奇科夫显然是根据女作家塔基亚娜·库兹明斯卡娅在回忆录中的记述。

塔基亚娜·安德烈耶芙娜·库兹明斯卡娅是托尔斯泰夫人索菲亚·安德烈耶芙娜的妹妹。青年时代她的大部分时间都是在托尔斯泰位于雅斯纳雅·波良纳的家中度过的。托尔斯泰把她看成朋友，经常让她陪着一起骑马、打猎；她还曾帮托尔斯泰修改《战争与和平》开头的几章。后来从一九一九年起直到一九二五年去世，塔基亚娜·库兹明斯卡娅也都待在雅斯纳雅·波良纳，对雅斯纳雅·波良纳和它的主人的一切都十分熟悉和了解。

塔基亚娜·库兹明斯卡娅写过一篇回忆录《我的家庭和在雅斯纳雅·波良纳的生活》，被专家认为是研究托尔斯泰不可或缺的资料。在《我的家庭和在雅斯纳雅·波良纳的生活》中，塔基亚娜·库兹明斯卡娅肯定普希金的女儿马丽雅·加尔同格也是安娜·卡列宁娜的原型之一。不过，她解释说："普希金的女儿马丽雅·亚历山大罗芙娜·加尔同格为安娜·卡列宁娜这一典型提供的不是性格，也不是生活，而是人物的外貌。"为证明她说得不错，她接着补充了一句，说"列·尼（·托尔斯泰）本人也承认这一点"。

一八六八年，在图拉屠鲁别耶夫将军家做客时，托尔斯泰见到了马丽雅·亚历山大

创作中的托尔斯泰

罗芙娜·加尔同格。那天,塔基亚娜·库兹明斯卡娅说,"她就像小说里舞会上的安娜·卡列宁娜,穿一件黑丝绒的敞胸连衫裙;轻柔的步态驱使着她那相当结实却又挺直而优雅的身姿",立刻就引起人们的注意。当时,列夫·尼古拉耶维奇就坐在离她不远的茶桌旁。"我看到,他紧盯着她看。"因为塔基亚娜·库兹明斯卡娅以前就认识她。托尔斯泰便问:"她是谁?"

"加尔同格夫人,普希金的女儿。"塔基亚娜·库兹明斯卡娅回答说。

"是啊——是啊,"他(托尔斯泰)拖长声调说,"现在我明白了。你看她颈项上那阿拉伯式的鬈发。何等的高雅啊。"

接着,塔基亚娜·库兹明斯卡娅补充了一句,说:"关于马·亚·加尔同格穿镶花边的黑丝绒的敞胸连衫裙和列·尼·紧盯着看她颈项上的阿拉伯式的鬈发,我听我母亲也说起过。"不过,塔基亚娜·库兹明斯卡娅说,托尔斯泰在设想安娜的外貌时,可能还想到了另外几个女人,如娘家姓加科夫的亚历山德拉·阿列克谢耶芙娜·奥伯龙斯卡娅和她的妹妹玛利亚·亚历克赛耶芙娜·加科娃。有一段时期,托尔斯泰对她俩很有好感……

玛利亚·加科娃原本嫁给谢尔盖·米哈伊洛维奇·苏霍金,后被他遗弃。苏霍金官拜莫斯科宫廷办公厅副主任,是一个投机钻营的家伙,托尔斯泰对他很了解。一八六八年,玛利亚·加科娃再嫁当时颇有名气的宫廷官员 C.A.拉蒂任斯基。玛利亚·加科娃非常漂亮:一张秀丽而有神采的脸,好看而充满智慧的眼睛,外貌、仪表都有一副贵族的气度。这样的女人当然是会令男性神魂颠倒的。年轻时的托尔斯泰就曾对她十分钟情,

有好几次在日记中记下过自己的这种感情。塔基亚娜·库兹明斯卡娅认为托尔斯泰思考安娜的故事情节,可能从她的生活际遇中得到过一些启示。但这尚缺乏资料。此外,塔基亚娜·库兹明斯卡娅相信:

> 显然,托尔斯泰还知道另一些类似的爱情事件。如,П.А.维亚谢姆斯基亲王的女儿,嫁给了П.А.法鲁耶夫之后,受了斯特洛加诺夫伯爵的诱惑。她死于一八四九年,据说是服毒自杀的。另一个例子是所谓的非法同居,是偶然见到的:一八七二年夏,我们全家去父亲不久前购置的萨马拉庄园。乘轮船去萨马拉的途中,我们认识了Е.А.戈利岑娜公爵夫人和她的平民丈夫Н.С.基谢廖夫。记得我母亲曾经说起过,戈利岑娜抛弃自己的丈夫和基谢廖夫同居,在社会上被认为是可耻的,但在她则是情有可原,因为她以前的丈夫是个坏丈夫,怎么坏我不知道。基谢廖夫当时患肺结核,病得很重。戈利岑娜带马奶给他治病。我记得他咳得很厉害,人也很消瘦。后来我们得知他不久就死了……

安娜·卡列宁娜作为一个典型人物,伟大的现实主义作家托尔斯泰无疑是从社会上众多的女性身上吸取滋养,但主要的是安娜·皮罗果娃、马丽雅·加尔同格和玛利亚·加科娃等几个,这是毫无疑问的。这些女性的不幸命运,从反面为托尔斯泰思考和表现理想的家庭生活提供了人物的原型。

Eugene Onegin

《叶甫盖尼·奥涅金》

俄国文学中第一个"多余人"

  人类的疾病，本质上是由机体内环境状态调节发生障碍而引起的生理或心理症状。障碍的产生不仅只是体内器官的原因，也不仅是体外有害生物的关系。由于社会的文明和进化，要求社会成员个体能以进化文明的方式与社会的价值观念相适应，这就使社会成员个体在某些方面受到限制、损失甚至牺牲，终致患病。中世纪的基督教向文明贡献了知识、哲学和谦让、博爱精神，但也给社会留下了一大批神经质的禁欲主义者。文艺复兴推倒了黑暗的旧秩序，使人的个性和思想获得了解放。但是一二百年来，主观的权利、个人的自由、心灵的意愿，越来越得不到实现。于是，情绪极端沮丧，热情备受压抑，内心无比忧伤，而且越是有过高的愿望、过高的要求的人，越是感到沮丧、压抑和忧伤；越是心智聪慧、感觉敏锐、富有教养的人，越是感到沮丧、压抑和忧伤。这就是"忧郁病"——个性解放和思想解放的一种世纪性的产物，或者就叫"世纪病"。一大批浪漫主义诗人、作家在他们所创造的人物身上，发泄了自己这种"世纪病"的心态和情绪。从文学中第一

普希金

个最突出的病例——法国诗人弗朗索瓦·勒内·德·夏多布里昂的勒内（《勒内》）起，到法国阿尔弗雷德·德·缪塞的沃达夫（《一个世纪儿的忏悔》）、德国弗里德里希·施莱格尔的尤利乌斯（《卢琴德》）、路德维希·蒂克的洛维尔（《威廉·洛维尔》）、英国乔治·拜伦的哈洛尔德（《恰尔德·哈洛尔德游记》）……这种病在西欧，十九世纪末期，"多到遍地皆是"。随后往东传播，则有俄国米哈伊尔·莱蒙托夫的毕巧林（《当代英雄》）、伊凡·屠格涅夫的罗亭（《罗亭》）和波兰朱里乌斯·斯洛瓦茨基的科尔迪安（《科尔迪安》）……而普希金的奥涅金算得上是最典型的一个。格奥尔格·勃兰兑斯指出：患这种忧郁病是"十九世纪初期欧洲文学中男主人公的共同特点"，那是"由时代为之动乱不安的全部执拗的心理所决定的。气质不相同的作家都趋之若鹜地来写这一典型了"。

是的，普希金笔下的奥涅金患的就是这么一种病：

他已经患上了一种病症，／这原因早该好好探寻，／他像英国人那样消沉，／简单说，俄国人的忧郁病已经渐渐上他的身；／感谢上帝，他总算不想／用枪结束自己的生命；／可是对生活却提不起精神。／他像哈洛尔德那样忧愁倦怠，／出现在上流社会的客厅；／无论是流言还是打牌，／是多情的秋波、做作的叹气，／什么也不能打动他的心，什么也不能引起他的注意。（冯春译文）

普希金的妻子

    普希金长诗《叶甫盖尼·奥涅金》中这位男主人公身上的病症，其实是带有几分诗人自己的影子的。诗人在创作此诗的前几年，便在相当程度上"像哈洛尔德那样忧愁倦怠"。

    亚历山大·谢尔盖耶维奇·普希金（1799—1837）虽然出身于贵族家庭，一八一七年从皇村学校毕业后，以十品文官官衔的身份到外交部供职。但是一颗热爱自由的心和接受作家、思想家亚历山大·拉季舍夫和法国启蒙主义者的著作，使他在一八一七年创作出了著名的《自由颂》一诗，在社会上产生重大的影响，诗被交到沙皇的手中，留下了祸根。第二年，他的另一首诗，反对沙皇专制、向往未来自由的《致恰达耶夫》，以及别的无情痛斥"游荡的暴君"和"全俄国的压迫者"的讽刺诗，加上他在一八一九年就参加了与十二月党人的秘密组织有联系的文学团体"绿灯社"，"罪行"是足够了。于是，沙皇亚历山大决定判处这位诗人流放西伯利亚。只是因为名作家尼古拉·卡拉姆金和名诗人华西里·茹科夫斯基的说情，才以调任的名义，将他流放南方。

    一八二〇年五月六日，普希金"撕破了束缚他的罗网"，离开彼得堡，经十多天行程，来到位于第聂伯河沿岸的叶卡捷琳诺斯拉夫城，拜会了上司和监护人英左夫将军之后，就作为一名编外人员留了下来，没有固定的工作，仅仅每星期去报三次到。

    一天，卫国战争的英雄拉耶夫斯基将军一家去参观高加索矿泉时途径叶卡捷琳诺斯

普希金的第一个情人

拉夫。因为将军的次子尼古拉·拉耶夫斯基是普希金的朋友,得知普希金在这里,便来看望当时正在病中的诗人,并邀请他随同他们去往高加索方向。得到许可后,普希金被抬上一辆敞篷四轮马车,与尼古拉坐在一起;将军和他两个女儿玛丽亚、索尼娅以及医生、女伴则坐另外两辆双排座的小马车。在路上,好心的将军发现普希金有病,形体消瘦、脸色苍白,便叫他改乘自己的车。

旅途中,看到一片大海时,玛丽亚、索尼娅都兴奋极了,立刻下车奔向海边。十五岁的玛丽亚·拉耶夫斯卡娅平日举止优雅,见到大海,也立刻显得活泼而淘气,她一下子扑向海浪,去追逐泛白的浪花。小姑娘像一只小猫,随着海浪一上一下,一前一后,但怎么也追赶不上。普希金看着这个褐发的少女是那么的洋溢着活力,动作又是那么的敏捷,受到一丝儿触动,写出了一首诗,说"我愿意变成浪涛,／用嘴唇去吻你的双脚"。

普希金在高加索待了两个月,欣赏山地优美的风光,听淙淙的溪水流淌,每日都在含硫和铁的矿泉中洗澡,使他的身体得到了调养。到了八月初,他与尼古拉的哥哥亚历山大离开高加索,一起去克里米亚半岛上尤尔卓夫拉耶夫斯基将军的领地。普希金就下榻在拉耶夫斯基家。

这是一座两层的城堡建筑,阳台、长廊和窗户面对一片蔚蓝的大海,堡内还有古老的图书馆。普希金很少外出,只在室内读读法国民主主义作家的作品和乔治·拜伦的诗篇;或者到海里洗个澡。他在给他弟弟的一封信里描述这里的生活,说美丽的南国的天空，连绵的群山，幽静的环境，还有花园、大海，又是住在这么一个家庭里，生活自由，无忧无虑，而且"两位小姐都十分可爱""我太喜欢这里的生活了！我还从来没有如此享受过。……我多么渴望再遇到拉耶夫斯基一家啊"！

"对自己所见到的漂亮女性，多少都有一种爱慕之情"是普希金作为诗人的天性。人们认为，克里米亚的风光固然让诗人喜欢，但拉耶夫斯基家的两位小姐是更引起普希金高兴的重要原因。拉耶夫斯基将军共有四个女儿，除了小的两个，对大女儿、二女儿，普希金也有爱意，特别是玛丽亚·拉耶夫斯卡娅，有些研究者说，虽然普希金或许暗示过，却的确没有明白地向她表达过爱意；而少女本人也否认，普希金除了友谊之外对她没有爱情，说普希金只是觉得自己应该爱所有漂亮的女性，"实际上，他钟爱的是诗神缪斯，他这样做只是为了写诗"。但他们相信普希金一直都在默默地爱着她。他对玛丽亚·拉耶夫斯卡娅的爱，让他把她的童年作为《叶甫盖尼·奥涅金》女主人公达吉雅娜·拉林娜的生活的一部分写进了作品。达吉雅娜在孩提时代，就"不想／和女孩子们一起蹦跳玩乐，／却经常整日里单独一个人／默默地望着窗外出神。／从摇篮时代最初的几天起，沉思就成了达吉雅娜的忠实的伙伴"，她"常对着听话的玩偶，／跟它在一起说说笑笑，／学习社交界的规矩和礼节，／而且煞有介事地对着它／重复着母亲教导过的话"。稍大一些之后，达吉雅娜也喜欢在冬天"黑咕隆咚的夜里"，听"各种各样怕人的故事"，听得"心儿着迷"；还喜欢读英国作家塞缪尔·理查逊和法国浪漫主义首领让－雅克·卢梭的作品……达吉雅娜·拉林娜的这些个性就是童年的玛丽亚·拉耶夫斯卡娅的个性。

普希金于九月离开尤尔卓夫，因为英左夫将军的办公地点已经从叶卡捷琳诺斯拉夫迁往比萨拉比亚的基什尼奥夫，他就回到新址基什尼奥夫城。

基什尼奥夫远离首都彼得堡，普希金在这里生活得非常单调，感到十分难受。经过多次请求，加上他在彼得堡和莫斯科的朋友的斡旋，才获得同意，得以于一八二三年七月调至敖德萨南俄总督米哈伊尔·沃龙佐夫伯爵的办公处工作。

《叶甫盖尼·奥涅金》插图

在敖德萨，普希金在政治上处处受着总督的监视。他不愿与他所在的那个社会阶层同流合污，可他又不能不应付他生活的环境，这就使他如一位了解他的人说的，"产生自暴自弃的想法"。也许只有从女性的爱情中，才能使他获得一些愉快。

的确，出于天性，在敖德萨，普希金也如在别处一样，爱上了几个年轻漂亮的女子。富商的妻子阿玛丽雅·李兹尼奇是其中一个。但到年底，阿玛丽雅怀孕了，过了年不久，便因产后出血不止而死。普希金是在两年之后才得知阿玛丽雅的死讯的，他感到十分悲痛。在阿玛丽雅生育孩子前的一两个月，他因无法与她见面，便另觅新欢，找的正是米哈伊尔·沃龙佐夫的妻子伊丽莎·沃龙佐夫伯爵夫人（1792—1880），或叫伊丽莎·沃龙佐娃。

伊丽莎的父亲是波兰的一位伯爵，她的内心深处隐藏着波兰女性所特有的风骚。只是因为她的家教一向很严，使她的个性受到压抑。嫁给总督后，她的被禁锢的青春活力获得了解放，她就打扮、交际、玩乐，充分享受生活的愉悦和欢快。她可能并不十分漂亮，眼睛不大，但目光温柔，带有一点儿忧郁，像是能穿透对方的心灵；她的嘴唇露出一丝微笑，使人感到仿佛在引诱人去与她亲吻；她已经有三十左右的年纪，可无论在精神上或肉体上，都显得异常年轻。

普希金大概是一八二三年底前后在聚会上与伊丽莎认识的。伊丽莎很喜欢在自己的客厅举办聚会，与各界人士谈笑聊天，开始，她虽然很高兴跟普希金交谈，听他做同音

决 斗

异义词的游戏,她的兴趣仅是因为听说这位诗人是阿玛丽雅的情夫,出于好奇,想了解他们相爱的细节。慢慢地,他们两人才亲密起来。后来,普希金的一位好友带妻子来敖德萨接受海水浴治疗,好友的妻子与伊丽莎是亲密朋友,普希金在他们家里也遇到过伊丽莎,他和这两位女性一起到海边散步,共同去海上划船,于是渐渐地,普希金与伊丽莎的感情就从友谊上升到了爱情。传记资料记载,普希金不但得到伊丽莎的第一次吻,而且"可以断定,他的情欲得到了满足"。

被戴绿帽子的丈夫米哈伊尔·沃龙佐夫原来由于政治上的关系,就把普希金看成他的敌人,现在受到同时也在爱着他妻子的亚历山大·拉耶夫斯基的挑拨,对普希金就更忌恨了。他多次向彼得堡方面写信,找借口让普希金离开敖德萨。终于,在一八二四年七月底,普希金被押解到普斯科夫省他父母的领地米哈伊洛夫斯克村,交地方当局和教会监视。在这两年里,只有童年时代的老保姆,陪伴诗人那颗孤独而痛苦的心。所幸在离别之前,多情的伊丽莎赠送给他一枚金戒指,上面刻有希伯来文的字母,让他感到了安慰。别后,这位情妇还多次给普希金写去盖有与这文字相同印记的信。每次收到这信,普希金就一个人躲进室内,独个儿读,重温这段深切的爱情。普希金一直把这枚戒指带在身边,后来还写过一首题为《护身符》的诗,把情妇送他的这枚戒指尊为自己的"护身符"。

普希金一直忘不了伊丽莎的感情,他在创作《叶甫盖尼·奥涅金》塑造达吉雅娜的外形时,想起了他亲爱的伊丽莎。普希金的传记作者亨利·特罗亚指出,在创作《叶甫盖尼·奥涅金》这首长诗时，普希金"通过女主角达吉雅娜温柔的面孔，写出了伊丽莎的眼神和微笑"。

十九世纪的俄罗斯青年，有像十二月党人那样不满沙皇黑暗统治，思考着社会改革并且付诸行动的贵族青年；也有沉醉于爱情游戏，碌碌无为，仅满足于物质享受的庸俗的纨绔子弟。革命者在失败之后，他们有的被判处绞刑，另一些被流放到偏远的西伯利亚；那些纨绔子弟自然无所作为。这就使多数曾经有过抱负的青年知识分子沦为介乎两者之间的普遍存在：他们对社会的黑暗深感不满，对自己也觉得厌倦，却又不知怎样改造这个社会，因此精神空虚，生活没有目的，终日患着所谓的"忧郁病"。普希金在《叶甫盖尼·奥涅金》中就塑造出了叶甫盖尼·奥涅金这么一个患"忧郁病"，这种世纪性疾病的"多余人"形象，它是俄国文学中第一个、也是最典型的"多余人"形象。

奥涅金在贵族阶级所应有的教育中，受到西方文明的熏陶，又爱读颂扬自由和个性解放的诗歌，引导他思考当前的一些社会问题。"时代为之动乱不安的全部执拗的心理"，"决定"了他患上"忧郁病"，使他对什么都不感兴趣，对上流社会的生活自然已经厌倦，对人生也抱着冷淡的怀疑主义的态度。因此，当达吉雅娜向他表达爱情时，他的厌倦和忧郁竟使他说出这样的话来："……我不是为幸福而生，／它和我的心没有缘分，／您枉然生就这样的美质，／受用它我没有这样幸运。／请相信吧（良心就是保证），／我们的婚姻将很痛苦。／无论我是多么爱您，／日子一久，我就变得冷酷；／您会悲伤地哭泣，而眼泪／绝不会感动我的心灵……"拒绝了这位纯洁少女真诚的感情。长诗的最后，奥涅金经历了几年的生活波折之后回来时，"他没有成为一位诗人，／没有死去，神经也没有错乱"。自然，什么社会问题、生活意义，他都不会再想了。因为他已经走完了他的"多余人"的道路，像一般的人那样地生活。这时，他觉得自己"无力抗拒自己的感情"，于是才去追求达吉雅娜；"我多么想抱住您的双膝／痛哭一场，在您的脚下／真诚地恳求表白和哀诉……"但是这时的达吉雅娜已经违心地嫁给了一个年老的将军，成为受人景仰的沙龙女主人了。他得到的只有冷淡。

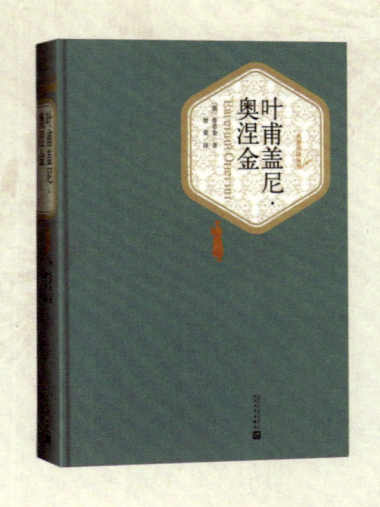

普希金在《叶甫盖尼·奥涅金》中曾经宣称："……所有的诗人／都是虚幻的爱情的朋友。／常有这样的事,我梦见／一些可爱的人儿,我的心头／便秘密地藏起它的倩影,／然后缪斯来复活这些闺秀；就这样我这悠然自得的诗人,／便唱起我的理想……"在这部长诗中,普希金把他对他所爱过的玛丽亚·拉耶夫斯卡娅和伊丽莎·沃龙佐娃这两位女性的真挚的、深切的情感移到了达吉雅娜的身上,所以能把达吉雅娜写得那么的可亲、可爱,以至于达吉雅娜成为诗人作品中最动人的一个女性形象。不过,也不能因此就把《叶甫盖尼·奥涅金》看成只是描写他个人爱情的诗作。作为一位伟大的诗人,普希金既能在诗中写下他自己的生活经历和感情经历,同时又能跳出自己的狭隘的生活圈子。

普希金是在基什尼奥夫开始创作《叶甫盖尼·奥涅金》的,直到一八三一年才完成。这几年里,诗人对现实的了解扩大了,对社会的认识也加深了,这都有助于作品的内涵获得更进一步的丰富。《叶甫盖尼·奥涅金》围绕奥涅金的生活,视觉从首都扩大到外省,从彼得堡的上流社会拓展到莫斯科的贵族之家,和农村的地主领地,把种种不同的生活画面和社会斗争场景都一一展示在读者面前,把当时的社会背景都一一揽入其中,这使诗篇在一定程度上具有百科全书式的生活反映。

The Idiot

《白痴》

名画"基督尸体"的刺激

在瑞士的北部,莱茵河畔,比尔斯河及维瑟河口,法国、德国与瑞士的交界口,有一座著名的文化城市巴塞尔。叫它文化城是因为,它首先是瑞士人文主义和宗教改革运动的主要中心之一,第二代改革运动最主要的人物、法国人让－加尔文(1509—1564)一五三三年发觉法国政府对改革不再宽容,就逃到这里,继续他的改革,并于一五三六年在这里出版了他阐述新教信仰的最重要的著作《基督教原理》;随后转至瑞士的另一个城市日内瓦,从一五四一至一五四九年实验他的关于蒙上帝特选之人组成严守戒律的社会的理想。另外,巴塞尔还以它的晚期哥特式市政厅、最古老的宗教建筑物圣马丁教堂,特别是公共艺术馆,显示出它浓厚的文化特征。

巴塞尔的"公共艺术博物馆"是瑞士最大、最著名的艺术收藏点,藏有从十五世纪初直至今日的大量极有价值的艺术作品,其中收藏最多的是霍尔拜因家族的作品,和老克拉纳赫的作品。十七、十八世纪的艺术有鲁本斯、伦勃朗、老勃鲁盖尔等佛兰德斯和荷兰艺术家的作品，还有十九世纪印象派画家马奈、莫奈、高更、塞尚的作品，和二十世纪毕加索、蒙克、考考斯卡、克利、夏加尔等各不同流派的著名艺术家的作品。

一八六七年二月，在结婚十年的妻子病逝后的第四年，俄国作家费奥多尔·陀思妥耶夫斯基（1821—1881）与他的速记员、二十二岁的安娜·格里戈里耶芙娜·斯尼特金娜结婚。随后，他们决定去国外"度蜜月"。实际的原因是他自己一八六七年八月二十八日给阿·尼·迈科夫的信中说的，"主要有两个：一、要挽救的不仅仅是健康，甚至可以说是生命，癫痫病每周发作，清楚地感觉并意识到这种神经性的和大脑的疾患是非常痛苦的……有时使我发狂。第二个原因是我的处境：债主再也不愿意等待了，我离开的时候（债主）拉特金和佩恰特金已递交了追偿申请，我差一点被逮住……"（徐震亚译文）当然，陀思妥耶夫斯基一直也都喜欢去国外旅行，且国外的生活也要比在彼得堡便宜一些。

为这次旅行，陀思妥耶夫斯基除了向《俄罗斯导报》预支了一笔稿酬外，安娜也把自己的全部妆奁以及钢琴、皮货等贡献了出去。

这次国外旅行，原来计划是三个月。他们于一八六七年四月十四日出发，先是在日内瓦待了一段时间，然后去佛罗伦萨、维也纳、布拉格，又去了巴登和瑞士，最后定居德累斯顿，于一八七一年七月启程回国，整整有四年多。

在国外的这几年里，陀思妥耶夫斯基的时间很多是浪费在赌桌旁的。但是喜爱艺术的作家也不忘有机会去参观欧洲的一些艺术馆，特别使他难忘的是年轻时读了前辈作家尼古拉·卡拉姆津的《一位俄国旅行者的通信》，在这本书中，卡拉姆津说到，他曾怀着极大的兴趣在巴塞尔观赏过"光荣的霍尔拜因的绘画作品"《墓中的基督尸体》，说虽然从这幅画作中，"刚刚从十字架上卸下来的基督身上，看不出任何神圣的东西，但作为一个死人，他却被描绘得十分质朴自然"。他一直惦记着。

陀思妥耶夫斯基夫妇原来是计划从德国的巴登直接去巴黎或者意大利的。考虑到经济的拮据，决定前往瑞士日内瓦暂居，待情形好转后再去南方。于是在一八六七年八月

安娜·格里戈里耶芙娜·斯尼特金娜

二十三日去往日内瓦时，途中于二十四日在巴塞尔待了一昼夜，为的就是参观那里的"公共艺术博物馆"中小汉斯·霍尔拜因的这幅画。

德国的霍尔拜因是一个艺术家之家。父亲老霍尔拜因和叔父西格蒙特以晚期哥特派画家而闻名，哥哥安布罗休斯也是画家，汉斯（约1497—1543）和他两人都师从父亲学画。

在小汉斯·霍尔拜因的一生中，巴塞尔是他重要的生活和工作之地。他第一次来巴塞尔是一五一五年，在这里待了十年。一五二六年，因巴塞尔发生严重的宗教骚乱，他由人文主义者伊拉斯谟介绍去了英国，一五二八年返回巴塞尔，又在这里待了四五年。

在巴塞尔，小霍尔拜因创作了大量的肖像画，还装帧书籍和作版画插图，最著名的有由他本人设计和刻出的五十三幅木刻画《死亡之舞》。

陀思妥耶夫斯基希望看到的这幅《墓中的基督尸体》是小霍尔拜因一五二一年创作的一幅油画，长二百厘米，宽三十点五厘米。安娜·斯尼特金娜在八月二十四日的日记中写道：霍尔拜因的《墓中的基督尸体》"是一件非常惊人的作品"，陀思妥耶夫斯基对它推崇得很，称赞霍尔拜因是最杰出的画家和诗人。通常，人们描绘死后的耶稣基督时总是着力表现他那被痛苦扭曲的脸，而对他实际上被折磨到极点的伤痕累累的身体却从不去表现。这幅画画出了基督那瘦骨嶙峋的身体，骨头、肋条明晰可见，

陀思妥耶夫斯基像

双手双脚带着被刺透的伤痕，和一般开始腐烂的尸体一样，肿胀发青。他脸上凝固着一种极端痛苦的表情，眼睛半睁着，然而黯淡无神。什么也不会看见了，鼻子、嘴、下巴也已发青。总之，画中的基督酷似现实中的一具尸体，画得那么逼真，以致我不愿意和它待在一个房间里。也许，这是一种惊人的真实，但是它绝不是一种美，它使我产生的只是厌恶和恐惧。可费佳（陀思妥耶夫斯基的爱称）对这幅画评价极高。他想凑近细细观赏，便站到了椅子上……（路远译文）

后来在《回忆录》中，安娜·斯尼特金娜又一次写道：

  我丈夫早就听别人说过这幅画，它是德国画家汉斯·霍尔拜因的手笔，画的是基督耶稣的死的形象，耶稣受尽了非人的残酷折磨，已经从十字架上撤了下来，任其腐烂。他那浮肿的脸上血迹斑斑，满是伤痕，样子十分怕人。这幅画给费奥多尔·米哈伊洛维奇（陀思妥耶夫斯基）留下了压倒一切的凄惨印象，他站在画前，似乎惊呆了。这幅画我实在看不下去了：印象太沉闷了，对于我那敏感的神经来说，尤其受不了。因此我便到别的展厅去。过了十五到二十分钟，我回来后，发现费奥多尔·米哈伊洛维奇仍然一动不动地站在画前，好像钉在那里似的。在他激动的脸上有一种吓人的表情，那是我在他癫痫发作之前曾不止一次见到过的。……所幸，病并没有发作。费奥多尔·米哈伊洛维奇终于悄悄平静下来，在离开博物馆时还坚

持再一次进去看看那幅使他如此震惊的画。（马占芳等译文）

小霍尔拜因创作的《墓中的基督尸体》，深深地感动了陀思妥耶夫斯基，使他在思考和创作《白痴》的时候极受启发。

陀思妥耶夫斯基的传记作者格罗斯曼说，《白痴》是"作家根据他在塞米巴拉金斯克恋爱期间所受到的精神刺激写出来的"。

因参加彼得拉舍夫斯基小组于一八四九年被捕、被判处死刑、又临刑时被改判为四年劳役，最后于一八五四年释放至西伯利亚的城市塞米巴拉金斯克服四年兵役期间，陀思妥耶夫斯基结识了税务员亚历山大·伊万诺维奇·伊萨耶夫和他的妻子玛丽亚·德米特里耶芙娜·伊萨耶娃。伊萨耶娃二十六岁，身材适中、风姿秀逸，且博览群书，受过良好教育，又头脑聪慧、思维敏捷、感情炽烈、心地善良。但是她患有肺结核，丈夫又是一个酒鬼，所有正派的人都和他们断绝关系，使她在贫困和不幸中饱受煎熬。陀思妥耶夫斯基怀着年轻人的热情，热烈地爱上了她，同时又怀疑她是否也爱他。两年后，穷困的伊萨耶夫终于谋到一个新差事，要去遥远荒凉的小县城库兹涅茨克任一家小饭馆的经理。想到就要与玛丽亚分手，陀思妥耶夫斯基感到生活中的一切都落空了。好在告别后，两人仍旧保持通信。不久，玛丽亚在信中多次提到她有了新朋友，是"一个讨人喜欢的青年教师"，且"心灵崇高"；后又说她丈夫因肾结石去世。于是，陀思妥耶夫斯基一八五六年六月乘出差之际去了一趟库兹涅茨克，和玛丽亚相处了两天，得知这名情敌是一个比她小五岁的中学教师韦尔古诺夫，觉得她似乎同时爱着他又爱着自己，处在感情的纠葛之中。他一方面认为，她和韦尔古诺夫的婚姻不会有什么结果，另一方面，觉得自己是一个"受惩罚的国事犯"，是"无限期的列兵"，"她毕竟不能嫁给一个大兵啊"！只是到了这年的十月三十日，一纸皇帝的御示，他被擢升为陆军准尉，让他高兴地感到，他可以尽快见到他所爱的人了。

他穿了一身军官服装去库兹涅茨克见玛丽亚·伊萨耶娃，向她说明，要么选择他这个作家陀思妥耶夫斯基，要么选择那个身处穷乡僻壤的穷教师。同时，他又与韦尔古诺夫深谈，终于使对方做出让步；作为报答，他恳求有权势的朋友为韦尔古诺夫谋到一个职位。于是，他终于得以在一八五七年二月十五日与他所钟爱的女人举行婚礼。只是他快乐吗？

传记作者格罗斯曼这样描写陀思妥耶夫斯基在婚礼上心中的忧虑：

> 谁能猜得出那个被抛弃者的内心悲剧以及他那满腹的冤屈、嫉妒、绝望、愤怒，也许还有复仇的渴望呢？这种炽烈的情欲将会导致何种残酷而又可怕的结局？新娘从婚礼仪式上跑掉？她的情人把她杀死？抑或导致孤立无援的未婚夫精神失常？陀思妥耶夫斯基最怕玛丽亚·德米特里耶芙娜断送在那个"脾气很坏"、性格倔强、欲念强烈且又冷酷无情的韦尔古诺夫手中。"他会不会置她于死地？"陀思妥耶夫斯基在一八五六年七月十四日致弗兰格尔的信中问道。……（王健夫译文）

接着，格罗斯曼这样指出："十二年后，他（陀思妥耶夫斯基）在自己那部天才的长篇小说（指《白痴》）中描写了这一悲剧，并使之化为永恒的形象。小说描写一个罪孽深重的女人，她爱上一位品行端正的公爵，却毁灭在一个淫棍的手中。在那部小说中，一八五七年库兹涅茨克的婚礼被扩展成梅什金公爵新婚烛夜的感人肺腑的图画。"

陀思妥耶夫斯基自己也说过，他"就是为了这个结尾才写那部小说（《白痴》）的"。当然，陀思妥耶夫斯基并没有仅仅停留在描写这么一个恋爱故事，因为那不过是一部俗套的三角恋爱小说。是小霍尔拜因《墓中的基督尸体》的启发，使他在创作时提高了作品的意境，深化了它的主题思想。

陀思妥耶夫斯基于一八四九年被捕后，在狱中，唯一获准阅读的书籍就是《圣经》。多次反复的阅读，使他深受此书的影响：一方面在精神上减轻了牢狱生活带给他的痛苦，另一方面也让他树立和加深了对基督的信仰，相信基督是一个普爱人类的最完美的人，也只有基督能拯救有罪的人，给卑微的心灵以新的生机。这一思想影响了他的一生，包括他的文学创作。

从一八六八年初开始构思《白痴》时，据格罗斯曼的研究，陀思妥耶夫斯基就把"这部小说的主题思想最后归纳为：描写极其美好的人"；还在有关"这部长篇小说的札记中不止一次地指出，他的题材和古老传说有相似之处，并对其主题思想做了这样的解释：'公爵——就是基督'"。

列夫·尼古拉耶维奇·梅什金公爵因为患有癫痫，又像孩子那样天真纯洁、不谙世故、胸无城府，才被称为"白痴"。其实，他不但智商正常，从他的书法看，简直"称得上是天才"。最早研究陀思妥耶夫斯基的癫痫的西格蒙特·弗洛伊德说："那些癫痫症患者可以给人一种迟钝和发育受到抑制的印象，这种病往往伴有极明显的白痴现象和极严重的大脑缺陷……但是，某些程度不同的发作也会发生在一些智力发展良好的人身上，和有着过分的、经常失去控制的感情生活的人身上。"（张欢民等译文）患癫痫的陀思妥耶夫斯基就是这么一个天才。

研究者公认，陀思妥耶夫斯基在塑造梅什金的形象时，也把自己的许多特点：他的疾病，他的外貌特征以及他的道德哲学观点，加在了这个人物的身上。在小说中，除了偶尔发作癫痫，整个说来，梅什金的善良，他的真诚，他对人的同情，他为拯救美的努力，使人感到，他就像基督一样，是一个完美之人。

陀思妥耶夫斯基在小说中多次提到小霍尔拜因的《墓中的基督尸体》。

第一次是梅什金和阿杰莱达谈到"临刑犯人的脸"时说的："前不久我在巴塞尔看到过这样一幅画，我很想告诉你……将来有机会再谈……那幅画给我留下极深的印象。"（译注认为这幅画是汉斯·弗里斯的《施洗者约翰遭斩首》，本文作者表示存疑）后来，梅什金在巴尔菲昂·罗戈任家看到临摹的这幅画时，说"我在国外见过这画，总忘不了"；并对罗戈任说的看了此画"能使某些人丧失信仰"感到不解，认为罗戈任说这话是"多么凄惨！这个人一定痛苦万分"。但是让梅什金，也即让陀思妥耶夫斯基疑惑的是，尽管梅什金和陀思妥耶夫斯基觉得，一个人，"总得相信什么！总得相信谁！不过霍尔拜因那幅画实在奇怪"。那么是什么使陀思妥耶夫斯基感到奇怪呢？这可以从因患了绝症肺结核而想自杀的伊波利特的《我的必要的说明》中得到解释。伊波利特在他的那篇异常冗长的《说明》中，大约有一千三百字申说他看这幅画时所感到的疑惑：不论是钉在十字架上的基督，还是从十字架上取下的基督，多数画家都把他的脸画得带着一种少有的美；他们"竭力为他保持这种美，即使在忍受最可怕的酷刑时亦然如此"。但看小霍尔拜因的《墓中的基督尸体》，"这张脸丝毫没有被美化，只有本相"："他在被钉死之前就饱尝无限的苦楚、创伤、刑罚，背十字架和跌倒在十字架下时又挨过看守的打，挨过民众的打，最后还被钉在十字架上忍受剧痛，据我估计至少达六小时之久……"他认为，这就产生一个"独特的、耐人寻味的问题"："基督生前也曾降服自然，使自然听命于他；他呼叫说：'女儿，起来吧，'……那死人就复活了；然而现在连他也无法战胜之，那又怎能制服它们呢？"……

陀思妥耶夫斯基这样写，是为了说明什么呢？无非是想说明，基督也和凡人一样，会感到死的痛苦。这在梅什金叙述一个罪犯被处死前的感受时，曾经联系说："基督也想到过这种痛苦和这种恐怖。"但是，基督甘愿为世人受最大的痛苦，甚至以自己的死来为世人赎罪。可是他至死都不被世人所理解，甚至挨他所拯救的"民众的打"。梅什金就是基督，他对人劝善、怜悯和兄弟般的友爱之情，都不但不被理解，反而被视为异类，成为众人取笑的对象。梅什金的经历就是基督在法利赛人中间的遭遇的象征。真正理解他的只有纳斯塔霞·菲利波芙娜。他们是互相理解、彼此相爱的一对。像梅什金向纳斯塔霞·菲利波芙娜真诚表示"你是清白的"，认为娶她为妻是他的"荣幸"一样，纳斯塔霞·菲利波芙娜也觉得"在我看来您是十全十美的"，甚至希望"如果办得到的话，我会吻您的脚印"。陀思妥耶夫斯基这样描写，就把纳斯塔霞·菲利波芙娜与梅什金写成是《圣经》中的那个以眼泪为耶稣洗脚的抹大拉的玛丽亚和基督的关系。

如果说陀思妥耶夫斯基把梅什金看成是基督的象征，那么作为对照，他对杀害纳斯塔霞·菲利波芙娜的罗戈任，则是作为魔鬼的象征来描写的。小说一开头就以两人"特

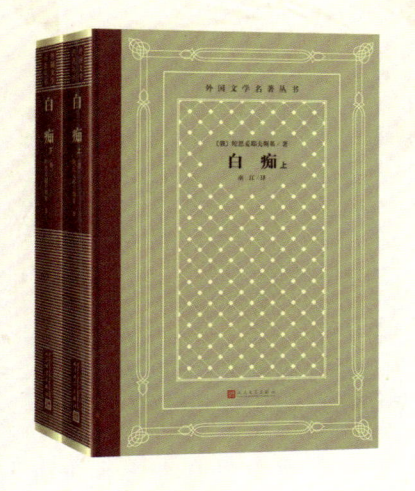

别与众不同"的"突出相貌",来表现梅什金的光明和罗戈任的黑暗:梅什金"浓密的黄发颜色极淡""一双碧蓝的大眼睛凝神专注,目光蕴藉""清癯而又秀气"。而罗戈任不但是"黑色的面孔",连"一头鬓发(也)几乎全是黑的""现出一种狂妄、嘲笑乃至恶毒的冷笑"。陀思妥耶夫斯基甚至把罗戈任的住所也写成是黑黑的,说那是"一幢阴暗的大楼,共三层,呈浊绿色,毫无建筑风格可言""楼梯是石砌的,黑咕隆咚,构筑粗糙""书房既高且大,可是光线黯淡""墙上金色已经褪落的画框里挂着几幅油画,暗沉沉,很难看清画些什么";总之,梅什金觉得,"这房子里里外外都显得那么冷漠……仿佛一切都隐瞒着、躲藏着",因此,如他对罗戈任说的,"多暗哪",住在这里的"你也简直蹲在黑暗中"。可见,在陀思妥耶夫斯基的心中,罗戈任就是像魔鬼一样生活在黑暗中。至于他们两人对纳斯塔霞·菲利波芙娜的"爱",则一个是基督的爱,一个是魔鬼的"爱";一个如《圣经·哥林多前书》中说的:凡事包容,不求自己的益处;恩爱、忍耐、永不止息,周济所有的穷人又舍己身叫人焚烧……;一个则只是一意让人成为自己的猎物。梅什金在罗戈任家中对罗戈任说,"我以前也向你解释过,我对她(纳斯塔霞·菲利波芙娜)的爱'不是爱情,而是怜悯'。我认为我这个说法是确切的"。而罗戈任对纳斯塔霞·菲利波芙娜只是肉欲,最后像魔鬼那样,把她带向毁灭。可以相信,陀思妥耶夫斯基的的确确是把罗戈任视为魔鬼的,罗戈任这姓,Рогожин 的词根 Рог,在俄语中的意思是"角",即是传说中魔鬼所特有的角;把 Рог 延伸为 Рогожа 后,即成为"粗草席",大概来表示他对此人的鄙视,并作为与基督梅什金的对衬。

Madame Bovary

《包法利夫人》

温柔地抚摸女性的创伤

一八四九年九月的一天，居斯塔夫·福楼拜（1821—1880）邀请他的两位文友马克西姆·杜冈和路易·布耶来他家，听他朗诵前一年五月开始写的一部描写古代基督教隐修院创始人圣·安东尼抵制魔鬼种种诱惑的小说《圣安东尼的诱惑》。从正午到四点，从八点到午夜，整整念了四天。福楼拜是无比欣喜，对这两位朋友说，这部小说，如果你们还不大声叫好，那就没有什么作品能感动你们的了。朋友的反应却出乎他的意外。布耶说："我们以为这应该扔进火里，再也不要说起。"

朋友的意见使福楼拜震惊，甚至感到恐怖。福楼拜虽然没有把小说烧掉，但还是重视他们的意见的。他不但把这部小说的原稿锁在抽屉里，后来还对它做了修改；在创作的题材上，他也考虑和接受了他们的建议。

一八五一年七月二十三日，关心朋友创作的杜冈给福楼拜写信问：

德尔芬娜

你在做些什么？有什么打算？正在写什么呢？你选定了没有？仍然是"唐璜"故事吗？德拉马尔夫人的事怎么样，她可是个漂亮的人呢！

德尔芬娜·德拉马尔（1822—1848）是一位农民的漂亮女儿，一八三九年嫁给了在福楼拜的父亲——鲁昂市立医院院长手下任职的一位丧妻的外科医生欧仁·德拉马尔，住在鲁昂附近的里镇。

德尔芬娜缺乏一般农村少女的淳朴，而整天把时间花在打扮和阅读上面。由于深受浪漫主义小说的影响，觉得跟一位外省的中年大夫共同生活，与她自己的理想太不相配。因此在倦怠无聊、精神空虚中，慢慢产生了"性妄想"。起初，她结识了同村里的一个唐璜式的人物，做了他的情妇。不久，此人离她去了美国，她又搭上一名律师事务所的书记。她供养她的情夫，整日花天酒地，以致负债累累，无法解脱，最终于一八四八年三月六日服毒自杀。她的丈夫也于次年十二月自杀，留下女儿孤苦一人。

德尔芬娜·德拉马尔的事，当时传遍法国。一八四九年，福楼拜与杜冈结伴去往中东旅行，出国前，两人一路上听人说得很多。杜冈的建议，引起福楼拜的思考。

一个不幸的孩子，终于成为农村的一位既无才华又无抱负的普通乡村医生。死了第一个妻子之后，他找到一位年轻的少女并得以与她结婚，在一个小村镇住了下来。少妇沉浸在虚假的文学和虚假的情感中后，先后从两位情人那里寻求安慰。丈夫没有看到她的不忠、她的日益加重的负债，还有她最后的绝望，正是这绝望驱使她走向自杀之路……这

居斯塔夫·福楼拜画像

样的故事，是德尔芬娜·德拉马尔一生的缩影；只要加上各人的名字，也便是小说《包法利夫人》的基本情节了。一八五〇年初与杜冈一起游历非洲时，福楼拜就告诉他的这位朋友，说要写"德拉马尔的故事"，并把故事中的女主人公取名为"包法利"。确实，从题材的选择上看，福楼拜是一个更严格意义上的现实主义者。有评论家曾经指出，他由于非常尊重真实，有时甚至到了过分认真的地步。包法利夫人的故事就不仅是德尔芬娜·德拉马尔的故事，还有另一个女子的故事，还包括他自己的亲身经历在内。

在福楼拜去世之后，从他的遗物当中，人们发现有一份由其知心女友编写的《路多维卡夫人回忆录》的手稿和作家的笔记。回忆录叙述了一位叫路易丝·普拉迪的女子的故事。

在巴黎塞纳河畔的伏尔泰路，有一个著名的普拉迪创作室。雕塑家雅姆·普拉迪在十九世纪中期的法国有极高的知名度，曾受托做日内瓦的卢梭塑像和拿破仑墓上的伟人像。另外，同样有名的是他常为裸体女子做大理石雕塑，他还曾做过他妻子路易丝·普拉迪怀孕的雕塑。

路易丝·普拉迪在同时代人的笔下，被描写为是"肉体的雕塑，美艳的佳人，妖冶的妩媚，巴黎的机智"；是一个非常漂亮也非常轻浮的女子。在她还是雅姆的妻子的时候，普拉迪的创作室同时也是沙龙，吸引了不少艺术家。她成了沙龙的女主人和被男人追逐的目标。由此便能想到，她所怀的是别人的，而不是她丈夫的孩子。后来，她就离开了雅姆，与一位年轻的情人一起生活了。

一八四六年，福楼拜来巴黎时，曾听从一位朋友的建议，去了普拉迪的创作室——沙龙，与路易丝认识。一段时间之后，有朋友甚至怂恿他跟路易丝上床。福楼拜回答说，他是一定会去找她的，但是否会有什么企图，他还不能肯定，除非很明显的是她来请他。

是的，福楼拜去找路易丝·普拉迪，不是因为被她的美色所吸引，而是为了他的创作。一次，他的情妇路易丝·高莱因为找不到他，怀疑他与路易丝·普拉迪睡觉。福楼拜跟她说，他承认，他确实经常去看那个路易丝，但并没有特别为她所倾倒，他只是觉得，她是一个"具备全副天性的典型女人，一个女性情感的交响乐队"；把她作为一个角色来研究，是很有趣味的。

路易丝·普拉迪的事，也与德尔芬娜·德拉马尔／爱玛·包法利很相像。福楼拜无疑对她做过深入的研究。路易丝在给作家的一封信中，甚至向他提供过"一位温厚的夫人"财产如何被没收的材料。这材料以及它的主人的故事都有助于作家的《包法利夫人》的创作，也是十分明显的。但在塑造爱玛·包法利这个形象时，福楼拜还写进了高莱夫人与他自己之间的爱情纠葛。

路易丝·高莱（1810—1876）是商人的女儿。她一直在南方生活，二十四岁嫁给音乐家伊波利特·高莱。高莱夫人有相当不错的容貌：她的鼻子妩媚而优雅，鲜嫩的小嘴异常动人，她的前额很富有表情，特别是在她那高高耸起的眉毛底下的深蓝的眼睛，更是十分的美丽。只是她的脸太圆了一些，脖颈也比较粗一些。于是，注意修饰的高莱夫人每天都让一位理发师为她做发型，使她的长鬈发从鬓角披到肩上，来掩饰她脸颊上的这一缺陷。

在高莱夫人的时代，要在社会上立足是并不容易的。高莱夫人深知这一点。于是，她举办沙龙。由于她的美貌，她在巴黎的沙龙成了文坛名士的聚会之地。诗人阿尔弗雷德·德·缪塞、阿尔弗雷德·德·维尼等人都是她这里的座上客。高莱夫人后来从这些人中找了哲学家、公共教育委员会委员、法兰西学院院士、伦理学和政治学院院士维克

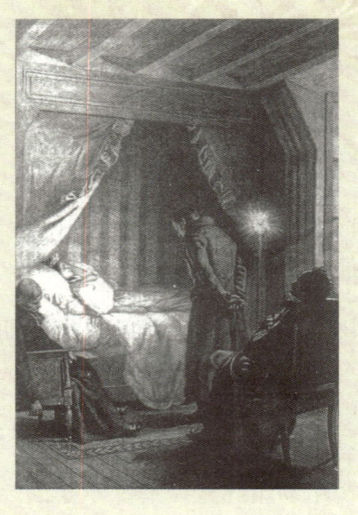

《包法利夫人》插图　　　　　　　　　　　　　《包法利夫人》插图

多·库辛做她的保护人。

　　福楼拜当时是二十四岁零七个月。他在普拉迪创作室第一次与高莱夫人见面之后，被她迷人的美所吸引，于七月二十九日星期三，去高莱夫人的住所做了一次出其不意的拜访。这无疑是一次成功的再聚，因为第二天星期四他们两人一起吃饭，并租了一辆马车去观看庆祝"七月革命"的焰火。星期六，两人又去布洛涅森林公园骑马，也一起度过了这难忘的一天。星期日，福楼拜送鲜花去她家，待别的客人离开之后，留在那里过夜。

　　回去后，在八月四日午夜，福楼拜给高莱夫人写了第一封信，以后，两人每天都有情书来往了。福楼拜在信中说："昨天这个时候，我把你抱在我的怀里……"他跟她说，他就是要带给她快乐，以表示"对你的慷慨的爱的一个小小的回报"。四天后，即八月八日星期六的深夜，他又坐下给高莱夫人写道，他不是被迫去享受生活，他确是爱她，但他绝不会糟蹋她。高莱夫人却担心他会看不起她，因为她是那么轻易地献身于他。对此，他向她保证，这永远不会发生，她是他的；但他不敢说"自始至终"都不会有什么事。星期天晚上，在家人都睡着之后，福楼拜打开抽屉，取出一件件纪念物，其中有路易丝的带有血迹的拖鞋，是他们第一个晚上在一起的真正的纪念物；另外还有一个小袋子，里面装有他一读再读的她的信，包括当天早上接到的最近的那封信。福楼拜还在信中告诉高莱夫人，说自己在十四岁至二十岁之间曾经爱过一个妇女，但他连碰都没有碰过她，路易丝是第一个他爱过和占有的人，他以深切的感情对她说："再会，再会，我将我的头置于你的胸脯上。……一千次吻你，一千次，吻遍你的全身，全——身。"

在以后的相爱中，福楼拜做了一件引起路易丝妒忌的事，使她不相信福楼拜是真的爱她的，以致中断了他们每天的通信。直到一八四七年新年，仍旧看不到两人的关系有什么进展，相反有更多的指责。她说他像对待妓女一样地对待她，因为在他们第一夜相爱之后，他想要送她一只镯子。他建议，他们还是朋友，相互偶尔也可以写写信。随后，他立刻接到她两封温柔的信，并约他马上去巴黎。但是到了巴黎之后，路易丝又爆发了。福楼拜坦率地回答说，他爱她，但是对他来说，爱情并不是最主要的，他不能答应每个月都来巴黎。

后来，高莱夫人要他"坦白说明"，他有没有爱过她？福楼拜的回答是：如果爱情是生活中唯一的事，那么，他的回答是否定的；如果爱情意味着一个人可以相会在"陶醉中"而又可以"并非无望地"道别，那么这回答是肯定的。

两位情人始终继续没有效果的对话。福楼拜告诉她，他不会给任何女人带来幸福。一八四八年，在一封意外收到的信中，高莱夫人告诉福楼拜，她已经怀孕，不过怀的并不是他的孩子。但她对福楼拜还是没有断念。一八五一年六月，得知他在巴黎时，她给他写了一封信。她期待他的来访，或者至少有几句话可说；她还试图通过杜冈到他那里去。杜冈告诉她的送信人，福楼拜不愿接受她的信。她写道，如果他不愿来看她，那么她的信一定使他讨厌，她要求把它们退回给她，她也愿意把他的信归还他。福楼拜不作答复，于是她决定去鲁昂找他。

高莱夫人于六月二十六日乘火车离开巴黎。在鲁昂站，她叫了一辆出租马车去旅馆。她给福楼拜写了一封信，信中说她不得不来找他，不过他无须担心她会责备他的过去，她所希望的仅仅是在做出一项重要的决定之前先跟他谈一谈。

她发现有一名船夫正在等她，愿意带她去他生活的克罗瓦塞。当这名船夫指着面对塞纳河一处绿色草坪中央的一座英国式的漂亮房屋和山水画一样的花园时，她的心怦怦地跳了。她看见已经有一个女人在一处农舍的门外等着她了，她把信交给那个女人时，她的心还在跳。女人去了一会儿，回来说，福楼拜先生不接待她，但答应给她写信。后来似乎又说，福楼拜正在与客人一起吃饭，如果她留下鲁昂的住址，他会去那里看她。她告诉这位侍女，她当晚就将离开，不得不现在就跟他谈。侍女又回来说，这不可能，不过福楼拜八点可以去她的旅馆。路易丝很感震惊。她回到船埠头时，看见福楼拜正站在入口处。

他的模样使她震惊：他穿着一条宽大的裤子和棉质短上衣，留着小胡子，头发已经很稀薄。他说，他此刻不能跟她谈，但又答应今晚晚些时候他会乘轮船去鲁昂看她。他们在鲁昂码头碰面时，他拉住她的手臂，似乎很感动的样子。他告诉她，克罗瓦塞不是他的家，他担心在那里他母亲不会接待她，不过她这种错误方式的会面已经结束。她叙述了她的困境：一方面是维克多·库辛和她唯一女儿的未来，她与福楼拜感情危机期间生下的儿子已经死了；另一方面是她生活中最后的那个男人……"嫁给哲学家吧。"福楼拜建议，他指的是库辛。但她提出了第三种可能性——在克罗瓦塞附近住下来，在那里写作和抚养女儿。到时候，她希望福楼拜能想到去看她，"如果你还爱我，那将是我的幸福"。她流着泪说。他变得严峻了："为了你的幸福，我什么也做不了，不论是为你或者为别的什么人；没有什么吸引我的。"她流下了泪，她责怪自己，也责怪他的信激发了她的情感，却不能满足这情感。"因此我再也不会，不会投入你的怀抱。""嫁给哲学家吧，"他笑着说，"我们彼此还可以再见面。"他请她不要写信，因为她的信会"折磨"他。当他起身要离开时，她的泪水夺眶而出，这次或许是他们的最后一次见面？怎么会呢，他说，既然他已经答应去巴黎看她？她满怀激情地吻他，他也回吻了她，但是她能看出，他是克制住了他的感情。这是在户外最后一次的吻。她回到旅馆，随后乘火车，于第二天五点三十分到了家。

此后不久，她去了伦敦。在她参观世界博览会时，她想到福楼拜并等到了他的信。看到他的字迹，她的心发抖了。在鲁昂，他很冷酷吧？他问。他不可能温柔，因为那会是虚伪和对她感情的侮辱。但九月去巴黎时，他去拜访了她。他"漂亮又可爱"，她在

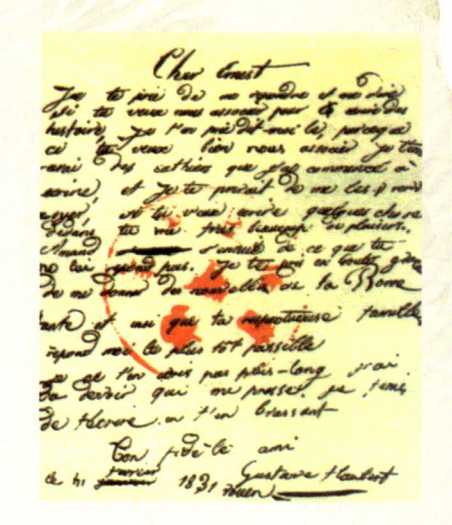

福楼拜的手迹

日记里吐露说。他们去布洛涅森林公园玩，还一起吃饭，等等。但她补充说，自己"心情一直很恶劣，我感受不到他像我爱他那样地爱我"。在又是长长的一天里，他虽然比较温柔了，但总是非常克制。

路易丝·高莱不能始终等待福楼拜，常常是其他方面的诱惑太大，或者是她物质上和生理上的需要太迫切了。男人们经常在她的沙龙和她私生活中进进出出，她乞求他们的保护，他们乞求她的爱情。她最近的一位求爱者是阿尔弗雷德·德·缪塞。他们一起吃饭，周末乘出租马车游览。在车上，德·缪塞试探了一下他的运气，遭到她的拒绝。几天后，他又去了。这次她应允了，他却性无能。他们乘车逛森林公园，当时，德·缪塞显得非常陶醉；但当她告诉他今晚不要来看她时，他就狂怒了。两人大吵了一架。回家后，她又想起了福楼拜，想起此刻——星期六的晚上，福楼拜肯定正在给她写信。

是的，福楼拜正在给她写信。高莱夫人告诉他关于自己和德·缪塞的事，增强了他给她写信的念头。他嘲笑了德·缪塞的作品。他是出于妒忌吗？连他自己都有些怀疑了。八月，福楼拜与路易丝在一起时，一直就有的癫痫病又发作了一次。恢复后，她觉得他"比以前更多情了"。八月十九日，她的诗得了学院奖的那天，情人和或许是情人的来得很多，她自信福楼拜"越来越爱我了"。后来，与他上床，虽然是生理周期。回去后，福楼拜给她写信，说自己心境非常恶劣，但很快就投入正常创作了。他跟她说到"女人的不幸"，说自己正在处理这些不幸，他指的是小说《包法利夫人》的创作。他告诉她："要说我的书有什么好的话，那就是它会温柔地抚摸女性的创伤。……我愿意理解你的痛苦，你可怜的隐蔽的心灵。……"

高莱夫人的自我感觉很好，在一八五三年元旦那天的日记中声称，以往的一年是她一生中最好的一年，因为福楼拜非常爱她，由于有了他，使她对艺术和爱情感受到前所未有的好。但是四月十二日，福楼拜给她的信中就宣称不再爱她了。他说，性的满足对他来说是次要的，他希望路易丝也更能重视精神上的而不是肉体上的生活。到一八五四年四月，他们的关系终告破裂。后来，福楼拜来巴黎，住了很长一段时间。他的使命之一是为他的终生朋友路易·布耶的第一部剧作找一个剧院。高莱夫人知道他在这里，就去看他，日期是一八五五年三月五日。第二天，他给她写了一封信：

夫人：

我得知你昨晚不辞劳苦地三次来看我。

我不在家。担心你如此一次次的，会是对我的侮辱，最好的办法就是有必要预先通知你，我永远也不会来这里了。

这是他给高莱夫人的最后字迹。

一八七六年三月八日，福楼拜原来准备去诺曼底的蓬莱韦克，但是洪水淹没了道路和河流，使他打消了计划。就在这天，路易丝·高莱去世了。这消息使他很受震动，心情极不平静。他说，以往的一些事使他更趋向于禁欲主义。确实，福楼拜已经有点厌世了。他给一位朋友的信中甚至说，为了能活下去，他对许多东西都看不起了。

一八二〇年二月，在爱琴海的米洛斯岛上，发现了一座大约公元前一百五十年的阿佛罗狄忒雕像。这座雕像尽管双臂都已残缺，但它的人体动态与舒卷自然的衣褶，赋予雕像以绝代的风韵，从而以《米洛斯的维纳斯》而闻名于世，被认为是希腊化时期古典风格的杰出典范。高莱夫人有一次这样宣称：米洛斯的维纳斯的断臂，总有一天会被发现，会被发现在她——高莱夫人的衣袖内。她这是暗示，《包法利夫人》和福楼拜的另

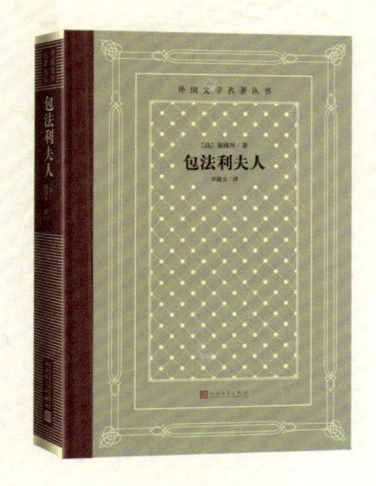

一些作品中，都有她的影子在。

《包法利夫人》里的爱玛·卢欧原是一个富裕佃农的女儿，但修道院是培养贵族生活的寄宿学校，灌输给她的全是贵族的思想感情和生活习惯；当时出现在欧洲社会的浪漫主义又把这位少女的心引入了恋爱的热情和美丽的忧郁之中。因此，与一位"谈吐就像人行道一样平板……激不起情绪，也激不起笑或者梦想"（李健吾译文）的乡村医生包法利结婚，无疑会感到这生活的平淡，并在一次次的通奸中走向堕落的深渊。福楼拜尽管最后严厉地惩罚了她，让她服毒自杀，但他仍然不忘社会对她的过失应负的责任。福楼拜实在是带着几分怜悯之心来写这个女人的。他跟高莱夫人说过，他理解她的痛苦和她隐蔽的心灵，他的这部小说就是在"温柔地抚摸女性的创伤"。他在一八五三年八月十四日给高莱夫人的信中说："我的可怜的包法利夫人，不用说，就在如今，同时在法兰西二十个村落受罪、哭泣！"作家无疑是把爱玛·包法利当成是一个受侮辱、受损害的形象的。从作家的生活经历和感情经历中，人们不难看出，在塑造这个女性形象时，通奸的社会新闻只是一个躯壳，重要的是糅进了他所熟悉的人，特别是他自己爱过的女人的事迹、纠葛和情感，他是以自己的心来写这部小说的。

Beatrricks

《贝阿特丽克丝》

乔治·桑提供的素材

一九三三年将近年底的一个晚上，在巴黎拉·瓦那侯爵的宅邸，举行了一次交际性的聚会，出席的贵宾都是极有身份的上层社会人士，其中最引人瞩目的是玛丽·达古尔夫人。为了给这次聚会助兴，请了弗朗兹·李斯特（1811—1886）来演奏钢琴。二十二岁的李斯特不久前刚在巴黎的沙龙显示出耀眼的才华，为人所熟知。玛丽·达古尔夫人和李斯特，这两个人，一个是高贵的伯爵夫人，一个是受雇的用人，地位相差太悬殊了；但是，共同的浪漫主义理想，却把他们的视线和情感联系到了一起。

玛丽·凯瑟琳·索菲·达古尔一八〇五年十二月生于美因河畔的法兰克福，父亲维康特·阿历山大拉·德·弗拉维格尼是一个流亡贵族，母亲出身于法兰克福著名银行家贝特曼家族。

玛丽在经济顺遂和自由优雅的贵族生活中度过她的童年和最初的青年时代，一八二七年二十二岁时嫁给了比她大十五岁的维康达·夏尔·达古尔伯爵。这位伯爵以

李斯特

前在战斗中负过伤，左腿有些跛，如今在巴黎的宫中获得一个小小的官职。这对夫妻虽然已有两个女儿，但对于个性敏感、智力超群又倾心浪漫主义的玛丽来说，他们的婚姻早就已经死亡。于是，她走自己的路，与巴黎沙龙里的知识阶层为伍，沉醉在圣西门、夏多布里昂、歌德、圣伯夫等浪漫主义作家的宗教、哲学、文学中，并很快成为巴黎社交界众所瞩目的焦点人物。

浪漫主义的一大特征是以不计社会地位代替门当户对，玛丽所崇尚的浪漫主义先驱让-雅克·卢梭，他的小说《新爱洛伊丝》，主人公一个是贵族家的小姐，另一个却是穷家庭教师，就像玛丽自己和李斯特。对于这个出身于中产阶级、以奴仆身份出席今晚聚会的李斯特，玛丽不但没有等级的偏见和敌意，相反，第一印象认为，她面前的这一位是"我以前从未见到过的最为非凡卓越的人"。她还敏感地注意到：

他闪烁的双眼，他的举止，他的微笑，一会儿深不可测，充满无限的柔情，一会儿又露出挖苦嘲讽的意味，这一切都似乎在向我发出委婉的暗示……他那修长的身材，他那苍白的面容，他那优美的脸部轮廓和他那飘动的长发，使他就像一个马上要被召回到阴间去的幽灵。

与玛丽·达古尔伯爵夫人一样，李斯特也是一位浪漫主义的美的追求者。在音乐中

玛丽·达古尔

探求美，使他一八二四年五月在巴黎首次登台就大获成功；随后他应聘到国王查理十世内阁的一位部长家，做他十六岁的女儿卡罗琳·德·圣克里克的音乐教师时，又深深地爱上了这位黑发蓝眼的漂亮少女，但遭到卡罗琳父亲的阻止。失恋后，李斯特受到沉重的精神打击，甚至产生过自杀的念头，最后患病了。仍然是美拯救了他：他从浪漫主义作家的作品中寻求解脱，又从尼科洛·帕格尼尼演奏提琴的力度和轻巧性、赫克托·柏辽兹"标题音乐"的戏剧性表现和弗里德里克·肖邦对自己作品雅致诗意的阐释中找到了迸发的力量。于是，数年后，再度出现在巴黎沙龙时的李斯特，就不仅是巴黎最漂亮的男子，还被认为是一位才华横溢的钢琴家，著名的画家、诗人和雕塑家为他画像、写赞美诗和塑像，巴黎美貌的公主、夫人，如阿黛拉·德·普鲁纳莱德伯爵夫人等，一个个投入他的怀抱。玛丽·达古尔伯爵夫人也以其特有的美，给他留下了深刻的印象。这位无所顾忌的艺术家，第一眼看到她，就在心中惊叫：

美丽，的确极其美丽——就像罗莱累女妖一样。她身材颀长，举止非凡；行走时姿态诱人优雅而又稳健庄重，她的头颅高傲地抬起，浓密的一头金发像金光闪闪的帘瀑似的从她双肩垂下；整体外貌具有一种古典的对称美。

于是，他们立刻就互相爱上了，只是最初双方都没有表露，即使后来李斯特不止一次地被邀请到伯爵夫人家里，两人也从未触及这类隐秘亲密的话题，而都只是谈论灵魂、谈论上帝以及人的命运。当然，这些纯粹都是伪装。到了一九三四年底，夫人六岁的大女儿露易莎患脑膜炎死了，夫人极其悲痛，甚至想到过自溺。在爱情的门口，李斯特该怎么行动呢？有三个月，他都去找著名的天主教司铎菲里西德·德·拉梅内，寻求他的保护，帮助他遁入宗教来逃避，以便能忘却伯爵夫人。

但是，一切都没有用。几个月之后，李斯特给伯爵夫人写去一封信，说他准备离开法国，希望再见她最后一面。但就在这次重聚之时，他终于按捺不住，以内涵深邃的语言向伯爵夫人表达了他对她的爱：

> 从最初一刹那我就爱上你了，并且感到了什么是爱情和它的需要是什么。我为你而担忧，决定离开你。但是，现在我一想到我已做过的事……我不能让你在这一苦难中受尽烦恼和困苦。我是太渴望生活了！

伯爵夫人当然完全明白他的心意，伪装不再需要了。但待在巴黎，甚至待在法国都是不可能的，因为有关他们两人的事，维康达·夏尔·达古尔虽然保持沉默，但全巴黎都为之感到震惊，何况他们的孩子也快要出生了。因此，摆在面前的不可避免的路只有私奔。

刚听到李斯特的这一大胆建议时，伯爵夫人大大地吓了一跳：她的社会地位不允许她像巴黎贫民窟里的下层妇女那样与男人一起逃走。但毕竟是爱情的力量，爱情给了她勇气，终于两人于一八三五年来到瑞士南部，先是去巴塞尔，然后到日内瓦。这是他们田园诗般生活的开始。

他们在塔巴赞路买了一套可以领略外面壮丽景色的公寓，当然是玛丽出的钱。房内设备比较简单：一架法国著名钢琴制造家塞巴斯蒂安·埃拉尔制造的埃拉尔钢琴，搁架上放了几本书，还有一篮阿尔卑斯山的鲜花。他们雇用了一个伯尔尼来的瑞士女仆。

《贝阿特丽克丝》插图

在阿尔卑斯景致如画的环境中，他们一起散步，共同阅读和钻研拉梅内、圣西门和法国浪漫主义诗人的哲学、政治著作，过得极为快活。可能完全是无意的，他还给了她一本乔治·桑新近刚出版的小说《莱莉娅》，这本小说抨击了受到社会支持的婚姻束缚，作品中的女主人公敢于要求爱情的生理满足，认为如果丈夫不能使她得到，她就有权利离开他。

玛丽对她的这位情人是抱有雄心的，她培养他贵族阶级应有的修养和风度，还为他创造条件，便于他集中精力创作。在这段时间里，李斯特写出了钢琴曲《旅游岁月》的第一集《旅行集》。

来他们塔巴赞公寓的宾客渐渐增多，这里成为文艺家的聚会处，这些人也慢慢形成了一个小圈子。他们对伯爵夫人表现得非常尊重，对他们的处境也很表同情，还给她带来他们离开后巴黎沙龙的信息。一八三五年十二月十八日，玛丽生下她和李斯特的第一个孩子，一个女儿，取了个假名布兰丁·拉歇尔，登记时说是二十四岁的音乐教师弗朗索瓦·李斯特与二十四岁的有产女子凯瑟琳·阿特莱德·梅朗的私生女。很快，孩子出生的消息被当作一件丑闻传开了，这使玛丽更没有可能回巴黎了。但李斯特必须回去，因为在这个世界的音乐中心，二十四岁的奥地利钢琴演奏家西杰斯蒙德·塔尔伯格被音乐权威称为"划时代的天才"，这"极大地妨碍和动摇了李斯特"的地位。李斯特觉得，他的威望受到了挑战。等他到了巴黎，经过几轮竞技表演，李斯特终于大获全胜，使塔尔伯格的名字几乎再也听不到了。

《贝阿特丽克丝》插图

出于对旅行的热衷和嗜好，主要还是玛丽的催促，一八三七年，李斯特和伯爵夫人来到意大利北部寻求新的美，考察新的文化。在米兰，李斯特开了一次独奏音乐会，并赢得了"键盘上的帕格尼尼"之名后，他们回到伦巴第区环境优美的科莫湖畔的贝拉基奥，租了一幢别墅住下来。在这里，处在橄榄、木樨和木兰中间，整个环境优美而幽静，没有令人讨厌的喧闹破坏这种田园风味。玛丽感到，"在这里，我觉得，个人的行动举止，比在法国要自由得多，任何私通也产生不了丑闻"。

另外使他们高兴的是，在这里，玛丽在圣诞之夜，生下了第二个孩子，一个女儿，施洗时，据圣徒科西玛和出生地科莫湖之名，命名为弗兰契斯卡·盖塔纳·科西玛，说是音乐教授、天主教徒的父亲和出身高贵的地主母亲的孩子。与此同时，李斯特也写出了他的伟大作品《但丁奏鸣曲》。在这首奏鸣曲中，对但丁和他的情人贝雅特丽齐的世界所做的想象描绘，是对李斯特和玛丽的世界理想化的反映。

在威尼斯时，李斯特一次从报纸上读到，多瑙河河水溢过河堤，导致他的祖国匈牙利大面积的洪水，于是一个人去了维也纳举行音乐会，为受难同胞募捐。在那里，他受到狂热的欢迎。随后，从一八三八至一八三九年，从威尼斯到瑞士的卢加诺，到日内瓦，到佛罗伦萨，最后到罗马，世界各地都在他的脚下，任何演奏大厅都听从他的安排，王公、贵族与他共餐，公主、夫人希望得到他的青睐。等到回来与玛丽重逢时，玛丽发现，他已经变得刻薄、冷漠和爱挖苦人了。她记起，先前他刚离开她时，她曾写信向他诉说，他不在威尼斯时，她是多么孤独啊。对她的这种诉说，他竟建议她：不是可以去另找一个西奥多洛伯爵之类的人做情人吗？根本不理解她的感情和需要。现在想来，他这话不是无意说出来的，于是没有什么可以作为借口，分居的考验就摆在面前了。一八三八年六月，玛丽从威尼斯写信给李斯特说：

> 我的爱耗去你的生命。我相信你仍是会爱得快活的。至于你曾经热烈爱过的我……因为对我来说，我永远也不会再去爱另一个人了。不过，我为什么要剥夺可以成为你的新生活源泉的另一次爱情呢？我完全尊重你的自由。

这是真的。从一八三九年五月九日在罗马生下第三个孩子、儿子丹尼尔，到十一月两人分居，玛丽带了两个女儿去巴黎独立生活。最初，还曾与李斯特为孩子教育等事通信，到最后一八四四年彻底分手，她再也没有怀着如此强烈的感情爱过任何另外一个男人。一八四六年，玛丽以丹尼尔·斯特恩的笔名发表了自传体小说《奈利达》，公开了她与李斯特的恋情，批判了男主人公古尔曼，即李斯特的人格。但小说的结局是古尔曼在道德败坏、健康毁损、垂危病榻之时，字母移位的丹尼尔（Daniel），即忠诚于他的奈利达（Nelida）应召来到他的跟前，两人终归于好，他死在她的臂上。而李斯特，本性决定他无论如何也做不到"永远也不会再去爱另一个人"，相反，他立刻就爱上了别的女人，而且是一个又一个，以至于他的一位传记作者说："就他所征服的女人数目而言，他的确可称得上是唐璜的旗鼓相当的对手。"

李斯特与被称为"天才的钢琴诗人"、也是来自东欧的弗里德里克·肖邦原来已是亲密的朋友，因此肖邦的情妇、女作家乔治·桑与他也成了朋友，并了解他的生活。一八三八年二月二十四日，乔治·桑在她的家乡诺昂接待作家奥诺雷·德·巴尔扎克的来访时，给他讲述了李斯特和伯爵夫人这对情侣的故事。巴尔扎克当时给他的情妇、他未来的妻子韩斯卡夫人的信中曾这样说到此事给予他的启发：

诺昂乔治·桑的城堡

……她（乔治·桑）给我讲了李斯特和达古尔夫人的事。这为我提供了素材，我马上就动手写一部小说：《爱情的奴隶》，或者《被迫的爱情》；而她由于自己所处的地位，是不能写的。请保守好这个秘密。

巴尔扎克想得对，一对情侣加上乔治·桑自己，三个角色已经存在，只要做些改动，不就是一个现成的好题材吗？！于是，就据这个题材，巴尔扎克在一八三八年十月至一八三九年一月写出前半部，五年后完成。一八三九年四五月间在《世纪报》上连载，题为《贝阿特丽克丝，或强迫的爱情》，同年十二月由苏弗兰书屋出版单行本。小说的后半部写于一八四四年八至十一月，同年十二月以《一个正派女人的小手腕》为题在《信使报》上连载。一八四五年五月分别在克朗多夫斯基书屋和苏弗兰书屋出版单行本。前者一八四二年收入《人间喜剧》时，分为"人物"和"悲剧"两部分；后者收入时，成为《贝阿特丽克丝》的第三部分"偷情"。

在《贝阿特丽克丝》中，这三个主要人物是可以看得非常明白的，尽管故事的地点已经从诺昂改为图希庄园。在那个"作风暧昧""不男不女、抽烟像大兵、写文章像记者的怪女人"的费利西泰·德·图希小姐身上，人们是很容易认出这位杜德望夫人来的，她也有一个像乔治·桑那样可做男性笔名的卡米叶·莫潘。小说甚至说"她初登文坛时笔力雄浑，所以长期被误认为男作家"，也是乔治·桑经历过的；泰奥菲尔·戈蒂耶在小说《莫班小姐》（1835）中把同名主人公写成一个性欲旺盛的女人，正是乔治·桑在一般人心目中的印象。

《贝阿特丽克丝》(张裕禾译文)里来图希庄园的那对男女,那位"很聪明,很有才气"的作曲家,初接触时会认为他"待人极为真挚,温柔体贴,慷慨大方"的"情场上的骗子"热那罗·孔蒂,和他的情妇罗什菲德侯爵夫人贝阿特丽克丝－马克西米利亚娜－萝丝·德·卡斯泰朗,读者同样也不难联想到是李斯特和玛丽·达古尔夫人。

《贝阿特丽克丝》借图西小姐之口这样描绘女主人公贝阿特丽克丝·德·罗什菲德:

> 贝阿特丽克丝长了一头美丽的金黄色头发……她身材修长,亭亭玉立,犹如一支蜡烛;皮肤白皙,犹如圣体面饼。长面孔,尖下巴;……天庭开阔,但有点儿放肆。眸子呈浅绿色,像淡淡的海水,在细细的眉毛和慵困的眼皮下面游来荡去。……鼻如弓背,下面紧绷着两个鼻孔,显出十分精明而又不安分守己的样子。……她的身段极为优美。脊背白嫩光洁……她有风度,举止大方……

对照达古尔夫人的形象,读者可以看出,这就是按照达古尔夫人的外貌来写的。后来贝阿特丽克丝出场,作者又进一步描写了这位金发美人的白皙的皮肤,娇嫩的面孔,透明的前额,纤细的腰肢,使男主人公、二十一岁的戈德贝尔－卡利斯特－路易一见之下,就觉得她实际上比图西小姐描绘的"要美",从而就深深地爱上了她。

但贝阿特丽克丝深深地爱着热那罗·孔蒂,通奸一年后,她自认为已经与他结下了不解之缘,而丈夫却总是妨碍她和热那罗的约会,使她深感痛苦,因此下了决心,给罗什菲德侯爵留下一封信,离开家庭、抛弃儿子,与情人私奔去了意大利,在那里住了两年。不用说,侯爵夫人的行为,在巴黎引起极大的反响,使她再也回不了巴黎了。但这两年"终生难忘,回味无穷"的爱情,使贝阿特丽克丝决心"要用我伟大的爱获得人们的尊敬,我宁死也不离开热那罗",并坚信"我圣洁的爱情可以使我获得宽恕"。她坚决拒绝了卡利斯特的求爱,说自己已经"寄情于人并受人钟爱。我的处境不允许我再接受任何仰慕"；她宁愿败坏自己的名声，也"不愿失去诚实的品德"。

是的，真正的爱情的确会赋予情人无穷的抗拒力。可怕的是这爱情的冷却。贝阿特丽克丝的悲剧正是如此。贝阿特丽克丝的爱没有得到情人应有的回报：孔蒂又爱上了一位"最年轻美貌的歌剧演员法尔孔小姐"，并想娶她为妻，使成为"弃妇"的贝阿特丽克丝一下子美貌"几近凋谢"，过着独居的生活。事情还不止于此。在有关方面的"阴谋策划"下，结婚之后一度仍然不能忘情于贝阿特丽克丝的卡利斯特回到了妻子的身边，留给贝阿特丽克丝的是"一种艰难的选择"："要么永远堕落下去，不再能够自拔，要么改邪归正，重新做人。"

巴尔扎克怀着深深的同情，描写了贝阿特丽克丝这么一个浪漫女性，由于不能忍受强加给自己的婚姻，敢于抵抗礼俗，不顾财产，脱离家庭甚至儿子去与情人私奔，甚至决心除了他"永远也不会再去爱另一个人"。但结果遭到情人的遗弃，并受到社会的蔑视。在这种情景下，她们可能有的命运是十分悲惨的：她们不是回到丈夫身边，就只能成为一名交际花。

La Dame aux camélias

《茶花女》

表现失足者的高尚灵魂

位于巴黎北郊克利希广场附近的蒙马特公墓，是很多去巴黎的人经常前往凭吊的一处著名墓地。进去之后向左，循着圣查理甬道，步入第十五墓区，沿台阶拾级而上，可以看到一座正方形的坟墓，坟墓顶部有如屋脊并带有屋檐的下面，花岗岩的墓穴上，有一座石棺状的建筑，棺首陶瓷的枕垫，让人联想起墓中之人与情人倚枕而卧的情景。那面白色大理石墓碑正面所刻的"A.P."两个花体字字母，虽然可以猜到，定是死者姓名的字头，但显然有什么原因，才没有写出他或她的全名，也许碑顶上那瓷质的酒杯和杯前的一束红玫瑰，会使人联想到墓中沉睡着的是一位在灯红酒绿中沦落风尘的女子。不过，石棺四周凭吊者所献上的鲜花和盆花告诉人们，这死者绝不是一个为众人所不齿的娼妓。

不错，以"A.P."为其名字字头的Alphonsine Plessis——阿尔丰西娜·普莱西（1824—1847）死的时候，从地位上说确是一名妓女，但是来这里的、了解她的人

青年时代的小仲马

都知道并相信，她生前尽管陷于被侮辱、被损害的卖笑生涯的境地，仍然能够时刻在实现自己高尚美好的人生，算得上是一位灵魂纯洁、心地善良的女子。

阿尔丰西娜原是法国北部诺曼底省一个酒精桶修理匠的小女儿，祖辈都是贫苦的农民。不到八岁，母亲就去世了，她被托付给一位农妇照管，在山野里长大，遭到村野俗夫的戏弄，致使在十二三岁时便失去了童贞。两三年以后，可能是被她父亲卖给了漂泊流浪的吉卜赛人，与他们过了一些日子，几经转折，最后被带到了法国的首都。

在巴黎，阿尔丰西娜先是在衣铺帽店做一名临时工。在这段时间里，她的生活虽然困苦，但女孩子过得自由自在：混迹于轻佻的女工中间，使她习惯了常常结伴去参加舞会，还接触了一些浪漫小说，受到很深的影响，使她喜欢去与大学生们玩乐，去林荫道调情，最终沦为一名妓女。阿尔丰西娜成长为少女后，出落得非常漂亮，有着极其罕见的美貌。这使她得以结识不少上层人士。在这些人中间，除了一般富商巨贾之外，还有三十年后出任外交大臣的安托万·阿盖尔·阿尔弗莱德·格拉蒙公爵和做过俄国驻维也纳大使的封·斯塔盖尔贝格老伯爵，以及年轻的爱德华·德·贝雷戈伯爵等亲王、子爵、男爵，也有像欧仁·苏、阿尔弗雷德·德·缪塞、弗朗兹·李斯特等著名的作家、艺术家。

这时，阿尔丰西娜正值青春，在二十岁上下，的确是姿容艳丽、优美动人。她体形修长、纤小而苗条、轻盈，她皮肤白里透红，一双椭圆形的眼睛，像是用晶莹的珐琅质镶成，只是更显得水灵。嘴唇红得像樱桃，牙齿则雪白、整齐而又光洁，整个身形使人想起一座用萨克森细瓷制成的精美雕像。她的柳条似的细腰、天鹅般的颈项、纯洁而无邪的表情,还有那拜伦式的苍白,披散在白嫩双肩上的浓密的长鬈发,裸露在白色连衣裙上方的微耸的胸脯,以及金手镯、宝石项链等装饰,使她显得像皇后一样的美丽,被公认是巴黎最迷人的女子。而且在与名人的接触中,她不但摆脱了贫困,变换了姓氏,改名为玛丽·杜普莱西,还给自己添上"Du"这么个贵族的头衔。她又遍读瓦尔特·司各特、大仲马、维克多·雨果、阿尔丰斯·拉马丁等人的作品,并广受音乐、绘画和其他艺术的陶冶,使她表现出天资聪颖,知识广博且富有艺术修养,态度雍容大方,谈吐温文尔雅而显得出身高贵。难怪名诗人泰奥菲尔·戈蒂耶赞叹说:"她仪态万方,像一位公爵夫人。"这位原本来自农村一个贫寒家庭的女子,如今已经变成巴黎社交场中一颗耀眼的明星。一八四四年九月九日,深受当时法国大众喜爱的多产作家亚历山大·仲马(父,即大仲马)与后来被他遗弃的花边女工卡特琳娜的私生子,年仅二十岁、与玛丽·阿尔丰西娜同龄的亚历山大·仲马(子,即小仲马,1824—1895),和他交际场上的挚友欧仁·德雅泽,先是去了圣日耳曼大道雷法莱驯马场跑马;回来晚餐后,就去蒙马特大街的"游艺剧场",目的并不是观看戏剧演出,而是去那里猎艳,看是否可能见到几位漂亮的女子;尤其这家剧院是玛丽·杜普莱西常去的场所,对他们更有吸引力。在此以前,小仲马虽然也曾在交易所广场见过玛丽·杜普莱西一次,留下的印象是一个雍容华贵又十分柔弱的女子;第二天,又在香榭丽舍见她在向路人致意,模样有如一位出巡的王后。但都只是匆匆的一瞥。今日,他穿一身墨绿色的开司米宽领衫,系一条白色领带,裤脚上露出丝袜,还别了几件饰物,带一根手杖,非常富有风度。在德雅泽的怂恿下,小仲马一直在思忖,去剧场后是否有一睹这位巴黎名妓芳容的艳福。

灯光熄灭后,玛丽像一个幻影似的出现在剧场她固定的包厢,离小仲马仅仅只有几步之遥。她脱下小仲马上次看到过的那袭貂皮衬里的斗篷,缓缓地坐下,一手拿着一束红茶花,一手剥着她喜爱的糖果,显得怡然自得。小仲马一见到,就觉得自己已经被这位女子迷住了。他在心中暗暗发誓,总有一天,他要在众多的追求者中拜倒在她的脚前。

演出结束后，小仲马和好友带上玛丽最爱吃的冰糖葡萄干去包厢看望过她一次。十天后，他们又设法得到玛丽的紧邻和亲密女友普鲁丹丝·德沃瓦的帮助，去她所住的玛德琳娜大街十一号登门拜访。尽管她的父亲兼管家告诫说，玛丽应该去招引像大仲马这类能带给她钻石、包厢、马车的富人和权贵，而不是他儿子这些穷困潦倒之辈，玛丽仍坚持自己的信念：她需要的是一位迷恋于她、依顺于她的年轻情人。她显然对年轻而又风度翩翩的小仲马感兴趣。她吩咐让其他的人都离开，只让他一个人留在她家，单独与她共度良宵。若干日后，玛丽还悄悄塞给他一把她房门的钥匙。这使小仲马无比狂喜，感到自己终于得到了她的爱，"我再也无所求，世界已属于我了"。

从此，他们夜夜相会，双方都深深感受到爱的欢乐。一次，小仲马去时，见玛丽躺在床上，手里提了一条白手绢；他想亲吻她，也被她挡开了。小仲马意识到，她又病了。这并不令他吃惊，因为认识她之前，小仲马就知道她患有肺结核；她此刻挡开他和不得不回绝他，以限制他的欲望，目的是为了保护他，正是出于对他的爱。他看到她有一颗金子般的心。他劝她休息，应该去疗养。玛丽声言，这在她是根本办不到的，她的处境不允许她这样做，因为她完全了解那些说是爱她而在她身边打转的男人，他们爱的实际上只是她的艳姿，一旦她真的病了，口口声声发誓爱她的年轻人迟早都会抛弃她。小仲马跟她说，他绝不像这些年轻人，事实上他并不是今天才知道她有病的。但他从来没有犹豫过，他甚至相信，如果她把病传给了他，倒是一种姻缘。他向她保证，说自己"至死都爱你"。小仲马确实相信自己是唯一不是仅仅倾慕她的光泽而真正爱她本人的人。他就曾斥责德雅泽用鄙夷的语气谈论玛丽的身价。小仲马的真诚使玛丽深受感动，她向他保证，说自己从没有像爱他那样地爱过别的男人。不过，她不接受小仲马要她不再去理睬那个做她监护人的斯塔盖贝格伯爵的建议，她要求小仲马在爱情上不猜疑、不任性、不奢望，容忍她在爱他的同时又可以接待别的情人。

小仲马的确是真心爱着玛丽，平时他与她一起跑马、赴宴、逛舞厅、进剧院，不惜花费巨资，以致背上沉重的债务，还陪她去她老家、空气清新的乡间养病。但他不能容

《茶花女》插图　　　　　　　《茶花女》插图

忍她同时爱着其他的男人。当他发觉在他这位情妇的生活中，不但有封·斯塔盖尔贝格这类重要地位的大人物，还有年轻的爱德华·贝雷戈和其他的人，简直是难以自制了。尤其是，他发觉她给他们写了充满情爱的信，却不让他知晓；同时又向他们隐瞒了她与他的关系，虽然她向他解释："与他们相处，我不得不违心做戏，只有与你在一起时，我才体会到自己被爱的幸福。"他仍然不能接受，也无法相信。他责问她为什么要这样撒谎，玛丽竟然若无其事地用多年前听来的一句俏皮话来回答，说"经常撒谎的人牙齿会白"。于是，小仲马在一八四五年八月三十日的深夜，给玛丽·杜普莱西写了一封绝交信：

我亲爱的玛丽：

　　我既不像我所希望的那样富有而配得上去爱你，也不像你所希望的那样贫穷而值得你去爱。那么，就让我们相互忘却吧！对你来说，忘掉的是一个无关紧要的名字，对我来说，忘掉的是一种无法重现的幸福。

　　没有必要向你陈述我是多么痛苦，因为你完全知道我是多么爱你。

　　别了，玛丽！你感情丰富，不会不了解我写这封信的目的，你聪明过人，不会不原谅我写了这一封信。

永远怀念你的　亚·仲·

画作：玛丽·杜普莱西在观剧

小仲马显然没有收到过杜普莱西的回信。三个月后，他找到了另一位情妇，随后与父亲一起去北非阿尔及尔、突尼斯等地旅游。在此期间，玛丽病情恶化，并在一八四七年的二月三日病逝；又因封·斯塔盖尔贝格破产自杀，她的家具等一切物品也都被拍卖。等到小仲马于次年的二月十日回到巴黎时，玛丽已经被安葬在蒙马特公墓。

本来，小仲马曾为自己对待玛丽过于苛刻感到过内疚。他深深觉得，"我不能感到对她是清白无辜的"。如今，她的死讯就更使他悲伤和悔恨。他匆匆赶到玛德琳娜十一号旧日与她欢聚的地方，见人们正在清点她的遗物拍卖，吸引了不少人，连英国名作家查尔斯·狄更斯也来了。小仲马一眼就注意到摆在壁炉上当年他送她的那本普莱服神甫写的爱情小说《玛侬·列斯戈》，不觉停下了脚步；又看到他熟悉的那条花边衬裙，就几乎掉下泪来。他如何才能向这个永远也见不到的、始终无法当面向她诉说的女子，袒露自己的心呢？

当作家与他所爱的女人永别的时候，爱情便在他的心里获得新的生命；不论是所爱的女子不再爱他，还是因某种原因死去，都会比成功的爱情带给作家更为强烈的感受，并赋予他更加丰富、更为充溢的灵感。这在文学史上是屡见不鲜的。小仲马也是这样，爱的永别使创作的激情在他的心中油然而生。

传统的道德观念，包括对戏剧和小说创作的要求，认为与人通奸的有夫之妇或青楼卖妓的年轻女子都是灵魂有罪的人，应该使她们改邪归正获得新生，要不就在自杀或被杀中处死她们。小仲马显然有意背离这种传统：出于对玛丽·杜普莱西的爱，他要把以她为原型的主人公写成是一个灵魂高尚的人，而不是一般人心目中的下贱的妓女。

小仲马原来除了决定以十分欣赏和赞美玛丽·杜普莱西的诗人、"善良的泰奥菲尔·戈蒂耶"的姓做女主人公的姓外，还准备毫不顾忌地以她的原名阿尔丰西娜来为她命名。后来觉得这还不足以表现他所爱的这位女子的高贵，就改用圣母玛丽亚的名字来命名她，把她看成是圣母和天使，称她为"玛格丽特·戈蒂耶"，同时保留玛丽生前众人所给予她的亲切的外号"茶花女"，并以此用作作品的名字。

小仲马在小说中不仅赋予玛格丽特异常艳丽的外貌，极致地表现她"难以描绘的风韵"，最重要的是特别注重刻画她那美丽的心灵。

玛格丽特尽管是一个妓女，却是一位热烈追求真正爱情的女性，她与男主人公阿尔芒·迪瓦尔的悲剧，原因主要不在于情人双方内在个性上的冲突。阿尔芒并不鄙视玛格丽特的妓女身份，他十分尊重她的人格；玛格丽特也不嫌弃阿尔芒私生子的地位和他贫穷的境遇，她非常珍惜他对她的真诚，是真挚的感情维系着两人的爱。障碍来自于外在的因素，即阿尔芒父亲的反对。玛格丽特首先意识到，由于她以前的身世和如今的疾病，她只能给她所爱的人带来祸害。于是，她自觉地选择了献身的行为。在给阿尔芒的告别信中，她最后一次向她所爱的人表达了她的爱和感激之情，说自己是个"堕落的姑娘""她曾经一度享受过你的爱情，这个姑娘一生中仅有的幸福时刻就是你给她的"；同时，又违心地妄称自己已经成为别人的情妇，因此他们之间一切都已结束。小仲马这样描写玛格丽特，他的动机，用他自己的话来说，是为了表现玛格丽特故意设法"使阿尔芒憎恨自己"，刻画出"与她一生所显示的人格适成悖逆的忘我精神"，以达到"美化的个性"的目的。

小仲马承认，在《茶花女》的创作中，"我感到……似乎体验到了……画家通过描绘人物表现自己的快乐"。这是显而易见的，因为在创作中，他宣泄了自己郁积于心的情绪，又重温了一次比现实更为浓厚的爱情。

小说《茶花女》是在玛丽·杜普莱西去世一年之后，即一八四八年发表的，立即引

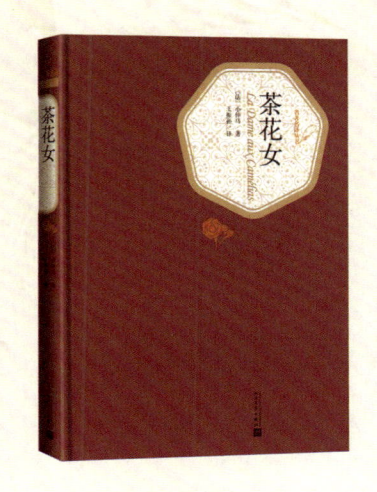

起轰动。作为作家和他父亲因桃色事件而破产的不幸的见证人，小仲马珍视自己的生活素材，又从中觉察出这类题材的社会意义和社会价值。他曾说过："任何文学，若不把完善道德、理想和有益作为目的，都是病态的、不健全的文学。"于是就同时把它改编成话剧，并从这里起步，以《半上流社会》（1855）、《金钱问题》（1857）、《私生子》（1858）、《放荡的父亲》（1859）等一系列以妇女、婚姻、家庭问题为题材，表现金钱势力破坏爱情婚姻，宣扬婚姻家庭神圣的剧作，最终成为法国的"问题剧"的开创者之一。

当小说《茶花女》风靡巴黎的时候，意大利著名音乐家朱塞佩·威尔第（1813—1901）正在巴黎。这位天才的歌剧作曲家立即从小说的动人故事中获得了启迪和灵感，感到可以把《茶花女》改编成歌剧，并立即开始构思歌剧的音乐主题。一八五二年话剧《茶花女》上演后，威尔第更坚定了自己原来的设想。于是，他先是拟出一份提纲，请他的好友皮阿威撰写歌剧剧本，随后自己一心投入音乐创作，据说只花了四个星期，就完成了以《失足者》为名的《茶花女》歌剧总谱，于一八五三年三月六日在他本国威尼斯著名的菲尼斯剧场首次公演，这第一次演出虽因背景的现代化、表现的重在心理刻画，不符合观众的趣味，加上扮演重病的女主人公的演员过于肥胖，以致未能成功，但从一八五六年起，歌剧先后在伦敦、圣彼得堡、纽约、巴黎上演，就一直受到广泛的欢迎。如今，一个半世纪以来，像小说《茶花女》已经成为世界各国和地区的畅销书一样，歌剧《茶花女》也已经成为世界各国和地区著名歌剧演员和歌剧院的保留剧目了。

A Month in the Country

《村居一月》

申诉自己至死不渝的爱情

  十九世纪法国艺术批评家伊波里特·泰纳强调地理环境、自然、气候对艺术发展的重要作用,例如位于欧洲伊比利亚半岛的高原国家西班牙,它在这些方面的条件,就可能确实有益于人的艺术天赋的发展:它造就了二十世纪最有创造性的画家帕勃罗·毕加索,又产生出十九世纪世界最著名的一个音乐之家。

  曼努埃尔·帕特里修·罗德里格斯·加西亚不但是世界著名的男高音歌唱家,还是最有声望的声乐教师之一,曾任教于巴黎音乐学院和伦敦皇家音乐学院,对嗓音做过深入的研究,写出了几本有关这方面的著作。加西亚的一个儿子和两个女儿也都是音乐家。曼努埃尔·加西亚被认为是有史以来最杰出的声学教师之一,有"瑞典夜莺"之称的瑞典女高音歌唱家珍妮·林德和著名的德国歌剧女高音歌唱家马尔凯西夫人都是他在巴黎时教出的学生。加西亚的大女儿玛丽亚·马利布兰从小由他亲自施教,五岁即在那不勒斯登台演唱,一八二八年在巴黎意大利剧院演出乔契诺·罗西尼的歌剧《塞米拉米德》

维亚尔多画的屠格涅夫像

的女主角、性格复杂的塞米拉米德，引起轰动，是一位著名的世界女中音歌唱家。玛丽亚的妹妹、比她小三岁的波丽娜也是一位著名歌唱家。

米歇尔·费迪南德·波丽娜·加西亚（1821—1910）童年时起不但从父亲学唱，同时还师从匈牙利钢琴家弗朗兹·李斯特学钢琴，并师从另一位音乐家学作曲。在多位名师的指导和培养之下，她先天的禀赋获得了良好的发展，成长得很快，十五岁时即首次在比利时首都布鲁塞尔的音乐会上登台演唱，两年后在伦敦首次演出罗西尼的歌剧《奥赛罗》中的女主角苔丝德蒙娜。此后，从罗西尼的《灰姑娘》《塞维尼的理发师》中的华丽次女高音，到意大利歌剧作曲家盖塔诺·唐尼采蒂的悲歌剧《拉美莫尔的露契亚》和文森佐·贝里尼的《梦游女》《诺尔玛》中的那些最最吃重的花腔女高音，都证明波丽娜的演唱，幅度很广，特别以演出有高度戏剧性的歌剧角色而闻名于乐坛。一八四九年，德国歌剧作家嘉科马·梅耶贝尔根据法国剧作家欧也尼·斯克里布的《先知》而作的五幕歌剧，专门为波丽娜的演唱而创造了一个在儿子住房被情敌焚烧之时冲入烈火中与儿子一同死去的母亲菲戴斯的形象，波丽娜演出后，受到最大的欢迎。一八五九年，法国音乐家赫克托·柏辽兹在巴黎抒情剧院重新上演德国歌剧作家克里斯托弗·封·格鲁克的《奥尔甫斯》，同名主角由波丽娜演唱，使她的事业达到了顶峰。法国作曲家夏尔·法朗索瓦·古诺，德国歌剧作家嘉科莫·梅耶贝尔、理查德·瓦格纳和俄罗斯作曲家米哈伊尔·伊万诺维奇·格林卡、安东·鲁宾斯坦，还有李斯特等，都对波丽娜赞美备至。法国诗人阿尔弗雷德·德·缪塞竟激动地用诗的语言称颂她说:"天才,这是上天的馈赠,波丽娜·加西亚身上才华横溢,犹如满杯的美酒。"

巴黎是世界历史文化名城,它吸引法国和世界各地文化人的不仅是它的圣母院、教堂、协和广场、卢浮宫、博物馆和蒙塔特区的咖啡馆,还有塞纳河上的秀丽景色、盎然诗意和整个城市的自由空气。一八三一年,杜德望夫人,即乔治·桑就为了逃离婚姻,追求自由和爱情而来这里。在这里,女作家结交了很多的朋友和情人。在这里,经作家皮埃尔·勒鲁介绍,她认识了艺术批评家和巴黎的意大利歌剧院经理路易·维亚尔多;在这里,与她有过三年爱情纠葛的德·缪塞在追求玛利布兰的时候,把她的妹妹波丽娜介绍给她。乔治·桑很喜欢这个有一副金嗓子的歌唱家,还觉得她与正直的路易·维亚尔多十分匹配,于是,经她撮合,这两人于一八四一年结婚,虽然他要比她大二十一岁。

巴黎歌剧院是一个闻名全球的同类剧院,它的班子无论去哪儿演出都会受到广泛、热烈的欢迎,一八四一至一八四四年冬季那次来彼得堡,就轰动了整个俄国,有些人,尤其是一些年轻的大学生,甚至不顾冒着生命的危险,跨越刚刚结上冰的涅瓦河,来到位于河口的圣彼得堡,只是为了听一听这位"无与伦比的维亚尔多夫人"的歌喉。

在所有被维亚尔多夫人的歌声迷惑的听众中,最热情的大概要算是伊凡·谢尔盖耶维奇·屠格涅夫(1818—1883)了。在歌剧院来演出的那些日子里,屠格涅夫竟是场场必到,风雨无阻,去为女主角维亚尔多夫人捧场。像这么一位二十四岁的忠实观众,虽然尚未出名,但已翻译过几种莎士比亚的和拜伦的作品,发表过长诗《帕拉莎》,总是一个文人,而且还是一位贵族,就不能不引起维亚尔多夫人的注意。于是经人介绍,在这年的十一月一日,两人终于相识,随后屠格涅夫还有幸获得允许,到后台歌唱家的化妆室里去看她。

屠格涅夫觉得自己已经爱上了这位维亚尔多夫人。他不但在她演出时疯狂地为她热烈鼓掌、大声叫好,以致影响全场的观众,招来人们的反感。而且不管维亚尔多夫人离彼得堡后去柏林、德累斯顿或别处演出,他都要跟着前往。他还在朋友中间宣扬自己对她的爱情。一次，他特地去作家伊·伊·巴纳耶夫夫妇家，跟他们和他们的朋友说："各位，我今天真幸运，世界上不会有第二个比我更幸运的人了！"是什么事呢？原来，屠格涅夫头疼得很厉害，维亚尔多夫人亲自给他在太阳穴上搽了点香水。屠格涅夫说到这里，还向朋友们描述了一番他在维亚尔多夫人为他搽香水时所引起的神奇感觉。批评家维萨里昂·格里戈里耶维奇·别林斯基听了不以为然，冷冷地说："得了吧，像您这么说得天花乱坠的爱情，谁能相信呢？"

应该认为，屠格涅夫说的并非谎言，因为爱情的确会使人失去理性、产生错觉。

维亚尔多夫人在舞台上，唱做都很精彩，她的嗓子清新圆润，步态优雅、毫不做作，对观众有一股强烈的吸引力。但是她长得实在不算漂亮。她的脸型中有犹太人的成分，看起来好像显得非常严肃；她的嘴巴大得不合比例，眼睛又很突出，以致德国诗人海因里希·海涅把她比作是像妖怪一样的外国风景。这些欠缺，屠格涅夫好像一点也看不到，甚至十年后维亚尔多夫人再次来彼得堡演出时，因为随着年龄的增长，不但相貌更不好看，嗓子也失去原有的魅力，以致观众对她未免兴趣冷淡。屠格涅夫却坚持说她的表演比十年前更好了，是彼得堡的观众太无知，不会欣赏这么一位出色的女演员。

第二年，一八四五年春，屠格涅夫去国外旅行。夏天，他应邀去维亚尔多夫妇的庄园做客。克达诺尔的布里，离巴黎六十公里，这儿有一座古堡，四周是森林和花园，风景优美，空气清新。屠格涅夫在这里度过了整个长夏。随后，他就在巴黎租下一座房子，每天都去布里看望维亚尔多夫人。那时，在屠格涅夫的心目中，除了波丽娜和波丽娜的一家，世界上再也不存在别的什么了。他把所有的时间都放在给波丽娜·维亚尔多写信上，几乎每天都给她写长信，常常一天还不止一封。在信中，屠格涅夫向波丽娜·维亚尔多描绘自己在卢浮宫旁亨利二世王后的杜伊勒里宫花园散步的情景，他还常在信中指导波丽娜如何理解文学和欣赏艺术。当波丽娜·维亚尔多将要上台扮演德国作曲家克里斯托弗·格鲁克的歌剧《伊菲革涅亚》中的女主人公，一个成为牺牲品的悲剧人物时，屠格涅夫就建议她去读德国大诗人约翰·沃尔夫冈·歌德的诗剧《伊菲革涅亚在陶立斯

维亚尔多的沙龙

岛》。屠格涅夫实在是很爱波丽娜了。他多次给波丽娜写信，表示自己对她的这种感情。屠格涅夫说："我没见到过世界上有什么比您更好的……在我生命的旅途上，遇到您是我一生最大的幸福，我对您的忠诚和感激之情没有止境，只能随我一起死去。"他又声称，说自己没有一天不想念她超过一百次以上的，他甚至每天夜里都梦见她；他特别表示，如果要在可以成为世界上最伟大的文学天才而不能与维亚尔多一家见面，和住在世界一角做一名维亚尔多一家的看门人这样两者做一选择的话，"我可能选的是这个看门人"。并说他是多么愿意像一条地毯那样，铺在波丽娜·维亚尔多的脚下，"就是一千次也想吻您的脚。您可知道，我整个属于您，永远属于您"。不过，这只是屠格涅夫单方面的想法，波丽娜·维亚尔多怎样想呢？

波丽娜·维亚尔多说得上是一个奇特的难以理解的女人。虽然许多了解她的人都相信她与屠格涅夫之间的爱情，但她自己总是声称他们两人只存在友谊，而且她对屠格涅夫的爱的确总是表现得非常冷静。她表示，她有许多异性朋友。可能，作为一位艺术家，因为特别喜爱音乐，她对一些和自己一样迷恋音乐的人，都会表现出某种程度的热情，但她不愿也不会像情人似的与他们待在一起，而希望远离他们。她相信，只有这样，既可以使自己不会因为与几个男性都共有的感情而疲惫不堪，又可以因他们所显示出的崇高品性而增强她自己对他们的敬意。波丽娜·维亚尔多对她的丈夫和屠格涅夫都常常表现出这样的态度。

屠格涅夫大概也曾感觉到波丽娜的这种态度。他在给她的信中就曾问她："您是不

维亚尔多夫人

是讨厌我死赖在您这里呢?"他为自己的这种爱情而感伤,说自己是像一条狗似的,可怜地蹲着,微微张开眼皮对着波丽娜看望,像那对着阳光而不断眨眼的狗……屠格涅夫的这种心理在他一八五〇年写成的剧作《村居一月》中得到了微妙的表现。

《村居一月》(田大畏译文)剧情所发生的伊斯拉耶夫庄园,就像巴黎郊外维亚尔多的庄园,剧情发生的时间为十九世纪四十年代,也是屠格涅夫对波丽娜·维亚尔多产生友谊和爱情同一时间。富裕的地主阿尔卡季·谢尔盖伊奇·伊斯拉耶夫的妻子娜塔利娅·彼得罗芙娜和来这家做客的朋友米哈伊洛·亚历山德罗维奇·拉基京这两位男女主人公的年龄也与波丽娜·维亚尔多和屠格涅夫的年龄相仿。剧中还通过娜塔利娅·彼得罗芙娜的台词,不止一次地说到,拉基京是一个"爱观察人、分析人、研究人"的人;并说到,她早就发觉,拉基京对"大自然的美",不但"有非常细致的感觉""观察"和"追求",而且"会非常优美,非常巧妙地说它们",都暗示了拉基京作为屠格涅夫替身的作家的身份,和屠格涅夫在创作中所显示出来的观察和描绘大自然的天赋和职业特点。

拉基京深深地爱着娜塔利娅·彼得罗芙娜,他觉得,在她身边,他就感到无比的幸福:"我整个属于她,叫我和她分离,毫不夸张地说,就等于和生命分离""没有她我就活不了"。——这些话与屠格涅夫在信中对波丽娜·维亚尔多说的完全是一样的。但是娜塔利娅·彼得罗芙娜爱的是别人,在她家做她儿子家庭教师的年轻大学生别利亚耶夫，这在最初是娜塔利娅·彼得罗芙娜自己也没有意识到的。对于拉基京，娜塔利娅·彼得罗芙娜说，他们两人的关系只是一种友谊，因为她虽然也爱他，可是这种"爱"却是那么的明朗、那么的恬静，"它使我感到温暖，但是……您从来没有使我哭过"，它也"不能使我激动"……不过，尽管娜塔利娅·彼得罗芙娜不能给他爱情，并使他因为得不到爱的回报而痛苦，拉基京仍然痴情地爱着她，就像他对娜塔利娅·彼得罗芙娜说的"您就像猫耍耗子似的耍着我玩……可是耗子对此并无怨言"。而爱情是不能勉强的，不存在应该爱、需要爱，或者不得不爱等等发自于理智的"爱情"。在"担心我的幸福会在您的手指下面消失"的一段时间后，拉基京明白了自己的处境不可能再有什么变化了，于是，为了娜塔利娅·彼得罗芙娜的幸福，为了她的平静，为了她的社会地位，他最后离开娜塔利娅·彼得罗芙娜，永远离开了她，使他成为娜塔利娅·彼得罗芙娜心中的"一个高尚的人"，也即是波丽娜·维亚尔多所说的，因为他显示出这种崇高的品性而使她对他增强敬意的人。

屠格涅夫始终爱着波丽娜·维亚尔多，至死不渝，不但在维亚尔多夫人一八六四年离开舞台之后去德国的巴登定居时，他也去了巴登，在波丽娜的住家旁建起房子住下；而且直到生命的最后一刻，他都想起了她。屠格涅夫死于一八八三年九月三日，这一年他用法文向波丽娜口授了自传性的随笔《海上大火》。去世前的两星期，他又让她来到床边，噙着眼泪，请求她记下了一篇表现一个堕落的俄罗斯贵族的短篇小说《末日》。在去世前的瞬间，他对身旁的人特别提到了波丽娜·维亚尔多："她是女王中的女王，这个人给我多么亲切的照顾啊……"

屠格涅夫认为，不幸的婚姻可能有助于艺术家的创作，那种顺利而却陈腐的婚姻，对艺术家却是致命的。也许这正是他本人终生未婚的原因。他相信爱情对创作的激励作用，在这方面，他是有体会的，"知道得很清楚，而且还做过研究"，如果创作时没有新的爱情的激励，就会写得不理想。

看来，这确是他的亲身感受，也不无科学道理。感谢波丽娜·维亚尔多，不论她对屠格涅夫的感情怎样，是爱情也好，是友谊也好，总归是她，激励了屠格涅夫对她的爱，对她进行热烈的始终不渝的追求，从而激发这位作家的创作灵感，使他创作出这么一部《村居一月》。

不错，说到屠格涅夫，作为一位作家，人们首先想到的是他的长篇小说：他表现俄国知识界新老两代人——年轻一代的革命抱负和老一代的自由主义之间冲突和决裂的最伟大作品《父与子》，他的以细腻描写爱情而著称的《贵族之家》，以及他的《前夜》和《罗亭》；还有他清新秀丽的《散文诗》，其中表现出的对生活中美好事物的敏感和珍惜，使这些作品保持着经久不衰的魅力，并使它的作者在十九世纪的俄国作家中很早就赢得了世界性的声誉。虽然总的来说，他的声誉尚不及费奥多尔·陀思妥耶夫斯基和列夫·托尔斯泰，但是评论屠格涅夫的创作，光提他的小说显然也是不全面的。

十九世纪四十年代，俄国的戏剧衰微没落，虚假的、脱离现实生活、回避尖锐社会问题的作品充斥了舞台。就在这时，屠格涅夫发扬了尼古拉·果戈理的戏剧传统，从一八四三年起，十年里创作出了《食客》《贵族长的早餐》《村居一月》等十部具有深刻社会内涵的剧本，影响之大，一度成为俄国现实主义剧坛的主将，并为以后的戏剧发展拓展了道路。如《村居一月》，由于内容表现平民知识分子与贵族的冲突，敏感地触及了当时的一个重要的社会问题，最初投寄给《现代人》杂志时，不为审查机关通过，纵使作者同意做任何修改，也仍旧不准刊登；最后于一八五五年刊出时，已经被删得面目全非，直到十五年后作者出版文集之时才得以恢复原貌。这个剧本不但是伟大作家最著名、最具有代表性的一个剧本，也是俄罗斯戏剧史上的一部杰出的"社会心理剧"。

Murder on the Orient Express

《东方快车谋杀案》

来自东方快车的灵感

  一九二八年四月，以阿加莎·克里斯蒂为人所知的阿加莎·克拉丽莎（1890—1976）和她丈夫阿奇巴尔德·克里斯蒂终于达成离婚。

  阿奇巴尔德是第一次世界大战期间英国皇家航空队的一位英俊的军官，他们两人于一九一四年的圣诞之夜结婚，一九一九年生下女儿罗莎琳德。阿加莎原先是在她的出生地德文郡托克亚斯的红十字医院做一名药剂师。在这一职业生涯中，让她学到许多毒物学和医学方面的知识，后来她将这些知识运用到她的警探小说的写作中。这位未来的"警探小说女王"的第一部小说《斯泰尔斯庄园奇案》就是在战后的一九二〇年出版的。

  但是，这对夫妻的婚姻以不幸而告终。

  一九二六年底，阿奇巴尔德向妻子宣布，他已经爱上了另一个女人，年轻的南希·尼尔，并要求尽快和她离婚。

  深深伤害阿加莎的这段感情终于在一九二八年四月二十八日结束后，除《斯泰尔斯庄园奇案》外，还出版过《暗藏杀机》《高尔夫球场的疑云》《褐衣男子》《烟囱大厦之谜》《罗杰疑案》《四大魔头》等成功作品的这位著名女作家只希望为自己找一个居所，为女儿找一所学校，并能在创作中埋葬心中的痛苦，从萎靡中重新振作起来。到这年秋天的时候，她准备到远方去度一次假。她最初的计划是希望去往富有异国情调的西印度群岛。但是在一次宴会上和刚乘坐"东方快车"从中东回来的一对年轻海军军官夫妇的偶然相遇，他们讲述巴格达如何的迷人，特别提到最近在美索不达米亚吾珥地区的考古新发现又是如何的有意思，非常值得一看，使她改变了原有的想法，要去伊拉克的首都巴格达。

阿加莎·克里斯蒂在她写于一九七七年的《自传》中曾经这样写道："我一生都想乘坐东方快车。我每次去法国或西班牙或意大利旅行时，东方快车常常都在加莱停靠，我就很想爬到车厢里去。"

乘坐"东方快车"的确是非常愉快的旅行。

由比利时人乔治·内格尔马克斯创办的"东方快车"，又称"辛普朗东方快车"，是欧洲第一辆横贯两大陆的快车，一八八三年开始运行。第一次世界大战时曾一度停运，一九一九年恢复行驶。二十世纪三十年代是它的黄金时代，列车从法国加莱发车，途经巴黎、第戎、洛桑、米兰、威尼斯、的里雅斯特、萨格里布、贝尔格莱德、索非亚，最后到达伊斯坦布尔。

"东方快车"以豪华舒适而著称：列车挂有卧车、餐车和设有吸烟室与更衣室的客厅车，内部设置有东方地毯、丝绒帷幕、桃花心木镶板、西班牙软皮厚沙发，全是高档一流，并具精美烹调，多年来吸引着欧洲各国的皇室、贵族、外交官、商界大亨和资产阶级等社会名流，也有作家、艺术家、冒险家，车厢里不时还常混有间谍和骗子。

做出决定之后，阿加莎·克里斯蒂便从伦敦的维多利亚车站启程，前往加莱，搭上"东方快车"，完成持续三天、全程三千三百四十二公里去伊斯坦布尔的旅程。在这次前往中东的旅行中，阿加莎结识了在那里工作的杰出的英国人类学家和中东古代史专家，年

东方快车的广告

轻的马克斯·马洛温（1904—1978），他陪伴阿加莎·克里斯蒂参观叙利亚和伊拉克的一个个考古发掘现场。后来，女作家就以这些异国场景创作了警探小说《米索不达米亚谋杀案》和《尼罗河上的惨案》。与马克斯·马洛温的相聚加深了两人的友情，后来他们在一九三〇年结婚，虽然男的要比女的年轻十四岁。这两人的婚姻是幸福的，女作家在一次接受一位记者采访时不无自豪地说："考古学家是一个女人所能找到的最好的丈夫。"

这次的中东之行是十分顺利的。可是两年多后的一九三一年那次就不同了。

那年十二月，阿加莎·克里斯蒂去中东古亚述的尼尼微遗址看望过她丈夫之后，启程返回英国，去与她女儿一起过圣诞节。"东方快车"途经希腊的派什欧市郊时，因为特大暴雨和洪水被挡住了去路，无法继续前行。接着就一切都被搞乱了：旅客不但常常得不到取暖，不得不受冻，在耽搁了将近两天之后，连食物和水都短缺，无法及时供应。车厢里的旅客包括一位美国老妇人，一位匈牙利的部长和比他年轻得多的妻子，两位有些怕生的丹麦传教士，一位精力充沛的意大利人，一位保加利亚太太，和快车车厢的一名管理人员。女作家当时曾在给她丈夫的信中详细地叙述了在快车的耽搁中发生的这一不愉快的事件，还描述了车上的一些乘客，说是这些来自不同国籍、不同阶级、不同年龄的人，激发了她的创作灵感，特别是那位美国的希尔顿夫人，成了她一九三四年完成的小说《东方快车谋杀案》中的赫伯德太太的原型。

小说是女作家这年在伊斯坦布尔的佩拉帕拉斯大饭店四一一号房间写成的。这家豪华的大饭店，是为适应"东方快车"旅客住宿而于一八九二年建造的，乃土耳其最早的欧洲式旅馆。克里斯蒂来往伦敦和土耳其时，常住这家饭店。四一一号房间现在还按照女作家当年住时的模样留在那里，以招徕女作家的粉丝和一切对她抱有好奇心的旅客。

各色人物有了，还应有一个适合侦探小说的故事。正好不久前美国发生了一桩轰动全国的绑票案。于是，阿加莎·克里斯蒂在创作《东方快车谋杀案》的时候，便借用了这件"林白幼儿绑票案"作为小说的背景。

查尔斯·林白，美国飞行员，因在一九二七年五月二十至二十一日以三十三个半小时首次完成从纽约至巴黎的不着陆飞行而成为传奇人物。这桩绑票案发生在一九三二年。

一九三二年三月一日晚，大约七点钟，林白夫人和保姆贝蒂·高安排她的一岁半的幼儿上床。保姆先是在孩子的身旁待了几分钟，直到相信他已经睡着了才离开。可是等她在十点不到的时候再去看时，发现孩子已经不见了。贝蒂告诉林白夫人出事先后的情况，两个女人最初都以为是林白先生和她们闹着玩，因为不久前，林白先生就曾把孩子藏在壁橱里，甚至在她们满屋子寻找的时候还说不知道孩子在哪里。等林白夫人和贝蒂·高很认真地再三盘问孩子的下落后，林白先生才开始警觉起来。他坚称，自己确实没有在跟她们开玩笑，甚至惊慌地说："安妮，他们偷走了我们的孩子。"

随后在保姆房间的窗沿上发现有一封笺，估计是绑匪特意留在那儿的，但是林白不允许任何人在警方到来之前去碰它。后来，管家奥利·惠特里按照他的吩咐，在十点二十五分给警方打了电话。

两个多月里，林白幼儿被绑票的事吸引了整个美国甚至全世界的密切关注。警方没有放过任何一个犯罪嫌疑人，包括林白夫妇在内。一九三二年四月，有传言说林白已经支付了赎金，但是孩子仍然未被归还。五月里，有人在离林白家不远处发现孩子残缺的尸体。随即，警方在纽约抓获一名、也是唯一的一名重大嫌疑人，做木匠的德国移民布鲁诺·霍普特曼。由于诸多不利证据，霍普德曼最终被判处死刑，被送上电椅，虽然至死他都声称自己是完全无辜的。对于这桩以"百年大案"而闻名的案件及其随后的审讯过程，著名美国评论家 H.L.门肯称之为是"耶稣复活以来最震撼人心的故事"。

阿加莎·克里斯蒂在创作时，就以这一事件作为小说的故事原型，叙述英国人，维多利亚十字勋章获得者阿姆斯特朗上校娶了美国著名悲剧女演员琳达·亚顿的大女儿为妻子后移居美国，生了女儿黛西。黛西三岁那年被绑票，上校虽然付了二十万美元的赎金，绑匪卡塞特仍撕票杀死了这可爱的女孩。阿姆斯特朗太太当时有孕在身，不但因惊恸过度而早产，自己也一病不起；阿姆斯特朗本人也心碎得自戕身亡；还有她家的那个完全清白的年轻保姆因被怀疑与案件有牵连而跳楼自杀。凶手卡塞特却利用贿赂和要挟等手段，钻了法律漏洞而被判无罪，并化名塞缪尔·爱德华·雷切特逃离美国，周游各国，靠着手头的巨额财富过日子，此刻就在这趟"东方快车"上，但在列车开往加莱途中因多年不遇的大雪受阻的日子里被人谋杀，身上被戳了十二刀。

读到这里的时候，敏感的读者不由得会回忆起小说开头波洛说的那句话："这列火车就像海上航行一样危机四伏啊。"（陈尧光译文）这不但暗示了可能将会有暗杀事件发生；女作家甚至还让国际铁路卧车公司董事布克先生与大侦探波洛再次见面时有这样一段对话：

布克："在我们周围有各式各样的人，属于各式各样的阶级，什么国籍、什么年龄都有……很适合写一部小说"。

波洛："假如出了事，恐怕这里所有的人都会被牵连到一块儿了——被死亡所牵连。"

《东方快车谋杀案》故事的发展就与这一个绝妙的预言相衔接。

小说主人公波洛，阿加莎·克里斯蒂描写她这系列侦探小说的主人公、国际侦探、比利时刑警队下任明星警探赫尔克里·波洛接受这桩案件时，把目标锁定在卧铺车厢的

佩拉帕拉斯大饭店 411 号房间

十二位旅客身上：美国公民、雷切特的秘书赫克特·麦奎因，法国公民、卧铺车厢管理员皮埃尔·米歇尔，英国公民爱德华·亨利·马斯特曼，美国公民赫伯德太太，瑞典公民葛丽泰·奥尔森，归化法国的俄国公主娜塔莉娅·德拉戈尔罗夫，匈牙利公民安德烈伯爵夫人，英国公民阿布斯诺上校，美国警探塞洛斯·贝思曼·哈德曼，意大利裔的美国公民安东尼奥·福斯卡雷里，英国公民玛丽·赫麦奥妮·德本汉，以及德国公民希尔德加德·施米特。

难道卧车车厢里的这十二个人全都是案件的嫌疑人吗？是的，一切都说明，被大雪封闭在车厢里，除了这十二个人外，不可能有其他的人出入，也就排除了可能有别的凶手。因此这十二个人毫无例外都有嫌疑之处。但问题是他们每个人不是有不在场证明，就是无杀人动机。多么奇谲的情节，多么诱人的悬念啊！真让人欲罢不能，放不下书，而且波洛对案件的分析也既在读者的想象之外，又合乎作案的情理。

要说故事随后的发展是通过波洛对这十二个人的取证和他缜密的思考与推论，从而探究出，还不如说是天才女作家巧妙地安排了这十二个人与阿姆斯特朗家直接间接都有着特别密切的关系，可以说都是他家的亲人。

雷切特的秘书麦奎因，其父亲是处理这桩绑票案的地方检察官，曾不止一次见到过阿姆斯特朗太太，对她十分同情，因此也很痛恨雷切特，声称他"不配活着"，甚至脱口说出愿亲手杀了他；

马斯特曼第一次世界大战期间是阿姆斯特朗上校的勤务兵，后来在纽约担任他的

马克斯·马洛温和阿加莎·克里斯蒂

男仆；

阿布斯诺上校是阿姆斯特朗上校最好的朋友；

赫伯德太太本名琳达·哥登堡，以前是一名女演员，艺名琳达·亚顿，是阿姆斯特朗太太索尼娅·阿姆斯特朗的母亲；

安德烈伯爵夫人，匈牙利公民，娘家姓哥登堡，是阿姆斯特朗夫人的妹妹，被绑票杀害的小黛西即是她的外甥女；

归化法国的俄国公主娜塔莉娅·德拉戈尔罗夫是阿姆斯特朗太太的教母；

玛丽·德本汉是阿姆斯特朗家的家庭教师，还是阿姆斯特朗夫人的秘书；安德烈伯爵夫人海琳娜是她在纽约教过的学生；

希尔德加德·施米特是阿姆斯特朗家的厨师；

福斯卡雷里是阿姆斯特朗家的司机；

葛丽泰·奥尔森是负责照料小黛西的护士；

皮埃尔·米歇尔是保姆苏姗的父亲；

哈德曼对跳楼的苏姗怀有深深的爱。

正是这些与受害者有着密切关系的人，出于对凶犯的切齿之恨，自封为十二个人的陪审团，宣判了卡塞特的死刑，并因为处在这个被封闭的车厢里，就不得不自己充当执行人。过程中的一切似乎难以解释的细节，都是"像一件完美的镶嵌作品"那样，事先经过研究和设计的。

在阿加莎·克里斯蒂完成这部小说的前一年，即一九三二年，英国的另一位小说家格雷厄姆·格林出版了他的成名作《伊斯坦布尔列车》，又名《东方快车》，描写作品中的各个人物从英吉利海峡驶往土耳其伊斯坦布尔的火车上相互争斗的故事，题材和克里斯蒂思考的题意都有相似之处。为避免混淆，女作家给自己的小说命题为《加莱客车谋杀案》，并把它献给她亲爱的丈夫。

小说最初于一九三三年九月三十日至十一月四日在美国的《星期六晚邮报》上分六期连载，配有威廉·胡普尔的插图。随后一九三四年一月一日以《东方快车谋杀案》为题在英国由伦敦的"科林斯犯罪俱乐部"第一次出版，同年又由纽约的"多德·米德公司"在美国出版。在这之后，一九四〇年、一九四八年、一九五九年、一九六五年、一九六八年、一九七八年、二〇〇六年，多次再版或重印，包括作为著名的"企鹅丛书"。《东方快车谋杀案》可能是克里斯蒂最著名的小说，于一九七四年、二〇〇一年被改编成电影，在全球发行；还曾被改编为电视剧、连环画和游戏故事，影响非常大。

The Gambler

《赌徒》

爱恨发泄的真实记录

传统上对赌徒都没有好印象，如果那爱赌的人已经变质成为惯性的赌徒或者职业的赌徒，印象就更加不好。但是俄国大作家费奥多尔·米哈伊洛维奇·陀思妥耶夫斯基不同。他曾表示："我要描写一个把全部生命、精力、狂热和勇敢都用到赌盘上"的"性格率真、涵养很高"的人。

把一切都投入赌场，而又"性格率真、涵养很高"。有这样的人吗？显然，陀思妥耶夫斯基相信有这样的人，他本人就是。他在小说《赌徒》中就描写了一个像自己一样在赌场和情场上倾注他的生命、精力、狂热和勇敢的主人公。

爱是心灵的冒险，作家的创作亦然。陀思妥耶夫斯基的创作，历来都在这双重的冒险中徘徊。如果在读陀思妥耶夫斯基的小说时，细细品味和考察一下作品中的几位女主人公，就会发现，她们某些方面的特征，与作家生活中一位女性的几个方面的特征，竟是出奇的相似：像《白痴》中的纳斯塔霞·菲利波芙娜，《群魔》中的莉莎维塔·图申娜，

苏斯洛娃

《罪与罚》中拉斯科尔尼科夫的妹妹杜尼娅,特别是《卡拉马佐夫兄弟》和《赌徒》中的一面一心想支配和折磨自己所爱的男人,一面又屈辱于对方的两个女子卡捷琳娜·伊凡诺芙娜和波丽娜·亚历山大罗芙娜,不免会使人产生这样一个王尔德式的问题,即是艺术模仿生活,还是生活模仿艺术?

陀思妥耶夫斯基生活中的这位女性就是阿波利纳里娅·普罗科菲耶芙娜·苏斯洛娃(1841—1918)。她与这些女主人公是如此的相似,可以说明她是这些女主人公的原型,也可能说明陀思妥耶夫斯基心目中的理想女性便是像苏斯洛娃和这些女主人公那样的女子;或者,两者都是。

阿波利纳里娅原是俄国尼日尼诺夫哥罗德省的一个农奴的女儿,她的聪明的父亲后来赎了身,擢升为主人的总管,一八六〇年移居彼得堡,成了一个殷实的商人和厂主,使她和她的一个妹妹、一个弟弟受到良好的教育;阿波利纳里娅还进了彼得堡大学。

阿波利纳里娅身材苗条,头微微后仰,显出一副高傲的模样;一张聪慧的脸,轮廓分明,线条清晰,那双深陷的蓝色大眼睛,仿佛在思索着什么,又好像惊讶地、天真地瞧着人;她全身给人以一种明澈的感觉,似乎她本身就是女性和力量的奇妙结合。像这样的一个女子,不仅长得漂亮,还有她向往自由、力求摆脱家庭和社会一切道德束缚的个性,使她的每一个动作、每一句话都令人感到有一种难以抵御的撩人力量。确实,在阿波利纳里娅的心里,存在着一股狂热的天性冲动,这股力量使她只要认为是对的、应该的，她就会不顾一切地去做。

在大学里的时候，阿波利纳里娅喜欢去听著名教授的公开讲课，还经常参加尼古拉·车尔尼雪夫斯基和尼古拉·涅克拉索夫等贫民知识分子先驱的文学作品朗诵会。朗诵会的出席者中还有莫斯科的陀思妥耶夫斯基和乌克兰诗人塔拉斯·谢甫琴科。

陀思妥耶夫斯基出生在莫斯科的一个医生家庭，一八四三年从彼得堡军事工程学校毕业，在工程局绘图处工作一年后，离职从事文学创作。一八四九年，因参与反专制农奴制的彼得拉舍夫斯基小组活动，在组内朗读别林斯基致尼古拉·果戈理的著名的反农奴制信件，四个同小组成员一起被沙皇政府逮捕，先是被判处死刑，在临刑前又得到赦免，改去西伯利亚服四年苦役，刑满后到西伯利亚塞米巴拉金斯克服兵役。两年后陀思妥耶夫斯基升为准尉，又经友人斡旋，一八五九年获准迁居特维尔，年底回到彼得堡，重新获得写作和发表作品的权利。但是刑场和长期苦役的折磨，极大地摧残了陀思妥耶夫斯基的身心健康，他的精神受了严重的创伤，使他在以后的岁月中不但经常发作癫痫，在个性、脾气各方面，都像一个典型的精神病人，甚至在与阿波利纳里娅这个他一生最爱的女性相处时，时常也表现出十足的神经质。

在阿波利纳里娅这位天真少女的眼里，像陀思妥耶夫斯基这么一个原来就曾以《穷人》《双重人格》《白夜》等作品显示出他的创作才华，在文学界有名，后来又因革命思想而蒙受苦难，度过十年传奇式流放生活的著名作家和政治犯，他的形象无疑是要比他周围的那些人更为崇高的，虽然他身材矮小，脸色苍白，一副虚弱的病容，而且年纪也已不轻。阿波利纳里娅看重的是男性的内在精神，似乎并不十分在意他是否青春年少、相貌英俊。当陀思妥耶夫斯基站在讲台上，用低沉的声调朗读他描述地狱般的劳役生活的作品时，在阿波利纳里娅的心中，他的人格似乎也在升高。无形中，有一股不可克制的力量把这位漂亮的二十二岁的少女引向这位四十岁的病态男子……于是，她怀着纯洁的敬意，给陀思妥耶夫斯基写了一封信，一封真挚的充满诗意的求爱信。

早在苦役场受难时，陀思妥耶夫斯基结识了税务局伊萨耶夫的妻子玛丽亚·德米特里耶芙娜·伊萨耶娃。实际上,当时伊萨耶娃仅是同情他的处境和他不幸的命运,才对他表现出深深的怜悯。陀思妥耶夫斯基却把这看成是爱,并以年轻人的狂热对她倾注了恋情,最后在她丈夫去世之后与她结了婚。因此,这种关系实际上一开始就不存在爱情,并一直使双方感到极度的痛苦。如今,得到这么一位年轻女子对他的天才和成绩充满崇敬的信,和对他本人的深深的爱,陀思妥耶夫斯基自然激动不已,感到无比的幸福。怀着感激的心,他对她写道:

在我感到疲惫和绝望的时候,你的爱情犹如上帝的恩赐,突然出乎意料地降临于我身。你那紧贴着我的年轻生命使我有希望得到很多东西,而且已经给予了我很多很多,它使我重新充满信心,恢复了原来的朝气。

"紧贴着我的年轻生命"!是的,大约在一八六二年秋到一八六三年春,他们已经成为情人,这给陀思妥耶夫斯基带来极大的欢乐。但是时间不长,他们的关系出现了隔阂。一段时间后,阿波利纳里娅觉得,陀思妥耶夫斯基对她的迷恋,不过是一个埋头于创作和家庭事务的忙人空隙中需要的玩乐和享受。这与她原来心目中的伟大作家和战士的形象完全格格不入。她觉得,他对她的情欲要求,是在把她当成是他的玩物,是对她的侮辱,使她极度反感。她还想起,他曾向她解释,说他尽管已经不与妻子同居,但仍时刻思念他的妻子,设法不让妻子知道他与她的关系,以免影响她的情绪,更不能设想要与这个病得快要离开人世的人离婚。这样一想,阿波利纳里娅觉得自己原来因为爱他,为爱情献出了一切,而她所爱的这个人却什么都没有。她从他对他妻子的态度看出,他实际上没有全身心地在爱她,因而感到受了屈辱。于是她向他宣布:"看来,你并不是我以前所想象的那种人。"她坚信,像他这样,任何才华都无法弥补他"性格的卑劣"。

一八六三年,陀思妥耶夫斯基约请阿波利纳里娅一起去欧洲度夏,阿波利纳里娅表示同意。可是刚巧陀思妥耶夫斯基与他兄长合办的《时报》杂志于五月遭到查封,他需

年轻的陀思妥耶夫斯基

要为杂志的复刊而四处奔走，阿波利纳里娅就独自于夏初去了巴黎。陀思妥耶夫斯基由于忍受不了离别的痛苦，在八月中离开彼得堡，途经德国黑森的威斯巴登时，受不了轮盘赌的诱惑，沉迷了三四天，先是赢到一笔巨款，随后又输掉了一半，立刻离开。到达巴黎后，陀思妥耶夫斯基马上从旅馆给阿波利纳里娅寄去一封短束，来不及等到回音，就去了塞纳河左岸她住的公寓去找她。

当时，阿波利纳里娅正坐在窗前，见陀思妥耶夫斯基急急向她房间走来，但是直到侍者通知客人在客厅等她，她才慢慢下楼。问过好后，她告诉他，她以为他不会来了；她已经给他写了信，通知他不要来，因为"太晚了"。这封使陀思妥耶夫斯基一生都永远不会忘却的信，他是在第二天才读到的：

> 你稍微来迟了些……这几天情况完全变了。你好像说过这样的话，我是不会很快把爱情献给别人的。可是我已经献出一个星期了，我听到第一声召唤就献出去了……别了，亲爱的，我想见你，但这会带来什么结果呢？

原来阿波利纳里娅到巴黎后，认识了一个名叫萨尔瓦多的医学院学生。他是西班牙人，年轻英俊又富有风度，却是个无情之人。他欺骗了阿波利纳里娅的爱，在达到目的之后，便冷淡了下来。阿波利纳里娅曾想追回他的感情，但发现他在竭力回避她时，她恨极了，一心想折磨他，甚至想杀了他，然后就自杀。这次陀思妥耶夫斯基来找她时，阿波利纳里娅就偎在陀思妥耶夫斯基的怀里，哭诉她的爱情被践踏。陀思妥耶夫斯基则友好地劝慰她，设法平息她心中的委屈。感情获得了交流后，他们决定仍像在彼得堡时幻想的那样去旅行。但是这种原已中断、如今临时又建立起来的关系，毕竟是脆弱的。

阿波利纳里娅和陀思妥耶夫斯基于一八六三年九月从巴黎动身，先是去了德国奥斯河畔的矿泉疗养地巴登－巴登，然后去瑞士的日内瓦，意大利的都灵、热那亚、那波里、罗马，十月六日又回到热那亚，到十月底，两人终于彻底分手，阿波利纳里娅回巴黎去了。

在这段旅行期间，陀思妥耶夫斯基每到一处，都沉迷于轮盘赌，把钱全部输光，他自己当了表，阿波利纳里娅当了戒指的钱也给输掉，两人甚至担心会因付不起房费而被赶出旅馆。这段时期，他们的关系有时也趋缓和，甚至达到肉体上的接触。但正是在这方面，使阿波利纳里娅最终离开了他。因为陀思妥耶夫斯基不愿跟他那个半年以后便被肺结核夺去生命的妻子离婚，阿波利纳里娅坚持认为他没有像她那样毫无代价地委身于她，就非常恨他。她在日记中的自白这样说："我实在恨他。他使我蒙受了许多痛苦……现在我感觉到并清楚地看到，我不能再爱他了，在爱情的欢乐中我不可能得到幸福，因为男人的爱抚只会使我回想起过去所蒙受的屈辱与痛苦。"显然她是回想起了萨尔瓦多带给她的屈辱，并把对男人——萨尔瓦多的恨全都发泄在陀思妥耶夫斯基的身上。她嘲讽陀思妥耶夫斯基的性冲动，同时又撩拨他；等到他被撩拨得按捺不住的时候，她又疏远他，有如一名驯兽者对待一头猛兽。受到这样的愚弄，陀思妥耶夫斯基对她也产生了恨，但愈是恨，又愈是离不开她。陀思妥耶夫斯基一直就处于这样一种矛盾的心态中。正是这样的心态，激发了陀思妥耶夫斯基的创作灵感。

早在一八五九年在塞米巴拉金斯克服兵役即将退伍的时候，陀思妥耶夫斯基曾从《俄国言论》上读到移居彼得堡的芬兰作家费想多·杰尔绍的一篇随笔《一个赌徒的手记》。这篇小说式的"手记"详尽地描述了西方赌场的风习，说到一个狂热的赌徒，顷刻之间就赢到一大笔钱，顷刻之间又输个精光，甚至想把当晚的一个赢家杀死，以抢回他输去的钱。从这时起，陀思妥耶夫斯基不但迷上了描写轮盘赌的作品，也醉心于进赌场赢钱，觉得这种游戏，充满激情和冒险精神，对他很有刺激性。而现在，在多年的参赌和恋爱中，他感到两者有相似之处，都是激情和冒险精神所致。这让作为作家的陀思妥耶夫斯基萌发出强烈的创作欲望。并最后在一八六六年由一位"真心诚意地爱我"、第二年与他结婚的"年轻的、相当漂亮的"速记员安娜·格里戈里耶芙娜·斯尼特金娜速记下来，花了二十四天时间，写出了中篇小说《赌徒（一个年轻人的札记摘抄）》。

无疑，在《赌徒》的创作中，陀思妥耶夫斯基在描写男主人公、家庭教师阿列克谢·伊万诺维奇的时候，写进了他自己对爱情和赌博两者的经历和情感体验。女主人公，有一个弟弟和一个妹妹的波琳娜·亚历山德罗芙娜也明显是以阿波利纳里娅为原型创作出来的。在阿列克谢的眼里，波琳娜非常漂亮，她"细高个儿，窈窕的体态。……她的一双纤足狭而长——叫人为之发狂。一头秀发略呈火红色。眼睛赛过一对猫眼睛，但是她会用这对眼睛看人，傲慢不可一世"。波琳娜和阿波利纳里娅两个都是这么一个漂亮、聪慧、热情洋溢、独立不羁和"傲慢不可一世"的女子。波琳娜的名字便取自阿波利纳里娅名字中的三个音节。小说所写的波琳娜和阿列克谢之间的感情纠葛，主要也即是阿波利纳里娅和陀思妥耶夫斯基后期，两人在欧洲那段时间里的关系。这时，波琳娜已经不爱阿列克谢，而错爱上了法国人德·格里叶，但德·格里叶很快就抛弃了她。这使波列娜感到受了侮辱，非常恨他，也恨男人，并把这恨发泄到阿列克谢的身上。她不但当面斥责阿列克谢说："我恨您！是的……是的！……我讨厌您，您跟德·格里叶一样讨厌。"还时时要折磨他、作践他。

爱情是盲目的，爱情真是奇特，陷入爱情中的人常常会表现出与一个人平时不一样的情绪和行为。波琳娜不但不再爱阿列克谢，而且经常侮辱他。她深知他爱她，并装出倾听他的表白，但一下子又"突然狂妄地用异样的轻蔑和冷淡弄得我仓皇失措，痛苦不堪"。这使阿列克谢"心里也越来越郁积着真正的不满"。他想："即使她丝毫不爱我吧，也不该这样作践我的感情，这样轻蔑地对待我的表白呀。"他的这段自白，与陀思妥耶夫斯基一八六五年四月十九日写给阿波利纳里娅的妹妹娜·普·苏斯洛娃的信中对她姐姐的抱怨，不但在语气上，甚至用词上都几乎一样。这使阿列克谢开始认识到，"也许您根本不漂亮？……您的心地大概不纯，您的心灵大概不美，这是非常可能的"。小说开头第一章写道，他一次又一次地问自己："我爱不爱她？"然后第一百遍回答自己，"我恨她。是的，我恨她。"他甚至产生过要用尖刀刺进她胸膛的想法。但是不论怎样，他总是跳不出爱情盲目的藩篱，仍然无法摆脱对波琳娜的爱，而且比以前爱得更深。他不但甘心情愿为她去冒险赌博，只要她愿意，他就会去跟德·格里叶决斗，把他打死；他甚至可以"指天发誓"，她如果真的在某个最高峰上，对他说一声"跳下去"，他也是"会立刻往下跳的，甚至很高兴这样做"。阿列克谢／陀思妥耶夫斯基对波琳娜／阿波利纳里娅的感情就是这样的奇异。陀思妥耶夫斯基正是怀着这样一种奇异复杂的感情，创作出了小说《赌徒》，作品第一章中"扪心自问"的这段话，正是陀思妥耶夫斯基创作此书时的真实心声。

从陀思妥耶夫斯基的整个创作历程来看，《赌徒》无疑不是他最重要的作品，为他奠定世界文学史上地位的是他以信仰和追求上帝为主题的心理小说《卡拉马佐夫兄弟》和以金钱为基本问题的社会小说《罪与罚》，还有《被欺凌与被侮辱的》《白痴》《死屋手记》等作品。但是，《赌徒》自有它的意义：尽管为还债而写也是他创作这部小说的动机之一，但作家毕竟是以他自己的生活、自己的情感、自己的血和泪来写这部作品的，它是陀思妥耶夫斯基爱恨混杂的发泄和真实记录，透视了他一个特定时期中的生活史。

Phèdre and Hippolytus

《费德尔和希波吕托斯》

重创神话题材的典范

在今天的剧作家看来,在戏剧创作时强调遵从所谓的"三一律",可能有如"戴着脚镣跳舞"。但是当维克多·雨果的浪漫主义悲剧《艾那尼》(1830)在激烈的倒彩和暴力中演出之前,它作为新古典主义的重要准则,一直是被严格遵守的,尤其是在这位诗人的祖国——法国:皮埃尔·高乃依(1606—1684)的《熙德》是法国第一部古典主义悲剧,让·拉辛(1639—1699)的作品代表了法国古典主义悲剧的巅峰。

"三一律"是对剧作表现内容在时间、地点、情节上所规定的三项原则。遵守"三一律"即意味着一出戏要以一个情节为限,它发生在一个地点,并于一天之内完成。除此之外,还有一些与之有关的规定,如整个戏一般都限于五幕,特别是它的情节内容必须"肖真"等等。所谓"肖真",它包含了三个层面:真实感、道德观和通性。真实感是指戏剧的题材必须摒弃生活中不可能发生的事情,除非是古希腊神话或圣经故事等古老传统的一部分,但即使采用这类题材,也得尽量减少它的分量;道德观是指戏剧应展示理想的道

拉辛像

德模式，具有道德教训，因为上帝是全能而公正的，所以"善"和"恶"都必须得到应有的报偿，以显示终极的真理；通性是指无论真实感或道德观，都应从同类现象中去寻求，需排除任何可以变动的特征和偶然的例外。可以想象，这些规定是多么严格，甚至有些死板，以至于美国印第安纳大学戏剧系教授奥斯卡·G.布罗凯特在他的《世界戏剧史》中谈到新古典主义的这些基本原则时，非常惋惜地说它们"严重地影响了戏剧的写作和演出"。拉辛却没有把这些规则视之为束缚自己的脚镣，在《费德尔和希波吕托斯》的创作中，他令人信服地表现出，他既严格遵从了新古典主义的种种规则，又能自如地将人物的性格和内心冲突都表现得丝丝入扣、细致动人。

让·拉辛生于巴黎东北部拉菲尔·戴－米龙的一个赤贫而又职位卑微的财政官员家庭，一岁时母亲就去世，三岁又死了父亲，九岁开始由笃信詹森教的外祖母和舅母收养，被送进巴黎附近的一个隐修院。这所隐修院是詹森教派门徒们的活动中心，隐修院里有不少杰出的学者对《圣经》和早期教父们的著作都有严谨的研究，对希腊文、拉丁文的造诣自然十分深厚。拉辛在攻读希腊文、拉丁文时得到他们的教育和指导，打下了良好的基础。在此期间，拉辛还广泛涉猎、认真钻研古希腊文学，特别是对古希腊伟大悲剧作家索福克勒斯和欧里庇得斯剧作的研读，甚至整段、整篇都能背诵下来。

詹森教与天主教一直持对抗态势，历来为当局所嫉恨。到了一六五八年，这家隐修院终于被皇室查封。于是，拉辛前去巴黎，学了一年法律后，找到一份工作，开始接触

初版《费德尔和希波吕托斯》的扉页　　　　《费德尔和希波吕托斯》一八一三年版插图

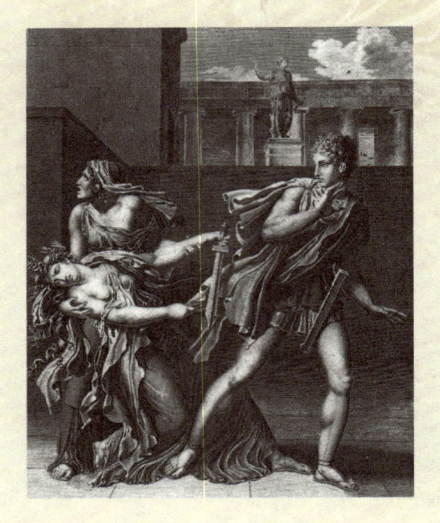

当时文学界的一些人士。一六六〇年，未来的"太阳王"路易十四结婚，巴黎举行隆重的庆祝盛典，拉辛也跟着写了一首颂诗，显露出他的诗才，引起了人们的注意。一年后，他又去南方舅舅身边学习神学。但是拉辛不喜欢神职人员的工作，于是不久就又重返巴黎，并希望从事文艺创作，认为这是通往成功的最佳途径。

先是在一六六三年，拉辛发表了一首名为《颂我王康复》的颂诗，博得路易十四的青睐，并领到宫廷颁发的年金，为以后"太阳王"做他的保护人奠定了基础。从此，他开始走上专业创作的道路。同年，他认识了喜剧天才莫里哀。莫里哀当时正领导一个剧团，与意大利剧团一起获许共同使用王宫剧场，每周各演三天，并私下接受委托为人写作剧本。一六六四年、一六六五年，拉辛先后写出了他的第一部悲剧《德巴依特或兄弟仇隙》和悲剧《亚历山大大帝》，由莫里哀的剧团上演。虽然因不满莫里哀的演出风格，拉辛后来将剧本交另一个剧团演出，但这位年轻的剧作家在创作中所显露出来的才华，仍渐渐为人们所认识。一位著名的批评家看了他的悲剧后感叹说，现在，他不再为高乃依的年老而担心后继乏人了，他相信拉辛有一天定能取代他的地位。果然，两年后，拉辛的表现疯狂和狂热爱情的悲剧《安德罗玛克》一上演，便立即引起巨大的轰动，不仅使他赢得了荣誉，还为他奠定了在法国文学史上的地位。在此后的十年里，他又陆续写出了《布里塔尼居斯》《贝蕾妮丝》《巴雅泽》《米特里达特》《伊菲革涅亚》，和他最成熟的悲剧《费德尔和希波吕托斯》。到这时，他的文学声誉已经到了顶峰，虽然当时他只有三十五岁。

拉辛的《费德尔和希波吕托斯》的故事来源于古希腊神话。

雅典国王忒修斯和安提俄珀的儿子希波吕托斯是一个纯洁而正直的年轻英雄，他从赫剌克勒斯、阿喀琉斯、伊阿宋等英雄的师傅，"马人中的智者"，以医术、音乐、体操、狩猎和预言之术而闻名的喀戎那里学会了狩猎之后，就与月亮和狩猎女神阿尔忒弥斯做伴，终日在密林中追逐野兽。能够与阿尔忒弥斯有非凡的交往，希波吕托斯感到非常自豪，从而拒绝了其他女性，甚至包括阿佛洛狄忒的爱情。阿佛洛狄忒被他的嘲笑所刺伤，心中十分不快，便唆使忒修斯的第二个妻子，也就是希波吕托斯的继母费德尔去爱他。费德尔在希波吕托斯的身上看到了他父亲在形体、风度和内在美德等方面的影子，对他产生了狂热的爱。但希波吕托斯拒绝了她的要求，于是费德尔陷于痛苦的单恋之中，最后自杀而死；但留下遗言，诬陷说希波吕托斯污辱了她。虽然希波吕托斯为自己的无辜提出抗辩，忒修斯却拒不相信，先是将他放逐，后又将海神波塞冬送给他的三个诅咒中的一个降到他的身上。因此，当希波吕托斯赶着马车经过萨兰尼克海湾时，海神就从波浪中放出一头凶猛的公牛。希波吕托斯的马看到这头公牛，受到了惊吓，把希波吕托斯从车上摔下拖死。故事后来还说到希波吕托斯死后，阿尔忒弥斯很是伤心。出于钟爱，她说服了医神阿斯克勒庇俄斯，将这位美貌的青年猎手救活了，等等。

费德尔和希波吕托斯的故事，古希腊的欧里庇得斯曾经采用过，写出了悲剧《希波吕托斯》；古罗马的悲剧作家小塞内加也采用过，写出了《费德尔》，不过都不如拉辛的著名。虽然拉辛的悲剧《费德尔和希波吕托斯》，故事也来源于希腊神话，甚至可以被认为是根据欧里庇得斯的《希波吕托斯》而写的，但是从题材的取舍上、人物性格的刻画上，尤其人物心理的分析上可以看出，拉辛的《费德尔和希波吕托斯》明显地超过了欧里庇得斯的《希波吕托斯》，显示了拉辛突出的创作才能。

欧里庇得斯的《希波吕托斯》和拉辛的《费德尔和希波吕托斯》一样，都表现了强烈的情欲，结局也差不多。原因和纠葛却很不一样。在欧里庇得斯的悲剧中，希波吕托斯发誓终生不近女色，这触怒了爱神阿佛洛狄忒。为了惩罚他对她权力的漠视，阿佛洛狄忒设法使费德尔爱上了他。拉辛在剧作中完全删去了作为女神的阿佛洛狄忒的作用，只描写现实生活中可能发生的事。剧中唯一触及超自然因素的是在处理希波吕托斯的死亡时，在结尾处写到海神主使的事故，但仍竭力淡化神力的作用，只是说有一只凶猛的野牛"在汹涌的波涛间出现"，吓住了希波吕托斯的战马，使"马匹恐怖地在岩石间狂奔，／车轴格格地发响，接着就断裂。／坚毅的依包利特（这是希波吕托斯的法语拼法）看见战车爆成屑片，他跌落下来……被骏马拖曳着。……变成一团模糊的血肉。"（华辰译文）写得如同常人所常见的事故。另外，拉辛取消了欧里庇得斯剧中的合唱队和角色的独白，而以心腹——费德尔的乳母厄诺娜和依包利特的太傅德拉曼尔等的台词来代替其所具有的作用，使感情和意图得以披露，促使冲突的发生和发展，却又合乎"肖真"的要求。为了显示剧中发生的这些事件的真实性和普遍性，拉辛还特地不写任何舞台指导和行动指导：不写故事发生的时代和地点，不写人物的年龄和外表，更没有写人物的行动指导。他这样做，是为了表明剧中的事件是可以发生于任何时代、任何地点和任何人的身上的，以符合新古典主义要求剧本具有的"通性"的原则。只是这样一来，有形的行动少了，对人物内心的行动就有更高的要求，剧本必须通过揭示这内心的活动来展开冲突，达到悲剧的结局。要做到这样，当然难度更大，只有大手笔才能驾驭。但是对拉辛来说，好像轻而易举地就能够做到这一点。

　　雅典王忒赛（是忒修斯的法语拼法）的妻子、王后费德尔违反自己的意志，爱上了丈夫前妻的儿子依包利特，遭到了拒绝，感到羞愧难当。她也知道这种爱是不应当的，但是情感压倒了理智，使她没有能力反抗这乱伦的爱。后来她发现依包利特爱着别人，而不爱她，更使她由妒忌产生出强烈的恨，决心要害死他。但是最后，当她意识到自己卑下时，也就服毒自杀而死。拉辛描写这些冲突，主要是通过心理刻画来表现的，而且把费德尔的心理变化过程，写得层次分明、清晰可见。的确，拉辛的这部悲剧，就是以心理分析而见长的。

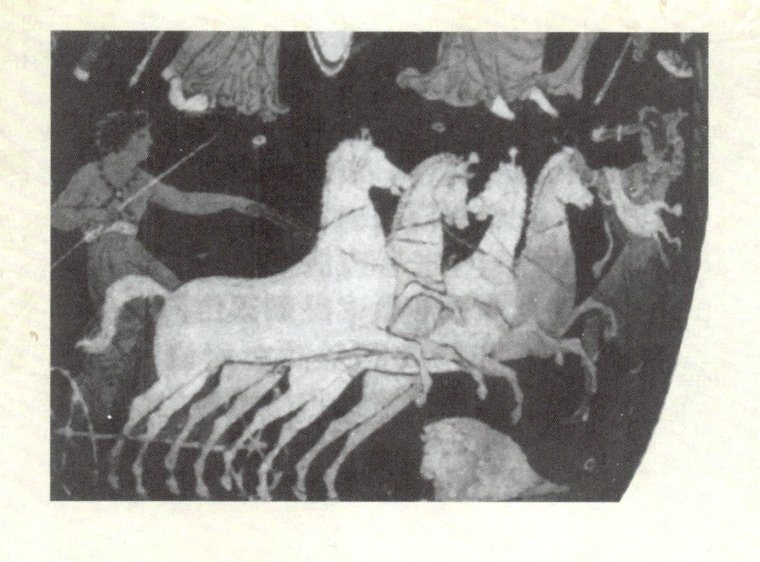

古希腊瓶画上的希波吕托斯

悲剧开始是通过费德尔与厄诺娜的对话,透露出她长期暗恋依包利特的痛苦。费德尔虽然表面上"装成一个暴虐的后母",来掩盖她"扔不下亲爱的依包利特"的真实心理。但她始终"摆脱不掉爱情的纠葛和折磨",她三天三夜不寝不食,神志昏迷,浑身软弱无力,"经受着爱情的狂风暴雨"。这种"火热的无可救药的"乱伦的爱情不但使她感到羞愧难当,它引发的内心的耻辱和恐怖的罪恶感,甚至使她情愿死去,"用死来保全自己的名声,／来窒息这可耻的邪恶感情"。

但是,厄诺娜给她带来不幸的好消息:她的丈夫忒赛已经去世。厄诺娜规劝她说,固然是她和忒赛原来的关系"给您的情焰带来恐惧",但现在他的死解除了他们两人的结俪,"您的欲火现在也变得极为普通",因此这就不再是什么过失了。厄诺娜的劝说阻止了费德尔自杀的念头,使她不必为自己的爱感到羞愧:"好吧!我听从您的衷心劝告,／活下去,要是生命还可再来一遭。／在这不幸之际。他儿子的爱情／能激起我尚存一息的心声。"

在排除了这一顾虑之后,于是,拉辛让费德尔向依包利特吐露了自己的感情:"以前,您看到我迫害您不遗余力,／却不懂得我心灵深处的真意。"她向依包利特表白,忒赛已经逝世,但是这个有如传说中的天神那样气宇轩昂、神态高贵的国王又好像并没有死,因为依包利特"您使我看到了他的形象,／他的音容笑貌好像一直在我面前一样。／我看见他,跟他讲话,我的心啊……早已迷恋,／王子啊!我的激情就像无法扑灭的熊熊烈焰。"费德尔的这种表白使依包利特感到吃惊又羞愧,他无法想象、也不敢相信会有这

名画《希波吕托斯之死》

样的事。因此，不管费德尔如何一次次哀求："我刚才对您吐出真情，／这可耻的隐情，您可相信它是出自肺腑？"依包利特还是鄙夷地拒绝了。

"我讲了别人永远不该听到的话""我的耻辱已经在他面前暴露"。费德尔对自己的轻率感到羞愧。加上有消息传来，说她的国王丈夫并没有死，而且正与依包利特一起在回王宫的路上。这就是说，她要在迎接丈夫的时候，面对这个"洞悉我的无耻情欲的人"。"难道他会把我的情火对他瞒住？／难道他会忍住对我的深沉厌恶？／即使他沉默，我仍然问心有愧。"使她重新陷入绝望的深渊。"让我死吧！死能免去多大的恐怖。"这就是她的打算。

又是厄诺娜再一次"拯救"了她的女主人。她怂恿费德尔："您怕他，那么您就先来把他控告。／把他能加在您头上的罪名反加于他"；"为了挽救您那毁坏的名誉，／我们必须牺牲一切，甚至是道德"。而且在费德尔"心烦意乱"不知如何自处之时，厄诺娜就直接来到忒赛面前，谎称依包利特向费德尔求爱，他的"罪恶的欲火"使费德尔厌倦，以致她"为可怜的父亲着想"，甚至想"一死了之"……这使轻信的忒赛大怒，狠狠诅咒依包利特，呼唤神祇"替一个可怜的父亲报仇"，下令将他永远放逐，完全不信依包利特的解释。

当费德尔得知依包利特被赶走的消息时，理性曾一度催促她"要竭尽全力去挽救他的儿子"，去对丈夫"把事情和盘托出"。但这时她无意中听说了依包利特真心爱着另一个女人。眼看着"他们无忧无虑沉溺在热恋里。／洁净清明的艳阳天统统属于他们！／而我可怜地被遗弃在天地之间"，一种"忍受莫大侮辱"之感使她这一善良的动机立即变成为嫉妒和仇恨，她就不愿再向忒赛说明实情了。直到得知依包利特的死讯，她的理性又重新占据了上风。费德尔在悲痛、懊悔和自卑的折磨下服了毒。临死之前，她把实情告诉了忒赛："是我用无耻淫乱的眼光，／瞧着这正直善良的儿郎。／上天使我怀抱不洁的欲念，／可恶的厄诺娜完成了这一罪孽。"……

从上述剧情可以看出，《费德尔和希波吕托斯》里的人物关系复杂，外表的行动却十分简单，导致悲剧发生和发展的因素也都不是外来的原因，特别是主人公费德尔，不论是对依包利特，或是甚至对忒赛和厄诺娜的所有态度的变化，都不是由于某些偶然性的事件起的作用，而全是人物内在的情感——她对依包利特的难以抑制的激情，是这无理性的激情使她不可避免地招致了悲惨的下场，也无可挽回地直接影响到其他人物的悲惨下场。

《费德尔和希波吕托斯》上演时，曾受到有些贵族和保守人士的攻击，说它有伤风化。最后虽然因国王出面干预而告平息，但挫伤了拉辛的热情，使他一度中断了戏剧创作。但历史是公正的。一部由当代法国学者集体编写的《法国文学史》中明确肯定"唯有拉辛的作品真正代表了法兰西的悲剧"。今天，《费德尔和希波吕托斯》已经被公认为是悲剧史上最伟大的杰作之一了。

The Misanthrope

《愤世嫉俗》

表露自己家中的隐私

  从一六六六年六月四日首场演出起，后世均简称为《愤世嫉俗》的名剧《愤世嫉俗或闹恋爱的易怒者》在巴黎连续演了二十一场，剧中的男女两位主人公阿耳塞斯特和赛莉麦娜这一对情人，就由剧作家兼演员的莫里哀（1622—1673）和他的妻子阿尔芒德来扮演。

  阿耳塞斯特揭发贵族们的自私无聊、争权夺利，表现出他的正直的人格，但他因为爱上一个喜欢诽谤别人而又生性淫荡的女子而陷入极端痛苦的境地，使他成为一个悲剧性的人物。

  阿耳塞斯特的情人赛莉麦娜年轻而漂亮，她把这当成是自己值得骄傲而且需加以利用的优点，认为在她如此的青春时期，"谈情说爱是相宜的"；相反，像她这样，如在"二十岁上就做正经女人，就不合时宜"。因此，对赛莉麦娜来说，同时跟几个异性发生几件"情场韵事"，那根本算不了什么。于是，她就整天生活在被男性包围的圈子里，并因此而

流动剧院的演出　　　　　　　　　　一七七一年版《愤世嫉俗》插图

感到无比的快乐和荣耀；而她对他们的包围和追求，也总是"喜欢见一个，欢迎一个"，这就可见她在爱情上是多么轻狂不端。更重要的是，她还任性地坚持自己这种不端举止，不论是真诚待她的女友还是忠实于她的情人的善意规劝，她都一律听不进去，反而常以恶意相报。

阿耳塞斯特被赛莉麦娜的魅力所迷惑，一直轻信赛莉麦娜是真心爱他的，像他自己爱她那样的真心。为了表示他对她的"深情似海，什么也不能相比"，使"人人都晓得我爱你"，他甚至别出心裁，倒愿意没有一个人觉得她可爱，愿意她遭逢意外，过着苦日子；在她生下来的时候，上天什么也不给她，没有地位，没有身份，没有财产。这样，"好让我倾心相与，能把不公道的命运为你扭转过来，欢欢喜喜，体体面面，看着你在这每一天，借重我的爱情，取得一切"（李健吾译文）。可惜，令他失望的是，他亲眼看到了一封赛莉麦娜写给他情敌的信，证明了她"出卖我坚贞的爱情"，证明了她对他的不忠。这理所当然地引起了他的嫉妒、痛苦和愤怒。于是，他指出了这个"负心女子"的背信行为，责问她以"谎言谎语""糟蹋"他的感情，并威胁她，说自己绝不会忍气吞声，听凭她如此下去而不报复，要她解释是怎么回事。可是，赛莉麦娜刚一为自己辩护，他就更愤怒了。对方索性不再解释了，就不顾一切地宣称："你爱相信什么，就相信什么吧。"这么一来，一心爱着她的阿耳塞斯特反倒过来求她了，说她若能说清此信是写给一个女的，他也就满意了。但赛莉麦娜深知阿耳塞斯特对她的不可改变的感情依赖，就硬是不

玛德莱娜·贝雅尔

肯做自我声辩，相反承认说自己这封充满情意的信正是写给阿耳塞斯特的情敌的。因此，她直告阿耳塞斯特："你就打定主意，由着性子来吧。"诚实而炽热的爱情使阿耳塞斯特对她无计可施，明白自己是"那样的懦弱，就不能砸开系牢我的锁链，以高贵的蔑视把自己武装起来，反对这太让我入迷的狠心女子"！于是他只好卑躬屈膝，乞求赛莉麦娜："眼下只要你尽力做出真情实意的样子，我这方面，也就尽力相信你是真情实意。"使自己心里求得一种平衡。

《愤世嫉俗》是莫里哀精心创作的一部喜剧，虽然不能马上被所有的人所认识，只得到著名诗人和理论家、法兰西学院院士尼古拉斯·布瓦洛（1636—1711）的赞赏，布瓦洛在他的理论著作《诗艺》中高度评价该剧是莫里哀创作的最高成就。

文学史上有太多的作品，写的都是作者本人的生活经历和情感经历。当年不少观众在看过此剧之后，都不由得猜测，莫里哀在剧中所写的阿耳塞斯特和赛莉麦娜，不就像在写他自己夫妇间的感情纠葛吗？剧作家和他妻子两人不就像在台上表演他们自己吗？尤其莫里哀一直在所写的喜剧中讽刺了社会上的各色人等，树立了不少敌人，他们对他怀恨在心，更一口咬定，莫里哀就处在阿耳塞斯特这样的尴尬境地，他自己就是像阿耳塞斯特这样的一个人。他们还引申说："如果你们想知道为什么在他的所有戏剧中，他如此嘲弄了戴绿帽子的人，这么自然地描绘嫉妒的人，那就是因为他也是其中的一个……"但很多研究者则认为这样的推断并不可信，理由是莫里哀深知舞台生涯意

阿尔芒德·贝雅尔

味着什么，因此他总是要"竭力防范公众的好奇心，维护自己私生活的秘密"。而且，古典主义时代并非文学家展示和宣扬自己个性的时代，那时，没有一个作家想到要把一出戏剧变成哪怕是自己个人的遮遮掩掩的忏悔。不过"防范""维护"是一回事，情况是否存在，存在的程度怎样又是一回事。问题是，莫里哀的妻子，在行为上确是太像赛莉麦娜了。

以莫里哀作为艺名的让－巴蒂斯特·波克兰是一个富裕的皇家室内陈设商的儿子。中学毕业后，父亲希望他升学，学习法律，日后可以做官，因为在那个年代，不管是爵位，或是官职，都是可以用重金购买的。但是他爱上了戏剧，宁愿于一六四三年一月放弃十五岁时就继承来的他父亲的这个世袭的荣耀职务。

有一位金发少女玛德莱娜·贝雅尔（1618—1672），是巴黎某法庭的庭丁约瑟夫·贝雅尔和缝纫妇玛丽·艾威尔的大女儿。她虽属一个没有名气的剧团的演员，但能演各种喜剧角色，而且技艺颇佳；且又姿色出众，一度成为莫代纳伯爵艾斯普里·德·雷尔的情妇。一六四二年六月，莫里哀在为自己所追求的职业寻找剧团时，在塔拉斯贡附近的蒙弗兰矿泉疗养地与玛德莱娜偶然相遇，立即就爱上了这个漂亮的姑娘，并使她成为他的女伴或情人。六月三十日，莫里哀与玛德莱娜以及另外九个伙伴签订协议，决心要使这个原来由玛德莱娜组建起来的"盛名剧团"继续并发展下去。可是由于经验不足，从一六四四年元旦开张演出后，不到一年就负债累累，致使作为领班的莫里哀两次入狱，

莫里哀扮演《丈夫学堂》

剧团瓦解。保释出狱后,莫里哀和玛德莱娜把原来剧团中的忠诚人员,包括玛德莱娜的哥哥约瑟夫,妹妹热娜维埃芙,和她的小弟弟路易,组成一个班底,外出流浪巡回演出。十二年中,他们走遍波尔多、南特、图卢兹、里昂、阿维尼翁、格勒诺布等几乎整个法国南方,广泛了解民众生活,也吸取了民间的戏剧传统。在经历这样一段生活,最后回到巴黎时,莫里哀已经学会了多种职业:演员、导演、编剧和剧团经理。在一六五二至一六五三年经过里昂时,他们又吸收了几名新人,其中一个是从垮台了的流浪剧团出来的演员,温柔顺从的德·布里女士。德·布里进来之后,就立即取代了玛德莱娜,在剧团中扮演情妇的角色,并成为莫里哀的秘密情人。不用说,这自然会引发玛德莱娜与莫里哀的连续争吵。

随后出现了一个九岁的小女孩,是玛德莱娜带来的,说是她的小妹妹,原来一直由住在尼姆城郊一处庄园里的一位夫人收养着,如今该由大姐领回了。莫里哀很喜欢这个小女孩,有意精心培养她,她自己也希望将来成为一个演员。于是,莫里哀就在剧团演出时,让她担任一个小角色。但是同伴们都不觉奇怪,玛德莱娜怎么突然冒出一个小妹妹来呢,她又为什么不在巴黎的家里长大,要在外省请人收养?当时和后来都有人猜测,这个生于一六四二年或一六四五年叫阿尔芒德的女孩子,实际上是莫里哀与玛德莱娜的

莫里哀住宅

爱情产物。不过，研究莫里哀的专家们分析了种种设想和猜测之后，觉得都不足为据，坚持认为：只要没有发现决定性的新文件，"我们认为把那些经常告诉我们，说阿尔芒德是约瑟夫·贝雅尔和玛丽·艾威尔的女儿，是玛德莱娜的妹妹是明智的"。

从在里昂接受阿尔芒德·贝雅尔（1640—1700）之日起，在近十年的共同生活中，阿尔芒德已经长成为一个成熟的少女了，莫里哀真心爱上了她。于是在回到巴黎不久，一六六二年二月二十日，刚满四十岁的莫里哀就和年仅二十岁的阿尔芒德在圣日耳曼·洛克塞罗瓦教堂举行了结婚仪式，新郎的父亲、新娘的母亲和哥哥、大姐都参加了婚礼。阿尔芒德从母亲那里得到一笔高达一万利勿尔的嫁妆。自然，这钱更大可能是阿尔芒德的教母又是精明的商人玛德莱娜的。婚后第二年，即一六六三年，莫里哀让阿尔芒德首次正式登台，在他的《太太学堂》中扮演主角阿涅丝，以后就一直在莫里哀的戏剧里参加演出，莫里哀让她演那些连名字也意味着光彩照人的美女角色，表现了这位剧作家对妻子的深切的爱。

阿尔芒德的容貌大概并不非常漂亮。她嘴很大，眼睛却又很小，但她穿着时髦，半裸着身子，仰着头站立在那儿，显得风姿绰约，十分迷人。莫里哀在《贵人迷》中通过主人公、求婚者克莱翁特与他的听差之间的对话，为他所追求的吕席尔，也即是阿尔芒德画了像。剧中的克莱翁特，即莫里哀说，吕席尔——阿尔芒德"眼睛小；可是里头一团火，我从来没有见过像她那样水汪汪的、亮晶晶的、妩媚动人的眼睛"；她嘴大，"可是没有一个人的嘴有她的嘴那样可爱。这是世上顶销魂、顶逗人爱的嘴了，我不看则已，一看就动心"；她个子不高，"可是又轻盈，又匀婷"；还有她说话、做事的神气，都"别有风韵，而且姿态美妙，我就说不出来有什么东西在勾人的心"；她还"有的是才情，不但俊逸非凡，而且精细入微"……总之，在克莱翁特——莫里哀看来，即使她感情上三心二意，也算不了什么，反正，"人一美呀，什么都相宜，我们受了，也心甘情愿"。当阿尔芒德扮演剧中的这个资产者汝尔丹先生的女儿吕席尔这一角色时，演员与剧中人物简直是惊人的相像，很有气度。而且阿尔芒德作为一位演员，能以不同的语气来表达不同的角色，声音语调都十分动人，表演自然，姿态优美，哪怕一个小动作，像整整头发，弄弄花结或首饰什么的，都能传达出剧本的丰富内涵。

但是也像不少聪慧伶俐、打扮漂亮、获人宠爱的女演员那样，阿尔芒德也十分娇气，她喜欢人们的奉迎、夸奖，还爱风流男性向她献殷勤。在这样的氛围中，她有可能被冲昏了头脑，甚至得意忘形，投入异性的怀抱。人们曾举出她几个情人的名字，大概也不是凭空的捏造。

回到巴黎后的十四年是剧作家和演员莫里哀的黄金时代，虽然也时时遭遇困难和挫折，但毕竟他在演出中获得了名声，甚至受到"太阳王"路易十四的青睐，特许他的班子经常在皇宫献艺，还把王宫剧场赏给他使用。但是他的工作实在太繁重了，他既是领班，又是演员，既写剧本，又当导演，因为只有演他创作的剧本才最受欢迎；而他本人在剧中又总是扮演最吃重的角色。这些都使他忙得无法休息。这影响了他的健康，加速了他的衰老。回到家里，虽然有仆人，为了博取妻子的欢心，很多事他仍喜欢由他自己来干。

莫里哀和他的妻子，年龄要差二十岁。他爱她，一心一意地爱她，甚至是忘我地爱她。虽然在不少学者看来，阿尔芒德才能平庸，爱打扮，喜欢娱乐和安逸享受的生活。但是爱情是盲目的，莫里哀放弃不了对她的爱，而总是无条件地爱她，莫里哀对她的爱甚至使他并不计较、允许让阿尔芒德从前的情人做他们女儿的教父。可阿尔芒德似乎并不爱她这个日益老迈、病魔缠身的丈夫，她爱的只是他的成功给她带来的祝贺和有名望的男人对她作为著名剧作家夫人的赏识。在莫里哀写于他与阿尔芒德婚后蜜月期间的《太太学堂》里，剧中的男主人公阿尔诺尔弗买来年轻的阿涅丝，从她四岁起开始对她进行培养。但阿涅丝结果爱上了青年奥拉斯，并和他结了婚。这和莫里哀从九岁起培养阿尔芒德是何等的相似。剧本结尾，阿涅丝与情人奥拉斯逃离阿尔诺尔弗时，阿尔诺尔弗的一大段感叹独白，人们说，也是多么像是莫里哀痛苦的心理感受。

据说，莫里哀非常注意要"竭力防范公众的好奇心，维护自己私生活的秘密"，至少他非常注意尽可能不在旁人面前直截表露自己家庭中的隐私。但是创作是作家、艺术家灵魂的冒险，除了有意的伪饰、矫情或作者人格的双重性等复杂因素外，作家、艺术家的个性、心理都不可避免要在所创作的作品中表露出来。结合莫里哀妻子的性格、爱好和作风，相信莫里哀在《太太学堂》和《愤世嫉俗》中所写的那些人物的嫉妒、感叹、怨恨、愤怒，和他本人的家庭生活与他本人的情绪有一定的联系，或者说，他在这些作品中发泄了他那被压抑的嫉妒、感叹、怨恨、愤怒。因此有人说：莫里哀观察各种人物的仪态和习惯，然后把他们巧妙地运用进他的喜剧中去；他在剧中表演了各式各样的人，"在好些地方首先表演了他自己，表演了他家里发生的、有关他家人的事情"。

但是对阿尔芒德来说，不管她出于年轻女性感情上的需要，以致出现有什么不够检点的地方，在别的一些重要方面，特别是在对待丈夫的事业上，她的确也表现出对他的忠诚：她于一六六四、一六六五和一六七二年为莫里哀生过两个儿子和一个女儿。莫里哀去世后，有些演员离开剧院，剧团濒于瘫痪，阿尔芒德设法得来一笔一万四千元的巨款，分给留下来的人员，并租借了巴黎的盖内戈剧院，按照皇家训令，将他们与经营失败的马雷剧院的演员合并，继续使用"国王剧团"这个一六六五年授予莫里哀剧团的名称，使她丈夫的事业得以持续下去。

莫里哀去世那年，阿尔芒德还只有三十岁左右的年纪，追求她的男性更多了。为了摆脱这些人的纠缠，她于一六七六年与演员盖兰·埃斯特里结婚，十八年后，于一六九四年退离舞台。

　　有关莫里哀的生活，由于年代的久远，资料的不足，不少事实还需要继续发掘和分析，一时尚难做出肯定的结论，因此对他的婚姻和爱情，他剧作中这些人物的嫉妒、感叹、怨恨、愤怒，是他本人的创作发泄，还是他的自我解嘲，或者纯粹是社会讽刺，都有待于进一步的研究。但从总体看来，莫里哀的一生，不论在剧场上，还是在家庭中，似乎折磨多于顺利，痛苦多于幸福。甚至在他生命的最后，虽然他忠诚于自己的戏剧事业，身患肺炎，仍坚持到一六七三年二月十七日的最后一刻演出，被抬着回来，死于强烈咳嗽引起的血管破裂。但被他讽刺过的教会人士不给他行临终敷礼，不给他坟地。也是他的妻子阿尔芒德，设法见到了国王路易十四本人，才使国王考虑到，仅是为了避免引起公愤，也得让莫里哀有条件地获得安葬，即葬礼时间不得放在白天；不能在当地教区或其他教堂内举行仪式，仪式更不能隆重，而且只准有两位神甫参加，等等，以致后来几经历史变迁，连他的墓地都找不到了。但是不为莫里哀竖立墓碑，他仍在后人的心中树起了非人为的纪念碑。作为一位剧作家，莫里哀以他强烈的戏剧感剧作中生动有力的台词，在喜剧的传统形式上创造出了新的喜剧风格，被公认为是法国十七世纪最伟大的剧作家。法兰西学士院为这位非学士院院士的题词说得好："他的光荣什么也不少，我们的光荣少了他。"

Frankenstein

《弗兰肯斯坦》

尸体实验的启示

玛丽·沃尔斯通克拉夫特·雪莱（1797—1851）的名声绝不是缘于她的出身是热诚争取男女平权的著名女作家玛丽·沃尔斯通克拉夫特和英国著名哲学家、《政治正义论》的作者威廉·戈德温的女儿，大诗人珀西·毕希·雪莱的妻子；而完全基于她本人的成就，作为小说《弗兰肯斯坦，或现代的普罗米修斯》的作者，在帕特·罗杰斯主编的《插图牛津英国文学史》中被尊为"科学哥特小说的奠基者"。

"哥特小说"是欧洲模拟中世纪的一种浪漫小说，它以隐蔽的城堡、秘密的通道、暗设的窗户、活动的板门构成小说故事发生的环境，来表现孤立无援的主人公被幽灵所主宰的命运，充满神秘和恐怖的气氛。受英国第一部哥特小说、作家霍勒斯·沃波尔的《奥特朗托堡》（1765）的启示，这种小说创作，在英国风行一时，特别是它的布局影响了包括勃朗特姐妹、爱伦·坡、霍桑、狄更斯、哈代等著名作家。甚至玛丽·沃尔斯通克拉夫特的父亲威廉·戈德温也写过一部这种形式的小说《事物的本来面目，或卡莱布·

玛丽·雪莱

威廉斯历险记》。但玛丽的《弗兰肯斯坦》不仅超越了一般哥特小说的题材范围，体现出当时的时代精神，还因塑造出了第一个人造人的形象而被认为是文学史上的第一部科幻小说。

《弗兰肯斯坦》创作的传奇性故事是文学史家和传记作家们所津津乐道的，特别是深夜在迪奥达里山庄与拜伦、雪莱谈鬼故事之后呈现出的梦境，激发了她创作的欲望和灵感。不过梦境只是起了触媒的作用，它将蕴藏在女作家心中的一些生活经历和情感经历调动起来，尽管有些还是玛丽很小时候的经历。

玛丽写《弗兰肯斯坦》的初因是起于偶然。

著名长诗《仙后麦布》的作者、诗人珀西·比希·雪莱要求他的终身伴侣是"一个能用感觉欣赏诗和用头脑理解哲学的人"。因此，他与他的第一个妻子、伦敦一家酒店老板的女儿哈里特·威斯特布鲁克，尽管最初的结合也是出于自愿，甚至他的父亲和祖父为此而断绝了对他的资助；但当志趣的歧异发展到她离家出走之后，一生追求个人爱情和社会正义的雪莱终于明白："现在事情非常清楚，她当时只是贪图我的钱财和爵位才和我结婚的……"而玛丽才是他理想的伴侣。

在与玛丽·沃尔斯通克拉夫特和威廉·戈德温的交往中，雪莱被他们这位十六岁女儿的不可抗拒的热情所吸引，一下子就爱上了她；而深受父母影响的玛丽，也不负雪莱的感情，不但同样地爱上了他，并不顾戈德温的激烈反对，于一八一四年七月二十四日带着她同父异母的妹妹简·克莱尔，跟从雪莱私奔法国、瑞士、德国等地。

简·克莱尔多年来都爱着诗人乔治·拜伦，怀上了拜伦的孩子，并一直追随着拜伦。当拜伦离开英国去意大利之后，她留在伦敦就耐不住了。于是，她就怂恿雪莱和玛丽陪她去意大利，目的是去追赶拜伦，只不过对他们隐瞒了自己与拜伦的恋情。

拜伦是一八一六年四月因妻子嫉恨他另有新欢与他分居、又遭上层社会的舆论谴责而一气之下离开伦敦的，从此再也没有回到祖国。他先坐船到比利时，然后上溯莱茵河去瑞士，于五月下旬到了洛桑的日内瓦湖，即莱芒湖。第二天，当他与他的医生约翰·威廉·波利多里一起去找房子回来时，正好邂逅从湖上泛舟归来的雪莱一行。这两位诗人尽管是第一次相见，但同属贵族的出身，同是本阶级的叛徒，又同样有不如意的婚姻遭际，他们马上互相吸引，感到亲切。几天后，拜伦便在离雪莱租住的科伦山脚蒙特莱尔一座两层楼只有几码远的地方，租下大诗人约翰·弥尔顿曾于一六三九年住过的迪奥达里山庄待下。这样，他们便很方便地可以经常在一起了，白天一起散步、爬山和划船，夜晚一起相聚交谈。

这年天气十分异常：由于印度尼西亚的坦布拉火山从一八一五年四月十日起，持续喷发了三个月，影响到了第二年，欧洲仍出现异常的暴风雨。玛丽他们住进这座山庄时，季节虽已是一八一六年的初夏，连日里还是细雨连绵，关了百叶窗，夜里也感到阴冷。于是，他们便围坐在炉火旁闲聊。拜伦习惯于要到凌晨三时才上床，他建议不妨读读德国鬼怪小说的法文译本来自娱；读后就相互讲恐怖的鬼怪故事，并将所讲的故事写下来合出一本书，获得了四个人的同意。

拜伦是第一个先讲，故事后来与他的诗《玛赞帕》放在一起出版；雪莱则根据他早年的生活说了一个故事；波利多里讲的是关于"一个骷髅头夫人因为透过钥匙孔窥视而受到惩罚的恐怖故事"。

玛丽"急于构思出一个故事"。她在一八三一年版《弗兰肯斯坦》的"引言"中称她要创作的故事，"可以和激起我们创作欲望的那些鬼怪故事相媲美。这个故事将打动我们天性中那种神秘的恐怖情绪,并骇人听闻——它会使读者不敢朝身后看,他将毛骨悚然,心跳加速。如果我做不到这一点,我的小说就不配称作鬼怪故事"。(罗今等译文)

可是连续三天,雪莱每天一早问她:"你想出了故事没有?"她都只能做出令人失望的回答。

六月十八日夜,他们又聚在一起讲鬼故事。拜伦讲的是诗人塞缪尔·柯尔律治刚于这年写的一首哥特谣曲《克里斯特贝尔》。他以前读此诗时就深受迷惑,简直像是中了妖术,现在所讲的,不少诗句都是背出来的。波利多里在他一八一七出版的《周游六星期记事》中回忆道:

> 拜(伦)勋爵一遍又一遍地念柯尔律治的《克里斯特贝尔》的诗句,念描写女巫乳房的诗句;随着沉默的到来,雪莱一声尖叫,两手按着头,随后抓起一支蜡烛,从房间里冲了出去。向他的脸上喷了冷水,又让他吸了乙醚。他定睛看着雪(莱)夫人,突然觉得她是一个他以前听说过的眼窝上长两颗乳头的女人,她攫住了他的心,使他恐惧万分。

这个细节,不论是雪莱在为玛丽一八一八年版《弗兰肯斯坦》代写的"序言"中,或是玛丽自己在一八三一年版的"引言"中都没有说起。有人认为,柯尔律治在梦境中获得灵感写成的名作《忽必烈汗》,是以《克里斯特贝尔》为基础的;同是受梦境启示的《弗兰肯斯坦》的创作和《忽必烈汗》的创作很有些相似,所以雪莱和玛丽两人都不愿意提。但玛丽详细地描述了两位诗人关于"生命的真谛""尸体的复活"的交谈对她的触动,说听过他们的交谈之后,"当我将头置于枕上时,我却睡不着,也不能说是我在思考。不召自来的想象纠缠和牵引着我,一幕幕远比平日幻想清晰的景象,接连不断地浮现在我的脑际。虽然闭着眼睛,但我是以敏锐的心灵的视觉看到的"。

《弗兰肯斯坦》的手稿　　　　　　　初版《弗兰肯斯坦》

  我看见一个可怕的类似人的影子，直挺挺地躺着，然后通过某种巨大的机器的作用，它有了生命的迹象，笨拙地、僵硬地活动起来。这种景象使人惊恐万状。……（罗今等译文）

  于是第二天一早，她就宣布："我已经想出了一个故事。"并开始动笔写起来。两个月后，小说完成了，以《弗兰肯斯坦，或现代的普罗米修斯》之名于一八一八年一月出版。

  《弗兰肯斯坦，或现代的普罗米修斯》的主人公之一、生物学家维克托·弗兰肯斯坦热衷于研究生命的起源，终于成功地从住处附近的藏尸间收集来一些死尸的肢体，合成一具人体。但当他发现他的这个创造物形容丑陋、如同怪物时，便遗弃了它，使它陷入极为艰难的境地。这个人体，它虽然怀有真诚、善良的心，却不能获得社会的承认。绝望中，创造物以杀死他所爱的人，来报复赋予它生命的创造者。最后，创造者为了消灭他的创造物，结果反而被对方所害，而它自己也随之消失。

  也许有人会认为，幼年时代对人的整个一生不会有多大的影响，因此追溯这段时期并没有很大意义。但是玛丽可不比别的普通孩子。西格蒙特·弗洛伊德就曾以大艺术家列奥纳多·达·芬奇等人为例来论证幼年时代对他创作的密切关系。研究者们公认，对

迪奥达里山庄

于像玛丽这样一个有很高禀赋、又极为敏感的天才孩子来说,即使是幼年时代的见闻,也同样无疑会留下深刻的印象,并对她的创作起着相当重要的作用。

玛丽的母亲玛丽·沃尔斯通克拉夫特是在三十八岁那年生育玛丽的时候死于产褥热的。玛丽没有见过她母亲,母亲在她的心中就是父母的朋友约翰·奥佩画的那个,在父亲书房的墙上有一对温柔的眼睛在对着她微笑的漂亮夫人的像。玛丽很怀念她的母亲,她喜欢母亲的遗物,从小就喜欢读母亲,还有父亲写的书。母亲的第一部小说,她根据现实生活写的原创故事集《玛丽的故事》,玛丽当时虽然看不懂词句,但特别喜爱书中精美的木刻插图,那是出版者从诗人兼画家威廉·布莱克的早期画作中选入书的第二版和豪华版的。其中有一幅作品描绘一位母亲站在两个女孩子的身旁。在玛丽的想象中,这两个孩子就是她姐姐芳妮和她自己。另外的一幅画,表现的是两个死去的孩子直挺挺地躺在那里,一个个子高大、体形瘦削的男子,在旁边以无神的目光凝视着她们。这又使玛丽想到自己和姐姐,而且如传记作家说的,她很可能会想到,人怎么一定会死呢?而且一个人死了之后,是否可能复活呢?玛丽在《弗兰肯斯坦》一八三一年版的"引言"中曾经说到有关死亡、复活的问题,说她在一次听了拜伦和雪莱两人谈"生命真谛"的可能性之后是这样想的:

> 也许一具尸体也会复活,流电学已经在这方面表明了某种迹象。也许可以制造出生物的各个组成部分,把它们拼凑起来;然后使它们热气腾腾地具有活力。

传记材料表明玛丽并不是凭空胡乱地产生出这样的想法的,而是确确实实受到某些见闻和事实的启发。

一八一四年九月二日是雪莱一行私奔期间少有的一天。他们把小船搁在莱茵河右岸离曼海姆河口以北数英里的地方,撇开克莱尔三个小时,据说是要去听当地的民间故事和民间传说。美国马萨诸塞州波士顿学院东欧历史学教授拉杜·弗洛里斯库曾耐心细致地顺着玛丽·雪莱一行的路程,去考察他们的这一段行踪,并于一九七五年出版了一本书:《寻求弗兰肯斯坦》。在书中,弗洛里斯库这样说到玛丽·雪莱:

基本上并不如某些人所想象的。她曾涉足莱茵河一带,而且她异母同父的妹妹也提到,她曾在一个叫格尔斯海姆的小村子里逗留。从这里,可以很清楚地看到弗兰肯斯坦城堡。追溯她的足迹,我发现还证实这样一个事实,即雪莱曾去了这个城堡并且得知有一位生活在十七世纪的炼金术士,他的自传读来很像雪莱(小说《弗兰肯斯坦》中)的维克托。

弗洛里斯库说的这个炼金术士名叫约翰·康拉德·迪佩尔(1673—1734)。

约翰·康拉德·迪佩尔是一位牧师的儿子,于一六七三年生于当时正用作陆军医院的弗兰肯斯坦城堡,这城堡位于今日德国西南部、莱茵河岸黑森林的达姆施塔特,它的废墟现在仍然还能看到。长大后,迪佩尔进了斯特拉斯堡大学,在那里,他用的名字是迪佩尔·弗兰肯斯坦,或"弗兰肯斯坦城堡的迪佩尔"。这个年轻人的目标是要成为一名广有成就的医生,以便能够买下一个弗兰肯斯坦爵士的名号,并在城堡里建起一个规模宏大的实验室。

除了医学科学之外,迪佩尔还对炼金术有很好的研究。他梦想做一位医生兼炼金术士,来创造人工生命,并制造出"长生不老药"卖给有钱的贵族。为找到他所向往的长生的秘密，迪佩尔常外出挖掘坟墓、偷盗尸体，屠杀大量的动物，剖切他们的躯体，将血液、骨骼、毛发倒进缸里煮沸，酿成一种他希望是长生不老药的臭气冲天的汁液。斯特拉斯堡当局得知他的这一活动之后，就将他赶了出来。但是迪佩尔并没有被吓住，他仍继续研究，最后不但成为一名成绩卓著的医生，为当时许多名人治好了病，其中包括俄罗斯沙皇叶卡捷琳娜一世，还不忘要实现自己那最迷人的梦想。

许多年过去了，虽然迪佩尔曾一度确信自己已经能够通过给尸体注入他所精心酿成的汁液，会使尸体复活，甚至在死的前一年还宣称自己已经找到能够让人活到一百三十五岁的妙方。但这毕竟不是事实。应该说，他从来没有实践过自己的这一梦想，也未能成为弗兰肯斯坦爵士，而且最后就死于他自己所做的实验。

一七三四年，迪佩尔医生仍在继续实验他的"长生不老药"，用的是弗兰肯斯坦家族地窖中的尸体和其他配料。他又蒸馏出一种液浆，并在自己身上进行试验。由于一时的疏忽，制出并喝下了极毒的氢氰酸，约翰·康拉德·迪佩尔最后死于极度的痛苦之中。一天后，当人们发现他时，他仍然处在死亡的剧痛中，因为这种毒药的作用，他全身透出了美丽的蓝色阴影。

迪佩尔的实验没有成功，但长生不老始终是人们共同的梦想。玛丽的父亲戈德温写于一七九八至一七九九年、被雪莱认为是他最好作品的小说《圣莱昂》便写到过这样的梦想。

《圣莱昂》描写了主人公圣莱昂获得了长生不老药——"哲人之石"，但是遭到他人的妒忌和憎恨，被逐出人类。作者在小说中表达了这样一种思想，就是一个能预言真理的人，他的处境定然总是困难和孤立的。玛丽肯定读过这部作品，从维克托的遭人歧视，读者也不难看出《弗兰肯斯坦》与此书之间的联系。

在戈德温的家，经常有关于科学和医学职业方面的交谈，特别需要提到的是他的一位朋友、坚信医学实验的化学家和外科医生安东尼·卡莱尔说到过的有关奥尔蒂尼进行尸体实验的事。

弗兰肯斯坦城堡遗址

约翰·乔万尼·奥尔蒂尼一七六二年生于意大利的波洛尼亚，是政治家安东尼奥·奥尔蒂尼伯爵的弟弟和著名的意大利医生和物理学家卢奇·伽伐尼的表弟。伽伐尼曾在一七八六年的实验中，用在电冲击下的剪刀碰触青蛙的神经，使青蛙的肌肉出现收缩；他还在一部电机起动之时，用解剖刀接触剥皮青蛙的腰部神经，竟然引发青蛙的腿出现踢动。

奥尔蒂尼在一七九八年成为波洛尼亚大学的物理学教授之后，接替他的老师塞巴斯蒂安诺·坎特扎尼的工作。他的科研工作主要是有关电流学及其在医学上的应用。此外，他还研究灯塔的建造及其照明问题，试验保存人体的生命和被火烧过的物质。他用法文、英文以及本国意大利文写过不少论文。奥尔蒂尼最为人知的活动是他作为伽伐尼学说的最重要的支持者，曾在波洛尼亚创建一个学会，促进了电流学的发展。后来，在伽伐尼于一七九八年去世之后，他便继承他的信念和事业，热衷致力于研究通过电流来激活青蛙、兔子、狗等动物，尤其是人。

奥尔蒂尼游历全欧洲时，公开用电流激发人和动物的躯体，以极具戏剧性的场面进行他的实验。实验项目主要是当着观众的面试图使尸体复活。一位目击者曾这样描述他一八〇二年在伦敦进行的一次公开实验：

由奥尔蒂尼教授所做的一系列宏大的实验表明电流比自然界的其他刺激物具有更大、更突出的力能。去年一、二月，他在波洛尼亚曾胆敢用在广场上被处死的各个罪犯的尸体，通过电池以最令人惊讶的方式来刺激其残存的活力。这一刺激使死者的头和脸部扭动，产生极其可怕的弯曲和变形；一具死后一个半小时的尸体，它的手臂竟从支撑它的桌面上举高了八英寸。

那个时期，伦敦是在纽盖特处置杀人犯的，罪犯被绞死之后，尸体便交由医生做解剖之用。奥尔蒂尼在临近刑场的一个地方建起一个实验室，死刑执行后，他便设法将尸体运到实验室里做实验。他用盐水润湿自己的耳朵，以两条弓形金属线连接由一百片银板和锌板制成的电池，再与尸体相连。奥尔蒂尼于一八〇三年在伦敦出版的《有关晚近流电学进展的报道，当着地方长官的面先是在法国国家研究院进行、后又在伦敦解剖示教室重做的一系列奇异而有趣的实验》中详细描述了他自己的实验情况，曾说到有一次，当对尸体通电后，"我观察到（尸体）脸部的肌肉强烈的挛缩，肌肉扭曲得那么的不规则，以致脸部显出最可怕的表情。眼睑的作用是最显著的，虽然在人的头上不如在牛的头上来得明显"。

奥尔蒂尼的实验，最著名、最有影响的是一八〇三年二月在伦敦"皇家外科医师学院"做的那一次。实验的尸体是这年在伦敦被处绞刑的罪犯乔治·福斯特。《年鉴》曾报道过他这次当着"职业绅士们"的面所做的公开实验：

实验将尸体的头通过电线与一架由二百四十片金属板组成的大机器相连接。当电流接通时，尸体脑袋的上下颚突然发生撞击，甚至能听到一声吼叫，同时尸体的两腿也猛地踢动了一下。报道描述说：

在程序最先用于脸部时，已死罪犯的颚部开始微微颤动，毗连的肌肉都可怕地扭曲了，竟然有一只眼睛睁了开来。在随后的实验过程中，罪犯的右手上举，并弯了起来，而且上腿、下腿都在微微颤动，所有的观众都觉得，这个可怜的人好像马上就要复活了。

在这种情况下，实验匆匆被中断。在后来的一次重做这项实验时，尸体甚至猛地举起一只手臂，击中了一位观众的眼睛。

后来由于法律禁止对罪犯的尸体做医学实验，限制了这类研究的继续，但无论是克莱尔等关心医学进展的医生，还是戈德温等关心人类生活的社会哲学家，对延续生命、尸体复活的问题都会感到极大的兴趣。奥尔蒂尼坚信他自己的结论——流电学"发挥了比神经和肌肉系统大得多的力量"，也深刻地影响着许多人，不但奥地利皇帝充分肯定奥尔蒂尼的业绩，授予他"铁皇冠"和米兰邦议员的称号；他自己生前购置大量仪器建造实验室教育学生和一九三四年死后遗嘱以自己的大笔金额在波洛尼亚为手工业工人创建一所自然科学学校，都得到了不少人的拥戴。

所有这些见闻，特别是不少研究者都坚信玛丽·雪莱肯定了解奥尔蒂尼的实验，并给了她相当的影响。就是在这些见闻的启示下，作为父母的著作和思想的热忱读者和继承者，玛丽·雪莱为《弗兰肯斯坦》的故事建构起了一个运用死去的人体重新造出人来的小说框架。不过，《弗兰肯斯坦》既不是一个仅仅只是为了追求情节曲折的哥特式故事，也不是一个纯粹属于自然科学的幻想故事，书中隐含了丰富的社会内容。细读这部小说，人们不难发现，它还受到其他许多方面的影响，除了在总体上接受了包括生于英国的美国政论家、《人的权利》的作者托马斯·佩恩和玛丽父母等时代社会先进人物的自由、平等思想，使小说具有十分深刻的社会内涵；在细节上还能看到威廉·莎士比亚的《暴风雨》、约翰·弥尔顿的《失乐园》、柯尔律治的《老水手》等名著的影子。

《弗兰肯斯坦》出版后，立即以其创新的形式和厚实的内容获得广泛的称道，且一百多年来经久不衰。至今，它已经被翻译成百余种语言，改编成近百种戏剧和影视作品。进入经典作品的行列，成为一部不朽的名著。

Sherlock Holmes

《福尔摩斯探案》

将医学教授塑造成大侦探

位于英国苏格兰首府爱丁堡的爱丁堡大学，不但在它本国，甚至国际上也相当著名，因为它培养了生物学家查尔斯·达尔文、生物哲学家约翰内斯·封·穆勒、作家罗伯特·路易斯·史蒂文森、小说家瓦尔特·司各特、史学家托马斯·卡莱尔等大批著名的学者和文人。在这所大学里，神学院自然占有重要的地位，但医学院同样享有崇高的荣誉。是世界著名的医生世家门罗家族中的亚历山大·门罗父、子、孙三人，使这个建于一五八三年的学院成为十八、十九世纪世界突出的医学教学中心，吸引了一万三千多名学生从英国和国外来此学习。为大学带来声誉的不但有"进化论"的创始人，还有十八世纪英国唯一的一位医学理论教授威廉·卡伦，卡伦的学生、"可激性"理论的创始者约翰·布朗，以及最先解决坏血病治疗问题的詹姆斯·林德等，都曾在这里任教。但是，对于一八七六年秋进入这家医学院的十七岁的青年柯南·道尔来说，最感兴趣的是一位当时教他的老师约瑟夫·贝尔。

柯南·道尔

　　阿瑟·柯南·道尔（1859—1930）是爱丁堡建筑师查尔斯·道尔和天主教家庭出身的玛丽·伏里十个孩子中的一个。父亲不希望他长大以后做跟他自己一样的工作，最好使他成为一位数学家，或者干点什么实务也行。但这个孩子似乎生来就具有写作的才能，他五岁时写的一篇描写追猎孟加拉虎的文章，就使作为美术批评家的迈克尔·柯南舅舅感兴趣，觉得写得够有意思的。另外，他在就学年代就不但曾负责编辑校刊，自己写的一些诗，也同样表现出他这方面的才气。他也喜欢阅读，托马斯·麦考利的《英国史》，瓦尔特·司各特的小说，特别是在读侦探小说先驱埃德加·爱伦·坡的作品时，那种入迷的程度，甚至在给他家人朗读的时候，都使他们听得津津有味，几乎入神，爱伦·坡对他的文学倾向产生了巨大的影响。不过，在以优异的成绩通过大学入学考试之后、考虑未来职业的时候，柯南·道尔还是接受母亲的建议，将来做一名医生，觉得如果以后能戴上大礼帽，走进病房，听病人主诉，然后开出处方，还能赚不少的钱，让旁观者惊异又感激，确也是一件好事。于是，他就进了爱丁堡大学的医学院。

　　爱丁堡大学医学院的学生，有的住租用的房间，有的像柯南·道尔那样，就住在家里，除了听课和听讲座，平时很少与教授们接触。只有一位外科教授约瑟夫·贝尔，或者是由于他的世界性的荣誉，或者是他曾经对道尔表示过异乎寻常的友好情意，给道尔的印象异常深刻。

　　约瑟夫·贝尔（1837—1911）那年正四十多一点年纪。他身子十分细瘦，一团蓬乱的黑发，像刷子毛似的竖立在他的头上；他站立时上身有点前倾，使得他的目光有逼人之感；而说话又声音干巴，且缺乏幽默感。这一切，都容易使人觉得贝尔教授有些可怕。但是实际上，他是一个性情和蔼的人。一次，在空阔的教室里，贝尔被学生们团团围住，让道尔领病人进来请他诊查，指导他们看病。

"这是一个左撇子皮匠。"贝尔医生用浓重的苏格兰口音说，故意克制着他得意的心理，等着瞧学生们脸上露出迷惑的神气。随后，他向他们解释说，"你们没看见他灯芯绒马裤上那个磨损的地方吗？那是皮匠经常在垫石上磨出来的。你们还可以看到，右边比左边磨损得更厉害，因为他是用左手捶皮子的。"

对另一个病人，他又说："他是个法国磨光工，你们闻不出来吗？"

就这样，一个个议论过去。可是在证明他的猜测准确，学生问起是怎么回事时，他又不肯多说，只回答："眼睛训练有素，简单得很。"

另一次倒没有表现出这种神秘感。那次，当一个病人走进来时，贝尔教授直接地说："先生们，站在你们面前的这个人，曾经在苏格兰某团的军乐队里服过役，他是吹奏风笛的。"

最初这个病人坚决否认自己服过兵役。后来，在给他检查身体时，发现他身上有"d"字的烙印，是"desert"（逃兵）一词的缩写，表明是他在不久前的克里木战役中烙上的。最后，这位病人终于承认贝尔教授指出的那段经历。

面对学生们的疑惑不解，贝尔医生解释说："这很简单，只要仔细观察就能知道。这位病人走进来的时候，身子挺得笔直，步伐很整齐。这种走路姿势，只有军乐队吹奏风笛的士兵才有。另外，他的个子不高，这也说明他确实当过兵，在军乐队服过役。"

还有一次，贝尔医生在检查过一位病人之后说："您一定在苏格兰步兵团当过兵，不久前才退伍……"病人回答说："是的，先生。"他又说："您一定是位中士，在巴巴多斯服役。"病人又承认："是的，先生。"这时，贝尔教授就告诉学生们："先生们，你们注意到没有，这位病人举止很有修养，是位受过教育的人。可是他进屋时没有脱帽，为什么？因为军队里没有进屋脱帽的习惯。他退役不久，新的习惯还没有形成。就外貌判断，他是苏格兰人。他样子严肃，这就告诉我，他起码是个中士。他说他得了象皮病，这说明他是在西印度群岛服役的。"

一位医学教授，看病时常要去判定病人的身份，而且说得丝毫不差；在讲课时，他又经常对学生们强调，要注意那些极容易被人忽视的细小差别，说这些细节往往具有重大的意义，因为每一种职业都会在从事这种职业的人身上留下痕迹，他自己通过对这些痕迹的分析，显示出他敏锐的观察力。这种不同于其他教授的特点，给柯南·道尔留下鲜明的印象，这印象最后竟通过他的笔，组合成一个不朽的文学形象。

本来，柯南·道尔在做助手或自己开诊所时，出于自娱就曾写过小说，虽然有些遭到退稿，但毕竟也有几篇刊登了出来。其中那篇《哈巴库克·杰夫逊的声明》，在杂志上发表后，一位自称"女王陛下在直布罗陀的总律师"的人竟郑重其事地通过中央通讯社发来一通电报，宣称这篇小说"从头到尾都是捏造"，他的电文在英国流传很广。道尔从来未曾想到，原来有那么多人把他小说里写的都当成真事。实际上，《哈巴库克·杰夫逊的声明》是他以前在海船上做医生的助手时看到的一艘被遗弃的神秘船只的事，加上他的想象写成的。现在从这些读者的反应看来，不就等于说，只要能够找到虚构得体的细节，完全可以凭空编织幻想，写出一篇篇小说来嘛！于是，道尔写小说的热情更高了。等到一八八五年七月得了医学博士学位，八月五日与一位病人的妹妹路易斯·霍金斯结婚后，爱情和婚姻使他的生活受到极大的鼓舞，觉得自己的精神力量被激发出来了，不但浑身是劲，甚至满脑子都充满了狂热的创作构思。在诊所他座位的背后挂有几幅他父亲创作的画，什么《灵车》《鬼屋》《拯救十字架》，那些怪诞可怕的内容激发起他的灵感，使他想到：自己为什么不写一部侦探小说呢？像法国侦探小说家埃弥尔·加博里欧（1832—1873）写的《勒鲁日案件》或《勒考克先生》，想象力丰富，观察敏锐，不愧被称为"法国的爱伦·坡"。

道尔经常读，经常写，并时时将读到的轶事和自己的思考记到笔记簿子上。大概是

《福尔摩斯探案》插图　　　　　　　　《福尔摩斯探案》插图

联想到约瑟夫·贝尔教授的缘故，他曾在簿子上这样写道："外衣的袖子、裤子的膝部，还有食指或拇指上的茧，只要有一样，就能提供线索……"但他又想，如果只是断定某人是皮匠或者什么人，而不能据此发展成侦探小说的素材，那也没有用；应该通过对血迹、足印、尘埃、泥土的研究，再现出杀人的现场，就像亲自到过那里一样。一八八六年初的两个月里，他的思想重又回到了贝尔教授的身上。他在《自传》里这样说：

> ……我常常想到自己的老师约瑟夫·贝尔大夫，如果他是一名侦探的话，他一定能把这种很吸引人而又头绪纷杂的职业变成一门精确的科学。常听人议论说，有些人头脑非常聪明，这种说法是对的。但是，读者要的是像贝尔大夫那样的具体形象来说明这一点。这种念头吸引了我。

想到这些的时候，在他的幻想中，道尔仿佛看到，那个长有一双长长指头的灵巧的手、以推论使人震惊的贝尔教授，他苍白的脸上两只深邃的眼睛，似乎正带着一丝幽默，在盯着他看。接着出现的是他小时候看到的伦敦，街道在灰蒙蒙的灯光下，充满着神秘色彩；还有蒂索夫人蜡像陈列馆里那些著名杀人犯的玻璃眼睛……他认为，在他未来小说里的拿放大镜的侦探的故事，就应该以这个地方为背景。于是，他在笔记簿上草草地写下一个颇有悬念的小说开头："那位被吓破了胆的妇女冲到车夫跟前，两个人一起去找警察……"

他觉得车夫这个点子不错，因为一个车夫想要杀人，他无论去什么地方，都不会引人注意。接着又想，是否该将杀人与复仇联系起来呢？例如一所空房子，一条通向花园的潮湿的黄土路，一个男人的尸体倒卧在摇曳的灯光下，墙上有用血涂写的"复仇"字样……这样当然不错，不过他觉得，还可以把故事延伸到美国西部平原的冒险……

想好故事之后，柯南·道尔又反复斟酌人物的名字。

道尔有一位美国朋友叫奥利弗·文德尔·霍姆斯（1809—1894）的，在哈佛获医学博士学位，还曾留学巴黎。他虽是一位医生，更以诗人和作家而著名，写了一系列所谓"早餐桌上"的短文，结集成为《早餐桌上的霸主》（1858）、《早餐桌上的教授》（1860）和《早餐桌上的诗人》（1872）出版，赢得了广大读者的欢迎。于是，道尔就决定用这个姓来称呼小说的主人公；至于他的名，道尔最后就确定用歇洛克这么一个爱尔兰的人名。中文以往将"Holmes"译为福尔摩斯，为读者所熟悉，所以现在也一直沿用这个旧译名。

柯南·道尔从一八八六年三月开始写这篇小说，起初想用《乱了的线团》做题目，最后改为《血字的研究》，于四月写完。经过几家退稿，后来寄给沃德－洛克公司的主编G.T.贝坦尼。贝坦尼教授把稿子交给他的作家妻子审阅。她读了后，热情地肯定说："这个人是个天生的小说家！这部书将会获得巨大的成功！"《血字的研究》作为主要稿件发表在一八八七年的《比顿圣诞年刊》上。

小说一开始，当两人的共同朋友司坦弗给他们做介绍，说"这位是华生医生，这位是福尔摩斯先生"时，侦探福尔摩斯的第一句话就说："我看得出来，您到过阿富汗。"华生吃惊地问："您怎么知道？"福尔摩斯只是笑笑："这没有什么……"读者立刻感到，这不就是一个活活的约瑟夫·贝尔吗？还有他的外貌，也分明是以贝尔医生为原型的：

> 他有六英尺多高，身体异常瘦削，因此显得格外颀长。目光锐利，细长的鹰钩鼻子使他的相貌显得格外机警、果断。下颚方正而突出，说明他是个非常有毅力的人。

《福尔摩斯探案》插图

> 他的两手虽然斑斑点点沾满了墨水和化学药品,动作却异乎寻常地熟练、仔细……(丁钟华、袁棣华等译文)

在写出《血字的研究》之后,过了两年,柯南·道尔又写了《四签名》,吸引了读者对福尔摩斯侦探工作的兴趣。以后,他继续以福尔摩斯为主人公写他的侦探故事,共写了六十八篇,收在《福尔摩斯的冒险》《福尔摩斯回忆录》《福尔摩斯的归来》等集子中;此外还写了几部同一主人公的中篇小说,使福尔摩斯成为一个家喻户晓的人物。

福尔摩斯原是一个乡绅的后代,他与前陆军军医部医学博士约翰·华生一起,在伦敦紧靠大英博物馆的贝克街二二一号B租了一间房子,利用一切资料和经验,研究有关侦探工作。他对待案件极端认真,为了查清案情,他深入调查研究,仔细勘查现场,对家具的摆设、门窗的变动,甚至最细微的一个烟蒂、一片未烧尽的纸屑,都将它与案件联系起来看;再结合观察人物的行动举止和面部表情,以及证人提供的证据、报纸上的报道,然后运用心理学甚至病理学方面的知识,进行周密的逻辑推理,判断案件的发生和发展,因此总是准确无误。柯南·道尔把事件的背景大多放在多雾的伦敦,使疑案具有朦胧的神秘感,而紧紧跟在福尔摩斯身边、常常露出莫名其妙的表情、提些疑惑不解的问题的约翰·华生,则是作为这位伟大侦探的陪衬。

从福尔摩斯这个人物的降生之日算起,已经过去了一百多年。但是这个身体颀长、瘦削,鹰钩鼻子、头戴猎帽、穿长披肩风衣、口含海泡石烟斗、手拿放大镜,目光锐利的侦探形象，通过小说、舞台剧、广播剧、电影、电视，一直活在人们的心中。人们不但机巧地把他的创造者柯南·道尔的姓氏（Conan）调动一个字母，称作"canon"（"精品"），而且全世界有多少他的崇拜者啊！且不说《福尔摩斯探案》已经以差不多六十种外文译本为各国的读者所接受，根据二十多年前的材料，仅是在伦敦，就有一千名福尔摩斯学会的会员，英国其他地方也有类似的组织，他们不定期地出版《贝克街期刊》。在美国，有三十九个州的八十个福尔摩斯迷的社团。甚至日本也不甘落后，在福尔摩斯诞生一百周年时，日本"福尔摩斯俱乐部"的八百多名会员积极活动，又出《年刊》，又建立福尔摩斯的纪念像。最有趣的是，直到今天，很多读者和观众都还坚信福尔摩斯是一个仍然活着、并且能帮助人查明疑案的现实中的人物。现在，每个星期，至少会收到一百多封向这位大侦探求助的信，使住在伦敦二二一号B的一个贷款机构不得不派一名秘书专门来处理这些来信。几年来，机敏的秘书尼基·卡帕恩一般都是这样风趣地回信的："……福尔摩斯先生现在退休了，不再受理案子了。"这回答很使热爱福尔摩斯的人满意：毕竟这么大年纪了，还是不要再惊扰他了吧！

The Father

《父亲》

创作中想象和生活合二为一

　　从十九世纪起,特别是五六十年代以后,在欧洲各国,不论是对妇女的态度还是妇女本身的地位,都开始有较大的改变。一八四八年,在美国纽约州的塞尼卡福尔斯,召开了"讨论妇女的社会活动权、政治选举权和宗教信仰权"的大会,发表了以《塞尼卡福尔斯宣言》而闻名的舆论宣言。一八六六年,一份由一千五百多名妇女签字,要求妇女应有选举权的请愿书,由著名哲学家和经济学家约翰·斯图尔特·穆勒呈交到了英国国会;甚至是在偏远的北欧,女权运动也十分活跃。挪威剧作家亨利克·易卜生于一八七九年写出《玩偶之家》,就是对有关妇女问题方面,"给公认的社会道德宣判了死刑",剧作家本人也因此而被人看成是妇女解放的先驱人物。但是,在北欧的挪威和瑞典,一位后来被认为是最伟大剧作家的约翰·奥古斯特·斯特林堡(1849—1912),在这一具有历史意义的选择上,却站到了时代的对立面。这似乎是难以置信的。不过,了解了他的个人生活之后,理解这一现象也就不难了。

蒙克画的斯特林堡像

到了十九世纪八十年代，斯特林堡已经以他的历史剧《奥洛夫老师》和一些小说获得了名声，正在瞻望着更高的荣誉。但是易卜生的影响无疑要比他大得多。易卜生的声望，使他感到一种沉重的威压：易卜生总是走在他的前面，占据了他希望占领的剧院，以至于他在对易卜生所关心的妇女问题的看法上，以及在对自己所接触到的妇女的态度上，都不由自主地会想到易卜生。他不但平日里常常说一些与易卜生的妇女观相对立的看法，如说什么女人起来造反的时候就是魔鬼四处乱跑的时候。在他出版于一八八四年的小说集《结婚》中的那篇《德行的酬报》中也嘲笑了易卜生的《玩偶之家》，他甚至把妇女运动看成是他特有的敌人。

一八七三年，斯特林堡刚被《每日新闻》雇用不久，在一次朋友的聚会上，他结识了一位叫伊达·莎劳德·乌尔松的女招待，使她成为他的情妇，一年多后怀了孕，生了一个男孩。后来他又迷恋过一个叫埃丽莎白特·赛尔文的婢女。而一八七五年与埃森夫人的相识，更是他感情生活中的一个新起点。

斯特林堡大学时的一位朋友是芬兰首都赫尔辛基的一位歌唱演员，他的未婚妻，钢琴家伊娜·弗士登一八七五年五月要来瑞典首都斯德哥尔摩演出，于是他就请斯特林堡代为照顾。伊娜·弗士登的一位女友锡丽和她丈夫都很喜欢戏剧，伊娜就在一八七五年的五或六月，安排了一次见面，介绍他们跟剧作家斯特林堡认识。

锡丽·封·埃森（1850—1912）出身于军人之家，祖父是十九世纪初那次瑞俄战争中的英雄，父亲也是一名军官。锡丽身上似乎流着父辈的血，使她像一个男孩子，喜欢骑马，爱野外生活，而不像一个典型的女孩子。但她黝黑的眼睛、漂亮的前额、淡黄的头发上飘舞着一块蓝色的纱巾，再加上那很有特色的下巴，外貌很吸引人；而且她又曾经在巴黎的教会学校读过书，法语说得很好；并上过音乐学院，是一个出色的女高音。因此，曾在一次宫廷舞会上，与当时的王储、未来的国王奥斯卡二世跳过舞。后来在另一个交际场上，她认识了皇家禁卫队的上尉军官卡尔·古斯塔夫·维琅厄尔男爵，不到一年，两人就在一八七三年八月十七日举行了婚礼。第二年生了一个女儿。

认识锡丽后，受锡丽的邀请，斯特林堡从第一次拜访她后，一八七五年的夏秋，便成了维琅厄尔家的常客，并爱上了锡丽。不过开始时他只是把这感情藏在心底里。因此，当锡丽一心想做一名演员，而作为一位军官的夫人又不宜于这类卖唱生涯时，斯特林堡便鼓励她从事戏剧创作，还为她编写写作指南。不久，斯特林堡发现，维琅厄尔之所以欢迎他去他们的家，完全是为了掩盖他自己与他所爱的锡丽漂亮的姨表妹索菲娅可以自由地在一起。维琅厄尔的这种态度，使斯特林堡有条件，也不得不考虑：自己该是继续陷入维琅厄尔有意安排的圈套里，满足于与被他抛弃的妻子为友，还是设法使锡丽挣脱婚姻的枷锁，与他结婚？对锡丽来说，斯特林堡在爱她，丈夫却在藐视她，这是她明显感觉到的。但是要是承认自己被男爵丈夫所抛弃，或者离开她的丈夫，不免降低自己的身份；而要实现做一个演员的愿望，那就得重新结婚，这使锡丽犹豫不决。因此，在很长的一段时间里，这两对男女一同外出游玩时，便常常很自然地会出现交叉情感的有趣场面。

一八七五年圣诞节，斯特林堡带了一束鲜花去看望锡丽，还给她的女儿捎去一大堆心爱的礼物。作为爱情的暗示，他介绍她看法国作家居斯塔夫·福楼拜的小说《包法利夫人》。但锡丽读后的反应不如他意，因为她说小说中那个与情人私通的爱玛是一个"贱货"。斯特林堡从她的这一评价中看出了她对他的消极态度。一个月后，一八七六年一月，她又提醒斯特林堡忘掉她是个女人……不过到了三月初，锡丽则向他表示，她是"怀着做妹妹的真实感情"爱他的。不久，情况更有了变化。这时，锡丽的丈夫请求说要到索

斯特林堡在斯德哥尔摩

菲娅那里去。锡丽给斯特林堡写信，说这使她感到既好气又好笑，当然也使她感到满意。

锡丽的信无疑极大地鼓舞了斯特林堡。他在想象中自己已经与锡丽融为一体了。他欢呼，"我的火是瑞典最大的"，只要锡丽愿意，他就一定能够把那个被她丈夫和索菲娅玷污了的家烧毁，使她得以离开，与他结合在一起，两人成为永恒精神世界中的国王和王后。他还许诺，要专门为她建立一座剧院，让她与他和他的朋友们一起同台演出，成为全国最著名的演员或女作家……只是他们两人的见面，还都是在暗地里进行。

经过几次反复，锡丽最后不顾亲戚和朋友的规劝，决心跟丈夫离婚。不过为了顾全面子，双方商议，让锡丽离家去往国外，由维琅厄尔方面提出，指控她私逃，要求法庭判处离婚。此案经审理后，皇家宗教法庭在一八七六年六月二十日宣布解除他们的婚约。只是从这之后直到再婚的一年多时间里，她和斯特林堡这对情人，在为锡丽做一名演员做多方面准备时，仍旧不得不担惊受怕地偷偷相爱，直到一八七七年十二月三十日，才举行婚礼。随后，斯特林堡立即将锡丽作为一位艺术家安排进了他自己的圈子里，设法让她上台扮演配角。

婚后五年里，斯特林堡与锡丽生了三个孩子，生活还算比较和睦。一八八三年，斯特林堡带着妻子、孩子和女仆一家去法国，从此就一直在法国、瑞士和德国待了十五年，创作出了多部小说和剧本，还写了大量的社会批评文章。但锡丽却因在国外受聘的机会少，她的艺术生涯基本终止。这段时间里，斯特林堡与锡丽这对最初应该说是建立在平等基础上的婚姻生活开始笼罩上了一层阴影。

锡丽出身于贵族家庭，又是家中唯一的孩子，一向娇生惯养，习惯于让人听从于她。她信仰基督教，总是以理想主义的态度看待事物，对斯特林堡的个性和工作都缺乏理解。另外，像斯特林堡一样，锡丽的个性也非常强，可以说，他们两人都要在生活中当一名主角。锡丽与维琅厄尔男爵离婚，就是因为不甘心做一个妻子和母亲，而希望成为一名她一心向往的演员，发展她的个性。但斯特林堡觉得，从她的身上怎么也看不到这种"自然"赋予女性的东西，认为她既伺候不好丈夫，又抚养不好孩子，而且只抱着贵族小姐的态度，对丈夫的一切都一律不感兴趣，当斯特林堡遇到困难时，她总是骄傲地维护自己的身份，而丝毫不为他做什么考虑。例如，尽管斯特林堡负债累累，借据成堆，当票成叠，但只要有一点儿钱，她就要喝酒，要大摆宴席，要购置服装，使斯特林堡不无偏激地感到，就在他自己的家里，也有一个像《玩偶之家》中那个只要求自己独立生活的娜拉，虽然娜拉实际上是个非常体贴丈夫的妻子。此外，斯特林堡对锡丽与他的感情也产生了病态的怀疑。

斯特林堡相信，一八八二年，锡丽去赫尔辛基访问演出时，与一位叫毛雷茨·斯维德贝利的演员认识后，就对他产生好感；回国后，经常怀着一种特殊的感情对他备加赞扬。斯维德贝利不久后来到斯德哥尔摩新剧院做演员，与锡丽接触也就增多了，这更引起斯特林堡的怀疑。斯特林堡觉得，自此之后，锡丽对他态度变了，变得越来越冷淡，甚至"从冷淡到仇恨，从仇恨到名副其实的迫害"。特别是，斯特林堡说，锡丽竟然指认他，并且要他自己也相信他已经精神失常。一天晚上，锡丽参加一部剧作的彩排，斯特林堡去找她时，先是在她的更衣室里看到备有供两个人用的食品和饮料，随后只听到一声口哨，接着斯维德贝利在门外说了一句"你在里头吧"，就进来了。于是，锡丽就当着斯特林堡的面招待斯维德贝利，使斯特林堡异常不快。回家后，斯特林堡就指责锡丽在更衣室里接待男人多有不妥。锡丽不服，与他吵了起来。后来，斯特林堡说，锡丽向他承认，从赫尔辛基回国的途中，她"在某种程度上是被一个工程师强奸了"。斯特林堡感到，这使他"非常高兴，几乎可以说是感激"，因为这证明了他的怀疑是有根据的，虽然斯特林堡的朋友们坚信，她的"承认"是被斯特林堡逼出来的。长时期这样下来，可以设想，两人之间的婚姻就很难继续维系下去了。以后的事实也是，斯特林堡对锡丽是愈来愈恨，他殴打她，骂她"暗娼"，还把她比作是一条受伤的蛇。一次，争吵起来时，斯特林堡甚至把一支手枪对准锡丽。最严重的一次争吵，他把锡丽踢倒，仰面躺到地上后，还再用一只膝盖顶住她的胸部，用拳头狠狠揍她。这时，连他们的女儿都亲眼看到，她们的母亲只是以她大而深陷的眼睛瞪着斯特林堡看；而从斯特林堡的眼睛中，锡丽看出，她的丈夫这时无疑已经精神失常了。

这种凶狠的举动是否证明斯特林堡真的已经精神失常了呢？完全可能。

斯特林堡似乎一向就患有"被迫害狂想"的病症。他的传记作者说，他一生都在梦幻狂想中生活。斯特林堡一次给一位朋友写信，声称自己是在白羊座下出生的人，说这个星座代表的是祭祀。因此，尽管他一生劳累，得到的报酬将是像一只羔羊"被人宰杀"。他总觉得自己注定是上帝的祭品。平日，斯特林堡曾上百次宣布自己准备自杀，并且确曾不止一次吞下他藏了很久的鸦片企图自杀。还有，当他喝醉酒的时候，他也会出现狂想，感到自己"全身被人打烂，伤痕遍体，皮开肉绽"……由十二篇短篇小说合成的小说《结婚》，斯特林堡自信是他"写得最好的一本书"。但是摆到书店架子上出售时，就被市政司法长官宣布暂时没收，原因是书中的一篇《德行的酬报》违反了出版法中的一条，有"亵渎上帝或嘲笑上帝的话或圣礼"，受到法律的指控。经审理，最后虽然宣布作者无罪，但是保守派的报纸在报道此事时，以威胁性的语言呼吁各出版商和书店不要再出售这本书，原来的出版社也坚持说，一定得先抽去《德行的酬报》这篇，才同意再版，还拒绝出版原计划中他的另一本书。这种情形对斯特林堡打击很大，使他的心灵受到严重的伤害，有可能引起或加重他原有的精神疾患。

但是像疯了似的殴打妻子也可能是斯特林堡的一种创作实验。

《父亲》的写作起于一八八七年初，二月六日写出第一幕，十五日全剧完成。在动笔创作这个剧本的前几天，斯特林堡曾对他的一位朋友说起，说他"发现文学作品还有

锡丽·封·埃森

一种新的、更高的发展形势",他把它叫作"活体解剖"。这方法,照一位专家的说法,即是斯特林堡"为进行艺术创作而有意识地在自己身上增加脓疮——疾病和痛苦"。这就是说,为了在作品中表现人物的精神失常,他,剧作家自己也要来体验一下精神失常。

《父亲》(高子英等译文)里的骑兵上尉阿道尔夫原是斯特林堡心目中的一个理想的男子汉形象。他有威武的军人外表,还从事科学研究,在天体物理学方面颇有造诣;他又是一个慈爱的父亲。平日,这个家庭气氛沉闷,有如冬天的夜晚,但是阿道尔夫一回到家,他的孩子便觉得,"就像在春天的早晨把窗子全打开了一样"!有如在长期窒息的生活中,突然听到了户外春天的鸟鸣。女儿的希望就是能够经常见到他。

可是,以锡丽为原型的上尉的妻子罗拉,是一个意志坚强却心地阴险的女人。她一心想让自己的女儿当一名画家,成为上层社会的女子。阿道尔夫的想法则不同。从女儿的前途考虑,他希望她离开这个沉闷的家,去城里学点有用的东西,使孩子的个性获得自由发展。这种争夺孩子的斗争最后发展到你死我活的地步。罗拉笼络了家中的女性,甚至把阿道尔夫的老朋友都集中起来对付他,设法从精神上挫伤和摧毁她丈夫。她暗中扣压了丈夫的来往信件,使他无法完成他的研究工作。她还散布谣言,说他精神不正常;随后又费尽口舌,使他怀疑他自己并不是这孩子的父亲;最后她还告诉别人,包括医生,说她丈夫自己也不相信自己是他孩子的父亲,并要大夫把这个她一手制造的结论,作为大夫的看法告诉他自己,让他相信自己的确已经精神失常。

阿道尔夫的信念是:"一个男人不能没有功名而生存。"现在,遭到妻子如此的愚弄,他不但事业上不能有所成就，连孩子也不属于他了。这使丈夫的男子汉的威严受到沉重的打击。他曾哀求过妻子，求她"拯救我和我的理智"。但是冷酷的罗拉不为所动，她的回答只是再一次地指认他"现在真的疯了"，并声言："现在你作为一个不幸然而是必要的父亲和家庭供养者，已经完成了你的任务。你已经没有什么用处了，你可以走了。"这样，上尉实在忍无可忍，于是便随手抓起一盏亮着的灯朝罗拉扔去。这下子，使得目击者——大夫也相信上尉真的是精神失常了。这样，在与罗拉的斗争中，阿道尔夫就彻底地输了。剧作的最后，罗拉获得了大夫和医院的认可，在上尉老奶妈的诱骗下，将一袭束缚疯子的紧身衣套上阿道尔夫的身子。上尉几次拼命挣扎，终于力竭晕厥而死。

　　《父亲》彩排那天，可能是彩排一结束，斯特林堡就给一位朋友写信说："……我仿佛是在睡梦中走路，想象和生活似乎已经合二为一。我不知道《父亲》是一部作品还是我自己的生活；但是我总觉得这样的事显然在不久的将来会出现在我的面前；到那时，要么我就因为受到良心责备而精神失常，要么就自杀。"看来，要判断斯特林堡的"疯狂行为"是真的发疯，还是创作实验，界线非常难以划分。可能两者都同时存在。总之，如剧作家的传记作者所感叹的，斯特林堡在运用"活体解剖"这种新的创作方法，在自己的血液里培养男子汉的"细菌"时，他自己就完成了这种"写作方法的第一个牺牲品"。

Faust

《浮士德》

历史、传说和故事的再创

　　历史上，往往先是确曾出现某一个人或某一件事，只因过于奇特，过于不像一般人平时所见到的人或所经历过的事，于是多年之后，经过一代代的流传，便演变成一个个神奇的传说。这类传说很多，欧洲有关浮士德的传说，可能是其中流行得最广的一个。

　　历史上，的确曾经有过一个叫浮士德的人，不过只知道他出生在德国离魏玛不远的罗达，父亲是敬畏上帝的农民；他与伟大的人文学者伊拉斯谟、宗教改革家马丁·路德、科学家帕拉塞尔苏斯、宗教家加尔文、作家拉伯雷、散文家蒙田等是同时代人；大约在一五四〇年去世。也有研究相信他是生于一四八八年，死于一五四一年。其他就不了解了。

　　一直以来有许多有关浮士德的零星传说，从一五七〇年起，这些传说渐渐形成一个比较完整的故事；到了一五八七年，在美因河畔的法兰克福出版了一部名为《约翰·浮士德博士传》的话本。这被认为是第一部"浮士德书"。此书没有署名作者，很可能是扉页上所标明的出版者约翰·施皮斯。施皮斯的生平也不得而知。

歌 德

据《约翰·浮士德博士传》,浮士德的生平大致是这样的:

生于魏玛罗达的约翰·浮士德从早年起,就表明自己是一名学者,不但精通《圣经》、医学、数学、天文、法道、预言术和通灵术也都无不精通。他追求这些知识,目的是想要与魔鬼沟通。

《约翰·浮士德博士传》写到这些时说:浮士德研究神学,但远离教会、不进教堂:

(因为他的心)所向往的是被禁的事物,他日夜渴求自己长有雄鹰之翼,以便探求天地之极限。他是如此的冒失鲁莽、目无法纪和恣意妄为,竟决心尝试并实行咒语和魔法,把魔鬼召到他的跟前来。

自然,实施这种愿望是要有遭受灾祸的思想准备的。浮士德不顾危险,在一天夜里去了维腾贝格附近斯佩塞森林的十字路口,到九、十点钟时,他用手杖划了几个圆圈,再念了几句咒语把魔鬼召来了。

魔鬼,此书中是墨菲斯托菲里斯在狂风暴雨中来到,非常生气,假装来这里有悖于他的意愿。等风暴和闪电平息之后,魔鬼请浮士德博士透露他有何愿望,对此,这位学者的回答是他愿意订立契约。这契约的内容,在魔鬼方面是:

《浮士德》插图

1. 可以让浮士德博士想活多久就活多久；
2. 向浮士德博士提供他所要求的任何信息；
3. 绝不对浮士德博士说假话。

魔鬼同意这些条款，条件是浮士德博士答应：

1. 将肉体和灵魂都交付给魔鬼；
2. 要以自己的血来签字，以确认这契约；
3. 放弃信仰基督教。

如此说定，契约订立，浮士德博士用血签过字后，正式生效。

从此之后，浮士德博士就过起舒适奢侈的生活，甚至因为享受过度，反而活得不合常情。他什么都得心应手：他穿优雅华丽的服装，吃珍美稀有的食物，饮豪华贵重的美酒，还享受最漂亮的女子，他召来特洛伊的海伦和苏丹闺房的宫室。海伦甚至为他生了一个小精灵尤斯图斯·浮士德。他还成了陆地上最著名的占星术大师，因为他的占星术从没有出错过。他还能从地狱的最底层航行到最遥远的星际，不受空间的限制。他有关天文地理的知识使同行权威感到莫名惊诧。

但是就在他声誉和幸运到达顶峰的时候，与魔鬼订立的二十四年期约就要到了。

这时，浮士德认识到自己的做法是何等的愚蠢，心中产生从未有过的忧郁。他十分悔恨，希望可以反悔。但魔鬼说，已经晚了，不能反悔。于是，浮士德请来几位徒弟，包括原是维腾贝格大学学生的克里斯托夫·瓦格纳来吃晚餐，向他们忏悔自己的悲惨境遇，讲述自己一生丰富的经验和惨痛的教训，然后与他们道别。

最后的时日到了。聚合在患病的浮士德博士家的徒弟们突然听到有什么巨大的骚动。先是激烈的暴风雨的声响，接着是斥责怒骂之声；起初他们导师的声音很响，随后就比较微弱了。黎明时，他们冒险进入他的室内，见遍地都是鲜血流淌，墙上还粘着一块块脑浆。这儿有一只眼睛，那儿有几颗牙齿；他们在室外发现导师的尸体躺在粪便上，有几处肌肉还在痉挛抽动。

浮士德博士恐怖的死亡教训学生们，一辈子都要避免他们导师那种生活，快快顺从上帝，拒绝魔鬼和魔鬼的一切诱惑。

从故事的叙述不难看出，该书是从新教的立场出发谴责浮士德不信教的，尤其书的扉页上的题词说：此书的目的是"愿向不信神鬼的人，／奉献善意的忠告。／（《新约·雅各书》）第四章中说：／你们要顺从上帝，／务必要抵挡魔鬼，／魔鬼就必离开你们逃跑。"

但作者对浮士德的态度又带有两面性，在谴责浮士德的无神论的同时，不但故事整体给人的印象是浮士德不愧是一个具有巨大精神追求的人，而且把他比喻为一只"雄鹰"，希望探求天地宇宙的高低广阔。

一五九二年，《约翰·浮士德博士传》被译成了英语，题目《该死的约翰·浮士德博士传》。伊丽莎白时代的著名诗人、莎士比亚戏剧最重要的先驱克里斯托弗·马洛（1564—1593）可能读过这个译本，起码也听说过浮士德的传说，致使他在写了《帖木儿大帝》之后去创作他最著名的剧作《浮士德博士的生死悲剧》（1620）。

《浮士德博士的生死悲剧》完成的日期存在很多争论，一般认为是在一五八八年至一五九二年间；首次发表的时间是一六〇四年，另一个版本则出现于一六一六年。《伦敦书商注册簿》上对这剧作的纪录时间是一六〇一年。不过多数学者相信，马洛仅仅写了悲剧的开头和结尾部分，中间大部分滑稽有趣的台词都是他的合作者完成的；有证据表明，一六〇二年，至少另有两位作者因对剧本做过补充而获得酬劳。

伊丽莎白时代和詹姆斯时代是戏剧繁荣的时期。当时有一个著名的演出公司，一五七六至一五七九年间，公司的名字是以赞助人诺丁汉第一代伯爵查尔斯·霍华德的姓氏命名为"霍华德勋爵供奉剧团"的；六年后，霍华德勋爵被任命为海军上将，于是遂改名为"海军上将供奉剧团"。供奉剧团在一五九四至一五九七年间演出马洛的《浮士德博士的生死悲剧》计有二十四场。一六〇四年，托马斯·布希尔将马洛的这个剧本印了出来；一六〇九年，约翰·赖特又印了一个不同的版本。如今所见的马洛的《浮士德博士的生死悲剧》是依据这两个版本和别的几个版本合编而成的。

《浮士德博士的生死悲剧》大体上也是根据传说中的有关浮士德的故事，描写这位博士如何成为巫师，最后将灵魂出卖给魔鬼，来交换知识和权力。剧本出场人物多达数十人，除了主人公浮士德和墨菲斯托菲里斯、瓦格纳等重要人物，还有教皇、德国皇帝、匈牙利国王、撒克逊公爵；还有多位学者、主教、大主教、僧侣、托钵修士、士兵、侍从；另有亚历山大大帝模样和他情妇模样的灵魂，大流士的灵魂，海伦的灵魂以及众多魔鬼。此外，马洛还采用中世纪道德剧寓言化的模式，让舞台上出现"善天使""恶天使""七种致死罪"等抽象概念的人物。

在马洛的笔下，浮士德既有他引以自豪的伟大抱负，同时这抱负中的荒诞野心又使他陷入自我毁灭的境地。这就如帕特·罗杰斯所编《牛津插图英国文学史》所指出的：虽然"浮士德实际上是一个与传统价值相悖的现代人，但他的追求目标却是渴求知识和贪婪个性的奇特混合"。

过了大约半个世纪，浮士德的故事被绘成多幅绘画，其中最著名的自然是荷兰艺术大师伦勃朗·哈尔门兹左恩·范·赖恩（1606—1669）大约作于一六五二年的蚀刻画《书斋里的浮士德》。随后，浮士德的故事以打油诗、舞台剧、木偶戏等各种往往是非常幽

《浮士德》插图　　　　　　　　　　伦勃朗的蚀刻画《浮士德》

默风趣的艺术形式广泛流传全欧洲。第一出描写浮士德的木偶戏是西班牙剧作家彼得罗·卡尔德隆·德·拉·巴尔卡（1602—1681）的《奇妙的魔术师》。这类诗和剧着重表现的是浮士德所做的假巫术，而不是故事的伦理含义和宗教含义；于是，故事渐渐地演变成搞笑性的民间传说，直到一七五九年。

从上一年，也就是一七五八年起，在创作和理论上都已经具有很大成就的德国剧作家和美学家戈特霍德·莱辛（1729—1781）在柏林开始定期为作家兼书商弗里德里希·尼古拉主编的《德意志万有文库》撰写一系列关于当代文学的论文，两年里，这类《关于当代文学的通信》，莱辛总共写了五十五篇。其中最重要的是写于一七五九年的第十七封信。在这封信里，莱辛在向德国的剧作家们提出莎士比亚戏剧是复兴德国戏剧最有力的样板的同时，发表了他自己创作的表现浮士德的戏剧片断——一场激动人心的严肃的浮士德剧作。在这场戏里，莱辛勾画出了一个"不带邪恶的浮士德"，描写他对知识的追求是高尚的行为，并设法让他与上帝和解，为同时代的青年歌德及其作品《浮士德》的故事开辟了道路。

浮士德的传说还激发了众多十九世纪作家的灵感，除歌德外，还有因写剧本《狂飙与突进》而闻名的德国剧作家和小说家弗里德里希·封·克林格尔（1752—1831）的《浮士德的生活、签约和地狱之行》（1791），最有才能的柏林浪漫派抒情诗人之一阿德尔贝特·封·沙米索（1781—1838）的《浮士德的尝试》（1804），具有表现主义风格的德国剧作家克里斯蒂安·迪特里希·格拉贝（1801—1836）的《唐璜和浮士德》（1829），匈牙利出生的奥地利诗人尼古劳斯·莱瑙（1802—1850）的戏剧诗《浮士德：一首诗》（1836），德国作家沃尔德马尔·纽伦贝格（1819—1892）的《约瑟夫斯·浮士德》（1847），以及大诗人海因里希·海涅作于一八五一年的《浮士德博士：舞之诗》。不用说，影响最大的是大诗人约翰·沃尔夫冈·封·歌德的《浮士德的悲剧》。

歌德年轻时便被浮士德的故事所吸引，一七九〇年，他发表了描写浮士德的片段，一八〇八年写成了诗剧《浮士德》第一部。

歌德在诗剧的序幕中，采用《圣经·约伯记》来表现魔鬼梅菲斯特和天主打赌引诱浮士德"拽上歧途"（据绿原译文，下同）的可能性。梅菲斯特被描写成一个玩世不恭、富有乐趣的形象，而不是一个不可抗拒的恶魔。出于进取的本性，浮士德跟梅菲斯特签订了契约；于是，在梅菲斯特的帮助下，他进行了一次次冒险，终于诱惑了格雷琴心甘情愿地"顺从你的心意"。在亲历了"瓦尔普吉斯之夜"，即是一次"巫师夜会"之后，浮士德在地牢里找到格雷琴，她大概是因为"淹死了我的孩子"被判的刑。"她的罪行完全是一场善良的痴狂！"

歌德的《浮士德》第二部直到一八三二年才发表。虽然是同一部剧作，人物却很有不同，许多场景和浮士德或梅菲斯特也关系不大，更多的是一些神话人物，大量幻想、讽喻和象征。诗剧描写浮士德虽经几次重大的追求和幻灭，"可我内心还亮着光"，仍试图筑堤拦海，造福人类。临死前，在崇高的预感中，他发出："停留一下吧，你多么美呀！"即在契约魔力支配下倒地而亡。但浮士德没有落入魔鬼之手，众天使"抬着浮士德的不朽部分"，使他的灵魂升上天堂。这是如众天使唱的："凡人不断努力，／我们才能济度。"对于这句关键性的话，歌德曾对他的秘书约翰·彼得·艾克曼这样解释："浮士德得救的秘诀就在这几行诗里。浮士德身上有一种活力，使他日益高尚化，到临死，他就获得了上界永恒之爱的拯救。这完全符合我们的宗教观念，因为根据这种宗教观念，我们单靠自己的努力还不能沐神福，还要加上神的恩宠才行。"（朱光潜译文）

显然是受了歌德的影响，奥地利诗人尼古劳斯·莱瑙于一八三六年创作了《浮士德：一首诗》。评论家认为，莱瑙的这部作品让浮士德面临一种缺乏任何绝对价值的荒谬绝伦的生活，就像诗人自己，人生失意处处与他的艺术理想相悖，使他感到普遍的失望。浮士德的处境就是诗人自己的处境。

十九世纪对浮士德比较重要的诠释还有夏尔·古诺（1818—1893）的歌剧《浮士德》和赫克托·柏辽兹（1803—1869）的戏剧音乐《浮士德的劫罚》。他们两位都是法国作曲家，都根据歌德诗剧的译本改编，都获得世界性的声誉。此外，据说英国大诗人乔治·拜伦也曾尝试创作浮士德。

二十世纪有三部作品，以英语、法语和德语解读了浮士德的传说。

多萝西·塞耶斯（1893—1957）是英国的女作家，又是神学家和中世纪文学研究家。在一九二三年发表第一部小说《谁的尸体？》之后，十五年里，每年都要出版一两部神秘侦探小说；晚年转而写作神学剧本，还完成了但丁《神曲》前两部的翻译。

一九三九年，多萝西·塞耶斯第二次为在坎特伯雷大教堂演出，创作了《魔乱》一剧。在剧中，女作家把浮士德描写成一个情绪容易冲动的改革家，他热切渴求真理，对苦难异常敏感，希望用自己的力量为人类社会谋福利。当他的努力失败、陷入绝望之后，奇异的幻想使他沉醉在自我陶醉的愉悦中，直到与魔鬼订立的二十四年契约到期。死后，他的灵魂蜷缩成一只小黑狗。在"最后审判"时，让浮士德选择是继续活在世上、但不信上帝，还是下入地狱、却相信上帝存在。他选择了后者。作者安排这样一个结尾，其含义是浮士德要在炼狱中涤罪受苦，最终将会得救。

法国诗人保罗·瓦莱里（1871—1945）的《我的浮士德》（1941）由《欲望，或克里斯达小姐》《独居者》《戏剧性的魔力》所组成，但都只是一些片段，没有全部完成。题为《欲望》的片段部分，写于一九四〇年。这里的浮士德生活在二十世纪，与以前书本、戏剧和歌剧中一样，似乎也是一个学者，梅菲斯特仍然是他的朋友和伴侣，他已经放弃占有浮士德灵魂的希望。全诗没有多少故事情节，大多是对话，表达的也是他在其他诗作和散文中的主题。瓦莱里指出，梅菲斯特早已落后于时代，不再使人恐惧；人们再次意识到的混沌无序不再是罪恶，他们感兴趣的很少是个人，而是对群体的统计学研究。

在所有有关浮士德的故事中，最复杂、最具颠覆性的文本大概要算是德国的诺贝尔获奖作家托马斯·曼（1875—1955）写于一九四七年的小说《浮士德博士》。

托马斯·曼把小说《浮士德博士》写成是一部由友人塞雷奴斯·蔡特布鲁姆讲述出来的音乐家阿德里安·雷韦屈恩的传记。雷韦屈恩生于德国中部的一个农庄，早年就显示出极高的天赋，他被送往附近一个城市的学校，这城市许多方面都还处在中世纪时代，他住在乐器制造和销售商的叔叔家，渐渐对音乐产生出浓厚的兴趣。不过他还是决定学习神学，并进入一所大学从事天主教神学的研究。但是几年之后，他又放弃神学，全身心投入音乐中。

雷韦屈恩是一个严肃而喜欢独处的人，只有少数几个朋友，二十岁时，他来到莱比锡生活。一天，一位导游带他游览全城之后指引他旅馆时，把他带进一家妓院里。他在弹几节钢琴曲时，过来一位女孩子摸他的脸。他很震惊，就把她赶走了。这事当时虽然让雷韦屈恩感到不舒服，但一年后，他又去找这个女孩子。他想起，以前赶走她是因为怕淋病；现在他一直跟随着她，而且不顾她的警告，坚持要与她发生一次性关系。结果，他染上了梅毒。第一个医生为他治疗过几次之后就去世了，第二个医生被拘捕了。他就不再治疗，最后他出现继发性症状，成为神经性梅毒患者。

在最初被传染之后，雷韦屈恩仍继续他的音乐研究和音乐创作，他的创造性一天天增强，创作出了非同寻常的新作。去意大利游览时，一天，他一个人坐下来时，正好与魔鬼相对。他们做了一次冗长的交谈，交谈中，魔鬼对他说，他可以赋予他二十四年创造性的音乐创作，以他的灵魂作为交换条件。他让雷韦屈恩明白，他允许自己染上梅毒、不进行医治，就表明同意他们的签约；魔鬼还警告他，在这二十四年里，他虽然会创造力喷发，但他还会在别的许多方面经受痛苦。

在与幻觉中的魔鬼交谈之后，雷韦屈恩继续以更大的力能和原创性进行创作。他创

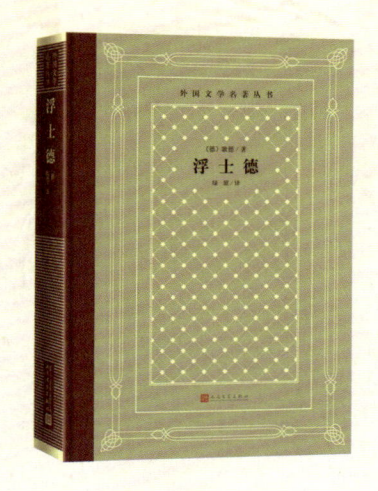

作的音乐作品越来越难演唱，而且大概根本听不懂，只有几个文化教养极高的人能够欣赏，绝大多数的人都拒绝他的只有很少人能够演奏的作品。但他仍旧继续作曲。最后几年里，他的生活中总是遭遇一系列的灾难和痛苦：他可爱的侄子死于脑膜炎，一个他视为知己和同志的年轻人遭受枪击，他希望与之结婚的女人嘲笑他的求婚。

最后，从最初染上梅毒过去了十四年，他完成了一部最伟大的作品，康塔塔交响乐《浮士德的悲歌》。雷韦屈恩到几位熟人那里去听为他演奏的这部康塔塔的一部分，演出前，他做了一篇自我谴责的讲话，讲得语无伦次，终于全身麻痹、意识丧失。又过了几年，他疯了。他死于一九四〇年，正是"叙事者"说的"德国发着高烧，凭着一纸用血签订的契约，企图赢取整个世界，在胜利的巅峰跟跄"的时候。

从人物来看，曼的主人公是以德国哲学家弗里德里希·尼采的一生为原型来写的。但小说的容量非常大：由于作家把雷韦屈恩的悲剧跟德国的毁灭巧妙地结合了起来，使作品成为《不列颠百科全书》说的，"是一部一九三〇年前的二十年中德国文化的故事，尤其是传统人道主义的崩溃和虚无主义同野蛮的原始主义混合物取得胜利的故事。……没有别的作品能如此表现德国的悲剧"。另外，作家克劳斯·施略特在《托马斯·曼》一书中还详细分析了曼如何将自己的生活经历和情感经历融进主人公的人物形象，使小说成为一部作家"通过高超的理智达到的""忏悔"。

对浮士德传说的诠解自然是说不完的。但已经有几部丰碑之作摆在面前，二十一世纪还能有大师做出更为深刻、更加丰富的阐释吗？希望能有。

The Gulls

《海鸥》

莉卡的悲剧和阿维洛娃的诗意

　　作家是美的发现者和美的创造者。但是发现美和创造美，首先得有一个前提，那就是对美的爱，一种发自内心、可以说是近乎天性的真挚的爱；没有这种对美的爱，就不可能创造美。

　　作为一位天才的作家，安东·契诃夫（1860—1904）也像许多其他作家一样，喜欢注视美的自然和美的人，尤其是美的女人。当他因患肺病去法国西南气候温和风景宜人的旅游胜地比亚里茨疗养时，他就喜欢坐在海边沙滩上的小柳棚里，观看那些身穿轻柔的服装、打着一把鲜艳的阳伞或者牵一条卷毛狗的漂亮女子。平日里契诃夫也喜欢，甚至谋求跟漂亮的女性待在一起。他自己就曾向他的朋友、新闻记者和出版者阿·谢·苏沃林承认，"对妇女，我最喜欢的是她们的美貌"；他渴望的就是能在美貌的"女子陪伴下共度良宵"。当契诃夫一旦陷入没完没了琐碎的事务、没完没了无聊的谈话时，他就会感到"生活很枯燥"，感叹自己"所缺的只是不幸的爱情"而渴求女性的爱。

契诃夫画像

    不过,契诃夫对待爱情,又跟有些作家,例如英国诗人乔治·拜伦、法国作家居伊·莫泊桑或者俄罗斯诗人谢尔盖·叶赛宁等不同。在爱情中,契诃夫感兴趣的是爱的初期阶段。他觉得,初恋就已使人感到满足。而作为作家的契诃夫又觉得爱情会占去他过多的时间与精力。因此,契诃夫尽管喜欢以至于渴求与漂亮、迷人、活泼的女性在一起,他也仅满足于从她们那里得到宽慰,而总是能克制自己生理上的需要,以谨慎的态度对待这些女性,如对他成名后遇到很多属意于他的漂亮女子,他都能轻而易举地做到这一点,其中与米济诺娃和阿维洛娃的友谊和爱情,更是特别的微妙和富有诗意。

    莉季娅·斯塔赫耶芙娜·米济诺娃爱称莉卡,是契诃夫的妹妹玛丽娅·巴甫洛芙娜在中学里工作时的俄语教师,刚参加教学不久。一八八九年,玛丽娅带她到家里来的时候,她还只是一个十八九岁的少女,比契诃夫小十岁。莉卡长得美丽而丰满,白皙的肤色,金黄的鬈发,灰色的眼睛炯炯有神,不仅姿色罕见,而且天真活泼,聪明伶俐,态度又温和柔媚。莉卡对契诃夫很有好感,心里对他隐藏着超乎友谊的特殊情感,时刻都在等待契诃夫向她倾吐爱情。当一八九〇年四月二十一日契诃夫出发去萨哈林岛考察囚犯的生活,家人和朋友们为他送行时,一同前去的莉卡虽然勉强微笑,却怎么也克制不住心中的感情和眼中的泪水。契诃夫确实也深深地被莉卡迷人的美所吸引。一方面他不能抗拒内心对莉卡的渴求,为莉卡不在身边而"感到惆怅",不得不一次次呼唤莉卡:"来吧,你知道我是多么需要你……不要让我失望,来吧!"另一方面又始终不向她表白自己对她的爱，甚至在莉卡向他暗示，由于他对她毫不关心，使她忍受不了，只得以自我摧残来摆脱这种没有指望的处境后，他还是坚持保持自己身心的自由，以利于他的创作活动。一八九一年五月十日在给阿·谢·苏沃林的信中，契诃夫就这样风趣地说："我不打算结婚。我现在想做一个秃顶的小老头，坐在一间好的书房里的大桌旁写作。"他对莉卡说话或写信时，总是以兄长的态度，热烈多情而又带一点幽默的玩笑，似乎是要借此来抵挡莉卡那美丽青春的诱惑。契诃夫的这种含糊不清的态度，使莉卡不知所措，甚至感到恼火。一八九三年夏，莉卡已经不愿再去距离莫斯科不到二十公里的契诃夫上一年新置的梅里霍沃庄园了。但契诃夫又写信深沉地向她召唤："来吧，亲爱的金发女郎。我们可以聊天、吵架，然后再和好。美丽的莉卡，到我家来露一面、唱唱歌吧……如果你已经爱上了别人，如果你已经把我忘了，那也请你起码不要愚弄我才是。"这样的表示怎么会不使莉卡重新燃起希望呢？于是她去了。可是一切都马上让她意识到，隐藏在作家心中的仍然是不想与她结婚的旧想法。在此以前，莉卡曾向契诃夫暗示过画家伊·伊·列维坦对她的倾慕。这次，为了再次激起他的妒忌心，她故意当着他的面，向作家伊格纳吉·尼古拉耶维奇·波塔片科献媚。但契诃夫仍然丝毫不为所动，相反，他微笑地凝视着那一对，好像感到非常满意似的。这使莉卡痛苦极了。于是莉卡赌气似的走向了极端，萌发了过放荡生活的念头，投入波塔片科的怀抱，成了他的情妇。

莉卡委身于波塔片科后，于一八九四年四月随波塔片科去了巴黎。但是波塔片科是一个只会勾引女性而缺乏真实感情的人，不多久就对莉卡厌倦了。莉卡怀孕生下他的女儿之后，他对情妇和女儿都毫不关心，听由她一个人怀着一颗被欺骗的痛苦的心，孤独地在西欧漂流。

莉卡与玛丽娅·巴甫洛芙娜一直保持着通信联系，经常把自己的境况告诉玛丽娅·巴甫洛芙娜，所以契诃夫从他妹妹那里了解到了她的遭遇。莉卡也不止一次地给契诃夫写信，要求他"快来拯救我""帮我结束这种生活"。但契诃夫并没有去她那儿，一方面果真是有一些实际的事务拖累着他，另一方面他也担心自己再次见到莉卡后，会因同

小剧院演出《海鸥》

情和怜悯而一时冲动，把从前的女友搂在自己的怀里，以致身心和创作都不再自由了。

契诃夫非常同情莉卡，她这段悲剧性的故事，自始至终他都非常了解。他恨波塔片科，在给妹妹的信中，他狠狠地骂他是一个"恶棍"。莉卡的悲剧引起他的思索，觉得它可以为他提供一部剧作的素材。于是，他便据此于一八九五到一八九六年完成了一部四幕喜剧《海鸥》。

《海鸥》里面有一细节：海鸥是一种美丽的鸟，一次，作家特里波列夫无意间射杀了一只海鸥，带回来放在他所爱的女演员妮娜·米哈伊洛芙娜·扎列奇娜雅的脚边。这只海鸥的死使另一位作家鲍里斯·阿列克塞耶维奇·特里果林产生了灵感，构思出一个短篇小说：在一片湖边，从小就住着一个很像妮娜的少女，"她像海鸥那样爱这一片湖水，也像海鸥那样的幸福和自由。但是，偶然来了一个人，看见了她，因为没有事情可做，就把她，像这只海鸥一样，给毁灭了"（焦菊隐译文）。在剧本里，契诃夫写这个细节是为了写女主人公妮娜，妮娜就是一只真正的"海鸥"——她自己也不止一次说自己是"海鸥"。

妮娜年轻、善良，感情丰富，又有理想。但太单纯，太稚嫩，被特里果林所诱骗，认为他是个"伟大的，了不起的"人物，于是离开了家，与他一起生活，并生了孩子。但是孩子死了，特里果林也厌弃她了，使她陷入了消沉，变得庸俗而浅薄。剧本的最后，妮娜振作了起来，"感到自己的精神力量一天比一天坚强了"，为自己的工作而兴奋和陶醉，觉得自己成为"一个真正的演员了"。

莉季娅·阿维洛娃

在《海鸥》中，契诃夫融进了太多他自己的生活。他通过特里果林和特里波列夫这两位作家，喊出了自己的心声：在特里果林身上，作家契诃夫为自己作品所受的评价而困惑；在特里波列夫身上，又表现了契诃夫长期以来对自己创作的沮丧心理。人们甚至从剧本中所提到的作家收集材料的方法以及描写景物，例如写月夜的简洁上，可以在契诃夫的创作经验和"作家手记"中找到依据。除了莉卡·米济诺娃的故事，剧作中另外几处情节，也可以看出是契诃夫本人生活经历和感情经历的再现：枪杀海鸥是因为有一天列维坦与契诃夫一起去森林里打猎时，打中了一只山鹬，却不忍亲手把它弄死，于是请契诃夫帮忙。妮娜送特里果林纪念章，上面刻了他作品的名称和页码、字行的情节，是采自于女作家阿维洛娃给契诃夫赠送书形小表坠的浪漫故事。

莉季娅·阿列克谢耶芙娜·阿维洛娃（1864—1943）是一八八九年在她姐夫——《彼得堡日报》的出版人胡杰科夫的寓所与契诃夫认识的。这次见面时间不长，因为刚九个月大的儿子在家里等着她，而且两人也没谈什么重要的话。但阿维洛娃觉得这么在一起就具有"深厚的意味"。三年后，阿维洛娃已是三个孩子的母亲了。在为纪念《彼得堡日报》创办二十五周年的晚餐会上，契诃夫被安排坐在贵宾席上，阿维洛娃并排坐在他旁边。据阿维洛娃说，在这次非常愉快的交谈中，两人动感情地谈到，他们曾在前世相会，千百年间渐渐地在相互靠拢，直到这次再重逢。从这次相见后，他们确实开始通信了，阿维洛娃把自己写的小说寄给契诃夫，契诃夫表示愿意尽心为她推荐。在充满亲切和友好的信中，契诃夫对这位漂亮的女作家并没有明显表现出她所想象和期望的爱情，而且

契诃夫一家

不少的建议或忠告都使她感到不快。一八九五年二月,阿维洛娃趁丈夫不在家,邀请契诃夫来她家单独与她吃晚饭。不巧,一批不速之客先于作家而来,将她准备的饭菜全部吃光;契诃夫来后,她急忙把这些来客打发走。实际上,契诃夫看到这种情况后,就借故女主人要休息,带着她的《权力》和《命名日》这两篇小说稿,匆匆离开了。但阿维洛娃说当时契诃夫向她倾诉了爱情,说契诃夫告诉她,他第一次见到她的时候就爱上了她,如今三年后,她是更加漂亮了;据说,契诃夫甚至这么深沉地对她说:"我曾爱过您。我觉得世界上再没有另外一个女人能够像您一样为我所爱了。您美丽而动人,焕发着青春的活力,充满着勃勃的生机。我曾爱过您,而且一直只想着您。"(汝龙译文)

多年来,很多人都相信契诃夫在爱着阿维洛娃;阿维洛娃自己也一直是这么坚信的。但遗憾的是,第二天契诃夫给阿维洛娃的信中,仍旧像以前一样,除了对小说提出意见,没有任何特别的表示,甚至还批评她"对自己的作品很少加工和修饰"。这使阿维洛娃有点儿忍不住了。在"痛苦和绝望"中,她决定以富有诗意的方式去激发作家的感情。几天后,阿维洛娃在首饰店里订制了一个书形小表坠,一面刻着"安东·契诃夫中篇小说集",另一面刻了"第二六七页,六至七行"这么几个字,只是没有刻上赠送者的名字。如果翻到《安东·契诃夫中篇小说集》这一页的六至七行,就会看到契诃夫的小说《邻居》中的这么一句:"如果你一旦需要我的生命,那你就来把它拿去好了。"阿维洛娃请她弟弟把这件礼物送到《俄罗斯思想》杂志编辑部,转交给契诃夫。

阿维洛娃以为契诃夫不会知道这表坠是她送的,因为在她焦急的期待中,契诃夫不但一直没有给她写信，甚至她给他写过信以后，也接不到他的回信；特别是一八九六年一月二十七日在一次化装舞会上，尽管他们两人不期而遇，契诃夫似乎也没有认出她是谁；却通知她，说他的剧本《海鸥》就要公演了，如果像她说的，当然要去看，那就请她，"很仔细地看吧。我要在戏里答复你。可是务必要仔细听，别忘了"。

《海鸥》公演那天晚上，阿维洛娃一个人去了，她很高兴丈夫能让她一个人去。她早就在等着这一天，时时刻刻都在想着，那次假面舞会契诃夫到底有没有认出她来。她坐在特等座的右首，心里非常激动。直到第三幕，妮娜交出纪念章，这时，她在回忆录《在我生活里的安·巴·契诃夫》中写道：

（她）一下子呆住，透不出气来，低下了头，因为我觉得整个正厅里的人好像一齐向我扭过头来，瞧着我的脸似的。我的脑袋里嗡嗡地叫，心怦怦地跳，仿佛疯了似的。可是我没有错过或者忘掉那个数字：一百二十页，十一行和十二行。这个数字跟我刻在表坠上的完全不同。无疑的，这就是回答。果然，他在舞台上回答我了……

她取来契诃夫的书，但翻出来的显然不像是对她的答复。后来她从自己的一部小说集《幸福的人》相应的页码上才找到契诃夫式的答案："年轻的姑娘不该参加化装舞会。"至此，阿维洛娃才毫不怀疑，那次化装舞会上契诃夫实际上早就已经认出了她，他当时是假装把她当成另一个女人，对她所问的是否收到她的礼物，也不做正面的回答，都只是对她的爱情的回避。

不论是莉季娅·斯塔赫耶芙娜·米济诺娃，莉季娅·阿列克谢耶芙娜·阿维洛娃，还是其他的几个女性，契诃夫当时所取的都是这样一种保持自己身心自由的态度，直到两年后，即一八九八年接受导演弗拉基米尔·伊凡诺维奇-涅米罗维奇-丹钦科的请求，同意他们在莫斯科艺术剧院上演他的《海鸥》时认识了女演员、剧中阿尔卡基娜一角的扮演者奥尔嘉·列昂纳多芙娜·克尼佩尔，才深深地爱上了她，并于一九〇一年结婚。但是契诃夫对这些女性都是非常友好的，尽量把她们与他的关系、她们对他的追求置于友好的幽默或玩笑中。对阿维洛娃是这样；对莉卡，这个在自我摧残中趋于放荡的女友，契诃夫也是满怀同情，在剧作中以她为原型创造妮娜这位女主人公时，对她予以鼓励和美化，鼓励她也像妮娜那样"振作了起来""精神力量一天比一天坚强"。莉卡是意识到了，她在给契诃夫的一封信中说道："是的，在这里，大家都说《海鸥》取材于我的生活；你也向某人提出了严厉的警告。"

契诃夫不仅以《带狗的女人》《没有意思的故事》《黑衣教士》《套子里的人》等短篇小说闻名于世，与居伊·莫泊桑、奥斯卡·王尔德等西方小说大家齐名；他的戏剧创作在戏剧史上也有很高的地位。许多文学史家甚至相信，就小说家契诃夫来说，他主要还是以戏剧创作而著称。这位俄罗斯剧作家受惠于尼古拉·果戈理、亚历山大·奥斯特洛夫斯基和伊凡·屠格涅夫等本土作家的戏剧，以现实主义，也运用象征，创作他的作品。《海鸥》《万尼亚舅舅》《三姐妹》《樱桃园》这四部剧作对后来的剧作家产生了强烈而持久的影响，博得众多戏剧批评家的赞赏，推崇他和挪威剧作家亨利克·易卜生两人为近代现实主义戏剧的创始人。

契诃夫在早年写了短篇小说和幽默故事之后，开始创作讽刺杂剧和独幕闹剧。但作为一位戏剧家，一八八七年后他所写的长剧都不成功。正是《海鸥》在莫斯科艺术剧院的演出使他第一次获得了崇高的戏剧声誉。但是即使《海鸥》，也不是立刻就为人们所理解，甚至名导演斯坦尼斯拉夫斯基最初也没有理解。

契诃夫的戏剧不追求情节的曲折，而注重使观众在某种气氛中受到感染，往往像生活本身一样，喜剧的轻松和悲剧的严肃同时出现在同一事件之中；还有与一般剧作家或传统不同的"忧郁""压抑"感，甚至还有那种仿佛是"单调乏味"的情调，使人一时难以接受。但正是这种情调，与那个时期盛行于俄罗斯知识阶层的情调相吻合，因而也成了西方批评家所公认的契诃夫剧作的典型风格，以致赢得了被称为"契诃夫式"的美称。

The Queen of Spades

《黑桃皇后》

一段轶闻的演绎

四年前,我住在圣彼得堡,在那里过着毫无节制的生活。在圣彼得堡,我们在不同场合新结识的游手好闲的青年人组成了一个集团。我们的生活相当放纵。大家在安德烈家吃饭毫无胃口,喝酒也毫无乐趣;我们就去声名狼藉的赌场老板娘C.A.(索菲娅·阿斯塔波芙娜)家去。这并无必要,只是为了用某种伴装的无所谓态度惹怒可怜的老太太。大家无所事事地混日子,一到晚上,我们就聚在一起,有时到这家,有时到那家,拿着牌玩上一通宵。(张继双等译文)

这是俄国大诗人亚历山大·谢尔盖耶维奇·普希金写的一段话,时间是他创作他最著名的小说《黑桃皇后》前不久;事实上,这话就是他为《黑桃皇后》所做笔记的评注。

也就在"这样的一个晚上",俄国出生的法国作家亨利·特罗亚在为诗人所写的传记中说:"普希金用粉笔在自己的袖子上写了几行诗,作为《黑桃皇后》第一章的题词:'在阴雨连绵的日子里，／我们常常聚在一起；／狠下赌注，／——愿上帝饶恕他们，／从五十到一百卢布。输输赢赢，赢赢输输，／账目都用粉笔记住，／阴雨连绵的日子里，／他们消磨时日的方法就是狂赌。'"（题词系曹缦西译文）

《黑桃皇后》的手稿没有留下来，专家相信创作的时间在一八三三年秋，是十月一个月和十一月初，诗人在他的庄园度过他"第二个"波罗金诺之秋的这段时日里。随后，普希金于十一月中去莫斯科，把作品的完成稿读给他的亲密朋友帕维尔·纳斯秋金听。

普希金很喜欢赌博，他和朋友们真的是"常常聚在一起，狠下赌注"。他几乎所有的稿酬都流到牌桌上去了，在社交场上，他作为赌客的名声，不下于他作为诗人的名声，以致莫斯科警察局甚至把他列为第三十六号著名赌徒。好赌的人都爱听有关赌博的故事和轶闻，普希金也有这方面的兴趣。一次闲聊时，他的朋友弗拉基米尔·德米特里耶维奇·戈利岑公爵跟他说到一件事：那天，他输得很惨，去向他祖母要钱。她没有把钱给他，只告诉他三张牌，那是她在巴黎时著名冒险家圣日耳曼伯爵传授给她的。"去试试看吧！"老夫人说。于是，公爵就打这三张牌下赌，结果竟然将所输掉的钱全都赢了回来。

赌场，输得很惨，神奇的牌，转败为胜。一个多么具有神秘色彩的吸引人的故事啊！戈利岑公爵的轶闻激发了普希金的灵感，让他萌发出创作《黑桃皇后》的欲望，并最终完成了这个中篇小说。

《黑桃皇后》的故事背景设在十八世纪末的圣彼得堡。原籍德国的青年军官格尔曼喜欢光看别人赌博，自己却不参与。有一天，一位叫托姆斯基的牌友跟他聊起，说他的祖母安娜·费多罗芙娜伯爵夫人年轻在巴黎的时候，一次进宫廷里去打牌，输给了奥尔良大公，还拖欠他一大笔赌债。无奈之下，她去向圣日耳曼伯爵求援。于是，伯爵教给她能够连续取胜的三张牌。最后，凭借这三张牌，果然让她不仅把自己所输的钱全部捞了回来，还帮她的一个将家财挥霍精光的儿子也赢了钱。

格尔曼富有野心，又工于心计，是一个拿破仑式的人物。他一心想发财，觉得若能得到这老太太三张牌的秘诀，是走向成功的一条捷径。于是，他便利用伯爵夫人的渴求他爱情的养女丽莎，进入伯爵夫人的房室，要伯爵夫人把这赢钱的秘密告诉他。尽管伯爵夫人跟他说："我能向您发誓，这是个玩笑！"他仍然用手枪威胁她，使她最后在他的枪口面前被吓致死。

失去丽莎的爱，从伯爵夫人那里回来，格尔曼神魂颠倒；酒后睡下醒来已是深夜。他仿佛看到伯爵夫人的幽灵飘然而至，并且告诉了他这三张牌的秘密：三、七和爱司。后来，他用三和七参赌，果然使他连续赢了两局；可是当第三局他翻开自己的牌，兴奋地以为自己"爱司赢了"时，对方告诉他："您的Q黑桃皇后输了。"使他简直不相信自己的眼睛，弄不明白，他怎么会抽错了牌。"这时，他觉得黑桃皇后睐起了眼睛，露出了冷笑的神情。这种极不寻常的相似令他大惊失色……'老太婆！'他惊恐万状地叫了起来。"

格尔曼疯了……

从二十年代写的政治诗以手稿形式广泛流传，更由于写了《自由颂》等诗作遭到流放起，普希金就是一位被当局监视的人物；最后，竟然由沙皇亚历山大一世亲自来审查他的作品。亚历山大一世有相当的文学修养。读过《黑桃皇后》之后，其中极具神秘色彩的冒险故事，深深地打动了他，对这篇小说，这位沙皇是那么的感兴趣，甚至去猜测，小说中的那个已经八十七岁的伯爵夫人一定就是他所知道的戈利岑娜公爵夫人。

沙皇亚历山大一世的猜测并非空穴来风。纳斯秋金曾引用普希金的话叙述说：

主要人物没有 вымыслена（虚构）。老伯爵夫人如普希金所述……是真的生活在巴黎的娜塔莉娅·彼得罗芙娜·戈利岑娜。她的孙子戈利岑，普希金说，他曾 проиграл（输了钱）而向祖母讨钱。因为她没有给他，就告诉他巴黎独立教会圣日耳曼教给她的三张牌。"去试试看吧。"祖母说。要他拿几张空头支票再赌。其他的人是 вымыслено（虚构的）。普希金注意到纳斯秋金认为这个伯爵夫人不像戈利岑娜，而更像老朋友娜塔莉娅·基里罗芙娜·扎格里娅兹斯卡娅。普希金表示同意，

戈利岑娜公爵夫人造像

回答说，他觉得戈利岑娜要比扎格里娅兹斯卡娅更容易写，她的性格、风度举止更复杂些。（这段引文译自英语材料，为强调普希金的原话，其中几个词用的是俄语的译音，中译文现以俄语拼出）

看来，普希金是有意选了更有个性、更富传奇色彩的女性娜塔莉娅·彼得罗芙娜·戈利岑娜公爵夫人。如今，文学史家和传记作家都认定《黑桃皇后》里的伯爵夫人的原型是娜塔莉娅·彼得罗芙娜·戈利岑娜公爵夫人。

弗拉基米尔·德米特里耶维奇·戈利岑公爵的祖母娜塔莉娅·彼得罗芙娜·戈利岑娜公爵夫人（1741—1837）虽然本身不很漂亮，却是当时最富色彩、最令人激动的女性之一。

娜塔莉娅·彼得罗芙娜娘家姓车尔尼雪夫，所以原名叫娜塔莉娅·彼得罗芙娜·车尔尼雪娃。她父亲彼得·车尔尼雪夫是俄国驻法国的大使。她的祖母叶芙朵吉娅·日热夫斯卡娅曾是沙皇彼得一世的情妇，后来嫁给她的祖父，沙皇的勤务兵格里戈利·车尔尼雪夫。也有传言说，实际上，娜塔莉娅·彼得罗芙娜是彼得一世的孙女。不过不管怎样，总之，这就使娜塔莉娅·彼得罗芙娜一家在伊丽莎白女皇（旧历1741—1761）时代，尤其在叶卡捷琳娜二世女皇（1762—1796在位）时代具有特殊的地位。一七六六年，娜塔莉娅·彼得罗芙娜参加彼得堡的赛马比赛，得了一等奖，获得一枚钻石玫瑰。同年，她嫁给大她十岁的弗拉基米尔·鲍里索维奇·戈利岑公爵。

戈利岑公爵家族是一个贵族世家，产生过多个著名政治人物，如鲍里斯·亚历山大罗维奇·戈利岑是彼得大帝的侍卫长；他的曾孙鲍里斯·戈利岑和德米特里·戈利岑兄弟在一八二〇至一八四四年间先后任莫斯科总督。鲍里斯·亚历山大罗维奇的父亲弗拉基米尔·戈利岑是陪审长和著名外交官，其最著名的功绩是将被捕的著名农民起义领袖叶梅里安·普加乔夫解送到莫斯科。至于鲍里斯·亚历山大罗维奇·戈利岑公爵本人，他虽然拥有巨大的财产，但他的愚蠢也与他的财产一样的大，结果是整个家庭在一定程度上由娜塔莉娅·彼得罗芙娜掌控。这方面，小说《黑桃皇后》的描写也像生活那么的真实：伯爵夫人输了钱，"吩咐他（丈夫）去还债"；当他勃然大怒、拒绝支付赌债时，她便"打了他一记耳光，独自躺下睡觉，用以表示自己的不满"。

小说里说伯爵夫人年轻时在巴黎的冒险经历也是实有其事。

娜塔莉娅·彼得罗芙娜确实去过几次巴黎，并且先后荣幸地受到国王路易十五和路易十六及王后玛丽·安托瓦内特的召见。

普希金是在娜塔莉娅·彼得罗芙娜年迈之时见到她的。从一八一七年起，年仅十八岁的诗人还曾对戈利岑家族中的另一个女性，三十七岁、外号"夜夫人"的叶芙朵吉娅·戈利岑娜公爵夫人有过两年的疯狂恋情。《叶甫盖尼·奥涅金》中所写的"天色暗了，他坐上雪橇，／'闪开，闪开！'车夫在喊叫；／霜花发出银色的光辉，／在他的河狸皮衣领上闪耀。／雪橇向泰隆饭店飞奔；／他知道卡维林在等他"（丁鲁译文），即是普希金自己当年与好友彼得·卡维林一起奔往位于冬宫附近"泰隆夜总会"的叶芙朵吉娅·戈利岑娜公爵夫人沙龙的情景。

不过娜塔莉娅·彼得罗芙娜·戈利岑娜公爵夫人的容貌，就是在她年轻的时候，也并不如普希金所写的那么漂亮。

诗人在《黑桃皇后》里借伯爵夫人的孙子托姆斯基之口说："……六十年前，我的祖母去过巴黎，在那儿还是一个十分时髦的人物呢，人们追逐在她的身后，希望一睹莫斯科维纳斯的风采。（路易十三的首席大臣）黎塞留热烈地追求过她，而且祖母肯定地说，

娜塔莉娅在彼得堡宫廷

由于她毫不动心，黎塞留差点要开枪自杀。"（曹缦西译文）

哪里说得上是什么"La Venis muscovite"（"莫斯科维纳斯"）！娜塔莉娅·彼得罗芙娜·戈利岑娜公爵夫人不但不美，简直可以说相当难看。

娜塔莉娅·彼得罗芙娜有一个叫"蓄髭夫人"的外号，原因是她不但蓄起小胡子，像幽默的安东·契诃夫说的"有胡子的女人就像没有胡子的男人一样可笑"；甚至满脸都是。当时一位美国驻俄国的大使亚当斯回忆起她时说，他从未见过像她这样一个满是小胡子甚至长络腮胡子的女人，她看起来让人觉得像是古希腊哲学家柏拉图。普希金显然是为了制造小说的阅读效应，才把这位公爵夫人美化和浪漫化了。

另外，为了同样的目的，普希金在小说里还将一些历史人物的事有意进行了夸张和虚构。

在《黑桃皇后》里，托姆斯基说："祖母有一个亲密的朋友，是一个相当引人注目的人物。"托姆斯基说的是圣日耳曼伯爵，并且还介绍了这位伯爵的种种神奇事迹，以及他如何授予她"不需要（本）钱"便能在赌牌时赢钱的"秘诀"，也就是所说的三张牌。

神秘的圣日耳曼伯爵（约1710—1784），实有其人，但其真名、身世及出生地点均无确切材料。一般说他是葡萄牙犹太人，几乎懂得所有的欧洲语言，历史知识渊博，在化学方面也颇有成就。他大约在一七四八年出现在法国宫廷，一度有突出影响，路易十五曾请他执行秘密使命。但由于他干预了奥地利和法国之间的争执，引起奉命发展同奥地利新结盟关系的驻奥地利宫廷大使舒瓦瑟尔公爵（1719—1785）的敌视，使他不得不在一七六〇年六月逃往英格兰。

　　学者查明，娜塔莉娅·彼得罗芙娜·戈利岑娜公爵夫人确曾有两次去她父亲任大使的法国巴黎，一次是一七六一至一七六二年，另一次是一七八六至一七九〇年。但这两次都不可能接触圣日耳曼。原因是路易十五于一七六〇年认为圣日耳曼是一个施妖术的人，将他拘捕投入巴士底狱，此时戈利岑娜公爵夫人还没有到巴黎。后来，圣日耳曼就通过越狱，匆匆逃往英国，再转至俄国，最后去了德国和意大利。一七六二年夏，他已经到了圣彼得堡。至于戈利岑娜公爵夫人第二次来巴黎时，圣日耳曼已经于一七八四年去世，两人更不可能见面，还有什么"亲密"可言！虽然有人说在一七八九年时还看到过这个冒险家，但从未有人提到他跟这位公爵夫人接触的事。

　　作为小说，普希金在《黑桃皇后》中的想象和虚构的确增强了作品的吸引力。小说发表后，作者普希金在一九三四年四月七日的日记中这样写道："我的《黑桃皇后》风靡一时。赌徒们都把赌注下在'3''7'和'A'上。他们发现老伯爵夫人和娜塔莉娅·彼得罗芙娜相似。似乎并不叫我为难。"

　　普希金以他诗人的想象力，将真实和虚构巧妙地结合了起来，使《黑桃皇后》成为他最著名的小说。作品不仅在一般普通的读者群中"风靡"，还赋予作曲家以创作的灵感，被多次改编成歌剧上演。

le Rouge et le Noir

《红与黑》

自己未能做到的，让于连来做到

"情杀"的案件自古以来就经常发生，谋杀的动机无非是因为爱他（她）而杀她（他），或者因为恨她（他）而杀他（她）；手法也大同小异。但是随着时间的流逝，原来曾经一度轰动全城、遍及全国的大案，也会渐渐被人遗忘。可是"贝尔德案件"，尽管也没有什么十分特别之处，却一个半世纪以来仍常常被人们提起，原因是名作家司汤达据此写出了他的不朽小说《红与黑》。

法国格勒诺布尔附近布朗格村马蹄铁匠的儿子安托万·贝尔德是一位颇有天分且怀有大志的修道院学生，二十岁时，经推荐担任当地的公证人米肖先生家的家庭教师，不久即被怀疑与米肖夫人发生暧昧关系。他遭到了辞退，但为了主人的缘故，丑闻则被遮掩起来了。后来，他又找到另一家的家庭教师职务，这次是德·科尔东伯爵的家。但又遭女仆揭发，据称与伯爵的女儿发生风流韵事，于是又被解雇，修道院也把他开除了。贝尔德把他的不幸归咎于米肖一家，说是米肖夫人勾引了他，如今这么一来，他的一切抱负都不可能实现了。他给米肖夫人一连写了好多封威胁信，还多次在他人面前扬言，说打算要杀了她……一个礼拜天，市民们都去了教堂，他也去了，向米肖夫人开了两枪，米肖夫人受了重伤。他又转过来向自己开了一枪，但仅擦破了颌部。贝尔德承认犯了有预谋的故意杀人罪，终被判处死刑。

一八二八年十月，生于格勒诺布尔、原名昂利·贝尔的司汤达（1783—1842）刚写过小说《阿尔芒丝》后不久，读到家乡《法庭公报》上刊载的有关这一案件的材料后，把这故事看成是"一桩美丽的罪行"，感到正好为他提供了另一部小说的题材。不过他决心写贝尔德——于连的故事还是在一八二九年十月二十五至二十六日的这天夜里，当时他正在马赛。他在那里住了几个星期，写出几个初稿，结果觉得这本书稿太薄了。于是从一八三〇年起，在巴黎重新正式开始创作，五月有了《红与黑》这么个题目。写好初稿后，司汤达进行了修改，而且改动很多。一八三〇年十月，小说出版。

读过《红与黑》的人一定能够看出，虽然小说主人公于连·索雷尔的主体故事与贝尔德的事大致相同，但是这两个人是完全不同的，于连就绝不像贝尔德是这么一个弱者。司汤达把这件事提高了，也就是说，他把自己提高了，因为于连正是司汤达本人的化身。他自己有一次就向《费加罗报》的社长昂利·德·拉图尔承认过："于连·索雷尔就是我。"

《红与黑》的确有很多司汤达本人的经历，更重要的是，在这部小说里，司汤达表达了很多他自己对爱情和荣誉的梦想：他自己在生活中想做而未能做到的，他让于连在《红与黑》里都做到了。

在二十二岁那年一天的日记上，司汤达曾写下了他的愿望："我认为我是为最高级的社会和最漂亮的女人而生的。我强烈地盼望这两种东西，而且配得上它们。"他说他渴求的两件事即是荣誉和爱情，他一直都在为实现这两个目标而努力，为了爱情，他甚至要求他的妹妹和他的朋友告知他更多的"有助于我懂得女人"的专门知识。但可悲的是，他一次次的爱情追求，都以不幸而告终。

司汤达

在追求女性的爱情上，司汤达的一个客观条件，即他天生的形象实在不理想。司汤达青年时就长得很结实，但因为个子低，身躯大，腿短，看起来就显得矮胖，以致有人形容他"像个意大利的屠夫"。他的皮肤是好的，像女人的那么白嫩，但女人们在注意这白嫩的皮肤之前，首先给她们深刻印象的是他的难看的脸。他的脑袋就比常人的大，有一头长长的黑发；脸却非常红润，一个硕大的突出的鼻子，肉很肥厚，呈钩形；嘴唇很薄，富有肉感，还算好看，棕色的眼睛里含着一道热切的光芒……司汤达对自己的总体形象很感烦恼，他有意无意之中要改变一下自己这令人不愉快的形象。于是，他要将于连描绘成一个他理想中的自己。

在司汤达的笔下，《红与黑》（郝运译文）中的男主人公于连·索雷尔的形象尽管未能完全摆脱他自己的影子，他的外貌总的还是能够让女人入眼的。年仅十八九岁的于连，稍稍矮了一点，但"身材细长而匀称""看上去身体相当弱……很清秀，长着一个鹰钩鼻"，特别是他那"极端沉思的神情和苍白的脸色"，这正是浪漫主义时代理想男性留给人的形象，而且"一双又大又黑的眼睛，平静的时候，闪耀出沉思和热情的光芒"，这也是崇尚激情的浪漫主义精神的典型表现。这就使司汤达有充足的理由对于连，也就是对希望和想象中的自己的外貌做出最高评价："人类的相貌无计其数，各不相同，但是具有惊人的个性而与众不同的相貌，也许除了他再也不会有了。"并使书中的女主人公、德·雷纳尔市长夫人第一次见到他时，就"完全被于连好看的面色，又黑又大的眼睛，还有漂亮的头发迷惑住了"。于连不但获得德·雷纳尔夫人的爱情，后来又获得了另一位女主人公玛蒂尔德·德·拉莫尔小姐的爱情。

撇开嫖妓不说，司汤达一生爱的女子，数目甚多，其中与他创作《红与黑》关系最大的是玛蒂尔德·维斯孔蒂尼和阿尔贝特·德·吕邦普莱两人。

玛蒂尔德·维斯孔蒂尼（1790—1825）出身于一个古老的富有家族，十六岁时，便带了十五万里拉的陪嫁嫁给一个加入了意大利籍的波兰军官杨·顿波夫斯基伯爵，为他生了两个儿子。因为这位比她大二十岁的丈夫各方面都非常粗俗，而且又不守信义，于是，玛蒂尔德在忍受了几年无爱情的痛苦之后离开了他，先是去了瑞士。当时，反拿破仑的意大利最著名的诗人和作家乌戈·福斯可洛在奥地利人重返意大利后，拒绝效忠意大利，流亡到了伯尔尼，认识她后深深地爱上了她。玛蒂尔德先是出于对这位爱国的革命者的同情，随后两人产生了恋情。几年后，玛蒂尔德转到意大利的米兰。一八一八年，司汤达正侨居米兰，住处与她相距只需步行两分钟。那时，司汤达正失去原来的情妇安吉洛·彼特拉格鲁阿的爱情，又一次承受着失恋的孤独和痛苦，整天沉湎于爱的寻求之中。四月里的一天，一位朋友带他去玛蒂尔德的住所拜访这位美丽的伯爵夫人。

玛蒂尔德·顿波夫斯基伯爵夫人个子高高的，披着一头浓密的黑发，衬出一个精致的鼻子。她整个苗条的身材，与她那极为优雅的头颅很和谐，是大自然最美妙的结合。她神态庄重，她的微笑里含着忧郁，却有很大的诱惑力。司汤达第一眼看到，就觉得玛蒂尔德真像是大画家达·芬奇笔下的伦巴第美人，从此就爱上了她；不久虽因外出旅行，仍然始终不能忘怀对她的恋念。他的思绪总是为她的身姿、她的目光和她的声调所左右，甚至时时出现"神经骚动的狂乱"。回来后，他便经常与朋友一起等在她的门前，整天期待着，期待有能与她重逢的时刻。这样，在难耐中守候了五个月之后，他终于在街上见到了这位他心目中从未见过有如此优雅和高洁的女性。于是他向她诉说了对她的感情。他说，他和她同样都有一颗高尚的心灵，两人应该彼此理解，彼此相爱；他这方面，他宣誓要以一颗最无私的心来爱她，为了她，他甚至可以牺牲自己的生命，说到这里，他抓住了她的手，在上面印下一个热烈的吻。但是他的热情表白并没有获得理想的回应。在谈话时，无论他的语言、他的眼睛如何显示出他真情的爱，玛蒂尔德始终对他表现冷淡，最后就毫不客气地，甚至愤怒地请他离开，还警告他，她不需要也不准许他向她表示他的什么"爱情"。

司汤达绝望了，在街上徘徊了几个小时，夜里也无法入睡。他拖着沉重的脚步，又来到玛蒂尔德住所的前面，一直盯住她的窗子看，眼里充满了泪水。十一月，他给她写了一封信，除了请她原谅，还再次向她表示对她的爱，说只有她的爱才是他真正的幸福，其他形式的"幸福"都是他所不屑的。他再三对玛蒂尔德诉说"我渴望见到你"，说他实在无法忍受与她分离的痛苦。他的苦苦哀求似乎起了一点作用。玛蒂尔德允许他可以两个星期来看她一次，不过一般应在有别的客人在场的时候。这使司汤达下意识中对玛蒂尔德产生了恐惧感，一种恐惧的依恋；并使他感受到爱情有如一朵悬崖上的鲜花，必须敢于攀登上去将它摘下。

尽管受到如此的对待，司汤达仍旧不想放弃他的追求。为了使玛蒂尔德相信他真心的爱，他甚至恪守贞节，过起独身的生活。有一次，当着玛蒂尔德的面，在另一个女人问他是否真的像人们传说的在爱着她时，他冷冷地予以否认，虽然这样说过之后，他是再也不能进那女人的家门了。但即使如此，也没有打动玛蒂尔德的心。就这样，司汤达的求爱既没有被接受，也没有遭回绝，在希望和悔恨中过了一年。

一八一九年三月，司汤达得知玛蒂尔德·顿波夫斯基伯爵夫人要离开米兰，去远方某地看她的两个儿子。在她走后两个星期，司汤达不顾长途跋涉二百多英里路途，经历艰苦的旅程，赶到那个僻远的山城。他戴上一副有色眼镜，去各处闲逛寻觅，最后跟踪到了玛蒂尔德每天散步的公园，终于在六月的一天，玛蒂尔德在街上突然看到了他。她先是吃了一惊，却没有跟他招呼，随后便若无其事地走她自己的路，好像根本没有见过这么个人似的。当晚，玛蒂尔德让人给他送去一张条子，指责他的行径给她造成的危害。于是，司汤达连忙给她送去一封信，解释说，是他无法克制的激情使他失去了理智，并

《红与黑》插图：交首饰盒

继续恳求："爱我吧，神圣的玛蒂尔德，看在上帝面上，不要蔑视我！"几天后，他又去拜访她，同样仍旧受到冷淡的接待，并立即被下令要他离开。司汤达回到佛罗伦萨后，给她寄去一封充满绝望的信，为自己做辩解。但玛蒂尔德还是丝毫不为所动。久久来到的回信，表明了无可挽救的决裂，因为玛蒂尔德的答复是"我不希望再从你那里收到任何的信，而且我也不会再给你写信"。还把他的两封信原封未拆退还了他。以后虽经司汤达再三恳求，得到玛蒂尔德两星期一次的接见，但一切都使司汤达明白，玛蒂尔德不但不爱他，相反总是要在感情上伤害他，使他为自己在爱情上遭到的这种不幸"极感羞耻"。司汤达对玛蒂尔德的爱就这样以悲剧而结束，直到玛蒂尔德于一八二五年因肺结核而病逝。

一八二九年，司汤达通过他的朋友、浪漫主义画家欧仁·德拉克洛瓦，被介绍给德拉克洛瓦的远房表姐阿尔贝特·德·吕邦普莱（1804—1873）认识。

阿尔贝特·德·吕邦普莱是一个年轻漂亮而又有几分妖艳的女人，曾有多年为几位大画家和大雕塑家做模特。她经常在她住处遮光挡日的房间里接待文学艺术界的著名人士。司汤达见了她后，觉得她算得上是法国女人中"最自然的"一个，虽然他的朋友、小说家普罗斯佩·梅里美说她是一个十分疯狂的女人。司汤达决心向她求爱，但他猜测她的热情是在梅里美的一边。于是他向梅里美请求，希望他把阿尔贝特让给他。梅里美表示：其实，他对这个女人并不感兴趣。但是在司汤达疯狂地坠入情网后，一月的时间里，他受尽了阿尔贝特·德·吕邦普莱的折磨。他怀疑梅里美说的不是真话，而且他更相信阿尔贝特喜欢的是另一个比他更年轻的男人，使他极度伤心。失望之后，司汤达在

《红与黑》插图：于连受审

心中暗暗地咒骂阿尔贝特·德·吕邦普莱是"一个妓女"。

司汤达的一生充满了爱和爱的丧失的故事，那些他曾经爱过的女人大多都不同程度地出现在他的作品中，自然包括玛蒂尔德·维斯孔蒂尼和阿尔贝特·德·吕邦普莱。法国小说史家米歇尔·莱蒙指出，《红与黑》里的"玛蒂尔德·德·拉莫尔的形象来自阿尔贝特·德·吕邦普莱"；另一位研究家、英国专门研究文学人物原型的威廉·阿莫斯相信司汤达创造玛蒂尔德·德·拉莫尔这个人物的"灵感来自于玛蒂尔德·维斯孔蒂尼"。

不错，玛蒂尔德·德·拉莫尔并不等于玛蒂尔德·维斯孔蒂尼或者阿尔贝特·德·吕邦普莱，虽然两者之间有一些相似之处，例如她们的美貌和个性；作家的天才足以创造出高于现实的东西：德·拉莫尔小姐是作家想象中的人物。

对德·拉莫尔小姐这个"巴黎最美丽的人儿之一"的女子来说，财产、出身、才智、姿色、青春、声誉，一切全被命运之神双手堆积在她一个人身上了，是的，"一切，只除掉幸福"。她似乎具有渴望反叛的个性，她周围与她同阶级的那些仰慕者，都一个个让她感到讨厌，她要在不寻常的爱情里寻找刺激。来自平民之家、自尊心极强的于连正好能给她这样的刺激。最初，于连留给她的是一种傲慢的印象。但是随着时间的推移，她发现他有一种不同凡响的奇特的理智，并且把他想象成为一个富有天赋的激情的男子，终于爱上了他。于是她抛弃了门庭高贵的未婚夫，抛弃了自己的阶级偏见，主动向这个出身低贱的年轻教士宣称自己无条件爱他，以此来实现她想象中不平凡的、出人意料的爱情生活。德·拉莫尔小姐有个祖先曾经爱过一位王后，后来当他被处死之后，王后抱

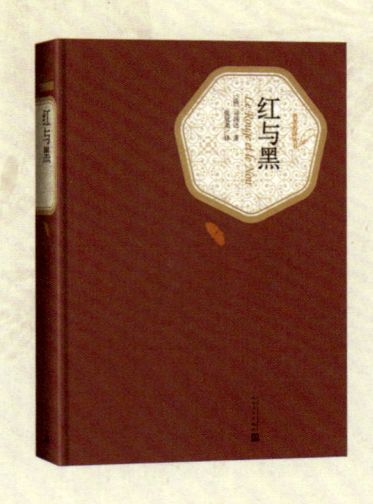

着他的头颅，坐上马车，亲手去将它埋在坟地里。德·拉莫尔小姐对这个故事十分神往。对于于连，她不仅在他被捕之后，尽力想法营救，在他被处死之后，她也将他的头颅放到一张大理石小桌上，站在桌前吻他的前额；还同样坐上马车，膝盖上放着于连的头颅，来到他生前选定的墓地，亲手埋葬了他。像德·拉莫尔小姐这么一个认为平民子弟要比贵族公子少爷更有被爱价值的女性，就是司汤达在小说中要加以表现的，这正好实践了作家自己一生都没有能够达到的目标。

  司汤达信奉一位法国哲学家的哲学，认为人的行动的目的是为了在物质和肉体方面充分享受生活，因而他的一生追求生活享受，追求幸福。可惜幸福总是远离于他，于是，他便在创作中，特别是在创作《红与黑》与《巴马修道院》中，将自己本性中的享乐思想与小说主人公的勇敢大胆的英雄主义和爱情生活融合为一体，在创作的幻想中享受生活，享受爱情的幸福。司汤达生前宣称，他是"为少数幸运的人"写作的，要到一八八〇年才会有人读他的作品，到一九三九年他才会被人理解。如今，司汤达在文学史上的地位已经得到公认，被看作是与奥诺雷·德·巴尔扎克和居斯塔夫·福楼拜一样的法国第一流的作家，甚至比他们更加被英国、美国尤其是法国的青年一代读者所理解。而且不只是他的小说，还有他理论性的随笔《论爱情》和《拉辛和莎士比亚》，甚至早期的作品《阿尔芒丝》《罗马漫步》和未完成的长篇《吕西安·娄凡》，都广泛引起人们的兴趣。司汤达毕生渴求荣誉和爱情的愿望，终于全部都获得了实现，虽然一个是在他死后，另一个则在他的创作之中。

Carmen

《卡门》

在西班牙风的吹拂下

从十八世纪后期到十九世纪中期横扫整个欧洲文明的浪漫主义，作为一种感情方式，它的特点就是追求有朝气而热情的生活方式，并喜欢奇异的东西，热衷于想象或现实中的异国情调。法国作家弗朗索瓦·夏多布里昂坐在伦敦肯辛顿公园的大树底下，写下了描绘北美原野和印第安姑娘为爱情而死的小说《阿达拉》；英国诗人塞缪尔·柯尔律治在与威廉·华兹华斯和他妹妹一起散步后，在鸦片酊的刺激下，也写出未完成的名著《忽必烈汗》；法国画家欧仁·德拉克洛瓦去摩洛哥旅行，创作出了像《阿尔及尔妇女》这样色彩绚丽的作品，他的另外几幅著名画作，如《希俄斯岛的屠杀》和《十字军占领君士坦丁堡》，也是这类题材。浪漫主义的思潮影响是如此之大，连玛丽·安托瓦内特皇后也要从辉煌壮丽的凡尔赛宫殿逃出，跑到她模拟田园风光的"小特里阿农"别墅，扮作一个乡村牧羊女。

普罗斯佩·梅里美（1803—1870）天生具有浪漫主义的气质。他生于巴黎一个有教养的诺曼人中产阶级家庭，原来攻读法律，他的兴趣却在希腊语、西班牙语、英语和俄语及这些语种的文学上，是包括普希金在内的多种俄语文学的第一个法语译者。他最喜欢历史、考古、神秘主义和怪异的事物。当时，定居巴黎的著名作家夏尔·诺迪埃（1780—1844）在一八二四年被任命为阿塞纳尔图书馆馆长后，一八三三年又被选为法兰西学院院士，成为巴黎文学界的领袖之一，在他的阿塞纳尔的客厅中，聚集了维克多·雨果、阿尔弗雷德·德·缪塞和圣伯夫等后来成为浪漫主义运动中心人物的青年人。研究者认为，梅里美虽然不很欣赏诺迪埃的作品，但无疑深受他的影响，特别是他鼓励法国浪漫主义者到国外去寻求灵感的主张，激励了梅里美不但喜爱上苏格兰作家瓦尔特·司各特（1771—1832）描写中世纪的历史小说和俄国诗人亚历山大·普希金的表现残暴的心理剧，还喜欢外出去体验异域的神秘。

自从一六〇八年英国旅行家兼作家托马斯·科里阿尔（约 1577—1617）旅游欧洲，并在一六一一年出版的《科里阿尔在法国、意大利等地五个月的仓促之旅》中对当时的欧洲生活做了细致生动的描写之后，影响了一代代的贵族和上层阶级人士，只要是在和平的岁月里，总喜欢去往异域见识新的事物、找寻新的刺激，以致形成所谓"大旅游"的传统。只是到了十九世纪初，一场持续十五年、涉及多个国家的"拿破仑战争"（1801—1815）使这一传统一度中断，直到一八一五年六月二十二日拿破仑退位，随着社会秩序的恢复正常，"大旅游"重新在欧洲社会掀起，再次成为时髦。这正迎合了梅里美的需求。

在十九世纪二三十年代，一位研究者说，西班牙之风刮遍了整个巴黎以至整个法国，"似乎每个人都在唱着'西班牙'的音乐和弹奏'西班牙'的音乐"。这股西班牙风的吹拂，深刻影响着欧洲人的大旅游，尤其向往去西班牙。

在梅里美所喜爱的希腊、英国、俄国和西班牙等异域中，他最向往的是西班牙。他出版于一八二五的第一部作品《克拉拉·加苏尔戏剧集》就表现出了他对西班牙的浓厚兴趣。这部收有六个剧本并附有"克拉拉·加苏尔"传略的所谓《克拉拉·加苏尔戏剧集》，实际上是梅里美自己的戏剧创作，梅里美不但以他小说家的手法，虚构出一名叫克

普罗斯佩·梅里美　　　　　　　　托马斯·博罗

拉拉·加苏尔的西班牙喜剧女演员，说她是一个"莫尔人血统的温柔少女，以演唱古老的西班牙情歌而闻名"，还说她曾创作有九个剧本，其中的六个最初是由一位他虚构叫约瑟夫·莱斯特兰奇的人译成法文于一八二五年出版。随后在他一八二九年的小说《查理九世遗事》中，还写到一个叫米拉的吉卜赛女子。

就在这"大旅游"的潮流中，梅里美再次想到了他所向往的西班牙。于是就在一八三〇年的六月二十七日，他动身前往西班牙这个充满诱人色彩的地区，并在那里待了六个月。这可是一次真正的异域考察。到达西班牙之后，梅里美没有停留在首都马德里，而或是步行，或是骑驴，或是坐着马车，遍游科尔多瓦、塞维利亚、卡迪斯、瓦伦西亚、巴塞罗那，使他能够真实地感受西班牙独特的风情，目击那里土匪、走私贩、斗牛士和吉卜赛人的生活，收集了大量的材料，并写出一篇篇有关这个地区人们生活和风土人情的报道。

一八三一年一月二日，梅里美的第一篇通讯《斗牛》在《巴黎评论》上发表。随后，第二篇通讯《执行死刑》发表在三月十三日的《巴黎评论》上，八月二十六日，又发表他发自西班牙的第三篇通讯《西班牙的贼盗》。一八三三年十二月二十九日，《巴黎评论》发表他的第四篇通讯《西班牙的巫婆》。看得出来，通信中这些有关西班牙特有的地方风情，既是崇尚浪漫主义的梅里美对怪异事物的捕捉，也会使喜爱猎奇的欧洲人深感惊异和惊奇的。

对梅里美来说，在这半年的西班牙的旅游中，最值得记忆的大概是在一八三〇年刚到那里不久，有机会与蒙蒂茹女伯爵（1794—1879）相识。

蒙蒂茹女伯爵原名玛丽娅·曼努埃拉·柯克帕特里克，是苏格兰侨民、美国驻西班牙马拉加的领事威廉·柯克帕特里克和他佛兰德斯的妻子朵娜·弗兰西斯卡·格里韦尼的女儿。她于一八一七年与西班牙的一位大公，也就是后来的蒙蒂茹伯爵，堂·西皮里亚诺·德·帕拉福克斯·珀托卡里罗结婚，于一八二五年和一八二六年生下两个女儿。四十年代，为了两个女儿可以获得良好的教育，她带着她们迁居巴黎。在那里，她和驻西班牙期间就认识的英国大使、如今已升为掌玺大臣的乔治·威廉·维利尔斯重新接上关系，可能还成了他的情妇。在这里，她又见到了梅里美，两人的深厚友谊一直持续到梅里美去世。

蒙蒂茹女伯爵与梅里美相识后，很快就成为朋友，并邀请梅里美担任她小女儿欧仁妮的家庭教师。欧仁妮后来在一八五三年嫁给了一年前登上王位的路易·拿破仑，即拿破仑三世，成为欧仁妮王后，于是，梅里美几乎是一夜之间便成为宫廷的王家密友，并当上了议员。

也是在刚认识不久的一八三〇年，这位广听博闻的女伯爵曾向梅里美说起过一件真实发生过的事：有个吉卜赛少女，在西班牙南部安达卢西亚的马拉加被她好嫉妒的情人用刀刺死。这个故事给梅里美留下极其深刻的印象，他随后就把这个故事写进他与年轻少女珍妮·达克根的通信中。梅里美是一八三二年十二月二十九日在滨海的布洛涅第一次见到珍妮·达克根的，然后终生与她通信，这些信在梅里美去世后于一八七三年以《与一位不知名的少女的通信集》为题出版。

一八四〇年十月二十一日，梅里美再次访问西班牙。来到这个地方，又一次的经历使梅里美再次想起蒙蒂茹女伯爵说的事。一天，梅里美进一家酒吧时，见到一个具有吉卜赛女孩特征的漂亮姑娘，但认识她的人都以卡门的昵称叫她卡门西塔，这叫法就是"小卡门"的意思。

《卡门》插图　　　　　　　《卡门》插图

　　一个吉卜赛少女被她好嫉妒的情人刺死和一个具有吉卜赛女孩特征的漂亮姑娘,这两者让梅里美酝酿、并创作出一篇关于一个爱情不专的西班牙吉卜赛姑娘被一个深爱她的士兵所杀的小说《卡门》,最后于一八四五年五月十六日写成,发表在同年十月一日的《两世界评论》上。

　　《卡门》共四章,一、二两章是带有作者真实经历成分的第一人称"我"叙述他作为一个考古学家在西班牙南方科尔多瓦等地的见闻。第三章是"我"描述从何塞·纳瓦罗口中"我听到了下面这样一个悲惨的故事"(余中先译文)。这一章是小说的主体:西班牙士兵何塞·纳瓦罗热烈爱上了吉卜赛女子卡门;当发现她对他不忠后,他杀了他的情敌,并要她跟他"一起走"。但卡门是个爱好自由的人,她想要的是"爱干什么就干什么",她"不愿意被人纠缠,尤其不愿意听人指挥"。她甚至声言:"要我跟你走向死亡,这可以,但是要我跟你活着,绝不。"于是,生性嫉妒的何塞就杀死了她。小说的最后一章是作家一八四七年补写的,读起来像是作家写给他的出版人的信。

　　在小说《卡门》中,梅里美通过"年轻、娇小、苗条、长着一双大大的眼睛""比任何一个吉卜赛女子都漂亮"的女主人公的死亡,表现了美、爱与死的结缘,一个典型的女性悲剧命运。显然是由于这一主题的普遍意义,才使作品获得世界性,不但被法国浪漫主义时代的作曲家乔治·比才(1838—1875)改编为同名歌剧,先是于一八七四年在巴黎喜歌剧院首演,后来又在世界各大歌剧院演出,如柴可夫斯基说的,"成为全世界最受欢迎的歌剧"至今不衰，还多次被改编为芭蕾舞。

读小说《卡门》时，人们不由得会感到，小说家的才性和敏感，特别是由于他自己亲身的经历和感受，固然会使梅里美捕捉到这一主题，并把故事写得优美感人，令人惊异的还有作品中对西班牙风土人情的叙述，从谚语、俗语、切口、行话，到生活习俗、神话传说、历史掌故，都写得那么的生动有趣，甚至可以说是确切精到。毕竟作家两次去西班牙，都只有短短的一段时间啊。梅里美依靠他的广泛阅读，才获得这些知识。乔治·T.诺图普发表在一九一五年七月号《现代哲学》上的的文章《乔治·博罗对梅里美的影响》指出：

> 对梅里美的生活和创作感兴趣的学者一般都认为，《卡门》中有关吉卜赛人生活的描绘是由于作者对他所感兴趣的这些人的语言和传统，直接做过深入的观察和研究。因此，要说《卡门》是吉卜赛人 ad vivum（生活）的一幅肖像画不算全错；但是博罗的著作是《卡门》原始资料的重要部分，似乎没有注意到。

无疑真是如此。在《卡门》最先发表于《两世界评论》之后补写上去的第四章中，梅里美曾经提到博罗："英国传教士博罗先生，就是那个写了四本关于西班牙波西米亚人生活的十分有趣著作的作者……"

托马斯·博罗（1803—1881）是一位旅行家，还是散文家和语言学家。一八三五年，他作为"圣公会"的传教士，受命去西班牙工作，在那里待了差不多五年时间。工作结束后，回国与一名寡妇结婚，写作自传性的《莱文格罗》（1851），还有记述自己见闻的《〈圣经〉在西班牙》（1843）和《吉卜赛人》（1857）等著作。《卡门》中许多有关西班牙和吉卜赛人的生活和历史以及习俗等方面的知识，都受惠于博罗的著作。事实上，梅里美在一封给珍妮·达克根的信中也承认许多有关吉卜赛人的知识，都来自博罗的书："那天你问我，我哪儿来的有关吉卜赛方言的知识。许多事我都忘记回答你，这是我从博罗

漫画卡门

先生那里得来的,他的书是我所曾读过的最奇特的书籍之一。"

在小说第二章谈到西班牙人有关女性的人体美时,梅里美写道:"按照西班牙人的说法,一个女人若要称得上漂亮,必须集中三十个条件……举例来说,她必须有三处黑:眼睛黑,眼睑黑,眉毛黑;她得有三处细巧,手指、嘴唇和头发,等等等等。至于其余部分,请参阅布朗托姆的著作。"

皮埃尔·布朗托姆,原名皮埃尔·德·布尔代耶(约1540—1641)是法国军人和传记作家。他旅行各地,足迹遍及意大利、苏格兰、英格兰、摩洛哥、西班牙和葡萄牙等地,曾见到伊丽莎白女王,还曾伴随过死了丈夫的玛丽·斯图亚特;并与很多名流交往。后因从马上摔伤,晚年从事写作。他的《回忆录》(1665—1666)生动地描述了他所认识的许多各国名人,尤其是著名女性,像是一部"名媛录"。梅里美就是从这部书的第二卷中,读到有关西班牙美女的三十条标准:"三白:皮肤、牙齿和手;三黑:眼睛、眉毛和眼睑;三红:嘴唇、脸颊和指甲;三长:身子、头发和手;三短:牙齿、耳朵和脚;三宽:胸乳、额角和眉间;三窄:嘴、腰身和脚脖子;三粗:胳膊、大腿和小腿肚;三细:手指、头发和嘴唇;三小:乳头、鼻子和脑袋。"(余中先译文)

在小说中,读者还可以读到许多梅里美自己所加的注释,如第三章中一条有关卡斯蒂利亚国王堂佩德罗的注释,长达六百多字,涉及历史、传说、轶事,还有不同文献的比较,可见甚至作品中的一句话,梅里美都做过认真的研究。

《卡门》的成功说明,并不是有一个动人的故事,加上一点道听途说,再凭借写作技巧,便能创作出一部甚至一篇好作品的,作家还得有自己的真切感受,此外,恐怕作家还应该在某种程度上是一位学者。

Quale amore

《克朗采奏鸣曲》

袒露作家晚年的心迹

一八八七年七月三日的晚上，一位尚在莫斯科音乐学院毕业班学习小提琴、名字叫里亚索达的颇有天分的大学生，在著名的俄国作家列夫·尼古拉耶维奇·托尔斯泰家的客厅里，由作家的长子谢尔盖钢琴伴奏，演奏了德国乃至世界最伟大的音乐家路德维奇·贝多芬的《克朗采奏鸣曲》。在场的富有艺术修养的托尔斯泰夫人索菲亚·安德烈耶芙娜当时就感受到，这是一支"多么有力的乐曲，把人们所有的情感都表现出来了"！托尔斯泰深深地被这音乐激荡和感动了。当乐声急骤地转入奏鸣曲那段著名的快板时，他更像是忍受不了那段如泣如诉、撕心裂肺的琴声。他走到窗子跟前，仰望繁星点点的空际，无法抑制内心的呻吟。第二天，托尔斯泰想继续写他那本表达他托尔斯泰主义的尚未完成的哲学论文《论生命》，但是显得非常吃力，一点也不像以前写的时候那么顺利。因为他的心灵在沸腾，为另一方面的事而激动得沸腾不已：它预示着另一部新小说即将诞生。

年轻时的托尔斯泰

  托尔斯泰自己不止一次说过:"我喜爱音乐胜过其他一切艺术。"他认为,音乐是一种对感情的回忆,但是它对不同的人所起的作用是不同的;一个人的过去愈是单纯和幸福,他就愈是喜欢回忆,对音乐的感受也愈强烈,"反之,一个人的回忆愈是深重,他就愈少赞许音乐,也有人不能忍受音乐"。显然,这次是贝多芬的乐曲激起了他深重的感情回忆。他对这音乐的感受是那么的深刻和强烈,使他简直再也无法忍受。

  贝多芬于一七九五年题献给法国作曲家和小提琴家鲁道夫·克莱采的《克朗采奏鸣曲》(《A大调钢琴与小提琴家奏鸣曲》)是一部感情十分强烈的乐曲。法国大作家罗曼·罗兰精通音乐,因创作以贝多芬作为主人公原型的长篇巨著《约翰·克利斯朵夫》而荣获一九一五年的诺贝尔文学奖。他对贝多芬的这部乐曲做过这样精辟的解释:

  全曲的第一与第三乐章,不啻是钢琴与提琴的肉搏。在旁的"二部奏鸣曲"中,答句往往是轻易的、典雅的美;这里的对白却是一步紧似一步,宛如两个仇敌的短兵相接。在行板的恬静的变体曲后,争斗又重新开始,愈加紧张了,钢琴与提琴一大段急流奔泻的对位,由钢琴的洪亮的呼声结束。"发展"奔腾飞纵,忽然凝神屏息了一会儿,经过几节柔板,然后消没在目眩神迷的结论中间。——这是一场决斗,两种乐器的决斗,两种思想的决斗……

谢尔盖·托尔斯泰曾经回忆，说他父亲对这部"奏鸣曲"的第一乐章急板所表达的情感有这样的感受和理解："他说第一部分的序曲向我们预示了后两乐章的重要性；然后第一主题所表现的激动，和第二主题所表现的克制的渐趋平静的感情，都渐渐引向结束部分的强烈、明朗甚至粗鲁的旋律。"

紧张的"肉搏"和"决斗"，强烈的"不安"和"克制"……是什么感情搅动着托尔斯泰，使他这么激动，心灵受到这么大的撞击，然后在这激动和撞击中孕育出新的创作灵感？

伟大的托尔斯泰创作时总是伴随着他心灵的不安宁。熟悉托尔斯泰创作的人都知道，在这位伟大作家的作品，特别是他的几部重要的作品中，至少有一个人物，在精神危机和精神探求上，就是托尔斯泰本人的化身，如《战争与和平》中的皮埃尔·别祖霍夫，《安娜·卡列宁娜》中的康斯坦丁·列文，还有《复活》中的聂赫留朵夫公爵，不论从他们的思考，还是从他们灵魂的煎熬看，他们都是列夫·托尔斯泰。在这次孕育一部新小说的过程中，作家的精神危机和精神探求又一次在主人公的身上得到了体现，获得了升华。

当然，把托尔斯泰跟《克朗采奏鸣曲》的主人公瓦西里·波兹德内歇夫完全等同起来，无疑是不正确的，很多事情两个人也都对不上号。但是波兹德内歇夫的有关婚姻和"性"的看法，很明显是表达了托尔斯泰在创作这部小说这段时间的心声。

出身于贵族家庭的托尔斯泰，青年时代起就像这个圈子里的人那样，进赌场、逛妓院，如他自己在日记中说的，"过着野兽一般的生活"，他把从十四岁以后所过的二十年的生活看作是"可怕的二十年，俗不可耐的浪掷青春，侍奉野心、虚荣，尤其是好色"。他也爱过几个女人，一个是与他姑母等人一起住在离雅斯纳雅不远的漂亮女子瓦列莉亚·弗拉基米洛芙娜·奥尔森涅瓦。托尔斯泰不但爱她，还想娶她，给她写过好几封信，遭到她的拒绝。作家一八五九年出版的《家庭幸福》，大体上是根据他和瓦列莉亚的关系写的。四年后，他又爱上当地一位丈夫在军队里的年轻农妇阿克西妮娅·巴祖金，并和她生了一个儿子，这孩子长大后成了作家一个儿子的马车夫。托尔斯泰后来在创作《恶

索菲亚和女儿画像

魔》时，幻想自己被阿克西妮娅所迷惑，与阿克西妮娅结婚，把这些都写进了作品中。

　　托尔斯泰早就与宫廷御医安德烈·叶夫斯塔费耶维奇·贝尔斯一家认识。贝尔斯医生有三个女儿和五个儿子，他和他们经常相互探访。在接触中，贝尔斯的二女儿索菲亚·安德烈耶芙娜·贝尔斯（1844—1919）的质朴性格和待人接物的亲切态度，还有她的开朗、睿智，给托尔斯泰留下了十分美好的印象。他和她结下了亲切的友谊。一段时间之后，他对她有了感情，便用粉笔在绿色呢面的牌桌上给她写了一个句子的每个词的首字母，来向她暗示他对她的爱。索菲亚立即把全句的意思念了出来："您的青春和对幸福的渴望，使我非常强烈地联想起自己的衰老和对幸福的无缘。"到了一八六二年九月十六日，他就正式交给她一封求婚的信。求婚马上被接受了，深受感动的托尔斯泰又把自己的一本日记交给了她，向她袒露自己以前的性放纵和性犯罪行为。索菲亚读了日记后，感到深重的痛苦，失眠了一整夜。但她宽恕了他过去的一切。于是，不到一星期，九月二十三日，他们在克里姆林宫的教堂里举行了婚礼，这年托尔斯泰三十四岁，索菲亚十八岁。所有这一切情形，托尔斯泰后来在创作《安娜·卡列宁娜》、描写列文与吉娣的关系时，都一一如实地给予了再现。

　　索菲亚的到来，给雅斯纳雅·波良纳带来了生气和安适。作为女主人，索菲亚清理、整顿了疏于照管的宅邸，还亲自掌管所有的经营账目、房门钥匙。作为一位妻子，她不仅深深爱她的丈夫，并把他当成一位伟大作家来敬仰。托尔斯泰感到非常幸福，他给亲友写信说："……我已经结婚两个月了，很幸福。我是一个新人，完全是一个新人。""我

《克朗采奏鸣曲》插图

活到三十四岁,还不知道能够这样去爱,能够这样幸福。""我从未感到自己的脑力甚至整个精力像现在这样旺盛,这样善于工作。"索菲亚也感到非常幸福。每天深夜,她坐在小桌旁,帮助作家丈夫抄写手稿。她能够辨认他十分难认的字体,并能猜出他匆忙写下的断句里的意思。她觉得,抄写他的《战争与和平》等作品是一种愉快,能够使她获得"巨大的美的享受"。因此,她总是"怀着喜悦的心情等待着抄写工作"……大约有十六年或十八年,托尔斯泰和索菲亚之间明显是热烈相爱的,他觉得,他的索菲亚既是一位好妻子,又是他文学工作的良好助手;有了孩子之后,他还认为她是一位十分贤惠的母亲。他们的家充满了亲切、愉快的气氛,吸引了许许多多的亲戚和朋友,他们都把这对夫妇看成是"非凡的幸福的一对",是值得别人羡慕和仿效的。

可是,列夫·托尔斯泰和索菲亚·安德烈耶芙娜两个都是个性很强的人,这两个人结合在一起,不可避免地、最终必然会发生纠纷。索菲亚忠于她的丈夫和她所了解的他的兴趣。但她是这个迅速扩大的家庭中的一个非常专一的主妇,她对事往往比较苛求,尤其是十分妒忌,希望自己占有托尔斯泰的全部注意力。因此,当托尔斯泰把他的时间和精力放到文学著述和他所爱的农事及他对人民的关心上面时,她就觉得自己受了忽视,内心不能平衡。而托尔斯泰对自己的兴趣和理想是十分执着的,他不会放弃自己的兴趣和理想来迁就他的妻子。这样,他们的关系就难免变得紧张,不时还会发生争吵。索菲亚埋怨丈夫没有帮助她照料生病的孩子,没有为孩子做短外衣,甚至毫无根据地怀疑他爱上了别的女人。她感到需要丈夫的支持,她声称:"活着而没有他的爱,对于我是可

《克朗采奏鸣曲》插图

怕的。"没有他的爱,她觉得自己简直就活不下去。因此,她要求托尔斯泰把自己完全贡献给她和他们的家庭。

但是从十九世纪七十年代末到八十年代初以来,目睹生活在复杂的经济状况之下众多城市居民贫困所引起的社会问题,托尔斯泰思想开始变化,非常尖锐地感到自己对整个社会应尽的义务和责任。他坚信,要解决这些社会问题,使人类达到没有阶级、没有国家这样一种进步状态,有赖于每一个人都能奉行至高无上的"爱"的法则,抛弃任何形式的暴力,使人人在道德上都日趋完善。对这义务和责任,他从心底里绝不动摇。因此,妻子的那些要求,在他看来就是绝对不能允许和不可容忍的了。一次,托尔斯泰在日记中这样写到他的苦恼:

要放弃一切……把爱、思想和在人民中进行活动的全部诗意,换成除自己的家庭以外一切都自私自利的家庭炉边的诗意,为餐馆、婴儿爽身粉、制作果酱,以及那些抱怨烦恼,缺乏能够使家庭生活活跃起来的一切,没有爱或和睦的高尚的家庭幸福,除了一阵阵的温存、亲吻等等行为,什么也没有。这使我非常沮丧。

托尔斯泰深切感到,要建立良好的夫妻关系,肉体方面的和谐和思想感情方面的和谐同样都是必不可少的。现在,他的实际情况是,实践他自己的理想和愿望与做一个他妻子的理想丈夫的愿望之间,发生了尖锐的冲突。这两种思想终日在他的心中"肉搏"

和"决斗",相持不下,有如贝多芬的《克朗采奏鸣曲》内蕴的情感那样激烈。在长期的"肉搏"和"决斗"之后,这位伟大作家和思想家终于发现,由于他妻子的反对和那把他与他妻子结合在一起的婚姻的约束,使他的理想和理论遭到阻碍,无法实行。怎么解决?在这"肉搏"和"决斗"中,他觉得,把基督教最伟大的神学家圣保罗(约5—约67)的"男不近女好"的要求作为宗教戒律,在生活中消除"性"的影响,来逃避婚姻和理想的冲突这一困境,是一个办法。他在创作《克朗采奏鸣曲》时,一开头就引用了《圣经·马太福音》第五章"登山训众"里的训词,就有这一深意在。彻底的办法,在托尔斯泰看来,便是宁愿牺牲他的婚姻,而绝不牺牲他的理想和他的理论。

人们知道,托尔斯泰早就不赞成拥有财产,并竭力要使自己的实际生活与这一原则相吻合,他多次计划把自己的财产分给穷人。可是索菲亚坚决反对他这样做,还常常嘲笑和歪曲他的意见和努力。这使托尔斯泰更加不能忍受,以致他不但在秘密日记中写着,还曾当着妻子的面喊出,说他最热切的希望就是离开家。尽管索菲亚深有感触,说她至死也忘不了他这发自内心的呼喊,但是她一点也不屈从,致使他们的家庭关系继续恶化。结果,托尔斯泰选取了一个彻底的办法,于一九一〇年十月的一天夜里,偷偷地离家出走;几天后因肺炎在梁赞省偏僻的阿斯塔波沃车站去世。

不错,《克朗采奏鸣曲》所写的,从总体看,故事不同于作家和他妻子的夫妻关系,整体情节的框架,是受到其他事件的启发:那就是戏剧演员B.H.安德烈耶夫·布尔拉克一八八七年六月二十一日来看他时转述的,他本人在火车上也听人讲过的那个妻子如何变节的不幸故事。但小说主人公波兹德内歇夫婚前放荡的生活,更主要的是他与妻子思想上的不一致,尤其是他关于两性问题的描述,如说:"性欲不论怎样发泄都是一种罪恶,一种可怕的罪恶,必须对它进行斗争,而不能像我们这里那样加以鼓励。(福音书)说,凡看见妇女就动淫念的,这人心里已经与她犯奸淫了。这道理不仅指对别人的妻子,主要是对自己的妻子而言。"(草婴译文)无疑在很大程度上反映了写作这部小说时的托尔斯泰所主张的以禁欲主义来逃避他与妻子的冲突的看法。这一点,了解托尔斯泰夫妇生活的人，都很快就看出来了。索菲亚在日记里也承认："我不知道，人们为什么把《克朗采奏鸣曲》和我们的婚后生活联系在一起，但这毕竟是事实……还用别人说吗——我自己心里就感觉到这部小说的锋芒是对着我的，他伤害了我，使我在全世界人们眼中丧失尊严，破坏了我们之间最后残存的爱情。"

《克朗采奏鸣曲》于一八八七年动笔，到一八八九年完成，先是以手抄本形式流传民间。小说最早是一八九〇年在瑞士日内瓦由马·埃尔彼金正式出版的。除法文译本外，马上又有英文、德文译本出版。国内的俄文本则要等到第二年，即一八九一年才能作为《列·尼·托尔斯泰伯爵文集》的十三卷《近作》中的一篇得以问世，但立刻就遭到查禁，全卷印出的均被没收和销毁，只留存下来二十本。因为教会认为此书作者蔑视婚姻是一桩神圣的事业；另外，据说小说在社会上一方面引起一阵禁欲主义的浪潮，同时又使一些女性读过之后对性交感到非常厌恶，影响十分不好。为此，索菲亚克服了许多困难，去觐见沙皇亚历山大三世。在此前的奏信中，索菲亚就曾申说过，那些对托尔斯泰创作的指控，已经使这位本已体弱无力的俄国作家"丧失他最后的精神力量，他还是能著书撰文，为自己祖国争光"；现在面觐皇上时，她辩护说，并不如指控所谓，《克朗采奏鸣曲》的"基本思想"是"理想永远是不能达到的，如果把极端的贞洁当作理想，那么人们在婚姻生活方面必然会是纯洁的"。在获得皇上的赞赏——"他写得多么好啊"之后，索菲亚请求说："如果对全集中发表的《克朗采奏鸣曲》的禁令能够撤销，我该会感到多么幸福。这将是对列夫·尼古拉耶维奇的明显的恩典，说不定会对他的写作起到鼓舞作用。"最后，得到了沙皇的允许，让小说可以在全集中印出，由于并非任何人都买得起全集，所以小说不至于流传很广。沙皇是两方面都考虑到了。

《克朗采奏鸣曲》真是一部独特的小说，不仅作品的内容，就连作者创作动机的激发、作品的出版过程和被接受的过程，都像是一部动人的小说。更主要的是，由于这部小说所表现的伦理观念，和他袒露了伟大作家晚年的心迹，因而对研究托尔斯泰的思想具有很大的意义，从而使它成为世界文学史上的一部重要作品。

Lamia

《拉弥亚》

爱与死给诗人的礼物

罗伯特·伯顿（1577—1640）是英国十七世纪的一位学者化的作家，他的散文《忧郁的剖析》被称为是一部"奇闻的宝库"，自一六二一年问世以后，重印了七次，流传甚广。伯顿把个人内心与外界社会的政治、宗教、伦理观念等发生的冲突看成是一种病，名之为"忧郁"。此书共三大部分，第三大部分主要是写因爱情而引起的"忧郁"，是全书谈得最多的。有趣的是，书中对患这种"忧郁病"的人的描述，与差不多二百年后他的同胞、著名的浪漫主义诗人约翰·济慈（1795—1821）的情形竟非常贴近。

一八一八年，大约十月或十一月的一天，二十三岁的济慈在一位友人的家里遇见和认识了孀妇弗朗西斯·布劳尼的大女儿、才只十八岁的芳妮·布劳尼（1800—1865）。济慈作为一位诗人，是美的追求者。他曾进医院学医，并取得医师的执照，但为了投入诗的怀抱，在诗的创作中得到美的感受，他宁愿放弃工作，而过清贫的日子。"美的事物是永恒的欢乐"，他诗中的这一宣言即是他的行动主旨。

济慈和芳妮

　　在追求美的"永恒的欢乐"中，济慈经常喜欢与年轻美貌的女子交往；在漂亮的女性面前，虽然他生性腼腆，也会情不自禁地产生仰慕之心，甚至不顾羞怯和难堪，要在她们中间生活……济慈近来也接触过好多个女子，但在认识芳妮后的两个月，于十二月十一日拜访了她的家之后，对芳妮有了更深的印象，觉得她是一个十分特别的女子。

　　芳妮身材苗条，面貌秀丽，发型修饰时髦，而且风度优雅、举止得体；特别是她不同于另一类女子，总是显出庄重而自信，充满生气又不伤感，像谜一般地令人迷惑。济慈是已经爱上她了。但他在给弟弟的一封信中，却故意数落了芳妮几句，来掩盖自己对她的真实情感。他说由于芳妮还是一个未定型的个性易变的少女，因此她有些无知，有时不免显得轻率，待人接物也不够严肃，又不懂礼仪，甚至相当任性，有时还会骂人，有时又表现得比较轻佻。实际上，在济慈的心里，他认为这些都不是她生就的不良天性，而是出于她对这种时髦举动的嗜好。总之，他对芳妮的印象是良好的，芳妮对他的诱惑力、吸引力实在是太大了。

　　对芳妮来说，以前她甚至还不知道有一个写诗的约翰·济慈，对他的天才毫无觉察。但在与他第一次见面之后，芳妮就感到"他的谈话是最有趣味的"。于是，很快，两人的关系就相当密切了；到了春天，他们已经成为公开的恋人。不久，芳妮和她母亲移居伦敦北郊，与济慈的朋友查尔斯·布朗隔壁相住。在这里，济慈与芳妮有过六个月幸福相处的时日。爱情赋予济慈无穷的灵感，使他创作出了不少极为优美的诗篇，像《圣亚尼节前夕》《心灵》《哀感》《希腊古瓮颂》《梦》《无情的美人》等，大多都是他与芳妮一起漫步时有了感受才写的；著名的诗作《夜莺颂》还是诗人坐在布劳尼家花园里的一株梅树下写成的。这些诗和诗人一八一九年七月一日第一次起至去世前给芳妮写的信，从不同的角度歌颂了青春，歌颂了美；但也常常叹息生命的瞬息即逝，仿佛他已经有了一种预感，不仅预见到两年后的早逝，也预见到他爱情的短暂，调子是很忧郁的。

在最初给芳妮的几封信中，济慈的感情是很热烈的，他声言说"我要用一个比光彩照人更加光彩照人的字眼，一个比美丽更加美丽的字眼"来赞颂芳妮的美。从他的这句话看，芳妮说，他是过于考虑她肉体上的魅力了。济慈答复说："这是在所有方面都使我们快乐和诱惑的美，我不能想象，要不是你的美，我会对你产生这样的爱。"他还进一步阐述说，"或许存在有一种并非萌芽于美的爱情，对于它，我毫无蔑视之心而只会怀有最高的敬意，并能对别人的这种爱情深表钦佩；然而，它不像我心目中的爱情那样丰富多彩、鲜艳夺目，也不具有它那种完美的形式和魅力。"济慈的确是追求肉欲的。但正是这种追求，导致了不久之后，他们的爱情成为对芳妮、也对他自己的折磨。这虽有客观的原因，主要的则是因为他对芳妮的爱是近乎虚妄的。

爱上芳妮之后，济慈就渴望早日跟她结婚。可他没有固定的职业，收入很是有限。他虽然写诗，所写的诗当时却很少被人理解，相反处处受到指责和嘲笑，他的第一部长诗《安狄米恩》后来被公认为是名作，当时却有一位批评家挖苦说，不理解他为什么要抛弃正当的职业而选择写诗这个"忧郁的行当"；甚至连芳妮也曾对别人说，济慈是一个爱上她的傻诗人。这使济慈陷入了极度的相思之苦中，特别是由于他有妒忌和多疑的习性，使他在爱情生活中感到无比的忧郁。

芳妮·布劳尼是一个有强烈社交欲望的女性。她确曾与济慈的朋友约瑟夫·塞文调情，这是她个性的另一方面的表现，并不表明她不爱济慈。她曾向济慈解释："我对你的赏识远远超过对你的朋友（约瑟夫·塞文）。"但济慈根本听不进去，他不相信她的解释，绝对不能忍受女友对他的背叛。还有，当他发现他的好友布朗也曾写诗赠给芳妮，尽管布朗只是由于觉得芳妮开朗有趣，而不了解济慈对她的感情，济慈无论如何也不能容忍。

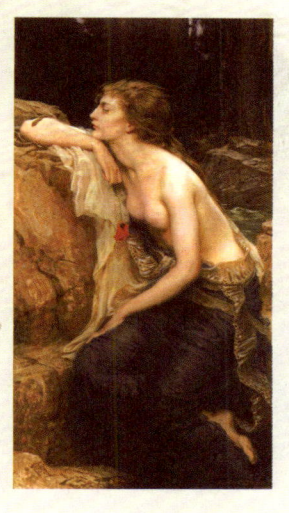

名画《拉弥亚》　　　　　　芳妮的剪影

　　他叹息，没有芳妮，连他房间里的空气都会损害他的健康；芳妮这样做，是在一寸一寸地将他置于死地……芳妮写给他的信反而更加深了他的忧郁，因为在这种心理状态下读信，信中每一句话的原意，都会被他误解和歪曲。这就使他对待芳妮往往表现得更为固执而乖僻。他常故意经过芳妮家门口，又故意不进去；他请求芳妮来他的住处，说是只要能在他的窗前站半分钟，或者即使来他的花园里散步一会儿也是好的；但随后，他又立刻让芳妮不要来，说是免得他见到她后会忍不住感到悲伤。可要是芳妮真的听从他的话不来了，他又会情绪激动，焦躁不安，妒忌不已……这样一来，济慈就陷入了极度的爱的虚无之中，不时为爱和死的冲突所折磨。济慈在给芳妮和其他人的信中，多次都表现出这种爱的"忧郁病"。他告诉芳妮："我在散步之时急切地沉思我的一种享受：你的可爱和我死亡的时刻。要是这两者我都同时拥有，那可是多么好啊。""我能够忍受死亡，但我忍受不了和她离别。""我每日每夜都在盼望着死，以便使我从这相思之苦中得到解脱；可是我又希望死神离开，因为一旦死去，就连这种总比虚无要好一些的痛苦也将会失去"……

　　伯顿在《忧郁的剖析》中剖析由于爱而引起的"忧郁病"时说，这种病有享乐主义的和妒忌嫉恨的等等很多种。济慈读过此书之后，深有感受，便把自己以往的生活经历、感情经历以及新近因为爱上芳妮而产生的所有的感情体验，都与这爱的"忧郁病"一一联系起来了。他的长诗《拉弥亚》，就是他对郁积在他心中的这种爱情心理的发泄，使

芳妮　　　　　　　　　　约翰·济慈

这首以蛇为主人公的长诗成为一篇深切描写爱情"忧郁病"的寓言。

《拉弥亚》的题材来自于伯顿《忧郁的剖析》中的这样一段记载：

> （古希腊作家）菲洛斯特拉托斯在他的《阿波罗尼奥斯传》第四卷中记有这样一件在我或许不会忘记的事例：一个叫迈尼普斯里修斯的二十五岁的年轻人，走在桑契里亚和哥林斯之间的路上，见有一个举止像一位正派贵妇的幽灵；她拉住了他，带他到她在哥林斯郊外的家里，跟他说，她是出生在腓尼基的，倘若他愿跟她待在一起，他可以听她演唱，还可以饮到谁也没有饮过的酒，而且没有人会妨碍他；而以前和如今都美丽又可爱的她，愿与他生死与共。这个年轻人是一位哲学家，在其他方面都是稳重而又谨慎的，能克制他的激情，但不能克制这一爱情。他与她待在一起，感到极大的满足，终于要跟她结婚了。参加他们婚礼的宾客中，还来了阿波罗尼奥斯，他凭一些大概的猜想，发现她是一条蛇，一个半人半蛇的女妖，而且她所有的设施，也全像荷马描述的坦塔罗斯的黄金，不是实物，而都不过是一些幻象。当她发觉自己被看清了时，便哭了起来，要求阿波罗尼奥斯保持沉默，但是阿波罗尼奥斯丝毫不为所动。于是，她，餐具，房屋和房屋里面的一切，都立时消失不见了。成千上万的人都注意到这件事，因为它就发生在希腊国内。

《拉弥亚》的情节与这故事完全一样。蛇的化身拉弥亚是一个漂亮纤巧的女子，她有一次梦到年轻的里修斯在可羡的比赛中驰车居前，便迷上了他。于是她设法在途中挡住了他的路。柏拉图的信徒里修斯被拉弥亚的美色所诱惑，坠入了情网，两人决定成婚。举行婚礼的那天，里修斯的导师、哲人阿波罗尼虽未受到邀请，仍然来了。拉弥亚尽她无力的手所能表示的，就是示意阿波罗尼不要声张。但这人不为所动，揭穿了她蛇的本性，并目不转睛地注视着她。拉弥亚终于在他逼人的眼光下枯萎，惨叫了一声后，便烟消云散了，里修斯也在失去爱人的悲痛中死去。

济慈于一九一九年八、九月两个星期里，在写《恩狄芒》的同时，写了《拉弥亚》的第一部分，并在随后的十天里写完了第二部分。他是怀着深深的情感写这一首诗的。本世纪二十年代末，爱尔兰著名女作家凯瑟琳·曼斯菲尔德的丈夫约翰·默里在担任《雅典娜神庙》的主编时匿名写的一篇短文《性爱动机》中说道："济慈笔下的拉弥亚故事是想象的自传，很精密、很忠实。济慈是里修斯，芳妮·布芳尼是拉弥亚，阿波罗尼是现实主义者查尔斯·布朗，他坚持芳妮是女兽，想要破除她对济慈的魔力，其间的相似显而易见。《拉弥亚》是真实的、活生生的经历的诗篇，济慈是由心底里写出来的。"

济慈为芳妮的美所吸引，把她看成是美的化身。济慈笔下的拉弥亚也是美的化身，他对拉弥亚的形体的描写是异常之美的。

伯顿在《忧郁的剖析》中曾有这样的描述："百合的洁白，玫瑰的殷红，紫罗兰的绛紫，还有一切无生命的事物身上的光泽，月亮的银光，太阳灿烂的光束，黄金的光辉，宝石鲜红的闪光，以及良驹的外形，狮子的威武，飞鸟、孔雀的毛羽，游鱼的鳞甲，我们都怀着特别的喜爱和赞美来观赏。"济慈也用这一类动植物和无生物的美来描绘拉弥亚，说："她是个色泽鲜艳的难解的结的形体，／有着朱红，金黄，青和蓝的圆点，／条纹像斑马，斑点像豹，眼睛像孔雀，／全都是深红的线条；浑身是银月，／她呼吸时，这些银月或消溶，／或更亮的发光，或把它们的光辉／跟较暗淡的花纹交织在一起——／身体那么像彩虹……"（朱维基译文）这却是非现实的、幻想中的美，济慈在经受了爱情的极度的痛苦之后，他潜意识中的拉弥亚，本性也是不美的。

有如里修斯对拉弥亚的爱，济慈对芳妮，在"饮尽了她的美色"之后爱上了她。他对芳妮不但有肉欲的要求，还要求她在感情上和情绪上也都要属于她。这种欲望，在与芳妮相爱的几个月里，济慈在好几首诗中都有所流露。他说，他要恳请她"哀求怜悯"，并要求能完全地占有她，包括她那"温暖的、白皙的、透明的、蕴藏千万欢乐的胸脯"；他还表示，他渴望能"枕在我美丽情人的成熟的胸脯上，／永远感受它那温和柔软的起伏……不然就此气绝"，等等。这些当然都是诗人的性欲望在幻想中的满足，是他的"白日梦"。而济慈在一八一九年四月的一个夜晚，也确曾做过这种性欲的梦。在他写的一首十四行诗中，济慈曾写了这么一条注释："这个梦是我一生最快乐的享受之一。我飘荡在旋转的大气里，与一个美丽的形体（指芳妮）同游，她的嘴唇似乎与我的相接，似乎达一世纪之久……"只因济慈不能与芳妮结婚，而且还发现他的"情敌"布朗"正用贪婪的眼光吞吃我的宴席"，于是悲剧就发生了。

济慈对芳妮有如里修斯对拉弥亚，深知自己"只要你一消失，我就会死去"。他实在是因为太爱芳妮了，不愿意也不希望看到她不好的本性。但是他感觉或想象中的布朗与芳妮的关系，使他感到芳妮是一条美丽的蛇。于是，在《拉弥亚》写到快结束的时候，就出现了阿波罗尼的这样一段话："蠢材！蠢材！／我保护你免于遭到人生的厄运／直到今天，／难道要我眼看你受到／一条蛇的作弄？"他认定芳妮欺骗和愚弄了他的感情。这便是诗人自己潜意识中的声音。

济慈本来就患有肺结核，此病以前曾夺去了他母亲的生命，他的弟弟也在二十岁时死于此病。如今，它又准备来索取他家的第三个牺牲者了。现在，在与芳妮的爱情中引发的妒忌和乖僻，又加重了他的这一疾患，他吐了血，甚至在校对诗稿时，都一次次感觉到血在往肺部涌起，使他几乎喘不过气来。他对朋友说，这血就是他的"死亡证书"。医生告诫他，根据目前的情况，为了他的健康，他不但不能继续创作诗歌，他甚至不能阅读诗歌，他应该去气候温暖宜人的意大利疗养。最初，济慈倒是怀着坚强的乐观准备去意大利的，他满有信心地对芳妮说："芳妮——我的天使……我将尽力安心养病，就像我以整个身心爱你一样……我绝不会……与你诀别……"他的健康曾经一度有所好转，但是一次血管破裂又使他衰弱下去。而"忍受不住和她（芳妮）的别离"加剧了这致死的病症。他写道："纵使我的肉体本来能恢复健康，这种别离也会妨碍它痊愈。那最能促使我活下去的东西恰恰会成为促使我死亡的主要原因。"深深的忧郁中，济慈咳了很多血，在地中海的航行中眺望那不勒斯港口的景色时，他感到恍恍惚惚的。随后，他就出现了绝望。来到罗马后，当医生来看他时，他提的问题竟是："我这死后的余生，还要熬多久啊？"他甚至备下鸦片酊，以便必要时来结束自己的生命，免受久病不愈的痛苦。

《拉弥亚》中的诗句是预言，也是忏语：爱情一消失，"我就会死去"。里修斯失去了爱，"失去了欢愉"，只留下"沉重的尸体"。一八二一年，忧郁的济慈在经受了几个星期的极度痛苦之后，终于顺从于命运，获得心灵的平静，在二月二十三日长眠于意大利的罗马。死前他对陪伴他的好友说："感谢上帝，我终于将要得到宁静了，得到从来不曾有过的宁静。""用不着惊慌，谢天谢地，终于盼到死神了。"

济慈有一次谈到"忧郁"的时候这样说："和她同住的还有'美'——那必然要逝去的'美'，／还有'欢乐'，它总是把手放在唇边／时刻准备着和我们飞吻告别。"济慈在爱情的忧郁中"逝去"了生命的欢乐和美。这首忧郁的诗篇《拉弥亚》，是英国自然主义最芬芳的花朵，那是爱情与死亡带给诗人和读者的珍贵礼品。

Candide

《老实人》

抨击"一切皆善"的哲学

在世界各国历代的国王当中,比较起来,法国的路易十四还算是受臣民称颂的。不过要是在一部严肃的历史著作里,肯定他"心胸宽广、气魄宏大",头脑中充满"正确与崇高的东西",说"他的宫廷和统治灿烂辉煌、壮丽宏伟",说他当朝之时"法国处于光荣的顶点",甚至称颂他"为国家做的好事超过他的二十个先辈做的好事的总和",且是一个"愿意为善的专制国王"(吴模信等译文)等等,不免令人觉得有点言过其实。但是在一本厚达六百页的历史巨著《路易十四时代》里,就不时能够看到这一类颂扬的语句。

只是说起来也并非不可理解。

路易十四于一七一五年去世之后,经过奥尔良腓力二世一段时间的摄政,他的继承人路易十五坐上王位,仍不能协调各部大臣的工作,无法对国策进行坚强的领导,只会在深宫里与情妇们调情。专制政体的淫威,密札拘审、草菅人命之事时有所闻;封建剥

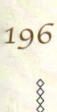

伏尔泰

削的残酷，使农业生产低落凋零；还有教会的猖獗、贵族的跋扈，加上军事和外交上连连受挫，整个法国的社会生活一直处在极度的黑暗之中。

本名叫弗朗索瓦-马利·阿鲁埃的法国作家伏尔泰（1694—1778）就生活在这样一个艰难的年月里，而且本身也一次又一次地遭受这专制统治加之于他的厄运。因此当他于一七三二年酝酿和开始写作《路易十四时代》时，他自然就会深深怀念那逝去的岁月，而容易带着夸张的词语来描绘这个时代。

伏尔泰的出生证明说他是一六九四年十一月二十一日生于巴黎公证人弗朗索瓦-马利·阿鲁埃的家，但他自己不止一次声称，实际上他是名叫罗什勃律纳的军官兼流行歌曲作家的儿子，生于这年的二月二十日；对于假定的父亲，还有所谓的兄长阿尔芒，他毫无情感可言；至于他七岁那年失去的母亲，他更是一无所知。因此，他就像是一个天生的家庭的反叛者。他只依附于他的教父、自由思想家和享乐主义者夏多纳神甫。后来，这位教父将他托给了著名的高级妓女、八十五岁的妮侬·德·朗克洛斯，使他根据她去世前两年立下的遗嘱，得到一千利勿尔的赠款。

伏尔泰的理想是文学，虽然根据他父亲的意志进了法科学校，却很少去学校。安排他做法国驻海牙使馆的秘书后，他迷恋上一位逃亡者的女儿，于是被遣送回国。在巴黎，伏尔泰经常出入原圣殿骑士团设防的寺院、当时是自由思想家的聚合地的"神殿"城堡。一七一五到一七二三年的摄政时期，对伦理、思想的控制稍有放松，伏尔泰成了巴黎知识界、社交界智慧的代表，他俏皮的警句和锋利的短诗常被人们引用。但是当他把这机智用来讽刺菲利普二世、摄政王奥尔良公爵时，就没有幽默可言了。第一次他被逐出巴黎，回来后，他又写了一首诗，连续以"我见过"的语句，历数社会的黑暗，最后是"我不过二十岁，却见识了这些罪恶"。于是，他被投入巴士底狱，关了差不多一年，到一七一八年四月才获释。

出狱后，一切仿佛都很好，以伏尔泰的笔名发表的悲剧《俄狄浦斯王》上演后甚至获得摄政王和国王的奖金。他对文学更有信心了，从此即以此作为笔名发表作品。一七二二年父亲去世后，他继承了一份遗产；路易十五还赐给他二千法郎的年金；他写的长诗《亨利亚特》又得到大作家卢梭的好评。但是因为一七一九年的一首诗被摄政王怀疑又是在讽刺他，他再一次被逐出巴黎，又将他软禁。更有甚者的是一七二五到一七二六年的那件事。

罗昂这个姓氏最初是属于十二世纪的一个大贵族世家，十六世纪初曾受册封公爵称号，拥有众多领地，是欧洲最著名的贵族之一。这个家族后裔中的一个成员罗昂骑士首先拿伏尔泰的姓名开玩笑，结果两人发生争执，伏尔泰遭到殴打。伏尔泰设法报复，可是这位骑士得到国王的庇护，竟将伏尔泰投入巴士底狱。获释后，伏尔泰于一七二六年五月五日被解往法国北部、离英国的多佛尔海峡仅三十四公里的加莱。

一系列的痛苦遭遇，使伏尔泰深深感到，像他这样一个普通人，在法国，不但根本得不到保护，甚至无法防止上流社会任何一个无耻之徒的阴谋诡计。怀着对已经完成资产阶级革命的英国的向往，伏尔泰渡海踏上英吉利的国土，开始他的流亡生活。

在英国居住的三年里，伏尔泰会见了诗人亚历山大·蒲柏、作家乔纳森·斯威夫特、讽刺喜剧作家威廉·康格里夫、哲学家乔治·贝克莱主教和牛顿物理学的阐述者、神学家塞缪尔·克拉克等文人，考察了它的政治制度和社会习俗，深深感受到这边"天上没有一丝云彩，西风徐来，空气清新，既增加大自然的恬静，又使人心旷神怡"。在这自由的空气下，"人与人之间的等级依才德而定，大家都可有自由高尚的思想而不用忌讳

一八九三年版《老实人》插图

顾虑"。感动之余,他将自己的长诗《亨利亚特》在伦敦出版,献给英国的卡洛琳王后。

经过疏通、得到默许后,伏尔泰于一七二八年底或一七二九年初回到巴黎。持续思考后,他决心写一部书,将英国作为楷模提供给他的同胞。这部虚构的书信《哲学通信》于一七三四年在鲁昂秘密出版后,巴黎法院认为它对宗教教义和公众秩序十分有害,予以公开焚毁,出版商被捕入狱。当得知五月已经发出传票、正在搜捕他时,伏尔泰就逃往法国东北历史文化地区香槟的西雷。

在西雷的密林深处,有一座城堡,虽因年代久远,已经破旧,但已经过重新修缮;且这里环境幽静、景色宜人。这是夏特莱侯爵夫人的领地。

加布里埃尔－爱米利·夏特莱侯爵夫人(1706—1749)是伏尔泰一位好友的女儿,受过文学、音乐、科学教育,是一位数学家、物理学家和哲学家。她十九岁时嫁给夏特莱侯爵后,感到自己的婚姻生活很不幸福。一七三三年她与伏尔泰认识,两人在学术思想上十分和谐,产生了感情,就互相爱上了。现在,伏尔泰陷入危境,她乐于将自己的城堡为他做避难之所。

在舒适甚至可以说是奢侈的优越条件下,伏尔泰在开始写作《路易十四时代》和《风俗论》的同时,完成了《梅罗珀》和《穆罕默德》等剧作。经过疏通,他的通缉被撤销,得以返回巴黎,甚至获得了宫廷史官的职务。但是这一切都不能挽救他的失望,因为路易十五不喜欢他。一次,在与卡洛琳王后打牌时,夏特莱夫人输了一大笔钱,伏尔泰便用英语警告她:"你是在与一伙骗子玩牌!"英语被对方听懂了。王后非常恼火,声称

莱布尼茨

要教训教训他。他只好躲到另一位女友马恩公爵夫人的乡间宅邸去。这使他又一次感受到这些王公贵妇们是多么难以应付。

一七四九年九月十日,伏尔泰的保护人夏特莱夫人死于分娩,结束了他们十五年的同居生活。爱的丧失使伏尔泰心灵痛苦无比,长期不安定的生活和身体上的疾病,又让他感到精力疲惫,于是最后于一七五三年在瑞士日内瓦莱芒湖畔的费尔奈定居了下来。

伏尔泰一直满怀理想和热情,但亲身的经历使他觉醒。他觉得,较之热烈的悲剧,现在,更适合他的是富有哲理的小说这样的一种文学形式。于是,《查第格》和《巴波克的幻想》,以及《梅农》《黑与白》《耶诺与高兰》等,他先后共写出了二十多篇。其中一篇的创作——那是一七五三年夏,柏林科学院宣布一七五五年的悬赏征文,题目是关于莱布尼茨和蒲柏的哲学乐观主义。

戈特弗里德·威廉·莱布尼茨(1646—1716)生于德国莱比锡一个虔诚的路德教家庭,父亲是莱比锡大学的道德哲学教授,母亲是该大学一位教授的女儿。一六六一年,莱布尼茨入莱比锡大学攻读哲学和法学,开始接触伽利略、培根、霍布斯和笛卡尔等人的科学和哲学思想、一六六六年写出《组合之艺术》,认为一切推理、一切发现,不管是否用语言表达,都能归结为诸如数、字、声、色这些元素的有序排列。完成这篇论文后,他申请博士学位,由于年轻,遭到拒绝。随即,他永远离开了家乡,去纽伦堡的阿尔特道夫大学,并以论文《论错综复杂情形》获博士学位,但谢绝了教授的席位。随后,他受到美因茨选帝侯约翰·菲利普·封·博因贝格的雇用,并于一六七二年被派出使巴黎,使他有空从事科学研究。一六七六年十月,他回到汉诺威,在当权的不伦瑞克-吕内堡公爵约翰·弗里德里克处取得一个职位,成为王室的一名"万事通"。自一六八五年,他受聘编纂不伦瑞克史,一六九一年正式被任命为沃尔芬比特尔的图书馆长,直到一七一六年去世。

莱布尼茨是一位自然科学家和哲学家,他广博的才学影响到诸如逻辑学、数学、法学、历史学、语言学以至神学等广泛领域,在十七世纪晚期和十八世纪早期的德国占有主导地位,被认为是一位伟大的科学家、西方文明最伟大的人物之一。但是作为一个学者,正如英国哲学家贝特兰·罗素所指出的,"有两个可以认为代表莱布尼茨的哲学体系":一个体系内容深奥、条理一贯、富于斯宾诺莎风格、并且有惊人的逻辑性,另一个是"讲乐观、守正统、玄虚离奇而又浅薄""所发表的都是蓄意要讨好王公后妃们嘉赏的东西"。罗素特别指出:

> 杜撰所谓现世界即一切可能有的世界当中最善的世界这一学说的,便是流俗的莱布尼茨;伏尔泰勾画成邦葛罗斯博士的嘴脸来嘲弄的,也是这个莱布尼茨。(马元德译文)

莱布尼茨的"正统、玄虚离奇"的观点,最突出的是,他相信世界是上帝为了神圣的目的而创造出来的一个和谐的整体,这是因为上帝是完全智慧的、有权力的、和善的,如果它决定去承认任何可能的东西存在的话,它就不得不在许多可能的东西中选择最佳的。因此,莱布尼茨得出结论"我们的世界是上帝所创造的一切可能的世界中最好的",即所谓"善,一切皆善"的世界。

还在一七四八和一七四九年,伏尔泰在他的《巴波克的幻想》和《梅农》中就对这种乐观主义已经有所批驳,现在他觉得有关这个论题,因为他是太深有感触了,实在有很多话可说。于是就怀着亲身的感受，创作出了《老实人》（傅雷译文），依据莱布尼茨的这个理论，在这部哲理小说中创造出了邦葛罗斯这个人物形象。

　　有如莱布尼茨，邦葛罗斯受雇于一个有爵位的府邸，教授"老实人"——大概是男爵姐妹的儿子——玄学、神学、宇宙学。年少天真的"老实人"十分钦佩邦葛罗斯，认为他是本省最伟大的、所以也是全球最伟大的哲学家，能听这位大师的高论真是一种福气。邦葛罗斯的高论，主要之点归结起来就是，他巧妙地证明"万物皆有归宿，此归宿自必为最美满的归宿"，因此，"谁要说一切皆善，简直是胡说，应当说尽善尽美才对"。对邦葛罗斯的话，"老实人"没有不相信的，遇事总是说："邦葛罗斯一向这么告诉我的；我看明白了，世界真是安排得再好没有""邦葛罗斯老师早告诉我了，这个世界上样样都十全十美"……可是，"老实人"亲身感受和亲眼目睹的现实世界却并非如此，相反实在是太可怕了，以致使他痛切地疾呼："地球上满目疮痍，到处都是灾难啊！"如果说《老实人》全书重点是描写深受莱布尼茨"一切皆善"哲学麻痹的"老实人"的觉醒，他最后声称："得啦，得啦，我不再相信你的乐天主义了"；那么第二十二章"'老实人'与玛丁在法国的遭遇"可说是全书的一个缩影，明白揭露巴黎是一个"猴子耍弄老虎的地方"，这里的人可以"一边笑一边干着最下流的事"。读这一章时，人们在文内尤其会感悟到作者本人的一些生活经历，像那位"风雅的学者"有关文学创造的议论，简直就是伏尔泰自己在说话。

　　"'老实人'与玛丁在法国的遭遇"这一章结束时，"老实人"愤慨地说："啊！这些野兽！一个整天唱歌跳舞的国家，竟有这样惨无人道的事！……让我们快快逃出去吧。我在本乡见到的是大熊；只有在黄金国才见过人！……"这正是伏尔泰内心的声音。"黄金国"是《老实人》第十八章描绘的一个理想国度，那里的人都敬爱上帝，对他却一无所求；他们大家都意见一致，所以每个人都自由，风俗、法律也绝没有专制手段；这是因为他们规定任何居民不得越出国境，不受外界的污染，"才保存了我们的纯洁和快乐"。不用说，这不过是伏尔泰的乌托邦。

西雷城堡

　　如果说，在《老实人》里，伏尔泰是通过人物形象来表现"善，一切皆善"的本质，那么后来，伏尔泰在他的《哲学辞典》（1764）中更是特地为"善，一切皆善"写了一个词条，从哲理上严正指出："这个'一切皆善'的学说只能把整个自然的创造者表象成一个强暴不仁的国王""最好的理想世界的想法也远不足以安慰人"。事情确实如此。伏尔泰甚至已经名闻全球之后，也仍然常遭挫折：一七五三年，他在法兰克福曾无端被控私带国王诗集出境而被拘留一个月；他写于一七二九年的广受欢迎的史诗《奥尔良少女》却在一七五五年遭到禁止和焚毁；甚至他于一七七八年三月已经当选为法兰西学院院长，两个月后去世时，政府仍不许他落葬巴黎，直到一七九一年七月革命之时才得以迁葬先贤祠。这位可怜的大思想家和大作家只有创造出一个"黄金国"，来填补自己空寂孤凄的心灵。

The End of the Affair

《恋情的终结》

回忆与"第三个女人"的恋情

英国作家格雷厄姆·格林（1904—1991）的小说《恋情的终结》通过第一人称，作家莫里斯·本德里克斯的叙述，表现了在第二次世界大战期间，他与萨拉·迈尔斯和她丈夫，公务员亨利·迈尔斯这三个人之间的迷恋、嫉妒和认知。作品于一九五一年出版并于一九五五年、一九九九年两次改编成电影之后，受众和批评家都一致看出，格林的这部小说，写的是他自己，主要是写他与他的"第三个女人"凯萨琳·沃尔斯顿之间的恋情。

格林一九〇四年生于英格兰赫特福德郡伯克姆斯特德，父亲是伯克姆斯特德中学的校长，格林曾作为寄宿生在该校读过几年书。在此期间，因为一直遭人欺负，心灵陷入深重的忧郁，几次企图用左轮手枪自杀，他在自传中称这是"俄罗斯轮盘赌"。一九二〇年十六岁被送往伦敦接受了六个月的心理分析治疗之后返校。

一九二五年，格林在牛津大学巴利奥尔学院攻读历史学时，创作出他的处女作——

格雷厄姆·格林

诗集《欢腾的四月》。毕业后，做过一段时期家庭教师，然后转向报界，先是任《诺丁汉日志》编辑，后任《泰晤士报》编辑。之后，从一九二九年出版长篇小说《内心人》起，一生创作出包括《布赖顿硬糖》《权力与荣耀》在内的小说三十多部，是二十世纪英国读者最多的小说家之一。

有如阅读他的小说那样，读者们也喜欢阅读这位著名小说家私生活中的浪漫场景。格林在他的自传《生活曾是这样》中，曾坦率地说到他少年时代的"性冲动"，也明白无误地写到他在诺丁汉任编辑时与未来妻子的婚姻。他说："我与后来成为我妻子的那姑娘初遇，始于在贝利奥尔门房发现一张她写来的短柬。"这姑娘叫维维安·戴雷尔－布朗宁（1904—2003），是布莱克韦尔出版社的秘书。

维维安生于一九〇四年，度过一个艰难的童年，因为她父亲有了婚外情，她母亲就让十五岁的维维安给她父亲写信，结束他们之间的关系。单亲的孩子成熟得早，她十七岁时皈依天主教，这年还出版了一部她在十五岁之前写的诗和散文集《小小的翅膀》，她家的朋友、大评论家、诗人吉·基·切斯特顿为此书写了一篇序言。

格林是在一九二五年的一个周末，维维安来拜访他房东时认识她的。后来维维安给他写了一则短柬：谴责他某次评论电影时，写作中对天主教徒"礼拜"圣母马利亚的用词欠当，因为本该用的词应是"膜拜"才对；并责备他文章中把电影、性和宗教纠缠在一起。格林写信告诉他母亲，说他"接到一位天主教徒的热诚的来信"，这虽然让新教教徒的母亲感到震惊，但维维安的热诚使格林觉得很好奇："居然有人如此认真对待令人难以置信的神学中的微妙区别，我的兴趣来了。"于是，格林说"我俩就此相识"（陆谷孙译文）。更何况他已经被维维安"灰绿色的比他人都要美丽的眼睛"所吸引。接着，格林先给她写了一封信表示道歉，然后又不间断地给她写信，称她"你是世界上荣耀的、非凡的、最漂亮、最可爱的人""你总是带着魔力，你的眼睛，和你的声音，和你修长的黑发，和你白皙的皮肤，都带有魔力"。他还称她是"我亲爱的我唯一的永远的爱，我心灵的欲望"……信"差不多两年中常常是每天三封"，相约她在茶室见面，向她求婚。最后两人于一九二七年结婚，生下两个孩子露西（1933）和弗朗西斯（1936）。

但是不久，格林就对他这"唯一的永远的爱"的妻子不忠了，先后搭上好多个情妇。

格林从一九三八年起与多萝西·格洛弗通奸。多萝西是一位剧院的服装设计师，并以多萝西·克雷吉的笔名为书籍创作插图，包括给格林的作品创作插图；自己也写过几本童书。一九四〇年九月七日至一九四一年五月十日，德国纳粹发动闪电战，对伦敦进行大轰炸期间，英国各大都市和工业中心都遭到摧毁，其中伦敦受创最为严重，共约十万幢房屋被炸毁，四万三千名市民被夺去生命。一九四一年的一天夜里，格林在位于伦敦南部克拉珀姆教区公地十四号的住宅也被炸毁，幸亏家中无人。当时，维维安自己虽已带着两个孩子安全转移到郊外去了，心中却非常害怕，担心格林还在家里，生命遭到危险。她没有想到，此刻格林正在多萝西·格洛弗家里与多萝西秘密幽会。后来维维安在一次接受访谈时幽默地说："格雷厄姆是通奸救了他的命。"格林在小说《恋情的终结》（柯平译文）中以莫里斯第一人称的叙述和萨拉的日记，从两个角度如实地描述了这个细节。

那是一九四四年六月十七日后来被叫作"V1型飞弹攻击"的头一晚，地点是莫里斯的家。"空袭开始时，"莫里斯叙述说，"我们刚刚躺上床。我们要做的事情并没有因为它而改变。"空袭倒没有造成太大的损失，因为莫里斯的屋子不在临街的那一侧，所以除了房门被气浪吸开，墙上掉下些泥灰以外，别的并没有什么特别大的损害。这时，

凯瑟琳·沃尔斯顿

萨拉跪在地板上，把头抵在床上，虔诚地为丈夫祈祷，求主"让他活着吧，我会信你""如果你能让他活过来，我什么都愿意做"。后来，她见仿佛是莫里斯的一只手被压在倒下的门下面，萨拉以为他可能已经死了，但却掀不动那扇门，无所作为。而此刻莫里斯／格林在做什么？小说写他正在"缠着"他情妇："今天下午能见到你吗？"

继多萝西之后，格林在一九五四年访问他瑞典的出版商时，认识了漂亮的女演员，比他小二十岁的安妮塔·比约克。生于一九二三年的安妮塔，从一九四五年起，先后扮演过一百多个人物，被认为是瑞典最伟大的演员之一，甚至有"瑞典剧场第一夫人"之称，她最著名的角色是在根据奥古斯特·斯特林堡的剧本《朱莉小姐》改编的电影中扮演的同名女主角，获一九五一年戛纳电影节大奖。

格林见到安妮塔后，便如他的传记作者迈克尔·谢尔登说的，对她产生了"不可抑制的爱慕之情"。他为她在瑞典首都斯德哥尔摩近郊买了一座房子，并带她去国外旅游，包括去意大利卡普里他的别墅。可能是这促使安妮塔一年前与之结婚的丈夫，著名作家和记者斯蒂格·达格曼斯盖坦在一九五四年自杀。

对于丈夫的出轨行为，维维安是一清二楚的，她坦然和他分居，但遵从天主教规，没有离婚，格林也一直没有正式再婚。不过在战后，她希望他会回来，做一个合格的丈夫和父亲。没有想到的是，格林因为意外地见到他"第三个女人"凯瑟琳·沃尔斯顿（1916—1978），又一次激发起传记作家说的"他毕生中最伟大的激情"。

凯瑟琳一九一六年生于纽约一个富裕的家庭，十八岁时嫁给他父亲的朋友，英国工

格林给凯瑟琳的信

党上议院的议员，百万富翁，属于英国最富有的人之一，一个和凯瑟琳活跃的个性完全相反的老式人士亨利·沃尔斯顿，并随夫来到伦敦。她和格林认识于一九四六年。那是一个冬日的下午，格林回忆说，他们同乘一架轻型飞机从剑桥去牛津。"当飞机穿越被大雪覆盖的东英吉利时，一绺头发碰到了其中一人的眼睛，于是这人便坠入了爱河……"

和凯瑟琳认识这年，格林四十七岁，已经是一位名作家了。当时，凯瑟琳年仅三十岁，已有五个孩子。她给格林写了一封信，说自己受他作品的影响，希望皈依天主教，要求他做她这新的宗教的教父。格林答应了，但洗礼那天因为有事，让他妻子替他去参加。妻子回来对他描述了凯瑟琳的美丽容貌之后，他便设法与她见面。两个家庭之间，最初是礼节性的友好交往，格林常借故去凯瑟琳家做客，说是去看凯瑟琳以及她的丈夫和孩子。随后，两人的情感渐渐滋长。

格林既厌倦了他的妻子，也厌倦了与多萝西之间的关系。当他与凯瑟琳见面时，完全被凯瑟琳的妩媚和惊人的美貌惊呆了；凯瑟琳也倾慕格林的才华，并为他的激情所折服。于是，自然而然地，双方便立即都坠入了情网。而无比宽厚的亨利·沃尔斯顿，他甚至在他们之间的关系发展到尽人皆知的地步都不去干涉，如凯瑟琳对人说的："我不知道在这个世界上有谁比 H（即亨利·沃尔斯顿）更宽容的。"所谓"尽人皆知"当然只是人们在茶余饭后的风传，对其中的详情和这关系的重要性则没有认识，直至他们之间的情书被发现，才解开这段始终被封锁起来的秘密。

凯瑟琳和格林可谓是相配的一对。和不顾常规的格林一样，凯瑟琳也喜欢冲破习俗。她会穿泳装出现在社交界欢迎她的聚会上，在家做女主人时，她会在午餐会上穿一条牛仔裤。在此之前，凯瑟琳暗地有过多次的婚外情，她丈夫都默认了。这次她是更加张扬了，她和格林竟逃遁到梅奥郡的阿基尔岛上去了。阿基尔岛位于爱尔兰西海岸，北濒大西洋，景色美丽壮观。爱尔兰共和军军官厄恩尼·奥马利曾在这里建有一座石砌小屋，奥马利的妻子，美国雕塑家爱伦·霍克是凯瑟琳的好友。凯瑟琳一次来过这里之后，便爱上这里的环境和生活了；这位富有的社交女主人甚至在这僻静的村落里租下一座传统铁皮屋顶的石砌村舍。旅游作家特尔特尔·邦伯里在题为《格雷厄姆·格林阿基尔岛上恋情》一文中写道："这小屋很快便成了沃尔斯顿夫人喜爱的隐居地，她唯一需要的就是一个男人和她一起。"现在男人也有了。这次为了和格林一起来这里，凯瑟琳穿了一身红色的晚礼服。格林后来告诉维维安，说这是他所曾见到过的一个女人最性感的形象。村舍里没有电，用的水也是由一支水龙头从户外接进来的。格林以泥煤的火在一只平底锅上烤面包、煮鸡蛋，两人享受着与伦敦的社会生活截然不同的远离尘嚣的乐趣。邦伯里相信："在梅奥郡的阿基尔岛是格雷厄姆·格林一生中最快乐的时刻。"

的确，第一次，格林和凯瑟琳在阿基尔岛就待了三个星期，格林的《问题的核心》也是在这里杀青的。他留恋这个肉体和精神上都很舒适的环境。他给凯瑟琳写信说："我希望下一本书（指《恋情的终结》）也与你一起在这个岛上写，如果有可能在阿基尔岛。""我渴望和你一起，带一本书，一支铅笔，懒散地舒展在阿基尔的沙发上，间或十分钟随心所欲的聊天和十二分钟的爱情。"

随后几年里，除阿基尔岛，格林和凯瑟琳还去意大利的卡普里岛，去世界闻名的柬埔寨吴哥窟，去他的好友、匈牙利电影导演亚历山大·科尔达的游艇，自然也去伦敦、巴黎、意大利等欧洲各地旅游，进酒馆、去教堂，漫步爱尔兰香农河畔，欣赏戈尔韦郡港口和西点的夜景……格林赞赏他和凯瑟琳之间这突然爆发的爱情。他对她说："我只相信蓦然出现的爱情，开启一片明净的天空。我不相信由友谊开始萌发的，或是他人会问'为什么'的爱情。因为我们的爱来得凶猛，来得突然，像是一个参战者。我无法设想一种爱情，来得平平淡淡，去得也无影无踪。"格林给凯瑟琳写过一首情诗，表现他对爱的虔诚：

    旧车在一座岛上行驶，
    徘徊在一家家旅店前，
    像是地图上一只苍蝇。
    小屋地板上铺好床垫，
    大门关隔了一个世界，
    但另一扇门已经打开，
    我已远离尽人皆知的旧世界，
    那里种下的是不结实的种子，
    他们称那是美德，称这是罪恶。
    认识这里前我深爱上帝
    现在我把手放在石上，并不松开
    因为这是爱。是我的爱，
    我的上帝就在这里。

  这大概写于他们爆发这段非法罗曼蒂克之后不久。恋情到达顶点的时候，一九五〇年，格林乞求凯瑟琳离开她丈夫跟他结婚。他向她倾诉说："我是无望地、疯狂地爱你，爱得失去控制。"一九五〇年四月，他甚至在一封信中向凯瑟琳表白他对她的倾心，说他曾不得不去忏悔，把一切都跟神甫说了。神甫的回答是，如果他希望得到赦免，他必须停止跟凯瑟琳见面，回到他妻子的身边去。他答复神甫说："我很抱歉，我怕得另找一位忏悔神甫了。"不过凯瑟琳还是婉拒了他的求婚。原因可能是她害怕在争夺监护权中

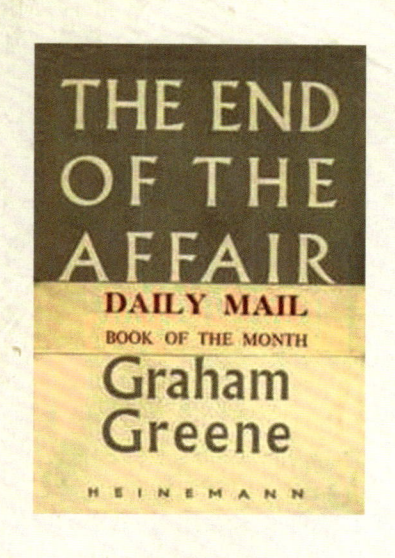

首版《恋情的终结》

失去她的孩子；或许她仍是希望选择这个富有而又宽宏的男人，以确保自己奢侈的生活；也可能是她认识到，像格林这种习性和脾气的人，更适合做她的情人而不是做她的丈夫。但格林的另一位传记作者，很早就认识格林的威廉·卡什，在以格林和凯瑟琳·沃尔斯顿为主的格林传《第三个女人》中透露，这两个虔诚的天主教徒曾当着神甫的面秘密成婚。这似乎难以相信，因为重婚是绝对违反天主教教规的。但卡什声称，他在他所藏的他们两人未发表的情书中，看到过有婉转提到这次"婚礼"的语句。而格林的遗孀维维安则表示不信卡什的说法，说是她"从未听说过任何婚约，也无法相信。我丈夫反对离婚"。

格林和凯瑟琳两人的关系持续了十五年。

虽然格林和凯瑟琳的恋情到一九六〇年前后就终止了，但研究者普遍认为，如格林认可的三卷本传记《格林传》的作者诺曼·谢里说的，"凯瑟琳是他（格林）毕生中最重要的女人"。她是格林的缪斯，创作灵感的源泉。

与凯瑟琳一起在阿基尔岛时，在那里宁静圣洁的氛围下，凯瑟琳爱情的滋润，激发格林燃起创作的想象，让他完成了小说《问题的核心》，并开始《恋情的终结》的创作。回到伦敦后，格林在将《问题的核心》的定稿交给编辑时说，小说最后的部分"很精彩"，因为它是在阿基尔岛上的那个小屋里写出来的。一九四七年夏天第二次去往阿基尔岛时，格林曾对凯瑟琳说："如果你两年前带我到阿基尔岛来，（不仅是最好部分，）全书都可能会非常精彩。"两次被改编为电影的经典小说《恋情的终结》更是受惠于凯瑟琳。格林在这部作品的英国版上题献说是"献给C"，这C即是凯瑟琳名字（Catherine）

的第一个字母;而美国版的题献更明白说是"献给凯瑟琳"。

在《恋情的终结》中,不但三个中心人物就是格林、凯瑟琳和她丈夫亨利,连许多细节都可以说是格林直接从自己和凯瑟琳之间的生活中截取来的,如译林出版社出版的《恋情的终结》的"代译序"说的,像"莫里斯第一次爱上萨拉的那个餐馆,他们所点的牛排洋葱,萨拉家的房子,他们在楼上做爱,萨拉的丈夫上楼时楼梯发出吱吱呀呀的声音,最为让人绝倒的是小说中丈夫的职业和名字",都是从现实中移植过来的。还有,小说出版的时候,格林和凯瑟琳的恋情还没有终结,而格林在小说中就不顾一切地以现实中凯瑟琳丈夫的名字亨利来命名萨拉丈夫的名字。有人说,这个三角关系中的胜利者,实在是"太残忍了"。

格林最后的恋情是他和凯瑟琳·沃尔斯顿的关系终结之后,一九五九年在法属喀麦隆的港口城市杜阿拉见到伊冯娜·克鲁塔。伊冯娜是"友联利华公司"一位管理人员的妻子,比格林小十八岁,喜欢跳舞。她和格林的恋情保持了三十二年,直至格林一九九一年在瑞士去世。

《洛丽塔》

"重组"三例类似事件

采尔马特是瑞士南部一处海拔一千六百一十六米的游览胜地,四周都是高山和冰川,拥有几处瑞士最壮丽的景色。一九六二年七月中,从小对捕捉蝴蝶就有"丰富和强烈的热情"的俄国作家弗拉基米尔·纳博科夫(1899—1977)就千里迢迢地来这里,为的是满足他这一持久而永恒的兴趣。

得知这位名作家的行踪后,年轻诗人兼BBC制片人彼得·杜瓦尔-史密斯便和他的朋友克里斯托夫·伯斯塔尔专程赶到那里去采访他。这次采访中的一个经常被人引用的问题和回答是:

"洛丽塔有原型吗?"

"不,洛丽塔没有任何原型。她诞生于我的脑子。她从未存在过。事实上,我对小女孩都不很熟悉。在我思考这个题材的时候,我认为我对小女孩,一个都不了解。在社交场合中,我不时地遇见过她们,但洛丽塔则是我想象虚构的。"

纳博科夫

作家本人在接受正式采访时说的话，还不可信吗？于是，很多人都确信，纳博科夫最著名的小说《洛丽塔》（1955）的同名女主人公真的"没有任何原型"。

但是，英国学者威廉·阿莫斯在他那本专门研究文学原型的《虚构作品的真正原型》（1985）"序言"中一开头就说："当一个作家否认他的人物有真实的生活原型时，别去相信他。托尔斯泰、狄更斯和毛姆，梅瑞迪斯、威尔斯和沃……全都一点也不诚实。"原因不难想象，无疑是担心承认某人是她作品中的人物原型，可能引起意想不到的纠纷。纳博科夫难道不会也出于同样的心理吗？何况一部成功的文学作品和一个生动的人物形象，能真的完全脱离现实生活而凭空"创造"出来吗？

尽管一部感人的成功作品，总难免会不同程度地蕴含了作者本人的生活经历和情感经历，但是把纳博科夫在回忆录《说吧，记忆》中说到的那个童年时代的女友"塔玛拉"看作是洛丽塔的原型，似乎过于牵强。这对十四五岁少男少女的纯真的爱情，他们难忘的聚合、分离、重逢和相思，与小说《洛丽塔》中的老鳏夫亨伯特·亨伯特对小女孩多洛蕾丝·黑兹，也就是洛丽塔那"无疑会成为精神病学界的一本经典之作"的痴情，怕是不能等同看待吧。但这并不表明小说中的这个女主人公的确没有原型，事实上，洛丽塔不但有她的原型，研究者们已经发现，除小说里的那个洛丽塔之外，至少还有三个"洛丽塔"。

英国作家和大批评家约翰·罗斯金（1819—1900）曾经有过一段类似亨伯特·亨伯

特对洛丽塔的情结。那个女孩子名叫罗莎·拉·塔齐（1848—1875）。

像亨伯特·亨伯特一样，罗斯金此前也曾有过几次婚恋。十七岁时，他与他酒商父亲合伙人的女儿产生过一段受挫的情感经历。一八四八年，虽然父母不予支持，他又与他漂亮的表妹，也有说是朋友的女儿，一八二八年生的埃菲·格雷（1828—1897）结婚。这段婚姻是失败的。埃菲为丈夫的好友画家约翰·埃弗雷特·密莱（1829—1896）做模特、发展了亲密的关系后，一次，她向密莱坦白，结婚五年来，她一直是个"处女"。一八五四年七月，埃菲取消了与罗斯金的婚约，几个月后与密莱结婚。

也有些像亨伯特·亨伯特，罗斯金第一次见到罗莎·拉·塔齐时她只有十岁，一年后，即她十一岁，他爱上了她。

出身名门的罗莎是一个精神激奋的爱尔兰姑娘，有十分强烈的宗教欲望，几乎到了狂热的程度。对于罗莎的美，罗斯金描写自己对她的第一印象，说她"像一只洁白的小雕像穿过薄暮的林间"。他给她的爱称是"圣奶油烤饼"。五年后，当罗斯金对父母说起他的这段感情时，他们感到非常吃惊。不久，在罗莎十七岁时，罗斯金正式向她求婚，那年他五十岁。罗莎没有拒绝。但遭到罗莎父母的反对，因为他们都是基尔代尔郡福音派新教的虔诚信徒，认为罗斯金是一个无神论者，还是一个社会主义者；他们还指出罗斯金患有后来引发争议的诊断："治不好的阳痿。"

罗斯金和罗莎没有问题，双方的家长却都觉得不合适，这使作为双方的亲密朋友和中间人的爱尔兰作家乔治·麦克唐纳（1824—1905）处于两难之中。后来，在罗斯金再次向她求婚、而罗莎本人在法律上也有权自作主张后，她还是对因宗教不同的婚姻，拒绝表示自己的态度，致使这桩伤感的恋情拖了很长时间，身体本来就不好的罗莎身心交瘁。

罗莎·拉·塔齐于一八七五年二十七岁那年在爱尔兰首都都柏林的一家疗养院里病逝。很多人都认为她是死于疯癫、厌食、哀恸，和宗教狂热或宗教歇斯底里，或者这些因素的综合。不管怎样，她的死是悲剧性的。

罗斯金对罗莎·拉·塔齐怀有很深的情感。意大利文艺复兴早期威尼斯画派最伟大的画家韦托尔·卡尔帕乔（约1465—1525/1526）曾为公元四世纪的基督教童女圣徒圣乌苏拉创作过《圣徒圣乌苏拉传》的组画九幅，罗斯金在看其中的那幅《圣乌苏拉之梦》时，被深深感动了，他觉得罗莎就像这位入睡的圣女。他在给他表兄弟的信上说："她躺在那里，那么的栩栩如生，房间里又十分的静，我真怕将她惊醒！"并将这画临摹了下来。他还参加慰藉招魂活动，希望联系上罗莎，和她接触。

在纳博科夫出版《洛丽塔》前差不多四十年，德国作家利希伯格曾写过一篇题为《洛丽塔》的小说。

海因茨·封·利希伯格（1890—1951）真名海因茨·封·埃斯威格，他出身于德国中部黑森墨尔堡的一个古老的家庭，父亲是陆军少校，七岁那年母亲去世。第一次世界大战时，埃斯威格任海军火炮部队中尉。在这段时间里，他为《青年时代》和《简化》两家杂志撰稿，并出版了《该死的乔康大》和一部《德国诗选》。战后，在任报业领袖阿尔弗莱德·胡腾贝格的核心机构舍尔出版社报系的记者时，出版了一册自己创作的诗集。

一九一六年，这位二十七岁，还没有名气的作家用他贵族祖先埃斯威格的名字，组成海因茨·封·埃斯威格的笔名，发表了一篇十九页长的短篇小说。小说写的是第一人称叙述者，一个有文化教养的中年教授的 amour fou（疯狂的爱）。

一切都开始于去国外旅行租下一个房间的时候。当他看到那小旅馆主人的女儿时，他竟不知所措了。她只有十多岁，"以我们北方人的标准来看，她年纪轻得可怕"，教授说，但"不仅她的美招引着我，还有一种奇异的神秘感，在那些朦胧的月夜时时困扰着我"。于是，他觉得"我被南方——被洛丽塔迷住了"。终于最后，不顾她的年龄，他与她发生了性关系。故事以女孩的死结束，叙述者因此永远成为一个独身者。是的，小说就以这女孩子的名字 Lolita（洛丽塔）为题。

纳博科夫读过埃斯威格的这篇小说吗？

纳博科夫是一九一九年随家人离开他出生的俄罗斯迁居英国的。一九二三年在英国

约翰·罗斯金 　　　　　　　　罗斯金画的罗莎·拉·塔齐

的剑桥大学毕业后，他又去往德国的首都柏林，直到一九三七年去法国。在德国的这段时间里，德国学者米夏埃尔·马尔在不久前出版的那本研究纳博科夫的《洛丽塔》和埃斯威格的这篇小说的关系的《两个洛丽塔》中说，当时，在德国随处可以买到埃斯威格的著作，而纳博科夫不但和埃斯威格住在柏林同一街区，埃斯威格的作品还是他所最喜欢的。马尔猜测，纳博科夫一定读过埃斯威格的这篇小说，小说的内容实际上早已隐匿在纳博科夫的脑际，只是他自己没有意识到而已，这是一个典型"隐性记忆"的事例。这可以看作纳博科夫虽然无意，但已接受了埃斯威格小说中的这位女主人公，作为他自己作品的主人公的原型。

在纳博科夫的《洛丽塔》中，有一处写到第一人称叙述者亨伯特·亨伯特在以前住过的廉价旅馆时，恰遇洛丽塔的一位同班同学的婚礼。一个认识她的矮胖女人见到他时，"带着一丝假惺惺的微笑朝我冲过来"。亨伯特·亨伯特"因为心里怀着邪恶的好奇心"，即因为他自己与洛丽塔，即多莉曾发生过那种性关系，便联想起另外一个人的事："我是不是没准对多莉干了那个五十岁的机修工弗兰克·拉萨尔在一八四八年对十一岁的萨利·霍纳所干的事？"（主万译文）

这里所说的关于弗兰克·拉萨尔和萨利·霍纳的事，并非虚构，只不过像纳博科夫在小说中不知有过多少次的那样，对专有名词做一个词或一个字母的改动。在小说中，弗兰克·拉萨尔的人名是没有变，但这个萨利·霍纳，原来的名字却是弗朗伦斯·萨利·

霍纳。

那是一九五〇年三月在美国加利福尼亚真实发生过的一桩绑架案。当时美国的主流媒体没有发表消息，但是多家地方报纸都发表了美联社和国际新闻社的不署名的报道。如有过一篇这样的报道：

  加利福尼亚圣何塞三月二十二日（美联社）：新泽西一鹰脸性罪犯今日被联邦调查局逮捕，该犯被控强迫一名十三岁的女学生逃离她家，与他发生性关系，并与他出游全国。

  该女孩——几乎两年不见——她干这一切事是因为她害怕这个五十二岁的男人会将她偷一本五分钱的笔记本说出去。

  这个胖胖的赤褐色头发的女孩是（新泽西州的县城）卡姆登的弗朗伦斯·萨利·霍纳。

  县治安官霍华德·霍恩布克尔说，女孩告诉他，拉萨尔是在一九四八年六月十五日强迫她离开卡姆登的。

  县治安官说，他被告知，他们第一个星期就在一起，拉萨尔和女孩已有性关系，这关系一直持续到三周前，得克萨斯达拉斯的一位校友对萨利说，她做得不对。

之后还有连续的报道。从这些报道中，除了一些重复的内容，读者还知道，这个模样娇好的女孩除了光亮的赤褐色头发，还有一双深绿色的眼睛；劫持犯弗兰克·拉萨尔是一个失业的机修工；女孩子打电话向联邦调查局求救。县治安官在一家汽车旅馆里找到弗朗伦斯·萨利·霍纳之后，让她在少年管教所待了一晚，等她母亲埃拉·霍纳夫人从卡姆登来带她回家。拉萨尔被拘押，接受联邦调查局的调查。拉萨尔申辩，说他是弗朗伦斯的父亲，但新泽西警方说这女孩的父亲已在七年前去世。最后，弗兰克·拉萨尔在被拘捕不到两个星期时，即因劫持罪被判入狱三十至三十五年，等等。

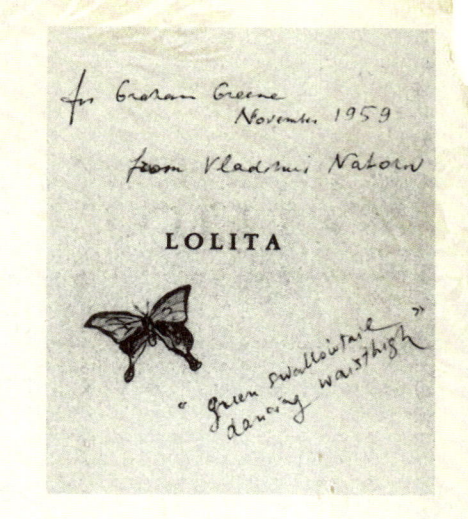

纳博科夫送格林的《洛丽塔》签名

当时，报纸刊载这些新闻时，用的标题有《劫持两年后获救》《绑架者受联邦工作人员指控；女孩诉说故事》《性罪犯押往新泽西法院》《十三岁女孩与五十二岁男子于出游后被捕》《十三岁女孩与拉萨尔度过两年时间》《女孩控诉诈骗男子，双双出游两年》等。俄亥俄州莱马城的《莱马新闻报》在一九五〇年三月二十三日这天还登载了劫持犯和女孩的照片。

美国威斯康星－麦迪逊大学斯拉夫语教授亚历山大·多里宁研究了纳博科夫的《洛丽塔》和这些报道之间的关系，写了一篇长文《萨利·霍纳出了什么事：纳博科夫〈洛丽塔〉的一段真实生活来源》。

多里宁指出，早在写于一九三九年的未发表小说《魔法师》中，纳博科夫就曾涉及对儿童性骚扰、以父女身份让受害人住入旅馆的情节。现在，作家新吸取了一些详细的材料，使这一主题在《洛丽塔》中得到了深化。

多里宁先是引用新西兰奥克兰大学英语系教授布赖恩·博伊德有关纳博科夫的四部连续传记的第二部《俄罗斯岁月》中的叙述，说在写作《洛丽塔》时，纳博科夫对"所有的事都进行调查研究"，尤其是报纸上的性犯罪和情杀事件，如"一名不道德的中年罪犯"将十五岁的萨利·霍纳从新泽西州劫持出来做他"跨越全国的奴隶"二十一个月，直到她在南加利福尼亚州的一家汽车旅馆被找到，还有 G. 爱德华·格拉默笨拙地谋杀了他的妻子，却装成是汽车事故，等等。

多里宁相信，报纸上的这些标题和报道，无疑会截住纳博科夫的极其敏锐的眼睛。

事实上，美国国会图书馆的档案中就有一份纳博科夫手写的关于萨利·霍纳一九五二年八月二十日死于车祸的报道摘要："纽约伍德拜因——新泽西州卡姆登的十五岁的萨利·霍纳数年前被一名不道德的中年劫持者绑架去过了二十一个月之后，于上星期天死于公路事故……"萨利于一九四八年在她的卡姆登家里突然消失，从此不再听说，直至一九五〇年她在作为弗兰克·拉萨尔的跨越全国的奴隶二十一个月之后说出一个惨痛的故事。

"机修工拉萨尔于加利福尼亚的圣何塞被捕……他因劫持罪被判入狱三十至三十五年。他因这被判刑而被看作是'避之唯恐不及之人'。"多里宁详细分析了多莉·黑兹，即洛丽塔与萨利·霍纳两人在外表、身世等方面的相似之处，两人都是十三岁，都是寡母的女儿，都是赤褐色的头发，都像意大利文艺复兴时期佛罗伦萨画派笔下女性的手和乳房，使亨伯特·亨伯特想起这一时期著名画家波堤切利（1445—1510）作品中的色调。洛丽塔也与萨利·霍纳一样，死于公路车祸，甚至亨伯特·亨伯特也跟拉萨尔一样被判刑三十五年，连G.爱德华·格拉默的事也被写进小说的第二部第三十三章。

米夏埃尔·马尔说得好："文学永远是一个大容器，在这个容器里，类似的主题一次又一次地被重组。"罗莎·拉·塔齐和约翰·罗斯金，海因茨·封·埃斯威格的《洛丽塔》中的洛丽塔和故事叙述者，弗朗伦斯·萨利·霍纳和弗兰克·拉萨尔，纳博科夫小说中的洛丽塔和亨伯特·亨伯特，"类似的主题一次又一次地被重组"。纳博科夫在回答记者的时候，可能的确已经忘记，但他在创作《洛丽塔》的时候，则不可能完全一点也不记得上述这些事。他的"不诚实"可能只是担心会引起纠纷。不过不论怎样，这些事丝毫不影响他小说的创造性和它在文学史上的地位，使它无疑地被公认为二十世纪最伟大的作品之一。

Martin Eden

《马丁·伊登》

攻击个人主义

　　如果说文学创作只是某种凭空创造，那么作家所"塑造"出来的人物环境和事件，便都说不上是真正的创造，因为无论他们如何"创造"——虚构出来的一切，都只能来源于现实。他们只是把自己在现实中对他人生活的观察和理解，并常常联系自己的生活，将两者巧妙地结合起来。小说中主人公的产生往往就是小说家本人的思想情感与现实结合的产物，脱离现实的虚构就容易导致创造的失败。德国剧作家贝托尔特·布莱希特在流亡年代中曾试图通过创作，为推翻法西斯希特勒做出积极的贡献，写了《圆脑袋人和尖脑袋人》和《可能中断的阿图罗·乌伊的发迹》两个剧本，前一个剧本中的安杰洛·伊贝林和后一个剧作中的阿图罗·乌伊都是以希特勒为原型来写的。但是由于剧作家对希特勒这个人物仅限于理性概念的了解，缺乏感性的体验，因而人物就不可能写得成功。司汤达塑造《红与黑》中的主人公于连·索雷尔，根据的原型虽然也是"贝尔德案件"中那个自己也不熟悉的神学院学生安托万·贝尔德，但由于作家把自己的感情经历融入

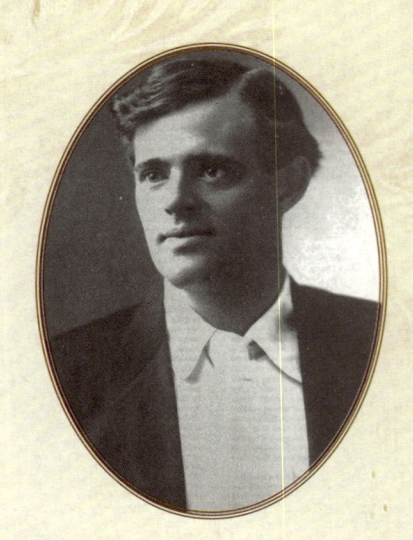

杰克·伦敦

了人物，终于使作品获得了不朽。看来，作家要在创作中进行"心灵的冒险"，才可能使作品获得成功。这是一个已经被大量文学名著的创作所证明了的真理。美国小说家杰克·伦敦创作的《马丁·伊登》是又一个例子。

杰克·伦敦（1876—1916）是星相家威廉·亨利·钱尼和未亡人弗洛拉·韦尔曼的私生子，生下才八个月就被父亲遗弃，由母亲和继父——破产的农民约翰·伦敦抚养长大。因贫困辍学，他十四岁就开始冒险活动，乘单桅小帆船探险，曾充当水手去过日本，还参加一八九三年大恐慌中的失业大军组成的抗议队伍，后又因流浪罪被投入监狱。一八九四年成为斗志旺盛的社会党人后，他进公共图书馆学习达尔文、马克思和尼采的著作，形成他自己的思想——社会主义中掺杂着白人的优越论。十九岁，杰克·伦敦终于进了大学，但只读了一年，便去参加淘金。因一无所获，于是决心以写作来谋生，一生竟写出五十部作品。一九一六年因麻醉药过量而"死亡"，被许多人认为是自杀。

杰克·伦敦根据自己这复杂的经历，断定是因为资本主义的制度，才使他遭到如此的不公，并相信社会主义可以根治这种社会的弊端。于是便怀着淳朴的激情投入这场运动，在奥克兰参加了一个以在南北战争前数十年里都非常著名的领导人亨利·克莱为名的论辩会"亨利·克莱协会"。在这里，杰克·伦敦认识了一位出身于英国富有家庭、正在伯克利大学就读、与他同龄的青年爱德华·阿普尔加斯，两人成了最亲密的朋友。

一次，爱德华把杰克·伦敦带回家里，与他父母和比他大三岁的姐姐梅普尔见面。

像宫殿一样的房子，宽大而辉煌，当然铺有漂亮的地毯；杰克·伦敦还看到墙上挂着著名画家的真迹油画，书橱里排满史文朋、朗费罗等著名诗人的作品，还有一架专供梅普尔使用的钢琴……如果说爱德华家的这些摆设吸引了杰克·伦敦，令他无限向往，那么更使他向往的则是梅普尔·阿普尔加斯。

梅普尔·阿普尔加斯（1786—？）长着一双蔚蓝的眼睛，一头金色的秀发，体态轻盈，纤弱娇嫩，温柔优雅，说话的声音也非常甜美，尤其在朗诵诗歌的时候。杰克·伦敦一见到她，便觉得她像一支长在细茎上的花朵，立刻就爱上了她。

二十二岁的梅普尔·阿普尔加斯三年前进伯克利大学攻读英国文学，通晓诗歌。他很喜欢这位肩膀宽阔、强壮结实，除了牙齿有一点损坏、相貌相当英俊的青年。杰克·伦敦出身下层家庭，不懂上流社会的礼仪，梅普尔便指导他如何说话得体，注意发音和语法的准确，如何注意风度，保持整洁，修剪指甲，等等。杰克·伦敦此前也接触过几个姑娘，并对她们产生过仰慕之情，但觉得梅普尔跟她们不同。这位资产阶级小姐平日在精美的食品和文学、音乐的精神享受中过惯了典雅的生活，是他原来所认识的那些姑娘所不能相比的。他沉湎于对她的疯狂的爱中。爱情是动力，他考进了大学，并开始写作小说和诗歌，把作品拿给梅普尔看，满以为可以得到她的称许。

从梅普尔所受的教育和教养来看，她喜爱的跟大学课堂上所教的以及杰克·伦敦在作品中所写的完全不同。她感到不能理解，生活中有那么多美好的事物，为什么不把这些写出来，而要去写那些粗野、下流、肮脏、狂暴的东西呢？她喜爱的维多利亚时代最杰出的诗人丁尼生爵士和拉斐尔前派的阿尔格侬·史文朋，还有著名的美国诗人亨利·朗费罗的诗，都不是这样的。杰克·伦敦向她解释，他是按照自己的看法，从这类粗野、下流、肮脏、狂暴的东西里找出生活的意义，发掘美好的事物。但是梅普尔无法理解，不能接受他的解释。

杰克·伦敦寄出去的稿子都一篇篇被退了回来。但梅普尔并不像杰克·伦敦那么焦虑，因为这正好证明了她的看法正确。她希望杰克·伦敦先有一份固定的工作，有一个稳定的环境之后，再考虑从事业余创作。虽然两人有这样的隔阂，但杰克·伦敦相信，他最终一定会以自己的成功把梅普尔争取过来。

一八九八年七月，杰克·伦敦参加了淘金者的队伍去北美的克朗代克河流域。结果，不但什么也没有淘到，反而生了一场坏血病。回来后，见到梅普尔，觉得她更加纤美了，两人互相表白了爱情。但是对创作的看法，他们仍然无法获得一致。杰克·伦敦继续自己表现现实生活的信念，在认真的写作中磨炼自己严峻的风格。梅普尔喜欢作家用笔有如温柔的爱抚和拥抱，对杰克·伦敦的创作既不理解，又缺乏信心。这使杰克·伦敦很感沮丧。倾向社会主义的杰克·伦敦不再把她看成是一位宝座上的女神，觉得她只是一个充满传统观念的漂亮少女罢了，不过心里还是爱着她的。而于创作，杰克·伦敦则毫不动摇自己原有的信念，不迁就，甚至因为稿件发表不了、得不到稿费，为了生计宁肯卖掉银表、自行车和继父留给他的唯一遗物雨衣。终于，他的一个短篇小说在一八九九年的《横贯大陆》月刊上得到发表，另外几篇也陆续被别的杂志采用，特别是继此之后，创办于一八五七年、以发表高质量的小说和随笔而著称的《大西洋月刊》刊登了他的短篇小说《北方的奥德赛》，为他打开了东部编辑室的大门，使他为全美国的编辑所知晓，看到了有一个未来的作家，能以清新的语言来写作小说。杰克·伦敦真是喜出望外，兴奋异常，他计划以与梅普尔结婚来迎接二十世纪的到来。但是，这两人的婚姻，不难想象注定会出现障碍。

在这段时间里，梅普尔死了父亲，母亲不得不搬到离城四十里外的乡下，爱德华也离开了家。他们家的收入自然大为减少，阿普尔加斯夫人还担心自己会被孤单地遗弃在这个世界上，不能再享受到她认为自己应该有的生活和地位了。对女儿和杰克·伦敦的事，她说，她不反对梅普尔和杰克·伦敦结婚，不过杰克·伦敦得搬来住到她这里；要不，她自己搬到他们那里也无不可，只要梅普尔知道她的首要责任是照顾自己的母亲。对这两种设想，杰克·伦敦都不同意。他说，他的首要责任是照顾他的母亲，而梅普尔嫁给他后，她的首要责任则是做好一个妻子。也有人说是，因为家境中落，梅普尔的母亲希望女儿嫁给一个

杰克·伦敦 (1916)

有产者,而不是像杰克·伦敦这样的穷人。梅普尔不知怎么办好:她爱杰克·伦敦,他是她所爱过的唯一的男子;她又爱她母亲,她不愿违背她的意志,从她的控制中挣脱出来;加上这两个年轻人分别住在城乡两地,相隔较远,联系减少。于是杰克·伦敦和梅普尔·阿普尔加斯这两位青年男女的婚姻就给搁下来了,或者说再也难以进展了。

在此前后,一次社会党的集会上,杰克·伦敦认识了一个既有肉体激情、又有文化教养,还有思想才能的女子安娜·斯特伦斯基;在《横贯大陆》月刊业务经理的妻子尼内特·埃姆斯应命写一篇有关他的文章请他吃饭时,又有机会认识同桌的尼内特的侄女,一个十八岁的"颇具魅力的姑娘"夏米安·基特里奇;还在去看望和安慰刚刚去世的朋友弗雷德里·马登的遗孀贝西·马登时,在她身上发现了一种他所仰慕的善良和恬静。这样,包括梅普尔在内,在一九〇〇年,可供杰克·伦敦选择的就已有四个女人了。最后,杰克·伦敦在这年的四月,与注重实际的贝西·马登结婚,虽然两人未必真正相爱。过了三年家庭生活、生下两个孩子之后,这对夫妻于一九〇三年分居,一九〇五年离婚,由夏米安·基特里奇取代了贝西的位置。

将杰克·伦敦的婚爱史与《马丁·伊登》(吴劳译文)做一对照,读过此书的人都不难看出作家这部作品的自传性质。小说开头部分写的就是杰克·伦敦被爱德华·阿普尔加斯带到他家与他姐姐第一次见面的情景:阿瑟/爱德华用钥匙开了门,马丁/杰克·伦敦跟在后面走进去。房间十分宽敞,有一架大钢琴,还有许多形形色色的东西,壁炉架上放满各种小摆设。一幅油画吸引了马丁的视线,把他迷住了,只是橱窗上的玻璃使

杰克·伦敦和夏米安在夏威夷

他不能把眼睛凑近去看。他掉过头，见房子中间一张桌子上面高高地堆满了书；他随意翻出一本，是史文朋的诗集，就一直看下去，竟没有留意一个年轻女子已经进来，等听到阿瑟介绍说："罗丝，这位是伊登先生。"他才发觉。

梅普尔·阿普尔加斯的化身罗丝·摩斯"是一个苍白、轻盈的人，长着一双大大的、脱俗的蓝眼睛和一头浓密的金发"。马丁没有看清她穿得怎么样，只感到那身衣裳跟她本人一般的出色非凡。这般超凡脱俗的美，他从没有见过，觉得像是一朵长在纤细枝条上的苍白的金花，"是一个精灵，一个天仙，一个女神"。虽然姑娘告诉马丁，阿瑟以前对她说起过他，所以一直盼望与他见面。可是在阿瑟离开房间后，他单独跟她在一起时，马丁还是感到不知所措。罗丝正在大学里念英语专科，与他谈史文朋，谈朗费罗，口齿伶俐，滔滔不绝，"他一边拼命用心听着，弄不懂她那个漂亮的脑袋里竟会藏着那么多的知识，一边陶醉在她脸上的苍白的美色里"。他觉得，这就是精神生活，这就是美，以至于完全忘掉了自己，只是以饥渴的眼睛紧瞅着她："这个女人值得你为她而活，去赢得她，为她奋斗——对，还值得为她而死呢。"

吃饭的时候，马丁在罗丝的身旁坐了下来。他感到一阵对她的渴望，一股欲望，一个念头从他的意识深处涌起："征服她，赢得她，这个坐在他身边的百合花般苍白的天仙。"罗丝也巴望靠拢这个熊熊烈火一般的男人，他的热情使她感到温暖。她不禁想起，自己过去也许是冷冰冰的吧，他却好像一座火山，喷射着力量，"她感到非靠拢他不可"。后来，她坐到钢琴边去，弹奏给他听，"对他发动进攻"。告别时，她把那本史文朋的诗集和另一本勃朗宁的书借给他，说："希望你下次再来。"马丁走后，她向她弟弟问了他的年龄，心里想的是"我比他大三岁呢"。

《马丁·伊登》也写了马丁在罗丝爱情的鼓励下努力创作。但由于他的现实主义的方法使他投去的稿件都被退了回来，而罗丝还是劝他学"有为青年"的榜样，一步步往高位爬，造成了两人之间的隔阂；后来马丁又因参加政治活动被捕，结果导致两人的决裂。

一九〇七年四月下旬，杰克·伦敦带他第二任妻子夏米安·基特里奇乘"Snark"号纵帆船做夏威夷、马克萨斯群岛、塔希提、萨摩亚、所罗门群岛和澳大利亚的环球旅行。在第一程中就开始创作《马丁·伊登》，每天上午，他坐在窗口盖板上，聚精会神地写一千字。小说从一九〇八年九月至一九〇九年九月在《大西洋月刊》上连载，一九〇九年由麦克米伦公司出版单行本。但小说的结尾和杰克·伦敦与梅普尔·阿普尔加斯的爱情经历显然不同。在《马丁·伊登》中，马丁·伊登像杰克·伦敦一样，原来也以为"自己跟罗丝的恋爱已经告一段落，一了百了啦"。可是在马丁以《嘹亮的钟声》在《横贯大陆》月刊和以《仙女与珍珠》在《大黄蜂》上发表而名扬全国之后，罗丝又回到他身边，声称她是背着母亲，放胆来投身他的怀抱的。只是马丁没有屈服于她的柔情，冷酷地质问她当初为什么不肯这样：

像当初，我没有工作，我饿着肚子，可是跟如今一模一样，也是这么一个人，这么一个艺术家，这么一个马丁·伊登，那时候，你为什么不放胆干呢？……我现在包在骨头上的肉还是过去的那些，还是那十个手指、十个脚趾。我还是老样子。我没有增添新的力量，也没有养成新的美德。我的头脑还是过去的那个。我关于文学或者哲学，连半个新的结论也没有概括出来。我现在本身的价值，跟过去谁也看不起我的时候不相上下。……为什么如今大家都看得起我了。他们看得起我，准是为了什么别的原因，为了什么别的我身外的东西，为了什么别的不是"我"的东西！……那就是我得到的声名。……还有我已经挣到的钱。……你如今看得起我了，可也是为了这个，为了声名和钱吗？

《圣经·旧约·路得记》写道：拿俄米的两个儿子娶了媳妇俄珥巴和罗丝，后来因为两个儿子都去世了，拿俄米便希望这两个年轻的媳妇回娘家，可以"在新夫家中得平安"。最后，俄珥巴吻别了婆婆离开了，"只有罗丝舍不得拿俄米，"她说，"不要催我回去不跟随你，你往哪里去，我也往那里去。你在哪里住宿，我也在那里住宿。你的国就是我的国，你的神就是我的神。"可以想象杰克·伦敦是怀着多么美好的情意为自己所爱的这个女主人公取了"罗丝"这样一个名字的。在杰克·伦敦的笔下，马丁起初也确是把罗丝当成是爱情、知识和美三位一体的女神来崇拜的。但在与她接触后，她的形象在他心目中一步步缩小了，她的神性也消失了。他看出，她知识局限，审美观念保守，又不理解他通过写作"重新创造"世界之美的尝试。知道她屈从于家庭的压力背叛了他，断绝与他来往，他的幻想就彻底被粉碎了。这是因为，正如作家在赠送给他的作家朋友厄普敦·辛克莱的那本《马丁·伊登》的题词中所写的："我写作《马丁·伊登》的宗旨之一，就是攻击个人主义。"人们一般认为，杰克·伦敦主要是通过批判马丁的弱点来达到这个目的的。这自然不错。但由于马丁的身上体现出太多作者自己青年时代的理想，作者对他怀有十分深厚的感情，以致难以摆脱这种感情对他进行攻击。这一宗旨倒是在罗丝这个人物身上得到了较好的实现。因为在现实生活中，对梅普尔·阿普尔加斯的强烈的爱，使杰克·伦敦在梅普尔出于贪财而拒绝他的爱之后，对她由爱转而为恨。所以当他把对梅普尔的恨体现到罗丝的身上时，马丁就能对她身上的个人主义做出有力的批判。小说里，罗丝再三要求马丁原谅，表示要把她的爱"在此时此地献给你"时，马丁不但没有被打动，相反认识到，自己以往"一向爱的是一个理想化的罗丝，一个他一手创造的天仙，他自己爱情诗里的那个光芒万丈的女神。那个真正的资产阶级小姐，罗丝，凡是资产阶级的弱点她全有，又怀着资产阶级那不可救药的偏狭心理，他可从来没有爱过"。

Mephistopheles

《梅菲斯特》

书的命运

泰伦提乌斯（约前190—前159）是古罗马最伟大的喜剧作家，他的《婆母》等六部诗体喜剧，长期以来都被看作是纯正拉丁语的典范。他还写诗，诗中颇有一些耐人寻味的警句。他在《诗篇》"第二五八"《论字、词、韵和韵脚》中说道：

书各有它自己的命运，尽管都被读者所接受。

从此，Habent sua fata libelli（"书各有它自己的命运"）便成为一句成语，被历代许多著名作家、学者所引用。

差不多两千年前，就看到书都各有它自己的命运，不能不说是敏锐的观察。

确实，不要以为一本书从作者的手中写下，通过刻印或者排版，如今还有所谓的"码字"，印刷出来，流行到社会上，不过是一个千篇一律的简单过程。实际上，无论在作

克劳斯·曼

家创作的时候，还是在书的发表或出版的时候，以至在读者中间传播的时候，都有一个或者生动有趣、或者充满艰险，甚至惊心动魄的曲折故事。

德国作家克劳斯·曼（1906—1949）的小说《梅菲斯特》的创作和问世就有一个曲折的故事。

克劳斯·曼是一九二九年诺贝尔文学奖获得者托马斯·曼的儿子，生于德国慕尼黑。他从小爱好文学，中学时代就开始写诗和小说。一九二五年，他来到柏林，为几家报刊撰写戏剧评论和别的一些文章，并与他的未婚妻，还有姐姐、姐夫一起组织剧团演戏。最初，克劳斯·曼对唯美主义甚感迷恋，不愿介入政治。后来，德国法西斯的兴起使他猛然醒悟，滋长出反抗意识，在纪实和评论作品中抨击了纳粹的反人道罪行。这样一来，他自然就不可能再在自己祖国待下去了，而不得不于一九三三年流亡国外，浪迹荷兰的阿姆斯特丹、瑞士的苏黎世、法国的巴黎等地，随后又来到美国，与当时正在那里定居并任普林斯顿大学客座教授的父亲共同生活了一段时间。在此期间，他仍然创办刊物，参加在巴黎和莫斯科召开的国际作家保卫文化联盟大会，积极从事反法西斯的斗争。

一九三五年，克劳斯·曼收到他的朋友，当时侨居在阿姆斯特丹的作家兼发行人赫尔曼·克斯腾十一月十五日写来的一封信。信的内容大致是说，他从克劳斯的好友弗里茨·兰德斯霍夫处得知，说他正在寻求一部新小说的题材。克斯腾自己也为创作题材而反复思索，他思考再三，选中了一个题材。只是这样的题材，克斯腾觉得，如果由他自己来写，定然难以写好，会使读者感到索然无味；而若让曼来写，"一定能获得成功"。

在信中，克斯腾向曼具体谈到对这部小说的构想：

> 我认为，您应该写一部第三帝国统治时期一个搞同性恋的野心家的小说。于是，在我的眼前便浮现出国家剧院经理格吕根斯的形象。听说，您对这个人物已经有了艺术构思。以我之见，您不应把它写成一部政治色彩很浓的讽刺小说，而应像莫泊桑的经世之作《漂亮朋友》那样几乎不带任何政治色彩。……

克斯腾还建议曼不要把希特勒、戈林、戈培尔写进小说里去，也无须写激进的演说和行动，但应把那个柏林的共产党人演员被杀的事写进去。总之，克斯腾说："小说应使深沉而易觉的激情寓于幽默之中，成为一部不直接写政治的社会讽刺作品，要鞭挞某些同性恋者，要讽刺追名逐利者。但归根到底，小说应告诉柏林人，主人公是如何爬上国家剧院经理的宝座的。"等等。

的确，要写一部通过一个普通演员上升到剧院经理这个高位的发迹过程，来讽刺第三帝国的小说，克劳斯·曼要比克斯腾本人更加合适。对克劳斯·曼来说，克斯腾提出的主题思想是现成的，因为揭露和讽刺第三帝国是他久藏于心的创作冲动。另外的一些事件，他也完全了解；而克斯腾说到的那个格吕根斯，曼更是最熟悉不过了，因为他就是他的姐夫。克斯腾无疑也是注意到这一点才向他提出这一建议的。克劳斯·曼自然高兴接受这个建议，并据此在一九三六年创作出了小说《梅菲斯特》。

古斯塔夫·格吕根斯（1899—1963）原是德国国家剧院的一名演员，他颇有天赋，多次扮演英国伟大剧作家威廉·莎士比亚笔下的不朽人物哈姆莱特和德国诗人约翰·沃尔夫冈·歌德诗剧《浮士德》里的恶魔梅菲斯特；尤其是梅菲斯特，是他于一九二二年从演以来解释得最多的一个角色，据说共演了六百场，给观众留下了难以忘怀的印象。一九三三年七月，德国国家社会主义工人党，即纳粹党获得胜利，曾任冲锋队队长并参加过希特勒慕尼黑政变的赫尔曼·戈林被选为国会议长，后来又被希特勒授予帝国元帅的特殊军衔。戈林追求国家剧院扮演《浮士德》女主人公格雷琴的女演员埃米·索内曼（1893—1973），先是设法让她成为他的情妇，随后两人于一九三五年举行婚礼。格吕根斯长期与埃米·索内曼合作演出，现在这个善于钻营的家伙就想到，只要处理好与她的关系，通过她，便比较容易能达到自己上升的目的。果然，格吕根斯很快得以从一个普通演员升为这个剧院的院长。

像格吕根斯一样，《梅菲斯特》（包智星译文）里的主角也有一个以"根"字音结尾的姓，叫汉达里克·荷夫根。虽然荷夫根在二十年代被认为极富天才，能演不同主题中的不同角色，但是如他自己所说的，仅是因为"我只是一个地方性的演员。我绝不可能成为第一流演员"。而且他还曾负责"革命剧院"的工作，得到共产党一个组织的支持；平时也发表过一些"左倾"的言论，声言自己对资本主义怀有不共戴天的仇恨，对世界革命怀有热切的希望。可就是这么一个人，在大批共产党人惨遭杀害的第三帝国时期，能够像格吕根斯一样，爬上帝国文化艺术界的最高宝座，这是什么原因呢？就是因为这个荷夫根，是一个能像格吕根斯一样见风使舵、善于经营的伪君子。

小说中的荷夫根可以口口声声向他的情妇"黑人维纳斯"尤莉爱塔发誓"我将永远爱你"，但在必要时，他又可以轻轻松松地抛弃她，甚至还将她投入监狱。他哀求、哭泣、下跪追求巴尔巴拉·布鲁克纳，仅是因为巴尔巴拉有一个有助于他前程的家庭背景；而当巴尔巴拉流亡法国之后，虽然机遇使这个他"日夜思念和想见"的妻子仅与他只有咫尺之隔，他也能做到避免与她相见。在"国会纵火案"发生之后，柏林许多过去与他交往密切的人都被逮捕了，他所在剧院的那个有宣传部长后盾的经理以前还曾对他怀有私怨，使他感到惶恐不安，终日都不免胆战心惊。但等他了解到，那个像宣传部长一样有实力的胖子总理为了女演员洛特·林登泰尔的缘故，也对国家剧院怀有强烈的兴趣。于是，荷夫根便决心"施展我的全部技艺——要像攻克一座堡垒一样把洛特争取过来"，以达"通向总理的道路"，尽管这个洛特相貌难看、演技拙劣，又土里土气，他也觉得"比女神更值得追求"。最后，他果真通过一番忏悔之后，达到了自己的目的。《梅菲斯特》

古斯塔夫·格吕根斯扮演哈姆莱特的剧照

就这样揭示出,荷夫根最后成为国家剧院经理、甚至"总理先生的密友"的秘诀就在于他的伪装:"他总撒谎,然而他又从不撒谎。他的虚假就是他的真实",使人搞不清"在这个人身上什么地方是假的,什么地方又不是假的"。

看得出来,克劳斯·曼的确是在按照克斯腾的建议来写这部《梅菲斯特》的。除了没有写他的"同性恋"外,荷夫根很多地方都有着格吕根斯的影子。小说里的巴尔巴拉也明显是以格吕根斯的一九二八年离婚的妻子、即他的姐姐艾丽卡·曼(1905—1969)为原型的。书中还描写了共产党员、演员奥托·乌尔里希斯被惨遭杀害的细节。此外,正如克斯腾所期望的,《梅菲斯特》里尽管没有激进的演说和行动,也没有把希特勒、戈林、戈培尔等第三帝国头面人物的名字写出来,但读者都很容易看出:那个曾经参加过啤酒店暴动的胖子将军和总理即是赫尔曼·戈林,瘸腿的宣传部长则是约瑟夫·戈培尔,而独裁者自然就是阿道夫·希特勒。《梅菲斯特》符合了克斯腾的要求,是"寓深沉而易觉的激情于幽默之中的一部不直接写政治的社会讽刺作品"。

但是以现实生活中的人物作为原型来创作,与借作品中的人物来影射现实生活中的某一个人,以达到报复、泄私愤的动机,并不是一回事。当克劳斯·曼当年看到《巴黎日报》在连载他的这部《梅菲斯特》时,在"出版预告"中称这是"一部影射小说"时,他感到非常不快,立即发去一则题为《非影射小说——克劳斯·曼的重要声明》,说他们用这一个标题,称《梅菲斯特》"与当代德国某位卓越的演员的生平有'关联'",使他莫名惊诧。他严肃声明:"难道我的格调会如此低下,只是为了写某些人的私生活才进

克劳斯·曼和艾丽卡·曼

行小说创作吗？难道我会用'影射小说'的方式来发泄自己对个别人的某些方面的反感吗？"他严肃指出，他笔下的那个号称"梅菲斯特"的主人公绝不是针对某一个人，更不是某一个人的画像，"而是一个具有典型性的人物形象。……我的这部叙事体小说与'影射小说'毫无共同之处"。

后来，克劳斯·曼在他的自传《转折点》中更详细地说到他自己的创作动机并不是为了"影射"：

> 我为什么要写《梅菲斯特》？小说塑造了一个令人厌恶的人物。我笔下的这个演员是个艺术天才，除此以外一无可取。尤其是因为他的品质不好，也就是人们所说的"没有骨气"。在汉达里克身上找不到丝毫"骨气"。他野心勃勃，爱虚荣，追逐名利，好出风头。他不是在做人，而是在演戏。
>
> 关于这个戏子，值得我费神去写一本小说吗？值得，因为这个人物象征一个名不副实、极端虚假和伪善的政权。他是在一个充斥着骗子和伪君子的国度里青云直上的，因此《梅菲斯特》是一部关于某人在第三帝国飞黄腾达的小说。
>
> 《梅菲斯特》不是"影射小说"。我所讽刺的中心人物是个才华洋溢而又臭名昭著、冷酷无情、玩世不恭的野心家。也许他具备某演员身上的一些特征。我小说中塑造的枢密顾问和院长是我青年时代的朋友古斯塔夫·格吕根斯的写照吗？毕竟不完全是。荷夫根在某些方面不同于我以前的姐夫。即使小说中的人物比现实更接近于原型，

人们也不能因此把格吕根斯当作本书的主人公。这本针砭时弊的小说不是描写某一个具体人物，而是塑造一个典型。换一个人也能当好这个典型。我选择格吕根斯当典型，并不是因为他特别坏（他比第三帝国某些权贵毕竟要好些），而是因为偶然的因素，我对他特别了解。正由于我过去对他特别了解，所以他后来的蜕变和堕落使我感到离奇古怪、难以置信和莫名其妙。这足以使我写成一本小说。

另外，艾丽卡·曼也曾出来声明，说她虽然已与格吕根斯离婚，但她与克劳斯·曼姐弟两人一直跟格吕根斯保持友好的关系，他们都无意暴露格吕根斯的丑闻，来攻击或诽谤格吕根斯。对这一点，克劳斯·曼在《声明》中也说道："即使没有读过我的声明的读者也会认识到。"实际上，只要有一点点文学常识的人都会懂得，作家写《梅菲斯特》不过是通过创作这部小说，希望借此"塑造一个典型"，从而反映出产生这样一个典型人物的时代环境，以达到揭露第三帝国的目的。所以大文豪克劳斯·曼无须避嫌，在称赞此书"极其出色""给了我很大的享受"的同时，指明书的一个重大特点就在于"它的虚构，它的背离和否认真实"。

尽管如此，有关"影射小说"的看法仍然相当普遍。

首先是格吕根斯出来申言，说小说中的主人公荷夫根就是他，是对他人格和名誉的侮辱。虽然这时时间已经是第二次世界大战结束、第三帝国灭亡也已多年，但格吕根斯在西德戏剧界还具有相当的声誉和影响力。由于他进行了干预，使三四家出版社不敢出版此书，甚至使此书在西德全国出版都受到很大的影响，而只能在一九五六年由共产党执政的东柏林再版。本来，西柏林一位出版商在一九四九年也曾想要出版《梅菲斯特》，就因为迫于政治压力而不得不取消原来的出版计划，连出版商本人也不得不避居巴伐利亚州。他在这年的五月五日给作者写了一封信，说："这里很难开展《梅菲斯特》的出版工作。因为，格吕根斯先生在此地已是一个有影响的人物……以前，在柏林出版此书或许没什么问题；可眼下在这里采取这种行动却绝非易事。"这位出版商的答复使克劳斯·曼非常恼火，一周后，五月十二日，他给这出版商写信，讽刺他仅是因为格吕根斯先生"在此地已是一个有影响的人物"，就觉得"必须立即停止"出版计划，"实在是前所未闻"。曼挖苦说："我不知道，除了您的胆小怕事和思想幼稚，还有什么事会使我更加吃惊了。"曼接着又讽刺说，"格吕根斯功成名就了！您何必要出版一本可能被认为反对他本人的小说呢？人人都清楚，趋炎附势、随波逐流最保险，否则就会被关进集中营，从此杳无音信……"一次次遭受打击后，克劳斯·曼心情异常沉重，在长期的抑郁中，就在写此信后的九天，即一九四九年五月二十一日在法国戛纳自杀。

一九六三年十月，格吕根斯在旅游中因服用安眠药过量死于马尼拉的一家旅馆。现在，出版《梅菲斯特》是不是不再有什么问题了呢？于是，西德的一家出版社预告说准备出版克劳斯·曼的作品，其中包括《梅菲斯特》。但格吕根斯的养子彼得·戈尔斯基以版权继承人的身份，向法院控告该出版社，企图阻止《梅菲斯特》的出版。但法院驳回了戈尔斯基的上诉，于是《梅菲斯特》才得以于一九六五年在西德出版，印数一万册。戈尔斯基不服，向汉堡州高级法院提出上诉。高级法院的答复是，在做出终审裁决之前，出版社发行此书时需加上这样一篇"前言"：

致读者：

本书作者克劳斯·曼由于政见不同，于一九三三年自行流亡国外。一九三六年，他在阿姆斯特丹写成此书。出于他当时个人的见解和对希特勒独裁统治的深恶痛绝，作者把危难时期戏剧界的情况以小说的形式表现出来。显然，小说是以那个时代的人为"蓝本"的。但作者首先是通过文学家的丰富想象力塑造出书中的人物形象。这一特点在小说的主人公身上表现得尤为突出。无论如何，书中这一人物的行为和品质在很大程度上是出于作者的想象力。他在解释自己的作品时就说过："书中的所有人物代表着各种不同类型的人，但与具体某人无关。"

可是，即使这样有条件的出版也行不通。一九六六年，州法院做出了禁止出版的最终裁定，包括禁止发行附有上述"前言"的存书；而且两年后联邦法院也确认了这一裁决或禁令。

州法院和联邦法院显然是将一桩民事纠纷抹上了浓厚的政治色彩，才采取这种武断的做法的。因此自然无法令人信服。甚至连黑森州的最高检察长，名声赫赫、作风严谨的法学家弗朗茨·鲍尔都指责说："根本的问题是保障言论自由""汉堡做出的判决实质上损害了讨论的气氛，剥夺了人们对格吕根斯表示自己的看法的权利"。克斯腾说得对：《梅菲斯特》是"描写了一个随大流的典型，千千万万的小帮凶之一。……他们是法西斯的社会基础"。可是，就是这么一部小说，却从它被克劳斯·曼写成之日起，屡遭挫折，直到四十四年以后的一九八〇年，才真正赢得了合法出版的权利。虽然在今天看来，《梅菲斯特》不仅已被不止一次地改编为戏剧、电影，还被译成多种文字，可在那些年里，它经历了一个多么艰难险阻、惊心动魄的曲折过程啊！

Les Mandarins

《名士风流》

"必需的"和"偶尔的"恋情纠缠

当《第二性》一、二卷先后于一九四九年六月和十一月由法国伽利玛出版社出版之后，一边是极受欢迎，陆续被翻译成多种文字，在国内外拥有众多的读者，尤其是女性读者；同时又遭到严厉的抨击，什么难听的批评都有。但最后，此书终于获得了普遍的承认，被称为"有史以来讨论女人的最健全、最理智、最充满智慧的一本书"，甚至被尊为西方妇女的"圣经"。

说《第二性》"充满智慧"倒真是言不为过，因为它确实道出了不少未曾为人说及的真理。此书一开头就指出："一个人之为女人，与其说是'天生'的，不如说是'形成'的。没有任何生理上、心理上或经济上的定命，能决断女人在社会中的地位，而是人类文化的整体，产生出这居间于男性与无性中的所谓'女性'。唯独因为有旁人插入干涉，一个人才会被注定为'第二性'，或'另一性'。"书中还明确宣称，女人和男人一样，是一个"自由自主的个体"，并强烈谴责以往的婚姻制度"把理应建立在感情基础上的

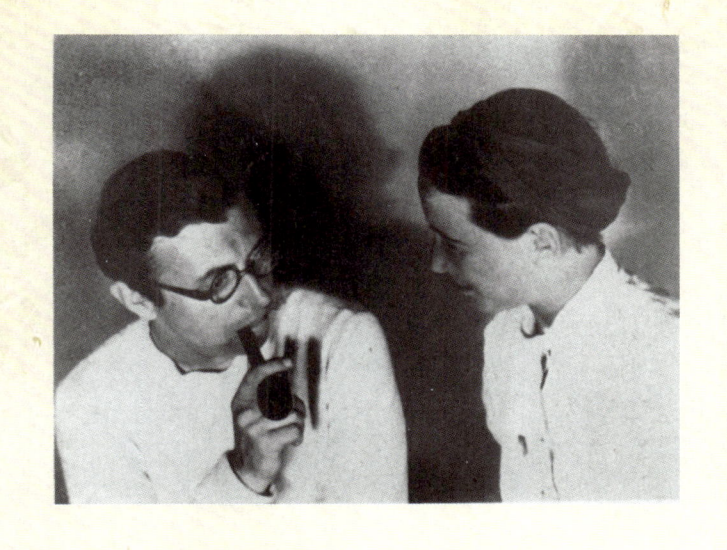

萨特和波伏娃

交流变成为权利和义务"；果断地提出：不应要求一对夫妇"终生都能互相给予对方以肉体的快乐"……这样的一类主张，对人类中长期处于从属地位的另一半，不用说，是很乐意接受的。正是这些新颖的见解，使《第二性》的作者，法国女作家西蒙娜·德·波伏娃（1908—1986）誉满全球，成为西方当代最负盛名的女权主义者；而她本人对这些理论的毫不顾忌的实行，无疑也扩大了她在人们心目中的名声。

生于巴黎一个资产者家庭的波伏娃，六岁曾进过教会学校，中学毕业后入大学攻读哲学专业，获学士学位。一九二九年通过哲学教师的就业考试后，先后在马赛、鲁昂、巴黎的中学任教，一九四五年转为职业作家。就在那次考试中，她认识了毕业于巴黎高等师范学校、同来参加考试、日后因首创法国存在主义和被授予诺贝尔文学奖而成为国际知名人士的让－保罗·萨特（1905—1980），从而开始了两人感情上和学术上长达五十年的共同生活。

波伏娃和萨特之间的感情关系不但在文学史上是最令人惊惑的，即使在人类社会史上，也算得上是最奇特的。

自从两人结合之日起，萨特和波伏娃就订下了契约式的协议。他们一致同意，他们之间的关系是"必需的"，但是他们也还都可以有其他"偶尔的"关系；他们没有履行一夫一妻制的义务，对方只有在某一特定时间内才是自己的一切。因此，他们各人都在把对方作为不可缺少的爱的同时，都允许自己，也允许对方有"偶尔的"风流韵事。他们这样订了，他们也是这样做的。波伏娃对萨特历年来与其他女性的性关系，虽然曾经

纳尔逊·阿尔格伦

出现过苦恼和嫉妒之情，但对萨特仍然是感到"满足的"。萨特也一样，他甚至明确说过："……我和西蒙娜·德·波伏娃一样认为，我们的关系就是这样，尽管有其他男人插入，像纳尔逊·阿尔格伦，但也与我本人无关……"

萨特说到的纳尔逊·阿尔格伦是波伏娃毕生异性爱情中除了萨特之外最热烈、最深沉的一个情人。

纳尔逊·阿尔格伦（1909—1981）是美国一位靠做工读完大学，以当推销员和农业季节工走上人生道路的小说家，由于他对穷人的自尊、禀性和对生活的执着渴望有敏锐的观察，使他的小说和非虚构作品摆脱了自然主义的描写，取得很大的成功，曾获全国图书奖和普利策奖。

一九四七年一月，已经成名的波伏娃要去她向往已久的美国访问，到几所大学做巡回讲演，谈谈第二次世界大战之后作家的伦理道德等问题。在纽约，有一位女知识分子在与波伏娃共进晚餐时对她提起，去芝加哥时，替她去看看纳尔逊·阿尔格伦。

波伏娃到芝加哥是二月里了。通过电话后，纳尔逊·阿尔格伦来到波伏娃下榻的芝加哥最大的旅馆"帕尔麦之家"。阿尔格伦身高一米八五，前额宽阔，脸面方正，一头浓密的金黄色头发，显得颀长而伟壮。这第一次见面，阿尔格伦所讲的那种语言使波伏娃听不懂他的表达，但正是这种语言的隔阂使两人互相产生了同情。波伏娃答应等他巡回讲演结束后，再回芝加哥与他见面；阿尔格伦也表示，等她来后，他将为她展示真正的芝加哥。

恐怕不论是波伏娃，或是纳尔逊·阿尔格伦，两人都没有想到，第二次见面使他们"一下子就堕入了情网"，待惯最豪华的大饭店的波伏娃竟在阿尔格伦所居住的那个没有浴室、没有冰箱的陋室里"一起度过了第一夜"。

纳尔逊·阿尔格伦做过打点零工，做过黑市买卖，入伍进过军队，扒过货车，拦过公路车，还因无钱无业待过监狱，接触过赖汉、土匪这类没有社会地位的底层人物，与他们厮混，对这些人很熟悉。他陪波伏娃逛动物园、看赛马，上下等酒吧，还在夜间带她去看警察局的种种行动，并向她讲解芝加哥和美国共产党的近况，使波伏娃对美国的活的现实有切实的了解，感到非常新鲜，也非常有趣。

回到巴黎后，波伏娃发现自己在美国期间，萨特与极其漂亮的美国演员多萝莱丝·范涅蒂爱得难以分离。这使她一度担心他们的这种关系是否会影响自己与萨特的感情。随后的一次与萨特同去瑞典使她的心境有所平静，但她仍旧怀念着阿尔格伦。于是，从瑞典回来后，她便给阿尔格伦挂了电话：他希望她去吗？听到肯定的回答后，波伏娃先后两次飞往芝加哥，踏进那条遍地都是废报纸和臭垃圾的小巷。

阿尔格伦带波伏娃去看美国的监狱、医院、警察局、贫民窟、畜牧围场、杂耍剧院，见到了赌徒、妓女、吸毒者、刑满释放犯、嫌疑犯和在逃犯，还有躲避警察的小偷。波伏娃说："在这两周中，我才认识了芝加哥。"他们还乘船游览著名的"老人河"——密西西比河，观赏两岸壮美旖旎的风光和迷人的夜景，并去美国的南部，和墨西哥、危地马拉等地旅行，看了斗牛，逛了当地的乡村集市，买来一些民间织品……最浪漫的是，这对情人在印第安纳州"米勒海滩"湖前社区的一所小茅屋里度夏。这段日子里，他们共同记旅行日记，日记簿上一页是波伏娃记，旁边一页留给阿尔格伦记；阿尔格伦还拍下了不少照片。由于波伏娃在旅途中对他说起得回巴黎的时日，给阿尔格伦的心里投下一道阴影，破坏了这次旅游的欢乐，导致两人多次发生争吵。阿尔格伦故意步子走得很快，等波伏娃赶上了他，他又不跟她说什么；回到旅馆后的交谈，情态也不同往常。这使波伏娃非常痛苦,那天晚上倚着窗户,望着寂静的天空哭了一夜。起初波伏娃还不知道自己到底是为的什么,以为是他已经对她感到厌倦了,就气恼地说:"我可以明天就走。"突然,阿尔格伦冲动地提出:"我马上要与你结婚。"这才使她意识到错的是她,她不能怨恨阿尔格伦。

纳尔逊·阿尔格伦很爱波伏娃,他为能有这么一位漂亮又激情洋溢的法国女作家情妇而感到满足。但使他无法理解的是,既然波伏娃是这么的爱他,当面或信中都一次次称他为"我的朋友,我的情人,我的丈夫",是"仅仅属于我的纳尔逊";并向他倾诉,说做梦都在想他,想他热烈的拥抱;呼唤他"别走呀,留在我身边"……那如今他要求他的这位"我的高卢小姑娘"不再回去,永远与他一起生活,她为什么会拒绝,说"这是不可能的"呢。于是,波伏娃以自己与萨特的关系对他做了解释,终于使他明白,波伏娃除了他这个"我的密西西比河的丈夫"之外,还有与她订立契约、在她感情上也"必需的"的一位巴黎丈夫。不过,她向他保证,她还会再来。

回巴黎后,波伏娃开始写作访问美国的随笔,先在《现代》杂志上发表一部分,随后以《美国的日日夜夜》为题由莫里安公司出版。此书的一些章节,像:"我钟爱的人啊!他在遥远的彼岸……我十分想念他,我盼望着我们再次相会,到那时我也许不必再这样苦苦思念……他虽在遥远的那边儿,但没有人像他那样更接近我,因为他永驻于我心中。他的名字就是纳尔逊·阿尔格伦。"(许钧译文)满怀柔情,写得非常优美。波伏娃将部分章节译成英语,寄给阿尔格伦。阿尔格伦也情意深沉,给他这位远方的情人寄了一束白花,使波伏娃感动得哭了。

但是这两位情人的关系中存在着一个无法解开的死结,这就是阿尔格伦在一次聚会上结识和爱上了一位年轻的女子,并从她的亲切和可爱中得到"属于我自己的东西"后,给波伏娃写的一封近乎要求中断关系的信中说的:"你不会远离你的祖国来到芝加哥";而他自己,由于他已经在不知不觉中为自己选择了一种他最适合、最擅长写的生活,"也不能去巴黎",因此,"手臂再温暖,当它远在大洋彼岸的时候,它就不再温暖了",

让他"总感到需要别的什么人来亲近我"……使波伏娃在回信中无言以对。好在过了一段时间后，阿尔格伦的信渐渐开始"升温"，还给波伏娃寄来书籍、香烟、巧克力、威士忌等东西。而且在忍受了分离的痛苦之后，阿尔格伦终于在一九四九年六月初乘船来到巴黎与波伏娃再次相会。波伏娃带他认识萨特和他们圈子里的其他朋友，又与他一起遍逛巴黎，还去了意大利、突尼斯、阿尔及利亚，于九月回到了巴黎。波伏娃送他至奥地利机场道别时，一面确信会与他重逢，同时又不禁担心也许再也见不到他了。随后的一年多里，他们一直保持书信联系，直到一九五〇年十月，在美国介入朝鲜战争、人人忧虑会爆发世界大战的恐惧中，波伏娃第五次飞往美国与阿尔格伦见面。这对情人在一起共同度过了几个星期的幸福日子，又是到了十月底离别的时候了。阿尔格伦告诉她，几个月前，他在好莱坞见到他的前妻，他想跟她复婚。听了他这话，波伏娃脑子里一片混沌，"像一个梦游者，走在两个男人中间，心里想：'我将再也见不到他了，再也见不到了……'"。在飞机上，波伏娃第二次服了安眠药，仍旧怎么也睡不着，坐在那儿，真想大哭一场。

一年后，一九五一年，波伏娃与萨特一起旅行了挪威、冰岛、苏格兰后，于十月最后一次与纳尔逊·阿尔格伦度过了这个秋天。在月底的最后几天，波伏娃常常来到附近的湖边徘徊，思绪缱绻。她默默地想："我再也见不到他，见不到这所房子，也见不到这片百鸟云集的沙滩了。我不知道最令我怀念的是什么：是那个男人，是那片景致，还是我自己？"那天早晨分手前，两人都觉得时间过得很慢，而不是很快，因为两人都不说话，而沉默又使他们感到困窘。最后，波伏娃说，她在这儿过得很愉快，起码两人的友谊总是存在的。立刻，往事又像潮水似的涌到她的心头。一路上，不管是坐汽车、火车去机场，或是上了飞机，她都不停地抽泣。后来她给阿尔格伦写了一封短信，问他：他们两人是不是真的一切都结束了。阿尔格伦给她回了信：

一个人要能依然保持对另一个人的感情，同时又不让这种感情凌驾和干扰他的生活。如果你爱一个女人，而她又不属于你，她把其他事、其他人置于你之上，而且你又没有占据首位的可能，那么，难道你能忍受这种局面？我丝毫不为我们的交往而遗憾。但是，我如今需要另一种生活，我需要有属于我自己的女人……三年之前，我开始意识到你的生命属于巴黎，属于萨特，当时我大为失望。如今，这种失望已成为过去，时间把它冲淡了。从那时起，我一直努力把自己的生命从你那边拉走。我的生命对你来说十分重要，但我不喜欢我的生命属于一个相隔那么远、一年又只能见几个星期的人……

波伏娃面对这样的信，真不知是什么滋味。"到此为止吧。"他现在留给她的话，总的就是这么一句。于是，她在给阿尔格伦的复信中也就这么写："到此为止吧。"但是当她意识到"我将永远不能被另一个肉体温暖着了"时，她的感觉是"自己正坠向死亡"。

早年，萨特曾向波伏娃提过建议，应该把自己"融入"自己所写的作品里去。

应该说，波伏娃在创作时从来没有使自己游离于作品，《女客》是一个例子。但在《名士风流》中，波伏娃是比任何其他作品中都更强烈地融入了她的自我。

《名士风流》从总体上说是描写第二次世界大战之后法国知识分子的群体生活。但是小说的自传成分也很明显：从作家罗贝尔·迪布勒伊和心理分析学家安娜·迪布勒伊这对夫妇身上，就不难看出西蒙娜·德·波伏娃和让－保罗·萨特的影子。有趣的是，小说后半部约有三分之一篇幅描写安娜与芝加哥作家刘易斯·布洛甘的婚外恋，写的全是波伏娃与纳尔逊·阿尔格伦之间的感情经历。

波伏娃坦率无比，小说中写安娜／波伏娃与刘易斯／阿尔格伦之间的跨国之爱，写他们的见面、出访、游览，写他们的交谈、通信、争执，甚至写他们的嬉戏、玩乐、做爱，除了第一、二次的相见合成一次来写，连细节包括称呼都真实地再现在小说中了。波伏娃在她后来写的回忆录《了结一切》中曾不止一次提到她和阿尔格伦之间的事有哪些与《名士风流》中的某些地方相似。阿尔格伦一九八一年一次回答《星期日泰晤士报》记者W.J.卫瑟比的采访时也承认："她在《名士风流》中给我另外取了个名字；在回忆录里，她用了我的名字，引录了我的一些信，想把我们的关系说成是跨国文坛伟大的风流韵事。……这个女人是把大门洞开，招呼公众和报界。……见鬼，情书应该是私人保密的。"若再以小说来对照回忆录，读者更容易发现两者之间的相同和相似之处。小说里安娜的女友和她有一段对话："你在美国做了些什么？""我跟你说过我在那边有一段风流韵事。""记得，是跟一位美国作家。你又跟他见面了？""我跟他一起度过了三个月。""你爱他？""对。""那你准备怎么办？""我明年夏天再去看他。""你为什么就不与他重新创造生活？""我没有任何欲望重新创造我的生活。""可你爱他？""是的，但我的生活是在这边。"还有一段安娜的丈夫罗贝尔与她的对话："你回家后悔了吧？""我不知道。有时候，我觉得荒诞，有人在那边需要我，那是一种真正的需要，谁也没有像那边那样迫切地需要我，可我却不在那里。""一切都那么遥远，在那边生活，你觉得那样你会幸福吗？""倘若你不在世，我会试试的，我一定会试试的。"这不就是波伏娃的处境、波伏娃的心声吗！

　　波伏娃写成《名士风流》后，把它题献给她已经中断了的这位远在美国的情人，表达了她对他的深切的爱。是的，他们两人之间关系的中断带给她的痛苦是无尽的、难以忘怀的，她现在把这已经逝去了的爱情如实地写进了作品，使它获得了永生，而她自己也得以从这创作中求得了解脱。

Der Zauberberg

《魔山》

"山上"三星期的印象

位于瑞士东部兰德瓦瑟河河谷格劳宾登州的达沃斯,虽然是一个海拔高达一千五百六十公尺的山中谷地,但正是这得天独厚的地形,有高耸的阿尔卑斯山挡住北方吹来的风,使这里阳光充沛;又没有嘈杂的喧嚣,是天然的好环境。如今,最让人们记起这个地方的大概是每年一度以达沃斯名字命名的"世界经济论坛",在这里研究和探讨世界经济领域存在的问题、促进国际经济合作与交流。但在二十世纪,尤其是上世纪的二三十年代,它是以繁荣的旅游业和疗养胜地而闻名世界的。伟大的阿伯特·爱因斯坦,大名鼎鼎的侦探小说家柯南·道尔,英国著名作家罗伯特·路易斯·史蒂文森,德国表现主义画家恩斯特·基尔希纳,还有德国获诺贝尔文学奖的托马斯·曼……有多少名人曾在这里度过他们难忘的时日啊!

在一九〇一年发表了成名作、长篇小说《布登波洛克一家——一个家庭的没落》,一九〇三年出版了中篇代表作《托尼奥·克勒格尔》之后,一九〇七年,德国的《明镜》

托马斯·曼在创作

周刊第一次介绍了它们的作者、年仅三十四岁的托马斯·曼的生平。在这篇介绍文章中，托马斯·曼曾这样愉快地谈到自己近年的景况：

> 光环罩着我，没有什么能与我的幸福相比。我结了婚，有了一位异常美丽的妻子——一位公主似的夫人，如果人们愿意相信我的话，她的父亲是大学的王冕教授，她自己也通过了文科中学的毕业考试，却倒并未因此小瞧我。（印芝虹等译文）

托马斯·曼说的他这位"异常美丽的妻子"是卡萨琳娜·黑德维希·普林斯海姆（1883—1980）。

卡萨琳娜出身于犹太豪门，又是知识家庭。祖父鲁道夫·普林斯海姆，是上西西里的一位铁路巨头，置下一笔可观的家业；他的后代则放弃了犹太教，投身于学术。鲁道夫的儿子也就是卡萨琳娜的父亲阿尔弗雷德·普林斯海姆是一名数学教授，甚至成为巴伐利亚州的科学院院士；他的妻子，卡萨琳娜的母亲黑德维希·多姆婚前是柏林的一名演员。卡萨琳娜——卡佳是他们五个孩子中最小的一个，也是他们唯一的女儿。

卡佳和她的兄弟们一起在异常优越而又自由的环境中成长。在慕尼黑她家的那座一千五百平米的宽敞的宫殿式别墅，是古老的慕尼黑最令人瞩目的精神文化中心之一。一间文艺复兴时期的大厅里，摆有两架大三角琴，供主人和来做客的朋友演奏，乐谱是主人所参拜的理查德·瓦格纳的歌剧选段。另外，还有藏书丰富的家庭图书馆。不用说，

托马斯·曼一家

还有众多的仆人。这些都是当时私人的家庭中所很少具有的。建设部长和外交部长瓦尔特·拉特瑙、来欧洲游历的丹麦官员雷文特洛乌伯爵和大作家雨果·封·霍夫曼斯塔尔等名人都是他们家的常客。

父母非常重视对孩子的教育。在她几个兄弟进文法学校的同时，曾受过七年私人教授的卡佳是第一个于一九〇一年从慕尼黑文科中学毕业的女子，并从一九〇三年开始，作为第一个所谓"积极的感兴趣的学生"，获许在她父亲任教的慕尼黑大学旁听科学、数学和哲学课。

一九〇四年春，通过双方的朋友、作家和戏剧家艾丽莎·伯恩斯坦－波格斯，卡佳·普林斯海姆认识了大她七岁的托马斯·曼。当然，曼立刻就爱上这个美丽的女子，而且她优越的家庭背景也是他所看中的。但是卡佳的家庭对曼并不看好，因为他们一意希望女儿找一个拥有较好职业保障的中产阶级人士，而且又怀疑曼有同性恋倾向。只是如曼所夸耀的，卡佳"并未因此小瞧我"，她最后在这年的十一月同意了曼的求婚，两人于一九〇五年二月十一日在慕尼黑举行了婚礼。

结婚之后，卡佳仍继续读了两年的业余大学，直到怀孕。卡佳为曼生了六个孩子，她不但是一个善于教育孩子的好母亲，她的几个孩子在各方面都有突出的成就，她还是一个善于帮助丈夫的贤内助，承担了丈夫许多事务性的工作，如处理出版合同、控制采访活动、安排工作日程等，还为他的书稿打字，使丈夫的创作免受不应有的干扰。

卡佳在生育期间，五年里曾两次流产，体质十分衰弱；等生了第四个孩子莫妮卡之后，一九一〇年秋，便病倒了。最初认为是肺结核，后来经X光检查，没有发现任何物理性的病变，可能只是初期的关系；也怀疑与精神压力有关。她母亲被她这病拖得精疲力竭，也认为女儿必须好好休息。全家考虑，不管怎样，去疗养院是最佳的选择。于是，一九一二年一月，卡佳被送往瑞士达沃斯高地弗里德里希·耶森医师那家著名的"瓦尔特疗养院"，在那里一直住了六个月。卡佳是这家疗养院接待的首批病人之一。

五月十五日，托马斯·曼去达沃斯看他妻子。曼后来在他的小说《魔山》第一章"到达"中曾描写到主人公汉斯·卡斯托尔普去达沃斯的山庄国际疗养院去看望他患肺结核病的表兄约阿希姆·齐姆逊。快到达的时候，小说描写：

> ……他们已在那条沿山脊方向的崎岖不平的路上奔驰了一阵子，这条路与铁路平行。然后马车拐向左边。穿过一条羊肠小道和水路，在一条公路上驰骋，这条公路向上一直伸展到树木丛生的山坡。现在他们来到一个稍稍凸起的高地，它宛如一个草原，在高地西南方耸立着一座圆屋顶的庞大建筑物，前面有许多明亮的阳台，远处望去像一个个孔洞，活像一块块海绵。建筑物里灯光刚刚开始燃亮。……人口稠密、绵亘蜿蜒的山谷现在已是万家灯火，平地和山坡两侧到处都是灯光，特别在右边一片高地上，那儿的房屋结构都是梯田式的。左面有几条小径通到草原的斜坡上，以后又消失在松树林一片迷迷糊糊的黑暗中。山谷在入口处渐渐狭窄起来……
>
> （钱鸿嘉译文）

这就是托马斯·曼自己当时所看到的瓦尔特疗养院的外景。

原来，曼只计划在妻子身边待几天就走，谁知道在那里染上了"讨厌的上呼吸道黏膜炎"。疗养院的主任医师给他做了检查后，认为他的肺部有斑点，是结核病的症状，建议他也在疗养院住半年。曼立即写信去慕尼黑征求他私人医生的看法。医生回答说，他很了解曼的身体状况，不会有什么的。医生认为达沃斯总是要说人家肺部有斑点，以便动员他们在那里住下来。"回慕尼黑吧！"叫他完全不必在意。曼听从了私人医师的意见，但内心里却受着另一种诱惑：他想，他的呼吸道疾病虽然不是什么绝症，但在这里体验一下疗养院的生活，也是非常有趣的啊。于是，他仍然在这里待下，并一直到六月十二日才离开。

三个多星期的疗养院生活使托马斯·曼颇有感触，并激发出他的灵感，使他决定去写一部与刚完成不久的《死于威尼斯》完全不同风格的作品。小说表现的是曼自己那年在疗养院的亲身体验，和一九二一年特地再去一次达沃斯、"搜集积累"了"对这里的环境条件的奇特的印象"。另外，据他女儿艾丽卡·曼回忆，"母亲在给父亲的信中详尽地描述了那里的生活"也颇有助于他的创作，《魔山》中的"许多细节都源于母亲提供的素材"。

本来，曼的计划是写一个中篇，但是深入的思考，深化了小说的主题，使一个中篇无法容纳。于是越写越长，最后写成一部七百多页的长篇巨著；只是中途因第一次世界大战，使创作一度中断，直到一九二三年才得以完成。托马斯·曼在他的《自传》中曾说到这一过程：

> 《死于威尼斯》于一九一三年出版，被认为是除《托尼奥·克勒格尔》之外我的那一类作品（大概是暗指同性恋题材——余）中最健康的。在我写到最后部分的时候，我产生了写"教育小说"《魔山》的想法。不过创作从战争一开始就被打断了。战争虽然没有要求我上前线，但是战事的持续，因为它迫使我在重估我对人类和知识分子自审的基本设想时陷入极度的痛苦，使我的艺术活动完全处于停滞，这设想都凝聚在我一九一八年出版的《反思非政治的德国人》中。此书的主题是强调从个人角度如何做一个德国人这个政治问题……

《魔山》里描写的疗养院

  像托马斯·曼一样,《魔山》中的大学生汉斯·卡斯托尔普也是"在盛夏时节从家乡汉堡出发"去达沃斯的;而且也像曼一样,原来只打算在山上停留几天,只因医生诊断他患有肺结核,让他多待一段时间,于是也就待下来了。不同的是,汉斯不像曼那样不到一个月就离开了,而是一直在那里住了七年。当然,在小说里,这七年的时间是不能少的,因为"时间"是《魔山》的重要主题。作家亲眼看到,住在达沃斯的大部分人都是有闲阶级,他们无须为生计担忧,但是疾病和死亡的必然归宿,使这些被孤立在病人圈子里的人忘记了时间,忘记了过去和将来,而沉溺于声色,活着仅仅就是为了淫乐。这使作家十分震惊。他要在小说中表现,甚至在这长达七年的时间里,对这些没有职业、没有政治活动、无所事事、百无聊赖的各色人等来说,沉醉在疗养院的病态的环境中,一切都变得没有意义。托马斯·曼在他发表于一九五三年一月《大西洋月刊》上的《"魔山"的写成》一文中回忆说:

  一九一二年——离今天已有整整一年多了,我的妻子患了肺病,幸亏不是非常严重的病;但须得让她在瑞士达沃斯高地的一家疗养院住上六个月。我和孩子们或者待在慕尼黑,或者待在伊萨尔河谷托尔兹我们郊外的家。不过五月和六月我去看我妻子,有几个星期在达沃斯。《魔山》有一章题为"到达"(是中译本的第一章第三节"在餐厅里"——余),在那里,汉斯·卡斯托尔普和他表兄约阿希姆·齐姆逊在疗养院的餐厅用餐，品尝的不仅是山庄国际疗养院的精美的菜肴，还有那个地方的氛围和"bei uns hier oben"（这儿山上）的生活。如果你读过这一章，你对我们在这样的气氛中会面和我对它的奇特印象会有一个相当准确的图像。

像汉斯那样，托马斯·曼在"这儿山上"生活的三个星期里，给他留下的"印象越来越强烈"，让他想道："如果我是汉斯·卡斯托尔普，发现（肺上有斑点）会改变我的整个一生。"当时，检查过他的"医生向我保证，我一定要留在那里两个月来治病。如果听从他的建议，谁知道，我可能现在还在那里呢！我没有，代之的是写作《魔山》。在书中，我调动了我待在那里三个星期所积聚的印象"。虽然在那里不到一个月，但留给曼的印象是如此的深刻，作家在《"魔山"的写成》中随后说：

> 这些印象使我完全确信，这样的一种环境对青年人是危险的——肺结核正是一种青年人的疾病。读我的书之后你就会想到，这种被隔离和长期病魔化了的生活圈子是多么狭窄。它是一种替代性的存在，能在一个比较短的时期内，使一个青年人整个儿地与现行的实际生活脱节。在那里，任何事物，包括时间的观念，都是以奢侈的标准来认识的。治疗总是好几个月的事，往往是好几年。可是在第一个六个月之后，这个青年人除了调情和他舌尖下面的体温计之外，就没有别的想法了。很多情况下，到第二个六个月之后，他甚至已经丧失任何其他的思想能力了。他会变得完全没有在这"高地"上生活的能力。
>
> 像山庄国际疗养院这样的机构，是战后的一个典型现象。它们只有在资本主义经济仍然在良好而正常地发挥作用之时才可能存在。只有在这样的一种制度下，家庭的支出才可能供病人在那里一年年地待下去。《魔山》已成为此种存在形式的天鹅之歌。描述某种特殊的似乎行将结束的生活阶段，也许是一个总的规律。如今，治疗肺结核已经进入不同阶段，大多瑞士的疗养院也已成为娱乐旅馆。

《魔山》为这些沉溺在山上、忘却了时间的各色人等唱出了天鹅之歌，但作家并不消沉，他让他昏睡中的主人公被世界大战的炮火震醒，毅然踏上了奔赴前线的征途。

《魔山》于第二年，即一九二四年十一月由柏林一八八六年创办的萨穆埃尔·菲舍尔出版社出版，作为一部具有深刻而丰富的社会内容的巨著，即刻引起普遍的反响。美国著名作家辛克莱·刘易斯于一九三〇年读过这部书后曾说："我觉得《魔山》是整个欧洲生活的精髓。"德国著名评论家汉斯·迈耶一九三九年在美国普林斯顿大学向学生做《魔山》的专题演讲时说："这部小说对我来说是一部交响乐……谁第一遍读完《魔山》，我就奉劝他再读第二遍，它那特殊的吸引力和风格，使读者在浏览第二遍时感到更大的兴趣和满足。"此书被公认是二十世纪德国文学中最有影响的作品之一，有研究者甚至认定还是二十世纪影响最大的德国文学作品，几乎所有的欧洲语种，以及中国等其他国家和地区的译本都相继出版。

NANA

《娜娜》

"反祖遗传"实验的描写

  英国十六世纪的弗朗西斯·培根不仅是法官、朝臣、政治家,又是哲学家和语言大师,还是一种实验方法的倡导者。他认为,只要记录下一切可以得到的事实,进行一切可能进行的观察和实验,把结果汇集起来,就可以看出现象间的关系,从而几乎就可以找出表述这些关系的法则了。培根深感以往的经院哲学,几百年来屈从于天主教神学,一味沉醉在烦琐的议论中,实在不能增进人类对于自然的知识和支配自然的能力,提出这样一个新方法,应该说是难能可贵的。但是要做的实验实在太多了,以致他的方法很少被人重视和采用。直到十九世纪中叶,由于科学技术的发展给人类带来的效益,使人们相信科学的巨大力量,甚至认为它是万能的。于是在法国,掀起一股对科学几乎到了盲目崇拜的热潮。这时,一位叫弗朗索瓦·马让迪(1783—1855)的生理学家重新想到实验的方法,创立了实验药理学。这方法后来为他的学生贝纳尔发扬光大。

  克洛德·贝纳尔(1813—1878)是法国的一位成就卓著的生理学家。这位医学博士

左 拉

出身的学者认为，医学应该了解维持正常生命健康的生理学，了解确诊病因的病理学，还要了解医治疾病的治疗学；但是，如果想要有成效地研究生物身上表现得如此复杂的生理状态和病理状态，那么，他说，"首先必须提出实验原理，然后将原理用于生理学、病理学和治疗学"。贝纳尔提出的科学家应该从事的这个实验方法，就是他在一八六五年的重要著作《实验医学研究导论》中所述的：

第一，他察看一件事实；其次，他从这件事实在头脑里产生了一种观念；第三，他依照这观念加以推理，设计实验方案，同时想象和实现实验的物质条件；第四，他必须观察从这次实验中产生的新现象，于是又回到第一步工作，以后循环进行。
（夏康农等译文）

贝纳尔的方法影响很广，不仅在医学和自然科学方面，还波及其他领域，甚至文学。法国作家爱弥尔·左拉（1840—1902）曾经沉醉于浪漫主义，但是自己失业的经历使他体验到劳苦大众的痛苦生活，感到现实的可悲和可恶，根本没有浪漫和美好可言。于是他爱上了现实主义，很想学巴尔扎克，写出像《人间喜剧》那样的巨著。但是左拉不满足于以往文学中的那种现实主义，他不愿走别人走过的路，而希望自己在再现现实的前提下有所创新。他广泛阅读，从法国社会学家奥古斯特·孔德（1798—1857）所提出的以观察和经验为材料的知识才是可信的知识的实证主义；从伊波利特·泰纳（1828—

左拉故居

1893）关于人的基本道德状态产生于种族、环境、时代三个根源，尤其是种族遗传的重要作用的思想；同时还从贝尔纳的实验医学研究方法中获得了启示，创立了自己自然主义－实验小说的文学理论。

左拉认为，作家和科学家虽属两个不同职业，但他们的任务却是相通的，既然实验的方法可以获致物质生活的知识，那么它也应当获致"感情生活和智力生活的知识"。实际上，他甚至认为，这两者都是在同一道路上，只不过有程度的不同；这条道路从化学通向生理学，又从生理学通向人类学，通向社会学，它的目标就是"实验小说"。他甚至像贝尔纳设计"实验医学"那样，提出创作"实验小说"的方法：

>……小说家是一位观察家，同样是一位实验家。观察家的他把已经观察到的事实原样摆出来，提出出发点，展示一个具体的环境，让人物在那里活动，事件在那里发展。接着，实验家出现了，并介绍一套实验，那就是说，要在某一个故事中安排若干人物的活动，从而显示出若干事实的继续之所以如此，乃是符合决定论在检验现象时所要求的那些条件的。

左拉不但这样说，也将这一理论用于自己的创作实践，不仅以自然科学家的冷静头脑、冷静态度，还以自然科学家的实验方法，特别要以生物学家的方法，在虚构的人物身上证明在实验室里获得的结论，即是说，要在创作时将作品中的人物当成生物学上的一个个生理解剖对象予以剖析，然后运用生物学的规律，特别是遗传规律，对他们的思想意识和行为举止做出"科学的"解释。

一八六七年的《泰蕾兹·拉甘》是左拉首次将他所创立的"实验小说"理论付诸实践的一篇小说，第二年，他又写了一部同样属于实验小说的《玛德莱娜·费拉》。从一八七一年起，左拉开始发表长篇连续性小说《卢贡·马卡尔家族——第二帝国时代一个家族的自然史和社会史》，意在说明一个家族、一个小小的人群，繁殖出十几二十个成员，初看之下，他们千差万别，各不相似，但加以分析，则可看出他们彼此之间隐深的关联。这就是因为——他说——"遗传有它的定律法则，就像地心吸引力有其定律法则一样。"一八七七年，左拉《卢贡·马卡尔家族》的第七部小说《小酒店》问世，使作家一举成名。接着，他又用十六年的时间，写完了其余的十五部，共五十二部。

继《小酒店》之后，左拉在一八七八年写出了《卢贡·马卡尔家族》的第八部小说《爱情的一页》。可惜此书销路不好。左拉给出版商写了一封信，声称：这一损失，"我们要从《娜娜》捞回来，我想象中了不起的作品《娜娜》"。

当年，一八七八年，从夏天到年底，左拉都在构思这部揭露资产阶级荒淫无耻生活的小说。他拟好提纲，并花了三天时间列出作品中人物的姓名。主人公是一个叫"娜娜"的演员和妓女。其实，"娜娜"这个名字，作为"卢贡·马卡尔家族"中的一个成员，早在一八七○年就曾被作家记载在这个家族的"家谱"上。左拉在提纲上写道：

> 娜娜，即安娜·古波，生于一八五二年，是异种的混杂焊接，受父亲精神上的影响很大。

> 萨丹同米法是上层社会的解体，同《小酒店》里下层社会的混乱一样。

左拉这里指的是：娜娜原是《小酒店》里的洗衣妇绮尔维丝·马卡尔和白铁匠古波的女儿，古波负伤、终日酗酒、渐趋堕落后，安娜·古波在十五岁那年做了花店的学徒，一次被一富有的纽扣商看中，最后与他私奔。到《娜娜》里，这个安娜——娜娜已经十八岁了，成为歌剧院的一名演员。

对《小酒店》里的生活，左拉是很熟悉的，因为他青年时代一直处于贫困的境地。但是要写《娜娜》，因为如他自己常常说的，他是一个"品行端正的人"，像妓院的生活，他就很不了解了。

作家本人具有类似作品人物的生活经历和感情经历，无疑有助于他的创作。但这也不是绝对的，不然的话，作家如何表现主人公的险境甚至死亡。一个思想深邃、对世事有洞察力的作家，可以借用间接的经验来创作出成功的作品，这是文学史已经证明了的。对左拉来说，好在他有不少朋友对妓院等方面的生活有很多了解，于是左拉便通过他们，来收集有关的材料。

传记资料记载，左拉塑造《娜娜》的女主人公娜娜时，她的外貌，是借助于著名印象派画家爱德华·马奈一八七七年的肖像画《娜娜》里的主人公、外号叫"香橼皮蜜饯"的女演员昂丽埃特·奥瑟尔；她主要的生活经历和生活细节则是通过朋友和经朋友指引，从著名演员和妓女布朗什·昂底尼，以及科拉·珀尔等多人那里了解到的。

布朗什·昂底尼，原名玛丽·欧内斯丁·昂底尼（1840—1874），作为一名演员，她经常在弗洛里蒙·吕多维克·阿莱韦的《破裂的眼睛》之类著名的滑稽歌剧里扮演女主人公，赢得观众的喝彩；作为一名被众多有钱的嫖客所争夺的妓女，她得到情人们的馈赠，使她拥有巨额的财富，常常成为人们闲谈中的有趣话题。布朗什原来在巴黎的林荫大道已经有一座住房，有好几个进口和大楼梯，可以通车辆，她自己住处又有单独的门，还有一个阁楼。一八七三年，她又从另一位真名叫爱玛·伊丽莎白·克劳奇的高级妓女"珍珠窗"的手中购下了夏耶路一〇一号的那座著名住宅，这是拿破仑的侄子热罗姆王子送给科拉的礼物。布朗什心地很好，她把夏耶路上的房子第二层都给了朋友居住。布朗什很爱虚荣，她觉得，她最值得显耀的还是她的珠宝，她常常把这些首饰都佩戴起来，使她整个人，就像见过她的人所形容的，"看起来，有如珠宝商店的橱窗"。有一位朋

马奈的画作《娜娜》

友惊叹说："她简直被圣彼得堡的仰慕者们送她的钻石压得透不过气了！"一次，有几位朋友去她住处，上了阁楼后，刚踏进门口，出现在他们面前的就是一大堆钻石。布朗什看到他们这种惊讶的表情，得意地使了个眼色，关上门，悄悄地走开了，仿佛有意让他们自己看个够。对此，来访者中的一位女士，带着微妙的笑容调侃说："真是的，有谁会是贞洁的呢！"不过，无论是房宅还是珠宝，布朗什都没有能够享用很久。

一位叫伊斯梅尔帕夏的埃及人，曾在巴黎求学，后历任于几个欧洲外交使团。一八六七年，土耳其苏丹赐他世袭总督称号。他对艺术活动颇有兴趣，在巴黎招募了一些演员，其中包括布朗什·昂底尼，组成一个艺术团去埃及演出。谁知乘兴而归，途中遇难。在从开罗回巴黎的旅途中，轮船上爆发了天花传染病，有一位男演员当时就死了，尸体做了海葬。布朗什也染上此病，船到巴黎后，被送进著名的"大饭店"。可是当得知布朗什是什么人，又干过点儿什么事之后，他们就将她赶出来了。幸亏一位她曾经在商务上帮助过他的老朋友及时干预，她才得以住进了医院。但最后她的病仍旧没有好，死在她拉丁区一位朋友家的阁楼上。

读过《娜娜》的人都看得出来布朗什·昂底尼就是娜娜的原型。美国作家朱利安·奥斯古德·费尔德在他的回忆录《我不该说出来的事》（1924）中就说道：

布朗什·昂底尼当然是娜娜的原型，每一个人都知道；而且事实上，左拉本人也这么对我说过。不过他承认，他从来没有见过她，而且对于我跟他说的有关她的一切都非常感兴趣。……情况是，布朗什不如娜娜聪明，但她们两人都死于天花。

法国研究家L.奥尔昂在一九四二年写的《真正的"娜娜"的故事》，也说到这一点。事实上，左拉在自己的笔记中也曾经说过：

现在，可以说有两个竞争者，一个娜娜（胖姑娘布朗什·昂底尼）和另一个娜娜（瘦弱苗条的珍珠窗）。她们都从情夫那里骗取钱财，而当她们有了王子做情夫时，她们才算最终获得胜利。

布朗什·昂底尼的故事帮助左拉在创作《娜娜》塑造主人公的形象时有一个总的轮廓，但他需要用一个个情节和细节来丰富它。

可是演员和妓女这类人的生活，左拉实在是了解得太少了。他虽然设法找诸如《堕落的美女》《冒险家乐园里的女人》《吞噬男人的女妖》等书来读，从中吸取有用的东西，他的心中毕竟缺乏感性的事物。多亏朋友们的帮助，他们为他讲述妓女的生活，把自己的笔记本借给他看，带他去剧院、妓女家或著名的老鸨家去；左拉自己也单独活动，如暗地里跟踪妓女，看她们如何招揽生意。

吕多维克·阿莱韦经常与演员、妓女打交道，对她们很熟悉。阿莱韦告诉左拉，歌星布朗什是一个衣着华丽的女人，由于一位银行家的关系，使她很快就红了起来；同时她还受到俄国书信检查官的庇护。"她有很多情夫，"阿莱韦说，"但是，她拒绝了拿破仑三世，说'我不喜欢他那脑袋'。她的诽谤者们称她为伊基尼奶油。是的，她好像会融化似的！"

左拉在朋友陪伴下去瓦里埃德剧场，进了女演员奥尔当斯·斯奈德的化妆室，细细看她各种大大小小瓶子里不同颜色的化妆用品，连大瓶子里装的玫瑰红的液体是什么都要问个清楚。出来后，便从衣袋里掏出笔记本，用铅笔在上面画出草图，标出安放活动衣镜、脸盆和长沙发的位置。他通过多次的亲身观察，甚至记下了妓女化妆时如何打底霜、如何抹油脂、如何搽胭脂的整个全过程。于是《娜娜》的读者就看到了对娜娜那个周围张挂着浅栗色布料和帷幕的化妆室，以及室内的梳妆台、穿衣镜、长沙发及种种梳妆用品的细致描写。

还有朋友为左拉介绍一些妓女卖淫的情况：怎样坐在窗前一边坦然地做针线，一边窥视街上的动静，又怎样不择手段地拉客。朋友还陪左拉来到吕茜·莱维的家，使左拉亲眼见到从瑞士上校到画家、老记者和交易所经纪人等大约四十来个嫖客，围在这个年轻妓女的身边。

另外，作家龚古尔兄弟也给左拉提供过一些资料，并把一名妓女的发卡送给他。

左拉又经引见，获得妓女瓦莱戴丝·毕涅的许可，观看她的卧室。这个异常娇媚的女子，与艺术界人士有广泛的交往，以致人们送给她一个"艺术家联合会"的绰号。瓦莱戴丝的卧室里有一张雕花大床，这在十九世纪的生活中是具有极重要的地位的。左拉看着这张床，仿佛觉得，那就是停放名人的灵床。读过《娜娜》的人都不会忘记，娜娜的公馆，不但大厅是属于路易十六时代的华丽式样，其他如小客厅、卧室和一切的摆设、装饰、用具，都是各个不同时代精选出来的，件件都可以说得上是精致的艺术品，光是那"床上的威尼斯花边"，就价值高达两万法郎。

这样，终于，在左拉的意识中，整个巴黎甚至全法国，就如传记作者所说的，"女农民倒在壕沟里，女工们躺在老板的沙发上；上流社会的贵妇们卧在单身贵族小公寓的地毯上，在左拉看来，社会上充满着翻倒在地的女人，而压在她们身上的都无一例外地是一张张神情一致的脸"。

在小说里，成了歌剧院女演员的娜娜在舞台上演出《金发爱神》这类淫猥的戏剧。这个肆无忌惮的裸体女子，只裹一身薄纱，"她的浑圆的肩膀，健壮的胸脯，像喷嘴一样挺起的结实的粉红色奶头，肉感地摆来摆去的宽大臀部，肥胖的大腿，白得像泡沫一样的整个身体"，使全场的观众"战栗震撼"，煽起他们肉欲的火焰，诱惑了王子、伯爵、军官、银行家、贵族子弟、新闻记者。娜娜像一个"金苍蝇"腐蚀着巴黎的整个上层社会，

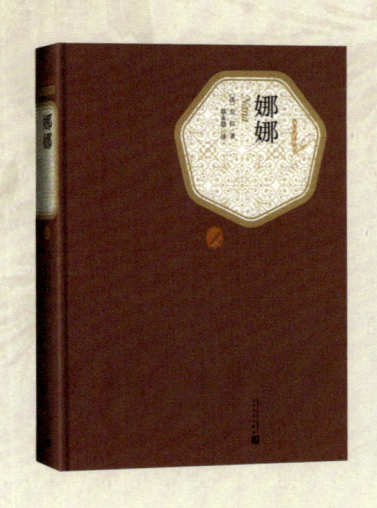

算是贱民对上层社会的报复。结果在她的"脚下躺着整整一代被击倒的男人":有的家产败落,有的完全破产,有的入狱,有的自杀……引起"上层社会的解体";最后,娜娜也死于她的原型布朗什·昂底尼所患的天花。人们见到的她是"一摊脓血"。左拉评论说:"爱神在腐烂了。看来好像她在阴沟和弃至路旁的腐烂尸体上所吸收的毒素,也就是她用来毒害了一大群人的酵素,现在已经升到她的脸上,把她的脸也腐蚀了。"这象征了整个第二帝国的腐朽和糜烂。

左拉是把娜娜置于第二帝国终趋崩溃的社会,对这一时期各色人等进行实验。他自己说到这实验是:

> 通过《小酒店》描写娜娜父母的酗酒,然后引出娜娜。酗酒的原因是贫穷,而酗酒则又会导致双重后果:孩子的反祖遗传以及她在长辈酗酒中得到的教育,由此形成娜娜的发展线索。贫穷、酗酒、卖淫,整条线应当是完整的。

娜娜是因为社会造成的贫穷使她沦为妓女,那些达官贵人则是在腐朽的社会中,生理的淫欲本能不可克制地导致他们生活腐败、道德堕落。如果说全部小说是左拉对娜娜的性格发展的一个实验,那么小说第五章细致描绘米法·德·伯维尔伯爵如何原来是一个"不知肉欲快乐"的青年,在与娜娜的接触中,却"被邪恶的香粉和胭脂迷住,被不正当的情欲擒住",则算得上是全书实验的一个缩影。

L'Invitée

《女客》

在创作中杀死情敌、荡涤心灵

一九三五年,未来的法国哲学家让-保罗·萨特为研究人类的想象活动,在巴黎圣安娜医院,请他过去的同班同学、精神病科的实习医生丹尼尔·拉加谢为他注射致幻剂仙人球毒碱,期望亲身体验一下幻觉的感受。与萨特同一病房的人,在注射这种致幻药后,眼前是一片美景,只觉得自己是在鲜花盛开的草地上跳跃,有娇艳的美女伴随。但萨特从当天起,就只觉得疲乏无力,精神抑郁,神态恍惚,眼前的事物都以令人惊恐的方式改变了它的外形:伞子变成了秃鹰,鞋子变成了骷髅;他还像是陷入了大海的深处,海蟹、珊瑚虫等在他的身后爬行、蠕动。一天,他甚至觉得有一只龙虾尾随他穿过街道……萨特担心自己正处在"慢性幻觉精神错乱症的边缘"。

萨特从读大学时就与西蒙娜·波伏娃相爱,毕业后,波伏娃去了鲁昂的寄宿学校任教,他则做勒阿弗尔中学的教师。如今,他已经三十岁,两人分居两地,没有结婚,但他们在感情上是密切不可分的,同时也尽量待到一起,每逢周日,萨特便常要去鲁昂看

萨特、波伏娃和奥尔嘉三人

他的这位情人和伴侣。现在，萨特的病态的幻觉持续了大约半年，在这段时间里，波伏娃因为忙于上课，有时自己还照顾不到，就让她的女学生奥尔嘉·高萨绮薇茨来经常料理他的日常生活。

奥尔嘉·高萨绮薇茨（1915—1983），别名多米尼克，这年十八岁，比波伏娃小七岁。

奥尔嘉的父亲原是俄国的贵族，年轻时曾在德国慕尼黑取得工程师的文凭。为使自己的技术有所用途，他先后来到斯特拉斯堡和希腊，最后到了法国的小城伯泽维勒，并与一名法国女子结婚，生下了她。因为伯泽维勒没有女子中学，父母便送她进了鲁昂波伏娃所在的这所学校。

奥尔嘉皮肤白皙，一头金黄色的长发，十分可爱。在聪慧、开明且有文化教养的母亲的指导下，奥尔嘉从小广泛阅读神话、《圣经》、荷马的作品和印度的史诗，培养起美好的心灵和广泛的知识，见到她的人没有不喜欢的，学校里的教师都喜爱地叫她"俄罗斯姑娘"。对波伏娃来说，不但奥尔嘉·高萨绮薇茨的直率和绝不隐瞒自己观点的个性使她喜欢，还有，作为一个流亡贵族的后裔，她对现实的偏见正切合他们反资产阶级的无政府主义思想。一种共同的对资产阶级道德、习俗蔑视的情绪，把她们两人牵引到了一起。奥尔嘉无限信任波伏娃，完全沉浸在对她的依恋之情中，这种情感还一天比一天强烈，好像着了魔似的。波伏娃对奥尔嘉也产生一种奇特的感情，为她"在她的长相、姿势、嗓音、言谈和说话方式中表现出来的特殊魅力"所迷惑和倾倒。于是，这两个女性，从一九三三年起就相处得十分密切。她们的这种关系，波伏娃觉得，是她在与别的同龄女性之间所未曾有过的。

但是波伏娃没有想到，从奥尔嘉·高萨绮薇茨介入到她和萨特的生活中之后，一种奇异的现象出现了。

萨特非常喜欢奥尔嘉，只要这个爱幻想、好冲动、性格狂热的"俄罗斯小姑娘"在他身边，他的那些病态症状便开始缓解；只要她在执行她的护理角色，他幻觉中一切可怕的变形动物也便完全消失。他觉得奥尔嘉做护理工作十分迷人。实际上，他是爱上她了。因此，当奥尔嘉因为中学毕业时没有拿到物理化学博物学的修业证书，父母要她转向学她所不喜欢的医学时，萨特就感到非常沮丧：他是多么不愿再也见不到奥尔嘉啊。波伏娃也不愿意奥尔嘉离开，因为她担心如果奥尔嘉走了，萨特那种神经官能性的病态可能又会再次复发。于是他们两人写信并亲自去了伯泽维勒，竭力说服奥尔嘉的父母，说他们的女儿对医学毫无兴趣，不如让她攻读哲学，由波伏娃做她的监护人，他们两人帮助和指导她学习取得文凭。这建议果然得到了奥尔嘉父母的同意。但奥尔嘉是一个爱享受、热烈追求玩乐的人，她甚至把"生命的价值"看得比"精神的价值"还要重要，而对哲学抽象的理智思维一点也没有兴趣。她平日对所有的人和事都有一股渴求的热情，但热情中含有孩子气的放肆，有时她会发疯似的跳舞，直到几乎昏了过去。一次，她与一位男性待了一个通宵，喝了满满一瓶酒，醒来之后，发现自己躺在阴沟里。因此，尽管萨特和波伏娃给她制定了细致的学习计划和要求，她根本没上几天哲学课，甚至连第一篇文章的第一行字都懒得去写。这样的情况下，她就不像是波伏娃的学生，而像她和萨特的伙伴了。事实也是，他们一起上酒吧，喝咖啡、橘子汁，一起看戏看电影，下棋、玩扑克，一起谈作品、开玩笑。奥尔嘉加入进了萨特和波伏娃两人的"二重唱"后，便使这台爱情浪漫曲变成了一组"Trio（三重奏）"。

一段时期里，"三重奏"的生活的确为萨特和波伏娃带来了生气。奥尔嘉总是像过节似的开门迎接他们，给他们泡茉莉花茶，让他们品尝她亲手配制的三明治，讲述她在农村的生活往事。她的"朝气把我们周围外省式的乌烟瘴气冲洗殆尽，使鲁昂出现了闪烁的亮色"。他们两人都觉得好像回到了二十岁。而且对萨特个人来说，这"三重奏"无疑也是他所追求的：它给萨特带来了新的欢乐。每每听到奥尔嘉迷人而稚气的笑声，萨特便感到全身轻快、精神焕发。他差不多整天都只是注意奥尔嘉的举动，倾听奥尔嘉的声音，从中获取快乐，并处处设法要取悦于她。萨特对奥尔嘉的这种无法抑制的情绪，他自己形容说是有如"本生灯口喷出的一束火焰"。这样的结果就是，奥尔嘉从作为护理员开始而取得的特殊地位，在萨特病症消失之后也就不能不继续存在下去了，并且萨特还希望拥有对奥尔嘉的独占权，不让有别的什么人比他更关心她，虽然当时他自己相信这仅仅只是精神上的。

面对此种情形，波伏娃最初自称并不因此而感到妒忌，但她同时也注意警惕，"决心不让奥尔嘉在我生活中占据太重要的地位"，要不然，她认为"她会播下我不能对付的纷乱"。

果然，渐渐地，真的要做到"不妒忌"就不那么容易了，因为奥尔嘉加入"三重奏"之后，波伏娃再也不能做到只是与萨特"一对"了。于是，她和萨特不时要为这个"俄罗斯小姑娘"而争吵。当然，她发现，萨特也在忍受着感情的折磨：奥尔嘉毕竟只是一个未成年的少女，他应怎样对待她呢？但是他们自己心中都明白，要是没有奥尔嘉在，无论是对萨特或是对波伏娃，都是不可想象的。事实正是这样，当奥尔嘉的父母得知他们的女儿无尽止地在街上闲逛，成为酒吧和咖啡馆里的常客，要让她回到自己身边去时，萨特和波伏娃两人都以为会永远失去她了，心情无比的忧郁。离别前，三个人坐在咖啡馆里，整整两个小时都一言不发。幸亏奥尔嘉后来表示，说她还是要回来的。于是，他们双双去了车站送别，激动得连手提箱都掉在地上，从此恢复了往常的欢乐。他们就处在这样进退两难的境地。大概，这种处境他们自己也可能都已经意识到的。

萨特、波伏娃、奥尔嘉曾达成谅解：各人分配感情，对谁也不偏爱。但这根本是无法办到的。奥尔嘉对萨特和波伏娃的感情摇摆不定。实际上，奥尔嘉爱波伏娃是超过爱萨特，她却要装出更爱萨特的样子，来激发波伏娃的妒忌心。当她发现她的意图真的要

奥尔嘉剧照

实现时，又害怕起来了。而不断更换的感情，也不能让萨特得到他所企望的快乐，以致经常性格暴戾，向波伏娃大发脾气。就在这种感情的旋涡中，波伏娃深感因为有奥尔嘉的存在，使她在萨特的心中失去了原有的位置。她一方面为萨特制造出这样的处境而不快，同时又为奥尔嘉利用这一处境而气恼，心中产生"隐隐的怨恨"。这种心情，波伏娃说，仅仅用"妒忌"两个字来概括是远远不够的。她觉得是一种痛苦，一种即使单独与萨特在一起也不再能像以前那样可以自由按她的天性行事的痛苦。她甚至心中时刻感到有难以忍受的灼痛，好像自己是被流放了，使她不止一次地问自己：我本来自以为的全部幸福的基础是否不过是一个大谎言？这样一来，她对奥尔嘉的感情起了变化，因为那种"模模糊糊的压抑感制约着我，促使我厌恶她"，并且还产生一种深切地被羞辱之感。无论什么时候，每当她想到这种"三重奏"还要长期持续下去时，她更是被吓坏了，觉得不能再这样下去了。

奥尔嘉当然也很痛苦，甚至精神上都有点儿失去了常态，一次竟然当着萨特和波伏娃的面，用火柴长时间地烧自己的手。

退一步，波伏娃也曾理智地想过，奥尔嘉所扮演的不过是小孩的角色，她是在跟一对以不可动摇的情感维系着的成年男女抗衡。萨特早就向她申明过，有"必需的"爱，也有"偶尔的"爱，以往的事实不是已经证明了，萨特尽管一次次与别的女人相爱，那

一九四六年时的萨特

些"偶尔的"爱始终没有影响过他对自己的爱。所以，怀疑他对自己的爱是完全不必要的；应该相信，是她和萨特控制着"三重奏"的命运，他与奥尔嘉的这种"偶尔的"爱，一定会像以往那样过去。但是无论如何，在波伏娃的内心深处，怎么也无法摆脱这种感情冲突的搏斗。起初，她还只是觉得，和"格扎维埃尔"在一起，好像是鞋底下带了几公斤重的黏土在走路，最后她简直认为，他们三个人是"被一架我们自己开动的机器牵引着，跳着可怕的舞蹈"。

在此之前，作为作家的波伏娃，虽然写出过几篇东西，但根本还说不上有什么成就。一九三七年新学年开始的一个晚上，萨特和她一起坐在一家圆顶咖啡店里谈论起她的作品时，批评她在创作上不够大胆，并建议说："为什么你不把自己写入作品?"萨特的话击中了波伏娃的心坎，使她觉得好像有人在她头上猛猛地击了一拳，热血涌上她的脸颊。"鼓起你的勇气吧!"萨特进一步激励她说。波伏娃受到了震动，在以后的许多日子里，她一次又一次地回味着萨特的建议，觉得他这话使她"看到了许多可能性以及不少希望"，并"鼓足勇气，思索我已经断断续续考虑了至少四年的题材"，就是关于谋杀犯罪的题材。这题材一个来源是一九三四年一位年轻人因为没钱付车费、宁愿犯罪也不愿丢面子而杀死出租车司机的事件。波伏娃说，对这个杀人罪犯，"在某种程度上，我理解他"。另一个就是经常出现在她自己的梦境和幻觉中的犯罪，也就是存在她自己潜意识中杀死她情敌奥尔嘉·高萨绮薇茨的幻觉。这梦境和幻觉甚至像现实那么的鲜明，使波伏娃觉得好像"看到自己站在法庭上，面对法官、起诉人、陪审员和一群旁听人，承担着我认为是亲手所为的事件的结果"。

从一九三八年十月起正式动笔，波伏娃花了四年的时间，完成了长篇小说《女客》。小说基本上写的就是女作家自己生活中的这个"三重奏"的现实，当然是经过深化的现实。

这是一部描写两个女人和一个男人之间爱情"三重奏"的心理小说。

剧作家弗朗索瓦兹·米凯尔和名演员、大导演皮埃尔·拉勃鲁斯是一对情人，他们在巴黎，用他们自己的话来说，过着好像"一个人，缺了哪一个，人们就无法说清我们的特点"的生活。后来，一位鲁昂的小姑娘格扎维埃尔·帕热斯进入了他们的生活。娇小玲珑的格扎维埃尔，身材纤巧，细长美丽的脖子，像个男孩子的脑袋，高高的颧额，一头金色的长秀发，两只像儿童般天真的蓝眼睛炯炯有神，脸上焕发出美丽的珍珠般的光泽，优美的鼻子也富有魅力。弗朗索瓦兹从与皮埃尔相遇以来，还未曾见过有这么一个具有女性美的人。"我要使她幸福。"弗朗索瓦兹下了这样的决心，并且有信心做到这一点。这信心甚至在格扎维埃尔与皮埃尔相爱之后，她也没有动摇：她和皮埃尔两人都相信，像他们这样的三个人，是可以形成某种"可能是很美、很幸福的""特殊的组合"，相信在五年里，他们三人每人都会"专心致志地献身于"这个"三重奏"，使它达到理想的境地，大家过上一种"任何人都不会做出牺牲的、平衡的三人生活"（周以光译文）。

但这只不过是一个不现实的幻想。

格扎维埃尔是一个为了获取名利而会得心应手地运用种种欺骗伎俩的少女。她与弗朗索瓦兹亲近又相爱，却憎恨所有与弗朗索瓦兹亲近的人。她既与皮埃尔相爱，又跟另一个演员热尔贝相爱。皮埃尔当然如他自己说的，是一个"征服狂"，他爱格扎维埃尔，但并不只停留在他所声称的精神上，他还与她睡觉。这么一来，弗朗索瓦兹感到，格扎维埃尔原来对她的感情不过是一种骗人的幻影，事实是，因为格扎维埃尔，使她几乎失去皮埃尔，作为报答，格扎维埃尔给她的仅仅是蔑视和嫉恨；格扎维埃尔还试图与皮埃尔建立一种阴险的同谋关系，两个人都遗弃了弗朗索瓦兹。于是，在弗朗索瓦兹的想象中就出现了这样一个情景：

  在她房间惨淡的灯光下，格扎维埃尔裹着棕色浴衣，阴郁而不祥地坐着，皮埃尔满怀悲伤的爱情谦卑地拜倒在她脚下。而弗朗索瓦兹则在街上游逛，她被蔑视，她满足于一种厌倦的柔情留下的残羹剩饭。

  弗朗索瓦兹被激怒了，感到受到了深深的伤害。"我再也不能容忍了。"她下定决心。经过一场正面的交锋，格扎维埃尔居高临下的傲慢态度和粗暴、蛮横无理的语气更使她感到受不了，觉得"格扎维埃尔的存在始终在她生活圈子以外威胁着她"。怎么办？

  波伏娃曾承认，试图揭示少女们的欺骗伎俩，是她写这部小说的目的。现在，她这批判矛头同时也指向弗朗索瓦兹。此前，为了报复，弗朗索瓦兹曾主动投入热尔贝的怀抱，没想到，热尔贝将此事写入信中，被格扎维埃尔所窃知。这样一来，为掩盖自己的背叛行为，弗朗索瓦兹就没有别的退路了。"不是她，就是我。"她说。于是，她怀着妒忌和卑鄙的心理，在格扎维埃尔入睡之时，扳下了她煤气开关的手柄，做出了她最后的选择。

  《女客》中"三重奏"的主角弗朗索瓦兹和皮埃尔带有波伏娃和萨特的身影是不言而喻的；格扎维埃尔是以奥尔嘉为原型也是十分明显的，虽然"也经过了一番系统的重塑"。创作是心灵的探险，一种既是痛苦又是愉快的心灵活动。福楼拜写爱玛·包法利服毒时，自己的喉头也感到有砒霜的气息。波伏娃写这谋杀时，自己也就像是弗朗索瓦兹一样地在犯罪，"喉咙紧绷着，好似肩负着一个真正杀人犯的重担"。事后的情形也一样，她坐在那儿，"笔杆在握，怀着一种狂乱的恐惧写下弗朗索瓦兹精神孤寂的经历"。

但随着痛苦的过去，创作也使波伏娃的心灵获得了荡涤："由于在纸上把奥尔嘉杀死了，我把过去对她的不安和怨恨扫除一空，从而从我们的友谊中清除了藏于愉快的回忆之中的不愉快的往事。而最重要的是，我让弗朗索瓦兹以犯罪为渠道，摆脱她对皮埃尔的爱造成的依附地位，从中我自己也重新获得了自身意志的自由。"

《女客》于一九四三年出版。虽然严格地说，这还属于西蒙娜·德·波伏娃的一部处女作，但立刻引起广泛的注意，受到很高的评价，与女作家的另一部小说《名士风流》和理论著作《第二性》一起，被认为是她的三部代表作，在二十世纪的法国文学史中获得坚实的地位。

Eugénie Grandet

《欧也妮·葛朗台》

怀着"纯洁、无限、骄傲的爱"

　　不问社会后果地追求炽热的情感,特别是男女间的爱情,无疑是欧洲浪漫主义的一大重要特征。拜伦勋爵不但在跟意大利的特蕾莎·居齐奥里伯爵夫人私通,还与自己的同父异母姐姐奥古斯塔生下了一个孩子。在威尼斯旅行期间,他还与十多个女子发生性关系,有伯爵夫人,有朋友的妻子,还有高等、中等、低等妓女。匈牙利钢琴家弗朗兹·李斯特、德国音乐家理查德·瓦格纳也一样有几多风流感情。乔治·桑是法国的一位女作家,她的情人名单可以列出一长串来。而这些浪漫主义作家、艺术家原本还都是有妇之夫或有夫之妇,更使人相信他们的感情要求是多么强烈。问题是在浪漫主义运动的几十年里,巴黎和欧洲的受众期望于作家、艺术家的,不但要求他们创作出激动人心的作品,还要求他们尽可能亲身经历和体验作品中人物的生活和情感。渴慕爱情自然是人的本性要求;同时,作家、艺术家们为了博取受众的欢心,便必须成为激动人心的爱情故事的主人公。在这方面,奥诺雷·德·巴尔扎克是绝对不肯落在他同行们的后面的。

　　从年轻时候起,巴尔扎克就渴慕荣誉和爱情。很快,他就如愿以偿,可惜只有一半:

巴尔扎克

在他二十三岁那年获得了爱情。这年，原来的情妇德·帕尔尼夫人尽管已有四十五岁，美貌仍旧不减当年，而且这位温柔而又富有同情心的女子对巴尔扎克在经济、社交和文学上都有莫大的帮助。以后，巴尔扎克又爱上另外几个女性。不过，在荣誉上，直到一八二八年他仍是一个文学上失败、经商时又赔本的穷困落魄之人。只是从这年夏季重返文学事业开始，三年里，《舒昂党人》《婚姻生理学》，特别是《驴皮记》这三部小说，使他很快就成为法国最负盛名的作家之一，还获得了世界性的荣誉。但此时巴尔扎克又觉得，如果没有爱情，光有这些名声，又有什么用呢？生活仍然是空虚而乏味的，特别是这两年里，德·帕尔尼夫人已向他表示，应该终止他们之间这种持续了十年的密切关系。先是他的文坛密友、随后又成为他的情妇的德·阿布朗泰斯公爵夫人已经使他感到厌倦；而向他的文学朋友德·特鲁密利男爵的二女儿埃莱奥诺·德·特鲁密利小姐求婚，又遭到拒绝；与德·卡斯特利夫人的关系虽然已经上升到了炽热的友情，而要再进一步，不管他多么热情，对她也不具有诱惑力……巴尔扎克只希望能有一个奇迹出现。

像是一次天助，奇迹真的终于出现了。

埃芙丽娜（夏娃）·泽乌斯基（1805—1882）是波兰望族亚当·泽乌斯基的女儿，生于一八〇五年，长兄亨利·泽乌斯基是一位作家。她体态健美，模样迷人，虽然稍显肥胖；她会法语、英语和德语，又爱好文学，特别是具有一种西欧人的优雅情趣，把教养有素的社交活动看成是自己生活中不可缺少的部分。只是在嫁给了小俄罗斯的富有贵

《欧也妮·葛朗台》插图　　　　　　　《欧也妮·葛朗台》插图

族温塞斯拉夫·韩斯卡之后,尽管宅第内一切奢侈品应有尽有,可是年迈的丈夫要比她大二十五岁,又是一个脾气古怪的病人,尤其是在这僻远的乡间,她根本找不到一个在知识上和精神上能给她以激励和满足的人……这样,十一二年里,她就一直都不得不生活在孤寂之中,只有每星期一次的远方邮件与从巴黎订购的文学杂志和新出版的书籍,才是可能带给她的唯一的乐趣。因此,完全可以想象,当她在一八三一年冬读到一位最新在法国成名的新作家奥诺雷·德·巴尔扎克的《私人生活场景》时,作者对女性心理的细腻描写和透彻揭示,她认为是自己以前所从来没有读到过的,使她深切地受到了感动。于是,她在与她的两个外甥女和她女儿的家庭女教师交谈之后,几个人产生了一个共同的想法,给这位法国作家写了一封神秘的信。信中说:"阅读您的作品时,我的心战栗了。您把女人提到她应有的崇高地位,爱情是她天赋的美德,神圣的体验。我崇拜您那值得赞叹的敏感心灵……"信上的署名是 L'Etrangere("一个外国女子"),还盖上拉丁文格言 Diisignotis("天神莫测")的印章,通过出版商寄给这个叫"巴尔扎克"的作家。

巴尔扎克于一八三二年二月二十八日收到韩斯卡夫人的这封信。当时虽然因为忙于别的事情而没有立即拆开来看,但是随后读过之后,这封浪漫而又多情的信,时刻像一个哑谜似的激发着这位作家的好奇心。他猜想,这个"外国女子"定是一位年轻貌美、出身高贵的公主,因而心里一次次感到欣喜若狂。于是,他在十二月九日的《每日新闻》上刊登了一则启事:"致巴尔扎克先生的信已收悉,今天才有机会通过本报致意,遗憾的是不知如何作复。"在写信人透露了自己的身份之后,巴尔扎克设计出了一种冠冕堂皇而又十分独特的方式向这位不知名的女子表示谢意,当然同时多少也带有一点儿挑逗的心理。

当时,巴尔扎克的《私人生活场景》第四卷正在付排,他决定将它题献给这位韩斯卡夫人。于是他就给出版商写了一张便条,请他将 L'Etrangere 的字样连同 Diisignotis 的格言,复制出来印在书的扉页上,再在下面印上"一八三二年二月二十八日"这一日期,通过"这种内心情感的无声表白",以"表示对您的感激"。但此招未能成功,因为被仍在帮他校对原稿的德·帕尔尼夫人怀着妒忌之心给删去了。

虽然巴尔扎克一直在朝夕仰慕中希望与"外国女子"德·韩斯卡夫人通信,但是直到一八三三年九月,才得以背着德·帕尔尼夫人,在离法国边境最近的瑞士避暑胜地、景色幽美的纳沙泰尔与他的这位"北极星"第一次见面。可惜两人单独相处的时间只有几分钟,因为她的丈夫一直陪在她身边。不过同年十二月,他们在日内瓦再次相见,共度六个星期,期间,巴尔扎克得到一枚贵重的戒指,戒指套在一个小囊里,囊里还盛有一绺他羡慕已久的黑发。作家同时还获得许诺:两人每天互相报告自己的生活和思想,经常秘密约会,直到她成为多病的德·韩斯卡先生的遗孀和巨额家产的继承人之后,他们再举行婚礼。

在此之后,巴尔扎克和韩斯卡夫人几乎每年都会面,有时在瑞士,有时在奥地利。但在一八四一年十一月德·韩斯卡先生去世之后,德·韩斯卡夫人仍旧没有表示与巴尔扎克结婚的意思。直到七年之后,巴尔扎克的健康已经非常差了,且德·韩斯卡夫人本人也怀有身孕,两人才于一八五〇年三月十四日在小俄罗斯,即乌克兰别尔季切夫城的圣·巴巴拉教堂完婚。五个月后,巴尔扎克即在孤独中病逝。

巴尔扎克与德·韩斯卡夫人的爱情,在学术界一直是有争议的。人们认为,德·韩斯卡夫人性格多疑,妒忌心重,感情波动很大,尤其是在丈夫弥留之际,都没有在他身边。但是对巴尔扎克来说,尽管不能否认,他是出于虚荣心,觉得自己能拥有这么一个出身贵族的女子的爱,是一种荣耀,但他给德·韩斯卡夫人的四百六十封满怀激情的信,而且不少都是长信,说明他对妻子的爱是无可怀疑的。他甚至把她当成是理想女性的原型写进了他的小说中。

堪称法国最伟大作家的巴尔扎克是一位天才的小说家,自然主义和现实主义的创始人之一。他毕生最重要的作品、卷帙浩繁的巨著《人间喜剧》,在小说史上占有突出的地位。《人间喜剧》三大部分之一"风俗研究"中六个门类中的"外省生活场景",像其他作品一样,生动感人地描述了人情风俗,再现了当时法国的社会现实。在《高老头》中,人们看到做女儿的耗尽了父亲的财产,最终将父亲像一只被挤干了的柠檬似的离弃;而在《欧也妮·葛朗台》中,人们又看到了做父亲的在逼死妻子后,又千方百计地把给女儿的遗产夺了过去,葬送了女儿的一生,深刻揭露出在金钱原则统治下资产阶级的家庭悲剧。

将生活中的真实人物,特别是他所熟悉的女性作为原型写进他的作品,是巴尔扎克创作方法的特点之一。在脍炙人口的小说《欧也妮·葛朗台》(1833)中,巴尔扎克就怀着极其深切的情感,写进了自己对于韩斯卡夫人的无尽的爱。

在《欧也妮·葛朗台》(傅雷译文)的开头,有一段"献给马利亚"的题献。这位她的肖像"最能为本书增添光彩"、她的名字有如"赐福的黄杨枝"那样"永葆常青"的马利亚到底是谁,曾经有过不少的猜测。传记作者和研究人员们的看法大多都集中在巴尔扎克写作此书时认识或有过接触的几个女子:如很有些葛朗台特点的有钱人让·尼韦卢的漂亮女儿,那两年里成为巴尔扎克情妇还生下过一个女儿的玛丽·德·弗勒内依,德·韩斯卡夫人,以及她的表妹玛丽·波托斯卡伯爵夫人,等等。

当然,创造一个像欧也妮·葛朗台这样世界文学中近乎典型的著名女性形象,作者完全可能吸取现实生活中不止一个原型人物形象的多方面特点,但是近期的研究相信,她最主要的原型就是德·韩斯卡夫人。

巴尔扎克在《欧也妮·葛朗台》中描写女主人公欧也妮说:"……高大壮健的欧也妮并没有一般人喜欢的那种漂亮,但她的美是一望而知的,只有艺术家才会倾倒的。"

帕尔尼夫人　　　　　　　　　　　　　　韩斯卡夫人

　　这可以说是作为艺术家的巴尔扎克自己对德·韩斯卡夫人的直感。确实，德·韩斯卡夫人身材并不苗条，而显得有些粗壮，双臂也比较丰腴；她额角很高；眼睛又像深度近视，仿佛罩了一层翳。正如一位传记作家说的，"只是一个貌不惊人的女人"。但是，在通过半年多的信之后，出现在朝思暮想中的作家面前时，爱的情感使巴尔扎克感到她有一种"勾人魂魄"的美。巴尔扎克怀着无限的深情把韩斯卡夫人的外貌移植到欧也妮的身上。巴尔扎克并不回避描写欧也妮"身材结实""脖子滚圆"这些壮健的形体，更没有将她改装成传统浪漫主义崇尚女主人公的病态外形。但作家是把这种外形当作他心目中的美来描绘的，说这种结实壮健使他觉得"高雅""有点儿灵秀之气"，说她的大脑袋和"带点儿男相"的前额也"很清秀"，充满智慧；特别是"额角下面，藏着整个的爱情世界，眼睛的模样，眼皮的动作，有股说不出的神明的气息"，使人"感觉到它那股精神的魅力"。

　　不错，在巴尔扎克的笔下，欧也妮与她堂弟的爱不像他自己与德·韩斯卡夫人的关系。这是因为小说的布局和基本情节在作家与德·韩斯卡夫人进入热恋之前就已经考虑好，他没有再按照自己与韩斯卡夫人的爱情进程重新来构思这部小说。但是他们的这一新关系在几年之后的《阿尔贝·萨瓦吕斯》中仍旧得到了表现。作家在给德·韩斯卡夫人的一封信中曾写到创作这部小说时的情感："……现在是早晨六点，我打断了自己的工作来想你，我把《阿尔贝·萨瓦吕斯》的场景安置在瑞士，这使我想到了你——瑞士的情人。"在这部小说中，巴尔扎克把自己一八三三年十二月去瑞士日内瓦德·韩斯卡夫人居住的别墅拜访她的情节写进了阿尔贝·萨瓦吕斯给阿尔盖奥洛夫人的信中，而且这信与巴尔扎克写给德·韩斯卡夫人的某些信，内容十分相似。

最能说明德·韩斯卡夫人作为欧也妮的原型的是巴尔扎克在《欧也妮·葛朗台》中安排的一个情节。

一直以来，巴尔扎克的经济状况都非常拮据，而不得不接受德·帕尔尼夫人等人的资助。一八三三年九月他与德·韩斯卡夫人第一次见面后，德·韩斯卡夫人不习惯他不断陷入经济困窘的境地，希望帮助他摆脱困境。但是这次，巴尔扎克拒绝了。他在给德·韩斯卡夫人的一封信里这样说到此事：

亲爱的天使，我一千遍地感谢您的及时雨，感谢您的慷慨；……当读到您的令人愉快的信时，我真希望把我的手伸进海里，捞出海里的全部珍珠，把它们编缀在您那乌黑的秀发上……

巴尔扎克所说的"珍珠"是指他要用字字珠玑的作品，作为一份感激德·韩斯卡夫人的礼物，像一件佩戴在她秀发上的饰物献给她。于是他就在《欧也妮·葛朗台》"情人起的誓"一节中写下了这样"一个崇高的场景"。

"情人起的誓"一节写道：暗暗爱上堂弟夏尔的欧也妮，出于热情和好奇，在夏尔熟睡之时偷看了他写的信。从信中，欧也妮得知，夏尔因为父亲破产自杀，不但财产分文全无，还成了孤儿。他决心从深渊中爬起来，上印度或美洲去找发财的机会，可惜苦于没有旅费……欧也妮感到自己有能力帮助自己所爱的人而深感愉快。于是她将自己多年的积蓄，总计价值五千八百到六千法郎的古老的葡萄牙金洋、西班牙金洋、热那亚币、荷兰杜加、印度卢比和法国拿破仑币，全数送给了他，"是为了把黄金丢入爱情的大海"。为回报堂姐的馈赠，夏尔交托她一件"和性命一样宝贵"的宝物，嵌在手工精巧的镶金匣子里的两张镶珠子的父母亲的微型肖像。

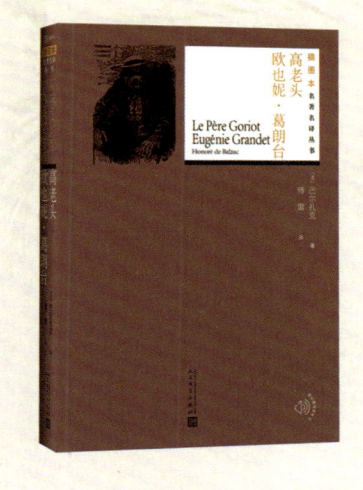

看得出来，巴尔扎克是怀着对德·韩斯卡夫人的一片真诚来写这个"崇高的场景"的。在上面引到的给德·韩斯卡夫人的信中，巴尔扎克解释说："……欧也妮将她的财产送给了她的堂弟，她堂弟做出了回答；在这种事上我要对您说的要比这优雅得多。……请别以为在您所知道的我拒绝接受您天使般馈赠的金子的原因中有丝毫的骄傲和虚伪之情。"这是真的，不管在任何情况下，不管德·韩斯卡夫人如何对待他；有人甚至说道，对于巴尔扎克，"实际上，她几乎是个毫无心肝的人"，巴尔扎克始终都是那么热烈地爱着她。除了《欧也妮·葛朗台》之外，在《乡村医生》中，巴尔扎克给主人公、感情上受过重创的贝纳西医生所深爱的那位姑娘取的名字就是德·韩斯卡夫人的爱称"夏娃"；他还把《塞拉菲塔》题献给她，用的也是德·韩斯卡夫人的真名和闺名；另外，在创造小说《幽谷百合》中的德·莫尔索夫人和《假情妇》中的克莱芒蒂娜·拉金斯基伯爵夫人时，读者也可以看到，这两位主人公的形象中都有着德·韩斯卡夫人的身影。

少女欧也妮·葛朗台心灵高尚，性情温顺、贞洁贤淑，她是那么倾其一切地爱着夏尔，最后却被夏尔所抛弃，后又在三十三岁之时成了寡妇。她的命运是十分感人的，这是世界文学中异常令人喜爱和同情的美丽女性形象。巴尔扎克在一九三四年八月十一日给德·韩斯卡夫人的信中说道："我的夏娃，我亲爱的美人，一个人必须爱着，才能写出欧也妮·葛朗台那样的爱，那是一种纯洁的、无限的、骄傲的爱！"确实如此，巴尔扎克正是由于对德·韩斯卡夫人怀有这种"纯洁的、无限的、骄傲的爱"，才写出了欧也妮的爱。他完全有理由如他自己所期望的"为此而得到赞赏"。

Gone with the Wind

《飘》

以自己的背景描写战时和战后

　　以往，写小说似乎只是男人的事，没有女人的份；后来成为英国维多利亚时代最杰出的小说家之一的玛丽·安·埃文斯甚至不得不用男性的名字"乔治·艾略特"这么一个男性的姓名来投寄她自己写的稿件。随着时代的进步，妇女不再为写作而躲躲闪闪了，但是女作家毕竟少得可怜。因此，说有一个女人，花了十年时间，写出一部长篇小说，并且成为全国有史以来最畅销的作品；小说被改编成电影后，又不但获得了最高奖，而且连续二十多年都创最高票房价值，人们就把此事看作一起重大新闻，文学史上的一件大事了。

　　玛格丽特·米切尔（1900—1949）天性趋求自然，不拘习俗，一九一八年于华盛顿私立女子高等中学毕业后，就已经出落得玲珑标致，加上她又喜欢跟人调情，于是便成为当地最受青年男子喜爱的少女了。

　　这年，青年们纷纷开赴海外参加第一次世界大战。为了帮助他们忘却即将面临的严酷现实，地方上每个周末都安排郊游、野餐、舞会等娱乐性聚会。身材矮小、腰围十九

二十一岁的玛格丽特

英寸的玛格丽特·米切尔,一张孩子脸,极富有生气,脸上那对碧蓝的眼睛,闪闪发光;穿一身蝉翼纱和丝绸的服装,松散的头发扎一个蝴蝶结,显得妩媚而活泼,加上她又富有幽默感,因此对异性舞伴就有很大的诱惑力。也就是在这样的一次聚会上,玛格丽特遇见了一位名叫克利福特·韦斯特·亨利的青年军官。

克利福特·韦斯特·亨利(?—1918)是美国康涅狄格州的一位土地管理员的儿子,这年六月刚从哈佛大学毕业,正十七岁,是驻在戈登兵营的一名陆军中尉。他个子高大,皮肤白皙,还能背诵莎士比亚作品中的诗句或章节。他与玛格丽特一样地喜欢跳舞,看到玛格丽特是这么一个被年轻军官们围着转的漂亮女子,就完全被她迷住了,对她表现得特别殷勤。玛格丽特也很喜欢亨利,觉得亨利模样好,又富有才智,且具诗人气质和绅士风度;不管她的同学们说亨利身体单薄,缺乏个性,玛格丽特仍旧觉得亨利是挺漂亮的,发誓忠诚于他。但据亨利的朋友们说,亨利有同性恋倾向,显然这是玛格丽特所全然不知的。在热恋中,亨利送给她一只祖传的带纹饰的金戒指,来表达对她的真诚的爱。

八月的一个夜晚,亨利来玛格丽特家与她见面。在游廊上,亨利告诉玛格丽特,他将开赴海外,要离开她了。于是,就在这天晚上,这两个相爱的人秘密订了婚。

在选择升学的时候,玛格丽特把校址在马萨诸塞州安普顿的史密斯学院作为她的目标。她考虑,除了希望毕业之后能够进医学院校学习,回亚特兰大行医之前去维也纳跟精神分析学创始人西格蒙特·弗洛伊德学习一段时期外,这个学校与亨利的家靠得很近也是一个原因，因为她对亨利怀有深深的情感。不知是不是对她这情意的回报，大学开学前两星期，一个偶然的机会，玛格丽特在火车上，同车的亨利父亲从她戴的戒指上认出了她，使她与亨利的家有了联系。谁知不幸的事接踵而至。九月十二日凌晨，在法国洛林大区默兹河右岸的一个小城圣米耶勒，十个美国师和三个法国师在两天里虽然打败了德军，但是损失惨重，牺牲了八千人。亨利就在这次最后的肉搏战中负了重伤，并被德机炸穿了胃，救入医院、接受了授予他的十字勋章后，于十月六日死去。

亨利的死使玛格丽特悲痛万分，只有史密斯学院紧张的学习生活，才让她暂时忘却了哀痛。这时又传来她母亲突然病逝的消息。玛格丽特很爱她的母亲，她一生都在寻求母亲的赞赏。如今，这动力已经不存在了，而且失去爱妻的父亲心中的寂寞，使玛格丽特觉得需要由她来填补。另外，玛格丽特是一个好强的女性，不论对什么事，她的一贯宗旨都是："如果我不能成为第一，就宁可什么也不是。"遗憾的是，在学院的这段时期里，她的功课，除了英文作文学得很好，别的大多都只是勉强及格。于是，她就离开了学院，回亚特兰大，成为家中的一个女主人。

玛格丽特已经成人了，根据父亲和外祖母的意见，应该进入社交界。于是她在一九二〇年加入了冬季社交"新花"俱乐部。可是在活动中，一次骑马摔了下来，腿受了重伤。为她治伤的医生对她颇有情意，处处照顾体贴，无微不至。但玛格丽特觉得，做一个医生的妻子，对她没有吸引力。不过在一次与这位医生同去跳舞时，她认识了一个人，终致改变了她的命运。

在那天晚上的舞会上，不带女伴的男性中，最引人注目的要算是肩膀宽阔、身材高大达六英尺二英寸的贝里恩·金纳德·（"雷德"）厄普肖。富有情场经验的厄普肖从玛格丽特身上看出她不拘习俗的个性，使他感到快活，觉得她对他有吸引力，就对她颇为主动。玛格丽特看他，如他的名字中"雷德（Red）"（红）所暗示的，一头红色的长发，还有碧蓝的眼睛，又大又深，下巴中间有凹痕，穿一身色彩鲜艳的服装，相貌英俊，精神抖擞，也不禁动了心。于是就撇下医生，与他一起去跳舞了。在场的人们立刻注意到这很早就离开的一对，但不认为这个男人对玛格丽特是合适的。

保险公司推销员的儿子厄普肖是一个放荡不羁的人。他曾进过马里兰州的安纳波利斯海军学院，半年后自动退学；后又重新被接纳，但不到四个月，又再次自动退学，也有说是被开除的。随后，他进了佐治亚大学，成为该校的一名足球队队员。厄普肖很会挥霍，他穿昂贵的服装，开豪华汽车，口袋里总是有几个钱，这是因为他参与一艘商船贩卖私酒，因此口碑并不好。他的朋友们还认为他虽然聪明能干，却非常专横跋扈，又性欲过强，道德败坏，惋惜玛格丽特对男性实在太缺乏鉴赏力了。玛格丽特的父亲和祖母也不喜欢厄普肖，担心孩子会受他的不良影响。可是玛格丽特不这么看。玛格丽特自称是二十年代最不受传统拘束的少女。她平时抽烟、喝酒、看最有争议的书，毫无顾忌地跟男性调情。她认为厄普肖既然是个单身男子，有性要求也是合乎情理的；她只是觉得厄普肖放弃读书、贩卖私酒，是断送了自己的美好前程，太可惜了。因此，她仍然与厄普肖密切相处，两人一起阅读和欣赏描写"性"的小说，而在与朋友们的交往中，则隐瞒了自己与厄普肖的深层关系。

一天，厄普肖把跟他合租一套住房的伙伴，比他大五岁的约翰·马什带到米切尔家来。玛格丽特的父亲和外祖母都很喜欢马什，玛格丽特对他也有好感，于是不到几个星期，两人就成为好朋友了。不久，马什和厄普肖两个男人都声称说自己爱上了玛格丽特。玛格丽特习惯于挑逗男性，她不止一次跟密友说到自己挑逗男性如何获得成功，和如何从男性间为争夺她的爱中得到乐趣。只是她的性格中还存在有清教徒式的一面，使她在性的方面有所节制，因此她仍旧决定委身于厄普肖。

一九二二年九月二日，玛格丽特·米切尔与雷德·厄普肖在米切尔家举行了婚礼。但是蜜月之后，朋友们就从新婚夫妇之间的态度上看出，他们的婚姻似乎并不幸福。玛格丽特后来曾自责，说她在蜜月旅行中对厄普肖谈起过与亨利的浪漫情感，还给亨利家寄去过一张明信片，认为是她对他们间的不和谐负有责任。但实际上，主要是厄普肖对待爱情一向态度轻率的关系。不久，厄普肖的大男子主义又表现出来了，说要玛格丽特

婚　礼

离开家跟他走，由他养活她。玛格丽特拒绝了，说他经济收入不稳定，除非他找到固定的工作。于是两人发生争吵，特别是在亨利去世四周年即将到来的时日，玛格丽特是更加思念这逝去的爱情了。她常常与她的密友谈起她与亨利浪漫、理想的爱情，觉得亨利是她真正爱着的人；相反，厄普肖的行为、脾气都越来越不好。他常常在公共场合酗酒，醉得不省人事，还多次公开辱骂她，有一次甚至当着客人的面打她。玛格丽特写信给已经调往美联社驻华盛顿办事处的约翰·马什，诉说自己与厄普肖的关系，请他来亚特兰大跟厄普肖谈谈他的酗酒问题。马什心中爱着玛格丽特，希望玛格丽特能离开厄普肖，只是在当着他们的面时，他只劝说他们平静下来。但是第二天一早，厄普肖就告诉玛格丽特，说他决定离开亚特兰大去北卡罗来纳找工作，不会再回来，如果她愿意，他们可以离婚。

　　厄普肖走后，玛格丽特就正式转向马什，与他建立起热烈的柏拉图式的关系，并说服马什留下，在亚特兰大找了个工作。在此期间，玛格丽特也在《亚特兰大日报》找到了工作。

　　玛格丽特跟马什的感情在发展。每次玛格丽特去采访时，马什只要有空，总是会在门外等着她。当她一次被回到亚特兰大来的厄普肖打得眼青鼻肿，遍体鳞伤，不愿让这种难堪的事影响扩大时，也是马什坚持来看她，并带给她一把防身小手枪。这使他们两人都感到无比的亲密和欣慰：玛格丽特觉得自己对马什的感激和需要超过其他人，马什则感到自己从未那么地被一个女人所需要和感激。马什深深地体察到玛格丽特的意愿，对此事严加保密，玛格丽特则以婉转的态度和言词答应做他的情妇。

　　一九二四年，一切都很顺利。玛格丽特作为《亚特兰大日报》的主要特写记者，以

驾　车

她自己的工作,不仅获得报界妇女的尊敬,还被视为明星记者和当地著名人物;离婚的事也得到了妥善的解决。虽然年底起马什犯了严重的打嗝病,但是玛格丽特在他病中所表现出来的体贴关怀更加深了他们的感情。两人的爱情愈加成熟了。于是在第二年,即一九二五年的美国独立纪念日那天,玛格丽特·米切尔与约翰·马什举行了婚礼,并在度过一个星期的蜜月之后,找了一所公寓住了下来,还雇用了一名管家兼厨娘。

玛格丽特早就有做一位作家的梦想。她深知,那些采访的文章,不到一天的生命,一张报纸的作用只不过是用来包一条鱼,或者干脆被扔进垃圾筒里。为报纸写东西,她认为,仅仅是文学创作最短暂的形式,她的理想是要写出真正的作品来。现在安定下来了,应该在这方面进行努力了。于是,在约翰加了薪水之后,她于一九二六年辞去了报社的工作,只同意继续每周一次,为他们写"闲话"专栏的文章,准备集中精力创作。

在写了几个短篇小说之后,玛格丽特接受约翰的鼓励,借来许多有关南北战争的书,决心写一部场面较大、人物也比较多的小说。构思时,最初没有具体的故事情节,也不知道应该写些什么人,只有她自己所在的背景给她指明了小说的结构:在作品中以亚特兰大为中心,描写美国的南北战争和战后的重建。等到坐在打字机前,渐渐地,玛格丽特开始明确,她未来的小说要写四个人——两个男人,两个女人。玛格丽特深知,创作必须建立在一些个人经历和亲身观察的基础上,才有可能写出好作品,但又得隐蔽地表现,避免直露地描写自己,需要把自己巧妙地掩盖起来。

但是读过《飘》的人都会看出,小说里的一个主要人物瑞特·巴特勒,即是以贝里恩·厄普肖为原型创造出来的。巴特勒个儿高大，身材魁梧，肩膀宽阔，肌肉发达；他长一张黑脸，黑得像个海盗，额头高高的，一对乌黑狂放的眼睛分得很开；修得短短的黑胡子底下露出兽牙般的白牙齿，丰满的红嘴唇上，是一支瘦瘦的鹰钩鼻，都是依照厄普肖的外形来写的。还有，小说描写女主人公斯佳丽·奥哈拉第一次见到巴特勒时，巴特勒那"微笑时脸色厚颜无耻，满不在乎，嘴边流露出一丝玩世不恭的幽默感"；他"对她咧嘴直笑，就像雄猫那样不怀好意"，以及他那种像是"要强奸少女时的眼光"（陈良廷等译文），都合乎厄普肖的行为心理。另外，巴特勒的名声也与厄普肖一样的坏。他像厄普肖一样富有魅力，同样也像厄普肖一样放荡不羁：两人虽然都长得漂亮英俊，但都专横跋扈，道德低下像个恶棍；两人都被军校开除，一个被安纳波利斯海军学院，一个被纽约州的西点军校；两人都是投机商，一个是利用禁酒谋取私利，一个是发战争财；两人又都在诱惑女性中以性生活为乐……有趣的是，玛格丽特在塑造巴特勒这个人物形象时，甚至取名都在暗示着她那个离婚的男人。初看起来，瑞特·巴特勒似乎不过是将两个南方人的名和姓结合了起来，但它与贝里恩·厄普肖的相似之处也仍然是不难找出的：如他们的名"Red"和"Rhett"都是以R开头，读起来很像，且都押头韵；他们的姓"Upshaw"（厄普肖）和"Butler"（巴特勒）音节都相同。特别是这两个人都一样的性格暴躁，性欲强烈，以自我为中心，又富有智慧和使软弱女性难以抗拒的兽性魅力。还有另一个主要人物阿希礼·韦尔克斯是以克利福特·亨利为原型，女主人公斯佳丽身上有着作家本人的身影，也是不难看出的。

玛格丽特·米切尔是以"似乎有一种奇怪的感觉和一种一头栽进去不顾一切的感觉"来创作《飘》的。她每天工作六到八个小时，有时更多，把作品中的人物一一列表，常常为一段情节重写四五遍，真是全身心地投入了。但是当她越来越深入到人物中去时，她反而感到害怕，担心小说中的人物、情节与现实生活联系起来，以致永远不想将写出来的作品拿出去出版，而觉得写作只是一种自我消遣。要不是约翰·马什的严厉督促，玛格丽特甚至可能放弃这项已经在进行的工作。确实，她自己也不知道她这部书出版后竟能获得如此的成功。一位批评家于《纽约太阳报》上写道："我们敢于提出这个论断：

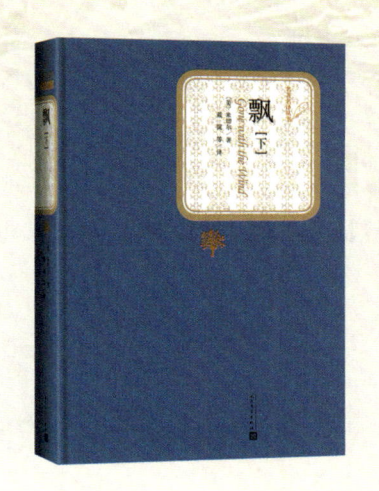

这小说是美国文坛上所有小说之中最配得上同外国的伟大作家——托尔斯泰、哈代、狄更斯……的名著齐名并列而无愧的。"《纽约邮报》的一篇书评称赞此书是一部"振奋人心的小说……这是迄今为止所写关于内战及其后期的最最优秀的小说""它一定会进入美国文学的不朽宝库之中"。

不错，《飘》到底是不是一部杰作，曾经引起而且至今仍然是一个有争论的问题。但如女作家的传记作者安妮·爱德华兹说的："自从此书出版的一九三六年以来，美国人是通过玛格丽特·米切尔这双眼睛来看南北战争时期和重建时期的南方的。"而且此书在这年出版之后，半年内就售出一百万册，日销达五万册；到第三年，销量共达二百万册；到作者一九四九年在亚特兰大因车祸去世时，此书已在四十个国家和地区销售八百万册，是除了《圣经》之外，精装本销路最大的书籍，至今还每年以数十万册的销量在继续增长，证明了它确确实实是一部为广大读者所喜爱的作品。

《飘》原文名Gone with the Wind，意思是"随风而去"。四十年代被介绍到中国来时，翻译家傅东华把它译为《飘》，可谓传神；后因被译作《乱世佳人》的同名电影在中国上演时引起轰动，如今就沿用《乱世佳人》这个译名了。本来，因为玛格丽特生前曾经要求她的丈夫和亲人在她死后把她包括手稿、信件、日记等所有手迹全部销毁，使人们相信《飘》是女作家所写的唯一一部小说。一九九四年，一份玛格丽特·米切尔写于一九一六年的手稿被发现，是一篇名为《迷途的莱森》的一万六千字的小说，因此被认为弥足珍贵。美国斯克里布出版公司已于一九九五年出版了此书，马上又吸引了众多的读者。

L'éducation sentimentale

《情感教育》

怀念"永久的亲人"

  法国北部偏西的诺曼底是一个历史悠久的行省,因为濒临大西洋,它滨海的广阔的沙滩,终年,尤其是夏天,总是吸引着很多人去海边漫步。十九世纪三十年代,鲁昂的医学教授和外科主任阿希尔－克莱奥法斯·福楼拜,和他妻子,来自显赫的资产阶级家庭医生之女卡罗琳,习惯于全家每年都去诺曼底滨海的那个叫特鲁维尔的渔村,在这个避暑胜地度过炎热的假日。

  一八三六年七月,福楼拜一家又一次去了那里。一天,他们十四岁的儿子像平时那样外出散步,来到村子的另一边,一处人们游泳和海水浴的地方。沙滩上十分显眼地架着一顶红黑条纹相间的挡阳帐篷,引起了他的注意。正在涨潮,淹过来的潮水把滩面和帐篷边上的流苏都打湿了。见到这一情景,福楼拜立刻跑了过去,把帐篷收起,移到一个干燥的处所。后来,在酒店吃中饭的时候,一个女人和她丈夫正与他紧靠一张桌子坐着。那女人转眼见到是他,就对他说:"先生,我感谢你仁爱的举止。"原来那是她

少年福楼拜　　　　　　　　　福楼拜像

们的帐篷。受到女人的感激，福楼拜有点不好意思，甚至有些怕羞，低下了头，竟没有留意说话的人是多么漂亮、可爱。后来，在见过她几次之后，他才知道她名字叫爱丽莎·福科·史莱辛格（1810—1888），还这样描绘了这位二十六岁的女子的美貌：

> 她高高的个子，黝黑的皮肤，优美的鬈发垂到肩上；她的鼻子是希腊型的，眼睛在燃烧，眉毛高高的，美妙得像弓形；皮肤好像涂有一层金；她真是苗条而优雅，甚至看得出蓝色的静脉爬上她棕褐色的脖颈。上唇有一层细微得难以看出的汗毛，使她的脸添上了一种富有活力的男性表情，竟让那些皮肤白净的美丽女性都不能与她相比。她说话平缓，声音柔软而富音乐感……

第一次见过爱丽莎之后，少年福楼拜就每天都去海边看这女子，一种奇异的心理使他对海浪也产生出羡慕以至妒忌之情，妒忌它能够碰着她的大腿，能够以泡沫覆盖住她跳动的胸脯。这奇异心理又使他远远地把眼睛紧紧凝神注视她的被海水濡湿的泳装下面的躯体轮廓。但当她真的走到他的跟前时，他的心又"剧烈地跳了"。后来，福楼拜发现爱丽莎已经有一个孩子，有一天还看到她在为孩子哺乳。他注意到她的乳房浑圆而又丰满，这时，他的视线又再一次捕捉到她蓝色的静脉。他又困惑了，他从来没有看见过一个女人的裸露的乳房，"我似乎觉得，我若把我的嘴唇置于这乳房上，我的牙齿是会猛烈地咬住它的"。

爱丽莎·史莱辛格一八一〇年八月十三日生于塞纳河上游离鲁昂三十五英里的弗农，父亲姓福科，曾在拿破仑手下服役，是一名上尉。爱丽莎本人进过女修道院受教育，十九岁那年与驻扎在弗农的年轻军官爱弥尔·雅克·朱代结婚。后来她在某地，多半也是弗农，与莫里斯·史莱辛格认识。莫里斯是居住在柏林的一个普鲁士人，生于一七九七年十月，他父亲原是一名音乐出版商和柏林一家有影响的音乐杂志的创办人。莫里斯自己曾在一支以反拿破仑而闻名的普鲁士军队服役，打过最后一仗之后回到了法国，做起销售乐谱和音乐器材的生意，并创办了《巴黎音乐评论》杂志。

事情是起于朱代在财务上陷入了困境，莫里斯表示愿意帮助他逃脱检举，条件是他必须离开法国，放弃妻子。朱代只好同意，去了非洲。在朱代到了阿尔及利亚之后，爱丽莎与莫里斯同居，生下一个女孩，就是爱丽莎在海边哺乳的那个孩子，对人说是莫里斯·史莱辛格与"一位不知名母亲"的女儿，因为如果登记说孩子的母亲是爱丽莎，那这个孩子就属于朱代上尉的了。实际上，爱丽莎与莫里斯是非法同居，直到一八四〇年她丈夫去世，才与莫里斯正式结婚。莫里斯原是犹太人，显然为了与爱丽莎结婚才改信天主教的。虽然如此，爱丽莎的内心仍然是爱着她原来的丈夫的。

夏日期间，福楼拜继续与爱丽莎和她现在的丈夫莫里斯保持联系，并经常去看望他们，态度上也比以前沉着多了。莫里斯可说是半个艺术家、半个旅游业推销员。他蓄一抹小胡子，神气地抽着烟，家里拥有丰富的食品，生活条件极好。他性格开朗，会差不多步行十里路去镇上买一只甜瓜，是个热情而又快活的人，别人很容易跟他交上朋友。所以福楼拜与他们关系很是不错，常常一起交谈、共同散步，莫里斯还带少年福楼拜去骑马、乘船游玩。

一天晚上，莫里斯提议大家一起去划船，福楼拜自然非常高兴。他和爱丽莎并坐在一起，肩膀碰着肩膀，她的衣服还抵着他的手。爱丽莎轻轻地说着话，声音异常悦耳。小船在微微摆动，福楼拜沉迷于她的话语中，"被爱情所陶醉"，连她说的什么，一个

爱丽莎·史莱辛格

词都记不起来了。回来时，福楼拜陪伴爱丽莎来到她家门前，待她进去后，依依不舍地一直抬头看着她映在窗子上的影子。当灯光熄灭后，他断定爱丽莎上床休息了。这时，一种又气愤又妒忌的情绪突然涌上他的心头。他认为，爱丽莎的丈夫非常庸俗，却那么的快活，爱丽莎就属于这么个人，使他"心里产生出最可怕的意象"。

的确，福楼拜是疯狂地爱上爱丽莎·史莱辛格了。但是夏天结束了，爱丽莎与她丈夫一同离开了特鲁维尔，福楼拜也只得回鲁昂。这时，他陷入了一生中最伟大、也最持久的爱情中。他似乎发觉，自己以前对爱丽莎的爱有点过于歇斯底里，以致不能真正去爱她。如今，当她不在自己跟前时，他感到自己爱她的欲望更强烈了。这狂热的欲望激发他再次去找莫里斯。终于，他又与他们取得了联系，并很快成为他们的亲密朋友，甚至定期和他们一起用餐。不过尽管如此，在爱丽莎的面前，他多少还是有一点点羞怯，没有勇气说出对她的爱。当他最后憋不住，终于向她表白自己这刻骨铭心的爱情时，她倒也并没有如他原来所担心的那样生气。不过，也许是她仍然在爱着她的第一个丈夫，或者是不愿意背弃带给她女儿的莫里斯，总之，她不愿接受福楼拜的爱，并予以爱的回报。他求她去他的住处，并说定了时间，但她仍旧犹豫着不肯答应。不过，他还是抱着一线希望，焦急地等待她的到来，仿佛他对她的真诚的爱，马上就要得到回报了，心头无比激动。自然，结果她仍然没有来……

一八四〇年，福楼拜在八年制中学毕业了，依照父亲的意思，即将进巴黎法学院，去学习他很厌恶的民法之类的功课。为了奖励他完成这一阶段的学业，一半也是为了抚

《情感教育》插图

慰他的情绪,父亲为他安排了一次由人陪伴的长途旅行。这人是父亲的一位同事于勒·克罗盖,以前曾带他去过法国南方和科西嘉做短期旅行。这次旅行的第一个目的地是波尔多。九十月,他们来到法国第二大城市马赛。天气已经有了寒意,一切都罩上一层灰暗的颜色。他们落脚在临近老港口的港口路一家小旅店"黎塞留旅馆"。在这里,福楼拜见到"三个穿丝质浴衣的女人……和一个黑种小孩"。一天,从地中海游泳回来,又见到那三个女人中的一个,年纪在三十岁左右,"相貌十分动人",而且她慵懒的神态,极富性感,他就与她交谈起来。她叫欧拉莉,欧拉莉·傅科,是旅馆老板的女儿。在无形的诱惑中,他跟她进了她的房间,吻了她。只是如此而已,没有更进一步的举动。但是到了晚上,欧拉莉主动来到他的房间,与他度过了一个良宵。据福楼拜自己说,这是一场猛烈的、燃烧的爱情,有如落日之时雪原上的美丽的夜晚。以后,似乎也就再也没有什么了。是的,福楼拜给欧拉莉写过一些长信,不过研究者未能见到这些信件,只见过欧拉莉写给他的信。第一封信是他们初次相见之后十周,一八四一年一月十六日写的。深情的欧拉莉在信中说到,很久没有听到她亲爱天使的声音了,"自从你离开这座房子之后,它对你的情人来说,就已经变成为一片广大的荒漠,还有这个曾是那么让我们快乐过的房间,和那些亲见我们接吻、我们热烈狂喜的墙壁啊"。她还说到,福楼拜一走之后便沉默了,音讯全无,是因为爱上了另一个女人吗?她似乎感到他不再爱她了。而她却是一直在思念他,并愿意仅仅为了那几天的相爱而把自己的一生都献给他。

福楼拜给她回了信,写了一封情书,他在日记中说,只好写,但不是出于爱。

二月十六日，欧拉莉通知他，说是她相信他的话，确实给她写过三封信，但只有两封到达她手。他在第一封信中要求她不要再爱他。"冷酷！残忍的朋友！"她感到气愤，说她已经预料到他会这么答复的。但在信的结束部分，欧拉莉仍然怀着狂热的爱说："我吻遍你的全身。你知道，你曾经以这些那么教我沉醉的吻爱过我，它给了我那么多的痛苦，又那么多的欢乐。"

看来，尽管福楼拜与欧拉莉有过这样一个欢快之夜，而且欧拉莉又那么多情，福楼拜对欧拉莉的感情似乎仍然并不很深，他最爱的仍然是爱丽莎·史莱辛格。大概是一八四〇年十一月，福楼拜刚从马赛的长途旅行中回到鲁昂，就开始创作中篇小说《十一月》。这篇小说写到的一个情景，很容易让人联想到作者自己年轻时与一名妓女的相处，这妓女带着"忧郁的恍惚神情"注视着他，使他感到陶醉又得意。她认为他很漂亮，坐在他的膝上，要他吻她，并对她说他爱她，还请他在她那里过夜。她还以"一个高级妓女的自豪感"展示她的裸体，让他熟视"她富有弹性的，摆动的下腹，柔软得像一只温暖的缎子枕头，可以躺卧"。但是当他们要做爱的时候，他声称自己是一个童贞男子。于是她就剪去他的一绺头发作为纪念。

无疑，福楼拜是在回忆他与欧拉莉相处之后写这篇小说的，但在写的时候，他似乎是一心想要在作品中洗刷和说明自己青春时期与异性交往时性生活方面的清白；更有意思的是，他在描绘作品中的这个女子的外形时，赋予她以他所爱的爱丽莎的闪光的眼睛、高高的弓形眉毛、敷有一层汗毛的上嘴唇和雪白浑圆的脖颈，显示他难忘对爱丽莎的爱情。

福楼拜对爱丽莎的爱，在福楼拜创作长篇小说《情感教育》时，有更为深沉的表现。

《情感教育》有两个本子，福楼拜于一八四三至一八四五年间写的初稿是第一个本子；一八六九年的定稿使作品扩充成为七月王朝时期法国社会的一幅壮丽画卷，因此如一位批评家说的："一个历史学家要想了解政变之前的那个时代，他就不可忽视《情感教育》。"这就是这部作品的价值所在。但是小说的传记内容也是显而易见的。福楼拜的中学同学和终身朋友马克西姆·杜冈说：

　　他在这里叙述了一个时期，或者正如他所说的，叙述了他生活中的一个片段；没有哪个角色我叫不出名字，我认识他们每个人，和他们接触过，从女元帅到弗雷德里克到阿尔努夫人。弗雷德里克正是福楼拜本人，阿尔努夫人是特鲁维尔的那个不知姓名的女人（指爱丽莎），她被移到另一个环境之中。

　　情况正是这样，从《情感教育》（冯汉津等译文）一开头，在男主人公、中学毕业后上巴黎大学法科学习去的弗雷德里克·莫罗在船上与画商雅克·阿尔努的妻子玛丽·阿尔努的见面上，读者就能认出作家本人与爱丽莎来了。不只是阿尔努夫人那"富有诱惑力的身段"和她的"能透过阳光的纤纤玉指"，特别是她的"光亮的褐色皮肤"，使人想起爱丽莎的皮肤特征；还有弗雷德里克帮她抓住眼看着渐渐滑落、快要掉到河里去了的围巾，使人想到福楼拜帮爱丽莎把眼看就要被潮水冲湿了的帐篷移到干燥的处所；而阿尔努夫人向弗雷德里克表示的那句"谢谢您，先生！"也就像是爱丽莎对福楼拜的道谢："先生，我感谢你仁爱的举止。"后面对阿尔努夫人的外貌描绘，如"一片明亮的阳光正射向垂落在她脖子上的卷曲鬈发，金色的光液渗进她琥珀色的皮肤里去"。就更像爱丽莎了。从这一次偶然的相遇之后，弗雷德里克也像福楼拜爱上史莱辛格夫人一样爱上了阿尔努夫人，"觉得从心底里涌上来某种永不枯竭的东西，是一股使他激动的爱情暖流"。并像福楼拜那样，想方设法主动去接近她。弗雷德里克开始时同样也很显得羞怯，尽管被阿尔努夫人的美所吸引，同样如福楼拜那样地"注视着她，两只眼睛移也移不开，整个心灵都渗进她白嫩的皮肉里去。然而，他不敢抬起眼睛正面看她"。

　　福楼拜一生确实爱过好多个女性，特别是与女作家路易丝·高莱的关系，是人们所经常道及的。但他最难忘的是与爱丽莎·史莱辛格的初恋。一八七二年，爱丽莎已经六十一岁，且已成为寡妇，她重又来到特鲁维尔。九月的一天，福楼拜意外地接到她的

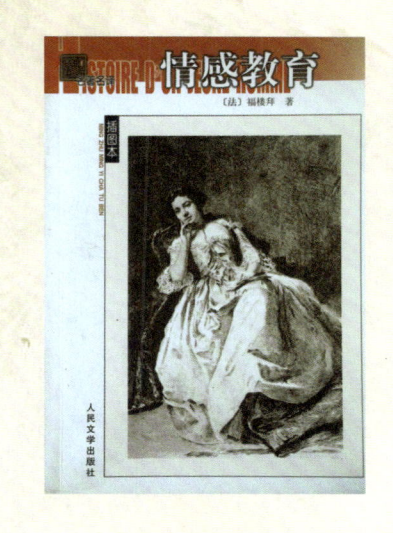

邀请信。福楼拜没有去这个"我们第一次相遇,对我来说仍然留有你的足迹的特鲁维尔海滨",但是在给他这位"亲爱的老朋友,永久的亲人"的算得上是最富有感情的信件之一中,福楼拜表示,他是多么希望把她接到他家里来,让她睡在他母亲的床上啊……他还描述了他晚年好友一个个去世,母亲也离开人间后的独居生活。他深情地告诉这位他终生爱着的人说:"对我来说,未来有更好的梦,但是回想过去,仿佛沉浸在金色的朦胧中。""啊,可怜的特鲁维尔!"看得出,与爱丽莎初恋的"金色的朦胧",一生里都是那么的使福楼拜怀念和永远难忘。这在《情感教育》里,作家也做了暗示性的描写。弗雷德里克爱过四个女人:除阿尔努夫人外,还有风流淫荡像欧拉莉的妓女萝莎奈特,天真烂漫的乡下姑娘路易丝以及大银行家当布勒兹的妻子。但是令他始终难忘的只有阿尔努夫人。在小说快结束时,弗雷德里克就曾情不自禁地向阿尔努夫人表示,尽管他们很久没有见面了,但他是没有一天不因为惦念她而受着折磨。他不但敢于在为他生过孩子的萝莎奈特面前坦然承认自己"我从来就只爱过她"!最令人感动的是在小说的结尾,与阿尔努夫人最后见面时,虽然阿尔努夫人红颜已逝,两人仍旧互相表白爱情:说尽管两人"谁也不属于谁","我们仍永远相爱"。弗雷德里克并向她发誓,"因为爱她",因为她声称"没有一个女人像我这么被人爱过",他永远不会结婚。这大概就是终身不婚的福楼拜一直希望要向爱丽莎表示的。

Die Whalverwandtschaften

《亲和力》

通过"自白"让感情"升华"

　　一七七五年，瑞典的化学家托贝恩·奥洛夫·贝格曼（1735—1784）发表了一篇他最重要的化学论文《有择吸引论》，文章中根据"亲合力"或叫"亲和力"的原则，对各种元素一一进行了列表。化学术语上的所谓"亲合力"，意思是"选择的亲缘关系"，指的是：自然界的各种物质、元素或者化合物，都具有不同强度的聚合力，它们两者碰在一起，会互相进行"选择"，两种化合物的组成部分也会进行分解，重新与另一种化合物的组成部分进行新的化合，结果总是亲和力更强的物质、元素相聚合，亲和力较弱的物质、元素相分离。

　　德国的约翰·沃尔夫冈·歌德（1749—1832）不但是诗人，还是一位自然哲学家，对多种自然科学都感兴趣。长期持续的研究使歌德体会到如他有一次跟他家的家庭教师兼做他秘书的 F.W. 里默尔说的，"自然科学中的道德上的象征（例如伟大的贝格曼所发现所应用的亲和力）是更为机智的。它们同诗歌，甚至同社会，比同其他方面的联系

歌　德

更为密切"。人与人之间的关系，特别是常常出现于男女之间的某种神奇关系，使歌德联想到"亲和力"这一现象，而给他的创作以深切的启示，并终于写出了以这个名词为名的小说。

歌德对男女之间的这种"亲和"关系，曾多次有过亲身的感受，与创作此书特别有关的是发生于一八〇七年的那段爱情事件。

魏玛东面，濒临萨勒河的耶拿虽是一个小城，却是一个学术之都。在歌德时代，这里的弗里德里希－席勒大学最为兴盛，费希特、黑格尔、谢林、施莱格尔、席勒等大学者都曾在这里任教或讲学。因此，这里的出版事业也是走在全国之先的。有一位出版商卡尔·弗里德里希·弗罗曼是歌德的好朋友，歌德经常去他家做客。

弗罗曼有一个养女叫威明·明馨·赫茨里布，在三四年前十五岁的时候，歌德就见到过，当时她还不过是一个穿童装的小女孩。如今，一八〇七年，当歌德再次来到弗罗曼家的时候，出现在他面前的已经是一位十八岁的妙龄少女了。明馨娇嫩苍白的脸，透露了她因父母早亡而忧郁苦楚的身世；但是一对黝黑的大眼睛，则显示出她富于幻想的智慧；还有那清秀细巧的鼻子，精致微启的嘴唇，密密地盘绕在她后脑勺上的乌黑发光的辫子，以及高挑的身段，穿一袭白色的长外衣，无不表现出她的青春和活力。在她的面前，诗人被吸引了。

弗里曼是一个相当有教养的人，来他家里聚会的也都是一些文人，除歌德和里默尔外，还有浪漫主义剧作家扎查里亚斯·维尔纳、浪漫主义诗人J.D.格里斯和诗人兼翻译家

明馨·赫茨里布

卡尔·路德维希·封·克内贝尔等人。这些人在这里常常即兴创作和朗诵十四行诗,把明馨作为崇敬的偶像来歌颂。于是,大约有两个星期的样子,歌德出于妒忌,也感染上了十四行诗的狂热,参加到这个崇拜者的行列之中,写了十七首歌颂这位缪斯的十四行诗,与他们竞争。其中有一首名《亲密的会晤》的,描写诗人裹着宽敞的大衣,沿着离耶拿不远的一条山路走的时候,"突然间像出现新的白日之光,/走来了一位少女,仿佛是天仙"。诗人先是给她让路,躲开了她,不过仍然跟着她走。可是后来见她停下了脚步。于是,"我脱去大衣,她投入我的怀中"。表达了歌德心里对这位天仙女子的神往。更有意思的是,歌德在诗中运用了"隐字诗"的格式,把明馨的姓氏赫茨里布(Herzlieb)分拆成两个字"心"(Herz)和"爱"(Lieb)隐嵌进诗行里面,以暗示这位天仙般的女子即是明馨。

可惜这只是诗人在创作中幻想的满足。明馨对歌德并没有爱。明馨看出了歌德的心意,但她一直是把他的感情看成为慈父的爱。歌德也意识到她的态度,感到自己毕竟已经是一个五十八岁的人了,可以做她的父亲。这时他才意识到,自己已经成为一个被遗弃的追求者了。

浪漫主义的特征,总的来说就是用审美的标准来代替功利的标准;浪漫主义者赞赏强烈的炽情,不管是哪一类的;也完全不顾它可能会产生什么样的社会后果。浪漫主义运动中就曾发生过这么一件奇闻。

一位娘家姓米夏埃利斯的女子卡洛琳娜生于一七六三年,二十一岁时与一位医学博士结婚。八十年代末，后来成为德国浪漫主义运动思想最有影响的传播者奥古斯特·威廉·施莱格尔在格丁根大学学习期间就认识并爱上了她，但遭到她的拒绝。后来，卡洛琳娜来到莱茵河畔的美因茨时，不幸被捕。她在狱中写信向施莱格尔求援，经施莱格尔等人奔走帮助，终于获得释放。一七九六年，她与施莱格尔结婚。从此时起，卡洛琳娜开始渐渐成为正在形成中的浪漫派的中心人物，并被看成是这个圈子里的真正的缪斯。卡洛琳娜·施莱格尔也确实热情地参与了浪漫派的一切尝试：写稿、改稿、发表匿名评论等等。不久她又与哲学家弗里德里希·谢林很是亲密。这时，她感到，需要把自己身上原有的婚姻束缚解除掉。对此，施莱格尔极其豪爽地表示了同意。于是，她与谢林缔结了新的婚姻。此后，卡洛琳娜仍然与施莱格尔继续保持极其友好的来往；施莱格尔也仍然与谢林继续保持极其友好的关系，他后来不仅陪斯塔尔夫人去慕尼黑拜访过谢林和卡洛琳娜夫妇，这两个男人在文学生涯中也常常互相支持。关于卡洛琳娜的行为，施莱格尔在他写的以她为女主人公卢琴德原型的小说《卢琴德》中认为，卢琴德和卡洛琳娜一样，"她做出了选择，委身于一个既是她的朋友，也是她丈夫的朋友，而且值得她爱的人"。他们，不管男的或是女的，都把个人的自由看得高于一切，认为是不可予让的；他们自己要求这样的自由，同样也如此看待别人的自由，完全蔑视社会的一切约束。这就是浪漫派的爱情观。事实上，在浪漫派的圈子里，多角恋爱，追求已婚女子，轻易离婚，已经成为一种时尚和风气。

歌德当然是一位浪漫主义诗人，他富有激情，但他不像有些浪漫主义者，放纵激情的驱使，而不顾社会习俗和传统道德。他有理性，能用"自我限制"来约束自己的行为。作为一位艺术家，当他意识到自己的感情和欲望偏离社会准则时，他便设法使它获得"升华"，如他在自传《诗与真》中说的，将它"转化为一幅画，一首诗，并借此来总结自己，纠正我对于外界事物的观念，并使我的内心得到平静。……我所有的作品都不过是一大篇自白中的片段"（刘思慕译文）。

命运使歌德的一生有很多次爱情"奇遇"，可是在爱中，他常常因为得不到所期望的爱的回报而痛苦多于欢乐。只因他富有理性，勇于"断念"才使他能通过创作的"自白""使内心得到平静"。歌德确实一直是这样做的。一七六五年，歌德爱上了酒店店主的女儿凯特馨·舍恩科普夫，两年后，由于他的怀疑和妒忌，将这段爱情破坏了。最后，他写出了牧歌剧《情人的脾气》，在"沉痛忏悔"中恢复了内心的平静。一七七二年，歌德在一次舞会上认识并爱上了夏绿蒂·布夫，可是夏绿蒂已经与人订婚，她能给予歌德的只有友谊。于是，歌德便毅然离开了她，并通过创作《少年维特的烦恼》，使自己的心"复归于愉快自由"。一七七五年，歌德认识了夏绿蒂·封·施泰因夫人，也深深地爱上了她，甚至相信他们"前世是夫妻"。但是施泰因夫人要求他保持纯洁的友谊，以达到心灵的契合。因此，歌德只好默默地忍受着深深的痛苦，在创作《托夸多·塔索》中让自己的感情得以"升华"。一八一四年，歌德应邀去老朋友、银行家约翰·雅科布·封·维勒默尔家做客，再次见到主人的养女、后来成为他妻子的玛丽安娜，对她产生了强烈的爱情。但几天相处、获得极大的欢乐之后，老诗人惊觉了，立刻就离开，摆脱了心灵的困惑，将情感在《西东合集》中化为瑰丽的诗篇。一八二三年，歌德来玛丽巴德疗养时，与两年前认识的主人的女儿、十九岁的乌尔里克·莱韦措重逢，也爱上了她。这位七十二岁的老人受爱情的激励，忘掉了自己的年龄，竟转托自己的多年老友卡尔·奥古斯特公爵向乌尔里克母亲提出求婚，但遭到婉转的拒绝。于是，他只得与姑娘吻别。可是，刚离开疗养地，激情就冲破一切障碍喷发了出来。在马车中，他构思将这感情在著名长诗《玛丽巴德哀歌》中表达出来，使"内心得到平静"。

对明馨的爱的情形也是一样。被遗弃使歌德无比痛苦，同时也激发了他诗的灵感。于是在一天早晨，几乎不经构思、不加推敲地写下了这样的哀叹："……醉人的欢乐，如疾风骤雨，／接踵而来的是梦幻一场。／抹去吧，现实中的一切，／就让过去和未来在梦中融成一片。"

歌德以前曾多次在弗罗曼家住宿，只有这次，住了几个星期之后，便悄悄地收拾起行李，不与主人告别，出其不意地逃离他家。但是对明馨的爱，依然留存他的心间，不

玛丽安娜

能忘却。最后在创作小说《亲和力》时，将她作为女主人公，年轻、美貌、温柔的少女奥蒂莉的原型，使她获得了不朽。

《亲和力》中的爱德华和夏绿蒂几经波折终于成婚。可是平静、安宁的生活过不多久，由于丈夫的朋友奥托的到来，妻子觉得自己受了冷落，便让在寄宿学校读书的侄女奥蒂莉回来陪伴。起初，夏绿蒂担心侄女可能会与单身的奥托缠到一起。可是出乎意料的是，温和、美貌的奥蒂莉很快就与真诚、热情而又豪爽的爱德华相互吸引住了。奥托与风韵犹存的夏绿蒂也彼此爱慕。两对男女之间像存在着一种"亲和力"似的，出现了新的组合，分离了爱德华与夏绿蒂之间原来的组合。一天夜里，爱德华和夏绿蒂这对夫妻虽然同在一起，但各人在下意识里都以为自己怀中抱着的是新近爱上的情人，从而产生极大的愉悦和幸福之感。等到第二天意识到事实到底是怎么回事时，两人都同样感到自己玷污了对真诚所爱的情人的感情。在他们向自己的情人表露了一切之后，大家都感到无法像原来那样过下去了。结果，两位男子双双出离，爱德华更走上战场，但求一死。可一切都无济于事：奥蒂莉饮食不进，衰竭而死；爱德华也因精神创伤，在极度痛苦中死去。另外两个虽然比较理智、富于节制，得以活了下来，却毫无幸福可言。

一八〇八年四月十一日，歌德在日记里第一次提到"亲和力"这个名词，原来只打算写一个短篇故事；后来材料不断扩充，不得不作为一部长篇小说来写。初稿大概于六月三十日写出，但感到并不满意，直到第二年夏天又重写一遍，到十月底才寄出完整的稿子去付印。

显然，歌德对《亲和力》是有特殊感情的。他曾经跟爱克曼说过："这部作品里没有一行不是我亲身经历过的"，以至于他称它"是我最好的作品"（朱光潜译文）。自然，《亲和力》绝不同于那些平庸的"三角恋爱"小说。已经有很多批评家指出，作品除了简单故事的"字面意义"之外，还有更深的"寓言意义""伦理意义"甚至"神秘意义"，是"歌德所写的最捉摸不透、也许是最多义的书"。但是，不管它多么难以捉摸，有一点大概是可以了解的，即作者要在这部小说里表达出他的自由爱情的观点；读者甚至可以想象，歌德要在这里告诉人们，由遗传、生理、心理、种族、年龄、社会环境、生活习惯、文化素养等多方面的因素所形成的人的个性、气质、情趣的差异，会使人与人之间出现"亲和力"和"排斥力"，这是任何一种宗教、法律、道德、舆论都无法与之对抗，不以人的理性意志为转移的神秘力量，爱或不爱都只能说像是命定似的。歌德自己一生，就像爱德华一样地"无条件地在爱"，听凭"亲和力"的命定，他能爱，也能"自我限制"，能够"断念"。

歌德的这部小说已有人民文学出版社、上海译文出版社、漓江出版社等的多种中译本，译为《亲和力》或《亲合力》，也有译为《情投意合》的。

An Enemy of the People

《人民公敌》

肯定孤立主义

　　一八八一年写成的家庭悲剧《群鬼》，演出后的反应是出乎剧作家亨利克·易卜生（1828—1906）意料之外的。一时间，诅咒和谩骂充塞于报刊，说什么这是一部"实在讨厌""腐朽透顶""最令人恶心的戏剧"，写的是"变态的、不健康的、不卫生的、令人作呕的故事"；还说作者是"一个疯狂、古怪的人"，剧中人物也都是一些"不像女人的女人，失去妇女特性的妇女"，或者"女子气的男子和男人气的女人"，甚至诬蔑说"百分之九十七的《群鬼》观众都是些淫荡之辈"等等；声称此剧是"用毒药毒化现代戏剧舞台"，还有说"英国的戏剧舞台上从未受到过像这样又脏又臭的杂剧的污染"……面对这些攻击言辞，萧伯纳等作家都很感不平，这位后来获诺贝尔奖的大师公正而带一点幽默地说：如果将这些谩骂都摘引下来，真可以作为编一部《咒语大全》的核心部分。

　　自然，易卜生的战斗精神是绝不会因为出现这些谩骂和诅咒而受到影响和削减的。

易卜生像

早在一八七二年，这位社会剧作家就曾在一封通信中写过这样的两句话："少数派往往是正确的""世界上最有力量的人正是最孤立的人"。此刻，他的脑子里又出现了这样的思想，并且回忆了几位与自己一样高尚人士的遭遇。

特普利采是波希米亚西北的一个捷克小镇，离德累斯顿仅仅只有四十五公里。自从发现这里有温泉之后，几个世纪以来，此地一直由一个女修道院管理，并在用水方面已经取得了相当的经验。到了十九世纪，取用温泉疗养地的矿泉水，作为治疗疾病，在欧洲达到了全盛时期。因此，此地便成为一处舒适、清静、幽雅的诱人之地。

三十年代初，这里克拉莱－奥尔德林根家族的一位年轻女伯爵嫁给了波兰拉达齐维尔皇族的一位后裔。这样一来，皇族和他的各支系人员以及朋友、仆人就经常要来特普利采，他们还请了一位叫爱德华·梅斯纳的医生做他们宅邸的家庭医生。

爱德华·梅斯纳一七八五年生于德累斯顿，后来在布拉格成长。一八〇八年初，他以卓越的成绩毕业于布拉格医学院，随后在德国、法国、意大利和奥地利攻读研究生，希望毕业以后能去波兰东部和乌克兰的农村行医。他的动机是多重而复杂的，其中包括对冒险的渴望和对穷人的怜悯。为提高自己的医学水平，四年后，这位喜欢徒步旅行的人，又遍访伦敦、爱丁堡、巴黎、米兰等地，最后在特普利采落脚，并接受这里的聘任定居了下来。

十九世纪三四十年代是历史上第二次世界性的霍乱大流行时期，俄国、美国、法国均被波及，未能幸免。开始时，特普利采似乎逃脱了这一场灾害，以至于一些宣传广告大肆吹嘘，说特普利采温泉"明净的空气"对霍乱能够产生"免疫"作用。但是到了一八三二年初，这里也零星出现了几个病例，只是为了避免影响温泉的营业，事实都被掩盖了起来。

七月初的一个晚上，爱德华·梅斯纳被请到一个地处街道狭窄、住宅拥挤的犹太区人家诊疗。一切症状表明，病人明显是染上了亚洲霍乱，并且第二天就死了。出于医生的职责，梅斯纳向当局报告了这个病例，并要求对死者的住房进行消毒隔离，禁止人们通行。但是沃尔夫兰市长不肯这样做，原因可想而知，是怕这么一来，会给温泉的营业带来不好的名声。沃尔夫兰是个伪君子，当然不会这样明说，他只是强调，说消毒隔离会"致使居民心情不安"；当梅斯纳不肯让步时，他甚至威胁他，要他改变对病人罹患霍乱的诊断。

在这次会面不欢而散之后不久，梅斯纳医生接到拉达齐维尔家的一份赴宴请柬。餐桌上，谈话一次次总是有意无意地转到当地的霍乱险情上，特别是老伯爵夫人，定要梅斯纳医生向他保证，传染病不会有什么危险。梅斯纳回答说，与城市中犹太居民区那种不卫生的生活条件相比，克拉莱－奥尔德林根家属所处的环境，以及宽敞的宅邸，传染的危险性自然要比较小一些，但他"不能保证"他们绝对不会染上传染病。于是，第二天清晨，这家人一早就全部离开了特普利采。更糟的是，看他们一走，许多人都学了样，也陆陆续续地离开特普利采。于是，特普利采作为疗养胜地的前景就暗淡下来。这么一来，爱德华·梅斯纳医生在某些人的心中，也就成为一个最令他们憎恶的人了。市长显然没有将自己与梅斯纳医生的那次争论保守秘密。但梅斯纳医生始终都只是埋头于他的医生工作上，还一直为霍乱的爆发以及它对居民的危害而忧虑，甚至根本不知道有关他的那些流言蜚语正在人们中间流传，更没有想到事情会出现如此的恶性发展。

一天夜里，在梅斯纳医生家的外面，聚集了一大群的人。他们先是大喊大叫，后来又扔石块、砸窗户，并威胁说要闯进大门里来。梅斯纳一家对发生这样的敌对事件根本

特普利采矿泉地

没有思想准备,以致一夜都未曾入睡。第二天,梅斯纳向市政当局报告了昨晚的情况。市长表现出似乎既惊异又憎恶,还装出很表同情的样子。当天晚上,前一晚的场面又重演了一次,而且来的民众比上次更多,他们甚至还备了木棍、斧头、草耙,竟然还有旧的军用步枪。在上次被砸之后,梅斯纳家仅剩下的几扇窗玻璃也被砸破,墙壁也被毁坏了。他们不得不在家里架起一道防栅保护自己。快到半夜时,市长以调解人的身份出现了。他转达说,除非梅斯纳医生答应离开本地,不然,门外的人们是不会走的。沃尔夫兰市长虽然披着"和事佬"的外衣,看得出来,他完全是在支持那些捣乱者的无理要求。怎么办?只有离开,不然的话,只会继续遭受袭击。

在这种情况下,梅斯纳不得不做最坏的选择,特别是在他的房子也被一场夏天的雷雨毁坏、再也抵御不了严酷的天气和外来的侵犯之后,他接受了最后通牒。

当市长向人群转告了医生被迫的决定后,人群才满怀胜利地离开了。

在这个孤立无援的紧急时刻,只有一个人能以合宜的人道态度对待爱德华和他一家。他就是陆军疗养所的指挥官封·茨威格少校,他为梅斯纳全家提供庇护,直到他们安全

速写易卜生像

离去；他还请附近的驻军派遣部队保护梅斯纳家的财产免遭抢劫。两天后，梅斯纳一家将家具物件装上一辆马拉车，天刚拂晓，便悄悄地离开了特普利采。后来，爱德华·梅斯纳在波希米亚的卡尔斯巴德矿泉开业，最后在八十五岁高龄之时死于肾衰竭，获得"布拉格同行中地位最高者"的荣誉。

多年之后，到了一八七五年或一八七八年。当时，易卜生侨居在德国的慕尼黑，命运让他认识了一位诗人，他叫阿尔弗莱德·梅斯纳，是爱德华·梅斯纳一八二二年在特普利采时的独生子。像父亲一样，阿尔弗莱德·梅斯纳学的也是医学，但未曾开业过。他虽比易卜生大六岁，易卜生却叫他"小梅斯纳"，两人相处得很好。在一次交谈中，阿尔弗莱德向朋友叙述了父亲的一切经历，使易卜生感动不已：一个具有高度道德原则的能干之人，结果却落得如此的下场，甚至声名狼藉。易卜生觉得，这类事具有普遍意义，让他联想起另外几个人的类似遭遇。

由于宗教方面的原因，西方历史上有很长一段时间，节育、堕胎都是被禁止的，认为除了上帝，任何人，包括本人都没有权利处理一个人的生命。美国于一八七三年通过、一八七六年稍作修改的《康斯托克法》就把"旨在预防受孕或引起流产或者如何淫秽或不道德用途"的出版物连在一起予以禁止。因此，美国医生查尔斯·诺尔顿的向夫妇们介绍节育方法的读物《哲学的果实：或青年夫妇的密友》，作为美国这类书中的第一本，于一八三二年出版后，作者就立即受到指控，并遭罚款和监禁。一八七六年，英国布里斯托尔的一家出版商因出版此书甚至被判刑。第二年，也就是一八三三年，英国的无神论思想家查尔斯·布雷德洛和他的朋友安妮·贝赞特一起，在伦敦重新刊印此书，广为发行，同样遭到传统势力的反对。布雷德洛原来是下议院议员，主要就因这个原因而进不了众议院，直到时代和科学有了长足的进步，一八七七年的《英国女王诉C.布雷德洛和A.贝赞特》案被告获胜后近十年，即一八八六年，才得以重新成为众议院议员。

挪威化学家哈拉尔·骚娄在差不多十年里，一直抨击首都克里斯蒂安尼亚（即今日的奥斯陆）的蒸汽厨房忽视穷人的利益。在易卜生一八七四年从国外回到挪威期间，骚娄还曾就这件事发表过一次演说，给易卜生留下了很深的印象。一八八一年春，易卜生与他的朋友洛伦兹·狄特里希森一起再次重访故土时，从二月二十四日的报纸上读到一则报道，说骚娄在二月二十三日去世的前一天，还计划在蒸汽厨房的年会上宣读一篇事先准备好的发言，但大会主席制止他上台，听众也在骚乱中强迫他离开会场。

想起这一切，易卜生很有感触，一些在他心中酝酿多年的想法很快就凝聚并爆发出灵感的闪光，使他产生了创作《人民公敌》的冲动。一八七二年表达他信念的那两句话——"少数派往往是正确的""世界上最有力量的人正是最孤立的人"，就成了剧作中的中心台词。

在三月二十二日给出版商弗里德里克·黑格尔的信中，社会剧作家易卜生告诉收信人：

> 我正在写一本书……这部作品太使我感兴趣了，而且我确信公众也会很感兴趣地接受它。不过我此刻不能告诉你这部作品的主题；或许以后可以。

差不多一年以后，易卜生又向黑格尔说道：他

> 完全忙于一部新作品的准备工作。这会是一个温和的剧本，每个阁员、大批商

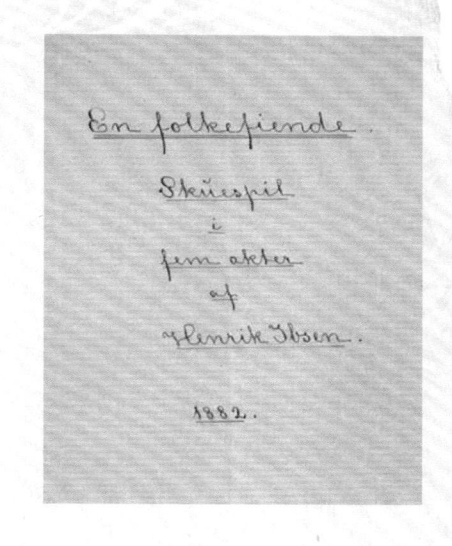

易卜生手迹《人民公敌》

人和他们的夫人都会愿意去读它，各剧院也用不着害怕它……

这一些，说的都是《人民公敌》的创作。

一般，易卜生创作一个剧本，需要十八个月的构思，然后再落笔写出来。这次，到六月二十一日，即不到通常的一年半的时间，他就告诉黑格尔说：

> 昨天我完成了我的新剧作。它取名为《人民公敌》，是一个五幕剧。我有点不能确定，是叫它喜剧还是就叫它正剧；它有不少喜剧人物，但是也有一个严肃的主题。

对照《人民公敌》，可以明显地看出，剧中的温泉浴场医官汤莫斯·斯多克芒，即是以爱德华·梅斯纳为原型的。但是剧作家对这位主人公形象的塑造，除了强调他的斗争性之外，与梅斯纳相比，结局是大不一样的。易卜生描写斯多克芒曾一度像梅斯纳那样，企图逃离斗争的旋涡，自愿流亡到国外去，但最后仍然决定，绝不向恶势力低头，不但要在原地待下去，而且坚决表示"战场就在这儿"，是与梅斯纳的逃离完全不同的，表现出斯多克芒直到最后，都是一个乐观主义者。

剧本中的市长和霍斯特船长就是现实中的沃尔夫兰市长和茨威格少校，也是显而易见的。易卜生把市长改成为是主人公的兄弟，安排霍斯特也被解聘，都是为了加强戏剧的冲突，突出剧本中社会问题的严肃主题，据此，观众可以感到，受污染的不仅是温泉里的水，还有人们的精神生活、人的灵魂也都被污染了。"洗刷整个社会！"这便是易卜生这位社会剧作家在《人民公敌》中所提出的一个重大的社会问题。

《人民公敌》于一八八二年十一月二十八日出版，第一版印了一万册，这在当时是一个很高的数字。易卜生在斯多克芒医生身上所表现出来的关于多数派和少数派的看法，曾经在批评界甚至社会上引起激烈的争论。但剧作家有他自己的看法。当这个剧作出版之后几个月，剧作家的朋友、丹麦大批评家格奥尔格·勃兰兑斯写信给他，对他肯定主人公的孤立主义，宣称坚实的多数派从来都是错误的，还认为世界上最有力量的人正是最孤立的人，进行了指责。易卜生不以为然，并在六月十二日给勃兰兑斯写了回信。在信中，易卜生坚持说：

> 你说我们必须扩大我们的舆论，当然是对的。但我坚决相信，一个智力先锋，绝不能让多数派聚集在他周围。十年里，多数派或许可以到达人民主持会议时斯多克芒医生站立的地点。但是在十年里，医生也不是站着不动的：他至少在这十年里仍旧在其他人的前面。多数派、民众、群氓都永远不会赶上他；他不可能在他们后面把他们聚合起来。我本人就感到过这种往前推的坚定不懈的强迫性力量。民众今天还站在我写作早期著作时站的地方。但是我却不再站在这地方了，我是在远在他们之前的什么地方，或者说我希望这样。

易卜生实在是因为对梅斯纳医生这样一些知识先锋，竟受到那批浸透了市侩意识的庸俗市民的排斥和打击，深恶痛绝，才产生这种激进的看法。完全可以同意易卜生的传记作者哈罗德·克勒曼的说法：《人民公敌》"是易卜生对《群鬼》的发表所引起的敌视与谩骂所做的愤怒的回答"。

Doctor Zhivago

《日瓦戈医生》

"赞美你、你的才智和你的善良"

一九九五年九月八日,奥尔嘉·伊文斯卡娅因癌症病逝,《纽约时报》在九月十三日刊载的《讣告》中,把她和俄国两位大诗人生活中的女子相提并论,说:"有如若无安娜·凯恩,普希金就不完整,若无伊莎多拉,叶赛宁就什么也不是;倘若没有奥尔嘉·伊文斯卡娅,《日瓦戈医生》的灵感源泉,帕斯捷尔纳克就不会成为帕斯捷尔纳克。"

略具俄罗斯文学知识的人都知道,是安娜·凯恩使亚历山大·普希金写出他流传千古的爱情诗《致凯恩》:"我记得那美妙的一瞬／在我的面前出现了你／有如昙花一现的幻想／有如纯洁之美的天仙……"此诗为世界上多少青年男女所熟记。大概也知道,一九二一年秋在画家格里高利·雅库洛夫的工作室,旅居巴黎的美国女舞蹈家伊莎多拉·邓肯第一次见到苏俄诗人谢尔盖·叶赛宁时,以她所识不到十个的俄语词汇,吐出了"天使"两个字来赞美面前的这个小她十六岁的男人;随后,两人相爱、结婚,遍游欧洲,度过了两年美妙的时光。那么,帕斯捷尔纳克怎样因有奥尔嘉·伊文斯卡娅才成为帕斯

帕斯捷尔纳克

捷尔纳克呢？

一次，一位访问者向《日瓦戈医生》的作者鲍里斯·列昂尼德维奇·帕斯捷尔纳克（1890—1960）提问说：小说的女主人公，与显然是作家化身的男主人公尤里·安得列耶维奇·日瓦戈"心灵相同"，因而两人建立起"伟大爱情"的拉莉莎·费多罗芙娜·安季波娃，是否实有其人？如果是的话，那么，这个被作者亲切地称为"拉拉"的女子到底是谁？帕斯捷尔纳克没有隐瞒他生活中的这个女人，他非常坦率地回答说："是有拉莉莎这么个人。我希望你去见她。这是她的电话号码。"帕斯捷尔纳克说出了伊文斯卡娅的电话号码。

鲍里斯·帕斯捷尔纳克生于莫斯科一个极有文化素养的家庭，父亲是"莫斯科绘画、雕塑和建筑学院"的教授，一位后印象派画家；母亲是一名钢琴家。家中来往的友人包括音乐家谢尔盖·拉赫玛尼洛夫、歌唱家亚历山大·斯克里亚宾、思想家列夫·舍斯托夫、德国诗人赖内·里尔克，当然还有父亲最崇敬的列夫·托尔斯泰。

鲍里斯出生不久，父母就脱离东正教，皈依托尔斯泰所从事的基督教运动：运动的宗旨是遵循耶稣，主要是耶稣在《登山训众》中的教导，处世为人以爱乃至对仇敌的爱为新律法。鲍里斯清楚地记得，托尔斯泰的小说《复活》在彼得堡出版商马尔克斯办的《田野》上一章一章连载时，他父亲为它创作了精美的插图，及时寄往那里。一九一〇年十一月，当他父亲接到电报，说托尔斯泰离家、在阿斯塔波沃车站站长家中病逝后，他立刻带着鲍里斯赶往那里，画下一幅大师弥留之际的肖像。鲍里斯·帕斯捷尔纳克深深感受到，他们"整个家庭都充盈着他（托尔斯泰）的精神"。

受斯克里亚宾的启发，帕斯捷尔纳克最初进的是莫斯科音乐学院，但是不久，一九一〇年他又突然去德国的马尔堡大学研究新康德主义哲学。虽然他的导师、新康德主义马尔堡学派的创始人赫尔曼·柯亨鼓励他继续留在德国深造，他还是在第一次世界大战开始之际回到了俄国，并因健康原因没有服役上前线，而进了乌拉尔附近的一家化工厂。"十月革命"爆发后，帕斯捷尔纳克不像他家的其他成员或他们的一些亲密朋友一样离开俄国，而是留在莫斯科。一九一七年，继四年前第一部《云中的双子座》之后，帕斯捷尔纳克相继出版了诗作《在街垒上》及其他一些诗篇，被看成是一名诗坛的新秀。特别是诗集《生活啊，我的姐妹》（1922），其革命化的俄罗斯诗歌改变了奥西普·曼德尔施塔姆、马琳娜·茨维塔耶娃等脍炙人口的诗风，也让诗人闻名全国，引发全国很多的青年男女都爱读他的诗，他们甚至在梦中都希望有机会见到这位诗人。奥尔嘉·伊文斯卡娅就是帕斯捷尔纳克的诗的热烈崇拜者。

奥尔嘉·弗谢沃洛朵芙娜·伊文斯卡娅（1912—1995）生于俄罗斯西部的坦波夫，一九一五年随父母移居莫斯科。她父亲是省高校的教师，母亲已是第二次婚姻。据同时代人回忆，奥尔嘉颇有姿容，比小说里描写的拉拉更有诱人的美。可惜她一生命运不济。

奥尔嘉·伊文斯卡娅一九三六年毕业于莫斯科编辑学院创作系，随后在多家文学刊物担任编辑。毕业这年，她就嫁给了青工学校校长伊万·叶米里扬诺夫，但三年后，丈夫上吊自杀，留下一个女儿伊琳娜。一九四二年，她与《飞机》杂志的主编亚历山大·维诺格拉多夫结婚，生了一个儿子德米特里，维诺格拉多夫后来在战争中牺牲了。期间，她母亲又在一九四一年被捕，两年后才得以释放。奥尔嘉·伊文斯卡娅真是一个不幸的女人。

奥尔嘉喜爱文学，尤其是诗歌，常以优美的诗歌来抚慰自己的心灵。从十多岁那次参加一个文学聚会，听了朗诵帕斯捷尔纳克的诗作之后，她便热烈地爱上了这位诗人的作品。因此可以想象，当一九四六年十二月（也有说是十月），她在自己任职的《新世界》杂志社见到她心中仰慕已久的大诗人帕斯捷尔纳克时，她的心会是多么激动，以至于在心中把自己与他的见面看成是"有如与神相遇"。更使她想象不到的是，帕斯捷尔纳克在离开之后竟给她捎来他的诗作，随后又一次次邀请她去散步，甚至送她照片，把自己的诗作和译作献给她。最后还明确向她表示了他的爱，说他整天时刻都想念她，离不开她。她简直不敢想象自己怎么会有这样的幸运！

具有诗人敏锐直感的帕斯捷尔纳克一眼就看出伊文斯卡娅是一个"饱经痛苦的人"。不过，他可不是出于同情或者怜悯，才爱上她的。伊文斯卡娅的善良，她的温柔坦诚，特别是她对帕斯捷尔纳克的无私奉献和自我牺牲精神，使帕斯捷尔纳克如在他给她的信中说的，觉得"有一条比我们两人在众人面前亲切相处更纤细的线""更崇高更强壮地"把他们"结合在了一起"。

伊文斯卡娅自然也爱帕斯捷尔纳克，虽然这年她还只有三十四岁，而帕斯捷尔纳克却已有五十六岁了，而且当时还正和第二任妻子生活在一起，伊文斯卡娅仍然爱他，因为爱是不讲条件的，爱就是爱。这样，经过一段时间的接触之后，两人的感情便超过了一般友谊，终于同居了，伊文斯卡娅还两次怀上他的孩子，可惜两次都流产了。

帕斯捷尔纳克一次又一次地想要摆脱他与妻子的那种缺乏爱情的婚姻枷锁，只是因为妻子吵闹，或者因为自己产生负疚感和对妻子的怜悯，致使一次又一次地犹豫。这使伊文斯卡娅不免产生了妒忌。

从五十年代起，帕斯捷尔纳克的思想已经引起共产党苏联当局的注意，仅是因为他的成就，尤其他翻译莎士比亚等外国诗人的卓越功绩所产生的国际影响，他们才暂时没有下手。一九五九年二月，英国首相麦克米伦一行即将来苏联访问时，有关部门害怕他会与帕斯捷尔纳克接触，希望帕斯捷尔纳克能够回避。正好这时有一位朋友邀请他去南方格鲁吉亚的首都梯比里西做客，于是帕斯捷尔纳克便在妻子的陪同下离开了莫斯科。伊文斯卡娅感到很是难堪，一气之下，便独自去了北方的列宁格勒，这是两位恋人最厉害的、也是最后一次的争吵。帕斯捷尔纳克心中很感不安，他天天给伊文斯卡娅写信。不过，由于伊文斯卡娅内心始终爱着帕斯捷尔纳克，所以像以往一样，两人吵过之后，

初版《日瓦戈医生》

仍旧复归于好。

　　伊文斯卡娅的爱是一贯的：在苏联这种可怕的政治环境下，她已经不止一次忍受了因帕斯捷尔纳克而带来的困难、危急甚至生命的威胁。一九四九年十月，伊文斯卡娅就曾由于与帕斯捷尔纳克的关系，遭到了搜查和逮捕，被判五年徒刑，关押了近四年，罪名是"接近特嫌分子"，只因大赦才得以提前释放。虽然如此，一九五三年出狱后，她仍然爱着帕斯捷尔纳克，为他抄写小说《日瓦戈医生》，帮他与《新世界》和《旗》杂志及国家出版局联系作品的发表和出版；小说遭批判后，她又给帕斯捷尔纳克以爱和安慰；当苏联的高层人士召见帕斯捷尔纳克时，她也陪着他前往，为他分担忧虑……一九六〇年，伊文斯卡娅在与外国出版商联系帕斯捷尔纳克的版税事宜时，再次遭到逮捕，被判处六年徒刑。出狱后，她写了一本回忆录《时代的俘虏，我与帕斯捷尔纳克一起的年月》，记述自己与帕斯捷尔纳克相处的生活。

　　可以想象，像伊文斯卡娅这样的人，不仅因为具有帕斯捷尔纳克说的"天仙之美"，更由于她在帕斯捷尔纳克的眼里具有"金子"一般的心，是作家理想的、值得深爱的女性。帕斯捷尔纳克不止一次用最美好的词汇，称她是"我的美人儿""我的亲人""我的金子""我的生命"；说是她给了他"幸福"，是他不可缺少的"右手"……他向她保证，要把她的"美""锁在诗的昏暗闺房之中"，要"忘我地埋头于无穷无尽地赞美你和你的才智，还有一而再再而三地赞美你的善良"。

　　帕斯捷尔纳克这样说了，也这样做了。

帕斯捷尔纳克和伊文斯卡娅

　　帕斯捷尔纳克一直写诗赠给伊文斯卡娅，赞美伊文斯卡娅。《相逢》描写在一个雪天里，诗人与伊文斯卡娅在门前意外地相遇，她在诗人的心上刻下一条条印痕，"刻画出来的温顺／从此永远深入我的心"；《娇女》一诗赞美她平素像一个娇女，是"那么文静"，但与他一起时，她就是"一团火，烈焰升腾"；还有《酒花》，说他俩那次为躲雨钻进常春藤搂抱的树丛中，但他觉得，"这不是常春藤是酒花缠住了树丛"（高莽译文），使他像是喝了这酒花似的被陶醉……在创作《日瓦戈医生》时，帕斯捷尔纳克更通过拉莉莎这一主人公正面形象的塑造，最集中地赞美和歌颂了伊文斯卡娅。

　　《日瓦戈医生》里的拉莉莎，灰色的眼睛，金黄的头发，容貌异常俏丽，还有她的身段、她的声音，她轻盈的举止和沉静、潇洒的风度，在她的身上，一切都显得十分的和谐。可是拉莉莎好像并不喜欢做一个美丽、妩媚的女子。尤里·日瓦戈觉得，她好像十分蔑视妇女的容貌，并为自己有这样的美貌而感到痛苦。拉莉莎这种傲岸和仇视自己的态度，在日瓦戈看来，反而为她增添了十倍的魅力。拉莉莎后来遭人摧残，受过创伤，但日瓦戈认为，就连这些也是可贵的，因为他不相信没有失足过的人会懂得人生的美；日瓦戈甚至这样向拉莉莎表示，你拉莉莎如果无所抱怨、无所遗憾的话，"我就不会爱你爱得如此深了"。进入中年以后，紧张、沉重的家务搅得拉莉莎头发散乱、袖管卷绕、裙襟不整；奇怪的是，恰恰是这种神态，让日瓦戈感到她"有一种惊人的魅力"，而且比她穿了高跟鞋、袒胸的上衣和簌簌作响的宽大裙子参加舞会时都"更显得妩媚动人"。

　　在拉莉莎的身上，的确有一种与众不同的东西，这种非凡的特性使拉莉莎在受到严

帕斯捷尔纳克创作《日瓦戈医生》时的住所

重的摧残之后,仍旧能够挣扎起来反抗和搏斗,从而改变并重新掌握自己的命运。

拉莉莎与伊文斯卡娅一样,已经结过婚,并有一个女儿;日瓦戈也跟帕斯捷尔纳克一样有一位爱着他的妻子。但是他们两人彼此深深相爱,不只是拉莉莎作为一位护士,在日瓦戈病伤期间细心地护理他,悉心照顾他,用她雪白漂亮的身躯,和她香喘呼呼的耳语安慰他,有如伊文斯卡娅对帕斯捷尔纳克那么的真诚;主要的是他们两人的"心灵相通":他们两人同样都追求个性的自我完善,这把他们互相吸引到一起,彼此不可分离,这也与伊文斯卡娅和帕斯捷尔纳克的情形一样。像帕斯捷尔纳克一样,日瓦戈也非常爱拉莉莎,他称拉莉莎——他的拉拉是"我的美人""我永远怀念的人""我唯一的爱人""我永远的无尽的欢乐"。的确,拉拉给予日瓦戈的欢愉是无尽的,只要有拉拉在,日瓦戈就会为她的柔情所陶醉,她一离去,日瓦戈便立刻会感到不能自持。因此,他觉得,他若失去她,"也就失去生活的情趣以至生命"。但是日瓦戈也像帕斯捷尔纳克那样为原有的婚姻所累,他像帕斯捷尔纳克一样,一方面并不爱他的妻子,另一方面又出于对家庭的责任感和因自己对妻子的不忠而产生负疚心理，尤其是妻子在与他没有尽期的离别中，过着伤心流泪、凄凉清冷的时日，对他却毫无怨恨，有的只是深深的爱，更使他倍感痛苦。于是，他就像帕斯捷尔纳克那样，终日处在犹豫、矛盾的伤心和痛苦之中。最后，日瓦戈也像帕斯捷尔纳克那样因保护不了自己的爱，在无奈中永远失去了他的拉拉。这无尽的永别带给日瓦戈的痛苦，像是一个苹果，"强咽下哽在他喉中……憋得他无法喘息"。他悲怆呼号："拉莉莎，我再也见不到你了，此生永远、永远也见不到你了。""永别了，拉莉莎，来世再见吧！"他唯一所能做的就只有像帕斯捷尔纳克那样，"将思念你的泪水化作无愧于你的、流传后世的东西。我要用充满柔情而无限痛苦的笔写下我对你的思念。……把你的形象移到纸上"。

日瓦戈所做的就是帕斯捷尔纳克所做的，帕斯捷尔纳克所做的也就是日瓦戈所做的，在生活中和在创作中都一样。小说《日瓦戈医生》最后一章"日瓦戈的诗"中，如第九首《醉花儿》（即《酒花》）、第十七首《相逢》等，好多都是作家将自己当年写出献给伊文斯卡娅的诗直接移到这部作品中去的。小说中一切有关拉莉莎的描写，大都也是以伊文斯卡娅作为原型的。这些方面，帕斯捷尔纳克和日瓦戈之间完全获得了一致。

《日瓦戈医生》的创作最早可以追溯到三十年代。

在一九三八年的《文学报》上，帕斯捷尔纳克曾以"小说片段"之名发表过《日瓦戈医生》中的一章。不过之后，就谁也不知道他写成的其他篇章了，除了伊文斯卡娅，因为帕斯捷尔纳克常把自己写出的部分念给她听，听取她的意见。直到一九六四年，《旗》杂志第四期才刊登了二十首《尤里·日瓦戈的诗》，同时登载作者的附言，说小说《日瓦戈医生》有望于一九五四年完成。不过，实际上，帕斯捷尔纳克是在一九五五年才完成这部巨著的。但是此书在苏联被看作是一部"污蔑十月革命，污蔑进行这一革命的人民和苏联社会主义建设"的小说，因而不能获得发表或出版。

《日瓦戈医生》的首次出版不是在作者社会主义的祖国，而是在资本主义的意大利。意大利富家出身的共产党员詹贾科莫·菲尔特里涅利（1926—1972）决心把自己的

伊文斯卡娅

钱财用来创建一个启蒙主义文学和社会主义文学图书馆，后又在一九五五年六月八日他二十九岁生日那天，在米兰一家酒吧宣告成立他的出版社。出版社虽然只有三四个人，但出版过亨利·米勒的《南回归线》、加西亚·马尔克斯的《百年孤独》、纳丁·戈迪默遭禁的《一个外来人的世界》和意大利兰佩杜萨亲王朱塞佩·托马齐·迪的《豹》等资本主义国家的优秀作品。菲尔特里涅利还聘请受意大利共产党指派任莫斯科电台意大利语编辑的共产党员塞尔基奥·丹杰洛兼任出版社驻苏代理人，及时注意苏联作家优秀作品的出版，推荐他在意大利出版译本。

一九五六年五月，莫斯科电台对外广播时用意大利语报道说著名诗人鲍里斯·帕斯捷尔纳克已经写出一部长篇小说《日瓦戈医生》，同时还介绍了作品的内容。丹杰洛及时向菲尔特里涅利汇报后，菲尔特里涅利指示他立即跟作者联系，设法马上将手稿复印出来寄给他。丹杰洛立即于五月二十日去了帕斯捷尔纳克的住所，自我介绍后，便直截说明他的来意，说很想读一读他的新作《日瓦戈医生》。面对丹杰洛的要求，中国作家高莽在他所写的传记《帕斯捷尔纳克——历尽沧桑的诗人》中这样猜测帕斯捷尔纳克当时的心理活动：

帕斯捷尔纳克在犹豫是否将《日瓦戈医生》原稿交给这位英俊的意大利人？倘若他选中了，首先在国外发表是否合适？也许他考虑到这位在莫斯科电台工作的意大利人和他代表的出版商都是意共党员，而苏联报刊与电台又都正式传递了《日瓦

戈医生》将要面世的消息，在这种情况下把原稿交给外国人并没有什么大问题。

于是，丹杰洛当即就拿到了小说的原稿。菲尔特里涅利接到书稿后，马上向一位斯拉夫语言学家征求对作品的意见。这位语言学家果断地说："不出版这样的小说，就等于是对文化的犯罪。"六月，菲尔特里涅利用法文给帕斯捷尔纳克发了第一封信，提出要付他百分之十五的版税等优惠条件。

在此期间，苏联方面曾与帕斯捷尔纳克联系，警告他，作品必须先在莫斯科出版，才可以出版意大利文译本；又说小说须得修改删节，并让责编与他具体联系，后来又停止了修改和出版小说的程序，由苏联作家协会出面让帕斯捷尔纳克亲自写信向菲尔特里涅利要回原稿，同时向有关方面交涉，甚至通过意大利共产党总书记帕尔米洛·陶里亚蒂给菲尔特里涅利施压，要回《日瓦戈医生》的原稿。只是在菲尔特里涅利面前，所有这一切都没有奏效。菲尔特里涅利于一九五七年十一月二十三日在米兰出版了意大利文的《日瓦戈医生》。随后，仅仅到六十年代初，《日瓦戈医生》已经有了二十五种以上的译本，如今，它的外文译本自然是更多了。

《日瓦戈医生》不是一部政治小说，它只是写了一位理想主义的诗人和他所爱的女子身不由己地被卷进了革命的波涛之中。帕斯捷尔纳克无非是一个正直的爱国知识分子和执着的人道主义者，他思考和向往的也无非是个性的自由。最后，一九八八年，《日瓦戈医生》终于在他的祖国得到了承认，虽然太晚了一点。

The Island of Sakhalin

《萨哈林岛游记》

"不可容忍的痛苦之地"

一八八一年，圣彼得堡皇家科学院文学部创立了一项以俄国最伟大诗人亚历山大·普希金的名字命名的奖项"普希金奖"，表彰创作出以最高标准衡量是杰出文学作品的俄国人。一八八八年十月，作家安东·巴甫洛维奇·契诃夫因"创作了具有高度艺术价值的优秀文学作品"、小说集《在昏暗中》而获奖。至"十月革命"前，只有五人得过这个奖，包括后来于一九三三年获诺贝尔文学奖的伊万·布宁因翻译美国诗人亨利·朗费罗的诗《海华沙之歌》而于一九〇三年获奖。

契诃夫一直盼望着这一奖赏，因此在接受奖金之时，他狂喜不已，简直像"一个热恋中的男子"。不过契诃夫是一个朴素的人，他没有沾沾自喜，或者安逸地躺在获奖带给他的荣誉和物质的享受上。他谦虚地写道，他所发表的所有作品，包括获奖的作品，都不会在人们的记忆中保留十年之久。这一想法也激励他近年里显然在考虑着的有些朋友的劝告，要他对创作采取比较严肃的态度，去反思自己早期以"安托沙·契洪捷"的

契诃夫像

笔名发表在《花絮》《蜻蜓》《闹钟》《消闲》等刊物上的那些笑谈、风趣、戏谑性的小故事到底有多大意义，反思以前"只想做一个自由艺术家"的天真想法，终于使他以契诃夫式的语言表述说："文学家不是做糖果点心的，不是化妆美容的，也不是给人消愁解闷的；他是一个负责任的人。"

是的，他不能只把创作的题材停留在戏谑性小故事的范围里，他应该了解俄罗斯广阔的生活。于是，他先是在一八八七年去了乌克兰和南方顿河地区、沃罗涅日等地，回来后写出了"有生活在跳动"的"草原百科全书"《草原》。随后，一八九〇年，他又决定去萨哈林岛。做出这一决定的触媒，是他弟弟米哈伊尔在回忆中说的："这一年我读完了大学法律系。部分地由于我的刑法讲义和诉讼程序讲义的影响，安东开始准备行装，要到库页岛去。"

库页岛，即萨哈林岛是北太平洋上介于鞑靼海峡和鄂霍次克海之间的一个长条形的大岛，中国历史上称它为库页岛。据有关记载，该岛南岸最初多为日本的渔民定居；至一八五三年，才有第一批俄国人聚居于该岛的北部。一八五五年，俄国和日本签订协定，分享该岛的统治权。二十多年后，一八七五年，俄国以千岛群岛为代价，取得该岛的全部，称其为萨哈林省。日俄战争结束使日本在一九〇五年的《朴次茅斯条约》中取得该岛北纬五十度以南的部分，并据居住在该岛和日本北海道、千岛群岛的阿伊努人的称谓"Kamuy-Kara-Puto-Ya-Mosir"（Kara Puto），将它定名为"桦太"，意思是"神之河口"。

萨哈林岛北部为森林，储藏有大量的石油和天然气以及木材；南部以渔业为主，自然资源丰富。但这里四面环水，都是一望无际的海面，于是，俄罗斯帝国就把它当成是罪犯无法逃脱的天然监狱。从十九世纪六十年代起，将成千上万的政治犯和刑事犯流放到那里，在残酷的皮鞭下从事着苦役劳动。

朋友们都不主张让契诃夫去远东这个荒凉的地方，且路途遥远，交通异常不便，且契诃夫从一八八四年十二月出现疑似肺结核症状时起，又已经多次咯血，身体十分虚弱，要去这样的地方，对他的健康是十分不利的。但是契诃夫坚持说他"有必要"到这个"不可容忍的痛苦之地"，去研究苦役犯的生活。

决定之后，契诃夫开始研究萨哈林岛的地理、历史、生物学、气象学、人文学、监狱学和法学等的有关著作，还让他的哥哥亚历山大和妹妹玛丽为他从图书馆搜寻旧报纸中有用的记载并摘抄所指定书籍中的段落。一段时间下来，他的头脑里就装满了各种报告和统计数字；他声称自己既要当地质学家，又要当气象学家和人文学家，说自己已经成了Mania Sachalinosa（萨哈林岛狂）。米哈伊尔回忆说："他准备了一个秋天、一个冬天和春天的一部分时间，在一八九〇年四月二十日由远东出发了……"这天，契诃夫在家人和朋友们的送行下，从莫斯科乘火车到达约三十里外的雅罗斯拉夫尔车站，随后坐轮船到了伏尔加河沿岸的喀山，又由喀山沿卡玛河到了俄罗斯西北的彼尔姆，再从彼尔姆到中部的秋明，从秋明坐火车到贝加尔湖坐四轮马车，再往下，坐船和四轮马车，直到太平洋。从这简要的行程中可以看出，不但路程长达近一万俄里，且几经周折，旅途的艰苦可想而知，主要的还是途中时时要经受天寒地冻、在泥泞中颠簸或跋涉，还有糟糕得难以下咽的饮食，以致契诃夫几次出现咯血和发作痔疮，劳累和苦楚无法形容。不过既然下了决心，一定要去那儿，契诃夫也就坚持下来，终于到达了目的地。

"一来到萨哈林岛，"苏联学者，契诃夫的传记作者华西里·叶尔米洛夫写道，"安东·巴甫洛维奇立刻展开了他宏伟的、狂热的、紧张的，同时也是经过缜密思考的、有系统的考察工作。"

当地的官员比较热情地接待了这位著名作家，允许他参观监狱、和苦役犯谈话，只是不得和政治犯搞到一起。虽然如此，毕竟使契诃夫得以如他自己在给朋友的信中说的，进了每一家茅舍，跟每一个人谈过话，用卡片登录了差不多一万个囚徒和移民的简况。他不无骄傲地说："萨哈林岛上没有哪一个囚徒或移民没有跟我谈过话的。"他甚至目睹了死刑和种种酷刑。这些场面使他深受震动，以致后来在噩梦中一次次再现，醒来一身冷汗。

三个月的考察后回到莫斯科，契诃夫设法把萨哈林岛留给他的印象整理出来。为写作这本书，他又做了许多新的补充研究和探索，有时为了写一句话，就得再查阅许多书籍和材料。例如他在一封给《新时代》杂志的出版者、他的出版商阿列克赛·苏沃林的信中说的："昨天我为萨哈林岛的气候忙了整整一天。这种玩意儿可真难写，不过我到底还是抓住了这个鬼东西的尾巴。我把当地的气候写得叫人读了就会感到发冷。"

最后，契诃夫花了三年的时间，写出了《萨哈林岛游记》一书。这不是他所惯于创作的小说，也不像报告文学，或苏俄所常用的"特写"。实际上《萨哈林岛游记》可以算得上是一部文学性的社会学著作，虽然当时基本上还没有人使用"社会学"这个名词，世界上第一个社会学系还是在他之后，由美国的阿尔比恩·斯莫尔一八九二年在芝加哥大学首创的。当时大概也没有什么人在应用社会学研究。契诃夫无疑是出于他的本性，在这次萨哈林岛的考察中，自发地以"社会学"的方法，研究了在这个特殊地区中人和人之间的社会关系的性质及其原因和结果，写成了这部著作。

在《萨哈林岛游记》中，契诃夫叙述他看到一个关押囚犯的禁闭室，一个普普通通的牢房："门上挂着一把笨重的大锁，仿佛是从古董商那里买来的。锁响了，接着我们走进这间不大的囚室。现在这里关着二十个人……衣着褴褛，蓬头垢面，戴着镣铐，脚上缠着破布，绑着绳子。脑袋有一半头发蓬乱，另一半剃得光光，但已经开始长出短发。他们个个面容消瘦，仿佛被剥掉了一层皮……"随后，契诃夫举了一个例子，可以看出这些囚犯所受的虐待。作家说，有一个叫索菲娅·勃留芙施坦的女子，绰号"小金子"，原是一个"天仙似的美人，曾经使所有的狱吏神魂颠倒。比如，在斯摩棱斯克有一个看

契诃夫收藏的给苦役犯上重镣的照片

守曾帮助她逃跑,而且他自己也同她一起逃走"。但是经过三年苦役的折磨之后,"这个纤巧、瘦削的女子,头发已经斑白,脸上堆满皱纹,像个老太婆"。(刁绍华译文)

契诃夫也写到苦役犯所从事的劳动是何等"不寻常的艰辛":除了活本身的繁重外,还因为在"麻木不仁、丧尽天良的"人员的管辖下,囚犯们"每迈动一步,都得饱受他们的厚颜无耻、无法无天和专横暴虐的欺凌";"还因为苦役犯经年累月看到的只是矿坑,只是到监狱去的道路和大海。他们的全部生活都埋葬在这黏土和大海中间的狭窄海滩里"。

契诃夫自然不会忘记记述囚犯是如何被荒谬定罪的。一位岛区长官对他承认:"侦讯开始时,都缺乏足够的证据。工作拖沓笨拙,受到牵连的犯人遭到毫无根据的监禁。"一般的"定罪"程序都是这样的:嫌疑人和被告一律被关进牢笼。如有一个嫌犯,先是被戴上镣铐,每三天才能吃到一回热饭,后来又打了他一百鞭,一直被监禁在黑屋里,又饥又怕。在这样的生活条件下,最后他只好承认自己有罪。另一个嫌犯也遭受同样的对待,官员提审他的时候,契诃夫说:"我也在场。他声明说已经病了好长时间,不知为什么不给他请医生。官员转问负责看管的看守,有无此事。看守回答的原话是:'我向典狱长先生报告过,可是大人的回答是:"让他去死吧!"'"此类例子,不胜枚举。

在这部按中文译文看差不多二十五万字的著作中,契诃夫的确还涉及地理、历史、生物学、气象学、人文学、监狱学和法学等领域的叙事。特别值得提出的是,契诃夫不但在正文中引用了不少文献资料,为避免叙事的拖沓,还将一部分资料置于注释之中,

契诃夫收藏的连车重镣犯人的照片

如说及萨哈林岛上的煤矿，他就提到十部（篇）学术著作。同时从书中还不难看出，契诃夫不但研究过多达数十种前人所著的有关萨哈林岛的书，还查阅了政府颁发的许多通令、条令、《通报》之类的材料，以及回忆文章等，他甚至竟研究到《论萨哈林岛体制》《流放犯管理条例》《男女流放犯伙食定额表》《萨哈林岛及岛上的脊椎动物》《切烈波韦茨县农民生活的卫生条件和医学地形学的比较研究》《阿穆尔地区的异族人》等，有的注释竟有两千字之多，都具有一定的学术价值。

契诃夫对自己的作品历来都表现出谦逊的态度，即使已经成为名家了，他仍把自己看成是一个小作家，比喻自己的创作只是像小狗的嗥叫，说大狗有大狗的叫声，小狗有小狗的叫声，小狗不应有大狗在叫，自己就不叫。但对访问萨哈林岛和著述《萨哈林岛游记》一书，契诃夫却有一种自豪之感。在一八九四年一月二日给苏沃林的信中，契诃夫声称："《萨哈林岛游记》是部有学术性的著作，我将因这部著作得马卡利亚大主教奖。医学现在已经不能责怪我的背叛：我看重学术性和被老作家所讥为学究气的素质。我很高兴，在我的小说的衣柜里，将挂一件粗糙的囚衣。就让它挂着好了。当然，《萨哈林岛游记》不会在杂志上发表，这不是在杂志上刊登的东西，但我想它是一部有益的作品。至少你不必笑我。谁笑到最后，谁笑得最好。"（童道明译文）

契诃夫的萨哈林岛之行及其《萨哈林岛游记》的撰写，意义的确非同寻常。由于《游记》是作家在深入考察的基础上以科学研究的深刻性和精确性写成的，所以此书出版后在广大读者中产生了巨大的影响，沉重地打击了沙皇俄国的专制政体，"以致，"叶尔

萨哈林岛一角

米洛夫说,"沙皇政府不得不派出一个委员会去萨哈林岛进行'整顿'。"尽管不难想象不会有什么实质性的效果。同时,这次深入的考察也让作家本人的思想获得了提高,使他加深了对沙皇专制俄国的认识。在一八九一年十月十九日给苏沃林的信中,契诃夫叹道:"唉,朋友们,多么苦闷啊!如果我是医生,我就需要有病人和医院;如果我是文学家,我就需要生活在人们中间,而不是在小德米特罗夫卡跟猫鼬鼠待在一起。即使一点点社会政治生活,即使很少的一点点也是好的;可是这种斗室里的生活……这简直不是生活……"叶尔米洛夫引用了他的这段话后写道:"他觉得当时整个俄罗斯的生活都是关在里面、有狱吏守着、有铁窗拦着的生活……"于是,也就在这个时候,契诃夫创作出了他的著名小说《第六病室》。"第六病室"就是沙皇俄国的缩影。在俄罗斯帝国,人人都像被关在这"第六病室"里的伊凡·德米特利奇·格罗莫夫一样,"一天到晚提心吊胆……打冷战……等着被捕……完全听命于绝望和恐惧……";在俄罗斯帝国,有多少人都像安德烈·叶菲梅奇·拉京一样,一个精神健康、救治病人的医生,正因为精神健康,"根本没有生什么病",却被当成精神病人,一个疯子,关进这个"第六病室","落进了一个魔圈里",最后死在那里。读《第六病室》,不难猜测到,里面的不少人物和情节,即来源于作家的这次考察萨哈林岛的收获。

Les Trois Mousquetaires

《三个火枪手》

改编成功的通俗小说

　　文学史的读者，心中有时会产生这样的迷惑：有的作品，受到史家和学者的称颂，甚至列入文学史册，广大的读者却并不喜欢；有的作品，尽管读者都普遍感到喜爱，却又不能在专家的眼中获得无可争议的价值。法国的亚历山大·仲马（1802—1870），即大仲马的作品，可能就是最著名的例子。

　　大仲马算得上是法国十九世纪最受民众欢迎的作家之一，在文学史上却始终没有多大的地位，一个重要原因大概是他早期创作的戏剧，写得比较草率，笔法也显得有些粗俗，感情又十分夸张。后来他转向历史小说的创作，但是他所着意的也只在紧张、生动的情节上，根本不顾历史的真实，而且对人物的心理，也缺乏令人信服的描写和分析。不过，大仲马毕竟是一个产生过重大影响的作家，特别是他的《三个火枪手》和《基督山伯爵》这两部小说，被译成世界很多国家的语言，又多次被改编成影剧，具有众多的读者和观众。

大仲马画像

  大仲马是巴黎和苏瓦松之间的那个小城维雷－科特莱里的一位破落将军的儿子，小时候就显得聪明伶俐，却不用功，喜欢打斗，像个野男孩。十六岁那年读了他侯爵祖父留下的一本浪漫小说之后，就决心要做一个像书中主人公那样的人。后来他真的是浪漫事迹不断。只是由于受到几个人的引导，使他看到写作可是一条他原先不知的获取荣誉、出人头地的新途径，以至于即使在巴黎奥尔良公爵的秘书处找到了工作，定居下来之后，仍旧决心不改，抽空大量阅读文学作品、观摩戏剧演出，不再像是一个小说里的英雄人物，而是成为这些人物的创造者。他与朋友一起，借据史书，写出了几个历史剧，并且得以演出，甚至还取得了成功。只是一种文艺体裁，随着时间的推移，也像人一样是会老化的。写了十几年后，他这种按他原来的套路写出的剧本便不再受欢迎了。于是，他决定改写小说。

  巴黎的《新闻报》和《世纪报》为扩大订户、增加广告收入，决定刊登连载小说，用《巴黎杂志》于一八二九年首推使用的"下期待续"的故事，来一天天把读者留住。

  读者喜欢的是什么样的小说和故事呢？

  法兰西是一个积极创造过历史、经历过巨大变迁的民族，沉湎于过去的历史生活是法兰西人所喜爱的一种沉思。因此，当历史小说的首创者、英国小说家瓦尔特·司各特的历史小说广受欢迎的时候，许多法国作家，如阿尔弗雷德·德·维尼、维克多·雨果、奥诺雷·德·巴尔扎克、普罗斯佩·梅里美等都曾相继跟着效仿。大仲马对司各特历史小说的手法曾经做过研究：一开始就要设法抓住读者，尽快展开情节，制造悬念，再在紧要关头戛然而止，使读者产生不得不继续读下去的渴望。实际上，大仲马的历史剧也多少是按照这样的手法写出来的。他人曾有不少因吸引不了观众而惨遭失败的剧本，经过大仲马的笔一改动，就获得了成功，因而他被人看成是一位对有缺陷的剧本做"矫形外科手术"的专家。其中有一位原查理曼大帝中学的历史教员奥古斯特·马凯就不止一次请他帮过这样的忙。

大仲马并不是一位历史学家。他喜欢历史，但对历史没有研究，写作时也不尊重历史，在他看来，历史不过是一颗可以用来挂他小说的"钉子"罢了。因此，只要有现成的历史故事，他就根本不在乎参与来做这种"手术"，何况他还可以由此获得好收益。而对报纸的经理来说，谁的作品能招徕更多的读者，谁就是最好的小说家，他就肯用高价买他的作品，不在乎什么要不要尊重历史。所以，当马凯又一次送来一部关于路易十三、黎塞留、奥地利皇后和白金汉公爵的小说梗概时，不用说，他当然乐于接受。

马凯的这个小说梗概根据的是一部名为《国王火枪手第一连中尉达大尼央先生回忆录》的作品，是传记作家库尔底兹·德·桑德拉发现不安分的加斯科涅人达大尼央的曲折生活之后写出、于一七〇〇或一七〇一年在德国科隆出版的；几年后又在荷兰首都阿姆斯特丹再版一次。只是以后就不再被人提起了。在被湮没了一个多世纪后，大仲马说他从马赛图书馆中借得了此书。但马凯坚持说，是他先发现此书的。对于一个半世纪以后的今天的读者来说，无论是马凯先看到这部《回忆录》，还是大仲马先把它借来，然后让马凯据此写出梗概，再由他来加工，这些都并不重要。可以确定无疑的一点是，完成后的著名小说《三个火枪手》，肯定是以这部《回忆录》为蓝本的。还有，大仲马在《三个火枪手》的"序"中所说的，自己为写一部历史小说，无意中见到一部《达大尼央回忆录》，以及《回忆录》中写到达大尼央第一次去谒见国王火枪队队长时在前厅看到的三个分别名叫阿多斯、波尔朵斯和阿拉宓斯的年轻人，并立刻想到那全是假名，等等，都有相当的真实性。阿多斯、波尔朵斯和阿拉宓斯三个火枪手的名字的确都是假名。多年来，不少研究人员曾对他们的原型做过一些调查研究，得出了比较一致的看法。

大仲马的妻子

阿多斯的原型是阿芒特·德·谢尔盖（约1615—1643），也有人猜说叫阿尔诺·德·莱希克，他本是下比利牛斯山阿多斯和奥得维地区的一名封建贵族或领主。他于一六四〇年加入国王的火枪队，一六四三年十二月二十一日去世，死亡证书上暗示说，他的死是由于决斗的结果。波尔朵斯的原型是伊萨克·德·波尔道（1617—1712），他生于比利牛斯－大西洋省的省会波城，是亨利五世王室宫内审计官亚伯拉罕·德·波尔道的孙子，是在他同伴阿多斯死的那年参加火枪队的。还有阿拉宓斯的原型昂利·达拉宓茨（1620—1655或1674），他还是法国西南边境，比利牛斯省旁的贝阿恩省阿拉宓茨地区的一名乡绅，是和阿多斯同时晋升为火枪手的。据调查，达拉宓茨的后裔今日还活着。

研究人员对火枪手中最主要的一个——达大尼央的原型的生活情况，掌握的材料最多了。

现实生活里的达大尼央，真名叫休·达大尼央，他于一六二〇年或一六二三年生于夏尔·德·巴茨－加斯特莫尔这个古老的宅第。家庭原是一个富裕的有产阶级，他母亲孟德斯鸠家系在下比利牛斯区还有资产，不过后来没落了。

当休·达大尼央一六四〇年离家去巴黎寻求出路时，他穷得在旅途中骑一匹只值二十二法郎的小马，袋里只有十个居埃。《三个火枪手》开头再现的达大尼央的这一情景，有一定的真实性。可是十年之后，休·达大尼央竟当上了年俸高达四万居埃的皇家卫队

《三个火枪手》

队长。当他受任火枪队副队长的职位后,他计划结婚了。只是他碰到一点"小小的烦恼",他所追求的那个女人阴险又凶狠。小说中对这一情节也有所表现,把这女人写成一个十分可耻的人。

休·达大尼央像当时的不少年轻男子一样,经历了一段寻花问柳的生活后,慢慢地也就厌倦了。他与一位富有的女人结了婚,这个名叫夏洛特-安娜·德尚勒的女人是勃艮第地区拉克莱伊特的贵族圣克鲁瓦男爵的遗孀,除了在鲁昂附近的领地,她还继承来六万利勿尔的债券,二万四千利勿尔的硬币和约值六万利勿尔的家具。在卢浮宫举行的婚礼上,国王和红衣主教马萨林签字为他证婚。

婚礼结束后,新婚夫妇住进了事前选定离兵营不远的一处设备豪华的住宅。

几年下来,在达大尼央夫人生了两个男孩之后不久,休和妻子感情开始不合。夏洛特性好妒忌,与前夫一起生活时也相处不好。她熟知有些男人的放荡个性;对达大尼央也一样,她怀疑一位十分富有的贵妇人对他颇有情感。这倒是事实,火枪手对这女人确有情意，这贵妇就提供火枪队一大笔钱，帮助他们去创造辉煌业绩。夏洛特忍不住了，她派自己的心腹去跟踪丈夫，在收集到他放荡不忠的证据后，就以离家回自己原来领地独居相要挟。只是她这手法没有在达大尼央身上产生效果。出乎夏洛特意外的是，达大尼央根本不在乎她的出走。这么一来，事情就收不了场。达大尼央夫人没有台阶可下，离开巴黎后再也回不来了。

达大尼央单身生活是更加自由、更无拘忌了。他打仗，空下来就喝酒，跟女人搞在一起，结果背上了很多债务。他于一六七三年升为国王火枪队的中尉队长，后任诺尔省省会里尔要塞的司令。同年六月二十五日，在围攻荷兰林堡省省会马斯特里赫时，他被一颗流弹击中了喉咙。

《三个火枪手》写一六二四年红衣主教黎塞留在出任首相之后，因与国王路易十三发生矛盾，为打击路易十三，他一心想抓住王后和英国首相白金汉发生暧昧关系的把柄，来削弱国王的力量。小说主人公达大尼央出身于一个没落的地主贵族家庭，他像其他这类出身的人一样，一心向往为统治阶级效劳，或者是做国王的火枪手，或者就进红衣主教的卫士队，来实现自己的远大前程。达大尼央来到巴黎后，结识了三名火枪手：阿多斯、波尔朵斯和阿拉宓斯，从此，这几个人结成一伙，在国王与红衣主教的对立中为国王效力。这几个火枪手，尤其是达大尼央，大胆机智、见义勇为，为维护王后的名声，他千方百计，粉碎了红衣主教的破坏计划：他们冒着生命的危险，冲破对方设下的重重罗网，渡过杜弗尔海峡，到伦敦去见白金汉公爵，不管主教怎样威胁利诱，也不管主教雇用的年轻漂亮的密探怎样施展种种计谋，都不能使他们屈服。他们除了保护王后的荣誉，还尽力去营救被红衣主教绑架的王后的亲信，达大尼央所爱的美人波那雪太太。在这一系列的营救活动中，他们遇到了不少的危险，有时似乎陷入了绝境，但是凭着他们的勇敢和机智，每次总是能够化险为夷，摆脱绝境，最后完成使命，取回了王后送给白金汉公爵的信物——一条十二颗钻石串成的首饰。

不难看出，对于《三个火枪手》的创作，马凯所写的达大尼央与他三个伙伴的生活不过是给大仲马提供了一个故事梗概，这故事梗概实际上只不过被大仲马作为小说的素材而已。读过《三个火枪手》的人都可以看出，大仲马在改写——应该说是重写这部小说时，还虚构和设计出一些新的人物，加入一个个细节，使故事显得合理、动人、有吸引力。更为重要的是，原来在库尔底兹·德·桑德拉的笔下，达大尼央和他的这几个伙伴都是一些不讨人喜欢的冒险家，现在，经大仲马改写后，他们都成为读者们喜爱的传奇人物了。一位作家评论说：

  对法兰西怀有炽热的情感，这就是隐藏在达大尼央、阿多斯、波尔朵斯和阿拉宓斯这四位英雄内心深处的魅力所在。……在他们身上有多少风雅，多少俊秀，多少刚毅，多少魅力，多少机敏啊！

  ……他们是四个朋友，而不是库尔底兹所设想的四个兄弟……人们深知，他们是多么坚韧不拔，他们付出了多少精力！然而，他们建立功勋好像并不吃力；他们长途跋涉，兼程前进，那么神速；他们克服一个个障碍时，总是那么愉快轻松；这在我们眼里更加突出了他们的英勇无畏。……如果说丹东和拿破仑是法兰西力量的倡导者，那么大仲马在《三个火枪手》中，就是表现这一力量的民族小说家。

著名的法国作家、大仲马的传记作者安德烈·莫洛亚非常精辟、非常深刻地说明了，大仲马是怀着人所共有的情感来创作《三个火枪手》的，因此他这小说才能跨时代、跨民族地获得人们广泛的喜爱：

  《三个火枪手》如此长久、如此普遍地得到大众的喜爱，说明大仲马在人物的身上朴素地表现出他自己的气度，满足了不同时代、不同国家对于建功立业、英勇无畏与慷慨奋发的需求。

《三个火枪手》电影中的一个场面

  因此,可以想象,《三个火枪手》在一八四四年的出版,会怎样地引起轰动:据说,一段时间里,不仅在知识界,甚至整个法国社会,几乎人人都在阅读《三个火枪手》,人人都在谈论书中的达大尼央和他三个伙伴创造的奇迹;人们把此书引起的轰动与当年丹尼尔·笛福的《鲁滨孙漂流记》在英国引起的轰动相比。最有意思的是,当时流行着这样一句话,意思是:如果今日某个荒岛上真有一个鲁滨孙的话,那他一定也在读这本《三个火枪手》!

  《三个火枪手》取得巨大成功后,大仲马于第二年又写出了续篇《二十年后》,一八四八至一八五〇年再写了续篇的续篇《布拉热洛纳子爵》,描绘了达大尼央等四个英雄中年和晚年里的事迹,完成了"三个火枪手"的三部曲。这是大仲马最成功的作品。

Salomé

《莎乐美》

资源和创造

  大约一八九一年十月的一天晚上，英国剧作家奥斯卡·王尔德（1854—1900）在巴黎与几位象征主义和颓废主义的作家朋友讨论了《圣经》中的莎乐美的传说之后，回到房内坐下，打开桌上的一本空白笔记本开始写作。不到几个小时，就已经写出不少；为寻求灵感，他又迈出房门，去到临近的一家咖啡馆，请管弦乐队的指挥为他演奏能"激发一个女人赤足在一个因爱而杀他的男人的血迹上舞蹈的乐曲"。几天后，作品完成。这就是他著名的独幕剧《莎乐美》。

  无疑与当时剧作被禁演和作者的同性恋生平及由此引发的纠纷而被判刑有关，多年来，《莎乐美》一直存在着争议，但如今已被公认为一部杰作，一部英国戏剧史以至文学史。

  在创作《莎乐美》之前，王尔德就想过，要使自己的同名主人公，不同于在他之前的作家、艺术家笔下的这一人物。例如，王尔德对绘画非常在行，曾撰写过不少绘画评

奥斯卡·王尔德

论，他对那些表现莎乐美的画作也很了解。但是他认为，即使列奥纳多·达·芬奇或阿尔勃莱希特·丢勒等大师所画的莎乐美，也"不能令人满意"。但是，任何文学艺术作品都不可能是凭空构想出来的。王尔德的《莎乐美》也有多方面的灵感资源；事实上，此前一些作家、艺术家对莎乐美故事所做的叙述、解释和重创，对他都有不同程度的启示，尽管它从内容到形式都是一部独创性的作品。

《圣经》中记载的故事自然是王尔德创作《莎乐美》最基本的材料来源。剧中几个主要人物：希律·安提帕、希罗底、施洗约翰——乔卡南和莎乐美，是《圣经》里原来就有的，情节的总体框架大致也与《圣经》里所写的故事相仿。可以肯定，没有《圣经》的故事，王尔德就不会想到创作像《莎乐美》这样的一部剧作。但是他的创作，分明也受到他人的影响。

居斯塔夫·福楼拜出版于一八七七年的《三故事》中的《希罗迪娅》（希罗迪娅是希罗底的法语拼法）大致也是根据《圣经》中的记述写的，它以一天的时间维度描绘施洗者约翰被杀。阅读这篇小说，最吸引读者注意的无疑是最后的部分。福楼拜在这里以他最有力的笔触描写了莎乐美的舞蹈，写得那么的细腻，那么的有声有色，可谓千古绝唱。读者不由得会想到，不但是福楼拜的题材选择、主题构思会对王尔德有所启示，尤其是福楼拜笔下的莎乐美的舞蹈，更可能启发王尔德着力去表现这位少女那极其淫荡的舞姿如何使希律深深地被陶醉。

但是王尔德不承认说他剽窃的指控。当有人批评王尔德窃取了福楼拜的思想时，王尔德回答说："不错，我是剽窃。这是有鉴赏力的人之荣幸。我读福楼拜的《圣安东尼的诱惑》时就从未在书末签上我的名字。别说了！从这个意义上说，数百部最好的书都带有我的签名。"表明他无法否认福楼拜对他产生过影响。

王尔德对法国象征派诗人斯蒂芬·马拉美怀有很大的敬意，把他创作的小说《道林·格雷的画像》题献给马拉美。马拉美的《埃罗提亚德》（"埃罗提亚德"也是希罗底的法语化名字）尽管没有完成，也深刻影响了王尔德的《莎乐美》的创作。

不过，给王尔德《莎乐美》的创作影响最直接、也许最具体的是法国作家若里斯－卡尔·于斯曼（1848—1907）的小说《逆流》。

《逆流》描述主人公戴·艾桑厌倦了早年在巴黎的放荡生活，幽居到离巴黎稍远但交通便利的郊区，过一种被认为"颓废的"日子。小说以大量的篇幅描写戴·艾桑那种"逆流"的、也就是不合常情的艺术趣味。在现代文学方面，他喜爱夏尔·波德莱尔、保罗·魏尔仑、马拉美等受狂热激发的诗人的诗篇，为自己建立起一个神秘的心灵世界。在造型艺术上，戴·艾桑极端迷恋象征主义画家居斯塔夫·莫罗等人表现潜意识幻觉和病态的绘画，如第五章就相当详尽地描写了戴·艾桑对莫罗在《幽灵》中表现莎乐美这个"无穷欲望的化身"的痴迷。在音乐方面，戴·艾桑喜爱的是理查德·瓦格纳等人的表现歇斯底里痛苦的作品，等等。

在《逆流》中，于斯曼写道，多年来，莎乐美的形象一直吸引着戴·艾桑。戴·艾桑常常阅读《圣经·马太福音》中叙述那位先知被砍头这几行，文字中的情景经常出现在他的梦境中。他认为，莫罗至多也只是从《圣经·新约》中的一点儿事实，来构思他的《幽灵》这幅画作，但是戴·艾桑终于从这里领略到他原来梦想中的神秘超人莎乐美：

> 已经不再只是一个通过猥亵地扭曲身躯来强烈激发一个老男人色欲的年轻舞女；她以表现抖动乳房、挺突肚皮和摇摆大腿摧毁一位国王的意志并主宰他的心灵；由于她的舞蹈总是以强直性的抽搐来搅动她的皮肤和强化她的肌肉，她如今已经被

莫罗的画作《幽灵》

看成是尘世堕落的象征性人物、歇斯底里的邪恶女神、超越于所有其他美的可诅咒的美，就像古典童话中那个人人都想接近她，以一睹她的芳容、一亲她的肌肤的特洛伊的海伦，是一头冷漠、无为、麻木、毒害人的"末世之兽"。

这画中的人物就像是活的，也就是说，画面上的动态表现将无生命的画像转化成了性的舞姿。作家强调说：莎乐美"是一个服从于她的强烈性欲、天性冷酷的十足的荡妇"，她能"强有力地激发男性上床的感觉，并能以她的魅力征服他的意志"。于斯曼特别以绚丽的笔墨描写莎乐美优美的却极具性感的舞蹈。

王尔德在《道林·格雷的画像》中描写同名主人公"有好几年不能摆脱那本书（公认是《逆流》）的影响"。实际上，不只是《道林·格雷的画像》受《逆流》的影响，就是《莎乐美》整体的艺术趣味和对女主人公莎乐美的舞蹈的表现，都可以看到《逆流》的影子。

在《莎乐美》中，莎乐美狂吻乔卡南的头颅是戏剧的高潮。恐怕不能把这看成是王尔德的独创。

人类从幼年时代起，就把头颅看成是人体最重要的、甚至是唯一珍贵或神圣的部分。人类学研究认为，从抽象的意义上说，"'头'与男性、男子气、父亲、理智或权威连在一起""'头'是指组织的和管理的功能"。古代神话传说中和现实生活中的人都相信，拥有头颅就拥有他的一切。战争中割下敌人的头颅，失去爱的女子拥有所爱男子的头颅，常都是基于这样的考虑。后一方面的例证很多，不但德国诗人海因里希·海涅的长诗《阿塔·特罗尔》中有希罗底狂吻施洗约翰的头颅的描写，人们还容易联想到薄伽丘《十日谈》第四天第五节中莉莎贝塔狂吻被她兄弟杀死的情人的头颅和司汤达《红与黑》中玛蒂尔德小姐狂吻被处死的于连的头颅的感人情节。这些都表现了一个沉溺于爱情中的女性，当她无法获得活着的恋人时，即使获得他的头颅，在她的意识中，作为替代物，也可以被感觉到是一种幻想和渴望的满足。王尔德《莎乐美》中莎乐美在吻施洗约翰头颅的情节，同样也可以使她在幻想中获得这样的满足。

但是，所有这些可能存在的影响都不过对王尔德创作他这部独幕剧可能有一些启发，而没有影响他自己固有的故事情节和艺术风格。《莎乐美》无疑是一部富有独创性的杰作。

《圣经》中有关希律寿宴、莎乐美舞蹈和施洗约翰被杀的有限叙述，只是一个关于基督的施洗者因揭露希罗底王后而遭受报复的殉道者牺牲的宗教故事，福楼拜的小说表现的基本上也是这一主旨。但是王尔德彻底改变了故事的原意，他只是采用它的框架，来表现他"爱"和"美"的唯美主义理想。

作为情节的主干，《圣经》记述莎乐美的舞蹈的时候，只说在席间，"希罗底的女儿进来跳舞，使希律和同席的人都欢喜"；没有提她为何而来，是否受谁的指派。居斯塔夫·福楼拜沿袭《圣经》中的表述，也是客观地描写，说盛宴中，"一个年轻姑娘走进了宴会厅。……她走上高坛，摘去面纱：俨然一个希罗迪娅回到了青年时代。她开始跳舞"。

在希律的时代，在奢华的宴席中间穿插舞蹈是一种风尚；让主人的女儿来舞，可能只是表示对宾客的尊重。而在王尔德的《莎乐美》（王阳译文）中，莎乐美的舞蹈是应希律的要求。希律本来就对莎乐美的美色十分着迷，他一次次命令和要求她为他跳那被公认是淫荡的《七重纱巾舞》，甚至许诺和发誓，"如果你为我跳舞，你要求我给你什么都行"。虽然这许诺在《圣经》中也写到，但《圣经》没有表达出希律的性意识。而王尔德，却明白无误地描写了希律对莎乐美的爱，还特别增加了侍卫长、年轻的叙利亚人这样一个暗暗地爱着莎乐美的人，并让莎乐美疯狂地爱上施洗约翰——乔卡南。于是就出现这样一个局面：希律和年轻的叙利亚人爱莎乐美，但是，莎乐美不爱年迈的希律，也不爱年轻的叙利亚人；莎乐美爱的是乔卡南；但同样乔卡南也不爱她，他爱的是上帝。最后，这几个人都为爱而死：年轻的叙利亚人是因为得不到爱的回报而死于爱的绝望，乔卡南是因为不爱莎乐美而死于莎乐美对他的疯狂的爱，莎乐美则因这疯狂的爱而死于所受的惩罚。王尔德就是这样，通过这个连环的爱的悲剧，将"爱与死"这一永恒的主题表现到了极致，显示出了在作者的心目中"爱的神秘大于死的神秘"这一唯美主义的理想。

自然，在表现这几个人的爱时，作为剧作的中心人物，莎乐美对乔卡南的爱是王尔德最着力予以描述的。

爱和美密切相连。当任何对象具有使它的所有者发生快乐的倾向时，它总是被认为是美的。爱即是这样：一件存在的或不存在的东西如果能给人以一种快感，则那人在反省那种快乐时，便能得到爱情的观念。两性的爱更是如此。两性的爱的产生，在最自然的状态下，起始点是基于由美貌发生的愉快感觉，然后进至肉体上的生殖欲望。在《莎乐美》中，年轻的叙利亚人爱莎乐美是起始于莎乐美的美，觉得"她像一朵在风中抖动的水仙花……一朵银光闪闪的花儿"，莎乐美爱乔卡南也一样。

莎乐美是无意间见到乔卡南的。最初是出于好奇，只想看一下这个"在说我母亲的吓人事"、并使王上害怕的先知。等她见到乔卡南后，她立即被乔卡南的容貌和体态吸引住了，觉得"他像一尊憔悴的象牙雕塑。他像一幅银色肖像。我敢说他像月亮一样高洁。他像一缕月光，又像一支银色的箭杆"。并不由进而萌发性的意识，从想象"他的肉体一定象象牙一样冰冷"，进而"渴望得到你的肉体"，甚至产生"抚摸抚摸你的人体吧"的愿望。乔卡南的拒绝，使她先是因怨恨而贬低对原有对象的评价。但需要不能满足时，作为对缺失的需求，渴求的欲望格外强烈；越是得不到的越是具有诱惑力，并使评价恢复甚至提高到无限。也正是这种盲目的入迷，使莎乐美陷入疯狂的境地。

不同于《圣经》，听了希律的许诺，莎乐美是咨询过母亲之后，才提出要施洗约翰的头。也不同于福楼拜的小说，莎乐美完全是个幼稚的孩子，甚至受母亲暗号的指使后，仍然发慌得说不清。希罗底一直希望借助于她丈夫之手来除掉施洗约翰，只是由于约翰的威望，希律从政治上考虑，没有答应照她说的去做；现在有这个机会，于是希罗底就利用莎乐美的舞蹈，来达到了自己的目的。莎乐美只是希罗底与施洗约翰——乔卡南两种势力较量中的工具，一个完全被动的人物。王尔德完全改变了莎乐美为希律跳舞和要求约翰——乔卡南头颅的动机。在王尔德的《莎乐美》里，那个小女子是一个主角，杀死乔卡南完全是她的主动。她明确回答希律："我没有听我母亲的话。正是为了我自己的快乐，我才要求用大银盘端上乔卡南的头。"而且不顾希律多次劝说，竟连续六次坚持这一要求，甚至表示即使"灾难会发生"也不管，显示她在做出这一要求时的独立性，同是也表现了她把自己对乔卡南的爱和实现这爱——虽然只是幻想的满足看成是唯美主义的至高目标。

应该说，这些还只是剧作的部分含义，王尔德的描写还有它的更深层的含义，就是他在剧中所隐含着的象征意义。

在唯美主义者的王尔德看来，乔卡南代表了世界的理想和艺术的至高和至美。莎乐美对乔卡南狂热的爱和追求，象征了王尔德本人的艺术追求。但是莎乐美最后得到的不是完整的乔卡南，而只是他的头颅，也就是说，她得到的是乔卡南的没有灵魂的躯壳，即王尔德所主张的"无所谓道德不道德的"艺术。王尔德的这个故事就象征了他所追求的艺术的至高和至美是不可能全部实现的。

王尔德的朋友马克斯·比尔博姆在批评《莎乐美》受福楼拜的影响的同时，仍不忘称赞"剧作是那么的优美，文笔是那么的可爱"，甚至惋惜让它搬上舞台，因为演出会使人们无法停下来细细领悟他这美的文笔。但对王尔德来说，他是为了演出才创作这部独幕剧的，因此，他十分注意构建剧作演出时的舞台效果。这突出地体现在他设置具有

描绘莎乐美之舞的一幅名画。

象征意义的月亮来营造舞台气氛上。

看得出来，月亮在《莎乐美》中是一个异常突出的意象。它象征了主人公莎乐美，两者之间的对应是，剧中人物心中的莎乐美是怎样的一个意象，他们看到的月亮也是怎样的一个意象。

幕布揭开，第一句台词便是年轻的叙利亚人的"莎乐美公主今晚多美啊"！随后，他又再一次说出他见到莎乐美时的感觉："莎乐美今晚多么美丽啊！"与此同时，他看到的皎洁的月光也是同样的美丽，它美得"像一个小公主"：像小公主"披上了黄纱。……长了一双白鸽般的纤脚""那双脚却是银色的。……它的样子就是在翩翩起舞"。年轻的叙利亚人是真诚爱着莎乐美的，在他心中，莎乐美是希律王宫中的美丽的公主，月亮也是美丽的公主；莎乐美像月亮一样的美，两者是相对应的。

犹如真诚爱她的年轻的叙利亚人看到的月亮，莎乐美看月亮，就是看她自己，像是希腊神话中自恋的那喀索斯在泉水中看自己的倒影。莎乐美对她看到的月亮的描述，就是她的自况。在纯洁的莎乐美的眼中，月亮也是纯洁的："月亮清冷，娴静。我敢说她是一个处女，具有处女的美。……她永远不会糟蹋自己。她永远不会像别的仙子那样，心甘情愿地委身于那些臭男人。"

与年轻的叙利亚人看到的不同，由于希律本人的淫荡心理，还因为莎乐美对乔卡南表达了疯狂的爱，出于思维的定式，在希律的眼中，月亮就变得"样子很怪"："像一个喝醉酒的女人""像到处寻找情人的疯女人。她还裸露着身体。她简直一丝不挂……"

与其说是希律把月亮看作这么个人，不如说是他希望象征月亮的莎乐美是这样的人。

另外，月亮的象征还表现在它是对剧情发展的暗示。剧情开始时，剧作的舞台提示特别说到"月光如银"，月亮是洁白的。莎乐美更把它看作纯洁的处女。而当希律要求莎乐美为他跳舞时，这月亮就开始变了："她变红了。她变得像血一样红。"像"血"一样红，是一个可怕的预兆。果然，最后，在莎乐美发疯一样地狂吻死去的先知的嘴时，月亮被"巨大的黑色的云块""完全遮住"；当"一缕月光落在莎乐美身上"的时候，她被命令让士兵用盾牌击死，躺在年轻的叙利亚人的血泊中。

王尔德对《莎乐美》的创作，不仅在这些总体艺术的把握上，甚至在一些细小的问题上，也十分注重演出的效果。例如有研究说道，"他先是与格雷厄姆·罗伯逊讨论了这个问题，罗伯逊提出，'每套服装色度，从最清晰的柠檬色到深红色，要清淡柔和'。王尔德还向装饰艺术家查尔斯·里基茨讨教，里基茨设想是，演出时，'莎乐美'的脚移动在黑色的地板上应该像是两只白鸽。在这背景的衬托下，王尔德希望莎乐美穿像是毒蜥蜴的绿色衣服"……人们不能不认为，王尔德确是竭尽心力来写这部剧作的；同时也不难设想，像这样一部充满智慧的杰作，定然有许多值得同行借鉴和效仿之处。

今天，《莎乐美》不只以其原貌成为世界各大剧院的保留剧目，并被改编成包括歌剧、音乐剧、舞蹈、电视电影在内的多种艺术形式，它的主题思想和艺术表现还给其他作家、艺术家以深刻的启示，成为他们创作的资源之一。

Divina Commedia

《神曲》

深沉地表述崇高的精神之爱

那天，但丁生病了，独自躺在父亲让他一个人住的那间小屋子里。高热激发了他的想象力，牵动了他的情怀，使他又一次想起他所爱的那个少女，差点把这少女的名字都叫了出来，被旁人听到。这个名字他可是无限珍惜地深深埋藏在自己心坎中，不让别人知晓的。

第一次见到贝齐还是但丁少年时候的事，那是一二七四年，他仅九岁，贝齐比他小一岁，她穿一件朱红色的衣服，束了一条腰带，风度十分优雅而大方。当时见到贝齐的那一刹那，但丁感到心灵的深处出现一阵震颤，那是生命的震颤，但丁相信是"强大有力的神来主宰我了"。他所想象的这"神"就是爱神朱庇特，他相信是爱神朱庇特让他爱上这位少女的。从此，他就再也忘不了她，并想出一个爱称"贝雅特丽齐"——意思是"降福的女人"，来称呼她。

但丁（1265—1321）出身于贵族，属于意大利佛罗伦萨经济和政治上都颇有地位的资产阶级。但是父亲只顾经营产业，放高利贷回收利息，对儿子缺乏关爱之心；母亲又早已

但丁像

去世。但丁就独自一个人居住在那间小屋里，只有姐姐是唯一爱他、能给予他一点温暖的亲人。平时，但丁把对贝雅特丽齐的思念都压在心中，只有发了高烧意识放松之时，才会不自觉地叫出她的名字。当时姐姐听着他在病榻上的呓语，真是不知怎么办才好。

十一至十二世纪，法国南部和西南的普罗旺斯、图鲁兹及阿基诺等地出现了一些游吟诗人，他们用奥克语写作，用竖琴或六弦琴伴唱，以抒情的词句、细腻的描绘、浪漫的色调，抒发个人内心的情感，特别是个人的浪漫之爱。这类诗人和诗篇表达的是一种崇高的、尊严的、理想化的爱情。这些诗人的信念是如当时一位著名的伯爵夫人所公布的"爱的信条"中表示的："公共场合下的爱很少能持久，易到手的爱情被人看轻。"他们把爱看成是一块孕育完美的道德和文化的园地，认为爱应该给人一种虔诚、纯洁甚至圣洁的感觉，是完美无缺和崇高尊贵的，绝对不能与不洁净的性欲观念联系在一起。因而他们对自己所爱的异性，只满足于一睹她那美丽的芳容，或者从她那里得到一簇披巾上的羽毛，几缕手套上的丝线，数根梳子上的金发，使自己能在冥想中体验和感受到纯正的爱情的乐趣。所以他们的诗，主题就是高贵的女子，不渝的爱情，炽热的心绪，遥远的思念，极度的甜苦……如当时极有影响的一位游吟诗人饶弗利·鲁德尔写的："我将永不能和她亲密无间，／……唯有思慕翘盼。"和另一位诗人阿基诺公爵威廉九世写的："自从邂逅一位美貌少女，／我依恋着迷。／我错将生活当作梦幻，／……我多么敬慕这遥远的爱，／虽然，她对我似乎并不挂怀……"

但丁是从中世纪过渡到文艺复兴新世纪的最伟大的诗人。在他的心里，也留存有当时这种爱情观念，把爱情看得神圣和圣洁。他对女子的美，主要也是倾慕她们内心的精神的美。对于贝雅特丽齐·波尔蒂纳里（1266—1290），后世所能知道的仅仅只是说她是佛罗伦萨的贵族福尔科·波尔蒂纳里的女儿。可以想象，她是长得美的，只是不知具体是怎样的美。但丁曾像游吟诗人那样，写过一首诗，题名《六十》，赞美女性的美。为写此诗，但丁足迹遍及佛罗伦萨的街街巷巷，目及一个个美丽的女子，写出了六十位女子的美。《六十》中排在首位的是一个叫阿碧丝的少女，但丁主要就是歌颂她态度的端庄、谦逊，心地的纯洁。

客观地说，《六十》的创作是缺乏真挚的情感的，因为对诗中这些漂亮的女子，如一位传记作者说的，"要但丁去描写那种能使人产生淫欲、会使人堕入歧途的性感美，他是多么力不从心啊"。只有一个，即在诗中排在第九位的贝雅特丽齐，但丁除了指出她的真诚、娴静和优美之外，还歌颂说她具有一种他寻求和渴念已久的启示真理的气质，表现了但丁对她的倾慕和爱。

但是，创作并不能满足但丁对贝雅特丽齐的怀念之心，他希望再一次能见到她。终于，在九年之后，一二八三年的一天，但丁和朋友外出时，意外地见贝雅特丽齐穿着一件洁白的衣服，与另外两个女子一起走在街上。贝雅特丽齐也看到但丁了，只见他看到她时突然在路边一旁呆立住了，似乎心里有点紧张。显然她并不知道但丁是多么爱她，因此，她只是望了他一眼，和他问了个好就只顾自己走了。但丁也没有对她做什么特别的表示，在心里是更爱她了，他激动得立即离开朋友，一个人回到自己的小屋里，为她写出了第一首献诗："爱情突然出现在我面前，／如今想起她，心中仍不由震颤。"他又沉入到了深深的思念中，感情是那么的炽热，使他精神萎靡，终致患了病。

一天，在教堂里，但丁又意外地看到了贝雅特丽齐正隔了一排坐在他前面，眼睛又离不开她了，一直深情地凝视着她。坐在前排的一位女子长得也很漂亮，以为他在看她，旁人的情态表明，似乎也以为但丁是在看这个女子。对此，但丁也不做表白，反正他只是暗暗地爱着贝雅特丽齐，把自己隐秘的高贵的感情藏在心底里，总觉得自己在贝雅特丽齐的面前是很谦卑的，甚至故意装出好像真的爱上了那个姑娘似的，以致出现了一些流言。这可能使贝雅特丽齐也感到不悦，见了但丁也不再与他打招呼。大约就在这之后不久，贝雅特丽齐嫁给了佛罗伦萨巨商巴尔第家族中的一位银行家西蒙·代·巴尔第。这件事但丁起初还不知道，等他与朋友一起去参加这位银行家的婚宴，见到贝雅特丽齐时，但丁简直完全被惊呆得近乎失态，像是一个木偶人似的。从此，但丁虽然再也不能希望可以再去看贝雅特丽齐了，但是他对贝雅特丽齐的爱仍旧一如既往，这爱一点儿也不消减，甚至比以前更深沉了。他一个人躲进自己的小屋里，写下了一些赞美贝雅特丽齐的诗篇，把写这诗当成是自己极大的幸福。

不久，贝雅特丽齐的父亲去世，但丁参加了对他的追悼。按习俗，他没有见贝雅特丽齐。几天后，他病了，疾病使他联想到死亡，想到青春年少的贝雅特丽齐总有一天也会离开人世，在幻想中他甚至觉得自己所深深爱着的这个少女真的已经死了。

一二九〇年八月，贝雅特丽齐早逝，年仅二十四岁。贝雅特丽齐之死比结婚都要更大地打击但丁。他陷入了沉默之中，因为在他的心中，整个世界都已经坍毁了。沉默了一年，在贝雅特丽齐去世一周年的时候，但丁在一块画板上画出了一位天使，作为对贝雅特丽齐的特别纪念。在但丁的心中，贝雅特丽齐就是神，就是上帝的天使，是上帝在一年前召她离开罪恶的人间，回到天国陪伴在自己的身边。

根据当时的风俗，还在但丁很小的时候，他父亲就让他与当地著名的骑士马奈多·杜纳底的一位远亲缔结了婚约。现在，他不得不恪守这一誓约，因而不能不与那位叫盖玛·杜纳底的女子于"圣马丁小教堂"举行婚礼。盖玛是人们无论在哪里都经常会见到的一个普通女子，她对丈夫的思想、情感可说是一无所知，至于丈夫所追求的那种神圣的爱，她更是毫不理解。但丁对她没有什么爱情可言，他大多都把时间花在外面政务上了，只偶尔回家后与孩子嬉戏，获得一点乐趣。他在自己的作品中从来没有提到过盖玛的名字，他毕生所思念的仍然是贝雅特丽齐，他觉得，是贝雅特丽齐赋予他创作的灵感，这灵感是无尽的，源源不断地支持了他的一生。

《神曲》：多雷的插图

早在贝雅特丽齐去世之后的两年，即一二九二至一二九三年间，但丁就写出了不少赞美和悼念贝雅特丽齐的诗章，随后，他就把这些抒情诗，共三十一首，用散文连成一体，编成一本集子，取名为《新生》。在这里，诗人写了自己与贝雅特丽齐关系的历史：叙述他与她的第一次见面，说"这时候，藏在心脏最深处的生命之精灵就开始很强烈地颤抖起来，就连很微弱的脉搏里也有了震动"。他描写了贝雅特丽齐的美丽，说她"穿着红色的衣服，合身而且动人"。还写到贝雅特丽齐的态度如何在他自己身上引起了强烈的反应："有一天，我眼前忽又起了一个幻觉……我在这个幻觉中看见了我高贵的贝雅特丽齐。我回想起了和她有关的种种，我的心便变成了理性的信仰者……于是那罪恶的欲念便离开了我，我的思想全部都回到高贵的贝雅特丽齐的身上。"诗里还叙述到两人生活中的其他一些事，例如说到，在贝雅特丽齐去世一年之后，但丁曾在另一位女子那里找到安慰，但最终他还是将这种爱复归到贝雅特丽齐身上。全书就至此而结束，表现了诗人初恋时感情的微妙变化，表现贝雅特丽齐在他感情世界中的主导地位，显示贝雅特丽齐不仅是但丁创作灵感的源泉，在但丁的心中，她还被神化为美的象征。此书使但丁一举成为佛罗伦萨无人不知的诗人。

但丁从一二九五年起参加了政治活动，站在主张民主的圭尔弗党一边，并数度担任公职。一二九七至一三〇二年，圭尔弗党内部发生分裂，引起黑白两党之争。由于但丁所支持的白党在斗争中失败，但丁也遭到放逐。从此，他漫游全国各地，再也没有回到故乡；而于一三一八年来到拉文纳写完了《神曲》之后，在一三二一年九月十三日夜，因患疟疾而逝世。

《神曲》：多雷的插图

在《新生》的最后一章，但丁曾对贝雅特丽齐、也对读者许下诺言，表示自己要"用人们从来没有对任何一位女性所做的描述来谈她"，最深沉地表述了他对贝雅特丽齐的崇高的精神之爱。这一诺言从一三〇八年开始，先后在由《地狱》（1312）、《炼狱》（1315）和《天堂》（1316—1321）组成的《神曲》的创作中最终得以实现。

《神曲》普遍被认为是世界上最伟大的文学作品之一。它描写但丁于三十五岁时，在代表人类智慧的缩影、古罗马诗人维吉尔的引导下遨游地狱，穿过黑暗的森林，降到地狱的深处。他们处在地狱的极底，世界的中心，后来到了炼狱岛上的沙滩。在净界的顶巅，忏悔的罪人正在涤除他们的罪恶。在这里，维吉尔把但丁引导到人类智慧所能及的天堂的门口后离去。但丁与天恩所赐的神圣秘密知识的化身贝雅特丽齐（王维克译作"贝亚德"）相见。贝雅特丽齐引导但丁连续穿过好几层天，不断上升，直至天国。他在那里获准瞥了一眼，有一刹那见到了上帝的荣光。《神曲》的布局、结构极为缜密而复杂，情节、人物、时间顺序协调，都显示出它是一部十分完美的艺术品。

《神曲》中但丁从地狱经炼狱到达天堂的行程，既是但丁的灵魂、即他的心灵走向上帝的行程，也表现了人类对达到尽善尽美的自我完善这一崇高境界的热烈向往和追求。在这里，也融进了但丁对贝雅特丽齐的深厚情感。在《神曲》中，贝雅特丽齐是但丁在地狱时的说情人，又是他游历炼狱时所追求的目标，还是他上升到天国时的向导。但丁在炼狱初见贝雅特丽齐的时候，与他九岁那年初见贝雅特丽齐的时候同样的神魂颠倒。他在《炼狱》快结尾处描写贝雅特丽齐的"凯旋式"，有《启示录》中的二十四名长老，

罗塞蒂画的贝雅特丽齐

有四个神怪的活物，有基督教三德和四"基德"，有圣路加、圣保罗和其他使徒。"当天使们抛掷花朵，如雨点一般落在车子内外的时候，我在花雨缤纷之中看见一位贵妇人，她蒙着白面纱，其上安放着一个橄榄树叶编的花冠，披着一件绿披肩。其下衬着一件鲜红如火的长袍。"这位在神秘仪仗的奇伟场面伴随下出现的"贵妇人"，就是贝雅特丽齐，像但丁在《新生》中所描写的初次见到她时的穿着。在但丁的心中，她已经是一位神了。这时，"在我（但丁）的精神上，见着她而感到震荡而恐怖，这件事虽然早已成为久远的过去，但是……我已经因为从她发出的神秘的德性而感到旧情的伟力了"。这段描写贝雅特丽齐的出现，算得上是《神曲》的高潮。其他表现贝雅特丽齐的地方也很多，如但丁在炼狱中遇到难关，"固执地不动，有些恼怒"时，只要维吉尔提一下贝雅特丽齐，"一听见那个永远藏在我心中的名字，我就不再坚持了"，显示了贝雅特丽齐赋予他的力量。但丁甚至说，对贝雅特丽齐的"那种尊敬占据着我的全身，只要听见一个'贝'字，或一个'齐'字，就足以叫我把头低下"。

从第一次见贝雅特丽齐的面，到创作《神曲》，在但丁的整个生命历程中，如但丁自己说的，"我的精神，常常充满着对于贝雅特丽齐的爱情"，对贝雅特丽齐的精神之爱始终伴随着他，引导着他，给他以无比的精神力量，她是"引导我往上帝那儿去的贵妇人"。

《神曲》共一万四千二百三十三行，全诗用"三韵句"写成。它的主要内容，是倾诉诗人对祖国——佛罗伦萨共和国的真诚的爱和因蒙受耻辱而隐藏在自己内心深处的愤懑情绪，同时也透露了他对想象中的和平、昌盛的美好社会的向往；诗中还非常广阔地

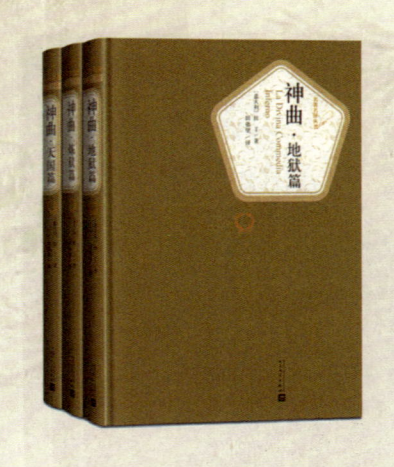

描绘了当时意大利的社会面貌。对诗人与他所爱的贝雅特丽齐之间的描写，只是叙事的一条线索。作品发表后不久，即引起广泛的注意，在诗人的故乡佛罗伦萨和意大利其他城市，人们争相阅读，彼此传诵，连一些并没有多少文化素养的下层市民，也能够背诵《神曲》中的某些精彩篇章，可见作品是多么为大众所欢迎。

原来，但丁给他的这部长诗所取的名字是《喜剧》，按照当时一般人对这一文学术语的解释，意思是其结局令人喜悦的故事。后来，出于读者对作品的喜爱，就给它加上"神圣"两字，使这部长诗直到今天就叫《神曲》这样的名字。但是，在十五世纪初期，由于人文主义思想日益深入人心，但丁这位在作品中描写到"神"的作者，一度被看作只是一个平庸的民间诗人；在随后的文艺复兴时期，许多人仍然继续对这部巨著抱着同样的偏见。到了十七世纪，《神曲》也还未能充分引起人们的重视。十八世纪初，《新科学》的作者，有"人类科学的先驱"之称的意大利哲学家贾巴蒂斯塔·维科对但丁的这部光辉诗篇给予极高的评价，认为是一部把整个中世纪的文明史都反映进去了的鸿篇巨著，说但丁堪称是意大利的荷马。从此以后，但丁不但被尊为意大利最伟大的诗人，文化史家还将他与荷马、莎士比亚并列，视为西方文明史上三颗永远不灭的明星；文学史家则将他与莎士比亚、歌德并列，视为文学史上的三大天才巨匠。

当然，今天，世界上可以说无论哪一个国家，都不会没有这部诗篇的译本了，无论哪一个图书馆和大学的文学系，不会没有《神曲》和《神曲》的研究，连社会上的文学爱好者，也都不会不是这部长诗的热情读者了。

La Tentation
de Saint-Antoine

《圣安东尼的诱惑》

同名画作的"刺激"

自古以来，很多人都相信旅游有利于健康，甚至能够治病。最著名的如古罗马最大的演说家马尔库斯·西塞罗二十岁那年生病，咳嗽得厉害，听从医嘱去希腊和埃及做了一次较长时间的海上漫游，回来后，病就好了。一八四九年，为了一部关于迦太基人的小说，法国作家居斯塔夫·福楼拜决定和他的好友马克西姆·杜冈结伴去地中海一带旅游，虽然他母亲担心他的身体不能适应，但他哥哥和医生都主张外出旅游反而有利于他神经精神方面的疾病。

其实，旅游是福楼拜一直以来的爱好。有研究者曾绘制过一幅福楼拜旅游的路线图，标出他旅游的时间和地点，并指出，福楼拜一生主要的旅游共有五六次，零星的次数就不计其数，称他可能还算得上是一位旅行家。对福楼拜来说，旅游的最大受益就在于有助于他的创作。他不仅平时就习惯写游记，如一八四七年与杜冈结伴旅游，写出了《布列塔尼》。地中海一带的旅游帮助他完成了小说《萨朗波》。旅游有时还会激发他的创

福楼拜漫画画像

作灵感，一八四〇年秋去波尔多旅游，路经马赛邂逅欧拉莉·傅科时的一段风流韵事，让他写出了小说《十一月》。不过，最有意思的是一八四五年的意大利之行，启发福楼拜创作出一部名著《圣安东尼的诱惑》。

一八四五年一月七日凌晨一时，福楼拜写完《情感教育》。三月，他可爱的妹妹卡罗琳结婚，全家陪同他们去南方蜜月旅行，计划是从鲁昂的家里出发，经巴黎、诺根、阿尔勒、马赛去往意大利的热那亚。虽然临走前父亲眼病复发，只好留下，母亲身体也不好，卡罗琳又只想行址止于瓦尔省的省会土伦，在土伦到热那亚的途中，福楼拜本人也精神病发作，使这次旅行很不理想。但踏上意大利的土地之后，福楼拜的情绪就大不一样了。

热那亚是地中海的海港，意大利西北部的一个历史悠久的城市。热那亚最大的特色是以中世纪、文艺复兴时期和巴洛克式与哥特式的建筑闻名。这里的景观，如圣洛伦斯大教堂、马泰奥教堂、圣乔治宫，以及克里斯托夫·哥伦布故居，都是一些最重要的历史遗迹；比安科宫和罗索宫是两家最大的画廊；东方艺术博物馆和大教堂收藏有大量中世纪的艺术珍品。热那亚的每一寸地面上都洋溢着历史的氤氲。

热那亚是一个真正美丽的城市，是一座奢侈享受的天堂。在这里，福楼拜在给他的朋友、哲学家阿尔弗莱德·勒普瓦范写信说："你每一步都走在大理石上，每一件东西都是大理石制作的：楼梯、露台、宅院……只要你沿着街道走去，你会看到贵族的那些高高的天花板，全都镀金并绘着彩画。"如此的华丽，格外激发他的想象，"我一直会想到这些宫殿里的天花板"。

在几个教堂里花去几个小时欣赏过祭坛、雕像和各种服装之后,福楼拜在一八四五年五月十三日来到位于里约福斯卡里大广场上的著名的巴尔比宫。这座建于一五八二至一五九〇年间的伟大建筑,显示了文艺复兴和前巴洛克时期的风格。进入宫中的画廊,置身于提香、鲁本斯等巨匠的作品中,享受艺术的盛宴,让人流连忘返。其中老勃鲁盖尔的《圣安东尼的诱惑》给福楼拜留下了极其深刻的印象,很多年里都一直占据着他的心。

老彼得·勃鲁盖尔(1525—1569)是十六世纪最伟大的佛兰德斯画家,由于他对农民生活的熟悉和大量农民题材作品的创作,使他获得"农民勃鲁盖尔"的绰号,他最著名的作品有《农民的婚礼》《农民和巢鸟》《雪中猎人》等。不过,他也绘过几幅历史题材和深刻揭示人心灵的作品。他的《圣安东尼的诱惑》虽然不是他最著名的作品,由于描绘了基督教隐修院的创始人安东尼抵制魔鬼种种诱惑这样一个人所共知的故事,仍有相当的影响。

圣安东尼生于下埃及的科马一个富有的家庭。他二十岁开始禁欲修行;三十四岁时,他遵从耶稣的教导:"你若愿意做完全人,可去变卖你所有的,分给穷人,就必有财产在天上,你还要来跟从我。"从二八六年前后到三〇五年,安东尼"变卖你所有的,分给穷人"之后,隐居于尼罗河畔的皮斯皮尔山中。在此期间,据圣安东尼传记的权威作者,基督教神学家圣亚大纳西(约293—373)说,魔鬼再次向他进攻。此前,魔鬼就一次次以寂寞无聊、怠惰懒散和无数女子的幻影来挑战他,都被他以虔诚的祈祷克服了。魔鬼这次的进攻是以狼、狮、蛇、蝎子等野兽的幻影出现。它们或是向他攻击,或是干扰他的清静。但是,圣安东尼都鄙夷地付之一笑:"不管你们有什么法术对我,只有一位能够支配我。"此话一说,他们就随一阵烟消失了。圣亚大纳西接着写道:是上帝帮他战胜了魔鬼。

大约二十年后,圣安东尼迁到尼罗河和红海之间的东部旷野的某山上,创立起安东尼隐修院。

人类是由动物进化过来的，这就使人永远无法完全摆脱动物性。但人终究是生活在社会上，必然受到社会伦理道德的约束。因此，在每个人的心里，都无可避免地会产生和存在社会人和自然人、人性和兽性之间的冲突，永远不会消弭。安东尼力胜魔鬼诱惑的传说，正反映了人内心中的这种冲突。所以千百年来，"圣安东尼的诱惑"的故事一直激发着作家艺术家的灵感，被他们用作创作的主题。仅以最著名的来说，在勃鲁盖尔之前，有中世纪晚期的大画家希罗尼姆·博斯（1450—1516）、十六世纪德国的大艺术家老卢卡斯·克拉纳赫（1472—1553）、德国伟大画家马里亚斯·格吕内瓦尔德（1475—1528）、莱里欧·奥尔西（1511—1587）等大家；在勃鲁盖尔之后，又有两位十六世纪的佛兰德斯大画家彼得·怀斯（1519—1584）和马特恩·德沃斯（1532—1603），还有法国后印象派大画家保罗·塞尚（1839—1906）、德国表现主义大画家马克斯·恩斯特（1891—1976）和西班牙超现实主义艺术家萨尔瓦多·达里（1904—1989）等大师，都以"圣安东尼的诱惑"的题材来进行创作。

老勃鲁盖尔的《圣安东尼的诱惑》大约作于一五五五至一五五八年间，是一幅58.5×85.7厘米大小的油画，连上框架达 77.8×104.8×7.6 厘米。

日夜在沙漠岩洞和茅屋中过着极端俭朴生活的安东尼在向会众传递上帝福音的时候，魔鬼的诱惑就来了，要干扰他内心的平静：身旁有直立的怪兽，前面有爬行的蛇蝎，头顶有飞舞的蝙蝠，它们都是魔鬼的化身，西方传统认为魔鬼逃走时会变作蝙蝠飞去。在安东尼身后的人用手指暗示，要他逃离魔鬼，躲到洞里去，安东尼自然不会去，因为他只消说："不管你们有什么法术对我……"魔鬼就会随一阵烟消失了。

按基督教的说法，"诱惑"主要是骄傲、贪婪、淫欲、嫉妒、贪吃、暴怒、懒惰这"七宗罪"，此外还有懦弱、巫术、变形等。常见的老勃鲁盖尔这幅《圣安东尼的诱惑》里的怪兽、蛇蝎、蝙蝠，作为魔鬼的化身，可以是这些"诱惑"的象征，毕竟没有明白画出女子的幻影。但是，福楼拜看过之后，在他的笔记上只写了这么几个字："躺卧的裸女，

勃鲁盖尔的画作《圣安东尼的诱惑》

爱情的困境。"几天之后，他甚至这样写道，"圣安东尼身边有三个女人，他正设法避开她们的爱抚；她们全都裸体，皮肤乳白，微笑着要用双臂去拥抱他……"

不知福楼拜描述的是老勃鲁盖尔还是别的哪位画家的《圣安东尼的诱惑》，还是他自己心目中的圣安东尼的诱惑？只是有一点可以肯定，即《圣安东尼的诱惑》可以说最有力地表现了福楼拜心中性爱和伦理的冲突，尤其是他只想到女性的诱惑，因为他自己终生都在性的诱惑面前挣扎。

一八三六年，福楼拜还只是一个十四岁的孩子时，一次，当他偶然在海滨见到二十六岁的女子爱丽莎·史莱辛格时，一种奇异的心理使他远远地把眼睛紧紧凝神注视她的被海水濡湿的泳装下面的躯体轮廓，他的心"剧烈地跳了"。后来，见到爱丽莎在为孩子哺乳，他又困惑了，"我似乎觉得，我若把我的嘴唇置于这乳房上，我的牙齿是会猛烈地咬住它的"。受欧拉莉·傅科的诱惑，他跟她度过一个良宵，并认为是一场猛烈的、燃烧的爱情，有如落日之时雪原上的美丽夜晚。一八四六年夏，福楼拜与女作家高莱夫人——路易丝·高莱认识没有几天，两人就在一家旅馆幽会，随后，路易丝即成为他的情妇。此外，福楼拜和巴黎著名雕塑家雅姆·普拉迪埃的漂亮妻子，"巴黎最性感的女子"路易丝·普拉迪埃也有暧昧关系。认识拿破仑三世的堂妹玛蒂尔德公主后，福楼拜又爱上了她。但在与这些女性的相处中，福楼拜不时也萌发出戒绝性欲的想法。所以不难想象，福楼拜是以自己的整个心灵来观赏和体验这"圣安东尼的诱惑"的故事的。福楼拜新近的传记作者，约克大学教授杰弗里·沃尔曾对福楼拜的两个女友，英国海军

圣安东尼画像

上尉的女儿亨利埃特·科利尔和路易丝·普拉迪埃做了对比研究。福楼拜经常去看望亨利埃特和她的姐妹盖特鲁德，大声为她们朗读雨果的《爱尔那尼》和夏多布里昂的《勒内》等伟大的浪漫主义作品。病弱的亨利埃特总是靠在扶手椅上，给他投来最热烈的微笑。沃尔认为"这是他或许有一天希望要跟她结婚的女人"。他写道：

　　诱惑可以有多种形式。福楼拜接受过路易丝·普拉迪埃的邀请，她戴着一顶草帽，穿一件黑色连衣裙。有不同的女人，也有不同的爱情。福楼拜觉得，他自己就像另一个圣安东尼，为性的幻想所困扰。与路易丝的会见引起了他的思想矛盾。"这个通奸的妻子，唯一实有的诗意就在于她的自由，虽然是一场灾难。"路易丝还引发起他原始的想法。

于是，沃尔总结说：

　　勃鲁盖尔的《圣安东尼的诱惑》是福楼拜内心世界的一个强有力的象征性意象。在此（看到画作）后的三十年里，他总是一次又一次地从别的事物中转回到这个意象上。为何有如此的无穷魅力呢？是勃鲁盖尔的《圣安东尼的诱惑》直接说出了他前两年里由禁欲的焦虑困扰和激发起来的性妄想。……《圣安东尼的诱惑》也是对他以往的理性的一次考验。它赋予他一个最佳的机会，去探访古代世界的一个黑暗区域，一个充斥异端邪说、叛逆禁欲、神性幻想模糊不清的遥远地段。

作家的天性让福楼拜要将自己内心的冲动投射到创作中去，通过创作将困扰着他的情绪获得发泄，求得心理的平衡。他读圣奥古斯丁（354—430）。这位古代基督教最伟大的思想家在他的《忏悔录》中不也曾坦率自白，说"从我粪土般的肉欲中，从我勃发的青春中，吹起阵阵浓雾，笼罩并蒙蔽了我的心，以致分不清什么是晴朗的爱、什么是阴沉的情欲。二者混杂地燃烧着，把我软弱的青年时代拖到私欲的悬崖，推进罪恶的深渊。"（周士良译文）福楼拜还读其他的圣徒和著名的德国神学家和传记作家达维德·施特劳斯（1808—1874）的经典传记《耶稣传》，研究圣人和圣徒的内心世界。

收集好有关资料后，福楼拜于一八四五年五月开始创作《圣安东尼的诱惑》。至一八四九年，福楼拜写了三个文本，其中有几个选段分别于一八五六年和一八七二年发表，最后于一八七四年定稿出版。作品是以剧本的形式写成的，细致地描述了圣安东尼一生中的一个夜晚如何面对各种严酷的诱惑。《不列颠百科全书》评价说：

> 福楼拜在写作上精益求精，追求尽善尽美。他早就立志要给法国写出一部像《浮士德》那样的作品。一八七四年出版的《圣安东尼的诱惑》就是这样一个例子。作者通过中世纪圣·安东尼克服魔鬼种种诱惑的传奇故事，说明科学与宗教是并行不悖的思想的两极。一八四六至一八四九，一八五六和一八七〇年福楼拜曾数易其稿。四个改写本表明作者思想变化的过程。一八四九年的本子受斯宾诺莎的哲学影响，是虚无主义的。第二个本子内容不变。第三个本子表现出前几个本子所没有的宗教感情。

《圣安东尼的诱惑》从青年时代开始，一直到晚年才得以完成，确实如福楼拜自己在一八七二年写给朋友的一封信中说的："这是我的毕生之作，因为构思来自于

博斯创作的《圣安东尼的诱惑》

一八四五年在热那亚勃鲁盖尔（的绘画），且那时以来，我就从未停止过对这问题的思考和有关的阅读。"的确，福楼拜《圣安东尼的诱惑》的成功，用"发生认识论"来解释，首先是作为主体的福楼拜心中存在像圣安东尼那样感情冲突的"图式"，这图式在特定的情况下，受到外在刺激物，也就是勃鲁盖尔画作的"刺激"，从而发生"同化"、引起"反应"，使原有的图式发生变化，于是主体被激发起灵感，出现创作的冲动，最后达到《圣安东尼的诱惑》这部剧作的完成。

Die Leiden des jungen Werthers

《少年维特的烦恼》

借助创作来拯救自己

从十八世纪后期到十九世纪中期，一场反对权威、反对传统和古典模式的强劲运动，横扫整个欧洲文明，那就是浪漫主义。浪漫主义，这是一种与个性、主观、非理性、想象和情感共为一体的思想状态，它最先出现在德国的文学中，其最有代表性的作家是诗人歌德。

约翰·沃尔夫冈·封·歌德出生在美因河畔的法兰克福。父亲约翰·卡斯帕尔·歌德是一位退休律师，过着一种有教养的悠闲生活，游历过意大利，在他陈设优雅的住宅里，有一个收藏丰富的图书馆和画廊。母亲卡塔琳妮·伊丽莎白·特克斯托尔是法兰克福一位市长的女儿，她为他儿子提供了与这个自由城市的贵族阶级交往的宝贵机会。因此，歌德在这样的家里，从小就能受到良好的教育。

一七六五年十月，歌德十六岁，被父亲送往莱比锡他自己读过的大学去攻读法律，虽然他本人的意愿是希望在格丁根新建立的深受英国影响的大学里读古典文学。文学是

二十四岁时的歌德

歌德最依恋的,不但在校期间,即使一七七一年八月获得了法学博士学位,甚至回到故乡被委任为这里的陪审法庭律师之后,他仍一次次不可自拔地陷入对文学的研读和写作的狂热中。但是,根据父亲的建议,为了扩大法律方面的知识,他还是于一七七二年五月去了韦茨拉尔的帝国高等法院,做了一名实习生。

韦茨拉尔虽然只是一个小小的古城,在德国却很有名,不但帝国高等法院是处理帝国内重要案件的上诉法院,它还是帝国的很多小邦和自由城邦公使馆的聚合地。可这高等法院却是一个以办事拖沓而著名的机构。不过这倒让歌德可以有空闲的时间去浏览古代作家的著作和外出欣赏郊外幽美的景色。在这里,他再次见到了在莱比锡上大学时的一个熟人,如今是不伦瑞克公使馆的秘书卡尔·威廉·耶路撒冷;通过耶路撒冷的介绍,歌德又认识了不来梅公国驻韦茨拉尔公使馆的秘书约翰·克里斯蒂安·凯斯特纳(1741—1800)和他的未婚妻夏绿蒂·布芙。

那是"一七七二年六月九日"的事,凯斯特纳在给一位朋友的信中回忆说:这天,

> 歌德碰巧参加了一个舞会,我的未婚妻和我也参加了。我因事耽搁,只能在大家去后,骑马赶去。因此,我的未婚妻和别人一起乘车先去了。马车里有歌德博士,这是他第一次见到绿蒂。……这地方的女人没有一个他喜欢的,绿蒂却使他一见倾心。她年轻,虽然不是十分美丽,容貌却非常动人。她的眼光像春天的早晨一样明

亮,那天尤其如此,因为她喜欢跳舞。她情绪愉快,穿了一件简朴的衣裙。他看出她喜欢自然的美,欣赏她那种并不矫揉造作的机智——与其说是机智,毋宁说是幽默。他并不知道她已经订了婚。我晚到了几个钟点,按照我们的习惯,我和她在公共场所是不能有任何超过通常友谊的表示的。他显得很快活(他常常如此,虽然有时候显得很忧郁——这几句话是原文)。绿蒂使他着了迷,尤其因为她自己毫不在意,完全忘形于当时的欢乐中。不消说,歌德在第二天就去访问她了,他已经看出她是个可爱的姑娘,喜欢跳舞,爱寻乐趣,现在他又看到她另一方面的品质,一个更强的方面——持家方面的品质。(侯浚吉译文)

歌德称她为"绿蒂"的夏绿蒂·布芙(1753—1828)是德意志骑士团驻韦茨拉尔的一位官员的第二个女儿,自从母亲在一年前去世之后,十九岁时,她便以长姐的身份照顾鳏居的父亲和多到十一个弟妹的生活起居。在歌德看来,"轻盈秀丽的体貌,纯良健全的性格,以及由此派生出来的蓬勃的生气,对于日常事务处理稳妥的才能,兼备于这女子一身"。所以他认为无论什么人,只要是认得她的,纵使不抱有她做自己终身伴侣的自私愿望,也必然会认定他是个值得称道的女子。

开始时,歌德是把夏绿蒂·布芙,即绿蒂和凯斯特纳当作亲密的朋友来看待和信赖的。绿蒂也喜欢与他做伴,他们常常一起在她家的农场、牧场、菜园、花园散步,听云雀或鹌鹑的音乐般的歌声,度过晴和美好的时日,使整个夏季有如一首牧歌似的散文诗。歌德在八月三十一日为她写了一首诗,随同一幅剪影寄给绿蒂,说:如果有一位可敬的先生让人刻一幅铜版画送给她,看到他的额头他的眸子;可是他的聪明的脑子,从他的脸上却无法看到。"那么我也要这样写,绿蒂:/我现在把我的画像送给你。/你尽管看到他严肃的脸,/飘动的头发,眼中的火焰/……可是你却看不出我的爱。"后来,歌德虽然知道她已经在四年前订有婚约,但他已经深深地爱上她了,而且爱得越来越狂热,几乎到了极点,连一刻也离不开她。只是绿蒂一直都是在小市民的圈子里出生和成长起来的,她的一切行动都过于胆怯、过于拘谨,不敢让家庭的荣誉、生活的平静和自己的命运受到威胁。因此,她无力响应自己心灵的召唤,而始终都在克制甚至扼杀自己的感情。当她看出歌德那么强烈地依恋着她之后,她就向他宣布,他从她那儿可以得到的只能是友谊。一听到这话,歌德的脸顿时变得惨白。遵照朋友的劝告,趁无法忍受的情绪还没有发展到爆炸性的程度之前,于是,歌德给绿蒂和凯斯特纳留下两封信,说"要是我和你们再多待一会儿,我就无法控制自己了",便在九月十一日不告而别,离开了那里。

虽然回到了故乡法兰克福,但对夏绿蒂的思念仍旧无法平静,无法克服的痛苦使歌德产生了自杀的念头。他不但考察过一些著名的历史人物各种不同的自杀方式,甚至,他在《诗与真》中说:

> 搜集了不少的刀剑,其中有一柄磨得很快的名贵短剑。我常把它放在床边,在每晚熄灯以前,我自己每以剑抵胸看我有没有决心把它的锐利的剑锋向心头刺二三寸深……(刘思慕译文)

不过,尽管他好像已经下了决心,他接着写道:却"总没有一回这样做出来,我终于自嘲愚不可及,此后我便抛去一切忧郁病的妄念,决心活下去"。同时歌德还进一步认识到,为了能以明快的心情来实行这一决心,就"非把一篇文艺作品完成不可",借此宣泄和摆脱自己的这种情绪,来拯救自己。他设想,在这篇作品中,他应该把自己对此所感觉到、思索到甚至妄想到的都写出来。于是,他将几年来萦回在他心中的素材都搜集起来,追忆自己最苦恼、最悲伤的情景。只是这样的构思作品,他觉得无论如何都难以具体描述,因为还缺少一件事实,即缺少作为小说情节的触媒来充实这部作品。

就在这个时候,传来惊人的消息,说他的朋友,而且不久前也遇到过的耶路撒冷因失恋而自杀了。开始是出于朋友的关心,歌德要求凯斯特纳将耶路撒冷的事告诉他。于是,凯斯特纳写了三封长信,把耶路撒冷自杀的原因和经过详详细细地写给了他。

《少年维特的烦恼》插图

  一向心情忧郁的耶路撒冷爱的是他同事赫尔德的妻子伊丽莎白。一次，在赫尔德家中喝咖啡，赫尔德因事暂时离开，只剩下耶路撒冷和他夫人两人时，他竟跪在她的面前，要正式表明他对她的爱，但遭到她的拒绝，并对他说了许多责备的话；她还要她丈夫禁止耶路撒冷再进他们家。第二天，她丈夫给耶路撒冷写了信。耶路撒冷回了一则短信派仆人送去，也遭到拒收。于是，耶路撒冷借来一把手枪，说是要外出旅行；并偿还了债务、清理了信件杂事，给父母、姐姐、姐夫和这位同事夫妇写了最后的信，请家人"原谅你们不幸的儿子和弟弟"；还"恳请"这两位朋友"原谅他扰乱了他们婚姻生活的安宁"，声称他对他妻子的感情"完全是纯正的"。这封长达三页的信是这样结尾的："一点钟了。我们将在另一个世界里再见。"

  耶路撒冷的事无疑使歌德联想到他自己：他自杀的地点是在他与歌德同时生活的韦茨拉尔，自杀的原因也是因爱上他人的妻子而遭到拒绝。这多么像是歌德的经历啊，只不过耶路撒冷做了歌德原来想做而没有做的事。这使歌德不得不想到他们两人的共同遭遇，以致形成他自己所说的"诗的情景与实际的差别丝毫不能分别出来"。

  触媒找到了，设想中的小说故事在现实中出现了，也就是说，耶路撒冷的死让歌德的创作找到了一个切入点。

  于是，歌德在心中把一切与这作品没有直接关系的思念搁在一边，从一七七四年二月初开始，让自己跟外界完全隔离，连朋友的探访都谢绝了，到三月，在这一个多月的时间里，他就如他自己说的"像一个梦游病者那样，差不多无意识地写成"了一部书信体小说《少年维特的烦恼》。

《少年维特的烦恼》的故事情节也很像歌德原来的爱情经历：

一个叫维特的青年爱上一个叫绿蒂的少女，可是绿蒂已经和别人订婚，这使维特痛苦万分。他设法努力在工作中求得心灵上的解脱，但是没有用。他对生活完全绝望了，最后自杀。

《少年维特的烦恼》是青年时代的歌德的心灵的倾诉。在一八二四年一月二日与他秘书爱克曼的谈话中，歌德承认说，他"生活过，恋爱过，痛苦过"；是这种"使我感到切肤之痛"的心情"迫使我进行创作"这部小说。他十分富有感情地诉说自己的创作心理：

> 我像鹈鹕一样，是用自己的心血把那部作品哺育出来的。其中有大量的出自我自己心胸中的东西、大量情感和思想，足够写一部比此书长十倍的长篇小说。我经常说，自从此书出版之后，我只重读过一遍，我当心以后不要再读它，它简直是一堆火箭弹！一看到它，我心里就感到不自在，生怕重新感到当初产生这部作品时那种病态心情。（朱光潜译文）

不过，对于歌德来说，多亏他写出了这本书，发泄了"大量出自我自己心胸中的情感和思想"，才能如他说的，"我借着这篇作品，比起其他任何的创作的尝试来，最能把我从暴风雨似的心境中拯救出来"；并在完成之后，使他得以"像是在神甫之前把一切忏悔了之后那样复归于愉快和自由"。

《少年维特的烦恼》于一七七四年出版，并参加了这年秋季的书展。由于如歌德说的"每个时代都有那么多的不期而然的愁苦，那么多的隐藏的不满和对人生的厌恶……那么多对世界的不满情绪，那么多个性和市民制度的冲突"，作品受到开明的知识界的欢迎，成了德国文学史上空前的事件，使二十四岁的歌德也成了德国的著名作家。此书的轰动竟兴起一股"维特热"，有些青年未能真正理会此书的积极的反封建意义，

只穿起维特的服装，有的还模仿维特，甚至走上自杀的道路。

　　这个问题很多人都注意到了。诗人海因里希·海涅就曾在一首诗中劝说"不要再像维特那样呻吟，因为他的心只为了绿蒂燃烧"。歌德自己后来也意识到这一点，写了一首小诗："青年男子谁个不善钟情？／妙龄女人谁个不善怀春？／这是人性中的至洁至纯，／为什么从此中有惨痛飞迸？／／可爱的读者哟，你哭他，你爱他，／请从非毁之前救起他的声名；／请看，他出穴的精灵在向你目语：／做个堂堂的男子，不要步我后尘！"（郭沫若译文）

　　丹麦文学史家格奥尔格·勃兰兑斯在《十九世纪文学主流》中是这样评价《少年维特的烦恼》的时代精神的："这篇描写炽热而不幸的爱情故事，其重要意义在于，它表现的不仅是一个人孤立的感情和痛苦，而是整个时代的感情、憧憬和痛苦。……歌德不由自主地使这个青年具有他年轻时期的看法、情感和想法，赋予他以他自己的全部丰富卓越的才智。这就把维特变成了一个伟大的象征性人物；他代表了新时代的精神，而且代表了新时代的才智。"（张道真译文）

　　《少年维特的烦恼》很快就被译成欧洲各种主要的文字，有些还有多种译本，并产生了一些仿作。

　　在中国，最先是在二十世纪初，马君武译了《威特之恋》中的一个片段。一九二二年，上海泰东图书局出版了郭沫若的全译本。后来还有罗牧、傅绍先等十多个译本。今天，此书的中文译本已经不少于十五种，大概，已经很少有年轻人不知道绿蒂的名字了。

Birthday Letters

《生日信札》

二十世纪文人中最具有悲剧色彩的爱情故事

　　史诗的时代早已过去。那是荷马和维吉尔的时代，是《熙德之歌》《罗兰之歌》《尼贝龙根之歌》的时代。到了一两千年之后的二十世纪，再也不会有什么史诗出现了，更不会有哪一家严肃的大报，用最主要的版面，去报道一位诗人创作爱情诗的事了，纵使他是一位著名的诗人。但是英国诗人特德·休斯（1930—1998）使它改变了这一惯例：他的新诗集《生日信札》，用诗人的姐姐奥尔温·休斯的话来说，只不过是"休斯年复一年在（他妻子）西尔维亚的生日那天写给她的一封信，如同寄生日卡"；但是它的出版，却被伦敦《泰晤士报》等大报于一九九八年一月在头版用大字标题，当作头条新闻刊出。这大概是史无前例的事吧。

　　舆论怎么会如此看重这部诗集的出版呢？因为是一部好得足以让他们如此对待的情诗？因为是一位桂冠诗人的作品？因为是怀念一位年轻女子的死？这些理由都不完全是，也可能都包括在内，从而或许可以让人从中寻求出一个二十世纪文人中最具有悲剧色彩

《生日信札》封面上的休斯像

的爱情故事是怎么发生的。

爱德华·詹姆斯·休斯的儿子特德·休斯生于英国东北约克郡西里丁地区一侧科尔德山谷中的米索姆罗伊德，在梅克斯伯勒中学接受教育后，进了剑桥大学，毕业于该校著名的彭布洛克学院。他做过园丁、守夜员、制片厂的顾问，还当过伦敦动物园的洗涤工人，是一九八四年的桂冠诗人，一九九八年还获过惠特布雷德奖。此前的诗作，除一九五七年的第一部诗集《雨中的鹰》外，还有《牧神节》（1960）、《鸦》（1971）、*Guadette*（1977）、《埃尔梅特遗迹》（1979）、《穴居的鸟》（1979）、《沼地》（1980）等。

极富天才的西尔维亚·普拉斯（1932—1963）是马萨诸塞州的一个中产阶级家庭的孩子，八岁就发表了一首诗。二十三岁就读于美国马萨诸塞州大学的史密斯学院，毕业后，以不到三十五岁的年龄、文科学士的学位和精通派往进修国语言这几个规定的条件，获富布莱特奖学金后，才得以赴英国剑桥大学深造。这时休斯正也在剑桥攻读硕士学位。

一九五六年二月二十六日，在新创刊的文学杂志《圣巴托尔夫评论》编辑部举行的酒会上，西尔维亚·普拉斯身穿她喜爱的红黑相间的衣服去参加，与休斯邂逅。休斯见她"挪动的身姿多么苗条，／你那修长的完美的美国双腿／径直向这里走来。那长长的／芭蕾舞演员和美猴式优美灵活的手指。／而那脸庞——一团喜气。……你眯起的双眼／像一堆宝石，亮晶晶得难以置信，／亮得像一串晶莹的泪珠，也许是欢乐的泪珠，带一点儿欢乐"。

普拉斯

西尔维亚·普拉斯天真烂漫、热情奔放，全身充满的异国的情调，使休斯觉得她身上具有无穷的吸引力。而普拉斯，在此之前就读过休斯的诗，对它非常喜爱。这两位迷人的年轻人，一位是六英尺六的强健的约克郡男子，一位是五英尺九的活跃的美国女子，两人一见钟情。普拉斯在日记中，这样写到他们当时的激情：

……我直跺脚，他则用力踩着地板，随后他吻我，蓦地猛击我的嘴，并扯掉我的发带和心爱的红色发带嵌接的饰物，这些东西都经过太阳和许多爱情的考验，我将再也找不到像他这样的第二个人，他还扯下我心爱的耳环；哈，我一定要把持原有的样子，他则咆哮不已，而当他吻我的颈项时，我则长时间狠狠地咬他的脸颊。当我们走出这房间时，殷红的血从他脸上汩汩地流出。（王增澄译文）

这对青年人就在这年的六月结婚了，随后还有了一个女儿弗里达和一个男孩尼古拉斯。几年后，他们迁居美国，然后又于一九六一年定居德文郡。

应该说，婚后的最初几年里，两位诗人的生活是幸福的。爱情激发了两人的灵感。休斯从头两部作品《雨中的鹰》和《牧神节》问世起，就立刻被公认为是一颗诗坛的新星。他的许多表现动物和植物的诗，具有深邃的内涵，实际上是人类世界的缩影。像《鹰之栖息》，描写老鹰懒懒地蹲在树林的顶端发表戏剧性的独白，声言"我的习性就是撕裂头颅／分配死亡"，如他自己说的，是对法西斯主义的心理研究。除了思想，休斯在创作时还非常注意意象的运转和诗的趣味。他的诗，风格严谨、感情强烈、富于形象。像休斯一样，普拉斯的创作也取得很大的成功。一九六〇年她将自己从一九五五年开始写的诗编成她的第一部诗集《巨人》出版，这些诗形象紧凑、诗节精确，是一批极为精致的诗作。一九六三年，她又用笔名维多利亚·卢卡斯发表了她唯一的一部小说《钟形玻璃罩》。这是一部自传体的作品，描绘一名年轻的女大学生埃丝特·格林伍德获得一份文学奖金后去纽约领奖时受到那家杂志的盘剥。在一次次的冒险经历之后，她体验到男女之间怎么也无法消除的敌意。最后她服了安眠药躲到地下室去等死。被救活后，住了几个月的精神病院，感到内心与外界的不协调，如同生活在一个"钟形玻璃罩"里一样的压抑和窒息。

但是，这种幸福的时间实在太短太短了。

在共同生活的过程中，特德和西尔维亚这对夫妇由于性格不合本来就经常发生争吵；到了一九六二年，西尔维亚先是听到不少休斯与诗人大卫·韦维尔的妻子埃西亚·韦维尔之间的传闻，随后发现他们两人同居，丢下妻子和两岁的女儿和六个月的儿子。最初，西尔维亚认为，她与休斯的婚姻，从各种标准来看都称得上是很美满的，她想象不出他们之间任何一方会移情别恋；她曾征求朋友的看法，她只是想与丈夫合法分居，而不离婚。但后来，她觉得实在受不了这种精神上和生活上的双重压力。于是一九六三年的二月十一日，在伦敦她住所的厨房里，在两个孩子入睡之后，三十岁的西尔维亚·普拉斯先是在孩子的房间里，最后一次为他们准备好牛奶和面包；为保护孩子，又特地在门缝里塞上湿毛巾，并贴上胶带，免使他们受到损害；最后让自己的脑袋搁到煤气灶上，打开灶头的开关自杀了。

二十世纪六十年代，在美国正是女权主义勃起的时代。在这个大背景之下，普拉斯的死立刻被看成是女性受难的象征，普拉斯本人也就成了人类婚姻的殉道者，是挣扎在女性独立意识和男性社会权威之间的英雄。于是，这位女诗人的身份也就跟着提高了。本来，她的诗虽然写得玲珑精致，但又充溢着阴暗情绪，并不非常有名。现在，特别是在她死后两年出版的诗集《爱丽尔》，集中和另外一些早期诗作中反复出现的如月亮、鸡蛋、没有面孔的躯壳、袋子中的鲜血等代表她自己和对自己的威胁的意象，使她的名声大振。

与此同时，特德·休斯自然也就被看成是致普拉斯于死地的凶手了。普拉斯墓上所刻的"西尔维亚·普拉斯·休斯"字样，"休斯"两字多达六次被人刮掉。休斯应邀去朗诵诗作时，女权主义者集合起来，高呼"杀人犯"的口号，向他提出抗议。女权主义女诗人罗宾·摩根一九七二年在她写的《控诉》一诗中就明确高呼："我控诉／特德·休斯……"

面对外界的这些压力，休斯始终不发一言，不作任何申辩；对学者、记者和传记作者一次次有关这方面的采访，他也都拒绝接受。在普拉斯死后，甚至有三年，这位诗人都不写一行诗，只是仍然做他自己的事，他的诗集《喔德喔》是直到一九六七年才出版的。一九七〇年，休斯重新结婚。七十年代，休斯著作甚丰，至今已经出版了十多部诗集、五本散文和选集，而且成了阿尔弗莱德·丁尼生以后的第一位桂冠诗人。到一九九八年，他才打破三十五年来的沉默，出版了这部《生日信札》，"目的是找一种很简单、心理上天真而赤裸的语言……整个的着眼点是去除胸中的某些郁积——用亲密的方式对她（普拉斯）直接倾诉。……我试图所做的一切是脱光衣服，成为赤子，跋涉于其中"。

由费伯、斯特劳斯、吉洛出版社出版的《生日信札》虽然是小小的一本，仅一百九十八页，共收入八十八首诗。但第一次就印了五万册，这对一本诗集来说，可是一个惊人的印数了。它反映了诗人过去二十五年里写的对普拉斯的回忆，从他们第一次相遇和随后的结婚，到西尔维亚死后三十年的"六十生日"，全都是由记忆的一个个场景组成，多处是对普拉斯的诗作的回应，有时还直接引用了她的诗句，像是一系列写给普拉斯的信札。休斯写他与普拉斯在校园里的第一次见面"是我生平第一次尝到的鲜桃。／难以置信的鲜甜"；他写他们"戴着新婚大戒指，／在单人床上温暖着我们的

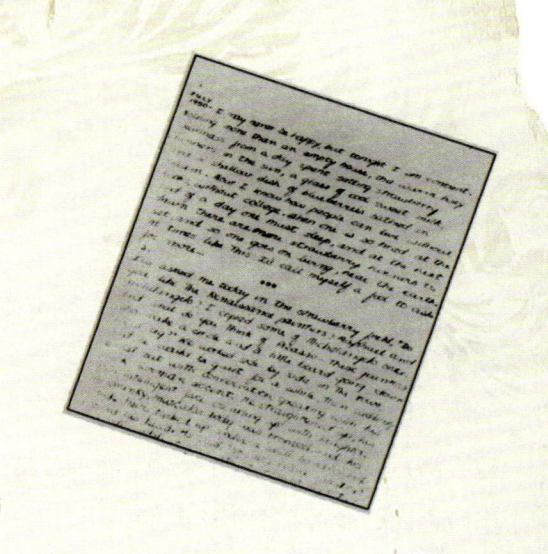

普拉斯的日记手稿

新婚之夜"时，描写她"温柔，新鲜，赤裸，／一株水淋淋的丁香"。说她"你，一只大鸟，／披着你激动的羽衣，向上扑动，亢奋至极""你颤动着，高兴得哭泣起来""你的身子苗条、柔软，平滑如鱼。／你是一个新世界，我的新世界""你大海般深奥""我在你身旁飘飘欲醉"（张子清译文）……

普拉斯八岁那年死了父亲。奥托·普拉斯虽然十分宠爱西尔维亚，但是西尔维亚一见到他就吓坏了。但他又是西尔维亚直到死都摆脱不了的一个迷恋的对象。普拉斯在 *Daddy*、《拉撒路夫人》两诗中都写到他。Daddy 这个词既是"爹爹"，又有"老色鬼"的意思。休斯在诗中把她父亲比喻为希腊神话中的半人半牛怪的"弥诺陶洛斯"。《生日信札》中有好多首诗都描述了普拉斯如何堕入他的洞穴，被诱入死亡。休斯说，普拉斯在她的诗中一直压抑着对她父亲的迷恋，是他帮助她驱赶了她心中的这个恶魔，使她写出绝好的诗篇。

这些都表明休斯是爱西尔维亚的，也十分理解她。但是他们的悲剧最终还是发生了。这是什么原因呢？

休斯觉得在他们两人最初的狂喜之后，在普拉斯的身上就已看到了她的偏执狂热、甚至杀人的倾向。因此，他们的婚姻注定会以悲剧而告终。一些人也相信，普拉斯的天性中原来就有孤独和悲观厌世的倾向，父亲的阴影加深了她的这一倾向，渐渐地，她的心理有了变化，甚至企图自杀。后来的电击治疗没有起到积极的作用，反而使她的精神状态更趋失常。因此，他们相信，她的自杀是不可避免的。而普拉斯则感到休斯不能成为一个理想的丈夫和父亲,使她无法生活下去。但是,因为普拉斯的精神异常,使休斯感到与她越来越难相处,因而转向另一个女人;还是休斯的不忠导致普拉斯最后的精神崩溃?似乎谁也说不清。另一些人更不这样考虑。像罗宾·摩根,她坚持说:"我只希望弄清楚,休斯并没有杀死她,而不过是把她逼向自杀。"——所有这一切,《生日信札》出版之后,能否有助于让人们弄明白呢?至少直到今天,休斯和普拉斯的爱情和婚姻以及普拉斯的自杀不但被认为是当代文人中最具有悲剧色彩的事件,《生日信札》的出版尽管被休斯的传记作者安德鲁·莫顿称为"有如一声晴天霹雳",也只是传达了作者压制多年的心声,而仍旧没有能解答普拉斯为什么会自杀;还有,休斯为什么要在这个时候发表他的《生日信札》,这些恐怕都仍然是一个谜。

Der Tod in Venedig

《死于威尼斯》

"没有任何编造的东西"

二十世纪六十年代初，艾丽卡·曼在替她去世的父亲，一九二九年诺贝尔文学奖获得者托马斯·曼编辑书信集时，接到一封来自波兰首都华沙的信。写信人乌拉基斯拉夫·莫伊斯（1900—1986）自称是托马斯·曼最著名中篇小说《死于威尼斯》中的那个小孩塔齐奥。《死于威尼斯》的波兰文译者安德采伊·多勒戈夫斯基得知后，要求去见这位伯爵。于是，据作家理查德·温斯顿在他写的传记著作《托马斯·曼：成为一位艺术家》中说，"他遇到了一位六十八岁的男人，他以一些照片和收藏品，无可否认地证明了他就是故事中的那个令人销魂的孩子"。

莫伊斯这一姓氏并非标准波兰语的发音，它实际上源于德国。这个家族来自德国西北部的威斯特伐利亚，属普鲁士最富庶的省份之一。一八三〇年代，乌拉基斯拉夫的曾祖父恩斯特·莫伊斯和祖父克里斯蒂安·奥古斯特选择在波兰定居，并在波兰东北部的比亚韦斯托克省共同创办了一家繁荣的纸业公司。这个地区隶属俄国统治，最后，俄国

托马斯·曼

的沙皇亚历山大二世授予他们一个世袭的男爵封号。

乌拉基斯拉夫·莫伊斯生于波兰的维勃卡，是六个孩子中的第四个，有一个哥哥，还有四个姐妹。他们都受到良好的教育，每人都有一个家庭教师，和法语、德语私人教师。

乌拉基斯拉夫从小就生得十分秀丽，皮肤白得像雕刻过的象牙，一对海水似的蔚蓝晶莹的眼睛。人们通常都叫他的爱称"阿德吉奥"或者"乌拉德吉奥"。六岁那年，他在一位姑姑的婚礼上做 garcon d'honneur（男傧相）时，参加婚礼的波兰小说家，一九〇五年诺贝尔奖文学奖获得者亨利克·显克维奇（1846—1916）为他的美所吸引，在坐四轮马车去教堂的路上，定要抱这个像是"大画家提埃坡罗笔下的天使"到自己的膝上，等孩子在他的膝盖上撒了尿，才把他放下。

一九一一年，阿德吉奥十一岁，随家人去意大利的威尼斯旅游。

威尼斯是一座美丽的水城，是世界上最吸引人的旅游胜地之一。

威尼斯位于亚德里亚海的西北端，地处东北—西南走向的一块新月形潟湖中的群岛上。潟湖中的浅水由一连串的沙坝维持，沙坝上有许多小的村落，有的已达数百年之久，其中的利多村落建于十九世纪，是最时髦的旅游点。从这里，遥看映着海的天空之下，潟湖闪闪发光的水面上，以大理石和湿壁画装饰的宫殿、塔和穹顶，像是真实的城市，又像浪漫主义的油画作品或电影中的画面，使观光者如同来到另一个气氛和美景都无与伦比的世界。特别在春秋两季，天气高爽，吹来的北风使人免受蚊子之苦，又解除了潮湿闷热的南风带来的不适，是最好的游览季节。

就在一九一一年的这个季节，命运让三十六岁的托马斯·曼和他妻子卡佳，还有他的兄长海因里希·曼一起来这里度假。虽然铁路已经通行五十多年了，他们还是从奥地利的波拉上船，于五月二十六日抵达威尼斯，住在利多沙坝著名的贝恩斯大饭店，一直待到六月十一日。阿德吉奥一家刚好也住在这家大饭店，两人得以有机会邂逅，从而使作家为他的美所倾倒，从而碰撞出灵感的火花，创作出了世界名著《死于威尼斯》。

阿德吉奥深知他的美可以拥有的特权，从小就习惯于成为美的聚焦点。在威尼斯时，他喜欢跟花摊、水果摊的老板相识，让他们高兴卖给他水果而不收钱。当地的渔民带他到他们的船上后，他也会和他们亲热。一天晚上，饭店里所有的客人都就位之后，阿德吉奥才飘动着金色的长鬈发，走下中央大楼梯，正步进入餐厅，吸引了众人。事后，他得意扬扬地跟他姑姑说："每个人都在看我吗？每个人都在注视我呢！"

如今，对于同性之间超乎友谊的关系，社会都能采取比较宽容的态度了。但是在过去一个很长的历史时期里，都认为这种关系是变态和不正常的。可是在古代的希腊和罗马，只有极少数的人才把同性的恋情看成是丑恶的堕落行为。那时，男性之间，从调情到亲吻、拥抱直至发生性关系，都非常流行。那时，作为"爱者"的成年男子与"被爱者"的男性青少年之间的爱情是被视为高尚的，甚至比异性恋更受到尊重，很多人都相信这种关系的发生与人的崇高的理智、审美甚至道德都有联系，以致大哲学家亚里士多德声称："最完美的友谊和爱情大多产生于男人之间。"此种传统，在后世也颇为盛行，就在德国，腓特烈大帝、俾斯麦宰相、哲学家弗里德里希·尼采、剧作家法朗兹·格里尔帕策、音乐家理查德·瓦格纳、作曲家弗朗茨·舒伯特等，都是同性恋者。作家们同样崇尚这一传统：剧作家弗里德里希·席勒（1759—1805）爱年轻的约翰·沃尔夫冈·歌德，而诗人歌德，虽然爱很多女性，甚至在七十三岁时还向一位十九岁的少女求婚，他却对稍大于他的批评家约翰·赫尔德（1744—1803）表示："做我的苏格拉底吧，让我做你的亚西比德。"

他这话是什么意思呢？

后来成为雅典政治家和军事统帅的亚西比德（前450—前404）出身名门，家境富有，相貌英俊。他钦佩大哲学家苏格拉底（前469—前399）；苏格拉底也喜欢他。对这两个人的关系，《不列颠百科全书》含蓄地说："亚西比德英俊、机敏，但生活奢侈。……他对于哲学家苏格拉底的道义力量和敏锐的思想十分倾倒，而苏格拉底也为他的漂亮仪表、才智和抱负所吸引。"实际上，他们两人的关系有一段时间超过了友谊。歌德对赫尔德说的话就是希望他们也成为像亚西比德和苏格拉底一样。

自然，这种感情在近现代社会里往往是比较隐蔽的。英国作家奥斯卡·王尔德一八九五年被判刑是他们的前车之鉴。因此也就不难理解，具有同性恋倾向的托马斯·曼，常常深受心理压抑。只是托马斯·曼的伟大之处是在于与所爱之人保持柏拉图式精神之爱的同时，能以西格蒙特·弗洛伊德所说的作家、艺术家常有的手法，将压抑通过文学创作得到升华，使他既能避免因长期的压抑而患精神疾病，又能在创作上达到非凡的成就。

早在一八八九至一八九〇年冬在读文科中学的时候，托马斯·曼就曾对他的同学阿明·马腾斯产生了强烈的痴迷之情，连续写了好多首诗送给他。后来他曾为此感到羞愧，但对他还是念念不忘。十多年后，曼把阿明作为汉斯·汉森的原型写进他一九〇三年的短篇小说《托尼奥·克勒格尔》中，表现主人公托尼奥·克勒格尔对"长得特别俊美和匀称""一对灰蓝色的眼睛……射出敏锐的目光"的汉斯·汉森的"缠绵、真挚、倾心、痛苦和忧郁的爱情"（刘德中译文），来排解自己的压抑。三年后，一九〇六年，二十九岁的阿明·马腾斯在非洲死于穷困，曼为此患了忧郁病，住进一家疗养院，一段时间后才恢复了过来。

之后，从一八九〇年秋至一八九二年秋，还有一八九九至一九〇三年，和一九一一年、一九一四年，曼又连续对他的同学威里让-蒂姆普、青年画家保罗·爱伦堡、波兰男孩乌拉基斯拉夫·莫斯，还有他儿子的朋友克劳斯·豪瑟，以及最后一九五〇年在苏黎世的一家旅馆对一位年轻英俊的侍者弗朗茨·魏斯特梅尔产生过热烈的迷恋。期间，

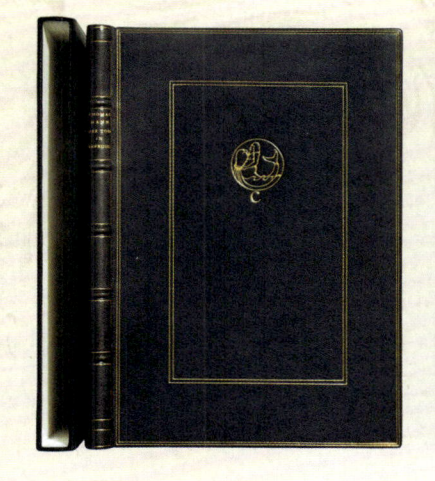

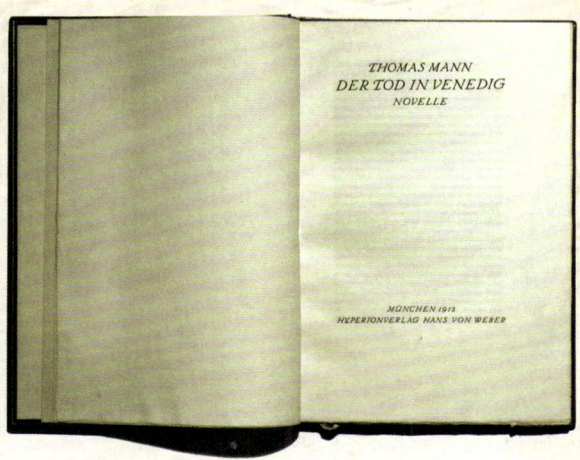

初版《死于威尼斯》

　　曼不但多次出现严重的忧郁，他在一九〇三年爱上卡佳·普林斯海姆，两年后与她结婚，可能与卡佳是一个相貌像男孩子的知识女性有关。婚后一个月，曼就写出一篇描写已婚的席勒"爱上歌德"的小说；同时又构思另一篇小说，表现一切感官的欲望都是虚妄，只是没有写成。上述这些所爱之人，曼都先后分别写进他的《魔山》《浮士德博士》《死于威尼斯》和《约瑟和他的兄弟们》《大骗子克鲁尔的自白》等作品中，在创作中他的压抑获得了释放。

　　《死于威尼斯》（钱鸿嘉译文）是托马斯·曼从威尼斯回来之后写出的，最初于一九一二年发表在德国的《新评论》杂志上。小说的主人公、名作家古斯塔夫·封·阿申巴赫因长年辛勤劳动，心力交瘁，希望"去远方遨游，追求新奇事物，渴望自由，解脱一切和到达忘我境界"。他过境奥地利，从波拉上船来到意大利的威尼斯，住进沙坝的那家著名的大饭店。在这里，他遇见了一个"长得非常俊的"波兰男孩塔齐奥。"他脸色苍白，神态悠闲，一头密色的鬈发，鼻子秀挺，而且有一张迷人的嘴。他像天使般的纯洁可爱，令人想起希腊艺术极盛时代的雕塑品。他秀美的外貌有一种无与伦比的魅力，阿申巴赫觉得无论在自然界或造型艺术中，他从未见过这样精雕细琢的可喜的艺术作品。"见到塔齐奥后，封·阿申巴赫狂喜地感到自己"看到了美的本质"，陷入一种不能自拔的情感之中，下定决心："只要你（塔齐奥）在这儿耽多久，我也想在这儿耽多久！"于是，他哪儿也不去，甚至不顾霍乱流行的危险，也不愿离开，每天只是一直暗暗地跟随他、甚至追逐他，在旅馆客厅里，在海滨沙滩上，在繁华的广场，在往返威尼斯城的航道，以及其他许多凑巧进进出出的场合，来观赏他这"精神美的化身"，从而陷入一种不能自拔的情感之中，直到全城霍乱流行，其他的旅游者都纷纷回国，他仍然不愿离开，最后虽然死在海滩旁，死前仍然觉得"主宰他精神世界的那个苍白而可爱的游魂似乎在对他微笑"。

二〇〇二年版《剑桥托马斯·曼引读》中里奇·罗伯逊的《古典主义及其隐患：〈死于威尼斯〉》一文引过一段托马斯·曼自己的话说：

《死于威尼斯》里没有任何编造的东西：慕尼黑北郊的旅行者，又黑又脏的汽艇，涂脂抹粉的老头儿，不诚实的平底船船夫，塔齐奥和他的家人，因行李送错地方不得不离开，霍乱，真诚的旅行社经理，不怀好心的街头歌手，以及诸如此类只要你注意到的所写的每一件事，我的作品以最难以置信的方式证明，真的，只要组合一下就可以了。

卡佳·曼是一个宽厚的女性，她在她的《尚未写完的回忆》中承认她丈夫"intrigued by the ten year boy（被那个十岁的男孩迷住了）"。她证实：

以（慕尼黑北郊）墓园开头的小说的细节，全都来自于亲身体验……就在第一天，在餐厅里，我们看到一家波兰人，完全像我丈夫对他们所做的准确描述：女孩子们穿得都比较呆板而严肃，那个非常妩媚、秀丽的男孩子大约十三岁，穿一件漂亮饰边的海员上衣，竖领外翻。他立刻抓住了我丈夫的注意。这孩子非常有吸引力，我丈夫总是注视他和他在海滨上的玩伴。他没有（像小说写的那样——余）在威尼斯全程跟随他——他没有那样做——不过孩子真的使他入迷，而且他常常想到他……我仍然记得我舅舅枢密院官员弗莱堡，莱比锡的一位教规法教授愤愤地说的话："一

威尼斯的利多

个多好的故事啊！一个已婚的男子和一个家庭！"

卡佳虽然相信"孩子真的使他入迷"，但她似乎强调曼"没有在威尼斯全程跟随他——他没有那样做"。

塔齐奥对曼好像记得很清楚。他回忆说，他记得不论他走到哪里，总有一个男人在注意他；说他还记得他和这位大作家共上饭店电梯时他那强烈的目光。塔齐奥的传记作者吉尔伯特·阿戴尔肯定："不管莫伊斯一家漫步在城市（十八世纪画家）皮拉内西笔下的街道的曲径和阴暗的小巷、楼梯，都离不开他凝视的目光……"

传记作者的话是可信的，卡佳的话也可以理解，不需加以辨正。这并不重要，重要的是古斯塔夫·封·阿申巴赫这一形象的内涵。

还是在出发去威尼斯的前几天，托马斯·曼在奥地利得知伟大的奥地利作曲家和指挥家古斯塔夫·马勒（1860—1911）刚于五月十八日去世。马勒创作的十首交响乐几乎包容了十九世纪整个浪漫主义音乐的所有主题：大自然、民间传说、人类的爱、对上帝的信仰、对命运和死亡的思考，以及神秘主义、感伤主义、悲观主义；他的指挥以激昂澎湃的热情、浓郁的哲学色彩与丰富多彩的配器和音色增强了他音乐的浪漫主义力量。

曼深为马勒的音乐所感动,在一九一〇年九月马勒的《第八交响乐:千人交响乐》之后的招待会后给马勒写信说:"九月十二日我对您的印象之深,致使我当晚在饭店里无法表达。至少我要向您表明,这对我是一种强烈的满足";他表示,马勒的作品"体现了我们时代最庄严最神圣的艺术意志"(高中甫译文)。

但是也像许多天才艺术家一样,马勒也常因天才和现实之间的冲突而痛苦。多数评论家和传记作家都相信,托马斯·曼就是以古斯塔夫·马勒为主人公的原型,来创作《死于威尼斯》的,而且主人公的名字也用的是马勒的名字古斯塔夫。当然,在古斯塔夫·封·阿申巴赫的形象中,曼也倾注了他自己的情感。托马斯·曼的传记作者克劳斯·施略特说:

> 托马斯·曼自己说,他写古斯塔夫·封·阿申巴赫。就像在谈论"自己逝去的朋友"。这并非要表白他与那个"鞠躬尽瘁创造业绩"的形象呼吸与共,它不过证实了在这部中篇里作家与其创造物之间的那许多共同点。这种一致性是托马斯·曼所承认的。不仅仅是阿申巴赫的所有外部情形,像旅行,威尼斯小住,连同同性恋的经历,都是托马斯·曼亲历过的;而且,他还用了自己全部的重要特征来刻画这位作家的文学形象。……(印芝虹等译文)

这些都完全为人们所理解。电影"新现实主义之父"、意大利名导演卢西诺·维斯孔蒂(1906—1976)一九七一年将托马斯·曼的《死于威尼斯》改编为同名电影时,特意选用了马勒的《第五交响曲》,曲中那弦乐器和竖琴演奏出的哀婉动人的慢板乐章,是对主人公命运的真切刻画,使人在想到阿申巴赫的时候,不由得会自然地想起作家托马斯·曼本人,也想到作曲家古斯塔夫·马勒。

最初是一九二四年,乌拉基斯拉夫·莫伊斯的一位亲戚读了《死于威尼斯》后,向他介绍这篇小说的,乌拉基斯拉夫读后说,他"不很感兴趣"。但在巴黎看了同名电影之后,他才给卡佳写的信。

A Doll's House

《玩偶之家》

从劳拉的婚姻到妇女的解放

一八七八年，亨利克·易卜生重又来到意大利的罗马。这座南方古城，十四年前他就曾经来过一次，并且待了五年，因为这里气候温和宜人，是他所喜爱居住的地方。这次也是这样，他不但要在那里过冬，还如他在给他的出版人弗里德里克·黑格尔的信中告诉他的："希望在那里有时间和平静的心境来完成我的新作。"

罗马马塞利路街角紧靠教堂的那座房子是一座舒适的五层楼公寓房。易卜生就在这里住了下来，"一心准备我的新剧本"。一天，他突然跟他的妻子苏珊娜说："我刚刚看到娜拉了。她迎面向我走来，还把手搭在我的肩上。"苏珊娜听他这么说，起初不觉吃了一惊，不过立刻就平静了下来，仍像一般女人那样，带着点儿好奇地问："她穿什么衣服？"易卜生极认真地回答说："一身蓝色的羊毛礼服……"

使苏珊娜感到吃惊，那是因为在易卜生的生活中根本就没有娜拉这么个人。她的出现不过是剧作家在创作构思时产生的"白日梦"中的一幕幻景。事实正是在易卜生的意

亨利克·易卜生

识中，把现实中的一个叫劳拉的女子，与他即将动手写的"新剧本"里的女主人公的形象，两者重叠在一起了。

事情已经过去了八年。那是一八七〇年的春天，一位叫劳拉·史密斯·彼得森的挪威少女出版了一本颇感动人的长篇小说《布朗德的女儿们》。

布朗德原是易卜生一八六六年根据自己上一年同名叙事诗写成的一部剧作《布朗德》里的主人公，他是一位虔信基督教的教区牧师，他坚持认为，每一个男人或女人，都必须承担福音书上规定的义务，把自己的一切都献给最需要它的人，使"失去他生命的人将能找到它"。他从一个地方到另一个地方，不但向受苦受难的人布道，传布这个几乎是绝不可能实现的理想，还以此作为自己的生活准则。这就是他所说的"All or nothing"（全有或全无）的意思。

易卜生这部剧作于一八六八年出版后，四年里重版多次，销量空前，影响之大，使许多读者都像是疯了似的。劳拉·彼得森即是此书最真诚、最热情的读者之一。她深深为布朗德的理想主义所感动，并凭着想象，为《布朗德》写了这么一部续篇，探讨妇女的权利。书出版之后，她想到了创作《布朗德》的作家，就给当时旅居德累斯顿的易卜生寄去了一本。本来，像这类事，一般寄书的人都不会指望大作家会有什么特别的表示，至多不过是形式上道一声谢就算不错了。劳拉却收到了易卜生写于六月十一日的一封十分亲切的长信：问她是否有继续写作的意愿，还诚恳地告诫她，对于创作来说，最需要的倒并不是才华，重要的是要有真诚的体验，等等。易卜生的信使劳拉很受鼓舞，她一直忘不了这位大剧作家对她的关心。因此，当她一八七一年夏有机会来德累斯顿时，她特地去易卜生的住处拜访他。易卜生显然也很喜欢这位姑娘，在她两三个月的逗留期间，他们两人曾有多次的互访，他还亲切地称她是他的"云雀"，并鼓励她继续写作。

又过了五年，那是一八七六年了。当时易卜生已经旅居慕尼黑。劳拉又一次去看望他，不过这次她不再叫劳拉·彼得森，而是叫劳拉·基勒（1849—1932）了，因为她已经结婚，嫁给了教员维克多·基勒。可惜她很不幸，丈夫染上了肺结核，这在特效药链霉素尚未发明的当时，可是一种几乎是无法治愈的病。医生悄悄告诉她，唯一可能挽救她丈夫性命的办法便是让他去气候温和的南方，如瑞士或意大利的风景区疗养一段时间。这当然不能没有钱，而且不是一点点小钱。可是基勒是一个非常神经质的人，一提到钱，他就会歇斯底里地大发作。于是，十分爱他的劳拉便偷偷地背着他，由一位朋友做担保，贷来一笔够这次治病用的钱。如今，意大利之行是成功了，丈夫奇迹般地恢复了健康。这次乘着回丹麦途经慕尼黑时，特来看望易卜生。只是不同于以前那么的无忧无虑，此次，劳拉为这笔欠着的债，心情显得非常沉重。这一点，善于观察人的大作家易卜生也看出来了，他不觉叹息，说现在他的小"云雀""再也不能唱她欢快的歌了"。

一八七八年春，苏珊娜突然接到劳拉的一封信，还有一部小说的手稿。劳拉恳求苏珊娜转请易卜生向他的出版人、斯堪的纳维亚第一大出版家黑格尔推荐这部她在不得已的处境中赶写出来的稿件。易卜生感到很为难，因为读过之后明显可以看出，这绝不是一部作者基于"真诚的体验"才写出来的小说。在易卜生看来，没有一位作家会因为怜悯一位朋友，便会答应他的要求，把一部如此拙劣的稿子推荐给出版家的。于是，易卜生于三月二十六日给劳拉回了一封信，直接告诉她，他不能帮这个忙，因为他不能这么做。同时，易卜生还跟劳拉说，读过她的信后，他有一个印象，觉得她一定还有什么事瞒着他，没有跟他说，因为在当时的挪威社会，在一个以丈夫为主的家庭里，是绝不需要妻子像她那样处于不得已的境地甚至需要做出重大牺牲却又不能让他知晓的。因此，他劝她，应该把如今在折磨着她心灵的烦恼和困惑"都向你的丈夫吐露"。

劳拉的确没有把事情全部跟易卜生说，或许她担心，如果告诉了易卜生，会使易卜生认为她是想向他借钱，因此她羞于启齿。

事情是劳拉无钱偿付两年前为丈夫去意大利借下的这笔债款，又因她丈夫对这类事的神经质态度，才使她不敢把实情告诉易卜生。更糟的是，替她担保的那位朋友自己也陷入了困境，他告诉劳拉，如果她不去付这笔债，借方一旦索催，将会使他破产。在此之前，除《布朗德的女儿们》外，劳拉还曾出版过一本随笔集和一部描写不幸婚姻的小说，得到过不薄的稿酬。如今，在这种境况下，她想到，只有另外再写一部书以获取丰厚的收入，此外别无其他的出路。于是就有了这么一部草率写成的失败之作。

谁知易卜生的拒绝，结果竟给劳拉造成了一个极为可怕的后果，这是剧作家开始时所未能料到的，因而最后让他震惊和悔恨终生。

劳拉接到易卜生这样的一封信后，就立即烧掉了这部书稿。但借的债仍然得还。走投无路中，她伪造了一张支票。谁知伪造的签名立即被识破，银行拒绝支付。到此地步，劳拉只好把事情真相直告她的丈夫。可是神经质的维克多·基勒根本不顾妻子做这些事的目的完全不是为她自己，而纯粹是为了他。他却大发脾气，不但怪妻子竟敢不经他这做丈夫的人同意便去借钱，还指责她这种伪造签名的行径是严重的犯罪，会毁坏他的名声和前程，因此他说，像她这样的人，根本不配教育他们的孩子。

基勒的态度使劳拉无比伤心，神经受到严重的刺激，竟到了精神崩溃的地步，最后被收容进一所公立精神病院，跟疯子同住一个房间。此时基勒又提出，说对这样的人，他要与她解除婚约，以便使孩子们可以摆脱她的"照顾"。不过结果倒还"合意"：一个月后，劳拉被从精神病院放出，她恳求丈夫，为了孩子，让她回去，基勒总算勉强同意了。

可是这个合劳拉之意也许还合社会上不少人意的结果，却不合易卜生之意。在一八七八年十月十八日罗马马塞利路那座公寓内，剧作家记下了他对此事的思考：

《玩偶之家》在中国的一次演出

……她伪造了签名,并为此而骄傲;因为她这样是出于对丈夫的爱,为了救他的命。她的这个丈夫却采取传统的体面立场,站在法律一边,以男性的眼光来看待此种境况。

显然,剧作家的思考当然并不仅仅局限于劳拉与基勒两人的这一小小的家庭事件本身。

随着美国解放奴隶运动的发展,在十九世纪的美国和欧洲的许多国家,掀起了关心妇女权利和妇女解放的斗争。当时这整个大环境和其中的一些突出人物都对易卜生有深切的感染和影响。七八十年代,在易卜生的祖国挪威,有关妇女解放问题的论争也正处高潮。挪威伟大民族诗人亨利克·韦格朗的妹妹、挪威最著名的小说家之一卡米拉·科莱特,是挪威热情争取妇女独立的女权运动先驱。卡米拉·科莱特(1813—1895)的作品都是为妇女的社会解放和感情解放而写的。她在写于一八五四至一八五八年的小说《总督的女儿们》中就抨击了当时男女两性间的不平等和以家长统治为基础的传统婚姻和家庭。随后,又继续通过书面和口头,为妇女解放而不懈斗争。易卜生于一八七一年在德累斯顿与卡米尔·科莱特认识后,两人经常见面,讨论一些问题。一八七七年,在慕尼黑,他们再次见面。易卜生当时正在创作他第一部社会问题剧《社会支柱》,两人又沉迷在许多有关婚姻等妇女问题的争论中。卡米拉·科莱特认为易卜生对于妇女在社会中的地位的思想已经过时；她对此甚至表示愤慨，并直率地表明了自己在这个问题上的观点，这观点对易卜生的影响，在《社会支柱》中可以看得出来。该剧的背景写到，在一切社会活动中，不允许妇女担任任何举足轻重的角色，使剧本在揭露社会的伪善的同时，还提示了妇女在当代社会中的不平等地位——一个女性争取独立的副主题。十二年以后，一八八九年五月三日，易卜生在给卡米拉·科莱特的信中曾感激地向她表示，说她的"精神生活道路，以某种形式进入我的作品"，承认他所受她的影响。

除了卡米拉·科莱特，挪威第二位伟大的女权主义者阿斯塔·汉斯廷（1824—1908）也是易卜生的朋友。一八七四年易卜生从国外回国到克里斯蒂安尼即今日的首都奥斯陆时，她正在做有关女权问题的系列演讲，反对男人对妇女权利的侵犯，掀起一场强大的运动，对易卜生也有很大的影响。易卜生写作《社会支柱》时，剧中的女主人公，遭人抛弃、后来成为一位具有自由思想女子的楼纳·海斯尔小姐，就是以阿斯塔·汉斯廷作为原型来描写的。易卜生最初甚至想将这人物取名汉塞尔，只是为了避免被人直接联想到汉斯廷，才改为海斯尔。

这些影响启发和帮助了易卜生，使他从劳拉·基勒这么一个小女子的事情，联想到了挪威的整个大社会：

> 有两种道德律，两种良心，一种是适用于男人的，另一种相反，是适用于女人的，他们互不理解，但是在实际生活里，女人被用男性的戒律来裁判，好像她不是一个女人，而是一个男人。
>
> 在现代社会里，一个妇女难以生存。这是一个男性唯一的社会，法律是男人制定的，起诉人和法官也都从男性的立场来评定女性的行为。

易卜生就以劳拉·基勒为女主人公的原型，从一八七九年五月二日开始，至八月三日，先后在罗马和南方的滨海小镇阿马尔菲，写出了他的后来影响了一代人的"新作"《玩

阿斯塔·汉斯廷

偶之家》。

《玩偶之家》（潘家洵译文）的女主人公娜拉·海尔茂和现实生活里的劳拉·基勒，两者之间有许多相似之处。娜拉开始时与劳拉一样，过着自我感觉十分满意的家庭生活，她非常爱她的丈夫，把他看成是她的骑士，她一心一意都是为了他，经常为他耍把戏，当然她自己也以此为乐。她相信丈夫也非常爱她。他不是像喜欢"玩偶"一样地喜欢她吗？与劳拉一样，娜拉的丈夫也生了病，医生说，得去南方疗养。于是，娜拉也为他而偷偷伪造签名借来了钱，并救下了他的命。因为娜拉的丈夫海尔茂也像维克多·基勒一样，一提到借钱就会暴跳如雷，因而娜拉也像劳拉一样受到他的指责，说她是个"犯罪的人"，不能再把孩子交给她了，等等。特别是，读过这个剧本的人都会感觉得到，甚至娜拉在全剧中的情绪变化都与劳拉一样，从一只喜爱欢唱的"云雀"——"小鸟"，最后因受到虐待而变得"再也不能唱了"。

易卜生在剧中描写娜拉与海尔茂的冲突是在于，对娜拉来说，她的婚姻是建立在爱情上的，她对丈夫说："我只知道爱你，别的什么都不管。"她这爱情甚至强烈到使她敢于为她所爱的丈夫而不顾自己的一切。而在律师海尔茂看来，她这一切就是不可饶恕的欺骗和犯罪，会葬送他的前途，是对他的婚姻的亵渎，"真是可恶极了"。这是两种道德律的冲突。

但是，娜拉又绝不同于劳拉。易卜生的终生挚友、丹麦大批评家格奥尔格·勃兰兑斯在德累斯顿做有关从博马舍到小仲马的法国戏剧发展的系列讲座时，特别谈到金钱与道德的关系。在谈到法国剧作家们认为在决定人的命运上金钱起了重要的作用时,勃兰兑斯预示并描述,一类新型的女性行将取代传统的浪漫主义女主人公,"这年轻的女孩子不再对生活和世界幼稚无知。她处事冷静、镇定,且不轻信。她不委身于追求她的第一个男人。纵使青年时代就要结束,她也有她自己的个性。她有男人的意志、男人的严肃性和男人的决断力"。那段时间,勃兰兑斯与易卜生谈得很多,他的这些见解对易卜生创作《社会支柱》和《玩偶之家》都有很大的启示。《玩偶之家》中的娜拉与原型人物劳拉之间的最大不同就在于她是一个有思想的女性,她不但不回到丈夫身边去,更不会像劳拉那样去乞求丈夫收留她;甚至在危机过去,海尔茂接受妻子的责难,表示自己要"重新再做人"之后,娜拉也不肯迁就。因为她看透了这个男人。这个人,就在得知妻子"犯罪"之前,也还曾宣称,说自己经常希望会有什么危险威胁着她,以便使他有机会可以牺牲自己的一切去救她,可在真正的危险出现之后,他一下子就变了脸,粗暴地斥责和咒骂妻子,暴露出与娜拉相反的极端自私的本性。这是最为娜拉这个新女性所不齿的,使她感到无法再与这样的人一起共同生活下去了。——娜拉离开这个"玩偶之家"时"砰"的一响关门的声音,直到今天都一直在全世界回响。

　　《玩偶之家》一八七九年十二月四日在哥本哈根出版,首印八千册,是易卜生所有作品中初版印数最高的。一个月内全部售完后,一八八〇年一月又印了三千册,三月八日再印了两千五百册。这在斯堪的纳维亚也是没有先例的。如今,全世界多数国家都出版或演出过这部剧作了。此剧如此的受欢迎,是在于如剧作家的挪威传记作者哈夫旦·考特说的,它"像一颗炸弹投进了当代的生活……给公众的社会道德宣判了死刑"。作为一位剧作家,易卜生由于他的高超的写作技巧,敏锐的心理洞察力,以及在作品中象征主义的运用,散文戏剧中伤感诗情的流露等等,对发展和丰富整个散文戏剧做出了巨大的贡献,在戏剧史上赢得了极高的地位,被公认是现代欧洲戏剧的先驱之一;还因为他的《玩偶之家》在人类发展史上所起的积极作用,使他被尊为是现今"妇女解放"的先驱。这可是很多剧作家或者文学家所难以企及的殊荣。

The Merchant of Venice

《威尼斯商人》

对犹太人的同情和偏见

度过漫长黑暗的中世纪之后，文艺复兴时代的欧洲露出了人文主义的灿烂曙光。"以人为本"观念的建立，使人的自然天性不再受到压抑，希求尘世的欢乐和幸福也被看成是自然而然的事情；男女之间的爱情更是得到了赞美，甚至被认为是人的最高尚的情感。在英国作家中，这种人文主义的新思想最早是反映在杰弗雷·乔叟的《坎特伯雷故事》中，而"文艺复兴之子"，伟大的诗人和戏剧家威廉·莎士比亚（1564—1616）的作品则最充分地体现出了这种精神。如他在一五九五到一六○二年间所写的几个喜剧，《罗密欧与朱丽叶》《仲夏夜之梦》《无事生非》《皆大欢喜》《第十二夜》等，主题都可以用古罗马诗人维吉尔的一句名言："爱情征服一切"来概括。写于一五九六至一五九七年的《威尼斯商人》也是爱情的颂歌。

威尼斯商人安东尼奥为了帮助朋友巴萨尼奥成婚，向犹太富翁、高利贷者夏洛克转借三千元现金。夏洛克假意不收利息，但约定若到期不还本金，得从借贷人身上割下一

莎士比亚

磅肉。期限到了，安东尼奥由于货船未归，无法归还这笔债款。于是夏洛克坚持按约办事。这时，巴萨尼奥的未婚妻鲍西娅假扮律师出庭，声称也得严格按约，不可多割、少割，更不可导致契约中所没有的流血和伤及安东尼奥的生命，使夏洛克的阴险用心无法实施。

《威尼斯商人》中的这个基本情节据说来源于十四世纪意大利作家乔万尼·菲奥伦蒂诺的小说《傻瓜》。这篇小说描写一位威尼斯的青年人虽倾其所有，仍不能得到一位富有郡主的爱情。后在他的教父的帮助下，向一犹太人借了钱，才得以如愿，并由郡主出面，制服了这个犹太人。

看得出来，莎士比亚完全改变了菲奥伦蒂诺原本的故事，而以他的人文主义理想贯串全剧。这理想主要体现在安东尼奥为了爱和友谊，不惜以自己的全部财产、甚至生命来冒险；这爱又反过来，使他的商船得以归航，获得了爱的奖赏。巴萨尼奥和鲍西娅"选择不凭着外表"，不为"表面的装饰所欺骗"，使他们的纯真的爱情比黄金具有更高的内在价值。在夏洛克的身上，莎士比亚则以他对犹太民族千百年来所受屈辱的身世寄予的同情显示出他的人文主义精神。不过，在这部剧作中，也可以看出当时欧洲人对犹太人普遍所存在的偏见给予莎士比亚的影响。

犹太是一个长期遭受苦难的民族。早在公元前五九七年，巴比伦王尼布甲尼撒二世就曾举兵征服犹太王国，摧毁它的都城耶路撒冷，将国王约雅斤掳到巴比伦，大批犹太人同时沦为"巴比伦的囚徒"。随后，公元前一六七年，公元前一三五或前一三四年，叙利亚塞琉西王国的国王安条克四世、安条克七世，也都曾兴兵对犹太人大加讨伐，摧毁了他们重建起来的耶路撒冷。公元十一、十二世纪，"十字军"几次军事远征，甚至公开宣称，他们的目的就是要征讨一切与上帝为敌的人，"首先是犹太人，一个在与上帝为敌方面超过任何其他民族的民族"，使千万无辜的犹太人倒在他们的刀剑底下……历史记载，在这样的一类反犹、排犹事件中，甚至连与犹太人毫无牵连的事，也都可以被当成是他们的罪过，要以牺牲成千上万犹太人的生命作为代价。至于平时犹太人遭受侮辱、损害的事，就更多了。

说犹太人"与上帝为敌"，是由于《圣经》四福音书记载：耶稣被犹大出卖后，被送交罗马驻犹太总督本丢·彼拉多。在最后的审讯中，据说原来"彼拉多想要释放耶稣。无奈犹太人喊着说，你若释放这个人，就不是该撒的忠臣"。并且不断喊叫，对耶稣，要"除掉他，钉他在十字架上。……于是，彼拉多将耶稣交给他们去钉十字架"。这就把耶稣的死完全归罪于犹太人，彼拉多则被看成是被迫才不得不这样做的。另外，《圣经·新约·启示录》还写到，说耶稣曾对他最信赖的使徒之一约翰说："……那些自称是犹太人……其实他们不是犹太人，乃是撒旦一伙的人。"这些记载都为了说明，犹太人不仅是一手造成主耶稣死的罪魁祸首，还是一些与魔鬼撒旦有联系的民族。

其实，于公元前一二〇〇至公元前一〇〇年犹太人用希伯来文写成的"旧约"《圣经》，与基督教后来添加上的"新约"《圣经》，内容是不完全相同，有的还是很不相同的。对犹太人的这种描述，完全是由于基督教和犹太教两个教派之间发生争执而出现的偏见形成的。但是，《圣经》作为基督教的经典，是人类历史上最有影响的一部书，《圣经》里的记述和论述，在很多读者，特别是基督教徒看来，都是曾经出现过的历史事实和必须严加恪守的宗教规范。因此，根据《圣经》，说犹太人是"敌基督者"、与魔鬼有联盟的偏见，在基督教世界就深入人心，造成千百年来几乎整个西方社会对犹太人无比仇视的态度。不但平时嘲笑、殴打犹太人的事件层出不穷，讽刺、挖苦犹太人的歌谣、诗篇屡有所见，在舞台上，犹太人也总是一个反面角色。克里斯托弗·马洛的《马耳他

《威尼斯商人》插图

岛的犹太人》（1590）里的那个犹太商人巴拉巴斯就是一个被财富湮没了人性，因而贪婪成性、毒死女儿、害死妻子，最后自取毁灭的人。

莎士比亚的《威尼斯商人》是在一位犹太医生在围观群众反犹狂潮中屈死刑场之后不久写成的。

罗德里戈·洛佩兹（约1525—1594）是一位葡萄牙籍的犹太人，早年被宗教法庭逐出本国，于伊丽莎白一世为王初期来英国伦敦开业行医。业务的成功使他后来成为著名的圣巴塞洛缪医院的一位内科医生，甚至一些上层人士，例如女皇的首席秘书法朗西斯·沃尔幸尼姆，都来请他治病；最后他竟然达到医生行业的最高地位——女皇的首席医官。

洛佩兹进了宫廷之后，被沃尔幸尼姆看中，把他当成自己领导的特务工作的可靠引线，让他往返于伦敦与葡萄牙、西班牙之间的伊比利亚半岛两地，向在那边从事秘密工作的英国间谍传递情报。沃尔幸尼姆于一五九〇年去世后，女皇的宠臣和情人，侍从长埃塞克斯伯爵接替他的工作。埃塞克斯原来是希望把从洛佩兹那里得来的情报作为向女皇献媚邀宠的礼物的，可是他一次次去御前禀报时，女皇都说，他所获得的这些所谓最新情报，她早就已经知道。埃塞克斯明白，是洛佩兹先他之前将情报直接奉献于女皇的。对于洛佩兹这种使他丢丑的做法，埃塞克斯感到非常气愤，决心要进行报复。

不久，机会终于来了。埃塞克斯官邸得到消息，有两个被捕的葡萄牙人，其中一个还是住在洛佩兹的屋子里的，不但从他们身上搜出的用隐语写的信件令人怀疑暗暗在干

《威尼斯商人》插图

着反对英国，甚至计划谋杀女皇的勾当，他们还承认和揭发，说洛佩兹多年来就一直受雇于与英国敌对的西班牙政府。于是，洛佩兹遭到了逮捕。可是在抄家时没有找到任何可疑的证据；女皇唯一的秘书和顾问伯利勋爵威廉·塞西尔、他的儿子罗伯特和埃塞克斯三人对洛佩兹进行审问时，他的回答也没有一丝破绽，完全令人满意。罗伯特急忙去向女皇报告，说他父亲和他本人都深信洛佩兹医生无罪。当埃塞克斯去禀报的时候，女皇立即连声责骂他，说她很了解这个可怜的人是无罪的。奇怪的是，这个案件并没有被撤销，洛佩兹仍旧被关押在埃塞克斯的官邸。而埃塞克斯，在受到羞辱后，决心要尽一切努力，证明是塞西尔父子的错，而不是他的错。

要达到这样的结果并不难。在酷刑下，另外两个葡萄牙人招出了完全合乎埃塞克斯旨意的供词，年已老迈的洛佩兹在好几个星期没完没了的盘问下，也已经筋疲力尽，甚至神志丧失，跟着便就如埃塞克斯之愿招供了。于是三人都按叛逆罪被判处死刑。女皇显然是有过犹豫和等待，但四个月后，她还是批准依法对这几个葡萄牙人执行死刑。

一五九四年六月的一个晴朗的日子，洛佩兹等三人被押至位于泰晤士河旁的泰朋刑场。仇恨犹太人的时代偏见使围观的大批群众义愤填膺，同时又喜悦而欢快。洛佩兹面对阳光下闪闪发亮的屠刀，颈上套上了绞索。他庄严地发誓，说自己像耶稣基督一样地爱女皇。可是没有等他说完，绞索已经把他高高吊起来了。随后是按惯例：对他的尸体去势、剖腹和肢解。

英国著名的传记作家利顿·斯特雷奇在研究了大量历史资料，包括西班牙的档案材料后，评论洛佩兹案件说："这是在以往时代的黑暗历史中，使人感到人类的公道正义只是一句空话的那种奇怪而丑恶的案件之一。"他分析洛佩兹的招供是由于他无法忍受垂暮之年富裕安逸生活中突然遭遇到的痛苦和折磨，在关押中又"不断地受到侮辱、纠缠和恫吓，一旦到了失去耐力的地步，他的头脑就完全变糊涂了"。史学家们相信，这一案件的处理，除了埃塞克斯出于私人的恩怨之外，群众对犹太人的偏见，也是因素之一。

莎士比亚未必了解这一案件的经过，对事件的背景，更不可能知道什么；甚至处决洛佩兹时，他大概也没有在场。但是尽管如此，伟大剧作家的传记作者——当代著名的英国小说家安东尼·伯吉斯说，莎士比亚并没有游离于事件之外，"他利用公众对犹太人的愤怒编织了一出戏，把一个犹太人写成坏蛋——不过，不是那种背信弃义的坏蛋，而是放高利贷的坏蛋"。

《威尼斯商人》里的夏洛克，对于他作为一个犹太人受欺凌的身世，现实主义剧作家莎士比亚在塑造他的人物形象时，自然不可能不有所表现。夏洛克有几段台词是异常悲怆感人的：

  安东尼奥先生，好多次您在交易所里骂我，说我盘剥取利，我总是忍气吞声，耸耸肩膀，没有跟您争辩，因为忍受迫害本来是我们民族的特色。您骂我异教徒，杀人的狗，把唾沫吐在我的犹太长袍上……吐在我的胡子上，用您的脚踢我，好像我是您门口的一条野狗一样……

  ……难道犹太人没有眼睛吗？难道犹太人没有五官四肢、没有知觉、没有感情、没有血气吗？他不是吃着同样的食物，同样的武器可以伤害他，同样的医药可以治疗他，冬天同样会冷，夏天同样会热，就像一个基督徒吗？……你们要是用刀剑刺我们，我们不是也会出血的吗？你们要是搔我们的痒，我们不是也会笑起来吗？你们要是用毒药谋害我们，我们不是也会死吗？那么要是你们欺侮了我们，我们难道

夏洛克和女儿杰西卡

不会复仇吗？（朱生豪译文）

听着舞台上夏洛克这样一段段悲痛的叙述，任何一个正直的人，都不可能不深受感动。对此，也是犹太人的德国诗人海因里希·海涅就是以真切的同情来理解和评述《威尼斯商人》中的夏洛克的"复仇"心态的。在海涅看来："《威尼斯商人》这个戏所描写的根本不是犹太教徒和基督教徒，而是压迫者和被压迫者，以及后者将骄横的虐待者所加诸他们的屈辱连本带利予以奉还时所发出的极端痛苦的欢呼。"就正是基于人类所共有的人道心理，十九世纪英国自由主义民主派批评家威廉·赫兹里特才说：实际上，夏洛克"所犯的罪过要比他遭受的凌辱小得多"。这正是人文主义的莎士比亚作品所产生的戏剧效果。但同是在表现夏洛克这个人物上，莎士比亚所受的时代偏见的影响也是十分明显的。

莎士比亚笔下的夏洛克，完全是一个由于对金钱的强烈占有欲望，甚至将他一个正常的人所具有的最原始的爱的情感都丧失了。一个典型的例子就是在他怀疑他出走的女儿偷走了他的钻石、珠宝时，他竟然会如此恶毒地咒骂自己的这个亲骨肉："我希望我的女儿死在我的脚下""就在我的脚下入土安葬……"他对安东尼奥的恨，起因也是在金钱的利害冲突上，因为"心肠最仁慈的"安东尼奥一次又一次都在别人借了夏洛克的高利贷、到时还不出来、弄得走投无路时，帮助了他们，解除了他们遭受这个犹太商人的盘剥和迫害。因此，安东尼奥就成了夏洛克的敌人，如夏洛克自己说的，"只要威尼斯

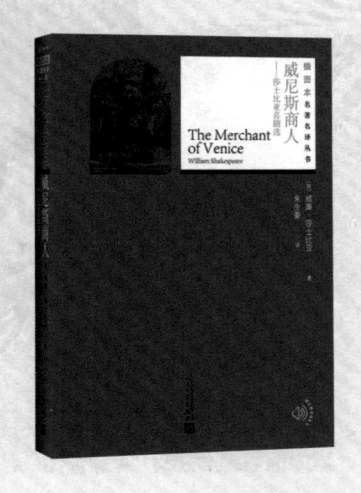

没有他，生意买卖全凭我一句话了"。他对安东尼奥的恨也已经到了灭绝人性的地步。不论威尼斯公爵、最有名望的士绅，还是其他几十位商人出面斡旋，"谁也不能叫他（夏洛克）回心转意，放弃他狠毒的控诉"。为了解除他的心头之恨，即使说付给他超过欠款二十倍的钱也不行，他就是要取安东尼奥身上的肉。因此，《威尼斯商人》中的这个犹太人，在众人眼中，不但是"一个不懂得怜悯、没有一丝慈悲心的不近人情的恶汉"，简直是合乎《圣经》中所说的，"是魔鬼的化身"，十足是"人世间一条最顽固的恶狗"。剧本第四幕第一场法庭上安东尼奥和巴萨尼奥的朋友葛莱西安诺有一段痛骂夏洛克的台词：

  万恶不赦的狗，看你死后不下地狱！让你这种东西活在世上，真是公道不生眼睛。……你的前生一定是一头豺狼，因为吃了人给人捉住吊死，它那凶恶的灵魂就从绞架上逃了出来，钻进你那老娘的腌臜的胎里，因为你的性情正像豺狼一样残暴贪婪。

正是这种情绪，如不少研究者所曾指出的，影响了洛佩兹事件：据说，当时很多群众就是这样咒骂那位犹太医生的。显然，莎士比亚也受了这种强烈的反犹情绪的影响，在将洛佩兹作为夏洛克的原型的同时，既表现了伟大剧作家的人文主义精神，也不可避免地打下了那个时代的反犹的烙印。

Villette

《维莱特》

"写一本书，奉献给我的老师你"

　　一个天才的作家，最不可缺少的就是激情。从这一方面看，十九世纪的女作家当中，最引人注目的，除了乔治·桑，就要算夏洛蒂·勃朗特了。同时代的作家和评论家乔治·亨利·刘易斯就曾这样谈到她的激情与她的天才创作的关系："她有一颗热情洋溢的心使她能感受，有一个才力雄厚的头脑使她能把感受凝练成形；这就是她之所以如此富于独创性，如此充满魅力的缘故。"

　　夏洛蒂·勃朗特兄妹六人，父亲是约克郡偏僻的霍渥斯教区的一位穷牧师，因此，他们只能在慈善学校度过他们的童年。母亲早就离开人世，不久，大姐、二姐亦相继病逝，后来弟弟也跟着去世，只剩下夏洛蒂、艾米莉、安妮三个人。"勃朗特姐妹"三人从小就显示出过人的才力，后来在文学史上都占有自己的地位；其中夏洛蒂·勃朗特（1816—1855）是最突出的一个。

　　一八三九年，夏洛蒂·勃朗特二十三岁，像她小说中的女主人公，长得并不漂亮。她个子较矮，体质也比较弱；她前额方正而宽大，有些凸突，嘴大大的。但是，她有一

夏洛蒂·勃朗特

双褐色的明亮的眼睛，表情十分丰富；说话声音悦耳，出言巧妙又用词得当。她的这种才华和气质，对男性是有吸引力的，这年就有她女友的哥哥和另一位青年教士向她求婚。不过，她都拒绝了，她没有想到结婚的事，她想的是与两个妹妹合办一所学校。一八四二年二月，她和艾米莉去比利时首都布鲁塞尔读书，为的就是要提高法语水平并学一点德语，以备以后工作之用。

埃热夫人的寄宿学校，位于布鲁塞尔的伊莎贝尔街，是埃热夫人在她丈夫康斯坦丁·乔治·罗曼·埃热（1809—1896）协助之下创办起来的，共有八十到一百个学生。学校的管理制度非常严格，但气氛很安宁，使两姐妹能认真学习。只是学生们都是天主教教徒，与这两位北爱尔兰新教徒的女儿的宗教习俗不同，感情上对她们有一些敌意，这是她们思想上所缺乏准备的。不过，有教她们法语和法国文学的老师康斯坦丁·埃热，这是最使夏洛蒂感到安慰的。据夏洛蒂·勃朗特和埃热先生的共同朋友盖斯凯尔夫人的了解，埃热先生"是个仁慈、聪明、善良和虔诚的人"。作为一个深沉、坦率、虔诚的教徒，一个有热情、有良心的人，埃热先生辞去原来所担任的位高薪丰的学监职务，来从事这一工作，不但认真负责，把白天和晚上都用在教学上，而且态度直率、可爱，口才也很好，语言又朴素易懂，使所有接近他的人都喜欢他，对他所教的知识都感兴趣。

经过一段时间的观察之后，埃热先生看出，根据勃朗特姐妹两人不平凡的性格和杰出的天赋，觉得自己不能用一般教英国姑娘学法语的方法教她们，而改用一种不同的方法。他与妻子商量之后，告诉这两个女孩子说，他打算放弃在语法、词汇等方面打基础的旧的那一套教学方法，而采用像教高年级法国或比利时学生的方法，引导她们读些最著名的法国作家的杰作。对老师的这个设想，艾米莉认为不会有什么好处，夏洛蒂则愿意一试。过了半年多，因为姨母去世，两姐妹回家奔丧，好久都未返校。这时，埃热先生给两位女学生的父亲勃朗特先生写了一封感人的长信。埃热先生在信中声言，我们不应向你隐瞒失去两位亲爱的学生后心中感到的伤心和不安，"因为这次突然的分离中断了我们对她们的几乎像父亲般的感情"。他接着说，现在，那么多的功课被打断，那么多的事情已经很好地开始，只要再过一年之后，任务就能圆满完成，两位令爱便能得到很好的结果，会具有从事教育工作的学识和技能。接着，埃热先生向勃朗特先生提出："如果你认为合适，我们可以向两位令爱，至少是一位，提供一个适合她兴趣的职位，这将给她获得独立的地位，对一个年轻人来说，这是很难得到的。"埃热先生还特地说道，"先生，请你相信，对我们来说，这里不是一个个人利益问题，而是感情上的问题。"对这信中提到的考虑，艾米莉仍是提不起劲，夏洛蒂则坦率地表示急于回去。

在夏洛蒂·勃朗特的意识中，她回布鲁塞尔只是为了报答埃热先生的热情关怀，也为以后的选择职业创造条件，这是她的主要动机。因而在回到伊莎贝尔街的学校之后，她便一心地投入学习，同时兼教学生的英语。除了埃热先生，她几乎不跟任何男士说话，即使跟他也说得很少。只是"经常有一种身处人群中的孤独感"，虽然埃热先生完全出于关心学生的纯洁动机，不时塞给她大批的书，使她能从阅读中获得一些愉快和乐趣。这使夏洛蒂对埃热先生始终怀有感恩之心。但没有多久，她就对自己认为的感恩之情开始产生怀疑了。

夏洛蒂发现，这次回来之后，学校里的气氛有了微妙的变化。埃热夫人不再像以前那样对待她了，尽管仍是彬彬有礼。夏洛蒂·勃朗特从她的眼睛中看不到友谊，而只有冷漠；她清楚意识到她们之间的关系在一天天疏远，这是为什么？她非常痛苦。但她微妙地想道："对于既无财产又无姿色的女人，若把结婚当作她们的愿望和希冀的主要目标，

康斯坦丁·埃热

和一切行动的指南，而不看看自己毫无吸引力可言，最好还是老老实实地去考虑其他事情，而不要考虑婚姻问题……"

她为什么会想到这个问题呢？显然是由于考虑到与埃热先生的关系。在这种情况下，她的健康甚至神志都有了一些下降，她的寂寞和消沉也有点到了歇斯底里的地步，以致明确地想道："上帝对我的考验即将到达高潮，必须用我自己的双手扭转过来。"

一天，夏洛蒂走出校门，信步街头，不觉来到圣居都尔教堂跟前，停了下来，一直在教堂前等到晚祷开始，仍不回去，又等到晚祷结束，还在那里待着，心中只是想到不能离开教堂，强迫自己回家。突然，她脑子里闪出一个念头，幻想自己变成一个天主教徒，要"去做一次真正的忏悔"；随后就进了教堂，"确确实实做了一次忏悔——真正的忏悔"。

她忏悔的内容是什么呢？她没有告诉朋友。人们猜测定是与对埃热先生的感情有关。她无疑是深深陷入了痛苦之中；到了十月，她感到自己再也忍受不下去了，就去找了埃热夫人，告诉她说自己准备返回英国。

夏洛蒂这样的考虑，无疑是要强迫自己离开这个激起她感情的地方。但是，不了解她心理的埃热先生，听说她的要求之后，就立刻把她叫去，以强硬的口气宣布不准她离去。于是，她只好答应再待一段时间，但她自己也不知道准备待多久。直到十二月，她父亲双目失明希望女儿回家，才使她做出决定，也使埃热夫妇尊重她的孝心不再反对，同意她走。埃热先生发给她一张盖有王家文学院印章的文凭，证明她精通法语，且有教授这门语言的能力。埃热先生对她所表现出来的感人的同情和临别的赠言,使她启程前的几天不住地流泪,心中非常的难受。她告诉一位好友说:"看到他那么伤心,我也深感伤心,因为他曾是那么真诚、亲切、无私的一位朋友。""我想,不管我活多久,我永远不会忘记和埃热先生分离给我造成的损失。"但是,实在说,即使在这个时候,夏洛蒂·勃朗特也还没有完全意识到她产生这种痛苦的真正原因是什么。

回家后,父亲的眼睛使夏洛蒂·勃朗特感到,再要离开家是完全不可能了;原来办学的理想,也因为地处偏僻,没有家长愿意把孩子送到这里来,而无法实现。在这几个月的离别中,她经历了一种奇妙的思想变化。她对埃热先生的感情增强了,埃热先生在她心目中的形象,比她刚离开布鲁塞尔时更为高大、更感亲切了。她意识到,不知怎的,此时她竟是怀着一种女性特有的心理在盼望埃热先生的来信,于是,她明白,她是爱上她的这位老师了。

满腔的激情就是夏洛蒂·勃朗特的全部个性,在任何方面都会表现出来。现在,她不想把自己的痛苦隐蔽起来了,她要给她所思念、所仰慕的人写信,写自己的生活、自己的情绪,甚至以一个女性的含蓄来写她对他的爱慕。在信里写了还不够,后来在创作小说《维莱特》的时候,又再一次地在书中倾吐了自己的这种情感。

……先生啊!我曾给你写过一封不大通情理的信,因为那时我心里难过;不过,以后我再不这样做了。我将努力做到不再自私;尽管我把收到你的信看成是最大的幸福,我仍将耐心等待,直到你乐意并认为是适宜给我写信的时候。同时,我还可以不时寄给你一封短信——你曾经授权我这样做的。……(谢素台译文)

这是写于一八四四年七月十四日,大概是夏洛蒂·勃朗特写给埃热先生的最早一封信中的话,流露出对埃热先生的不可遏制的真切、热烈的爱。这种情感,从得以留下来的四封中,随处可见,许多地方真使人深受感动:

《维莱特》插图

……我的老师，务请告诉我一点什么，随便什么都行。我知道，给一个前助理女教师写信，给一个老门生写信，对你来说不是一件十分有趣的事；对我来说，却是性命攸关呀。你上一封信支持着我——六个月的营养。现在我需要另一支柱，你会给我的；并非因你对我怀有友情——那不可能有多少——而是因你有同情心，你不会为了省去片刻的麻烦而让一个人延长痛苦。禁止我给你写信，拒绝回我的信，就是夺去我在世间唯一的快乐，剥夺我最后的特权——这特权是我永不会甘心放弃的。相信我吧，我的老师，给我写信，你就做了一件好事。只要我相信你对我怀有好感，只要我有希望得到你的消息，我就能安心，不会太悲伤。当长时间窒人的沉默使我感到有同老师疏远的危险时，当我一天天等待一封信又一天天失望，把我推向无法抵挡的忧伤时，当看到你的手迹、读到你的教诲的甜美喜悦幻影般从我眼前消逝时，热病就攫住了我，我食无味，寝无眠，憔悴消损。……

多么炽热的深情，是何等感人啊。夏洛蒂还坦率地承认，说她曾经试图把这一切都忘掉，因为怀念一个像埃热先生那样，她非常敬仰但又认为不复得见的人，实在是太令人神伤了。她甚至什么办法都尝试过，例如故意找一些事情来做什么的；她还竭力禁止自己能享受在谈到埃热先生时所感到的快乐——连对艾米莉也绝口不谈。但一切都没有用："我既没能消除遗憾心情，也没能制服急躁情绪。"

《维莱特》插图

夏洛蒂·勃朗特对埃热先生的情怀，可以说在每时每刻，任何一件大小事情上都表现了出来，仿佛她的生活就是以他为中心的。例如她说自己每天都学法语，从一本通俗的法语书里背诵半页，并喜欢学这门法语，就是因为"我坚信有一天还会再见到你。到那时，我希望不致在你面前变成一个哑巴——见到你却不能和你说话，那可太不幸了"。正是这种动力，这种感情，才使夏洛蒂·勃朗特能在"念着法语词汇时，我仿佛就在和你聊天"。

夏洛蒂·勃朗特对埃热先生的爱是很深的，但埃热先生显然对这种关系有所顾忌，因而不但在读过之后，把每封信都撕碎、扔进字纸篓里。在一八四五年十一月十八日的第四封信之后，他在给夏洛蒂回信时要求她来信改寄地址，不要再寄到埃热夫人的学校。从此时起，夏洛蒂就中断了给埃热先生写信。夏洛蒂完全明白她与埃热先生的感情交往至此该结束了，她对埃热先生的感情却无法消逝，这感情需要获得发泄。

夏洛蒂·勃朗特在至今所知的第一封信中就曾向埃热先生表示："先生，你可知道我要干什么？——我要写一本书，把它奉献给我的文学老师——我唯一的老师——奉献给你，先生。我常用法语告诉你，我是多么崇敬你，多么得益于你的好意，你的指导……"在此以后，夏洛蒂虽然先后写出了《教师》《简·爱》《雪莉》，并从中获得过创作的愉快，但是表现自己在布鲁塞尔的生活和自己对埃热先生的感情的愿望仍留在她的心中，始终未曾消失过。一八五一年四月，在拒绝了史密斯-埃尔德公司的编辑詹姆斯·泰勒的求婚后，她的这个想法又重新出现，而且更加强烈了。于是，夏洛蒂从

夏洛蒂给埃热信的一页

秋天起开始创作这部小说，并于一八五三年以《维莱特》之名出版，仍然像以前那样，作者的署名是"柯勒·贝尔"。

《维莱特》以虚构的地名作为书名，这"维莱特"就是布鲁塞尔，写的是她自己在布鲁塞尔的生活，如《旁观者》杂志在此书出版的同年评论说的："柯勒·贝尔可以把她的新作称为'布鲁塞尔某女校一位教师的生活片段自述'。"

在这部小说里，女主人公露西·斯诺是女作家本人的化身，而男主人公保罗·卡尔·达维德·埃马纽埃尔即以埃热先生——康斯坦丁·乔治·罗曼·埃热，也具有四节的姓名——为原型。夏洛蒂·勃朗特是以热烈的情怀来写露西也就是她自己对保罗也就是对埃热的深情的，这关系使人想起《简·爱》中的简·爱与罗切斯特和《雪莉》中的雪莉与路易·穆尔。文学老师保罗被评论家称为"是优秀的品质和令人不悦的品质、慷慨的天性和猥琐的天性的一种最奇特却又最真实的混合物"。他脾气特别，性格暴躁，容易激动，"然而他却具有'天上的黎明'那样的明慧"。他曾经与露西发生争执，但最后两两相知，还可以说是相爱，虽然更大程度是精神上的。"保罗先生遵守诺言"一章描写两人之间的感情表达是非常感人的。保罗问露西，如果她是他的妹妹，她和像他这样的哥哥在一起，是不是会永远很满意。露西说，她相信是会的，而且已经感受到了。他又问：如果他离开维莱特城，去了海外的远方，她是不是会很难过；等他待了三年、五年再回来时，她是不是还欢迎他。露西开始时沉默不语，最后说："先生，在这段空隙我可怎么过呀？"说过后就"泪流满面"了……保罗也觉得："像我这样一个没有姐妹的孤独的人，在一位女子的心中得到姐妹般的纯洁感情"，感到无比的高兴。只是，与埃热先生一样，保罗还是有点像爱小妹妹那么地爱露西的。但是在他与她做伴，跟她一起散步，拉住她的手时，让露西"由于他的触摸、他的言语，一种新鲜的感情和奇异的思想自然形成了发展的趋势"。她不由得想道："莫非他能变得比朋友或兄弟更亲近吗？难道他的神态表达了超出和睦友爱的情谊吗？"但就是这种感情，也遭到了破坏。小说的结局是保罗冲破阻力，与露西最后道别，向她表示："露西，接受我的爱情。有朝一日和我共同生活。做我最亲的人，首先在人间。"并为她安排了她可以作为校长实现他愿望的"女子走读学校"。虽然露西说保罗在海外的三年是她"一生中最幸福的三年"，但作者交代保罗归航之时，描写了七天的狂风暴雨，最后只以"在这里停下吧……千万不要使心境宁静、心地善良的人儿忧虑吧……让他们想象从巨大恐惧中重新又产生欢乐……让他们想象结婚和随后的幸福生活吧"来作为小说的结束。只是这样的一个奇特的结尾，使包括乔治·桑在内的很多人感到不能满足。不过，只要想一想，既然夏洛蒂·勃朗特自己也得不到埃热先生的爱，她对远去的保罗先生还有什么信心呢？能"让他们想象"这样的未来，已经是迁就读者的团圆心理了。看来，夏洛蒂的心始终是忧郁不悦的。一八五四年与在她父亲教区工作的牧师亚瑟·贝尔·尼科尔斯的婚姻是否幸福？谁也不知道，反正第二年她就因怀孕和感冒最后损坏了健康，只活到三十九岁就去世了。

La Nouvelle Héloïse

《新爱洛伊丝》

"给爱的欲望以出路"

具有两千年文明历史的巴黎，在十八世纪就已经是一个花都似的繁华城市了。但对于在那里待过十五年的让－雅克·卢梭（1712—1778）来说，所深深感受到的只是"这个大都市的邪恶"，对它不仅早已厌倦，甚至感到愤怒。因此，当他能于一七五六年四月九日，携同与他同居的戴莱斯·勒·瓦瑟和女儿一起，住进他的音乐家朋友和保护人埃皮奈夫人送他的位于蒙莫朗西森林附近的那所别致的小房子时，他是多么愉快啊。同在这个月，法国另一位大作家伏尔泰在离瑞士边境不远的费尔奈也购置了房产，说是过闲居生活。但他除了写作，还接待各方面的知名人士，所以他把自己这住处称为"乐园"。卢梭给他这住处取的名却是"隐庐"，因为与公众和世俗告别，渴望和退隐到自然界去，是卢梭天性的要求。因此不难理解，他为什么会声称："只是从这一天起，我才开始生活。"

钟表匠的儿子卢梭，母亲早逝，父亲因与人发生争吵，担心招致法律纠纷，被迫流

卢梭像

亡他乡。卢梭生性羞怯，耽于梦想，喜爱游荡，满足于懒散的平静生活，除了喜欢听些浪漫的色情的音乐之外，别无他求。一七二八年见到华伦夫人（1699—1762），立刻就迷上她了，两人在一起度过了三个醉人的夏天。在这个女人身上，说是他找到了异性的爱，不如说是找到他所失去的母爱。以后他还遇到过几个女人，并于一七五四年起，与其中的一个——年轻的女仆戴莱斯同居。这些女性显然不能在感情上满足卢梭。实际上，隐退"隐庐"这年，卢梭还不过只有四十四岁，但他觉得自己就要跨进衰老之门，"恋爱的时节已经过去"。他的心却仍然是那么地充溢着青春的活力。于是，他就把自己投入幻想之乡，"跑进一个理想世界里去培养我的狂热"——沉入创作的"白日梦"中。他把心中两个偶像——爱情和友谊想象成为最动人的形象，一个叫于丽，一个叫格兰尔；以自己一向所崇拜的女性所具有的一切风姿装饰她们，并赋予她们两个相似而又不同的性格：一个棕发，另一个金发；一个活泼，另一个温柔；一个明智，另一个软弱，却软弱得那么的动人；她们的面容都不算完美，但很合乎作者的心，且以其仁慈多情而更显得容光焕发……卢梭又为这两个女人中的一个创造出一个情人，而另一个女人则是这情人的温柔多情的朋友。读者不难猜测，那金发女子便是乌德托夫人，而情人正是卢梭自己。

六月里的一天，正当卢梭在清凉的丛林中耽于梦幻的时候，这位金发的乌德托夫人来看他了。乌德托伯爵夫人，伊丽莎白-索菲·德·拉·利夫·德·贝尔加尔德（1730—

《新爱洛伊丝》插图

1813）是已故包税人贝尔加尔德先生的女儿，埃皮奈先生的妹妹。她十八岁时勉强嫁给了喜欢赌博、待人很不亲切的军人乌德托伯爵。她从来就没有爱过他，她爱的是卢梭的朋友、诗人让－弗朗索瓦·德·圣朗拜尔，他比她大十四岁，两人相恋持续了五十年之久。她觉得他聪明、富有才华，且极具品德，简直是没有什么缺点了。卢梭在索菲尚未出嫁之前就认识她，她结婚后，在她的嫂子家和宴会上也见过她，曾多次与她一起，相处多日，两人感情非常融洽。索菲不止一次邀请甚至敦促卢梭去看她，但卢梭都未得能去。

乌德托夫人这次是秉承她的情人圣朗拜尔的旨意来看他的老朋友卢梭的，因为作为一名近卫队军官，他要去服役，便拜托卢梭与她交往，以便代为照顾。第二年，乌德托夫人又来拜访，并在离卢梭住处大约一里路的蒙莫朗西的幽谷租了一座漂亮的房子住下，这为她和卢梭两人此后四个月的互访创造了便利的条件。

乌德托夫人快三十岁了，算不得漂亮，脸上有雀斑，有人说是麻子，皮肤也不细嫩，眼睛有点近视，眼型又太圆。但她显得年轻，禀性自然而隽雅，性格活泼且温柔，举止富有风韵；还多才多艺，会弹钢琴、会跳舞，又会写诗；她待人非常热情，谈吐轻巧而有韵致，妙语连珠，讨人喜爱，却不失分寸；特别是她心地善良，从不在人的背后说别人的坏话……可以说，一切的优点和美德，在乌德托夫人的身上都具备和兼有了。

自从乌德托夫人第一次拜访、第二年又来过第二次之后，卢梭就被一种狂热的情绪紧紧抓住了，使他无法自控，无法摆脱。他原来就一直陶醉在热烈的爱情梦想之中，只

《新爱洛伊丝》插图

是苦于没有对象。现在，面对乌德托夫人这么一位完美的可爱的女子，他这梦想中的爱情对象就落到了她的身上。当乌德托夫人第二次来访离开后，卢梭再想重新思考塑造他想象中的朱丽时，他吃惊地发现，他说"我想来想去，都只能想到乌德托夫人"，先是"在乌德托夫人身上看到了我的朱丽，不久，我就只看到乌德托夫人了"。不错，卢梭已经深深地爱上乌德托夫人了。

当乌德托夫人第三次来到他家的时候，卢梭由于爱的关系，看到她就激动得发抖；同时他又有点儿不好意思，连头也不敢抬起来。不过最后，他决定向她承认自己这一爱的感情。乌德托夫人对卢梭始终表现得极为温存，给他最亲切的友谊，但丝毫也不迎合他的痴情。她考虑得非常谨慎而周到，因为她是秉承她的情人圣朗拜尔的旨意来看卢梭的，她就不能因为卢梭向她表达了她所不能接受、也无法回报的爱情，便突然事先不跟圣朗拜尔说明原因就与卢梭疏远，因为这样就可能会导致这两个男人之间友谊的破裂。乌德托夫人怜悯卢梭的情感，表示要努力医好他这种痴情。她告诉他，等到他将来有一天变得理智了，她和他还有她的情人三人之间会构成一种亲密而甜美的关系。她又不断地提醒卢梭保持理智，不要丧失自己作为她情人挚友的身份。

在乌德托夫人的真诚感召下，卢梭希望自己能克制自己的情感。他多方面地从原则、操守、友谊、不义、可耻等理性上来衡量和要求自己；还特别考虑，自己年纪已经不轻，心中竟然还燃烧起这种最荒唐的热情，已经很不应该，何况对方早就心有所钟，不可能对自己的爱有所回报，而且不给他留下一丝希望，这不是太可笑了吗？但对他这颗热烈的心，这一切又有什么用呢？卢梭只有在这心灵的冲突中，度过一天比一天痛苦而难堪的时日。

后来，乌德托夫人又来看望卢梭好多次，卢梭也常去她的住处回访，他们经常在迷人的景色中长时间地散步和交谈。但不管卢梭如何爱她，如何向她表白自己对她的爱慕，乌德托夫人总是十分自持。在这段时间里，卢梭说："凡是最缠绵的友谊所能给予的，她都不予拒绝。任何足以使她失足的事，她都绝不放松。并且我很惭愧地看到，每逢她稍微给我一点好处就把我的感官烧得炽热难熬，而这种炽热在她的感官上却引不起半点火花。"因此，尽管这两位异性朋友相处得无比的亲密，双方都能把自己限制在"我们始终不曾逾越的那个范围内"。

一天晚上，卢梭和乌德托夫人面对面地用过晚餐之后，就到花园里，在美丽的月色下散步。花园的深处有一片很大的树林，树丛间还点缀着瀑布，他们两人坐在一片细草地上，卢梭在乌德托夫人的膝上流了多少令人心碎的眼泪啊，又一次向她表示了爱情。乌德托夫人完全了解他的真情，也情不自禁地流了很多眼泪。但最后，在一阵不由自主的激动之中，乌德托夫人像是一下子从梦中惊醒过来似的，大声地对卢梭说："不，从来没有像你这样可爱的人，从来没有一个情人像你这样爱过！可是，你的朋友圣朗拜尔在叫着我们，我的心是不能爱两次的。"卢梭听了，一声长叹，不说话了。他拥抱住她，不住地吻她。

卢梭和乌德托夫人经常并肩散步的那片园林，与埃皮奈夫人的房子正好相对，因此，他们之间的密切关系不免就被埃皮奈夫人发觉了。她以愤恨的目光从窗口窥视他们，心中明白了一切，却装作什么也没有看见，什么也不怀疑，反而对卢梭更加体贴和照顾，同时却以鄙视的态度来欺压乌德托夫人。有一天，卢梭去看乌德托夫人的时候，见乌德托夫人愁眉苦脸的，心事重重，并且看得出，她显然已经哭过。这使卢梭感到非常不安，便忍不住问她是怎么回事。这时，乌德托夫人才叹了口气跟他说，有人把他们的情况告诉圣朗拜尔了，可是说的并不是实际的情形；虽然圣朗拜尔对此有点不高兴，但他倒尚能体察，只是他有些话藏在心里不肯说。乌德托夫人又说，她和卢梭的关系本来就是她的情人促成的，而且她一直都没有瞒过他，"我只是向他瞒住了你那糊涂的爱情，我原是想医好你这爱情的。……有人陷害我们，冤枉了我；不过，管它呢，要么我们从此一刀两断，要么你就老老实实的，该怎么就怎么。我不愿再有一点事瞒住我的情人了"。

卢梭怀疑这是埃皮奈夫人干的，经过调查，确信是她之后，于是与埃皮奈夫人发生了争论，最后，在接到埃皮奈夫人的那封暗示绝交和搬离的短柬后，卢梭于一七五七年十二月，不顾寒冷离开了埃皮奈夫人提供给他的"隐庐"。

大约在一一一八年，法国巴黎圣母院的一名叫富尔贝尔的教士，委托道德哲学家和神学家彼得·阿伯拉尔（1079—1142）教育他的侄女爱洛伊丝（1090？—1164）。可是在阿伯拉尔和爱洛伊丝接触之后，师生间产生了热烈的爱情，并且生下一个孩子，最后还秘密结了婚。富尔贝尔和爱洛伊丝的其他亲属一怒之下，使人殴打并阉割了阿伯拉尔，制造了悲剧。最后，阿伯拉尔入圣丹尼隐修院做了一名修士，爱洛伊丝也进阿尔让特女隐修院做了一名修女。卢梭出版于一七六一年的小说，由一百六十五封书信和若干短柬组成的《新爱洛伊丝》，表现的与十二世纪这一震撼人心的事件有些类似，却又有很大不同。

原名《于丽，或新爱洛伊丝》的《新爱洛伊丝》（伊信译文）这部作品，它的主要人物和事件，可以用作者卢梭在"第二篇序言"里的话来概括："一个少女违背了自己爱好的道德，又因为害怕犯更大的罪行而迷途知返；一个太随和的女友，由于自己心地过分仁厚而后来受到惩罚；一个诚实和敏感的年轻人，充满弱点和善于辞令；一个贵族老头儿，固执着门庭观念，为迎合舆论而宁愿牺牲一切；一个慷慨和勇敢的英国人，由于聪明而总是很热情，总是冒失地进行思考。"

卢梭在他晚年自信"完全依照本来面目和全部事实描绘出来"，但实际上可能有所夸张的《忏悔录》中在谈到《新爱洛伊丝》的创作时曾经这样说，他写这部小说，不但

名画:《爱洛伊丝和阿伯拉尔》

是要把虚构所提供给他的某些情节写到纸上去,同时又"一面回忆我少年时代所感到的一切,一面又给过去未能满足而现在仍然侵蚀着我的心的那种爱的欲望以出路"。这是卢梭创作这部小说的动机,但其深远影响远远超过他原来之所想,是作者所没有料到的。

《新爱洛伊丝》描写贵族少女于丽·岱当惹,情不自禁地爱上了年轻的家庭教师、平民知识分子圣普乐。但于丽的父亲是一个封建等级观念极深的人,他坚决反对这一对情人的结合。于丽原来听从自己的心声,委身于圣普乐,但后来在父亲的坚持下,嫁给了门庭相当的中年男子德·伏尔玛尔。圣普乐不得不在离开于丽以后,去周游各地。经过长期的别离,他又去探访幽居在秀丽大自然中的伏尔玛尔的小家庭。于丽结婚之后,曾向丈夫吐露过自己原来与圣普乐的关系,但伏尔玛尔相信她现在已经成为贤妻良母,为表示对她的信任,他把圣普乐接到家中来住。这样,这对旧情未断的情侣在朝夕相处之中只好竭力压制自己内心的情感,因而觉得万分的痛苦。解救他们痛苦的是于丽的病逝。于丽死前遗书圣普乐,说自己已以生命为代价,终于换得了能够爱他的权利。

虽然从故事来说,《新爱洛伊丝》与阿伯拉尔和爱洛伊丝的事有某些相似之处,但是作为一部小说,它的特点是非常明显而且是有其时代意义的。

在创作《新爱洛伊丝》的前一年,卢梭写出了论著《论人类不平等的起源和基础》。在这部把原始社会作为黄金时代来加以描绘,尽情歌颂自然状态的论著中,卢梭指出,人类曾经有过一个事实上是平等的时代,在这个时代里,人们彼此独立地生活,虽然有

阿伯拉尔接受爱洛伊丝入修道院

爱、友谊和歌舞的欢乐，也有恨、妒忌和战争的痛苦，但是人性本善，野蛮人在吃过饭之后与自然万物和平相处，跟所有族类友好不争。不平等是私有财产出现之后传统认可的特权造成的，只需抛弃文明，就可消除不平等的一切祸害。卢梭的这种思想在《新爱洛伊丝》中得到了形象而生动的体现。

在卢梭之前的法国古典主义时期，现实和文学都一致认为，一切高尚、细腻的感情都是文明的产物，两性之间的爱情更是如此；要达到相当程度的文明，才会产生爱情。基于这样的理论，人们相信，给爱情蒙上一层面纱，可以使它变得高尚，越是能用含蓄、婉转的言辞包装爱情，这爱情就越是细致、高尚。卢梭的这部小说一反这一当时公认的理论，而竭力表现自然的爱情。卢梭认为，自然的爱情，即处于自然状态下的一种猛烈的、不可抗拒的感情，是最真实的爱情；以往的一些文学作品中描写一个恋人在吻他所爱女子的手套尖时也不忘保持优美的姿态，这在他看来是最不自然也是非常可笑的。读《新爱洛伊丝》的时候，人们都会发现，于丽是贵族家庭的少女，圣普乐却是平民，一个穷教师，他们的爱情就完全不受私有制度下的社会地位的约束，是最自然也最真实的爱情；而且不论于丽这个贵族少女，还是富有骑士风度的圣普乐，处在自然的爱情之中，两人的感情都像一团熊熊爆发的烈火。小说写于丽由表姐陪着在克拉朗小树林里与圣普乐幽会的初吻时，圣普乐说：

我不知怎么搞的，当我感到……一阵甜蜜的战栗……你那玫瑰般的嘴巴……于丽的嘴巴……落在……贴在我的嘴巴上，我的身子给紧搂在你的臂弯里了？不，天上的火也没有比抱吻我那会儿的火更热烈和更迅猛了。在这神妙的接触之下我身体的所有各部分都集合在一起了。火随着我们灼热的嘴里的叹息一同喷发，我的心在幸福的重压下濒于死灭……这时，我突然看见你脸色煞白，你美丽的眼睛闭合起来，你倚在你表姐身上一下子昏倒了……

和以往的作品通常都将这种幽会安排在闺房绣阁不同，小树林里的接吻表明主人公根本不顾地点、自己的身份和这身份所要求的所谓"品质"和"美德"。这样，卢梭就在他的文学创作中，第一次以"善感性"或"善感性崇拜"，和以审美的标准来代替功利的标准，为浪漫主义树立了榜样，使自己在文学史上获得了法国甚至西方浪漫主义先驱的地位。卢梭的这种表现手法，对后来的法国浪漫主义作家如弗朗索瓦·勒奈·德·夏多布里昂、阿尔封斯·德·拉马丁、斯塔尔夫人、乔治·桑等，都有很大的影响。继承卢梭的思想，浪漫主义作家在他们的作品中非常重视表现主人公的善感性，这种善感性的特点就是，竭力赞赏强烈的爱情，不管是哪一类的，也不管它可能会产生怎样的严重后果。

Pursue Pleasure

《寻欢作乐》

重温一段最美好的爱情

一九二八年一月十一日晚九点零五分，英国最杰出的乡土小说家和诗人托马斯·哈代因心脏病而去世。葬礼十分隆重壮观，扶棺的人中包括斯坦利·鲍德温首相和次年第二次出任首相的拉姆齐·麦克唐纳，名作家萧伯纳、约翰·高尔斯华绥、名诗人鲁德亚德·吉卜林，还有剑桥大学马格达林学院院长A.B.拉姆齐，牛津大学女王学院副院长E.M.沃克等政界、学术界、文学界的名人精英。这件事给著名小说家和剧作家威廉·萨默塞特·毛姆（1874—1965）以创作的启示。这是因为有一段题材本来已经在他的心中沉积了很长时间，现在又使他想起了它。在后来的一则笔记中，毛姆这样写到他的构思：

> 我被要求去写一篇对一位著名小说家、我童年时代的朋友的回忆。他与一个俗气又非常不忠于他的妻子住在W（惠斯特博）。他在那里写他的伟大作品。后来，

威廉·萨默塞特·毛姆

他与他的秘书结婚了,她细心守护着他,使他成为一位人才。我奇怪,即使到他高龄之时,他是否仍旧不愿听从被迫成为一名不朽人物。

根据这一构思的书后来写成了。毛姆从威廉·莎士比亚著名喜剧《第十二夜》中的一句台词里为小说取用了一个书名,叫《寻欢作乐》。在该剧第二幕第二场,奥丽维娅的叔父托比·培尔爵士揶揄管家——外表像是正人君子、灵魂里却卑鄙丑恶的马伏里奥说:"你难道认为,只因你品行高尚,别人也便不能寻欢作乐了吗?"毛姆以"寻欢作乐"这几个字来概括小说中的主要人物、特别是女主人公的生活方式:不管别人怎么说,她自有自己的准则。

《寻欢作乐》的主要情节大致是这样的。

当故事叙述者、年轻的外科医师威利·阿申顿还是一个小孩子住在布莱克斯特博的时候,就认识了作家爱德华·德里费尔德和他的第一任妻子露西,后来到伦敦后也不时见到他们。阿尔罗伊·基尔是阿申顿的朋友,他正接受作家第二任妻子之请为德里费尔德写传记;于是就要求阿申顿回忆德里费尔德的事。阿申顿陆陆续续介绍了作家的一些情况,也谈到他前妻早年的种种艳史。

美貌异常的露西·甘恩年轻时沦落风尘,当过酒吧间的女招待,处境跟妓女差不多。为了摆脱这种生活,她便委身于真挚热情的德里费尔德,但心中仍然忘不了以前的情人、煤铺老板乔治·肯普。数年后,德里费尔德名声大振,被推崇为当代最伟大的小说家。

但露西并不看重他的文名,她仍寄情于他人,跟阿申顿等私通,甚至跟破了产的乔治私奔。德里费尔德后来虽然与露西离了婚,而且另有新欢,却始终不能忘情于她,常去她工作过的酒吧抒发他的怀念之情。可是这种怀念也只能更加激起他的愁闷情绪,最后终于抑郁而死。

《寻欢作乐》在一九三〇年发表后引起极大的反响。伦敦整个文艺界的全部话题谈的都是此书中几个主要人物的原型。人们断定,作品中的男主人公是以哈代为原型的,他的第二位夫人也是以哈代的第二夫人弗洛伦斯·达格代尔为原型的。他们还相信,小说的故事情节是作家德斯蒙德·麦卡锡告诉作者的,麦卡锡上中学时住在一幢乡间别墅,曾见过哈代。作家休·沃尔波最先读到此书的清样时,甚至看出书中那个一心梦想成为英国文坛元老的阿尔罗伊·基尔,写的就是他自己,因而胆战心惊,彻夜未眠。为此,毛姆遭到猛烈的攻击。报上发表了许多文章,指责他"践踏托马斯·哈代的陵墓""鞭打裹尸布下面的人";说小说描写露西对德里费尔德极不忠实,是对哈代第一夫人"令人遗憾的诽谤",等等。

对于这些指责,毛姆否认说:不错,没有一个作家能凭空创造出一个人物,他必须有一个模特做出发点。但等到他将这个人物全部写成之后,呈现在读者面前的形象就极少与现实中的原型一样了。毛姆声明,他在塑造爱德华·德里费尔德的时候,他的心中既没有哈代,也没有乔治·梅瑞狄斯或阿纳托尔·法朗士。这自然是"外交辞令"。但对小说中的女主人公露西·德里费尔德,毛姆不但不否认,相反还抑制不住地明确谈了露西的原型与他自己的关系。

在《寻欢作乐》作为"现代丛书"中的一种出版的时候,毛姆在书的前言中说道:

我年轻时曾经与一位我在本书中叫她露西的年轻女人关系密切。她有些严重的、令人恼恨的过失,但她是美丽的和真诚的。这种关系后来像此类关系所常有的那样结束了,但对她的记忆仍一年年萦绕我的脑际。我知道,总有一天我会把她写进小说里去。

毛姆在这里毫不隐瞒地承认，露西的原型人物与他本人有过那么一种关系，使他久久不能忘却。只不过毛姆一直没有公开此人的姓名。是作家的终生朋友、画家杰拉尔德·凯利爵士——很可能就是《寻欢作乐》中为露西画像的画家莱昂内尔·希利尔的原型人物给透露出去的。他曾为毛姆的这个女人画过速写和肖像。在毛姆与露西终止情人关系之后，凯利给一位朋友写信说到，他是知道他们两人曾经热恋过，他猜想毛姆后来大概了解到这个女人的私生活太乱了，至于究竟是他抛弃了她，还是她抛弃了他，他既不了解也不关心，不过凯利证明说："她是我所认识的女人中最讨人喜欢的一个。我认为她是一个绝色美人，不过她有一个缺点。"

埃塞琳·西尔维亚（"苏"）·琼斯（1883—1948）是琼斯家四个女儿中的第二个。父亲亨利·亚瑟·琼斯是维多利亚时代的一位著名的"社会剧"作家，他从《白银国王》一剧于一八八二年在伦敦首演一举成名起，一连几个剧作，显示出高超的技巧，最终使他步入上层社会。苏·琼斯生于新汉普顿的洛西安洛奇，十四岁开始演剧生涯，在父亲的作品中扮演角色，还演过莎士比亚的戏剧。一九〇二年，她嫁给了演出人蒙塔古·维维安·莱维奥克斯，但婚姻很是不幸，以离婚而告终。一九一三年，她又与美国南方铁路公司的工程师安特里姆侯爵六世的第二个儿子安格斯·麦克唐奈尔结婚，第二年退离舞台，去尽一个妻子之责了。

毛姆是一九〇六年四月的一个下午，在以"慷慨的女主人"而著名的乔治·史蒂文森夫人家举办的一次聚会上见到跟着她父亲来的苏·琼斯的。毛姆后来在他的回忆录《一个作家的笔记》中这样记述这个女子，说她是：

一个雍容而妩媚的、玫瑰色脸、金色头发的女人，眼睛如夏天蔚蓝的大海，线条匀称，胸部丰满。她多少有点儿像鲁本斯画下的永远令人销魂的海伦娜·福尔蒙

毛姆和他妻子

这一类型的女人。

苏·琼斯那天穿一件衬衫，戴平顶硬草帽。她的浅金色的头发，蔚蓝的眼睛，可爱的形体和毛姆所曾见到过的人类中最美的微笑，使他完全被迷住了。在《寻欢作乐》中，毛姆多次描写到露西·德里费尔德／苏·琼斯那"天生为爱欲而生的躯体"，来回味她肉体的美。小说写她个子高大，皮肤像象牙一样白皙，浅浅的金黄色的头发，梳着流行的发型，前面堆得很高，留一排精心梳理的刘海儿；在她很淡很淡的褐色的脸上，她的鼻子稍大了一点，眼睛却稍小了一点，嘴又很大。她的眼眸有着野菊花的那种蓝色，当她微笑的时候，那蓝色的眸子会和她那丰满的、红润肉感的双唇一起，绽出最欢快甜美的笑意。小说还说到她生就带一种低沉阴郁的表情，这种阴郁在她微笑的时候会突然变得特别富有吸引力。她有时穿浅蓝色的衣服，有时穿一身浅灰色的裙衣，衣袖宽大，裙子很长，底部是打褶的荷叶边，看上去非常潇洒。毛姆还写她喜欢戴一顶很大的黑色草帽，上面点缀着一大堆玫瑰和叶子以及蝴蝶结，或者戴一顶插有羽毛的小帽，等等。毛姆这样竭力描绘露西的美，并相信她的美是在于色彩，说她身上的这种"金黄色彩的确给人以新奇的月光般的感受"；同时她还有"一股夏日傍晚当光线从无云的晴空中逐渐隐退时的那种恬静"和"像八月阳光下肯特海岸外平静、闪耀的海水一般充满活力"，真是写尽了这位女主人公的形体之美。

苏·琼斯正是以这种美、这种恬静和活力使毛姆入迷。从这次相识以后，他们经常约会见面。这样，终于有一天，他把她带进了位于圣·詹姆士宫与特拉法加广场之间的帕尔梅尔街五十六号Ａ他的一位朋友住的那幢房子，找到一个单人房间，使她成了他的情妇。《寻欢作乐》第十六章写作家的代理人阿申顿带露西上床一节，如实地再现了这一情景。

那晚，阿申顿陪露西去剧院看过戏后，他穿过圣·詹姆士公园送她回家时，他感到露西"像一朵夜间开放的银色花朵"，在月光下散发着清香。阿申顿吻她时，感觉得到她柔软的红唇，平静而强烈地默默接受他压上去的嘴唇，"就像一池清水接受着月亮的光辉一般"。在经过阿申顿的住所时，阿申顿邀请露西进了他的住房和卧室。露西温柔地抚摸他的脸颊，使他十分感动，竟控制不住泪水像泉涌般地流了下来。于是，露西也哭了。她用双臂搂住他的头颈，

> 一边哭一边吻着我的嘴唇，我的眼睛，我的被泪水打湿的双颊。后来她解开了胸衣，把我的头放在她的胸口。她抚摸着我光滑的面庞，她来回摇动着我，好像我是她怀中的一个幼儿。我吻着她的胸脯，吻着她洁白笔直的头颈……

可以想象，毛姆与苏·琼斯这初夜之欢便是如小说中写的这样。

完事后，毛姆用单马双轮双座马车送苏·琼斯回家。苏·琼斯问毛姆，他认为他们这种风流的交往会持续多久。他轻率地回答了一句，说"六个星期吧"。实际上，据毛姆后来说，他们这关系整整维持了八年。

毛姆太爱苏·琼斯了。他明知她还跟多个别的男人同居，性关系混乱，也仍不以为意，对她的感情始终不减，几年里一直直接或者通过朋友的关系，帮她在舞台上谋得角色。

一九一三年，年近四十的毛姆考虑应该把结婚提上议事日程，自己的生活也必须安顿下来。作为一位具有爱德华时代风度的绅士，毛姆必须有婚姻来作为他正规生活的装点，也能掩盖他是个同性恋者的实质。这时，他想到了苏·琼斯，他觉得她的确是一个

毛姆与丘吉尔首相在一起

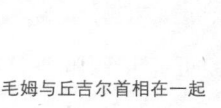

　　热心而又理解他的生理需要的人。只是这位苏小姐正要到美国去。恰好此时毛姆在完成一部将于十一月要在美国上演的剧本，届时反正要去那里观看彩排。于是，他买好一枚名贵的戒指，是一小圈钻石、当中镶了两颗大珍珠的戒指，准备去纽约后向苏·琼斯求婚。可是当先她而去的毛姆来到码头迎接苏的航船时，他发现苏在甲板上跟一位穿着漂亮的青年男子谈得正热。毛姆见到她后，她对他说，她要径直去芝加哥，甚至不能在纽约与他待一天。三四个星期后，毛姆到了芝加哥。在苏小姐演出后，两人在她的小套间里用晚餐时，寒暄了几句之后，毛姆明确告诉她，他到芝加哥来是要求她嫁给他，她的意向怎样。苏的回答也很明确："我不愿意跟你结婚。"毛姆感到很吃惊，问她为什么，苏的回答是"我就是不愿意"。毛姆把戒指递给她，她只是称赞了一句"非常漂亮"后，便退给了他。毛姆说是送给她的，她说"不，我不愿意"。毛姆又追问："是真的不愿意？"苏回答说："如果你想跟我上床，是可以的；但我不愿嫁给你。"

　　毛姆回纽约后，从报上看到，苏·琼斯已于十二月十三日在芝加哥与安格斯·麦克唐奈尔结婚。毛姆相信，此人就是他在甲板上看到的那位男子，苏早已与他同居并已怀孕。苏·琼斯活到六十五岁，于一九四八年去世，但她作为毛姆笔下最真实的女性，与他的名著《寻欢作乐》同时获得了不朽，被认为是二十世纪英国小说中最值得怀念的女性人物。

　　《寻欢作乐》快结束时，有一个场面：名作家爱德华·德里费尔德去世后，罗伊与毛姆的替身阿申顿一起去访问作家的遗孀。这位第二任夫人把露西说得一无是处，甚至说她"不可能是个好人"。阿申顿针锋相对地反驳了她,毫不含糊地说:"在这点上你恰恰弄错了。"阿申顿解释说,露西"是个很单纯的女人",她对人天生容易产生好感,当她喜欢一个人的时候,她觉得和他一起睡觉是很自然的事,这并非道德败坏,也不是生性淫荡,这是她的一种天性。作家用最高尚、最纯净的比喻说,露西把自己的身体交给别人,就像太阳发出光芒、鲜花吐出芬芳一样自然,她感到这是一种愉快,她愿意给他人带来快乐。阿申顿对露西的评语是"真诚、无瑕、天真""像黎明一般圣洁"。

阿申顿／毛姆对露西／苏·琼斯做这样的评价完全可以理解。

毛姆一生有过多次爱情事件——异性的和同性的,但只有苏·琼斯才是他爱得最深的。由于毛姆对自己与苏·琼斯的关系始终严守秘密,除了他们之间那些的有形行迹,人们可以从杰拉尔德·凯利那儿了解到一些之外,其他的就只能从《寻欢作乐》中窥知了。人们相信,他在书中说的,与露西在一起的日子里,"露西使我的生活充满欢乐"的的确确是毛姆当时的真实感受。正是他与苏·琼斯的这种给他带来无比欢乐的爱情,使毛姆终生难忘,深信自己"总有一天我会把她写进一部小说里去"。毛姆等待多年,最后才因有哈代事件的触发,使他产生创作《寻欢作乐》的动机,并在整个创作过程中得以重温自己这一段最美好的爱情。不用说,毛姆认为《寻欢作乐》是"我最喜欢的书"是理所当然的。

文学史没有辜负毛姆这部以自己的深切情感创作出来的作品。在一九一〇年之前,英国文坛上公认的巨匠是萧伯纳、高尔斯华绥、赫伯特·威尔斯等;一九三〇年代被称为是"劳伦斯的时代";"最优秀作家"的名单上都没有毛姆的名字。但是,随着《寻欢作乐》的出版,具有崇高地位的《年鉴》在评论当年的文学情况时说,由于《寻欢作乐》和作者的另一部小说《人性的枷锁》,使毛姆"在本世纪的文坛上获得了一种确实很少人能与之共享的荣誉"。

Boule de Suif

《羊脂球》

塑造一个在敌人面前表现勇敢的妓女

巴黎西郊的特利埃尔、凡尔努伊附近，在绿荫丛中、水流之滨一个后来被保尔·阿莱克西叫作"梅塘"的地方，有一幢小小的房子，边上还带有一个小花园。这里远避一切交通要道，听不见嘈杂的喧嚣，是一处幽静而迷人的处所。一八七七年，爱弥尔·左拉出版了他的《小酒店》，当年就售出三万五千册，获得很好的收益之后，就把这所房子买下，以接待朋友和学生，实现他公开"自然主义"文学主张、组织文学团体的决心。从此，五个二十六到三十一岁之间的年轻人——保罗·阿莱克西、居伊·莫泊桑、莱昂·艾尼克、昂利·赛阿尔和乔治·卡尔·于斯芒斯，就每个星期四都要到这位三十八岁的"大师"那里去谈文学，有时还渡船去对面的岛上散步聊天。这便是文学史家所称的"梅塘晚会"。

四月初的一天，他们在左拉的这所乡间别墅里边吃饭聊天的时候，话题不觉转到一八七〇年开始的那场普法战争上。在座的都是这场战争的参与者和目击者，他们一个

居伊·莫泊桑

接一个讲述了自己在战争中记忆犹新的人和事。左拉听了，很感兴趣，说为什么不把这些故事编集成一本书呢；大师还特地启发莫泊桑，说他肯定也有一段经历可以讲给大家听听。

是啊，在战争期间的"大溃逃"过程中，莫泊桑耳闻目睹的事实在太多了，但大多都显得十分荒唐甚至可耻，不过在他的记忆里，确实也有一件给他留下深刻印象的事。

就在一八七〇年，法国与在普鲁士支配下的德意志帝国于七月里发生了战争。二十岁的居伊·德·莫泊桑（1850—1893）虽然刚于去年十月才进巴黎法学院学习，如今，出于爱国之心，他仍然自愿入伍去保卫祖国。谁知德军兵力强大，攻势猛烈，使法军主力在色当的一次决定性的战役中遭到惨败，一万七千人伤亡，两万一千人失踪或被俘，导致了第二帝国的垮台。

莫泊桑跟随溃军退至法国西北的鲁昂附近，来到一座被毁的房前，想进去躲避一下。当他进入房内的地窖时，不意见到有一个女子，正以异常惊恐的目光注视着他的到来。这女子身材不高，年龄与他相仿，也在二十岁左右。她皮肤细嫩，脸孔白净，长长的睫毛，有一对美丽的乌黑的眼睛，是一个十分漂亮的少女。她好像已经从这个蓬着一脸胡子的大兵的眼中看出了隐藏在他心底的一种原始的欲望，便喊了起来："不……"并请求莫泊桑能放过她。但莫泊桑好像没有听见似的，继续向她走去，并一直逼近到她跟前。女子努力反抗、挣扎，但仍旧抵抗不了，终于被莫泊桑压在地窖里冰冷的石板地上……使莫泊桑觉得有趣的是，过了一会儿，这女子不但不再害怕他，反而靠到他的身边来了，于是便和她闲谈起来。他问她叫什么名字,和她谈起了家常。欲望发泄过后,莫泊桑渐渐陷入了沉思:自己刚才怎么这样粗野地强行占有这个女孩子呢?

一八七一年七月,莫泊桑复员回到巴黎,继续攻读法律;与此同时,他先后在海军部和教育部供职。因为他母亲与居斯塔夫·福楼拜关系十分亲密,有人甚至猜测莫泊桑与这位大作家有血缘关系。母亲将莫泊桑交托福楼拜学习写作后,福楼拜也把他当作自己的儿子一样看待,对他悉心培养,并向报刊推荐他的作品,还介绍他认识屠格涅夫、左拉、都德、龚古尔。这样,几年之后,莫泊桑创作出了一些小说和戏剧。

一次,莫泊桑来到鲁昂,进餐馆吃晚饭时,色欲驱使他习惯于喜欢去看周围的女人。搜寻了一圈,他终于见到在离他不远的一张桌子旁,有一位女子独个儿在用餐。这女子长得娇小,一双乌黑闪光的眼睛充溢着活力,颇具性感,刺激着他的神经。莫泊桑不停地盯着她看了一会儿,突然认出来了:她就是安德里安·勒盖,没有错,是安德里安·勒盖,就是当年在地窖里碰到的那个女孩子。这使他很是激动。

安德里安·勒盖(1841—1892)生于埃尔托,离莫泊桑母亲的出生地费冈仅八公里。二十岁那年,她在鲁昂时曾成为一名骑兵军官的情妇,不久转向一个做批发生意的商人。战争爆发后,商人应征入伍,去了北部地区的勒阿弗尔。于是,她就经常辗转于鲁昂与勒阿弗尔之间。一次,在往返于这两个城市的途中,在一个驿站上,一名普鲁士军官觊觎安德里安·勒盖的姿色,借故扣留她所乘坐的这辆公共马车通过,除非,他竟无耻地表示,除非她能陪他过夜。对祖国的热爱使安德里安·勒盖十分憎恨这些德寇,对这种无理的要求她当然不能接受。同车的许多虚伪的旅客却劝说她不要拒绝,请她无论如何该为大家做一次牺牲……

有关安德里安·勒盖的这些事,已经传遍鲁昂和其他的一些地方,莫泊桑也听到过多次。这次重逢,除了感情上的激动,作家的职业敏感也要求他对她的故事有更详尽的了解。于是,他走上前去,邀请安德里安坐到他那边去。当莫泊桑重新提起那场战争,提起他们的旧事,甚至说到自己当时的动机时,安德里安回避了。她觉得,他们两人今日在这么安宁的环境里重逢，还是不谈战争的好。莫泊桑知道，在他面前的当年那个少女如今已经沦落成为近乎一个妓女，此刻未知是由于感情的原因，还是出于习惯性，她竟把头靠到他的身上。

喝过香槟酒，安德里安稍稍有点醉了。最后，她与莫泊桑一起离开饭店，一起去她的住处。这次重逢又一次刺激了作家，甚至触动了他的情感，产生了一种性的欲望。不过在路上，一种更深沉的思考升上了他的脑际：一个女子，为了旅伴而献身，反而遭到他们的蔑视，是一个多么强烈的对比啊……一篇小说的雏形在他的心中慢慢形成，甚至小说的题目都已经想定：《羊脂球》。这是由于形体上的相似才想起来的一个名字。

莫泊桑喜欢把自己的构思向他的恩师请教。于是，一次，他曾把羊脂球的故事讲给福楼拜听过，说他认为这是"一篇小说的好题材"。福楼拜有同感，鼓励他说："这个题材你来写是最合适不过了。马上动笔吧！"这次他又说给左拉听，左拉也觉得非常有意思，要他"尽快把它写出来"。莫泊桑回答说，实际上他已经在几个月前，即在一八七九年的最后几个月里写好了。

《羊脂球》（李青崖译文）的背景是一八七〇年的普法战争。在战败后的法国，有"为了一个信念而不顾性命"的人对侵略者的"暧昧不明的野蛮而合法的报复，隐名的英雄行为,无知的袭击"。也有人跟他们"在门外装作彼此陌生，而在家里却快快乐乐谈话""同在一座壁炉跟前烤火""一块儿吃饭"；那种极端自私的人，是什么事都做得出来的。

就在这样的一个时刻，一辆四驾长途马车从普鲁士军队占领下的鲁昂开往吉艾卜。马车里有十名乘客：酒行的老板和他的妻子，州参议会议员和他素来做官长"安慰品"的太太，还有伯爵和夫人，两位嬷嬷，以及被人称为"民主朋友"的先生和诨名"羊脂球"的妓女艾丽萨贝特·鲁西。途中经过多忒镇时，马车被一名普鲁士的营长所拦阻。在旅馆里，这个军官看中了"羊脂球"，要她陪他过夜。对军官的这种无耻要求，羊脂球非常生气，连声骂他"混蛋"！后来，这个军官又一次次通过旅馆掌柜，威胁说，她"是不是还没有改变她的主意"。要是在平常的情况下，羊脂球对此是没有什么可以不答应

《羊脂球》一页

的，但此次不同了。出于对祖国的热爱和对敌人的仇恨，她曾经企图从楼上往占领军的脊背扔桌子，甚至想扑上去掐死他们，只是被她的用人阻止住。因此，尽管她是一个妓女，但她仍然认为"这些事情有时候是不能做的"，是"妓女的爱国廉耻心"促使她坚决拒绝了这个占领军头子的要求。她要掌柜"告诉这个普鲁士下流东西，这个脏东西，这个死尸，说我永远不愿意，您听清楚，我永远不，永远不，永远不"。就因为这样，马车被扣留不得继续通行。在这种近乎软禁的状态中过了五天，同车的那些绅士太太都发慌了。为了自身的利益，他们使尽心计，利用吃饭散步的时间，以种种隐语、暗示等方式，甚至改用亲切的称呼，说明"一个在自己认为可以谴责的行为，每每由于使它感受的思想而变成值得称赞的"，劝说羊脂球为他们做出牺牲。于是，就像第一次"确实是为了各位"，被说服去了这个军官那里那样，这一次也是为了这些人，羊脂球的"愤怒抵抗力受到了损伤"。可是，在羊脂球去过军官那里之后，那批伪善者突然一改五天前在车上接受她一篮子食物的"妙曼的和颜悦色的""感恩态度"，个个以"一种失面子的人的眼光"看她，甚至羞于跟她同坐一条凳子。

　　看得出来，《羊脂球》开头那段对法军溃败的叙述，完全是莫泊桑自己的亲身经历。小说写艾丽萨贝特·鲁西抗拒的"英雄行为"，以及对她的"鲜润气色"的描绘，也无疑是以安德里安·勒盖作为原型的；还有作品中的那位"民主朋友"戈尔弩兑和议员迦来－辣马东先生等人，也都有现实中的人物做模特……也就是从创作《羊脂球》这篇小说起，莫泊桑坚定地走上了现实主义的创作道路，从现实生活中觅取他的故事和细节，

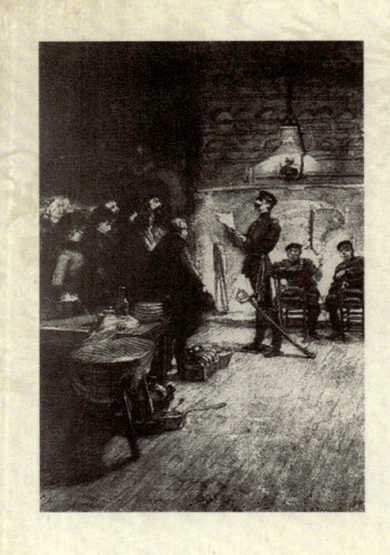

《羊脂球》插图

注重"平凡的真实"。这后来构成了他主要的美学原则。

《羊脂球》与左拉的《磨坊之夜》以及阿莱克西等四位作家的作品一起结集为《梅塘晚会》；随后又于一八八〇年四月十五日或十六以《羊脂球及其他战争故事》出版，立刻引起读者的广泛注意，并且一次次再版。此书的受欢迎，主要就是因为莫泊桑的这篇《羊脂球》，使法国人没有忘记色当的惨败，他们觉得《羊脂球》是对普鲁士人的报复，为他们出了一口气。莫泊桑的一向要求十分严格的导师福楼拜读过这篇小说后，感到非常兴奋，他在给他这个弟子的信中说：

> 我要急切地对你说，《羊脂球》是一篇杰作。是的，年轻人，小说像是大师的手笔。作品构思新颖，风格独特；景物、人物都栩栩如生，心理描写也很有力。……
>
> 你可以深信，这篇小说将流传后世。你笔下的那些自私者的面貌多么生动，没有一个写得不成功的……

莫泊桑的朋友卡蒂尔·孟戴斯一次在街上碰到他时，也为他写出这样一篇成功的作品而向他祝贺：

> 亲爱的莫泊桑，你的小说的确写得很成功。《羊脂球》将是不朽的！我敢肯定，过二十、三十年，人们还会谈论它。

的确，《羊脂球》不但是莫泊桑最优秀的短篇小说，而且直到今天，都被公认是世界文学宝库中的一篇杰作。《羊脂球》的发表，为年轻的莫泊桑奠定了大作家的地位，如他自己常说的，使他"像流星一样进入文坛"；这篇小说，在当时连续好多年，都是法国人家喻户晓的一篇作品。

一次，莫泊桑由他小时的同学、现在已经成为批评家的罗贝尔·潘松的安排，与他和专栏记者昂利·布里杜一起，同去鲁昂观看拉斐特剧院上演一场盛大的梦幻剧。幕间休息中，布里杜要他注意一名女观众，说她就坐在她一直以来固定坐的那个包厢里，莫泊桑对她是很熟悉的，他奇怪，莫泊桑现在怎么竟没有认出她来。莫泊桑听出朋友话中的神秘，但是他从布里杜所指的这女子的脸上怎么也回忆不起他所熟悉的影子来，直到告诉他，她就是他小说的人物原型"羊脂球"安德里安·勒盖，莫泊桑才吃惊地辨认出来。

是的，算起来已经有十五年了，随着岁月的流逝，安德里安已经明显开始衰老。看得出，她显得发胖，即使被用服装遮掩起来，她步入中年之后出现的大腹也仍旧可以看得出来。同样，不管她如何化妆，也无法掩盖岁月给她留下的憔悴的脸庞。莫泊桑来到她的包厢时，安德里安最初也没有立刻认出他来。莫泊桑说出了自己的姓名，并怀着敬意表示请她原谅，说自己这么多年来都是多么希望再见到她。但这一切都并不使安德里安感到高兴，相反她立刻气得全身发抖，虽然莫泊桑再三对她说，她当时处在一些虚伪的资产者中间，却唯一一个表现出崇高的爱国主义热情，使他多么钦佩，他是借用她这可贵的爱国热情，在作品中塑造出了一个在敌人面前表现得勇敢的爱国者的形象。

面对莫泊桑，安德里安·勒盖感到如此不快，也是十分自然的事。《羊脂球》发表之后，全国性的影响给作家带来了荣誉，但以她安德里安为原型的女主人公毕竟是一个妓女，读者对她可就不像对作家那样尊敬，她不喜欢作家所刻画的这个形象，所以她对作家一度十分怨恨，她甚至去找过他，希望当面跟他说，小说里所写的是她的故事，他没有权利这么做，想跟他大吵一场。不过现在，随着时间的流逝，她的怨气也渐渐消了，

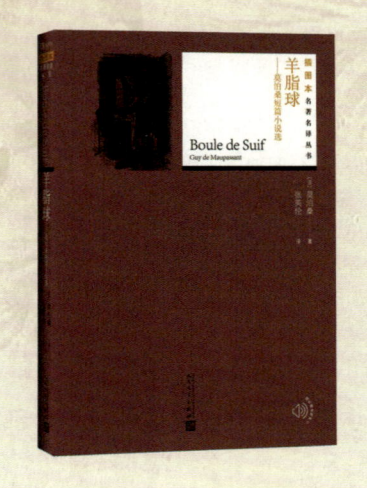

反而因报纸上说自己是作品主人公的模特而感到有些自豪了。对作家莫泊桑的印象有了改变之后，她甚至经常注意去买他写的作品和读他发表在报上的文章了。

出了剧院，莫泊桑请安德里安去一家饭店吃夜宵，最后又跟随她来到她的家里，进了她的内室。在这段时间里，莫泊桑再三向她表示，因为有她，才使他写出《羊脂球》这样一篇有影响的作品，因此他深深地感激她，但同时心中又一直有一种不安之感。最后，他告诉她，他以后会将他写的书都寄给她，她不必再去买了。安德里安也跟他说，她也已经不再干以前的那个行当了，她已经开起了一家小咖啡馆，但她竭力不提自己因年老色衰的凄凉境遇。她从抽屉里翻出几件当年的男人送她的首饰和衣物给莫泊桑看，以显示她曾经有过的光彩年代，随后开始脱衣，并把灯吹灭。但当莫泊桑摸到她那起皱的皮肤时，他感到的只有失望甚至恐惧。

安德里安·勒盖的晚景无比凄凉，她因付不出七法郎的房租而于一八九二年自杀。不知她在死前有没有想到，因为莫泊桑的《羊脂球》，全世界千千万万的读者在阅读这篇作品的时候，有时还会想起她这个被损害、被侮辱的可怜女性，她应该感到安慰。

The Portrait of a Lady

《一位女士的画像》

表现与表妹间相互深切的爱

　　一八八〇年三月,四年前开始迁居英国伦敦的美国作家亨利·詹姆斯动身去意大利旅游。他于二十二日搭乘航船出发后,先是在法国的巴黎待了两三天,然后于二十八日来到意大利的气候温和的古城佛罗伦萨待下。阿尔诺旅馆住房的窗外,阿尔诺河在春日的阳光下被染上了一层金色。这时,一个形象,一个年轻女性的形象,虽然还只是一个单薄的影子,却是那么的鲜明,不停地在他的脑子里闪动。他"看到它蠢蠢欲动,急于走进生活中来",激起他的创作灵感。不过,亨利·詹姆斯没有立即动笔,他仅仅是对所需的材料做点记录,随后就去罗马和那不勒斯了。直到四月底,他才回到佛罗伦萨,重新住进这家旅馆,开始写他的小说《一位女士的画像》。

　　作家都各有不同的创作习惯,或者说不同的感受生活的方式。有的作家在跨入创作构思和创作行为阶段后,最先出现在他笔尖的是一段听来的或是自己虚构出来的情节或故事;另一些作家首先闪现在他脑际的是未来作品的背景。对于詹姆斯来说,总是"意

十七岁时的亨利·詹姆斯

识到我的人物比意识到他们的环境早得多"。这次在佛罗伦萨，动笔前的情形就是这样，"我所有的只是一个人物，一个特定的，引人入胜的少女的性格和形象"。

这是十多年前的事了。詹姆斯十九岁那年进了哈佛大学法学院，他的兴趣却在文学方面。两年后，他开始为《北美评论》等刊物撰稿，一年后，一八六五年便正式成为一位小说作者了。这年春天，詹姆斯去了罗得岛州的城市，当时成为避暑和游览胜地的纽波特港；夏天，又去了新布什州的怀特山度过了几个星期。这两个地方吸引着他，是因为他四位表妹的养父母爱德蒙和玛丽·特威迪住在纽波特，尤其是最小的表妹玛丽（密妮）·坦普尔（1845—1870）这年夏天在特怀山度夏。

密妮一八六五年二十岁，正是一个光彩照人的少女。她身材颀长苗条，举止端庄优雅，经常引得周围人的爱慕。她聪明伶俐，有丰富的智慧；她明亮的眼睛，丰满的嘴唇，美丽的牙齿，稍稍翘起的鼻子，使人对她的脸有一种鲜明的印象。她走路时步伐轻盈快捷，但有些不太稳健；她说话时旋转她的头时，样子十分妩媚。在詹姆斯的心里，她是一个非常纯洁而富有人性的女子。像密妮这样一个人，詹姆斯相信任何人见到她之后，都一定会对她感到迷恋。事实是，她甚至对那些绝不仅仅满足于女性漂亮脸孔的年轻男子，也有莫大的吸引力。这段时间，就有一位未来的小说家，一位未来的哲学家，一位未来的最高法院法官和一位未来的法学教授向她求婚，至少对她极表倾慕。七月底这次与詹姆斯一起去怀特山的就有其中两位密妮的倾慕者。不过，詹姆斯自觉他自己是与他

詹姆斯的表妹密妮·坦普尔

们两人不同的。他殷勤地陪伴在坦普尔姐妹身边，对密妮表现出特殊的迷恋。

詹姆斯确有他独特的个性。总的说，詹姆斯在"性"这类事情上面的表现是相当含蓄的。实际上，他所希望的只是悄悄地、谨慎地、小心地对密妮表示倾慕。只是，他是过于缄默了。他感情上过于畏缩不前，不敢有热烈的求爱表示。他对浪漫的理解是太理智了。他的确在爱，爱他的表妹密妮，但他这只是一种内向的爱，一种没有表示出来或者是不敢表示出来的爱，一种不加声言的爱，因而也就可以说是让人怀疑的爱。"最深沉的真正的爱是不为人知的。"詹姆斯说，一种有点儿像中世纪游吟诗人所追求的那种埋藏在心底的浪漫的个人之爱。詹姆斯的这种思想实际上隐藏着他担忧的心理。他爱慕女人，又害怕女人，担心如果向她们表达了自己的爱慕之后会得不到回报。在詹姆斯看来，女人有两类，一类是像神话中的狄安娜，美丽、纯洁，但难以企及；另一类有如雌性的猎马，粗野、蛮俗，总是主动去追逐男人。他觉得密妮是一个热情燃烧的女性，但又像狄安娜那样美丽而纯洁；她是他的亲戚，她的名字也跟他的母亲同名，叫玛丽；他认为她是为了妩媚和纯洁在克制着自己的情感。他相信，像密妮这样的人，感情上是难以捉摸的。詹姆斯对密妮始终就是怀着这么一种犹豫的心理。后来，詹姆斯写了一个短篇小说《可怜的理查德》，分三期发表在一八六七年的《大西洋月刊》上。小说中的三位男子：一位上尉，一位上校和无业在家的理查德·克莱尔都爱上了年轻富有的女主人公盖特鲁德。在这位市民男主人公的身上，詹姆斯细致地描写了他自己的经历和情感。可怜的理查德在两位军人求爱者的面前始终感到自己缺乏自信。于是当女主人公接受了虚伪的少校的求婚之后，他对她也就不再有兴趣了。

　　一八六九年的二月上旬，詹姆斯动身去欧洲。临行之前，他又想起心中一直怀念着的表妹，去与她告别。密妮迈着轻捷而有些不稳定的步伐，带着爽朗奔放的笑声，进了宽敞的接待室与他见面。显然密妮很高兴与他相见。詹姆斯看到密妮身材苗条，瘦削挺立，仿佛是一个透明的人，觉得她是越来越柔弱了。他跟她说了自己的计划：他要去英国，随后去欧洲大陆，多半在冬天可以到巴黎，或者到意大利南方，就住下不再走了。虽然两人都觉得，他走了，而她却留在这里，很不是滋味，但他是去那里创作的，因此他们仍然高高兴兴地分手；或许他们表兄妹不久就可以在海外见面，可能明年冬天就能在罗马相见。他们在心中默默祈祷，祈祷这一天的到来。

　　可惜他们期望可能在罗马相见的梦想永远也只能是一个无法实现的梦想了。这次告别就是詹姆斯与密妮的永诀，因为詹姆斯到欧洲不久，密妮原来的肺结核病情加重。但詹姆斯当时对此好像一无所知，而仍旧希望有一天能与她相见。九月里，他曾两次写信给他母亲，问密妮是否来国外，是否来意大利，期待之心跃然纸上。事实是詹姆斯起程赴欧一个星期，密妮就咯血多次，医生们也不知道怎么办好。后来她感到好了一些，但由于有过七次大出血，又有几次小出血，她的心情始终非常不好，对这一痼疾，既感到绝望，甚至想到过死，但又很是不甘：她还是那么的年轻，心中又有那么多的向往。

　　对待爱情，不同于含蓄的詹姆斯，密妮一如她率直的个性。詹姆斯总是把自己对密妮的爱深深地埋藏在心底，密妮却不同。因为没有能够与詹姆斯在欧洲见面，密妮就克制不住要在信中向表兄倾吐对他的爱。一八六九年六月，密妮给詹姆斯写了一封富有深情又十分哀婉的信。她告诉他说，他最近写给她的那封信到达的这一天，她正第三次出血，他的信是对她最好的安慰；她很高兴知道他在欧洲过得很好。紧接着密妮这样写道："如果你不是我的表兄，我会写信要求你跟我结婚，让我跟你在一起。但事实上我不会这样做。不过，我会安慰自己。因为你若不接受我的求婚，那我就会比目前这样更不好。"信中念念不忘的仍旧是他们的见面，"如果我想尽办法跟朋友一起明年在罗马过冬，我真的会见到你吗?"信末的签名是"永远爱你的表妹玛丽·坦普尔"。两个月后,她又再次表达了渴望两人相见的心情:"亲爱的,想想我们会一起在罗马,真是多么快活啊!一想到这,我真是要发疯了!在我,这将是跨出不可思议的、意想不到的一步……但是只要能在意大利过冬,我可以什么都不顾……"写这封信的那天晚上,密妮是完全被自己的这一设想陶醉了。但是到了第二天早上,她似乎又清醒了,认识到,她的身体是那么的弱,几乎每周都患病,要靠外人来护理,根本没有办法离家。果然,到了一八七〇年一月底,肺结核这种消耗性的疾病把密妮的体力全部耗尽了。医生给她开了吗啡,希望有助于她的睡眠,让她在充分的睡眠中来恢复她的体力,但结果反而加重了她的病情。二月中,密妮在极度的疲乏和虚弱中去曼哈顿找了一位著名的医学专家。专家检查后告诉她,她的右肺比较弱,但左肺是完好的;如果她能保持整体的健康,她也是完全有可能恢复的,这样的病倒并非没有,他自己就见到过多次。他劝她去欧洲旅行,说这对她的病有好处。"去欧洲",这是密妮一直所向往的,因为,在那里,她可以与她终日思念的表兄见面。但是她担心的是自己是否能够活过六月。确实,她的病是发展得太快了。三月八日,就在亨利·詹姆斯从英格兰的莫尔文给他哥哥威廉·詹姆斯写信也说起密妮的这天,在一年多前詹姆斯与她告别的那个房间里,密妮的病肺停止了最后的呼吸。

　　三月二十六日,詹姆斯从母亲的信中得知密妮去世的噩耗。立刻,一大堆的回忆和联想都从他的思想深处苏醒了过来,引起他一阵阵剧烈的痛苦。"死亡——沉默——不再存在……"他的心受到强烈的震惊。他意识到,他是多么爱他的这位表妹啊!他似乎此刻才明白,他是不能没有她的啊!他写信给他母亲,希望她详细告诉他一切有关密妮死的情况:从病危到她最后的时刻,以及她的葬礼等等的全部细节。这时,在亨利·詹姆斯的心里,密妮不但仍然是一个活生生的有血有肉的人,他还想象自己已经跟她订了婚甚至已经跟她结婚。他在心中还构想出一段爱情与死亡的梗概:一个男人或者一个女人,或者两个人同时都是爱情关系的牺牲者。这一梗概在密妮去世之后七年,被詹姆斯写进一篇怪异的短篇小说《朗斯塔夫的婚姻》里。外貌神态都像密妮的女主人公狄安

詹姆斯兄弟

娜·贝尔菲尔德是一个感情丰富而热烈的处女和独身者,她与女伴阿迦莎·戈登林在气候温和的法国尼斯过冬时,发觉在她每天散步之时,都有一个叫雷金纳德·朗斯塔夫的年轻英国人在她的身旁。原来这个朗斯塔夫一直都在爱着她。终于有一次,他向阿迦莎说出了他的心事,他说他是一个快要死的人,请阿迦莎在他死去之后告诉狄安娜,他非常非常的爱她。不久,朗斯塔夫的仆人来了,告知说,主人由于爱情正处于病危之中,渴望狄安娜能去看望他。当狄安娜受阿迦莎的怂恿去看望这位朗斯塔夫时,朗斯塔夫向她提出了一个十分奇特的请求:临终前与狄安娜结婚,由狄安娜继承他的丰厚遗产;作为回报,只是能让他在死之前的几个小时里可以想着他自己会有这样的幸福。狄安娜虽然深深被他的请求所感动,但是她想,朗斯塔夫说不定最终还是会病愈的,于是就离开了。过了两年,狄安娜突然对阿迦莎诉说自己病了,让她陪她去国外。一天,在罗马的圣彼得大教堂,她们远远看见了朗斯塔夫,他的身体完全恢复,而且显然是非常健康。这时,阿迦莎对狄安娜说:"你是对的,他终究是会病愈。"狄安娜回答说:"他病愈是因为我拒绝了他。我伤了他,才治好了他的病。"看得出来,此刻的朗斯塔夫已经不再对狄安娜感兴趣,倒是狄安娜因为爱他而病得快要死去了。她向朗斯塔夫提出了这一要求。朗斯塔夫同意在她临终之前与她在病榻上结婚。不同的是,她没有康复。爱情与婚姻终置她于死地。

《朗斯塔夫的婚姻》表现的是詹姆斯对表妹一直固有的观念:爱应该是默默的,应该永远深深地埋藏在自己的心坎里;婚姻是爱情的坟墓。这篇小说的写作是对密妮的怀念。十二年后，詹姆斯在长篇小说《一位女士的画像》中，再一次怀着深沉的感情，描写了他对表妹无限的爱。

小说的女主人公伊莎贝尔·阿切尔妩媚、聪慧，她初次来到欧洲，身无分文，但她对生活满怀热情的理想。为保持她一意寻求的自由和独立，她把婚姻看成是束缚这自由和独立的羁绊，对一位英国贵族和一位美国富商的求婚，总是毫无兴趣而予以拒绝。她对男主人公、他的表兄拉尔夫·杜歇虽有深切的感情，且拉尔夫也深切地爱着她，但由于他患有绝症，始终只是把自己的爱情深深地埋藏在心底。可伊莎贝尔是太过天真了。她是那么的单纯而且无知，结果被一个似乎很有教养的男人所迷惑，成了这个自私、虚伪之人的猎物，中了他谋求她巨额遗产的圈套。本来，伊莎贝尔也是可以逃出这个陷坑的，因为那位贵族和富商仍然在深深地爱着她。但她甘愿接受自己因任性而遭到的惩罚，认定每个人都要为自己的行为承担后果，便决意以新的毅力来面对未来。

伊莎贝尔·阿切尔有如密妮·坦普尔，是拉尔夫·杜歇多个表妹中最小的一个；她也像密妮一样，是一个聪明伶俐、才智出众、二十三岁的年轻少女；她不但像密妮一样的美，身材轻盈苗条，动作灵活敏捷，转动她的身躯，旋转她的头来，样子十分妩媚；其他还有她明亮美丽的眼睛，柔和迷人的微笑，作者也都是照着密妮·坦普尔来写的；特别是伊莎贝尔也具有密妮一样纯洁高尚的气质，是拉尔夫／詹姆斯最珍贵、最钟爱的。最重要的是，詹姆斯在小说中通过拉尔夫与伊莎贝尔之间关系的描写，表达了他自己与伊莎贝尔之间相互的深切的爱。伊莎贝尔无限信任拉尔夫，"只要拉尔夫认为是对的事，我都愿意做"。拉尔夫在心底里也非常爱伊莎贝尔，"她经常出现在他的心头"。但由于是表兄妹的亲缘血统关系，加上自己已经处于肺结核病晚期，不宜结婚，拉尔夫才不把自己对她的爱表现出来。他对伊莎贝尔说："我爱你，但我不抱任何希望。"他只是默默地爱着她。为了"给她的帆增加一点风力"，拉尔夫暗中要求他父亲把自己可以继承的遗产的一半——高达七万英镑分给了她，却绝不让她知道。此外，在描写伊莎贝尔的童年和送她去欧洲的情形时，詹姆斯也融进了他自己与密妮之间的关系，使人觉得简

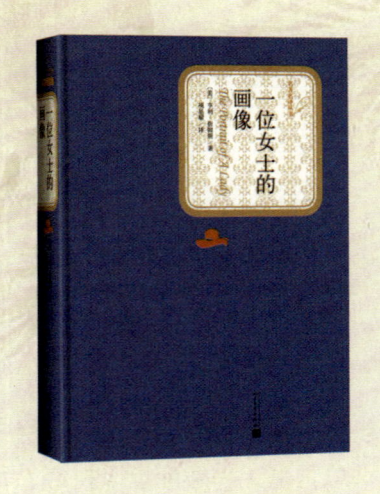

直就是他自己当时与密妮之间的生活。

　　当然，一位作家如果仅仅局限于写他自己的事，就不可能成为大作家。但是个人深刻的感情经历完全有助于所写作品表现的深度和生动性。是的，《一位女士的画像》的内容并不限于青年男女的爱情，而要广阔凝重得多：詹姆斯在这部小说中通过伊莎贝尔·阿切尔的遭遇，继《美国人》（1877）之后，再一次表现了一个他所偏爱的主题——美国式的年轻和单纯，受到欧洲诡计的算计，使这本书被公认为是作家最优秀的作品之一和英语文学中的杰作，为作家带来崇高的荣誉。虽然描写美国人在欧洲，詹姆斯不是第一个。但正是詹姆斯，最先把这一题材带进了文学领域，对旅居国外的美国人做出了深入的表现，才使欧洲学会尊重他们对欧洲的贡献。毕竟，詹姆斯是一位大作家，他不但是美国文人中写作年代最长、作品数量最多、影响最大的一位作家，还是一位对小说这一形式进行了有效的革新，在方法和文体上独树一帜的、被公认为意识流作家前驱的美国大作家。特别值得一提的是美国著名小说家约瑟夫·康拉德对他的评价，认为他是一位"描写人的优美良知的史学家"。对于一个以关怀人、爱护人为己任的作家来说，这个评价似乎比什么都重要。

La Confession d'un enfant du siècle

《一个世纪儿的忏悔》

一部写给旧日情妇看的书

一八三三年八月，法国的《两世界评论》杂志举行盛宴招待作者。座中有两位新星引起人的注意：一位是因一八三〇年发表处女作《西班牙与意大利的故事》而饮誉文坛的阿尔弗雷德·德·缪塞（1810—1857），另一位是刚刚以乔治·桑为笔名在该刊上发表《罗拉》的女作家奥洛尔·杜班（1804—1876）。说不准，是主人的有意安排，或只是出于偶然，两个人正好同邻而坐。

缪塞从小就显示出聪慧的天赋和才华。他在校成绩优异，九岁时即以诗歌获奖，不到二十岁便被看成是出色的青年诗人了。当浪漫主义运动在法国掀起的时候，他一开始就投入这一潮流，在浪漫派中获得了"顽皮的孩子"的称呼。的确，德·缪塞真是一个被贵族父母宠坏了的孩子。这个年仅二十三四岁的青年，却有四十岁男子的饱经辛酸的生活阅历。他意志薄弱，感情丰富而纤细，甚至到了极端敏感多疑的地步；他散漫不受拘束，从青年时代起，就放荡不羁，整天总是沉醉在醇酒和美人中间。可以说，爱情纠葛即是他那段时期的主要生活内容。

乔治·桑比缪塞大四岁，她取了一个男性的名字，又是一身男性的穿着、一副男性的风度，实际上却是一个热情洋溢、心地温柔、热切渴望新鲜事物、热烈追求理想爱情的女性。起初，她因"不愿嫁给陌生人"而与卡西米尔·杜德望仓促结婚，但这种没有感情的婚姻不能不使她要去另求新欢，以致先后与家乡诺昂的年轻医生斯特凡·德·格朗萨涅、波尔多法院的代理检察长奥瑞里安·德·赛兹、在巴黎的青年同乡于勒·桑多和作家普罗斯佩·梅里美以及批评家夏尔·奥古斯丁·圣伯夫都曾有过不同程度的感情维系。但在这些关系中，最后留给乔治·桑的只有爱的痛苦，使她一次次深感失望，甚至怀疑自己的"爱的寻求"将永远结束，爱情从此一去不返。因而，当一次圣伯夫想把缪塞介绍给她时，她因缺乏信心，总觉得与唐璜式的缪塞不可能相合，不愿与缪塞见面。此刻，乔治·桑与缪塞竟紧靠而坐，这对他们两个人来说，都完全是一个意外。

奇怪的是，当这两个互不相识的人相处在一起的时候，他们却同时都感到自己以前对对方的了解是多么不正确啊。乔治·桑惊异地发现，缪塞修长的身材，白皙的皮肤，乌黑的眼睛，蓬松的鬈发，实在很是漂亮，连胳膊和双手的形态都长得有如女性似的十分完美，而且举止彬彬有礼，一点也不矜持，特别是这么早慧、富有才华，真是很讨人喜欢啊。为什么有那么多有关他放荡的谣言呢？德·缪塞也感到好奇：坐在他身旁的这个女人，栗色的秀发一直披到肩上，淡淡的朦胧似睡的眼睛，安详而温和，她的微笑露出天真的妩媚，生性缄默，说话不多，语音低沉，莫非这就是那个以她温柔、沉凝、晶亮的乌黑眼睛和她白皙、纤细、美丽的女性双手，写出两本男性气概的小说，缺乏妩媚又充满神秘的女作家吗？但正是这种神秘，把德·缪塞给迷住了。

回到家，德·缪塞重新翻开乔治·桑的无疑在倾诉她自己痛苦婚姻、渴求自由爱情的小说《印第安娜》，入神地读了起来。随后，给作者写去了一封信，请她"接受我真诚的敬意"；信的后头还附了一首他自己写的诗《读〈印第安娜〉后》。德·缪塞在这首精心创作的诗中，以谨慎的试探问女作家：小说里所写的"所有这些茫然的苦痛

阿尔弗雷德·德·缪塞

思绪，／此等充满巨大空虚并无幸福的欢愉，／全是你的臆测，抑或你曾亲历其事"？

乔治·桑读着他的信，特别是诗，那恳切的提问和"你"的相称，使她不由得产生一种蕴含诗意的亲切之感。于是，联系接上了，友谊也增强了。到了七月将尽的一天，在一次长时间的散步之后，德·缪塞便直接向女作家表白了他埋藏已久的心迹："我爱上您了，自从我到您家里的第一天起就爱上您了……"

对德·缪塞的爱，乔治·桑开始并没有表态。以往的经历不能不使她仍旧担心男人都不可靠。但是德·缪塞恳切地向她保证，他是真心爱她的，他绝不同于其他男人，他将以自己的实际行动向她证明，永恒的爱情在世界上是确实存在的；特别是，他哀求她，她是他的天使，他多么需要她的保护啊。这样，过了两个月以后，乔治·桑终于屈服了。德·缪塞住进了巴黎玛拉盖滨河街桑夫人的寓所。乔治·桑按她的本性，像对待一个孩子似的看顾这位年轻的诗人，一切都顺从他，还为他唱家乡的民歌，跳西班牙舞，度过了他们已经延迟了的蜜月。

一九三三年十二月，乔治·桑与德·缪塞一起去意大利旅游。途中乔治·桑就开始发烧，等到第二年一月二十九日到达威尼斯时，便因痢疾而病倒了。不过，乔治·桑有极强的自立意识，虽然在病中，体力衰弱不济，她仍挣扎着起来创作小说换取稿酬，以对付旅居国外的昂贵费用。这却使德·缪塞感到不快。德·缪塞认为，女人是感情的动物，她必须热情，而且天性决定她会善于用情，乔治·桑作为一个女人，应该把她的一切感情都倾注在情人，他这一个人的身上。本来，在相处了一段时间之后，德·缪塞对乔治·

桑已经有点儿厌倦，如今，这么一来，就导致两人一次在晚餐桌上的争执：德·缪塞怨恨了一阵之后竟说："乔治，我弄错了。请你原谅，我不爱你。"

乔治·桑在爱情中历来就带有母性的因素，她喜欢像爱孩子那样地爱她的情人。这次她觉得，她与德·缪塞的爱情是破裂了，但是作为朋友，她感到她不能让她的这个"孩子"觉得自己被抛弃了。于是，她打消了原来想离开他的计划，只是将她和德·缪塞原来住的房间中间的门关上并闩了起来。

在此以前，德·缪塞就不时要去低级酒吧喝酒、找女人，现在受了这种刺激，他更是发疯似的通宵狂饮、滥赌。这样过了几天以后，他终因"伤寒伴酒精中毒"而发病。乔治·桑像母亲一样地守在他的身边，服侍了他十七天。在病中，德·缪塞好像从镜子的反光中看到乔治·桑坐在给他看病的医生的膝上，两人的两张嘴接在一起，心里存有怀疑。病好之后，他就开始暗暗监示情妇的行动，并当面谴责她不忠，使乔治·桑十分不快。从一九三四年三月下旬起，两人不再同居，二十九日，德·缪塞一气之下，就离开了他的情妇。

德·缪塞回到巴黎之后，他的弟弟保尔和朋友都认为他被一个女人毁了健康，又毁了心，都对他寄予极大的同情和怜悯，他的命运甚至招来几多女人的调情。但不管别人怎么说，他始终"不愿否定我的救主"。他写信将这些情况告诉"救主"，说无论人家如何诽谤她，他的声音总是要为她申辩；他时刻都在怀念他旧日的情妇，"我仍旧是一往情深地爱着你"。他在怀念中深为忧郁，甚至常常哭泣。他来到玛拉盖滨河街旧日与情妇一起生活的处所，看到一个茶碟上，有乔治·桑留下的一支烟卷，又立即一阵抽泣，随后就将这支被她的手碰过的烟卷放到自己的嘴边。他又看到一片断了的梳子，就将它放进自己的衣袋，因为它曾经接触过她的头发。他一次次给她写去满怀寂寞、满含柔情的信。在信中，除了说不尽的"多么思念"，他还总是要提到死："你竟怀疑我那可怜的爱情吗？……要相信它，不然，我会死去的。"如今，处在这无尽的思念中，"我快要死去，别了"。

乔治·桑也非常痛苦。离开了德·缪塞后，她觉得自己的心都碎了。紧张的神经甚至使她出现视觉颠倒的幻象。恢复过来之后，她希望并强迫自己不要去想德·缪塞了。理智上是这样，感情上却无论如何做不到，倒反而更加思念他了。因此，当神经质的德·缪塞一次次向她呼救"我爱你，爱你，爱你""来吧，让我跪在你面前……求你爱，求你宽恕"，由于未能等到她的回响，终于病了，在床上再次写信请她来照顾他时，乔治·桑立即化装为他母亲索菲，再一次来到诗人母亲的家。于是两人又和好了。

德·缪塞的病痊愈后，又重新回到了玛拉盖滨河街乔治·桑的寓所。但是，这次他们不可能愉快了。诗人追问情妇与别的男人的关系，什么时候开始的，没完没了。跟着就是没完没了的争吵。乔治·桑深深感到他们再也不可能会有幸福了，还是断了的好。于是，她告诉他，她曾像爱自己的孩子似的爱过他，这是一种母性的爱，"我怜悯你""我的爱情仅出于怜悯……我们一定得分开"。由于德·缪塞坚持要留在她的寓所，于是，乔治·桑设计离开了他。

一八三五年三月六日，一早，仆人急急忙忙地跑来，当着德·缪塞的面，说杜班夫人病重，要作为女儿的她立即动身去诺昂服侍。于是，乔治·桑戴上帽子，向德·缪塞匆匆告别就走了，还故意说一句"很快就回来"。

在第一次与乔治·桑断交后，德·缪塞就计划以自己和桑夫人的爱情纠葛为题材写一部小说。他相信，通过这部小说的创作，为情妇"建一座祭坛"，也"会治好我的病，使我的心灵高尚"。现在两人永远分离后，他真的在一八三六年出版了《一个世纪儿的忏悔》。

在《一个世纪儿的忏悔》中，主人公年轻的沃达夫充满青春的活力，但又生活无聊。他渴望自己有所成就，但总是无所作为，于是整天沉醉在酗酒与女人之间，希冀在爱情中寻求寄托。但初恋的失败就使他感觉自己是被女人所欺骗，从而陷入了悲观绝望之中，因而对一切都抱怀疑态度，不相信女人会有真正的爱情，"决定永远不再恋爱"。与年轻的寡妇比莉斯·比埃松认识后，她的苍白的脸孔和黑色的大眼睛，已经使他觉得"真说不出是多么吸引人"，更有她在谈论文学、音乐时所显示出的充分的教养，以及

《一个世纪儿的忏悔》插图

她身上的淳朴、天真、青春和愉快,使他每次离开她的时候,"总是心中充满爱情的狂热"。于是,她成了他的情妇。但这新的爱情的幸福仍然是短暂的,四个月后,沃达夫又旧病重犯了:"我越是欣赏她的美和她的真诚的神气,我越在想,像这样一个女人,假如她不是一位天使,就一定是一个负心的魔鬼。"他对比莉斯的清白的历史无端猜忌,怀疑她过去和目前都会有情人。于是不断地妒忌、挑剔和折磨她的感情,还暗暗监视她的行动,不管比莉斯如何解释、向他说明事实真相,他虽有一时的痛悔,仍然不解他的多疑之心。他时而冷酷讥嘲,时而温柔忠诚;时而无情和傲慢,时而又追悔和顺从;然后又轮流反复,以更严厉的折磨对待她,使这个号称"玫瑰花儿比莉斯"的年轻纯洁的女子觉得自己被人轮流当成一个不贞的情妇,或是一个被包月的妓女,越来越陷入悲哀之中,因而日益枯萎、身心憔悴,竟至一次次晕倒。但她还是把他看作是"害病的孩子""多疑的倔强的孩子",仍然愿意护理他,治好他,为了他,她甚至愿意献出她的生命,只要能够再找回"那个我所爱的人,我要永远地爱他的人"。但没有用。绝望之后,她只有无尽地叹息:"啊!我亲爱的孩子,我多么怜惜你啊!你并不爱我。"……当沃达夫最后终于认识到自己的过错时,他们的分离已经是不可挽回了。

艺术家的失恋,对他们本人是无法弥补的痛苦,对艺术来说却往往是不可替代的功绩,这几乎已成一条规律。丹麦的大批评家格奥尔格·勃兰兑斯就曾这样评述德·缪塞和乔治·桑两人爱情的破裂对艺术的积极影响:"……分道扬镳以后,两个艺术家都完全成熟了。从此,缪塞成了心胸燃烧的诗人,乔治·桑成了具有雄辩的预言口才的女先知。……"

与乔治·桑分手后的德·缪塞在小说创作上一个引人注目之点就是对女性理想化的表现。《埃梅林》是一个例子。一位青年久久地爱慕着一位已婚的年轻贵妇，却激发不起她对他的兴趣。后来终于赢得了她的爱，最后两人又突然永远分离了。多么像德·缪塞自己与乔治·桑之间的爱情。主要的还不在于这段故事，而是在于作者对这位女主人公，是用最精美细致的色彩来写她的迷人魅力的；还有书中那首青年男子恳求情妇阅读的动人诗篇《假若我对你说，我多么爱你》："……我爱着，只我心里知觉；／……我爱着，不怀抱任何希望，／但并不是没有幸福——／只要他见到你，我就感到满足。"无疑蕴含了作者对乔治·桑的恋惜之情。

《一个世纪儿的忏悔》更是德·缪塞在与乔治·桑决裂之后以她为原型写女主人公比莉斯·比埃松的，一个更具崇高化和理想化的女性形象的著名作品。小说的笔调不再有当年争吵之时的那种愤激，更没有讽刺、挖苦或者挑剔，而是带着尊敬和对失去的爱的追念，怀念和忏悔之心跃然纸上。小说的最后部分有相当的篇幅都是作者这种心理的剖白，分明是写给这位旧日情妇看的，特别是结尾处沃达夫对比莉斯说的那一段话：

> 我亲爱的比莉斯，我不相信我们会互相忘掉的；但是，我相信在目前，我们还不能够互相宽恕，可是，这是必须不惜任何代价来做到的，甚至以我们永不相见为代价。
>
> 为什么我们不再相见？为什么，有一天……你是那么年轻！（梁均译文）

她微笑着说道："当你找到爱人的时候，我们再相见就没有危险啦。"

读来无比感人。据说与他仍是藕断丝连的乔治·桑当时读到这里的时候大哭了一场，这完全可信。随后，她给德·缪塞写了一封信，信中的话，据乔治·桑写给匈牙利钢琴家弗朗兹·李斯特的情妇玛丽·阿古尔的信中所说，是告诉德·缪塞："我曾经十分爱他，

我完全原谅了他；我永远也不希望再见他……"

  自然，《一个世纪儿的忏悔》所反映的不会只是一两个人的情感。小说刻画了一个受过良好教育的贵族子弟在一切传统价值都遭到抨击的十九世纪二十年代成为一名失意伤感、忧郁颓唐、悲观厌世、空虚迷惘的"世纪病"患者，这种"世纪病"的精神状态，在当时的西欧，甚至更广大的世界范围内，都具有它的典型性。正是这一点，才使小说在文学史上获得了一定的地位。

  德·缪塞确实"不相信我们会互相忘掉"。将近一八四〇年底的一天，当他穿过枫丹白露的树林时，他就想起了乔治·桑，他曾与这位狂热的女子一起在这里待过。不久，他在剧院遇见了她，她仍年轻而漂亮，嘴角上挂着微笑，像不认识他似的盯着他看。回到家，他写了一首诗《回忆》：

> 是的，一切皆亡，这世界是一场大梦；
> 微小的幸福朝我们走过来，
> 可那柔弱的小草刚到我们手中，
> 就被一阵风给刮走……

写得真好！

Indiana

《印第安娜》

年轻的心灵首次爆出的辛酸

在"人类理性对于文明进程"的历史发展中，与其他相比，男女之间的婚姻关系可能是进展得最缓慢的了。已经到了十八、十九世纪了，法国的社会改革家昂利·德·圣西门在英国考察这个问题时仍旧看到，有"牧人用绳子拴着自己妻子的脖子和绵羊一起牵到市场上去卖"。另一位法国空想社会主义的理论家夏尔·傅立叶也深有同感，他严厉地抨击说，社会一直以来实行的是禁闭妇女和买卖妇女的制度，没有"爱情保障制"，没有爱情的自由；"可是上帝所承认的自由，是同样适用于两性身上的自由，而不单是适用于一性身上的自由"。因此，他竭力主张"自由离婚"和"自由恋爱"，认为前者是一个"非常有益的习惯，并且对促进家庭的和谐将起重要的作用"，后者则能减少"爱情上的虚伪"。

奥洛尔·杜班不是一位思想家，更不是一位社会改革家。在这个后来以作家乔治·桑的男性姓名而闻名的女子身上，也强烈地显示出这种"自由离婚"和"自由恋爱"的

一八三五年时的女作家

思想，可谓难能可贵。乔治·桑这种思想的形成，除了结识圣西门的信徒彼埃尔·勒鲁和另一位空想社会主义代表人物路易·勃朗，受到他们的一些影响之外，一个重要原因是她自己在婚姻爱情生活上的可怕经历，是这些经历使这位未来的女作家对真正的自由爱情萌生出无限美好的向往。

十三岁时被送进巴黎的奥古斯丁女修道院后，奥洛尔觉得总算离开了父亲早逝之后母亲和祖母终日不和的家庭，找到了新的爱，找到了地上的天堂。但在这亲切的集体中待了两年之后，祖母就要领她回去。杜班夫人无意要让自己的孙女成为一个修女，她为她计划的目标是结婚。

一八二〇年春回到出生地贝里省拉夏特尔附近的诺昂不久，就来了好几个求婚者，却没有一个理想的，不是年过半百的男人，就是鳏夫之类的，使奥洛尔感到恶心。但像样的年轻男子又嫌她的母亲是捕鸟师傅的女儿，本人还做过舞女，而且在嫁给她父亲之前已经与人生过一个女儿。奥洛尔发誓，绝不嫁给一个以她母亲为耻的人。反正，祖母的乡村环境很使她喜欢，钢琴、书籍也是她的朋友。在这里，这位年轻的少女第一次读让-雅克·卢梭的作品入了迷，莎士比亚、拜伦、夏多布里昂也使她欣喜不已。卢梭教她按照自然生活，服从激情的驱使，与她的天性产生了共鸣，使她觉得找到了真正的宗教。

瘫痪已久的祖母于一八二一年圣诞节那天病逝后，奥洛尔继承了五十万法郎的财产，诺昂的地产，还有巴黎的一所公馆。可是，她还不到成年，原来因祖母的关系而离开的母亲索菲又重新回到女儿的身边，成了她的合法监护人。

　　一八二二年，母亲带奥洛尔去巴黎附近乡下她丈夫生前的一位朋友雅姆·杜·普莱西家度周末。索菲一天后就走了，奥洛尔很喜欢这里的环境，被主人留了下来，一直待了几个月。杜·普莱西是一个大家庭，大人和五个孩子之间关系和睦，大家都感到很幸福。这使奥洛尔对婚姻萌发了好感，认为一个没有男子卫护的女人，生活是会非常艰难的。一天，杜·普莱西和太太带奥洛尔去巴黎玩，在一家餐馆饮冰时，正巧遇上他们家的常客卡西米尔。这位卡西米尔·杜德望（1795—1871）是拿破仑帝国的一位男爵和他家女仆的私生子，他身材瘦长，很有风度，曾在军队里服务过，具有军人的气概；又性情温和，这年正二十七岁，也是奥洛尔父亲的朋友。几天之后，他来到杜·普莱西家。奥洛尔与他一起时，不论游戏、散步或交谈，感到他诚恳而善良，对他产生了好印象，把他看成是"我的一个最知心最信得过的朋友"。显然，卡西米尔来这里并不是没有目的的。后来，他父亲也来了，替他向奥洛尔母亲求婚。索菲虽然动摇不定，犹豫了几个月后，最后还是同意了。一八二二年九月十日，两位有情人举行了婚礼，然后去诺昂生活。

　　结婚使奥洛尔·杜德望感到幸福，她把丈夫看成是除上帝和自己以外"生命的第三种存在形式"。婚后的生活却使她失望和痛苦。

　　卡西米尔·杜德望是一个普通的乡村绅士，缺乏应有的文化修养，尤其不能理解妻子。开始时，他还算温顺体贴，特别在奥洛尔怀孕和第二年六月生下一个儿子之后。但他本性是一个只知肉欲享受的人，不懂得精神生活，与奥洛尔完全相反。奥洛尔同意献给他自己不能分享的快乐，但当她看着他满足之后便粗鲁地沉睡不醒时，她只好暗暗饮泣啼哭。奥洛尔曾努力想提高丈夫的精神层级。她设法让他读书，可是他最多只要念上一节就会瞌睡过去，他对妻子竟那么地喜爱阅读、甚至为书本所激动觉得十分惊奇。她弹奏钢琴，以为音乐或许会使他感兴趣，可他一听到琴声就心烦，认为她是在胡闹，便离得远远的。奥洛尔陷入了深深的忧郁中。一个向来愉快开朗的女人，如今在他家生活，就显得这么阴郁而憔悴，卡西米尔觉得是对他的侮辱，他的性格一天天变得暴躁起来。一次，奥洛尔玩时，不慎将几粒沙落到了咖啡杯子里后没有听从他制止她的警告，卡西米尔觉得是冒犯了她丈夫的尊严，竟给了她一耳光。奥洛尔对自己说，这使她对他的爱"从此完结"。可家庭却是不能不勉强维持下去的。

奥洛尔咳嗽、晕厥，心跳很急，健康状况明显下降。医生怀疑是肺病，建议她改换一下空气。他们决定去卡西米尔父亲的家乡比利牛斯山麓消夏。在这里，奥洛尔又见到了修道院中的两位女友，还与一位波尔多来的姑娘成了知心好友。他们游览时，这位姑娘的未婚夫和她的朋友奥瑞里安·德·赛兹也随同参加。正当奥洛尔对自己的夫妻生活感到厌倦，强烈渴求爱情的时候，她遇到了奥瑞里安，感到十分愉快。

奥瑞里安·德·赛兹（1804—1878）是波尔多法院里的一位代理检察长，这年二十六岁，此次与他未婚妻一起来此避暑。他出身望族，不论是教育或是爱好、情趣，都与奥洛尔所习见的像卡西米尔这类乡下绅士不同。所以从与杜德望夫人见面的最初几天起，他就被奥洛尔的智慧、素养和那特有的忧郁所迷惑，从而爱上了她。奥洛尔也并非毫不动心，从她突然明亮起来的眼睛即可以看出，她内心里的感情已经燃烧起来了。原来她因为身体虚弱，不再接近音乐，更不敢骑马。如今，有奥瑞里安在旁谛听，她竟然会一连弹上好几个钟头的钢琴，或者跟他一起外出骑马半天，似乎都不觉得累。她深深地觉得奥瑞里安是"我亲爱的人"。可是当奥瑞里安向她表示爱情时，她却又严肃地拒绝了他，为的是表明她作为一位人妻的忠贞。一次，她两人一起泛舟时，奥瑞里安在船上刻下"AUR"三个字母，说他们两人的名字"Aurore"和"Aurelien"，起首都相同，使奥洛尔激动得心都差点儿快要跳出来了。但她又假装不高兴发了火，不愿承认自己也爱他。于是最后当她在舞会上被他拥抱，从他怀里挣脱出来之后，他便一声不响默默地顺从了。他向她表示，今后他会像对姐妹那样爱她，永远仅止于此。但是要克制感情，毕竟不是容易的事。因此，当一次两人有机会单独在一起相处时，奥瑞里安又压制不住将她抱至胸前，把嘴唇贴上她的面颊。在强烈的冲动下，奥洛尔就没有再拒绝，还回了他一吻。谁知恰好被卡西米尔瞧见。于是，奥洛尔被迫给丈夫写了一份长达十八页

卡西米尔·杜德望

的"忏悔信"请求宥恕，并答应永不再犯。以后，两人虽然偶尔也通信，甚至有时互相送些小礼物，都仅仅只是使奥洛尔在幻想中委身于奥瑞里安，以柏拉图式的爱来平衡自己的心理。最后，感情也就渐渐衰退了。

一天，奥洛尔找一件东西时，打开丈夫的抽屉，无意中发现有一个留给她的包裹，上面写有"待我死后打开"几个字。她觉得既然是给她的，她就有权在任何时间打开，不需在等她成了寡妇之后。原来包裹里面有一份遗嘱，写的全是对她的凌辱、恶骂和诅咒。这使奥洛尔一下子清醒过来，对丈夫不再害怕，意识到她是属于她自己的，从而下定决心，要马上离开这个人，以保持自己的自由，虽然并不想抛弃孩子。她当日就向卡西米尔宣布，她决意去巴黎，让孩子留在诺昂，她准备两地往返，希望给她三千法郎的生活费。卡西米尔接受了她的条件，但对妻子的出走不无悲伤之感，这显然仅是出于名誉上的考虑，因此绝不影响他一贯的与两个女仆和其他女人的性关系。

一八三一年一月四日，即发现那份可怕的遗嘱之后一个月，奥洛尔不顾卡西米尔朋友的劝告，怀着迎接自由生活的快乐，离开了这个家。在巴黎，有两位"贝里人"迎接了她的马车，并陪她在塞纳街她同父异母的哥哥那里暂住下来。这两个"贝里人"中，一个是于勒·桑多。

于勒·桑多（1811—1883）是拉夏特尔一位税务官的儿子。小时父母见他虽然体质羸弱，人却很是聪明，于是尽管家境清贫，仍然想尽办法让他接受良好的教育。于勒在中学里的学业的确也很好，于一八二八年去巴黎攻读法律，假日里常回故乡。奥洛尔见到他时，他还不到二十岁，一个金发卷曲的小青年，奥洛尔觉得很是可爱。奥洛尔虽然比于勒大八岁，但是她那带点野性的美貌——那乌黑闪亮的眼睛，那柔软苗条的腰身，还有那执着狂热的性格，都使他倾倒。当然，最初他只是将这种情绪压在心底里；只是在发现奥洛尔也对他颇感兴趣时，他就疯狂地爱上了她，以至于使杜德望夫人都感到这个孩子"以他二十岁的年华，白里透红的脸蛋"，竟会爱上她这么一个体弱多病的妇人，于是两人就有了说不完的话。他们还避开旁人，一起来到小树林子里，在长椅上坐下，互相倾诉爱心。于勒在树上刻下他们两人的名字。只是在诺昂，他们的爱常要受到人们的议论，在巴黎则一切都非常自由。

确实，在巴黎，男女之间不合法的同居，是司空见惯的常事，根本不会引起什么人的好奇或特别的注意。而奥洛尔和于勒，除了旁人所不知的法律形式外，无论哪方面都像是真正的配偶和情人。但三千法郎只能让奥洛尔勉强维持生活，她得另有经济收入。于是，她找了贝里人昂利·德·拉杜什，进了他所编的讽刺小报《费加罗报》工作，不久还推荐她的情人于勒也进了该报。

奥洛尔非常爱她的小于勒，他给了她很大的快乐。时而在巴黎，时而在诺昂，他们沉浸在欢快狂热的爱情之中。夜里，于勒爬进她二楼住室的窗子，把她搂在他的怀里亲吻，使她快乐得发狂。不过，尽管奥洛尔是于勒的情妇，她更像是他的母亲，她喜欢自己像母亲爱护儿子一样地照顾、关怀和安慰他。爱情促进了创作，奥洛尔和于勒两人一起写出了一部小说，以J.桑多的名字出版，并居然获得较好的销路。随后她"把自己经历过的那些可以引以为训或者足以为戒的事情从我的回忆中毅然地取出来"，单独写出了她的第一部小说《印第安娜》，用乔治·桑的笔名出版。也是从这个时候起，她开始用这个名字：她一直所希望的就是以男性的衣着和名字来摆脱妇女受支配的状况。

随着创作的成功，经济收入的好转，乔治·桑搬到了玛拉盖滨河街一所较大的房子，还给于勒也另租了一处寓室。但爱情也消耗着情人的生命，使于勒日渐消瘦，终于病倒。奥洛尔只好让步，怕于勒最后会被爱情之火烧死。但是一次，从诺昂回来时，乔治·桑

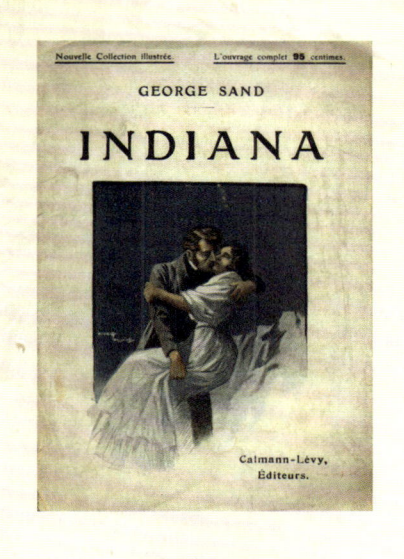

乔治·桑的《印第安娜》

发现正有个洗衣服的女人在代替她情妇的位置。这使她感到她是被于勒的行为"深深刺伤了"。于是，两人出现了争吵。一段时间后，她觉得她对于勒·桑多只有怜悯，而不再有爱情了。到了一八三三年初，乔治·桑决心割断她与于勒的关系，让他去意大利做一次旅行，并让一位朋友去看他，照顾他的身体，自己不想再与他发生任何关系了。

著名的丹麦文学史家格奥尔格·勃兰兑斯指出，《印第安娜》（冯汉津译文）标志了乔治·桑"一颗年轻而丰满的心灵第一次爆发出的辛酸和悲哀。富于青春活力的女主人公是高雅的智慧和高尚的心灵的化身；她的丈夫戴尔马上校，可以说就是一个脾气颇为温柔的杜德望先生；印第安娜的一往情深、热情洋溢的心受了伤，终于从丈夫身上转到情人身上去了"。

的确，只要不把书里的每一个情节与作者的生活做机械的对照，从总体上看，"头脑简单，麻木不仁，缺乏教养""把一切柔情蜜意都说成是女人的稚气和感情脆弱"的戴尔马上校，和"头脑机敏、才华洋溢、资质优异的"的雷蒙·德·拉米埃尔，是不难使人想到卡西米尔·杜德望和于勒·桑多的。戴尔马夫人只是为了尽义务，才与丈夫一起，但生活百无聊赖；在他的身边，她是"那样纤弱，那样苍白，那样抑郁"，终日陷入病中，这是由于如她自己说的，"在他的锁链下，我的生命已经被摧残，我的青春已经枯萎"；而成了雷蒙的情妇之后，"她的健康宛如花儿重放，鲜艳夺目，幸福注进了她的心中"，一下子"眼睛闪烁着长久以来就消失了的光芒。……笑容可掬，喜气洋洋，现在看上去好像只有十四岁的年华"，与乔治·桑当时的情形也十分相似。《印第安娜》要表现的正是女主人公和作者这种共同的性格特征，是爱情给了她力量。欢呼自由爱情，摆脱婚姻制度的束缚，在印第安娜当着丈夫的面所发自她心底的控诉中表现得最为深刻：

　　……这个国家的法律把您当成我的主人。您尽可以捆住我的身体，拴住我的双手，束缚我的行动；您享有强权，社会承认您的权力；但是，先生，您对我的意志是无能为力的……您去找一找吧，有哪一条法律，哪一个牢笼，能够帮您制服我的意志！

　　乔治·桑在此书的"序言"中解释印第安娜这个"柔弱的妇女"，却具有这样一种敢于反抗的力量，就是因为她的这种力量是来自于她那"被法律剥夺的激情；这是与贫困搏斗的意志，这是用额头盲目地撞击一切文明阻碍的爱情"。

　　十九世纪法国最杰出、最有影响的文学批评家夏尔·奥古斯丁·圣伯夫对乔治·桑这本《印第安娜》做了高度的评价。他说，在《印第安娜》出版的前一天，全世界还没有任何人想到这本书，作者的名字也很少有人知道，更没有藏书家想到要去抢先购买。可是一经出版，就成了风行的书，把它看作非常动人的作品。圣伯夫强调指出，这位"《印第安娜》的作者，雷蒙·德·拉米埃尔的控诉者"，敢于以自己的笔，走在当时妇女解放斗争的前列，是"参加这次斗争，提出抗议的妇女们当中，最有辩才的，最大胆的，才能最高的"一位。

　　从《印第安娜》起，乔治·桑因以后又继续写出了《莱莉亚》《雅克》《莱昂诺·莱昂尼》等几部呼唤妇女权利和婚姻自由的作品，被认为是女权主义的先驱人物之一。

The Moonstone

《月亮宝石》

抨击英帝国的掠夺行径

二〇〇二年，英国王太后去世。在四月九日于伦敦威斯敏斯特大教堂举行的葬礼上，人们有幸目睹一件平时被珍藏在伦敦塔里的稀世珍宝——英国女王王冠上的宝石。宝石共有二千八百颗，其中最珍贵的是镶嵌在王冠前面马耳他十字形装饰带正中央的那一颗重一百零八克拉的"科－依－诺尔"大钻石。

其实，这颗钻石虽然在英国已有一百五十多年的历史，但要追溯它的历史，"它从来就不是英国和英国人的"。

说这话的是英国作家威尔基·科林斯。

作为一位作家，威尔基·科林斯（1824—1889）虽然一八四八年就开始出版小说，而且连续写了多部，但都比较平庸。直至一八五一年开始结交大作家查尔斯·狄更斯，才在狄更斯的影响下，在人物刻画、诙谐幽默、通俗易懂等方面都有所长进。随后，他经常在狄更斯主编的当时最风行的杂志《家常话》上撰稿，并写出了《白衣女人》和《月

威尔基·科林斯

亮宝石》等著名小说。

科林斯的《月亮宝石》(1868)围绕一颗叫"月亮宝石"的大钻石,以"钻石失窃""真相大白"和"发现月亮宝石"三个部分,组成一个扑朔迷离的故事,情节曲折离奇,引人入胜。但由于作者构思周密,读起来显得合情合理。

不错,小说主体的内容是虚构的,学者马丁·布思在他一九九七年出版的《鸦片史》中甚至说它是在作者吸过鸦片之后"口授、由他忠实可靠的秘书笔录"写成的。但小说中所说的有关这颗钻石的传奇历史,却不是作家的凭空臆造。在第一版《月亮宝石》的"序言"中,科林斯曾说到,他创作这部小说是根据俄罗斯的"奥尔洛夫"钻石和英国皇冠上的"科-依-诺尔"钻石的故事,而从来不是真正的英国和英国人的故事。一九六六年"企鹅"版《月亮宝石》J.I.M.斯图尔特写的有关此书"资料出处的注释"中更明确指出,科林斯是参考了G.C.金出版于一八六五年的《贵重宝石自然史》里的关于"科-依-诺尔"钻石的故事。

这是一段劫掠、谋杀和遭难的充满血腥的历史。

一般认为,名为"科-依-诺尔"的这颗钻石采自印度南部克里希纳河,是现存宝石中历史最悠久的一颗钻石。

据说,"科-依-诺尔"原来镶嵌在印度神庙里的一尊月神苏摩像的前额上。部分由于它有像月亮一样的光泽,部分也由于迷信传说,说它不仅具有月神的威力,它的光泽也会随着月亮的阴晴圆缺而变化。从公元十一世纪起,在穆斯林入侵期间,加兹尼的苏丹们"榨取印度的财富，劫掠其军事资源都达到了骇人听闻的程度"。他们将神庙里的所有宝物抢劫一空。幸亏有三位僧侣的保护，苏摩神像连同这颗钻石被转移到了印度的第二圣城贝拿勒斯，重新安放到神庙的新神龛上，受到信徒的朝拜。

传说在神龛落成的那天夜里，印度教的主神之一、护卫并保存世界之神毗湿奴出现在这三位僧侣的梦中，对他们说，从此以后，月亮宝石就由他们轮流看守卫护，直至世界末日；最后，这位神灵还立下咒语，预言凡占有这颗钻石的人，得承受它所带来的灾难。三位僧侣躬身发誓，永世不负神的意愿，并将此预言用金字刻在神龛的大门上。于是，他们和他们的后人就一代代地守护着这颗月亮宝石。

另有人说，实际上，在印度教经典《吠陀》中的话："拥有它就会拥有整个世界，拥有它就得承受随它而来的灾难。唯有神或一位女人拥有，才不会承受惩罚。"指的就是这颗钻石；而且事实上钻石真的带着这诅咒，从一个占有者之手转到另一个之手，使他们遭受了灾难。

有一种说法认为，印度中西部马尔瓦地区的首领"马尔瓦的拉贾"是第一个秘密占有这颗钻石的人，时间在一三〇二年前后。但另有研究者相信，它先是落在某个拉贾（首领）手里，后来成了巴布尔的战利品。

莫卧儿王朝的创始人、印度皇帝巴布尔（1483—1530）抱着恢复帖木尔王位的愿望，一心要像他的这位祖先那样，征服印度斯坦。在他多次征战中的第一次"巴尼伯德战役"期间，他打败了德里苏丹国统治者易卜拉欣·洛提（1517—1526），随后又击败了阿富汗一个部落的反抗，统治的区域达到整个印度北方。研究者相信，这颗"科－依－诺尔"钻石就是印度中央邦北部瓜廖尔的拉贾在这次战役失败后"呈献"给胜利者和统治者的礼品。但巴布尔还来不及好好欣赏这颗稀世的宝石，便生病死了。他算是第一位拥有"科－依－诺尔"之后遭受厄运的君王。

巴布尔死后，他的儿子胡马雍（1508—1556）即位。因为阿富汗人造反，胡马雍两次失去对帝国的控制，成为无家可归的浪子；等到一五五五年七月才得以回到都城阿格拉重返王位，不到四个月，一五五六年一月的一天，他突然从藏书楼的楼梯上摔下，重伤致死，成为又一个继承"科－依－诺尔"后遭受厄运的君主。

胡马雍的孙子阿克巴巩固和改造了莫卧儿帝国，扩大了疆域。"科－依－诺尔"先是传到他的手里，然后传给他的孙子沙·贾汗（1592—1666）。在沙·贾汗的统治下，国家达到了莫卧儿王朝的全盛时期。为死于生产的爱妻建造过著名泰姬陵的沙·贾汗，还为他自己建造了一座精美绝伦、宏伟无比的"孔雀宝座"。宝座中最引人注目的是靠背那对孔雀中的一只眼睛里所镶嵌的一颗钻石，它就是"科－依－诺尔"。沙·贾汗建造"孔雀宝座"，目的是希望自己的王国也能像出身于摩利亚（Maurya 在梵文中，意思是"孔雀"）的旃陀罗笈多创建的古印度孔雀王朝那样，成为历史上最大的帝国之一；在这宝座上再镶嵌这颗"科－依－诺尔"钻石，就会使坐在这宝座上的人，能够"统治整个世界"。只不过同样是好梦不长。一六五七年一月，沙·贾汗患了重病，他的各任省督和军队司令官的四个儿子，为继承王位相互展开了你死我活的斗争。第二年，三子奥朗则布（1618—1707）获胜，沙·贾汗被赶下了王位，被关进阿格拉城堡，"作为一个普通的囚犯严密监禁，连一般的方便也被剥夺了"，直到一六六六年去世。

位于恒河之旁的印度是一个十分富庶的国家，自古就诱发外来入侵者的野心。奥朗则布在位时，莫卧儿帝国势力强大，使他们不敢将野心变为行动；但是到了他的儿子穆罕默德·沙（1719—1748 在位）被拥上王位之后，情况就大为不同了。这是一个耽于酒色又平庸无能的人。这就为入侵者提供了良好的机会。

一七三八年，波斯帝国的统治者纳迪尔·沙阿（1688—1747）找了一个借口向印度进军。到了第二年九月，穆罕默德·沙本人虽保住了王位，也几乎成为任由纳迪尔·沙阿摆布的俘虏。得胜的纳迪尔·沙阿及受辱的穆罕默德·沙皇帝一起进入德里，占用了枢密殿旁边的沙·贾汗的宫室。R.C.马宗达等印度三位著名历史学家写的《高级印度史》特别指出："这个残酷的征服者抢走了王室的所有珠宝，包括著名的'科－依－诺尔'钻石……"孔雀眼睛上的"科－依－诺尔"钻石原是纳迪尔·沙阿进军的

沙·贾汗和他的大儿子　　　　　　　　沙·贾汗

　　主要目的之一。可奇怪的是，他来到"孔雀宝座"跟前，却不见这颗珍贵的钻石；设法到处寻觅，也遍找不着。最后是穆罕默德·沙后宫中的一个妃子告了密，说穆罕默德·沙将它藏在了自己的头巾里面。

　　精明的纳迪尔·沙阿设下一计：在庆祝胜利的时候，建议按众所周知的古代穆斯林礼节，与印度皇帝交换头巾，以表明双方对战果的严肃态度和他们兄弟般真诚永恒的友谊。打了败仗的穆罕默德·沙只好顺从。得手后的那天夜里，当纳迪尔·沙阿解开穆罕默德·沙的头巾、这颗"科－依－诺尔"钻石出现在他的面前时，他不由得惊喜地叫了起来："Koh-i-nor！"意为"光明之山"。在他看来，这颗硕大的珠宝简直像一座灿烂的小山。

　　纳迪尔·沙阿将所有劫得的珠宝，全部带往伊朗首都德黑兰，大部分都存放在伊朗皇家珍宝库中。但后来，宝座不知去向，仅钻石有下落。

　　像另外几个占有者一样，纳迪尔·沙阿也没有得到好下场：一七四七年六月的一天夜里，他正在熟睡，被他的部下所暗杀。又一个遭厄运的"科－依－诺尔"占有者。

　　纳迪尔·沙阿死后，阿富汗的酋长们推举他手下的一名军人阿哈马德沙·阿卜达利为国王，"科－依－诺尔"钻石也就成为他的所有物，并最后传到他的孙子沙·舒贾一代。

　　阿哈马德沙·阿卜达利去世后，阿富汗各部族和家族相拥自立的局面又再度出现。而沙·舒贾，如历史学家所描述的，他才智有限，品性又太消极，无法适应这种动乱时代的要求；因此不能建立有效的统治，只好求助于别人的保护。

切割后的"科－依－诺尔"

大约一八一一至一八一二年间，沙·舒贾遭到克什米尔总督、阿富汗人阿塔·穆罕默德·汗的拘禁。他的妻子瓦法·贝古姆便以"科－依－诺尔"作为交换条件，贿赂旁遮普国王兰季特·辛格（1780—1839），求他设法救她丈夫，使沙·舒贾终于被从地牢里营救出，安全地逃到拉哈尔。

沙·舒贾获得自由后去拜访兰季特·辛格。两人互相致礼，然后就座。这时，仆人呈上一个包。兰季特·辛格怀着热切的心情要一睹这包里的物件。缓缓展开后，一颗钻石被置于他的掌上。当认定这就是他梦寐以求的"科－依－诺尔"时，兰季特·辛格高兴得发狂似的跳了起来。

兰季特·辛格占有"科－依－诺尔"的时间虽然比较长一些，但在他病逝后，一八四〇年，锡克战争又起，旁遮普血流遍地。一八四九年，英国殖民者介入，经过两次战争，战胜了锡克人，兼并了旁遮普，将它变成为它的殖民地。

旁遮普邦的最后一个统治者杜利普·辛格王（1838—1893）与英国维多利亚女王是朋友，曾请这位女王做他好几个孩子的教母。他原来流亡在外，英国人侵旁遮普之后，他回来成为英国在这个邦的第一个殖民者。第二年，一八五〇年，在纪念伊丽莎白一世女王创建东印度公司二百五十周年在伦敦圣詹姆斯宫隆重举行的纪念会上，他就把这颗一百八十六克拉重的钻石，还有另外两颗著名钻石：重九十四克拉的库利南三号和重六十三点五克拉的库利南四号钻石，献给了维多利亚女王。这当然只是一种名义，实际上，奉献这颗"科－依－诺尔"，一方面是作为英帝国的战利品，另一方面也算是遵从了印度教经典里的教导，让一位女人拥有。

　　维多利亚女王一贯热衷于收藏。她先是将这颗"科－依－诺尔"镶嵌在她的胸花上，后来又把它镶嵌到英国王冠前面的马耳他十字形装饰带的正中央，成为两千八百颗钻石中主要的一颗。三年后，因伦敦公众觉得这颗"科－依－诺尔"钻石光泽不够好，于是将它重新切割、琢磨，虽然重量减至一百零八克拉，却很有光泽。这年曾有传闻，说维多利亚女王觉得这颗大钻石不是缀在回教徒的头巾上，担心会给基督教徒的她带来不幸，曾打算归还原主。不过，这也不过是传闻而已。如今，这颗微微呈淡绿色的"科－依－诺尔"钻石，作为英国王室最耀眼的藏品之一，与其他的王冠、权杖以及火炮、兵器等，陈列在原属皇家监狱的"伦敦塔"，每年引来数百万的参观者；二〇〇二年四月九日在伦敦威斯敏斯特大教堂举行的英国王太后的葬礼上，曾有更多的人公开感受这颗钻石的魅力。

　　但正如科林斯说的，"科－依－诺尔"钻石的故事从来就不是英国和英国人的故事。科林斯把《月亮宝石》的背景设计在第四次英国－迈索尔战争，叙述英军攻陷了印度南部卡纳塔克邦的塞林伽巴丹之后，军官约翰·亨卡什尔乘机从提普苏丹的军械库里抢到了闻名于世的月亮宝石带到了英国。这样的框架，是具有重大意义的：在作家看来，如今镶嵌在英国皇冠上的这颗钻石，实际上是大英帝国从殖民地劫掠来的赃物。小说最后描写了由于印度人的努力，最后使这稀世珍宝回到了印度神庙月亮神像的额上，是一个多么富有深意和回味的结尾啊。这反映了科林斯开明的社会态度。

　　《月亮宝石》最初在狄更斯的《一年四季》杂志上连载。虽然《月亮宝石》出版在爱伦·坡的《毛格街血案》（1841）、《玛丽·罗热疑案》（1842）和《窃信案》（1845）之后，但仍受到极高的评价。大诗人和文学批评家T.S.艾略特特别称颂它是"由科林斯而非爱伦·坡创造的体裁中第一部最持久最优秀的英语侦探小说"。著名的现代侦探小说女作家多萝西·塞耶斯甚至称它"可能是所曾有过的最好侦探小说"。小说出版后，多次被改编成广播剧、电影、电视剧，受到非常广泛的欢迎。

The Moon and Sixpence

《月亮和六便士》

展示天才与现代社会的矛盾

有这么个人，放弃每年四万法郎收入的工作，去从事卖不出去的绘画；离开妻子、四个孩子的家庭和世界花都巴黎，长期居留在太平洋中的一个偏远的荒岛上，与土著一起过淳朴原始的生活；最后，果然从那里获取了无穷的灵感，成为一流的艺术家……这就是以其在掌握思想、感觉和视觉形象的平衡方面显示出独特才能，而被公认为是十九世纪下半叶法国后印象派艺术代表人物之一的保罗·高更。

高更这种奇特的生活和创作，深深地感动和激励了英国著名作家威廉·萨默塞特·毛姆。

毛姆从一八九七年出版了第一部长篇小说《贝兰斯的丽莎》，随后又写出几个剧本，特别是在出版了以自己青年时代的生活为蓝本的长篇小说《人性的枷锁》之后，觉得他已经把自己全部的生活经历和感情经历都写进了这部作品，因此再也写不出以英国为背景的长篇小说了。

保罗·高更

既然放弃了医生的职业，决心一生从事文学创作，他今后怎么办呢？这时，毛姆想到了法国小说家彼埃尔·洛蒂，他曾作为海军军官到过中东和远东的生活经历，使他有可能在《冰岛渔夫》中通过一对情人的爱情悲剧，展示出法国西北布列塔尼半岛濒海区的渔民生活，并以作品中的这种异国情调获得声誉。他又想到英国作家罗伯特·路易斯·史蒂文森，不论是他早年的《新天方夜谭》，还是他晚期的《岛上夜谭》，或者是他最著名的作品《金银岛》，也都是以带有异国情调的惊险浪漫故事来吸引读者的。甚至，毛姆觉得，就是美国小说家珀尔·格雷（1872—1939），他著名的小说《贝蒂·赞恩》《边境精神》等，也都是写美国西部等远方生活的……毛姆心中涌起一股强烈的渴求：到陌生的地方去，去寻求新的人和新的事。于是他想起：在塔希提完成他天才艺术家一生的高更不是他最好的寻求对象吗！毛姆对自己的这个计划充满了自信，他确信，高更的经历是一部小说的好题材。

欧也尼·昂利·保罗·高更（1848—1903）是一位从法国中北部的奥尔良来到巴黎的共和主义记者的儿子，母亲的家系一半属法国，一半属秘鲁的克里奥尔人。拿破仑政变之后，高更全家迁往秘鲁首都利马，途中父亲得病死亡。在利马待了四年，由于祖父病故，为遗产问题，母亲带他迁居回奥尔良。保罗先后进奥尔良的神学校和公立中学读书。十七岁起，先是作为领港的学徒，在海船上航行于阿弗尔和里约热内卢之间，后被征入伍，从事海员工作。一八七一年，高更离开海军，进了巴黎拉菲德路的贝尔丹股票交易所工作，收入丰厚，两年后，即一八七三年，与二十七岁的丹麦少女梅特·索菲·盖德结婚。

高更的教父居斯塔夫·阿罗萨是一位油画收藏家，喜欢收购柯罗、德拉克洛瓦、米勒等著名画家，以及高更的经纪人同伙埃弥尔·修弗内克的作品。这引起高更对艺术的兴趣，并开始与修弗内克一起学画。他确是有天分的，他一八七六年在业余时间画出的《维洛弗莱景致》就入选官方的沙龙展出。这段时间，他自己也购置了马奈、塞尚、毕沙罗、雷诺阿、莫奈、西斯莱等人的一些作品，并可能是经阿罗萨的介绍，得以与毕沙罗认识。他的艺术有了长进，一八八一年、一八八二年，也都有作品参加展览。

高更对绘画越来越入迷。一八八三年，他工作的股票交易所破产，他失去了工作，（也有说是他主动辞去工作）决心不再业余，而是"每日都画"。这个决定改变了他以后的整个一生。

这时，高更已经有四个孩子，加上妻子，是一个六口之家。可是失去工作后，他不再有固定的收入了，画出来的东西又卖不出去；原来的积蓄也渐渐亏损。这招致了梅特的抱怨。但高更不因落入贫困而改变自己的志向。他向妻子表示，作为一个画家，他活着就要画，就像一个人活着不能不呼吸一样。只是要养活一家人，是很实际的事。一八八四年，他先是迁往生活水准较低的鲁昂，不久，就不得不同意妻子的意见，移居她的家乡丹麦首都哥本哈根，以保证基本的生活。在梅特看来，她的丈夫离开交易所，不顾妻儿死活，自己关起门画那些卖不出去的废物，是一个大傻瓜。但什么也动摇不了高更对艺术的执着和信心。他对妻子说，艺术是不能用金钱来衡量的，画是否能卖出去，不能代表画家的成败，他向她声称，总有一天，她所谓的"废物"会挂上卢浮宫，供千千万万的人观赏。

可以想象，这样的婚姻是不会长久的。终于，一八八五年，高更回巴黎，梅特一个人留在哥本哈根。高更决心为艺术牺牲一切。他的生活从来没有这时那么贫困，健康也因此受到损害，他已经成为远离他所归属社会的一个无家可归者了。他对欧洲的文明渐渐表现出蔑视的态度，他希望改变一下环境，到一个偏远的、生活水准比较低的地方去，把自己隐藏起来从事自己所热爱的艺术创作。

一次,在"雅典娜咖啡馆"与朋友谈起自己的这一想法时,几位朋友建议说,他可以到法国西北的布列塔尼去,这个半岛真像是一个世外桃源,非常古朴,是一个空气中弥漫着阴郁、生活水平起码落后巴黎几百年的处所。这很合乎高更的心意。

高更经常声称自己是一个野人,母亲是秘鲁印加族的后裔。于是当他于一八八六年来到布列塔尼,听从朋友的意见,在阿旺桥格洛阿内家的一间小阁楼上住下后,从窗口望出去,是一脉温柔的青山和绵延的阿旺河,他住的房子就隐没在山谷之中,感到是那么的合乎他的趣味,为他提供取之不尽的绘画素材,使他觉得,这个地方仿佛就是为他而创造的。只是没过几个月,因为要与凡·高会面,他于十一月回巴黎。可惜这次会见不欢而散,而巴黎的严冬也不好受,凄厉的海风使他无法在户外写生,他再次决定到一个比较暖和的地方去。

高更始终心情不定,像一只找不到归巢的鸟。他先是于一八八七年四月去了巴拿马,两个月后,又听从姐夫的意见,移居加勒比海东部的马提尼克,在这个绿草如茵、棕榈入云、风光明丽、空气清新的岛屿上,他发现了热带风景灿烂的色彩和动人的光,享受了原始社会大自然的妩媚景色,决定通过绘画寻求感情的释放。只是由于瘟疫流行,使他不得不离开。一八八八年三月,高更再度留居布列塔尼。在这里创作的画,例如一次从阿旺桥旁"爱之林"所见两个穿黑衣、戴白色小帽的女子获得的灵感而创作的《约伯和天使》,显示他开始脱离印象派的风格。

艺术家高更的天性中显然对原始就有强烈的倾心。一八九一年他在给瑞典剧作家奥古斯特·斯特林堡的信中宣称:"文明让你痛苦,野蛮使我恢复青春。"他认为,一个艺术家,如果失去了野性,也就失去了艺术的纯真,这是因为原始自然的画家才具有十分可贵的朴素、笨拙的天真精神。所以,他认为:"原始艺术从精神出发并利用大自然,而所谓简练的艺术却从感觉出发并为大自然服务。大自然是前者的仆人,后者的情妇。"——这些看法都是他思考了很久的情感体验和认识体验,说明他是多么醉心于"原始主义"。而文森特·凡·高在一八九〇年的自杀,也深深地触动了他。

他认为，凡·高是因为想在一个厌恨艺术的世界做一个艺术家，才至于此，除非他离开欧洲；在欧洲如果没有足够的钱，生活就是一种酷刑；对于一个寻求一条新路的人来说，除了被看作是疯子，不会有别的。于是他提醒自己：高更，脱离这里的一切，远离文明，远离人群，否则你也会死。

决心定后，高更找来有关法属殖民地的书籍，又写信给巴黎的朋友，帮他了解马达加斯加岛的情况，希望物色一个合适的地点。一天，在旅客搬走之后留下的一大堆的书刊中，他发现一本介绍位于太平洋中的塔希提岛的小册子。读过后，他对塔希提很是动心。但是朋友们劝阻他，他们说，现在，他已经受到人们的注意，特别是当时在作家、画家、音乐家中具有崇高地位的象征派诗人和理论家斯蒂芬·马拉美也对他留有好印象，他如能待在巴黎，不但会出名，他的画也会卖到很多钱，这个机会不会有第二次了，他不能失去它。但高更说，如果要发财，他当年就不会离开股票交易所了，他不需要第二次，也不需要巴黎，他只需要他自己，别的他什么都不要。

为筹集去塔希提的资金，高更拍卖了三十件作品，得到大约一万法郎，他将一千五百法郎给了梅特，并劝说梅特应该把眼光放得远一些。但梅特无动于衷，声称她的生活完全被他破坏了，他可以为他所谓的艺术上十字架，她可绝对不愿为他殉道。

高更离弃了国家、家庭、巴黎和已有的名声，于一八九一年六月来到塔希提，先是在帕佩诺市，然后转到马泰亚住了下来。他的决心是不可更改的，他感到，以后他也许会埋葬在这孤岛的丛林中，但他"终于自由了，再也没有金钱的烦恼，我能够随心所欲地爱、歌唱和死亡"。

一段时间后，高更对塔希提的生活渐渐习惯下来了。他本来就容貌漂亮，高高的个子，深红的头发，黑色的皮肤，浓重的眼睑；平常穿紧身的蓝色短外衣，戴一顶扁圆帽，像一个布列顿的渔夫。如今只围一块当地土著披的帕利欧，又与他们一样过日子，与他们简直就没有什么两样了。

塔希提岛是一个好景地，在明艳的海上，珊瑚礁和潟湖在太阳底下泛着白光，满目

塔希提景色

望去，椰树、露兜树、马缨丹、木槿等热带果树，一片翠绿，山峰的侧影，在晨雾中浮动，一切都使高更着迷。他学习讲塔希提的话，跟当地的邻居也相处和谐，甚至在鱼潮来临之时，与当地的孩子一起去捕鱼。他找来土著妇女做模特，并与她们同居，生活得十分自在，竟至忘掉了是哪一年、哪一天。他觉得，这里的风俗，一览无余，没有神秘感，就是性爱上也不存在羞羞答答的情调。而"本来我们文明人的那套玩意儿就是遮羞布，是掩盖性虐待的遮羞布"。他感到自己来到这里之后，"文明慢慢地从我身上消退，我的思想也变得单纯了""我的生活自由自在，既有动物性的一面，又有人性的一面，其中自有无穷的乐趣。我逃离了虚假和矫饰，进入自然之中"。而作为一位艺术家，他在这个地方更体会到自然的美妙和恩惠：

> 这里的景物，色调明快而热烈，使人眼花缭乱、目不暇接。过去作画，总是犹豫不定，真是自讨苦吃。到了这里简单多了，看到什么画什么，不必多加算计，只要往画布上涂一块红、一块蓝就行了！在溪水中，有整块整块的金黄色流光，赏心悦目。还犹豫什么？为什么还不赶快把代表太阳喜悦的金色倾倒在画布上？——不屑于此，那是欧罗巴的陈规陋俗，是堕落了的种族在表现上的羞怯！

在塔希提的两年里，高更创作出了大约七十八幅作品，与无数的素描和木刻。一八九二年二、三月，因为肺部出血，心脏也不好，高更回到巴黎，在蒙帕拉斯剧院附近的韦森盖路租下了一间大画室。在此期间，他举行了一次个人作品展，展出塔希提的作品三十八件，布列塔尼的作品六件，但遭到人们的嘲笑。一位两年前赞誉过他的批评家撰文说，如果有谁要让孩子开心，不妨带他们去看高更的画展，真是比看马戏都还有趣。结果只卖出了十一件，得到一万五千法郎；另外因奥尔良的叔父去世，使他得到可能是三万五千法郎的遗产。但他感到塔希提在召唤他，他极度怀念那里的景物，他觉得不论法国或是欧洲都不合他的个性；他的朋友也赞同他的想法，说他的决定是正确的，在欧洲没有他的前途。

他想，他这次重回塔希提之后，是永远也不会再回来了。因此他要去一趟丹麦，与梅特，或者是说服她一起去塔希提重组家庭，或者与她了断关系，他认为这是他的责任。他把卖画得的钱给了梅特一千五百法郎，几乎是哀求她与他一起生活。但他看梅特的脸色，连仅有的一点温情都已经消失。她坚决拒绝了高更的建议。他们这次的见面只有几分钟。

一八九五年，高更再次来到塔希提，在马泰亚和帕佩诺之间的一处叫普纳维亚的地方租下一大片土地，自己建造住所，后来转到另一个地方。在这里，他很少与人来往，除了杂货店的老板、几个邻居；当然还有与他同居的那个只有十四岁却已经有过孩子的葆拉，她后来为他生了一个儿子。

一八九七年五月，哥本哈根来了一封仅三行的短信，通知说他的女儿安莉妮因肺炎去世。安莉妮是高更最喜爱的，她也最理解他。高更无限悲痛，感到全身都麻木了，唯一可以让他躲避现实的就是创作。他不眠不休，一口气画出了十多张精彩绝伦的作品。由于还没有从失去爱女的悲痛中恢复过来，且又经济困窘，葆拉又带着他的孩子遗弃了他，使高更想到了死，决心从自杀中求得解脱，结束一切。但在死之前，他想创作一幅画，把他的艺术和生活做一个总结。他清楚地感到，不把这幅画画出来，他永远，就是死了，也不能安宁。

一开始动笔，高更就感受到有一股无以名状的力，持久地充溢在他的体内。他整个

《月亮和六便士》插图

都融进了画中，如他自己说的，"不加修改地画着，以致一个那样纯净的幻象，不完美地消失掉，而生命升了上来"。大约一个月，高更都沉醉在创作的幻影之中。"在觉醒的时候，当我的作品完成了，我对我说：我们来自何处？我们是什么？我们向何处去？"这就成了这幅画的名字。这幅画中，在神秘的背景下，一个沉思生命的少女，一个默想死亡的老妇，还有一个健康肥胖的孩子、一个正在吃着金色芒果的女人，以及一只不知名的飞鸟和一座巨大的波利尼西亚神，表现了人性的尊严，提出了一个自古以来无人能够解答的谜。

高更把衣袋里仅有的三法郎硬币扔给路边的孩子，带了砷，独自往山中走去，选定山涧的一个小池旁作为自己的葬身之地。当毒药发作、胃腹感到一阵阵灼痛时，他突然发觉自己原来根本不想死，就竭力把大部分毒物呕了出来。住院治疗中，身体有一点点好转之后，他就想到艺术，打算出院以后转至离塔希提七百英里的马克萨斯群岛去。他觉得，他每换一个地方，他的创作就超越了一步：他在塔希提画的东西使他在布列塔尼画的作品失色；他到马克萨斯后画出来的，一定也能超越塔希提时画的作品。一次和为他治病的医生朋友一起吃饭时，他这样说。医生朋友问：你的一生就是长时期的逃避，不是吗？"不，"高更冷静地回答说，"你说是逃避，我却认为是追求。"

一九〇一年八月，高更离开塔希提来到马克萨斯群岛，在阿图纳住了下来。在这里的第一年里，高更不畏强暴，帮助当地的土著反抗岛上的官员和警察，成了土著心目中

英国作家毛姆

的传奇人物，他自己的创作也达到了顶峰。但因此也常常与这些统治者争执不断。一九〇三年四月，为抗议警察对土著的恶劣行径，他竟被诬告，被判处罚劳役三个月。他计划向塔希提上诉，但由于早就存在的麻风病已经遍及全身，又一直未得治疗，高更于这年的五月八日死于阿图纳。这位好心的人曾去过同处太平洋中的卡劳帕帕半岛上的一个麻风病人聚居地，探望可怜的麻风病患者，大概是在那里染上此病的。

高更的死讯过了很久才传到欧洲。

毛姆是一九〇五年在巴黎第一次接触到高更的作品的，从此便考虑要根据这位画家的一生来写一部长篇小说。为此，他带着他的秘书、同性恋伴侣杰拉尔德·哈克斯顿，于一九一六年十一月动身，一九一七年二月到达塔希提，在那里待了一到一个半月。毛姆先派哈克斯顿去酒吧间和咖啡馆与人交谈，了解哪些人熟悉高更，然后自己前去采访。小说《月亮和六便士》主人公查理斯·思特里克兰德在塔希提几年的生活，就是通过认识思特里克兰德的人的回忆描述出来的。

与高更一样，《月亮和六便士》（傅惟慈译文）里的思特里克兰德"生得粗野不驯，眼睛深邃冷漠，嘴型给人以肉欲感，他身材高大、壮硕，这一些都给人以热情狂放的印象"。他原来也是证券交易所的经纪人，迷恋上绘画之后，与高更一样，一种使他着迷的创作欲望和激情"叫他一刻也不能宁静，逼着他东奔西走"，最后于四十七岁那年一个人来到塔希提，远离繁华的西方文明，默默地生活在太平洋的这个偏远的岛上，过着极度贫病交加的生活，最后因麻风病死于此地。但正是在这里，思特里克兰德觉得是"找到顺利的环境""也正是在这里，他创作出使他永远名垂画史的画幅"。

当然，《月亮和六便士》不是高更的传记。毛姆塑造主人公时只在总体上以高更作为人物原型，他主要是借用高更的个性特征，来展示一个伟大艺术家的精神风貌。为了表现思特里克兰德对艺术的倾心和投入，毛姆笔下的思特里克兰德"身上散发着一种原始性"；他渴望去"一个包围在无边无际的大海中的小岛……我寂静安闲地生活在那里。我想在那样一个地方，我就能找到我需要的东西"。

不同于高更，思特里克兰德则是对妻子不告而别，连妻子写来的信都不看，声称自己对她"一点儿也不爱了"，爱的只有艺术，至死不变，因为他觉得，女人只会"捆住人的手脚"，她们"唯一想的是叫我依附于她"，因此她们只会使艺术家坏事。在思特里克兰德看来，女人可以作为画家的模特和发泄性欲的工具，一旦创作和创造的欲望完成了，女人就没有用了。所以思特里克兰德不仅抛弃了妻子，还把情妇勃朗什·施特略芙逼自杀了。

毛姆的这部小说主要说的是个性、天才与现代社会的矛盾。同时，由于他在写这部作品时，与他一起的唯一的成人伴侣是他结婚不久的妻子西莉·巴纳多，毛姆很厌恶这个女人，认为与她结婚使他"掉进了婚姻的陷阱"，她是他的"感情和金钱的排水道"。很可能是这个缘故，使毛姆在作品中描述了爱情与艺术不可调和的冲突，表现了他对女性的偏见。

《月亮和六便士》出版后，总体上说是受到高度赞扬的，在美国还成为畅销书。由于此书和另外三本小说《人性的枷锁》《寻欢作乐》《刀锋》，才使毛姆一举成名。

作家创作的作品，有如父母生下的孩子，是自己最喜爱的骨肉。希望给自己的孩子取一个好名字往往是作家费尽心思的事。但什么样的书名才算是好书名呢？以作品主人公或作品背景地址的名字作为作品的名字算不算是好书名？以作品中发生的事件作为作品的名字算不算好书名？以具有象征意义的事物作为作品的名字算不算好书名？以一句含蓄的成语或警句作为作品的名字算不算好书名？……还可以列出很多很多。但似乎仍

旧得不出定论。也许毛姆的回答最简便，也最奏效。一次，在打桥牌时，一位朋友向这位著名的英国作家提出这个问题，他回答说："一本书如果成功了，它的书名便是好书名。"这虽然是取巧的回答，但也是事实。

不同于另外三本使毛姆出名的作品的书名，既富有含义，又因作品出名而为人所知，确是一个个好书名。但是像《月亮和六便士》，这算什么意思呢？

《月亮和六便士》的书名来自《泰晤士报文学副刊》评述《人性的枷锁》的一篇书评，文中谈到书中的一个主要人物"就像许多年轻人一样，一心渴望着月亮，却从来也看不见脚边的六便士"。也许毛姆在作品完成之后也已经意识到，生命短促，艺术永存，艺术果然是伟大的，但思特里克兰德一意追求艺术，对现实生活那么的不在乎，是否真的就可以不在乎呢？反正，作品成功了，成了畅销书，什么书名都是好的！

A Farewell to Arms

《永别了，武器》

宣泄心中的郁积

无法想象，一个作家可以自己不投入情感而创作出感动别人的作品。不管有多少著名作家，如列夫·托尔斯泰、查尔斯·狄更斯、威廉·萨默塞特·毛姆、乔治·梅瑞狄斯、赫伯特·韦尔斯等，都曾以不同的表达方式，否认自己作品中的人和事与现实生活、与他本人有任何联系。实际上，这些作品都在不同程度地描写了他自己的感情经历和生活经历，他的声明只是为了避免某些可能发生的纠纷。欧内斯特·海明威（1899—1961）在给他的《永别了，武器》法文版译者莫里斯·罗的信中特别强调，说这部小说是完全根据想象创作出来的，不承认它是一部他自己的自传式作品，同样也不是真话。事实是，《永别了，武器》这一"与在意大利发生的整个战争和男女之间的爱情有关的长篇故事"，是海明威的生活和内心已经经历和孕育了整整十年之后才得以完成的。

第一次世界大战进行到第四年，即一九一七年四月，美国也参战了。这时，海明威离中学毕业还不到两个月。他没有上大学，由于左眼有病，也上不了前线，结果在十月

一九一八年的海明威

份进了《堪萨斯市星报》当了一名见习记者。只是对他说来，战争的吸引力实在太大了，"一定要参军到欧洲去"是他迫切的愿望。于是，在第二年四月的最后一天，他被接收入伍。五月下旬，当他以"美国红十字会陆军中尉"的身份，在意大利东北部皮亚维河边的福萨尔达村为意大利士兵分发慰问品巧克力的时候，一颗巨大的迫击炮弹在几英尺外炸开，腿上、身上陷进两百多片碎弹片，在救护站动了紧急手术之后过了九天，于一九一八年七月十七日星期三早上六点钟被送进了米兰的基地医院，随后转到米兰的"美国红十字会医院"。

这是一座具有古建筑雄伟气魄的四层大楼，内有大门，地段适中，离米兰大教堂不远，与著名的斯卡拉歌剧院也仅隔两个街区。海明威躺在担架上被抬进电梯，升到最高层的一个病房。

是入院的第二个星期。一天早晨，海明威醒来，见有一位年轻的护士正站在病房内那法国式的窗子跟前，手上端着一块病情记录板。她身材很高，腰身特别的小，灰色的眼睛，颈项很细，金黄的秀发，一半隐没在长长的、稍嫌宽大的护士服里，颇有风姿。海明威觉得，这是一个长得非常漂亮的女子。

这位护士叫阿格尼斯·封·库罗夫斯基（1892—1985），是一位因为命运不济而侨居美国的波兰贵族的女儿，比海明威大六七岁，祖父还是一员陆军少将。阿格尼斯没有上公立中学，而在华盛顿特区的费尔蒙特女子中学学了两年，又在家乡待了五年之后进入纽约贝尔维尤医院护士学校，于一九一七年七月十七日毕业。不久，阿格尼斯提出，请求去海外从事红十字会工作，于是几经周折，在一九一八年六月十五日乘上法国航船"洛林人"号去往欧洲，把一位已经跟她订婚的医生遗弃在了纽约。

那天早晨，阿格尼斯站在窗前，见海明威眼睛已经睁开，就把一支体温计放进他的口腔，并警告他要闭紧嘴唇；她还把他的脉搏把了两分半钟，记下次数，然后又稍稍跟他说几句话来分散他的注意力，以计数他的呼吸。阿格尼斯取出体温计后，海明威问，他的体温是多少。阿格尼斯答说正常，但警告说他不必知道这一些；她又笑着补充说，呼吸也正常，该去吃早饭了……稍后，阿格尼斯让海明威入浴后，取来一条浴巾，机敏地让他自己揩下身，然后用力替他擦背。海明威断定，她是他所见到过的最能干、最灵巧、最可爱的姑娘了，心中对她产生出一种奇异的感情。

在这样一位漂亮的护士小姐亲切温柔的护理和关怀下，海明威的思想情绪格外的好，身体也恢复得很快。到了八月，海明威已经疯狂地爱上她了。这是他成年后的第一次恋爱，在此以前，他从来没有真正跟别的女人恋爱过。

阿格尼斯也感受到了海明威热烈的爱，对它做出了回应，只不过并没有海明威所期望的那么深沉、热烈。她开始经常与别的护士对调，去值比较辛苦的夜班，以便有更多的时间与她所爱的人待在一起。

阿格尼斯对人富有同情心，对工作极具责任感，而且总是很细心。由于工作需要，她常去海明威的房里，也不忘别的病房，但在别的伤员上床睡觉之后，每晚都特地再去看看海明威。

自从受伤之后，海明威就患上了失眠症，如今更时刻思念阿格尼斯，每时每刻都期望她常来与他谈情说爱。那一段时间里海明威的日子过得如何，白天里就决定于他拉绳子呼唤护士的铃儿时阿格尼斯的反应，和入夜后阿格尼斯来不来他这里。不过，阿格尼斯即使来了，也不能待很长时间。于是，海明威总是在等待清晨第一线曙光时，就盯着看门外走廊上那道斜射过来的灯光，想象阿格尼斯就坐在靠近白色工具柜的那张洁白的桌子旁、绿色的灯光下工作。他等待着时间一分钟、一分钟地过去，他会听到那扇房门打开又关闭，知道阿格尼斯就要到他这儿来了。于是，他的心就激动不已。

往往，不一会儿，阿格尼斯便出现在他的床边，在那张硬背椅子上坐下。

八月的夜晚特别闷热，阿格尼斯总是拿一块湿毛巾来给海明威滋润前额，又浸上凉水，揩拭他的颈部和胸部，以减轻他绷带底下的奇痒。海明威无比欣慰，觉得阿格尼斯的动作和声音都特别温柔；阿格尼斯还应他的要求唱过几首以前在学校读书时学会的短歌，这些都使海明威入迷。

在阿格尼斯的精心照料下，海明威一步步从病床转为坐轮椅、用拐杖；最后只要一根手杖就能独立行走了。八月底的一天，海明威穿上一套有些揉皱的军服，阿格尼斯戴上贝尔维尤的护士帽和披肩，乘上一辆出租马车去游览米兰古城，然后去观赛马。阿格尼斯以前读过法国作家维克多·雨果的作品《意大利人》，对意大利的风土人情有一些了解，她总能像导游似的，不时说一句："si，si！"（意大利语"啊，是啊！"）让车夫在海明威所希望的地段停下等他们。然后，海明威解下粗重的绷带，换上宽松轻薄的包裹布，扔下"T"字杖，改用一条棍棒，与阿格尼斯臂挽着臂去散步。

意大利的习俗和红十字会的制度都不允许一个未婚的女护士与男性约会。阿格尼斯以前从来没有违章过，这次是例外。此外，她又同意海明威用爱称称呼她"艾格"或者"艾吉"，她工作服的口袋里还一直放着海明威的八张照片。特别是，她甚至半开玩笑地叫海明威为"基德"，称自己是"基德夫人"。但是除了接吻拥抱，她不允许海明威对她有进一步的要求，也不同意立即结婚。阿格尼斯总觉得，他们的这段战地罗曼史是不会持续长久的。这使海明威痛苦地觉得，她身上存在一种无谓的冷淡情感。一次，他们外出游玩，海明威正沉浸在爱的狂喜之中，阿格尼斯却让他看好几张她在"洛林人"号上被一大群仰慕追求她的人簇拥着的照片；海明威还发现，就在她特意换来夜班与她热烈相恋的时候，一天晚上，因有另一位护士替代她的工作，她便跟那位戴眼罩的能说会道的意大利医生一道到"洛伦佐－露西亚"饭店寻欢作乐去了。海明威忧郁又沮丧，感到阿格尼斯靠不住。

阿格尼斯

但不久之后，情况有了一些改变。

十月五日晚，海明威带阿格尼斯上米兰最优雅的"大意大利亚"饭店去吃饭。他们坐在玻璃大长廊里柔和的煤气灯光下，喝着冰在桶里的卡普里白酒，一边察看四周餐桌旁那些穿着考究的顾客，一边随意闲聊，倾诉爱情，度过愉快的几个小时，两人狂喜又兴奋。饭后，海明威和阿格尼斯穿过长廊，经过其他餐馆和百叶窗已经拉下的商店，在一处不显眼的地方停下，买了一些用小小的、光滑的棕色圆面包做成的三明治准备夜里吃。步行回医院时，阿格尼斯告诉海明威，主管已决定暂时调她去佛罗伦萨救助一次流感大暴发。海明威听后，不觉心头一沉，他担心她这一去之后会忘掉他、不再爱他了。他甚至怀疑，她可能是自愿报名去的。他的猜测没有错，虽然她没有承认。她只回答说，她大概只要去一个月或者稍多几天，而且在她离开之前还有三天休假，海明威可以选择，他们在哪儿度过这几天。

海明威和阿格尼斯一起共同度过三个夜晚和白天之后，在十月十五日傍晚，海明威唤来一辆马车，从红十字会直驶加里波的车站，送阿格尼斯搭上了开往佛罗伦萨的火车。

正下着蒙蒙细雨，得不到休息的车夫特意走开一会儿，让海明威和阿格尼斯有单独告别的时间。离别之时，海明威向阿格尼斯保证，一定会好好养伤；他还答应她，他可以不去想她，除了夜晚给她写长信的时候。阿格尼斯也向他保证，一定绝对忠于他；还答应他，一定注意饮食，睡眠充足，并按照他父亲海明威医生的配方，每天数次以酒精掺水来漱口。阿格尼斯说，她深信，至多六个星期，她就可以回米兰与他重逢。多么好啊，两人都做了保证。海明威想到这些，真是心花怒放。他一直怀着无限的向往期待着那一天的到来。

阿格尼斯走后，海明威每天都给她写信，有时甚至每天两封；阿格尼斯也只要有空，就给他写。她称他"我亲爱的基德"，说他是"我生存之光""比战时的黄金还要珍贵""没有你，我就失去了阳光"。她还在信中欢快地重温起他们做爱时的情景："当我昨天看到火车上那一对抱在一起时，我就希望你单独在我身边，好好让我在你的怀抱中睡觉"；还许诺和挑逗说，"我每天晚上都梦到你"；"想我吧，亲爱的！……我每天都在想念和回味躺在你那双壮实的臂弯内的甜蜜"；"我越来越爱你，并知道当我回家的时候我可以带给你什么……"

一九一八年十一月十一日，德国代表团在贡比涅森林的雷通德车站与协约国军司令签订了停战协定，宣布了第一次世界大战的结束。海明威听到这个消息之后，就在医院里急切地等待阿格尼斯的归来，虽然她在信中说让他不要等。几天后，阿格尼斯终于回到米兰的医院工作，还带了一个女护士助手。在海明威的坚持下，她每天总抽出几个小时，脱开她的急性感冒病人，与他一起去寒冷的米兰街头散步。他们沿着水道河边漫步，看旁边灰暗的河水缓缓流动。在一座桥边，他们好奇地看一个老妇人在卖炒栗子；他们又重新迈进海明威最初治疗过的那个漂亮的医院，看到医院里正在为一位死去的病人举行葬礼，他们还在街头让一个剪纸的老头儿为他剪出一帧惟妙惟肖的半身黑影。总之，与阿格尼斯在一起，海明威就觉得任何事都变得有趣而富有兴味。这样待了十一天，到一九一八年十一月二十二日，阿格尼斯又自愿要求去了威尼斯平原的特雷维索医院做防治流感的工作。她带着海明威送她的照片，几乎每天都给海明威写柔情缠绵的信，说无时不在思念他，想象着看到他穿一身英式制服的熟悉身影，"可是每次都失望了"。但当十二月九日海明威突然真的来到她跟前时，因情绪激动和思想紧张而使她觉得他过于鲁莽，她又感到不快了。她温和委婉地劝他立即回去，她暗示说，一两年内，他们说不定就可以结婚，虽然她比他大七岁，既然他真心爱她，她的感情也是真挚的。海明威只

海明威与医院护士们

好离开了。但使海明威无法理解的是，她十二月十六日的来信又说她不准备在米兰跟他一起过圣诞节了。

一九一九年一月，海明威回到美国。原来，海明威的一位巨富朋友愿意资助他在意大利居住和旅游一年，但阿格尼斯怀疑那是出于同性恋的情感，要海明威待在她的身边，一定要海明威拒绝接受这项资助。她还发誓似的答应他，说她以后一定去美国跟他结婚。可是等海明威一走，她就开始了一段新的罗曼史，主人公是一位她称为"尼基"、有贵族血统的那不勒斯公爵多米尼科·卡拉乔洛。两个月后，她于三月里给海明威去了一封信，告诉海明威，说自己爱上一位意大利上校，将于春天结婚；并说她与他以前的关系不过是少男少女的情感，她为此感到抱歉；她声称，他或许会不理解，但总有一天会忘掉她并且会感谢她的，因为她这样做是完全出于好意。在另一封信中，阿格尼斯向海明威做了这样的解释：

> 在你走后的相当一段时间里，我都一直试图使自己相信，我们是一场真正的爱情……现在，与你分手两个月后，我知道我仍然非常喜欢你，但这种喜欢更像一种母爱，而不是情人的爱……因此，小家伙，（你对我来说仍然是而且永远都是小家伙）你能够原谅我对你这无意的欺骗吗？我不能回避这个事实——你不过是个孩子，一个小家伙。

海明威和哈德莉·理查逊

　　只是这个抛弃海明威的女人，最后自己也遭到了抛弃。

　　阿格尼斯与卡拉乔洛的关系仅仅维持了短短的两个多月。当那位贵族青年把阿格尼斯带到他在那不勒斯的家里时，他的具有显赫门第的古老世家认为，阿格尼斯是一个追求高贵出身的女人，不同意他们财产和爵位的继承人跟这样一个有野心的"冒险家"联姻。

　　但对海明威来说，阿格尼斯的背叛带给他的打击实在是太深重了，痛苦的折磨竟使他一连好几天都发着高烧，甚至卧床不起。虽然不久之后，即一九二一年九月三日，他与另一位女子哈德莉·理查逊结了婚，但这婚姻仍然无法弥补这一次的感情创伤。为了顾全面子，也为了心理平衡，他总是向朋友宣称，他是因为喝酒过多和跟别的女人来往，因而对阿格尼斯的感情淡薄了。

　　海明威一直希望通过创作，来宣泄心中的积郁。他先是写了一篇伤感的故事《玩小藤杖的小伙子》，故事里的那个退伍青年整天为一个梦境所缠绕。在梦中，他见到海滩灌木丛旁边有一个漂亮的女子；有一天，在正是这样的一处灌木丛旁边真的见到也是这样的一个女子时，这青年是多么希望这梦成为现实啊！海明威的这个故事写的是他自己，这不仅是因为阿格尼斯曾经很亲热地称呼他"玩小藤杖的小伙子"，他显然是忘不了她才写这个故事的；主要还是他把自己以前与阿格尼斯的关系看成如同一场梦，现在希望这关系能够像故事中那样重新出现。但事实是海明威未能旧梦重圆。因而这段初恋的经历便永远埋葬在他的心中不能忘却，这一情结深切地影响到他的整个一生，不但影响到他以后的生活，还影响到他的创作历程。阿格尼斯给海明威所造成的心理创伤，甚至使海明威心理上形成一种防御机制，当他以后处理婚姻关系时，总是或者在维持现有婚姻的同时，又跟另一个女性来往，以预防妻子一旦移情带给他寂寞和痛苦；或者是在妻子可能与他离异之前，他就先抛弃她。同时，与阿格尼斯的这段关系，还使海明威在创作上形成一种"战地之恋"的模式，即当作品中的男主人公受伤或遇到危险时，总会出现一位女性与他共患难，帮助他治愈创伤或共渡难关。《乞力马扎罗的雪》中主人公回忆说到的那个女子，"是他所爱的第一个女人，而且是她抛弃了他"，就是暗示阿格尼斯·封·库罗夫斯基。他的小说《永别了，武器》和《过河入林》中所描写的爱情，也是他这种战地罗曼史创作模式的代表。

《永别了，武器》是海明威时刻希望表现的一个故事，只是最初，这段被出卖了的爱情使他回忆起来过于痛苦，以至于迟迟难以下笔，一直拖延了十年才得以写成。

在《永别了，武器》中，男主人公、美国中尉弗雷德里克·亨利所深深爱上的女主人公、护士凯萨琳·巴克利，不但她的外形，身材挺高，金黄的秀发，灰色的眼睛，是按照阿格尼斯·封·库罗夫斯基的外形来写的，亨利觉得她非常美，很为她所迷恋。其他方面，除了把为他揩身写成是另一个护士盖奇小姐做的之外，从他俩先是护士和病人、随后是情人的关系，到诸如凯萨琳自愿无限期地做夜班，去与亨利谈情说爱，和两人出游米兰古城，去"大意大利亚"吃饭、买棕色圆面包做的三明治，让老头儿剪影，特别是一次次的互相倾诉衷情，连细节都是按照海明威和阿格尼斯的事写的。只是小说中凯萨琳对亨利的爱，显然是阿格尼斯所不能与之相比的。

亨利一直爱着凯萨琳，并得到她爱的回报；凯萨琳虽然未能与亨利结婚，但与他的感情，有如和睦相爱的夫妇，而且她始终要求自己成为他的好妻子，甚至临死之前还表现出对他的深沉的爱。这是海明威现实中在阿格尼斯·封·库罗夫斯基身上未能实现的愿望在创作幻想中的满足，因而亨利一次次祈求"亲爱的上帝，千万别让她死去"。可是在海明威的潜意识深处，阿格尼斯的背叛激起他对她的恨，使他在小说的结尾处不由得要去惩罚这个忘情的女人，让她在剖腹产后，"一次接一次地大出血。……无

法止血。……始终昏迷不醒，没拖多久就死了。"（于晓红译文）虽然生活中的阿格尼斯，她的命运完全不是如此的。

　　阿格尼斯·封·库罗夫斯基离开那位年轻的意大利公爵后，曾于一九二八年和一九三四年两度结婚，并有三个孩子。在第二次世界大战期间，她仍做她所理想的红十字会工作，直到八十年代还声称自己当年与海明威的关系，没有超过接吻和拥抱。

　　海明威是于一九二八年三月开始着手写这部《永别了，武器》的，到了六月，写出了三百多页12×15英寸的大写书写纸，到八月底初稿完成，随后花了五个星期打字、修改，此书于一九二九年九月底出版，获得了极好的反响，被评为"堪称文学上的新浪漫主义""现代派作品的顶峰"。确实，《永别了，武器》算得上是海明威最优秀的作品。

La Porte étroite

《窄门》

浸入作家自己心灵的历程

一个作家的作品,在受到一些人热情赞赏的同时,又遭到另一些人激烈的非难,这在文学史上并不少见。但是像安德烈·纪德那样,获得公认的、权威的诺贝尔文学奖的认定之后,却仍然被视为是一个"不能为每个人所接受的诺贝尔文学奖获得者",恐怕是有史以来所没有过的。主要原因可能仍在于作家自身是一个心灵极其复杂、性格极其矛盾的人,这种复杂性和矛盾性出现在他自己的生活中,也反映在他所创作的作品里。他的两部著名小说,《背德者》的主人公,为了追求官能的享受,背离了道德的原则;《窄门》的主人公,为了保持纯洁的德行,拒绝了人间的幸福。虽然纪德声称,他写《背德者》是批评一种个人主义;写《窄门》是批评某种神秘主义倾向,嘲笑女主人公那种过于拘谨的道德,但在描写这位女主人公的时候,他的握笔的手,又不觉时时发抖。因为他写的是他自己的一段浸入心灵的生活历程。

安德烈·保尔·纪尧姆·纪德(1869—1951)生于巴黎一个殷实富裕的家庭,是家

纪德画像

中唯一的孩子。父亲保罗·纪德是巴黎大学的法学教授，信奉法国正教；他的母亲朱丽叶·隆多是一位富裕的女继承人，属于诺曼底省首府鲁昂的一个北方天主教家庭，与丈夫的信仰背道而驰。纪德曾不止一次地把自己性格中的禁欲主义与享乐主义、灵与肉的冲突，归之于这种混合的遗传特征的作用。

纪德八岁开始在巴黎的阿尔萨斯学校就学，但是主要由于健康原因——神经衰弱，使他的教育多次中断。父亲本来就只知道把自己关在书房里，家中的一切权利都交给妻子；他于一八八〇年早逝之后，纪德就在家里由好几位家庭教师和母亲的管家来教他。他的清教徒母亲所主管的家庭，整个都笼罩在理性和自我克制的气氛中：不论是作息时间，还是生活开支，以及穿着的服装，阅读的书籍，均得遵守严格的规定，不能有任何超越预料之外的情况发生；对于孩子来说，这类规定，她说，只要执行就好了，不需要理解；特别是家中所共识的，对律法规定的义务和禁令的绝对遵从，对宗教改革中传统自由的反省所感到的恐惧，一切都使生活在这个家庭里的纪德深深地受到道德教条的浸透。其中尤其是母亲对性生活所做的严厉、狭隘的理解和规范，把肉体器官看成是罪恶的渊薮，影响着纪德始终忘不了读小学九年级那年与女看门人的儿子一起因手淫的"恶癖"被学校开除的事，并毕生为这一"深重的罪孽"而焦虑不安。

纪德的童年也曾有过欢乐和幸福。那是在鲁昂的爱弥尔·隆多叔叔的家。那里有他母亲继承下来的隆多家属始建于一五五七年的城堡。这是一个古老而迷人的地方，他和母亲常在那里度过他们大部分的假日和夏日。在那里，他最亲密的朋友是他的三个表姐

表姐玛德莱娜

妹。他和让娜、瓦伦提娜,还有两个表弟一起采集昆虫和植物标本,做化学实验和翻斗车竞赛等游戏。不过,玛德莱娜·隆多纵使参加了,也总是小心翼翼的,每当游戏最热烈的时候,她便拿起一本书逃跑似的离开,怎么喊她也不回,表现出克制谦让的态度。

玛德莱娜表姐比纪德大三岁。作为家中的长女,她显得有点早熟,一切都表现得比较理智和持重;最可贵的是,她总是首先考虑别人的幸福,使他们获得内在的和谐和心理的安宁。在纪德看来,这些正是谦逊、优雅、温柔和善良的体现,使他十分迷恋。纪德是多么喜欢表姐能时刻都在他的身边啊,他觉得,"没有她,生活对我不再有任何意义"。他甚至无论到哪里,都幻想着表姐陪伴在他的身边,感受共处的欢乐。

清晨,别人都还在酣睡,纪德和玛德莱娜就约好外出了。迎着玫瑰色的曙光,在清新的空气中,他们手拉着手,踏着孕满露珠的青草地去林中漫步。他们不但一起游玩,两人的趣味也很一致。他们读同样的书:荷马的史诗,古希腊的悲剧,英国和俄国作家的小说……纪德常在书中他认为值得注意的每句话的空白处,标上玛德莱娜姓名的开头字母。玛德莱娜也常为自己读到优美的段落时因纪德不在身边而感到遗憾,认为这是对他的"剥夺"。两人的心是何等的相通啊!可以想象得到,他们相互之间都有一种吸引力把自己推向对方,以至产生出一种神秘的冲动,这种冲动与他们的柔情融为一体,使两人很自然地萌发出了爱情。

但是,一件意外的事给了纪德极大的震惊。

一八八二年十二月,在鲁昂,是新年前夕的一个冬日的夜晚,十二岁的纪德意外地看到他这位十五岁的表姐玛德莱娜跪在那里祈祷，满脸泪水，痛哭流涕。这使纪德惊呆了，不知是怎么回事。后来，表姐告诉他，说她发现她的母亲——纪德的玛蒂尔德姨母对她父亲不忠；而她已经懂得，必须将这件事保守秘密，要纪德也不跟别的人说……纪德后来回忆说，在玛德莱娜目睹她母亲的"放荡行为"之后，"我相信，这个她最先发现并长期保守的痛苦的秘密影响了她的一生。整整一生中，她都像受过惊吓的孩子一样在生活"。

纪德相信，玛德莱娜是怀着无比的痛苦祈祷，在替母亲赎罪。这使他再一次地想起自己童年时的"恶癖"；本来就因此而出现过的负罪感就更加加剧了。他觉得自己这样一个人，实在配不上玛德莱娜表姐的如同赎罪的牺牲一样纯洁的圣洁爱情。他们之间只能存在一种"纯洁的情感"。但他又希望等待，绝不放弃对表姐的爱，他甚至认定自己毕生所要献身的目标，就是要通过文学的形式，来表明自己对玛德莱娜的忠诚，来赢得她的爱。他的心理就是如此地充满着矛盾。

玛德莱娜无疑也是爱纪德的，但当她考虑是否与他结婚时，她不免有些犹豫。她对纪德出于克制而追求一种所谓"纯洁的爱情"抱有怀疑。她想："凭我自己的全部真诚——我认为爱情包含着欲念——某种热烈的令人心醉神迷的东西，而这（在他和我身上）并不存在。我现在喜欢他，我过去喜欢他，其实就像两个在各个方面、在所有的情感中完美和谐的孩子一样……"更主要的是，纪德的母亲很反对他们的婚姻，她认为自己的儿子和侄女之间纯粹只是孩子式的感情，若把这种感情当成成年人的爱情，那是危险的。

玛德莱娜对姑母一直像亲生母亲一样地尊重，很听她的话，所以就断然拒绝与纪德结婚。纪德爱玛德莱娜，尊重她的考虑，于是就竭力把自己对她的感情保持在纯洁的界线内，以纯洁的柔情为限度。但他并不把她这拒绝看成是最后的决定，他愿意等待。等到一八九五年五月三十一日，纪德的母亲去世，六月十七日，他与玛德莱娜两人悄悄地秘密订婚，三个月后，十月八日，他们在埃特莱达教堂举行了婚礼，随后去瑞士、意大利和北非做了长达半年的蜜月旅行。

但结婚之后,纪德仍旧感到苦恼和焦虑。他发现自己的"性无能"是一个原因,还有更主要的原因。

纪德虽然爱玛德莱娜,可是他发现,在与玛德莱娜的密切持久的关系中,他无法让他对妻子的爱与他对自由和其他各种生活经历获得协调。一个著名的事例是:他对唯美主义诗人、著名的同性恋者奥斯卡·王尔德友好而尊重,曾在王尔德的同性恋对象阿尔弗雷德·道格拉斯的单独陪伴下度过几个良宵,"寻求没有廉耻、毫不掩饰的快乐";不但如此,他还觉得自己从王尔德身上找到了信心和内心的安宁。而这一切,他却不得不向玛德莱娜隐瞒……面对这难以解决的矛盾,在无比的烦恼和焦虑中,纪德决心从宗教中寻求内心和平与安宁的源泉。这就决定了纪德的《窄门》等作品的宗教基调。

"窄门"一语出自基督教《圣经·新约·路加福音》第十三章第二十四节和《新约·马太福音》第七章第十四节。美国圣经公会出版的英文版《圣经》里,"窄门"一语译的是"the narrow door";纪德出版于一九〇九年的这部法文小说取名"La Porte étroite",英文版译作 Strait Is the Gate,意思没有大的区别。

关于"窄门",《圣经》故事说的是:耶稣往耶路撒冷去,经过各城各乡时,有一个人问他:主啊,得救的人少吗?耶稣对众人说,你们要努力进窄门。我告诉你们,将来有许多人想要进去,却是不能……"因为引到灭亡,那门是宽的,路是大的,进去的人也多;引到永生,那门是窄的,路是小的,找着的人也少"。这里说的意思是:世人都有罪,不能自救,但如果信仰耶稣基督,则能得到救赎,死后灵魂可入天堂,享受永生。而要达此目的,需得自我约束,付出相当的代价,如必须遵守严格的"四规""十诫",这就有如进"窄门"。小说《窄门》中的女主人公阿莉莎·布科林就是这样一个决心要"努力进窄门"的人。

十分明显,《窄门》中许多地方都是自传性的:纪德把自己和玛德莱娜·隆多在诺曼底度过的童年时代写进了这部作品里。传记材料说到,在写作时,纪德还回忆起了他

圣地伯利恒的"窄门"

们两家的环境，追溯了两人私下里的交谈，甚至用上了他们的信件，其中不少地方直接就是当时的事实的追述。

　　杰罗姆十二岁就死去父亲，夏天常去舅母家，与表姐阿莉莎感情很好。一次，他偶然见到有一个穿中尉军装的陌生青年与他舅母调情，就赶快走开。来到阿莉莎门前，推开门，房内很暗，他看到阿莉莎跪在床头上，背朝着窗子，脸颊上充满了泪水，他就拥抱了她。开始，杰罗姆还并不十分了解阿莉莎痛苦的原因，但他强烈地感到，对于这颗幼小的颤抖的心灵，这个哭得浑身哆嗦的娇弱躯体来说，这痛苦是太强烈了。当他把阿莉莎紧抱在怀里的时候，阿莉莎对他说，趁母亲他们还没有发现他窥见他们的情景时赶快离开。她还嘱咐他："不要告诉任何人……我那可怜的爸爸一点也不知道……"陶醉在爱情与怜悯中的杰罗姆决心竭尽全力，"要用自己的一生保护这个女孩子，不让她受到惧怕、痛苦以及生活的折磨"（桂裕芳译文）。

　　母亲最后跟那青年私奔，阿莉莎心灵受到深重的创伤。在教堂里，她听到牧师的"努力进窄门"的讲道，增强了宗教情绪。

　　基督教并不禁止结婚，《新约·哥林多前书》说："与其欲火攻心，倒不如嫁娶为妙。"但是接下去，立刻又改变口气，说，"……叫自己的女儿出嫁是好，不叫她出嫁更是好。"很多神学家对这问题的解释也都一律以否定的小前题，去推翻前面这句已经肯定了的大前题。一位宗教家引申说："……但是，既不嫁娶，又不欲火攻心，就远远更来得好。我可以说，所允许的东西并不是什么良善的东西。"马丁·路德也说："如果把婚姻与童贞做一个比较，童贞当然是一种比婚姻更高贵的赏赐。"《圣经》评注家、四世纪的米兰主教圣·安布罗斯更进一步肯定"既不嫁娶又不欲火攻心"与天国之间的联系，说是"纯洁把人跟天联了起来。已婚的纯洁固然也好，但不及寡居者的禁欲来得好，而最好的，却是童贞的纯洁"。

阿莉莎原来一直与表弟深深相爱，现在出于宗教的考虑，她的认识是："我们生来就不是为了追求幸福的。"在生活中，一个人不会得到满足，也不应该得到满足，而且真的也没有这种令人满足的事。"我们生来都是为了另外一种幸福"，就是仰慕上帝、追随上帝、"立志终身侍奉他"。为此，她认为她与杰罗姆两人不应该结婚。既然他爱她，她也爱他，那么他们的爱不能妨碍对方接近上帝，成为他们与上帝之间的障碍。"我们每个人都必须独立到上帝那里去"，直到最后，走回人生的旅途，双双来到主的身边；而且这欢乐还不在于到达上帝的天堂，而"在于对上帝永无止境的接近过程中"。这就是上帝指给信徒阿莉莎和杰罗姆的"窄门"，一条窄到连两个人都无法同时进入的"大门"。

阿莉莎的爱完全是出于要替母亲赎罪，才决心去爱上帝，放弃人间的幸福。杰罗姆不同，他原来是倾向于要在婚姻中实现爱和获得人间的幸福的，只是由于他爱阿莉莎，抱定"我将来的一切都是为你（阿莉莎）而存在"，因而他绝对服从她的意志，于是也放弃了人间的爱，从而导致了两人的爱情悲剧。

通往"窄门"的路真是一段怎样的心灵历程啊！

阿莉莎明知自己是如醉如痴地爱着杰罗姆，表面上却要装出一副无动于衷、冷若冰霜的样子，永远也不向他吐露真情。她在日记里呼唤："杰罗姆，杰罗姆！我知道你也很痛苦，可是每当我在你身边的时候，我便会感到肝肠寸断；一旦真的离开了你，我又会痛不欲生。我们俩真是见不得、离不得。……"阿莉莎就在如此剧烈的痛苦中，对自己原来要达到那至善至美顶点的向往也感到绝望了，但仍拼命希望自己、也希望杰罗姆竭力上去。最后终于在形体消瘦、身力憔悴和内心的极度孤独、极度压抑中慢慢死去，留给杰罗姆的是终生的遗恨。

文学史上，作品中所表现的爱情悲剧，大多都是人物外在的原因和主人公自身的原因两个方面造成的。社会、家庭总是以"破坏传统道德""触犯公共利益"或阶级地位、宗教信仰不同等理由来干涉青年男女的爱情和婚姻的。青年男女本身则往往由于人类怀疑的天性和妒忌的弱点等方面的心理因素，以致出现因失恋而自杀、为殉情而自杀、因爱她而杀她和为报复而杀她等死亡的悲剧。但《窄门》中的爱情悲剧，既不存在社会上的外在障碍，也不存在人物自己的心理障碍。仅仅是一种神秘的宗教理想和宗教观念，这宗教理想和宗教观念又是两个主人公所共同信仰和一致追求的，却挡住了他们之间的感情之"门"，结果导致了两人互相的隔膜和不理解，使他们无法获得人性的灵肉的交融，造成杰罗姆为自己深深相爱之人的死亡而终生遗恨。这似乎是无法理解的，在纪德的笔下，却是那么的真实而可信。读过这部感人至深的小说之后，人们怎么会不被基督教违反人性的文明在作家心中留下的烙印而深受震撼！

的确，纪德把阿莉莎和杰罗姆的心理描写得何等的惊心动魄啊！霍尔吉·阿列尼乌斯受瑞典文学院之托为纪德荣获诺贝尔文学奖所提出的报告中说得最贴切了：这位当代最伟大的欧洲作家，以他惊人的"对心理的敏锐洞察力，探索人的问题和处境"，令人感到，还有谁能像他那样，对人的灵魂做出如此丰富的解释呢？这在一定程度上恐怕还要归功于由他的心理气质和生活经历等方面所形成的他极为复杂、极其矛盾的心灵。

Nun

《修女》

一场搞笑孕育出的杰作

路易斯·德·埃皮奈尔是十八世纪法国的一位时尚女性，她是作家和沙龙主持人，她不但以埃皮奈尔夫人为人所知，还因与卢梭等人的风流韵事而闻名，波伏娃在她的名著《第二性》中把她作为十八世纪女权的代表人物。

埃皮奈尔夫人位于巴黎郊区的沙龙聚集了哲学家德尼·狄德罗（1713—1784）和达朗贝尔、霍尔巴赫等当时诸多法国知识分子精英，甚至还有德国的外交家封·格利姆男爵、意大利经济学家加利亚尼和年轻的莫扎特。"沙龙"在法语中是"客厅"的意思，就像咖啡馆，是这些知识精英会晤和交际的场所，在这里，大家可以交流思想，也可以随意交谈。狄德罗等人在交谈中，多次都提到一位原来也常来沙龙的科瓦马尔侯爵。这位拉松侯爵，全名马克－安托宁－尼古拉斯·德·科瓦马尔（1694—1772），他对学术和艺术颇多嗜好，虽然大多只是浅尝辄止。不过，这个天主教徒，性情豪爽、和蔼可亲、

德尼·狄德罗

仁慈待人，且不乏天真，因此人们都喜欢称他"可爱的侯爵"，狄德罗等百科全书派的学者们对他都有好感，不免常常思念起他。

在此之前，一七五八年，上流社会中经常在议论一件事：一个叫玛格丽特·德拉马尔（1717—？）的女子，父亲克劳德是巴黎的珠宝店商人，母亲是一家医院会计的女儿。她从小就不为父母所爱，三岁时被寄养在一修道院里，此后又不止一次被辗转送进一家又一家的修道院，最后进了法国最负盛名的修道院之一——巴黎西郊布隆尼森林附近的龙桑修道院。一七三五年一月二十六日，十八岁的玛格丽特就在这家修道院正式穿上修女的服装，一年后在该院宣誓做一名修女。

一七五八年，克劳德已于八年前去世，玛格丽特·德拉马尔向法院提起申诉，声称她是被她父母强迫进了修道院的，主要是因为玛格丽特是她母亲的私生女，母亲受感情胁迫，害怕自己做了那种事会下地狱，便怂恿她这一罪恶的果子前去"隐修"；另外，母亲也不希望玛格丽特和她争夺她父亲的遗产。因此，她要求推翻她出家的誓愿。

当时，德·科瓦马尔侯爵一听说有这等事，立刻对这位女子的遭遇产生深深的同情，虽然他根本还不知道这女子的名字，更不知道事件的详情，就去找最高法院——巴黎议政院，为这位修女讲情。但德·科瓦马尔侯爵的讲情没有起到作用，议政院同年开庭审理此案时，她母亲的律师所陈述的理由足以使玛格丽特彻底败诉。那位律师竟说：如果听从修女的话，"将来我们所看到的，在家庭里只有争吵和纠纷，在修道院里只有叛变和混乱！所以一定要坚决执行法令，制止这阵初起的狂澜……"（郑兆璜译文）法院于是在一七五八年三月十七日判决玛格丽特终身幽禁修道院，不得还俗。

德·科瓦马尔侯爵无可奈何，便回他的拉松城堡去了。

过了一年多，狄德罗和朋友们觉得沙龙中没有德·科瓦马尔侯爵的声音，实在了无乐趣；而侯爵又隐居在他外省诺曼底的私人庄园里，一般都不外出。他们就决定要设法让他出来，即使是骗也要骗他出来。最后，他们想起一个搞笑的主意：即以侯爵曾经热情关心过的那个修女的事来打动他。于是，他们便借这个修女之名，给德·科瓦马尔侯爵写信，诡称她上诉失败后，受不了被终身幽禁的生活，最后经过一番抗争，得以逃离修道院，藏在凡尔赛的莫罗·马丹夫人家中。可这毕竟不是长久之计。为了躲避司法和宗教方面的追查，她才一次次给他这位好心肠的德·科瓦马尔侯爵写信，由马丹夫人转交给他。

天真的德·科瓦马尔侯爵尽管毫不怀疑这是狄德罗等人的搞笑，但自己仍旧不肯前来巴黎，只是真诚地邀请修女不妨去他那里。这么一来，搞笑就再也无法继续下去了，狄德罗只好在最后的信中妄称修女不久前病倒，现在不幸已经离开人间。

本来，事情到此完全可以结束了，但是狄德罗总是忘不了这修女的故事，最后终于于一七八〇年写成了一部启蒙主义精神的小说《修女》，直至他去世之后的一七九六年才出版。

"启蒙"，这是法语 lumieres 的英文翻译，意思是"光明"，Lumieres 作为专有名词在十八世纪学者们的讨论中经常出现，主张每个人都有权拥有光明，拥有以保护自己的天赋人权的个人权利。基于这一目的，批判宗教的精神专制对人性的扼杀和摧残，常常把矛头指向在宗教制度卵翼下的昏暗腐朽的修道院，就成为启蒙运动在思想上的重要内容。这就不难想象，在巴黎这个启蒙运动中心地的沙龙中，对修道院的批判是启蒙思想家谈论的中心话题之一，何况对狄德罗来说，修道院还不免会引发他的切肤之痛。

狄德罗出生在法国东部香槟地区朗格勒的一个工匠家庭，少年时曾在当地接受耶稣会学校的中等教育，并举行过仪式，加入该修会的预备步骤。随后，他前往巴黎，进巴黎大学，在一七三二年获文学学士学位，放弃了从事神职的计划，可见他对耶稣会的一套不以为意的心绪。更使他不快的是，他曾因违反父亲的意志，要跟家庭社会地位较低的安托瓦内特·尚皮翁小姐结婚，被父亲送进特鲁瓦附近的一家修道院，幽禁了一段时间。重获自由后，狄德罗返回巴黎，实现了他与尚皮翁小姐秘密结合的心愿。另外，除了自己对耶稣会和隐修院的不佳感受之外，他的比他小五岁的妹妹在修道院里因为过度劳累，不到三十岁就去世了，也使狄德罗永生难忘。作为与孟德斯鸠、伏尔泰、卢梭齐名的一位法国启蒙运动的领袖，狄德罗那么的关注玛格丽特·德拉马尔的不幸遭遇，并据此写成《修女》，显然不是为了搞笑，而是为了对教会和它的教义进行批判性的探究，可能也不排除自己在《修女》的创作中宣泄他个人的抑郁情绪。

在书信体小说《修女》（郑兆璜译文）中，玛利亚·苏珊·西蒙南是一个私生女，她天真无邪，无限热爱生活。但她母亲为了摆脱自己良心上的谴责，要求女儿为她做出牺牲："为我祈祷吧；你的出生是我所犯的唯一重大罪过：帮助我去赎罪吧；希望天主体念你将来所行的善事，会饶恕我生你的罪过。"以威逼哄骗的手段，送苏珊进了修道院。苏珊本就不愿在这个与世隔绝的禁地过违反自然人性的生活，目睹一个在修道院发了疯的女子之后，她更坚定了自己的决心：宁可死一千次，也不愿冒着陷入这种境地的危险。

苏珊从十六岁半开始，先后进过三个修道院。在第一个修道院，圣玛利亚修道院里，苏珊受到的是"最细致、伪装得最好的诱惑"。在第二个修道院，龙桑修道院，苏珊虽曾一度得到"通情达理，能体谅少女心情"的德·孟妮嬷嬷的理解，但德·孟妮嬷嬷去世后，在她的继承人、"脾气古怪"圣克利斯丁院长的手下，不但内院的环境"充满了纷乱、仇恨、诽谤、控诉、诬告和虐待"，苏珊在这里，"凡是一切能使人害怕我，憎恨我，毁灭我的事……全做到了，而且做得很彻底"。院长和她的帮手们，一次次"用一种惨无人道的方法"，对她进行残酷的迫害。她们禁止别的修女和她接近，罚她整整好几个星期和别人隔开，使她处在孤独之中，还罚她跪在唱经室里做功课，只给她水和一些"最粗劣的食物"吃，将灰土和各种垃圾掺杂在这食物里。她们不但把她关起来，

LA RELIGIEUSE.

La réponse de M. le marquis de Croismare, s'il m'en fait une, me fournira les premières lignes de ce récit. Avant que de lui écrire, j'ai voulu le connaître. C'est un homme du monde, il s'est illustré au service; il est âgé, il a été marié; il a une fille et deux fils qu'il aime et dont il est chéri. Il a de la naissance, des lumières, de l'esprit, de la gaieté, du goût pour les beaux-arts, et surtout de l'originalité. On m'a fait l'éloge de sa sensibilité, de son honneur et de sa probité; et j'ai jugé par le vif intérêt qu'il a pris à mon affaire, et par tout ce qu'on m'en a dit que je ne m'étais point compromise en m'adressant à lui : mais il n'est pas à présumer qu'il se détermine à changer mon sort sans savoir qui je suis, et c'est ce motif qui me résout à vaincre mon amour-propre et ma répugnance, en entreprenant ces mémoires, où je peins une partie de mes malheurs, sans talent et sans art, avec la naïveté d'un enfant de mon âge et la franchise de mon caractère. Comme mon protecteur pourrait exiger, ou que peut-être la fantaisie me prendrait de les achever dans un temps

初版《修女》第一页

还用绳子绑起来，"那绑我的绳子，几乎完全陷进肉里去了；两只胳膊被捆的地方，都变成了紫青色"。她们甚至觉得折磨她是一件"很好玩"的事，便几十个人串通起来"拿折磨我当作消遣"，如不让她睡觉，把她拖进一个地洞里，将她扔在一块已经半霉半烂的破席子上，只给一块面包、一罐水；甚至把她当一个死人对待：叫她躺在唱经室中的停尸架上，两旁摆上蜡烛和圣水盘，人们"用一幅卷尸布把我盖上，给我念为死者念的祈祷经，念完之后，每个修女走出去的时候，都在我身上浇些圣水，嘴里念着'安息吧。'"这院长竟恣意说："从她身上踩过去，这不过是一具死尸。"她们还无端编造说苏珊"被一个淫恶的魔鬼迷住"，等等。一次次说不尽的折磨，使苏珊觉得生不如死，以致曾经下决心求死，来"结束我的痛苦"。

如果说，狄德罗描写第一个修道院是为了表现教会对一个天真少女的诱骗，描写第二个修道院是为了揭露修道院违反人性的暴行，那么描写第三个修道院则是为了暴露教会道德上的堕落。

由于得到同情她的曼努尔律师的帮助，苏珊才有机会"调换一家修道院"，离开龙桑修道院，转入圣毓揣比修道院。可是，苏珊虽然摆脱了圣克利斯丁院长的折磨，却仍没有实现她脱离修道院的愿望。圣毓揣比修道院的院长是一个同性恋者，苏珊提到她时特别指出："这种女人是最难应付的，人家从来不知道她喜欢或讨厌什么，不知道什么事该避免什么事该做，一切都没有标准……修女们莫名其妙地由失宠而得宠，忽然又由得宠而失宠了。"

这位神经质的院长多次悄悄向苏珊表示："我爱你爱得发狂。"她对她的亲昵使苏珊觉得很不好意思、甚至感到恶心。"她揭开我脖子上衬衣的角，一只手搁在我那赤裸裸的肩膀上，手指头放在我的胸脯上"；还"在我那光着的肩膀上，和我裸着一半的胸口上，到处都吻遍了"，她甚至躺到她身边的被窝上之后，希望有进一步的接触。

　　基督教经典《圣经·创世记》中一再说到，所多玛和蛾摩拉两个城市在耶和华面前"罪恶深重""罪大恶极"，以致耶和华要用硫磺和火将这两城连同城里的所有居民都毁灭殆尽。这里所说的"罪恶"就是"强行同性恋"。所以圣毓揣比修道院的院长的此种举止，正如圣方济会修士列满纳神甫所指出的，是"卑污，放荡"的"猥亵的行为"，是一个"坏修士，毒妇人"，"她已经堕入到罪恶的深渊里"，他"再三嘱咐我（苏珊）千万不要再单独一个人和她在一起，不要让她再亲狎我"。在苏珊刻意回避她之后，这个古怪的院长陷入精神分裂，发了疯。

　　读过《修女》之后，我们可能会觉得，小说在艺术上也许不如一些伟大作家的作品那么圆熟，但狄德罗作为一位伟大的哲学家，他在创作中所表述的启蒙思想，使《修女》在文学史上具有一定的地位。这就是法国作家皮埃尔·戴在一九五四年九月十六日在《法兰西文学报》上的《再论狄德罗的〈修女〉》中说的："狄德罗创作这部小说的目的……是不但要描述当时修女的悲惨生活，而且还要抨击幽禁妇女的残暴行为；不但要描述当时修道院的腐化生活，而且还要揭露当时妇女遭受压迫的情况"；这部"最激烈最勇敢的书……不但在我国的文学中，而且就是在全世界的文学中也算得上是首屈一指的、最现实的小说"（郑兆璜译文）。

《世界名著背后的故事》

后 记

英语里的 fiction 机巧得既可作"虚构""编造"解,又有"小说"和"虚构文学作品"的意思。《维基百科》解释 fiction 说:"fiction 是任何在处理信息和事件上部分或全部不实,都是作家的想象和推理,即是他构想出来的作品。虽然 fiction 这个术语是特指中短篇小说,或许也指戏剧,包括歌剧、芭蕾、电影、电视、诗和歌。与 fiction 相对的是 non-fiction(非虚构),它仅仅处理实在的(或者至少认为是实在的)事件、记述和观察等等。"

作家果然能毫无事实基础,仅凭想象和推理,就能"构想"出一部文学作品吗?追溯世界文学的历史,确有完全胡编乱造的"作品",但是一部优秀的世界名著,绝不会凭空胡编乱造,而是有作者坚实的生活基础,往往还蕴含了作家本人的生活经历和情感经历,如伟大的歌德说自己创作《少年维特的烦恼》,就"像鹈鹕一样,是用自己的心血把那部作品哺育出来的";他甚至声称他的历史剧《塔索》,也有他的"骨中骨,肉中肉"。许多作家声言,说自己所写的那些著名小说或者戏剧作品,都是他"虚构"出来的,其实都不是真话。

列夫·托尔斯泰和萨默塞特·毛姆都否认他作品中的人物有现实生活中的原型。但谁不知道《克朗采奏鸣曲》里写的就是托尔斯泰本人和他妻子索菲亚·贝尔斯之间的关系，《寻欢作乐》里的露西·甘恩即是毛姆的情妇埃塞琳·西尔维亚（"苏"）·琼斯。甚至那些描写仙女和动物的童话作品，都有现实生活的原型。安徒生《夜莺》里描写的那只夜莺，即是有"瑞典夜莺"之称的女歌唱家珍妮·林德；科洛迪《木偶奇遇记》中的木偶，写的是意大利在战争中受伤残疾的矮个子士兵匹诺曹·桑切斯；就是流传了数百年的《白雪公主》，实际上也有原型，她是德国腓力四世封·瓦尔德克－巴德维尔东根伯爵的女儿玛丽亚·封·埃特尔女伯爵。

　　自然，作家也不会随意以现实生活中的哪个人物作为原型来创作他的作品，作家选用每个原型来书写，都有作家主体心理的原因。安徒生写《夜莺》是为了再次向珍妮表达他对她的爱慕，重温他被她婉拒的爱情；小仲马写《茶花女》是为了宣泄自己郁积于心的情结，又重温一次他和现实中的原型阿尔丰西娜·普莱西的爱情；莫泊桑写《羊脂球》既为了表达对曾遭自己侮辱的原型人物安德里安·勒盖的歉意，同时也意在颂扬她的爱国精神；杰克·伦敦写《马丁·伊登》，如他自己说的，"就是攻击个人主义"，也就是攻击那个他曾深深爱她、却被她抛弃的"真正的资产阶级小姐"梅普尔·阿普尔加斯；罗伯特·史蒂文森写《金银岛》则是为了让他所爱的奥斯本夫人的儿子奥斯本高兴；易卜生写《人民公敌》是借遭少数人攻击的原型人物爱德华·梅斯纳抨击社会弊端的高尚行为，来回击有人对他前一部剧作《群鬼》的谩骂；海明威写《永别了，武器》一方面是回顾他的初恋，同时又通过描写女主人公死于难产，来惩罚她的原型人物对他爱的背叛……在本书中，对每一部原创的作品，都尽可能地运用翔实的传记材料，来揭示作者与原型人物之间的关系，及其创作时种种不同的心理动机。有些作家故意声言自己的创作只是虚构，没有哪个现实人物做依据，仅是因为顾虑，承认作品中的事实基础，有可能是因对所写人物的褒贬、事件或细节的虚实，会涉及现实生活中的人际关系，甚至会引发伦理、法律上的纠纷。本书只是希图说明，每一部世界名著的诞生，都不是依靠作家的臆想，而是作家从现实生活中汲取营养，再根据自己的美学原理再创造出来的。

这一百则小东西不过是一册随笔集，而不是专著，随着我写作兴趣的起落变化，它先后一直拖了三十年。

一个人的阅读兴趣，似乎跟年龄有很大关系，会跟随年龄的变化而选择书籍的内容。小孩子爱听童话或战斗故事；青年时代喜欢阅读爱情小说，还常常将自己比拟为书中的主人公；到了中老年就只选择真实性较强的历史和传记；再老一些，有时又开始像孩子了。

退休之后，我不再做文学研究、写研究论文，选择阅读书籍也就自由多了。我凭着自己的兴趣，开初读的是作家的传记。自然，在职时为了研究的需要也读作家传记。我的研究方向是中国现代文学，主要是中国现代小说。中国的儒家传统，知识分子的理想是修身、齐家、治国、平天下。可是经常看到，传记作者往往"为尊者讳，为亲者讳，为贤者讳"，在写作时拔高传主，隐去或者淡化一些被认为有损于传主形象的史实，甚至有虚构史实的情况。有些作家写自传时也有此类情形，如大家不无幽默地说的，"时间间隔越远，记忆越是清晰"。研究现代文学的人都知道，有位大诗人为了提前他接受马列主义的时间，修改自己的诗作；另一位大作家不但修改日记，还隐瞒赋予他创作灵感、极大地影响他的创作的情妇。此外，常听说有的作家的子女干涉传记作者的写作，硬要作者无中生有地写些为传主贴金的事，又吵着不准作者写某些有损于传主形象的事。

欧美作家就不同了。欧洲的人文传统重视个人，他们认为一切无不可以对人言，个人的一些即使是所谓的"隐私"，也没有什么见不得人的。所以他们的日记、信件，都可以公开出版，尽管也发生过个别作家和他的家属烧毁作家信件、日记的事。因此，读西欧作家的传记，就深感材料丰富，真实可信，使我最后就转向于阅读外国、特别是欧洲作家的传记作品。有一段时期，我只要见到有外国作家的传记出版，即使不看也先全都买了下来。我的书橱上，外国作家传记的中译本大约有五六百册，当然多数我都没有读过。

在阅读这些传记的同时，我先是写了十八篇马雅可夫斯基、狄更斯、毛姆、乔治·桑等有关作家爱情的随笔，从一九九二年第七期起，经梁月海主任之手发表在《大地》杂志上；后又写了《欧也妮·葛朗台》《日瓦戈医生》《海鸥》等二十七则外国作品创作背景的随笔，从一九九八年第四期起，经田宝琴副主编之手陆续发表在《名作欣赏》杂志上。这两个系列的随笔，后来由安徽文艺出版社于一九九八年七月分两册出版，责任编辑徐海燕以她女性细腻的构思，为两书取了两个我十分喜爱的书名：《风流名士——世界文豪情爱写真》《传世沧桑——世界文豪情爱书廊》。

人到了老年，许多功能都退化了。动作不灵活，说话、办事甚至连走路都像幼童那样笨拙；智力也像幼童一样低下，缺乏成年人的理解力、洞察力、接受力。不过，老人的笨拙中，有时也带有一点天真，例如特别喜欢和自己一样的天真的孩子。最明显的是，老人对第三代孙辈的情感，就截然不同于他自己当年对待自己的孩子。同时老人的爱好也很像孩子，不但喜欢跟孩子玩，也喜爱儿童读物，尤其是童话。

我特别喜爱童话不仅是老年人的天性使然，而且还有一个触媒。

那是我的孙女乐乐——余甸之刚从幼儿园转入小学的几年。因为她在医院工作的父母都忙于上班，家里除了一个保姆料理生活外，孩子的事，有些就要我来做。乐乐小时体质比较弱，每个学期几乎都会感冒两三次。她感冒后，如果体温不超过摄氏三十九度，一般都只是让她躺在床上休息，除了多喝水，最多给她吃点药。孩子很无聊，喜欢让我陪她，给她讲童话故事。我历来不善于讲故事，阅读的范围也不是孩子们喜爱的作品。没有办法，我买了大量的碟片，放给她听。一次在陪乐乐听碟片的时候，当录音机里传出童话的题目《狐狸和葡萄》时，我以为大概是我不知听过多少遍的伊索寓言，并不在意。后来隐隐约约地听到"快逃呀，小狐狸"时，我的心突然跳了起来；到了最后，听录音机中传来"小狐狸放开嗓子,对现在不知在什么地方的妈妈喊道:'妈妈,谢谢您!'"时,我的眼泪就不听话地夺眶而出了,直等到两天之后,才敢再听;随后在乐乐上学去了之后,我又单独一个人听了几遍。不久前,我从网上查到这个《狐狸和葡萄》的童话,是曾获日本艺术院奖、产经儿童出版文化大奖和野间儿童文艺奖的著名日本童书作家坪田让治写的;它描写狐狸妈妈宁愿让自己被猎人射杀,也要保护自己的孩子。多么感人至深的童话啊!这个童话让我联想到我自己的母亲。二十世纪七十年代,我母亲患了直肠癌,却不肯告诉我,说是因为我们"出身不好",只要不影响我,免得我被人认为"划不清界线",她宁愿让自己死,也不来杭州看病。世界上真有这么好的童话!

《狐狸和葡萄》不但极大地感动了我,还让我从此开始爱上了童话,并读了大量的童话作品,特别是许多获凯迪克奖、纽伯瑞奖的童话作品。

也像是习惯性地,在读这些童话作品的时候,我也想到,这些童话是怎么创作出来的,或者是怎么起源、然后一代代传下来的,于是我又写了一些这方面的随笔。这些随笔大多经柳立婷和赵艳茹之手,发表在《中华读书报》的"国际文化"栏上,也有几则曾在《书屋》《世界文化》等刊物上发表,但都没有结集成书。

承蒙张小鼎兄的关心,向人民文学出版社的全保民先生推荐我的这些随笔,为全保民先生和社领导慷慨接受,同意出版。

人民文学出版社是国家级出版社,我此前虽然已经出版过差不多三十册著作,但都不敢奢望挤入这家出版社。现在有此荣幸,我当然喜出望外,觉得定是老天看我年已八十,可怜我,才恩赐于我,让我高兴。我非常非常感谢出版社的领导,非常非常感谢全保民先生,非常非常感谢张小鼎兄。

我原来的工作单位浙江省社会科学院,一贯支持我的研究工作,即使今天我已退休多年,仍旧一如既往地支持我。十多年前,在单位给我和几位同龄的同事过七十岁生日的聚会上,让我做代表发言时我曾说,从一九五四年参加工作直到粉碎"四人帮",我一直过的都是精神上非人的生活。只有在一九八〇年进入浙江省社会科学院之后,我才感到自己是一个人。所以,可想而知,我对浙江省社会科学院是抱有多么无法报答的感恩之情。

此外,我不会忘记帮助我发表这些随笔的诸位朋友,在此也一并向他们表示感谢。

最近,我的眼睛,因白内障动过"超乳手术"后,不知什么缘故,据说是"黄斑变性"严重的关系,竟然越来越模糊,连报纸上的文字都看不清,词典上的字更无法看清,只能靠放大镜来读。虽然我尚有几部著作已经写到过半,以后能否完成也就难以想象了。希望本书不会是我的"天鹅之歌"。

余凤高

杭州红枫苑

2015 年 1 月 14 日